MIRA®

Geheimnisse und Intrigen

MIRA® TASCHENBUCH
Band 20032
1. Auflage: April 2012

MIRA® TASCHENBÜCHER
erscheinen in der Harlequin Enterprises GmbH,
Valentinskamp 24, 20354 Hamburg
Geschäftsführer: Thomas Beckmann

Konzeption/Reihengestaltung: fredebold&partner gmbh, Köln
Umschlaggestaltung: pecher und soiron, Köln
Redaktion: Bettina Steinhage
Titelabbildung: Corbis GmbH, Düsseldorf; Thinkstock/Getty Images, München
Satz: GGP Media GmbH, Pößneck
Druck und Bindearbeiten: CPI – Ebner & Spiegel, Ulm
Printed in Germany
Dieses Buch wurde auf FSC®-zertifiziertem Papier gedruckt.
ISBN 978-3-86278-310-6

www.mira-taschenbuch.de

Werden Sie Fan von MIRA Taschenbuch auf Facebook!

Nora Roberts

Nur wer die Sehnsucht kennt

Roman

Aus dem Amerikanischen von
Charlotte Corber

MIRA®

1. KAPITEL

Der Pine View Inn lag im nördlichen Teil des Staates Nord-Virginia, in einem einsamen Tal der Blue-Ridge-Berge versteckt. Wenn man die Hauptstraße verlassen hatte, fuhr man auf einem gewundenen Schotterweg, der schließlich auf einer Furt durch einen Fluss führte. Die Furt war gerade breit genug für einen Wagen. Kurz hinter ihr befand sich der Gasthof.

Es war ein verwinkeltes, behagliches Gebäude, drei Stockwerke hoch, aus hellroten Backsteinen gebaut. Die Vorderfront war von schmalen Fenstern durchbrochen, neben denen sich weiße Fensterläden öffneten. Das geschwungene Dach hatte schon seit langer Zeit eine sattgrüne Farbe angenommen. Drei Schornsteine ragten auf. Eine breite, weiß gestrichene Holzveranda umgab das ganze Haus. Auf allen vier Seiten öffneten sich Türen zu ihr.

Die Rasenflächen ringsum waren gepflegt, aber nicht sehr ausgedehnt. Sie stießen bald an die Bäume und die Felsen der freien Landschaft. Es sah so aus, als habe die Natur selbst beschlossen, bis hierher und nicht weiter dürfe sich der Gasthof mit seinen Anlagen erstrecken.

Das Haus und die Berge ringsum boten einen bezaubernden Anblick, ein Bild vollendeter Harmonie.

Während Andrea ihren Wagen auf die Parkfläche neben dem Haus lenkte, zählte sie fünf Autos, die dort standen, einschließlich des betagten Chevys ihrer Tante. Obwohl die Saison erst in einigen Wochen begann, gab es bereits Gäste.

Die Aprilluft war frisch und kühl. Die Narzissen hatten sich noch nicht geöffnet, die Krokusblüte hingegen hatte ihren Höhepunkt bereits überschritten. Einige wenige Azaleenknospen zeigten einen ersten Hauch von Farbe. Alles schien auf den Beginn des Frühlings zu warten.

Die Berge hatten ihr braunes Winterkleid noch nicht abgelegt, doch auch an ihren Hängen zeigten sich hier und dort erste grüne Flecken. Bald würden das düstere Grau und Braun verschwunden sein.

Andrea hängte die Kameratasche über die eine Schulter und die Handtasche über die andere. Die Kamera war am wichtigsten. Außerdem musste sie zwei große Koffer aus dem Wagen ziehen und ins Haus bringen. Nach kurzem Kampf mit ihrem Gepäck gelang es

Andrea, alles auf einmal zu tragen. Langsam ging sie die Stufen hinauf. Die Haustür war, wie immer, unverschlossen.

Kein Mensch war zu sehen. Das geräumige Wohnzimmer, das als Aufenthaltsraum diente, war leer. Allerdings brannte im Kamin ein Feuer, das behagliche Wärme ausstrahlte.

Andrea stellte die Koffer ab und sah sich um. Nichts hatte sich verändert. Auf dem Fußboden lagen Flickenteppiche. Handgeknüpfte Garnteppiche waren über den beiden Sofas ausgebreitet. Vor den Fenstern hingen Chintzgardinen. Auf dem Kaminsitz stand immer noch die Sammlung von Hummelfiguren.

Bezeichnend für Andreas Tante war es, dass das Zimmer zwar sauber war, aber keineswegs aufgeräumt wirkte. Hier und dort lag eine Illustrierte, der Nähkorb schien überzufließen. Die Kissen auf der Fensterbank waren in einer Ecke gehäuft und dienten offensichtlich mehr der Bequemlichkeit als der Zierde.

Alles wirkte freundlich und gemütlich und hatte einen versponnenen Charme. Lächelnd sagte sich Andrea, dass das Zimmer in vollkommener Weise zu ihrer Tante passte.

Andrea war rundum zufrieden. Es war ein beruhigendes Gefühl, dass sich nichts verändert hatte.

Mit einer raschen Bewegung strich sich Andrea durch das Haar, das ihr bis zur Taille reichte. Es war von der langen Fahrt bei geöffnetem Fenster zerzaust. Einen Moment überlegte sie, ob sie es bürsten sollte. Doch das vergaß sie sofort, als sie draußen auf dem Flur Schritte hörte.

„Oh, Andrea, da bist du ja." Es war typisch: Ihre Tante begrüßte sie so, als sei sie lediglich für eine Stunde im Supermarkt gewesen und nicht ein Jahr lang in New York. „Fein, dass du vor dem Abendessen gekommen bist. Es gibt Schmorbraten, dein Lieblingsgericht."

Andrea brachte es nicht übers Herz, ihre Tante daran zu erinnern, dass Schmorbraten das Lieblingsgericht ihres Bruders Paul war. Rasch trat sie auf die alte Dame zu, umarmte sie und küsste sie auf die Wange. „Tante Tabby, wie schön, dich wiederzusehen." Der vertraute Duft von Lavendel ging von Tante Tabby aus.

Tabby war in dieser Gegend ein beliebter Name für Katzen. Doch Andreas Tante erinnerte in keiner Weise an diese eleganten Tiere. Katzen galten als Snobs, die den Rest der Welt nur mit Herablassung dulden.

Sie sind flink, beweglich und geschickt. Tante Tabby hingegen war für ihre gewundenen, manchmal geradezu verworrenen Gedankengänge bekannt. In Gesprächen war sie sprunghaft. Sie war ein durch und durch lieber und vertrauensvoller Mensch. Und gerade wegen dieser Charakterzüge liebte Andrea sie.

Sie schob ihre Tante ein wenig von sich fort und betrachtete sie genau. „Du siehst wunderbar aus."

Das war keineswegs übertrieben. Tante Tabbys Haar hatte dieselbe kastanienrote Farbe wie das ihrer Nichte, war aber an einigen Stellen bereits grau. Das stand ihr sehr gut. Sie trug das Haar kurz, Locken umrahmten das zierliche runde Gesicht. Zierlich – das war das richtige Wort, um Tante Tabby zu beschreiben. Alles an ihr war zierlich, Mund, Nase und Ohren, sogar Hände und Füße.

Tante Tabbys Augenfarbe war ein verwaschenes Blau. Obwohl Tante Tabby bereits Ende fünfzig war, hatte sie noch keine Falten, und ihre Haut war glatt wie die eines jungen Mädchens. Ihre Figur war angenehm rund und weich. Andrea überragte sie um Kopfeslänge und kam sich neben ihr geradezu dünn vor.

Andrea umarmte ihre Tante noch einmal und küsste sie auf die andere Wange. „Einfach wunderbar siehst du aus."

Tante Tabby lächelte. „Was für ein hübsches Mädchen du bist. Ich wusste immer, dass du es werden würdest. Aber du bist schrecklich mager." Sie tätschelte Andreas Wange und überlegte dabei, wie viele Kalorien wohl in dem Schmorbraten seien.

Andrea dachte flüchtig an die zehn Pfund, die sie zugenommen hatte, nachdem sie das Rauchen aufgegeben hatte. Inzwischen hatte sie sie zum größten Teil wieder verloren.

„Nelson war immer mager." Tante Tabby meinte ihren Bruder, Andreas Vater.

„Das ist er immer noch." Andrea stellte ihre Kameratasche auf einen Tisch. Mit einem Augenzwinkern fuhr sie fort: „Mama droht ihm dauernd mit einer Scheidungsklage."

Tante Tabby schüttelte missbilligend den Kopf. „Nach so vielen Ehejahren wäre das keine gute Idee."

Andrea merkte, dass ihr Scherz nicht verstanden worden war, und nickte nur.

„Meine Liebe, du bekommst wieder das Zimmer, das du besonders magst. Vom Fenster aus kannst du immer noch den See sehen. Allerdings, wenn sich erst die Blätter entfaltet haben … erinnerst du dich noch, wie du als kleines Mädchen hineingefallen bist? Nelson musste dich herausfischen."

„Das war Will, nicht ich", verbesserte Andrea ihre Tante. Sie konnte sich noch sehr gut an den Tag erinnern, an dem ihr jüngerer Bruder in den See gestürzt war.

„So?" Tante Tabby schien für einen Moment etwas verwirrt, dann lächelte sie entwaffnend. „Er hat schnell schwimmen gelernt, nicht wahr? Jetzt ist er ein so großer junger Mann. Das hat mich immer erstaunt. Zurzeit sind hier keine Kinder." Tante Tabby sprang von Satz zu Satz und folgte dabei ihrer eigenen Logik.

„Draußen habe ich mehrere Autos gesehen. Hast du viele Gäste?" Andrea reckte sich und begann, in dem Zimmer umherzugehen. Es roch nach Sandelholz und Zitronenöl.

„Ein Paar und fünf Einzelgäste", berichtete Tante Tabby. „Einer ist ein Franzose und mag meine Apfeltorte ganz besonders. Ich muss jetzt gehen und nach meinem Blaubeerauflauf sehen", verkündete sie plötzlich. „Nancy versteht es toll, einen Schmorbraten zuzubereiten, aber backen kann sie nicht. George liegt mit einer Grippe danieder."

Tante Tabby war bereits auf dem Weg zur Tür, als Andrea auf die letzte Information einging. „Das tut mir leid", erklärte sie mit aufrichtigem Bedauern.

„Ich bin mit Hilfen im Moment ziemlich knapp, Liebe. Vielleicht kommst du mit deinen Koffern allein zurecht. Oder du wartest, bis einer der Herren hereinkommt."

George – Andrea erinnerte sich an ihn. Er war Gärtner, Page und bediente an der Bar.

„Mach dir keine Sorgen, Tante Tabby. Ich komme zurecht."

„Ach, übrigens, Andrea." Tante Tabby drehte sich noch einmal um. Andrea wusste jedoch, dass ihre Gedanken jetzt schon bei dem Auflauf waren. „Ich habe eine kleine Überraschung für dich – oh, da sehe ich gerade Miss Bond hereinkommen." Es war typisch, wie Tante Tabby sich selbst unterbrach. „Sie wird dir Gesellschaft leisten. Abendessen gibt es zur gewohnten Zeit. Komm nicht zu spät."

Tante Tabby war offensichtlich erleichtert, dass ihre Nichte versorgt war und sie sich nun um ihren Auflauf kümmern konnte. Sie

eilte davon. Das fröhliche Klappern ihrer Absätze auf dem Holzfußboden war noch kurze Zeit zu hören.

Andrea drehte sich zu der ihr angekündigten Gesellschaft um und war
völlig verblüfft.

Es war Julia Bond. Andrea erkannte sie sofort. Keine andere Frau
war von solch strahlender blonder Schönheit. Wie oft hatte Andrea
schon in einem ausverkauften Kino gesessen und Julias Charme und
Talent auf der Leinwand bewundert. Jetzt, als sie wirklich und leib-
haftig auf sie zukam, war sie nicht weniger schön, sondern wirkte
umso lebendiger.

Julia Bond war klein, wohlgeformt bis gerade zur Grenze des Üp-
pigen und das großartige Beispiel einer Frau in voller Blüte. Sie trug
eine cremefarbene Leinenhose und einen Kaschmirpullover in leb-
haftem Blau, der ihr sehr gut stand. Goldblondes Haar umrahmte ihr
Gesicht, und die Augen waren tiefblau.

Jetzt hob Julia die berühmten Augenbrauen. Die vollen Lippen
formten sich zu einem Lächeln. Einen Moment spielte sie mit ihrem
Seidenschal. Sie blieb stehen und sah Andrea an. Dann sagte sie mit
rauchiger Stimme – der Stimme, die Andrea so gut kannte: „Was für
ein fantastisches Haar."

Andrea brauchte einen Moment, bevor sie die Bemerkung verstand.
Sie war immer noch verblüfft, dass Julia Bond das Zimmer des ländli-
chen Gasthofes auf ebenso selbstverständliche Art betrat, als ginge sie
in das Hilton-Hotel in New York. Doch Julias Lächeln war so charmant und natürlich, dass Andrea es erwiderte.

„Vielen Dank. Es ist für Sie sicherlich nichts Außergewöhnliches,
Miss Bond, dass man Sie anstarrt. Aber ich möchte mich trotzdem
entschuldigen."

Julia setzte sich mit einer anmutigen Bewegung auf den Schaukelstuhl. Sie zog eine lange dünne Zigarette aus der Packung und schenkte
Andrea ein strahlendes Lächeln.

„Schauspieler lieben es, wenn sie angestarrt werden. Nehmen Sie
doch Platz. Es scheint so, als hätte ich schließlich doch jemanden gefunden, mit dem ich mich unterhalten kann."

Andrea war von dem Charme der Schauspielerin so beeindruckt,
dass sie folgsam gehorchte.

Julia musterte sie. „Natürlich sind Sie eigentlich zu jung und viel zu attraktiv." Sie lehnte sich zurück und schlug die Beine übereinander. Irgendwie schaffte sie es, den ganz gewöhnlichen Schaukelstuhl in eine Art Thron zu verwandeln. „Ihre und meine Haarfarbe ergänzen sich übrigens toll. Wie alt sind Sie, Darling?"

„Fünfundzwanzig." Andrea war von Julia Bond so hingerissen, dass sie antwortete, ohne nachzudenken.

Julia lachte leise. „Oh, ich auch, schon seit einer Ewigkeit." Sie neigte den Kopf amüsiert zur Seite. Es juckte Andrea in den Fingern, zu ihrer Kamera zu greifen.

„Wie heißen Sie, Darling? Und was bringt Sie hierher in diese Einsamkeit, zu den Fichten und Kiefern?"

„Andrea." Sie schob sich das Haar über die Schultern zurück. „Andrea Gallegher. Der Gasthof gehört meiner Tante."

„Ihrer Tante?" Julias Gesicht verriet Überraschung und noch mehr Belustigung. „Diese liebe kleine schrullige Dame ist Ihre Tante?"

„Ja." Julia hatte sie treffend beschrieben. „Sie ist die Schwester meines Vaters." Entspannt lehnte Andrea sich zurück. Sie musterte nun ihrerseits die Filmschauspielerin, dachte an Blickwinkel und richtige Beleuchtung.

„Das ist unglaublich." Julia schüttelte den Kopf. „Sie sehen ihr überhaupt nicht ähnlich. „Oh, natürlich, das Haar", verbesserte sie sich mit einem gewissen Neid. „Großartig. Ich kenne Frauen, die für solches Haar über Leichen gehen würden. Und Sie haben eine ganze Menge davon."

Mit einem Seufzer drückte sie die Zigarette aus. „So, Sie sind also gekommen, um Ihre Tante zu besuchen."

Julias Haltung war keineswegs herablassend. Die Schauspielerin sah Andrea mit aufrichtigem Interesse an. Andrea fing an, Julia nicht nur charmant, sondern aufrichtig sympathisch zu finden.

„Für einige Wochen. Wir haben uns seit fast einem Jahr nicht gesehen. Sie schrieb mir und bat mich, zu ihr zu kommen. Da habe ich meinen ganzen Urlaub auf einmal genommen."

„Was machen Sie? Sind Sie Fotomodell?"

„Nein." Andrea musste lachen. „Ich bin Fotografin."

„Fotografin?", rief Julia und strahlte. „Ich liebe Fotografen – wahrscheinlich aus Eitelkeit."

„Ich kann mir gut vorstellen, dass Fotografen Sie aus demselben Grund lieben."

„Oh, meine Liebe." Wenn Julia lächelte, wirkte das stets zugleich erfreut und amüsiert. „Wie süß."

„Sind Sie allein hier, Miss Bond?" Andrea war nicht länger überwältigt davon, die berühmte Filmschauspielerin in Person vor sich zu sehen. Ihre Neugier setzte sich durch.

„Sagen Sie Julia zu mir, bitte. Sonst erinnern Sie mich an die Jahre, die zwischen uns liegen. Die Farbe Ihres Pullovers steht Ihnen gut. Ich könnte nie Grau tragen. Oh, entschuldigen Sie, Darling. Kleidung ist eine Schwäche von mir. Ob ich allein hier bin?"

Julias Lächeln verstärkte sich. „Genau genommen ist dieser kleine Ausflug eine Mischung aus Geschäft und Vergnügen. Ich stehe zurzeit zwischen zwei Ehemännern – ein großartiges Zwischenspiel." Julia hob den Kopf. „Männer sind entzückend, aber Ehemänner können manchmal einengend sein. Hatten Sie jemals einen?"

„Nein." Andrea musste lachen. Julia hatte ihre Frage in einem Ton gestellt, als wolle sie wissen, ob Andrea jemals einen Hund besessen habe.

„Ich hatte drei."

Julia zwinkerte Andrea zu. „In diesem Fall war der Dritte nicht die richtige Wahl. Sechs Monate mit einem englischen Baron haben mir gereicht."

Andrea erinnerte sich, dass sie Fotos von Julia mit einem hochgewachsenen aristokratischen Engländer gesehen hatte. Julia hatte in einem Tweedkostüm hinreißend ausgesehen.

„Ich habe ein Gelübde der Enthaltsamkeit abgelegt", fuhr Julia fort. „Nicht vor Männern – vor der Ehe."

„Bis zum nächsten Mal?"

„Bis zum nächsten Mal", bestätigte Julia lachend. „Doch zurzeit bin ich aus rein platonischen Gründen mit Jacques LeFarre hier."

„Mit dem Filmproduzenten?"

„Natürlich." Wieder spürte Andrea, dass Julia sie forschend betrachtete. „Er braucht nur einen Blick auf Sie zu werfen und wird sofort überzeugt sein, einen neuen künftigen Star entdeckt zu haben. Vielleicht wäre das eine interessante Abwechslung."

Julia schien einen Moment nachzudenken, dann zuckte sie mit den

Schultern. „Die anderen Bewohner dieses gemütlichen Gasthofs haben bisher wenig Abwechslung geboten."

„Tatsächlich?" Andrea schüttelte automatisch den Kopf, als Julia ihr eine Zigarette anbot.

„Da sind Dr. Robert Spicer und seine Frau", begann Julia. Sie klopfte mit einem perfekt geformten Fingernagel auf die Armlehne ihres Schaukelstuhls. Ihre Haltung hatte sich ein wenig verändert. Andrea war zwar für Stimmungen äußerst empfänglich, doch diese Veränderung war zu schwach, um sie richtig deuten zu können.

„Der Arzt selbst könnte ganz interessant sein. Er ist groß und kräftig gebaut, sieht überdurchschnittlich gut aus und hat gerade die richtige Menge Grau an den Schläfen." Julia lächelte. In diesem Augenblick kam sie Andrea wie eine sehr hübsche, gut genährte Katze vor.

„Seine Frau ist klein und leider ziemlich pummelig. Was sie an Attraktivität besitzen mag, verdirbt sie dadurch, dass sie dauernd verdrossen vor sich hin schmollt." Julia machte das mit umwerfender Geschicklichkeit nach.

Andrea brach in lautes Gelächter aus. „Das ist aber nicht so schön."

„Oh, ich weiß." Julia machte eine lässige Handbewegung. „Ich kann kein Verständnis für Frauen aufbringen, die sich gehen lassen und die andere Frauen mit missbilligenden Blicken bedenken, weil sie das nicht tun. Er liebt frische Luft und Wanderungen im Wald, und sie läuft mürrisch und schimpfend hinter ihm her." Julia sah Andrea fragend an. „Was halten Sie vom Wandern?"

„Ich liebe es."

„Nun ja, jeder nach seinem Geschmack. Als Nächste haben wir Helen Easterman." Wieder klopfte Julia mit dem ovalen lackierten Fingernagel auf die Armlehne. Sie schaute aus dem Fenster. Irgendwie kam es Andrea so vor, als sehe Julia die Berge und die Bäume gar nicht.

„Sie sagt, sie sei Kunsterzieherin und mache hier Urlaub, um in der Natur zu zeichnen. Sie ist einigermaßen attraktiv, allerdings ein wenig überreif, hat scharfe kleine Augen und ein unangenehmes Lächeln. Ferner haben wir hier Steve Andersen."

Jetzt lächelte Julia wieder. Männer zu beschreiben war offensichtlich mehr nach ihrem Geschmack. „Er ist gar nicht übel, hat breite Schultern, blondes, von der Sonne gebleichtes Haar, hübsche blaue Augen.

Und er ist ungewöhnlich reich. Seinem Vater gehören die …"

„Die Andersen-Werke?", half Andrea aus und wurde mit einem strahlenden Lächeln belohnt.

„Sie kennen sich aus, Andrea, wie?"

„Ich las etwas darüber, dass Steve Anderson auf eine Karriere als Politiker aus ist."

„Ja, das würde zu ihm passen." Julia nickte. „Er hat sehr gute Manieren und ein entwaffnendes jungenhaftes Lächeln – das ist für einen Politiker immer sehr vorteilhaft."

„Ist es nicht eine ernüchternde Vorstellung, dass Politiker wegen ihres Lächelns gewählt werden?"

„Oh, die Politik." Julia verzog das Gesicht und machte eine wegwerfende Handbewegung. „Ich hatte einmal ein Verhältnis mit einem Senator. Politik ist ein hässliches Geschäft."

Andrea wusste nicht, ob sie dieses Thema verfolgen sollte, und verzichtete darauf. „Insofern scheint das für Julia Bond und Jacques LeFarre nicht die passende Gesellschaft zu sein."

„So ist das in unserem Beruf." Julia steckte sich eine Zigarette an und lächelte Andrea zu. „Bleiben Sie beim Fotografieren, Andrea, gleich, was Jacques Ihnen verspricht. Wir sind hier wegen der Launen des letzten und zugleich interessantesten unserer Mitbewohner. Er ist ein genialer Schriftsteller. Vor einigen Jahren spielte ich in einem Film, zu dem er das Drehbuch geschrieben hatte. Jacques will ihn zu einem weiteren Drehbuch überreden, und ich soll ihm dabei helfen."

Julia zog an ihrer Zigarette. „Ich bin dazu bereit, denn wirklich gute Drehbücher sind nicht leicht zu bekommen. Aber unser Schriftsteller steckt mitten in einem Roman. Jacques denkt, dass man aus einem Roman ein Drehbuch machen könne, aber unser Genie will nicht. Er sagt, er sei hierhergekommen, um einige Wochen in Ruhe zu schreiben. Danach will er darüber nachdenken. Der charmante LeFarre hat unseren Schriftsteller dazu überredet, dass wir ihm einige Tage Gesellschaft leisten dürfen."

Andrea war zugleich fasziniert und verblüfft. Sie fragte unverblümt: „Jagen Sie Schriftsteller immer auf diese Art? Ich dachte immer, es sei eher umgekehrt."

„Damit haben Sie völlig recht", bestätigte Julia. „Aber Jacques ist ganz versessen darauf, eine Arbeit dieses Mannes zu verfilmen, und er hat mich in einem schwachen Moment erwischt. Ich hatte gerade die Lektüre eines sehr fesselnden Drehbuches beendet. Sie müssen wissen, dass ich zwar von meiner Arbeit lebe, ich mich aber nicht für jeden Mist hergebe. Und so kommt es, dass ich hier bin."

„Auf der Jagd nach einem zurückhaltenden Schriftsteller."

„Das hat auch positive Seiten."

Ich möchte sie mit der Sonne im Hintergrund aufnehmen, dachte Andrea.

Die Sonne muss tief stehen, kurz vor dem Untergang sein. Die Kontraste wären vollkommen.

Andrea konzentrierte sich wieder auf das Gespräch mit Julia. „Positive Seiten?"

„Dieser Schriftsteller ist zufällig unglaublich anziehend. Er hat diese ungezwungene, verwegene Art an sich, mit der man geboren sein muss. Im Vergleich zu einem englischen Baron ist er ein ganz erheblicher Fortschritt. Er ist groß, braun gebrannt, hat schwarzes Haar, das etwas zu lang und immer unordentlich ist. Es juckt einer Frau geradezu in den Fingern, darin herumzuwühlen. Am eindrucksvollsten sind seine schwarzen Augen, die zu sagen scheinen: ‚Scher dich zum Teufel.' Er ist sehr arrogant."

Julia seufzte. Dieser kleine Seufzer verriet völlige weibliche Übereinstimmung. „Arrogante Männer sind unwiderstehlich, finden Sie nicht auch?"

Andrea murmelte irgendeine Antwort, während sie den Verdacht zu zerstreuen suchte, den Julias Worte in ihr entstehen ließen. Es muss ein anderer sein, dachte sie entschlossen, irgendein anderer.

„Natürlich kann Lucas McLean sich bei seinem Talent eine gewisse Arroganz leisten."

Andrea wurde blass. Die Erinnerung an einen fast vergessenen Schmerz befiel sie. Wie konnte das nach so langer Zeit so wehtun? Sie hatte die Mauer mit so großer Sorgfalt errichtet – wie konnte sie zu Staub zerfallen, als nur der Name dieses Mannes fiel? Welche sadistische Laune des Schicksals hatte Lucas McLean hierher geführt, um sie zu quälen?

„Fehlt Ihnen etwas, Darling?"

Julias Stimme, die Besorgnis und Neugier verriet, drang in Andreas Bewusstsein. Andrea schüttelte den Kopf. „Nein." Sie schluckte und atmete tief durch. „Ich war nur so überrascht, als ich hörte, dass Lucas McLean hier ist." Sie sah Julia an. „Ich kannte ihn … vor langer Zeit."

„Oh, ich verstehe."

Julia verstand in der Tat sehr gut, das war Andrea klar. Gesichtsausdruck und Stimme verrieten Mitleid.

Andrea gab sich Mühe, das Thema ungezwungen zu behandeln. „Wahrscheinlich wird er sich an mich nicht mehr erinnern." Ein Teil von ihr wünschte sich, es möge so sein, während ein anderer das Gegenteil erhoffte. Würde er sie vergessen haben, könnte er das?

„Andrea, Darling, Sie haben ein Gesicht, dass ein Mann nicht so leicht vergisst." Julia stieß eine Wolke von Zigarettenrauch aus und musterte Andrea. „Sie waren noch sehr jung, als Sie sich in ihn verliebten, nicht?"

„Ja." Andrea war noch damit beschäftigt, ihre Schutzmauer wieder aufzubauen. Julias Frage überraschte sie nicht. „Zu jung und zu naiv." Sie brachte ein spöttisches Lächeln zustande. Zum ersten Mal seit sechs Monaten nahm sie eine Zigarette an. „Aber ich lerne schnell."

„Es scheint, als würden die nächsten Tage doch noch interessant."

„Ja." Andrea war von dieser Aussicht keineswegs begeistert. „Das könnte durchaus sein." Sie stand auf. „Ich muss meine Sachen nach oben bringen."

Während Andrea sich reckte, lächelte Julia ihr zu. „Wir sehen uns beim Abendessen."

Andrea nickte, nahm Kameratasche und Handtasche und verließ das Zimmer.

Draußen auf dem Flur kämpfte Andrea kurze Zeit mit ihren Koffern, der Kameratasche und der Handtasche. Dann begann sie den Transport die Treppe hinauf. Während ihr dabei warm wurde und sie vor sich hin schimpfte, verlor sich ihre Anspannung ein wenig.

Lucas McLean, dachte Andrea und stieß sich dabei einen Koffer gegen das Schienbein. Sie war schlecht gelaunt. Außer Atem und ungeduldig erreichte sie den Flur, an dem ihr Zimmer lag. Verärgert ließ sie alle Sachen zu Boden fallen.

„Hallo, Kätzchen. Ist kein Page da?"

Die Stimme und die Erwähnung ihres Spitznamens schlugen einige Steine aus der frisch errichteten inneren Schutzmauer. Nach kurzem

Zögern drehte Andrea sich um. Dieser Mann sollte von ihrem Gesicht nicht ablesen können, wie schmerzlich sie diese Wiederbegegnung berührte.

Aber der Schmerz war da, er war überraschend wirklich und spürbar. Er erinnerte Andrea an den Tag, an dem ihr Bruder sie mit einem Baseball am Bauch getroffen hatte. Sie war damals zwölf gewesen.

Jetzt bin ich nicht mehr zwölf, erinnerte sie sich. Sie begegnete Lucas' herablassendem Lächeln auf die gleiche Art.

„Hallo, Lucas. Ich hörte bereits, dass du hier bist. Der Pine View Inn läuft ja von Berühmtheiten geradezu über."

Er war unverändert geblieben, das merkte sie sofort – dunkel, schlank und männlich. Er hatte etwas Verwegenes, Wildes an sich, das durch die dichten schwarzen Augenbrauen und die herben Gesichtszüge noch unterstrichen wurde. Man konnte Lucas McLean nicht einfach nur schön nennen. Nein, das wäre ein viel zu schwacher Ausdruck gewesen. Er war aufregend und unwiderstehlich, einfach fatal. Diese Worte passten viel besser zu ihm.

Seine Augen waren fast so schwarz wie sein Haar. Sie konnten Geheimnisse ohne Mühe verbergen. Er bewegte sich mit einer lässigen Anmut, die angeboren zu sein schien. Ein Ausdruck ungebändigter Männlichkeit ging von ihm aus.

Langsam kam er näher und schaute Andrea an. Erst jetzt fiel ihr auf, dass er völlig übermüdet aussah. Er hatte Schatten unter den Augen, eine Rasur hätte ihm gutgetan. Die Falten in seinen Wangen waren tiefer, als sie sich erinnerte – und sie erinnerte sich sehr gut an ihn.

„Du siehst unverändert aus." Er streckte die Hand aus und fasste in ihr Haar, während er ihr in die Augen blickte.

Andrea fragte sich, wie sie jemals auf die Idee hatte kommen können, sie habe Lucas innerlich überwunden. Das würde keiner Frau je gelingen. Nur mit äußerster Anstrengung konnte sie seinem Blick standhalten.

„Und du", erwiderte sie, während sie die Tür ihres Zimmers öffnete, „siehst schrecklich aus. Du brauchst Schlaf."

Lucas lehnte sich an den Türrahmen, bevor Andrea ihre Sachen in das Zimmer ziehen und die Tür zuschlagen konnte. „Ich habe Schwierigkeiten mit einer meiner Figuren", sagte er. „Sie ist groß, gertenschlank, hat kastanienbraunes Haar, das ihr bis zur Taille reicht, schlanke Hüften und lange Beine."

Andrea drehte sich um und sah Lucas mit scheinbar ausdrucksloser Miene an.

„Sie hat einen Mund wie ein Kind, eine schmale Nase und hohe, schöne Wangenknochen. Ihre Haut hat die Farbe von Elfenbein, unter ihrer Oberfläche scheint es zu glühen. Die Augenwimpern sind ungewöhnlich lang, und ihre grünen Augen werden gelegentlich bernsteinfarben, wie bei Katzen."

Andrea hörte der Beschreibung, die Lucas von ihr gab, regungslos zu. Ihr Gesicht wirkte gelangweilt und uninteressiert. Für Lucas musste das überraschend sein. So hatte sie ihm gegenüber vor drei Jahren nie ausgesehen.

„Ist sie die Mörderin oder das Opfer?" Andrea bemerkte erfreut, dass Lucas verblüfft zu sein schien.

„Ich schicke dir ein Exemplar, wenn das Buch fertig ist." Sein Gesicht wirkte plötzlich verschlossen. Auch darin hatte er sich nicht verändert.

„Tu das."

Andrea schob die Koffer in ihr Zimmer und lehnte sich einen Moment an die Tür, um sich auszuruhen. Ihr Lächeln war kalt. „Du musst mich jetzt entschuldigen, Lucas. Ich habe eine lange Fahrt hinter mir und möchte ein Bad nehmen."

Sie schlug ihm die Tür vor der Nase zu und schloss ab.

Zielstrebig packte Andrea ihre Koffer aus, ließ Wasser in die Badewanne ein und wählte ein Kleid aus, das sie zum Abendessen tragen wollte. Es gelang ihr so, sich für kurze Zeit von ihrem Schmerz abzulenken.

Als sie schließlich mit dem Anziehen begann, hatten sich ihre Nerven wieder beruhigt. Das Schlimmste war bereits überstanden. Die erste Begegnung, die ersten Worte, die sie miteinander gewechselt hatten, waren am schwierigsten gewesen. Sie hatte Lucas gesehen, sie hatte mit ihm gesprochen, und sie hatte alles überlebt.

Der Erfolg machte Andrea kühn. Zum ersten Mal seit nahezu zwei Jahren ließ sie es zu, dass die Erinnerungen in ihr wach wurden.

Sie war sehr verliebt gewesen. Es hatte alles mit einem ganz normalen Auftrag angefangen. Sie sollte Fotos für einen Illustriertenartikel über den berühmten Kriminalschriftsteller Lucas McLean machen. Das Ergebnis waren sechs Monate unglaublicher Freude gewesen – gefolgt von einem unsagbaren Schmerz.

Lucas hatte sie ganz einfach überwältigt. Noch nie war sie einem Mann wie ihm begegnet. Sie wusste jetzt, dass es keinen zweiten Mann gab, der ihm geglichen hätte. Er war ein äußerst brillanter Kopf, einnehmend, egoistisch und launisch.

Es war zuerst wie ein Schock für Andrea gewesen, als sie merkte, dass Lucas sich für sie interessierte. Doch dann hatte sie wie auf einer Wolke gelebt. Sie hatte ihn angebetet und geliebt.

Julia hatte mit ihrer Bemerkung recht gehabt, dass seine Arroganz unwiderstehlich sei. Häufig hatte er Andrea um drei Uhr morgens angerufen. Sie war glücklich gewesen. Das letzte Mal, dass er sie in den Armen gehalten, sie leidenschaftlich geküsst hatte, war ebenso aufregend gewesen wie das erste Mal. Sie war wie eine reife Frucht in sein Bett gefallen und hatte ihre Unschuld mit einer Leichtigkeit preisgegeben, die nur durch blinde, vertrauensvolle Liebe herbeigeführt werden kann.

Sie erinnerte sich, dass Lucas nie die Worte gesagt hatte, die sie von ihm hatte hören wollen. Aber sie hatte sich stets damit beruhigt, dass es dieser Worte auch gar nicht bedurfte. An ihrer Stelle hatte es unerwartete Rosensträuße gegeben, überraschende Picknicks am Strand mit Wein aus Pappbechern und einem Liebesspiel, das sie alles um sich herum vergessen ließ. Was sollten da noch Worte?

Als dann das Ende kam, geschah es plötzlich und keineswegs schmerzlos.

Andrea führte Lucas' Zerstreutheit, seine Launen darauf zurück, dass er Schwierigkeiten mit dem Roman hatte, an dem er arbeitete. Sie wäre nie auf den Gedanken gekommen, dass er sich langweilte.

Es war ihr zur Gewohnheit geworden, an jedem Mittwoch bei ihm zu Hause das Abendessen zuzubereiten. Es war jedes Mal ein kleines privates Ereignis gewesen, ein Abend, den sie ganz besonders schätzte.

Ihr Erscheinen bei Lucas war für sie völlig natürlich gewesen, eine Art Routine. Als sie sein Wohnzimmer betrat und sah, dass er sich elegant gekleidet hatte, glaubte sie, er habe sich für diesen gemeinsamen Abend einen besonderen Rahmen ausgedacht.

„Nanu, Kätzchen, was machst du denn hier?" Lucas hatte das so beiläufig gesagt, dass Andrea ihn verständnislos ansah. „Ach ja, es ist Mittwoch, nicht wahr?" Lucas' Stimme verriet einen Anflug von Ärger, so, als habe er die Verabredung mit dem Zahnarzt vergessen. „Das war mir völlig entfallen. Es tut mir leid, ich habe andere Pläne."

„Andere Pläne?" Andrea war immer noch weit davon entfernt, die Situation zu verstehen.

„Ich hätte dich anrufen und dir die Fahrt ersparen sollen. Entschuldige, Kätzchen, aber ich bin gerade im Aufbruch begriffen."

„Im Aufbruch?"

„Ich gehe aus." Lucas kam auf Andrea zu und blieb vor ihr stehen. Ein Frösteln durchlief sie. Sein Blick war so kalt.

„Mach keine Schwierigkeiten, Andrea. Ich möchte dir nicht mehr als unbedingt nötig wehtun."

Jetzt begriff Andrea. Tränen stiegen ihr in die Augen, ohne dass sie es verhindern konnte.

Lucas wurde zornig. „Hör mit dem Geheule auf! Ich habe keine Zeit, mich mit einer weinenden Frau zu befassen. Schluck es hinunter und verbuche es auf dem Konto Erfahrungen. Die hast du bitter nötig."

Er steckte sich eine Zigarette an, während Andrea reglos dastand und lautlos weinte.

„Stell dich nicht so töricht an!" Lucas' Stimme klang abweisend. „Wenn etwas vorbei ist, dann vergisst man es und geht weiter. So ist das Leben nun einmal."

„Du willst mich nicht mehr?" Andrea stand wie betäubt da, ihr Blick war durch die Tränen getrübt. Sie konnte Lucas' Gesichtsausdruck nicht erkennen.

Für einen Moment schwieg er. Dann antwortete er offenbar ungerührt: „Mach dir keine Sorgen, Kätzchen. Du findest bestimmt einen anderen."

Sie drehte sich um und floh.

Es hatte über ein Jahr gedauert, bis Andreas erster Gedanke am Morgen nicht mehr Lucas galt. Aber sie hatte es überlebt. Das durfte sie nicht vergessen.

Andrea zog jetzt ein hellgrünes Kleid an. Sie würde auch weiterhin überleben. Im Grunde genommen war sie zwar noch derselbe Mensch wie damals, als sie sich in Lucas verliebt hatte. Doch inzwischen hatte sie sich besser im Griff. Die Unschuld hatte sie verloren. Es war schon mehr nötig als ein Mann wie Lucas McLean, um sie wieder aus dem Gleichgewicht zu bringen.

Andrea hob den Kopf. Sie war zufrieden mit der Art, in der sie Lucas vorhin begegnet war. Er war bestimmt überrascht gewesen. Nein, Andrea Gallegher ließ sich nicht länger zur Närrin machen.

In Gedanken beschäftigte sie sich mit der seltsamen Ansammlung von Gästen, die zu ihrer Tante gekommen waren. Wieso trafen sich die reichen und berühmten Leute hier und nicht in irgendeinem exklusiven Ferienort?

Doch was ging sie das an? Es war jetzt an der Zeit, zum Abendessen zu gehen. Tante Tabby hatte ihr gesagt, dass sie nicht zu spät kommen solle.

2. KAPITEL

*E*s waren nicht gerade alltägliche Menschen, die sich in diesem abgelegenen Gasthof Virginias versammelt hatten: ein preisgekrönter Schriftsteller, eine Schauspielerin, ein Filmproduzent, ein reicher Geschäftsmann aus Kalifornien, ein erfolgreicher Herzchirurg mit Frau und eine Kunsterzieherin.

Bevor Andrea alle richtig wahrgenommen hatte, war sie schon in die Gruppe mit einbezogen. Julia nahm sie in Beschlag und begann, die Leute einander vorzustellen. Offenbar genoss sie ihre Rolle und fühlte sich als Mittelpunkt der Gesellschaft.

Zuerst war Andrea etwas schüchtern gewesen, als sie so in das Rampenlicht gestellt wurde. Doch das gab sich schnell, und sie bemerkte amüsiert, wie genau Julia die anderen Anwesenden beschrieben hatte.

Dr. Robert Spicer sah in der Tat gut aus. Er ging auf die fünfzig zu und strahlte robuste Gesundheit aus. Jetzt trug er eine bequeme, offenbar teure grüne Strickjacke mit braunen Lederstücken an den Ellbogen.

Seine Frau war ebenfalls so, wie Julia sie beschrieben hatte: unvorteilhaft pummelig. Das angedeutete Lächeln, das sie Andrea widmete, dauerte höchstens zwei Sekunden. Dann wirkte ihr Gesicht wieder mürrisch. Sie warf ihrem Mann finstere, übel gelaunte Blicke zu, während er Julia seine Aufmerksamkeit schenkte.

Andrea sah zu. Sie hatte wenig Mitleid mit Jane und konnte Julias Benehmen nicht missbilligen. Niemand nimmt es einer Blume übel, dass sie Bienen anzieht. Julias Anziehungskraft war ebenso natürlich wie wirksam.

Helen Easterman war auf eine zugleich elegante und praktische Art chic. Das scharlachrote Kleid stand ihr, passte aber nicht besonders gut zu dem einfach möblierten Raum. Ihr Make-up war perfekt. Es erinnerte Andrea an eine Maske. Als Fotografin kannte sie die Tricks und Geheimnisse der Kosmetik. Instinktiv mied Andrea diese Frau.

Im Gegensatz zu Helen war Steve Andersen, ein sonnengebräunter Kalifornier, überaus charmant. Andrea gefielen die kleinen Falten um die Augenwinkel und die Art, wie er sich lässig kleidete. Er trug Kakihosen. Bestimmt konnte er ebenso gut im Smoking auftreten. Falls er beschloss, Politiker zu werden, würde er seinen Weg ganz sicher machen.

Julia hatte Jacques LeFarre nicht beschrieben. Was Andrea über ihn wusste, hatte sie aus der Boulevardpresse oder durch seine Filme erfahren. Er war kleiner, als sie ihn sich vorgestellt hatte, erreichte kaum ihre Größe, war aber sehr drahtig. Er hatte ein ausdrucksvolles Gesicht. Das braune Haar trug er aus der zerfurchten Stirn zurückgekämmt.

Andrea fand seinen Schnurrbart und die Art charmant, wie er ihre Hand hob und küsste, als sie einander vorgestellt wurden.

„Was möchten Sie trinken, Andrea?", fragte Steve sie mit einem Lächeln. „In Georges Abwesenheit spiele ich hier den Barkeeper."

„Einen Wodka Collins mit wenig Wodka", warf Lucas ein.

Andrea gab es auf, ihn zu übersehen. „Dein Gedächtnis scheint besser geworden zu sein", bemerkte sie kühl.

„Ebenso wie deine Garderobe." Lucas strich mit dem Finger über den Kragen ihres Kleides. „Ich erinnere mich, dass du früher mit Vorliebe Jeans und alte Pullover trugst."

„Ich bin erwachsener geworden." Sie erwiderte Lucas' Blick gelassen.

„Oh, Sie kennen sich bereits von früher?", sagte Jacques. „Das ist faszinierend. Sind Sie alte Freunde?"

„Alte Freunde?" wiederholte Lucas, bevor Andrea etwas sagen konnte. Er musterte sie belustigt. „Würdest du sagen, dass das eine korrekte Beschreibung ist, Kätzchen?"

„Kätzchen?" Jacques hob die Augenbrauen. „Ah, oui, die Augen." Erfreut strich er mit dem Zeigefinger über seinen Schnurrbart. „Das stimmt. Was meinst du, chérie?" Er wandte sich zu Julia um, die die Szene mit Genuss beobachtete. „Sie ist bezaubernd, und sie hat eine gute Stimme."

„Ich habe Andrea bereits vor dir gewarnt, Jacques." Julia lächelte ihn strahlend an.

„Aber Julia", tadelte Jacques mild. „Wie hässlich von dir."

„Andrea arbeitet auf der anderen Seite der Kamera", erklärte Lucas.

Andrea wusste, dass er sie die ganze Zeit nicht aus den Augen gelassen hatte. Sie war froh, dass Steve ihr jetzt mit ihrem Getränk entgegenkam.

„Sie ist Fotografin."

„Ich muss gestehen, ich bin schon wieder fasziniert." Jacques ergriff Andreas freie Hand. „Verraten Sie mir, weshalb stehen Sie hinter der Kamera statt vor ihr? Schon allein Ihr Haar würde jeden Dichter veranlassen, zur Feder zu greifen."

Keine Frau ist gegen eine Schmeichelei immun, vor allem dann, wenn sie mit französischem Akzent ausgesprochen wird. Andrea lächelte Jacques an. „Es fängt schon damit an, dass ich wahrscheinlich nicht lange genug still stehen kann."

„Fotografen können ziemlich nützlich sein." Helen Easterman beteiligte sich plötzlich an dem Gespräch. Sie strich sich über das dunkle glatte Haar. „Eine gute, deutliche Fotografie ist ein unschätzbares Werkzeug für einen Künstler."

Ein unbehagliches Schweigen folgte auf diese Bemerkung. Andrea spürte, dass die Menschen im Zimmer eine Spannung ergriffen hatte, ohne dass sie verstand, worauf das beruhen konnte.

Helen lächelte ein wenig boshaft in das Schweigen hinein und trank aus ihrem Glas. Ihr Blick wanderte von einem der Anwesenden zum anderen, ohne dass sie dabei jemand besonders ansah.

Andrea wusste, dass Helen irgendetwas von den anderen trennte. Wortlose Botschaften wurden gewechselt, ohne dass Andrea allerdings hätte sagen können, zwischen wem.

Doch die Stimmung wechselte sehr schnell wieder, als Julia eine fröhliche Unterhaltung mit Robert Spicer begann. Jane Spicers gewohntes Stirnrunzeln verstärkte sich.

Die ungezwungene Atmosphäre hielt an, während die Gäste zum Essen gingen. Andrea saß zwischen Jacques und Steve. Sie lernte, als sie zusah, wie Julia gleichzeitig mit Lucas und Robert flirtete.

Andrea fand Julia einfach großartig. Obwohl sie es nicht gern sah, dass Lucas Julias Flirt ungezwungen erwiderte, musste sie Julias Talent bewundern. Ihre Schönheit und ihr Charme waren unschlagbar.

Jane hingegen aß schmollend und verdrossen und schwieg die ganze Zeit. Was für eine schreckliche Frau, dachte Andrea. Doch dann fragte sie sich, wie sie wohl reagieren würde, wenn ihr Mann von einer anderen Frau so bezaubert wäre. Sie würde handeln, nicht schweigend zusehen, sie würde der Rivalin die Augen auskratzen.

Bei dieser Vorstellung, wie die plumpe Jane mit der eleganten Julia rang, musste Andrea lächeln. Sie sah auf und merkte, dass Lucas sie anblickte. Er hatte die Augenbrauen hochgezogen. Sie wusste, was das bedeutete. Er amüsierte sich.

Andrea wandte sich Jacques zu. „Finden Sie, dass die Filmindustrie hier in Amerika sehr anders ist, Mr LeFarre?"

„Sie müssen mich Jacques nennen." Als er lächelte, hoben sich die Spitzen seines Schnurrbarts. „Ja, es gibt Unterschiede. Ich würde sagen, dass die Amerikaner mehr … mehr wagen als die Europäer."

„Vielleicht liegt es daran, dass wir eine Mischung aus verschiedenen Nationalitäten sind. Keine ist hier verwässert worden, nur amerikanisiert."

„Amerikanisiert." Jacques sprach das Wort genießerisch nach, es gefiel ihm. Er grinste fröhlich und sah damit jünger und weniger weltmännisch aus. „Ja, ich würde sagen, dass ich mich in Kalifornien amerikanisiert fühle."

„Aber Kalifornien ist nur eine Seite unseres Landes", meinte Steve. „Ich finde, Südkalifornien oder gar Los Angeles sind keineswegs typisch."

Andrea spürte, dass Steve ihr Haar betrachtete. Sein Interesse an ihr freute sie. Es bewies ihr, dass sie immer noch eine Frau war, die das Interesse von Männern wecken konnte – nicht nur eines Mannes.

„Waren Sie jemals in Kalifornien, Andrea?", fragte Steve.

„Ich habe dort früher einige Zeit gelebt." Das Bedürfnis, sich selbst etwas zu beweisen, brachte Andrea dazu, zu Lucas hinüberzuschauen. Ihre Blicke trafen sich für einen Moment.

„Vor drei Jahren bin ich nach New York gezogen."

„Hier war eine Familie aus New York", fuhr Steve fort. Ob er den Blickaustausch zwischen Andrea und Lucas bemerkt hatte, war nicht zu erkennen. Er ließ sich jedenfalls nichts anmerken. Ja, er ist gut zum Politiker geeignet, dachte Andrea.

„Sie sind heute Morgen abgereist. Die Frau war eine dieser robusten Typen, denen die Energie aus jeder Pore strahlt. Die brauchte sie auch." Steves Lächeln war nur für Andrea bestimmt. „Sie hatte drei Jungen – Drillinge. Ich glaube, sie sagte, die Kinder seien elf."

„Oh, diese garstigen Kinder!" Julia blickte in gespielter Verzweiflung nach oben. „Sie liefen wie ein paar Affen herum. Am schlimmsten war es, dass man nie sagen konnte, wer gerade vorbeirannte oder irgendwo heruntersprang. Sie machten alles dreifach." Julia schauderte es, sie hob ihr Wasserglas. „Sie aßen wie die Elefanten."

„Herumlaufen und essen gehören zur Kindheit", merkte Jacques kopfschüttelnd an. Er zwinkerte Andrea zu. „Julia wurde gleich mit einundzwanzig geboren und war sofort schön."

„Auch ein Kind kann gute Manieren haben", erwiderte Julia. „Schönheit ist lediglich eine Zutat."

Julia wandte sich an Andrea. „Sie müssen wissen, dass Jacques ganz verrückt nach Kindern ist. Er hat selbst drei."

Andrea wäre nie auf die Idee gekommen, sich Jacques als Familienvater vorzustellen. „Ich mag Kinder ebenfalls sehr gern", gestand sie. „Was haben Sie, Jacques, Jungen oder Mädchen?"

„Jungen." Der Ausdruck seiner Augen verriet die tiefe Zuneigung, die er für seine Kinder empfand. „Sie sind wie eine Leiter." Mit der Hand formte er unsichtbare Sprossen. „Sieben, acht und neun Jahre. Sie leben in Frankreich bei meiner Frau – meiner früheren Frau."

Für einen Moment zog ein Schatten über sein Gesicht, doch das war schnell wieder vorbei. Aber Andrea konnte sich nun gut vorstellen, was die Falten auf seiner Stirn verursacht hatte.

„Jacques möchte tatsächlich das Sorgerecht für die kleinen Unholde haben." Julias Worte waren nicht so gemeint, wie sie klangen. Das sah Andrea ihr an. Julia empfand echte Zuneigung für Jacques.

„Obgleich ich an deinem Verstand zweifle, Jacques, muss ich zugeben, dass du ein besserer Vater wärst, als Claudette eine Mutter ist."

„Sorgerechtsprozesse sind eine heikle Angelegenheit", verkündete Helen vom anderen Ende des Tisches her. Sie trank aus ihrem Wasserglas und blickte scharf über den Rand des Glases hinweg. Sie konzentrierte sich jetzt ganz auf Jacques. „Es ist außerordentlich wichtig, dass keine … unpassenden Informationen zum Vorschein kommen."

Wieder breitete sich Spannung aus. Andrea spürte, wie sich der Franzose neben ihr versteifte.

Doch das allein war es nicht, es war unmöglich, die unterschwelligen Spannungen am Tisch nicht zu spüren, auch wenn sie nicht fassbar waren.

Instinktiv sah Andrea Lucas an. Sein Gesicht war ernst, seine Miene undurchdringlich. Ihm war nicht anzumerken, was er dachte.

„Ihre Tante serviert ganz ausgezeichnete Gerichte, Miss Gallegher."

Mit einem zufriedenen Lächeln wandte Helen sich an Andrea.

„Ja", bestätigte Andrea in das bedrückende Schweigen hinein. „Tante Tabby hält vom Essen sehr viel."

„Tante Tabby?" Julias fröhliches Lachen löste die Spannung. „Was für ein wunderbarer Name. Wussten Sie, Lucas, dass Andrea eine Tante Tabby hat, als Sie sie Kätzchen tauften?"

Julia sah Lucas aus großen Augen und anscheinend völlig arglos an. Andrea wurde an einen Film erinnert, in dem Julia geradezu perfekt die Unschuldige spielte.

„Lucas und ich kannten einander nicht genug, um über Verwandte zu reden." Zu Andreas großer Genugtuung war es ihr gelungen, ihre Worte völlig gelassen und beiläufig klingen zu lassen. Noch mehr freute sie es dann, dass Lucas erstaunt die Augenbrauen hob.

Er fasste sich aber schnell. „Genau genommen waren wir zu beschäftigt, um Stammbäume zu erörtern." Er bedachte Andrea mit einem Lächeln, das ihre Verteidigungsmauer überwand und ihren Pulsschlag beschleunigte. „Worüber haben wir damals eigentlich geredet, Kätzchen?"

„Ich weiß nicht, das habe ich völlig vergessen. Es ist ja alles schon so lange her."

In diesem Moment kam Tante Tabby mit ihrem Blaubeerauflauf herein.

Als die Gäste in den Aufenthaltsraum zurückkehrten, brannte dort ein wärmendes Feuer im Kamin. Aus der Stereoanlage erklang leise Musik.

Was sich dann entwickelte, könnte am besten als entspannte Geselligkeit beschrieben werden. Steve und Robert setzten sich an einem Schachbrett zusammen. Jane blätterte missmutig in einer Illustrierten. Selbst für einen Nichtfotografen wäre es deutlich gewesen, dass diese Frau nie hätte Braun tragen sollen. Doch Andrea zweifelte nicht daran, dass Jane gerade das stets tat.

Lucas hatte es sich auf dem Sofa bequem gemacht. Irgendwie gelang es ihm immer, völlig ungezwungen und zugleich wach und energiegeladen zu wirken. Andrea wusste, dass er es liebte, andere Menschen zu beobachten. Er tat das ganz unauffällig und lernte dabei ihre Geheimnisse kennen. Er war ein besessener Schriftsteller, der seine Charaktere nach lebenden Vorbildern formte.

Im Moment schien er vollkommen zufrieden damit zu sein, sich mit Julia und Jacques zu unterhalten, die ihn auf dem Sofa einrahmten. Das Gespräch war freundlich und von gegenseitigem Verständnis getragen. Alle drei stammten aus derselben Welt.

Aber das ist nicht meine Welt, erinnerte sich Andrea. Dass sie es sein könnte, hatte sie nur für kurze Zeit vorgegeben. Andrea hatte recht gehabt, als sie zu Lucas sagte, sie sei erwachsen geworden. Das Leben in einer Traumwelt ist etwas für Kinder. Kinder spielen gern.

Irgendein Spiel ging allerdings auch in diesem Zimmer vor sich. Das spürte Andrea, während sie die Gäste beobachtete. Über dem gemütlichen Beisammensein lag ein Schatten des Unbehagens. Andrea war an Zwischentöne gewöhnt, sie hatte ein Gefühl für atmosphärische Spannungen.

Die anderen ließen sie an dem Spiel nicht teilnehmen, verrieten ihr dessen Regeln nicht. Sie sollte dafür dankbar sein, denn sie wollte nicht spielen.

Andrea stand auf und besuchte ihre Tante, die in ihrem Zimmer saß.

„Oh, Andrea." Tante Tabby nahm die Brille von der Nase und ließ sie an einer Kette vor ihrem Busen baumeln. „Ich war gerade dabei, einen Brief deiner Mutter zu lesen. Den hatte ich bisher völlig vergessen. Sie schreibt, wenn ich den Brief lese, seist du bereits bei mir. Und tatsächlich, hier bist du." Lächelnd tätschelte sie Andreas Hand. „Debbie war immer so klug. Hat dir der Schmorbraten geschmeckt, Kindchen?"

„Er war großartig. Ich danke dir sehr, Tante Tabby."

„Es wird ihn jede Woche einmal geben, solange du bei mir bist."

Andrea lächelte insgeheim und dachte daran, wie sehr sie Nudeln liebte. Wahrscheinlich bekam Paul Nudeln, wenn er hier zu Besuch war.

„Ich will mir das notieren, Andrea, sonst vergesse ich es."

Andrea erinnerte sich, dass Tante Tabby ein großes Geschick darin hatte, ihre Notizen zu verlegen.

„Wo ist nur meine Brille?" Tante Tabby sah sich um, stand auf, suchte auf dem Schreibtisch herum, hob Papiere hoch und schaute unter Bücher. „Nie ist sie da, wo ich sie gelassen habe."

Andrea hob die Brille hoch, die vor dem Busen ihrer Tante hing, und schob sie ihr auf die Nase.

Tante Tabby blinzelte einen Moment, dann lachte sie. „Ist das nicht eigenartig? Die ganze Zeit hatte ich sie bei mir. Du bist ebenso klug wie deine Mutter."

Andrea konnte nicht anders, sie musste ihre Tante liebevoll umarmen. „Tante Tabby, du bist wirklich einmalig."

„Du warst immer ein liebes Kind." Die Tante streichelte Andreas Wange, dann setzte sie sich wieder in ihren Sessel. Sie hinterließ eine Duftwolke von Lavendel und Puder. „Ich hoffe, deine Überraschung gefällt dir."

„Ganz bestimmt."

„Du hast sie noch nicht gesehen, nicht wahr?" Tante Tabby schaute nachdenklich vor sich hin. „Nein, ich bin sicher, dass ich sie dir noch nicht gezeigt habe. Du kannst also noch gar nicht wissen, ob sie dir gefällt. Hast du dich mit Miss Bond gut unterhalten? Sie ist eine so reizende Dame. Ich glaube, sie ist beim Film."

Ja, Tante Tabby war wirklich ganz einmalig. „Das glaube ich auch. Ich habe sie immer bewundert."

„Oh, seid ihr euch früher schon einmal begegnet?" Tante Tabby schob die Papiere auf ihrem Schreibtisch in eine nur für sie durchschaubare Ordnung. „Ich sollte es dir lieber jetzt gleich zeigen, bevor ich das vergesse."

Andrea bemühte sich, den Gedankengängen ihrer Tante zu folgen. „Was willst du mir zeigen?"

„Oh nein, das darf ich dir nicht sagen. Dann wäre es ja keine Überraschung mehr für dich." Tante Tabby drohte Andrea schalkhaft mit dem Finger. „Du musst Geduld haben. Komm mit mir." Mit diesen Worten verließ sie das Zimmer.

Andrea folgte ihrer Tante. Offenbar ging es jetzt um die Überraschung. Andrea musste ihren Schritt verhalten. Normalerweise machte sie große Schritte, weil sie lange, schlanke Beine hatte. Ihre Tante hingegen ging völlig anders, mehr wie ein Kaninchen, das auf die Straße rennt, hocken bleibt und nicht mehr zu wissen scheint, in welche Richtung es weiterlaufen soll.

Tante Tabby sagte etwas über Bettwäsche, und Andreas Gedanken schweiften bei diesen Worten ungewollt in die Vergangenheit, zu ihrer Zeit mit Lucas.

„So, da sind wir." Tante Tabby blieb vor einer Tür stehen und bedachte sie mit einem erwartungsvollen Lächeln.

Die Tür führte, wie Andrea sich erinnerte, in eine Kammer, die schon seit langer Zeit als Vorratsraum verwendet wurde. Sie lag gleich neben der Küche. Man konnte hier gut Reinigungsgeräte aufbewahren.

„Nun?" Tante Tabby strahlte Andrea an. „Was hältst du davon?"

Andrea überlegte sich, dass die Überraschung wohl hinter dieser Tür zu suchen sei. „Ist meine Überraschung dort drin, Tante Tabby?"

„Ja, natürlich. Wie dumm von mir. Du kannst ja gar nicht wissen, was es ist, wenn ich die Tür nicht öffne."

Nach dieser unbestreitbar logischen Feststellung zog sie die Tür auf.

Als sie das Licht eingeschaltet hatte, war Andrea völlig verblüfft. Sie hatte erwartet, Besen und Mopps und Eimer zu sehen. Stattdessen blickte sie in eine völlig eingerichtete Dunkelkammer. Alle Geräte und Materialien, die sie brauchte, standen fein säuberlich aufgereiht vor ihr. Der Anblick verschlug ihr die Sprache.

„Nun, was sagst du jetzt?" Tante Tabby ging in die Dunkelkammer und schaute sich hier und dort um. „Für mich sieht das alles sehr technisch und wissenschaftlich aus." Das Vergrößerungsgerät betrachtete sie mit leicht zur Seite gedrehtem Kopf. „Ich bin sicher, dass ich von all dem überhaupt nichts verstehe."

„Oh, Tante Tabby." Andrea hatte die Stimme wiedergefunden. „Das hättest du nicht tun sollen."

„Mein Kind, ist daran etwas nicht in Ordnung? Nelson hat mir erzählt, dass du deine Filme selbst entwickelst. Die Firma, die diese Sachen gebracht hat, hat mir versichert, dass alles vorhanden sei, was du dir nur wünschen kannst. Natürlich …" Tante Tabby sah Andrea zweifelnd an. „Ich verstehe wirklich überhaupt nichts davon."

Ihre Tante sah jetzt so unsicher aus, dass Andrea sie sofort liebevoll umarmte. „Nein, Tante Tabby, es ist alles vollkommen. Es ist wirklich wunderbar. Ich wollte nur sagen, dass du das nicht für mich hättest tun sollen, die ganze Mühe und die Kosten …"

„Oh, das meintest du?", unterbrach Tante Tabby ihre Nichte. Sie atmete erleichtert auf. „Das war überhaupt keine Mühe. Diese netten jungen Männer kamen ins Haus und haben die ganze Arbeit erledigt. Und was die Ausgaben angeht, nun … ich möchte lieber zusehen, wie du mein Geld jetzt genießt und nicht erst später."

„Tante Tabby." Andrea nahm das Gesicht ihrer Tante zwischen die Hände. „Ich habe noch nie eine so tolle Überraschung erlebt. Ich danke dir von ganzem Herzen."

„Ich wünsche dir, dass du dich gut damit amüsierst." Tante Tabbys Wangen röteten sich, während Andrea sie küsste. Dann betrachtete Tante Tabby noch einmal die Gläser, Chemikalien und Schalen. „Hoffentlich fliegt dir hier nichts um die Ohren."

Andrea versicherte, dass so etwas nicht passieren werde. Beruhigt und zufrieden verschwand Tante Tabby und überließ es Andrea, die Dunkelkammer genauer zu inspizieren.

Über eine Stunde beschäftigte sich Andrea mit dem, wovon sie am meisten verstand. Die Beschäftigung mit dem Fotografieren hatte sie als Hobby begonnen, zu einer Zeit, da sie noch ein Kind war. Doch schnell war daraus eine echte Aufgabe und schließlich ein Beruf geworden. Chemikalien und komplizierte Geräte waren ihr nicht fremd. Hier in der Dunkelkammer oder mit der Kamera in der Hand wusste sie genau, wer sie war und was sie wollte. In ihrem Beruf hatte sie es gelernt, Dinge zu beherrschen.

Diese Fähigkeit brauchte sie jetzt auch, soweit es um ihre Gedanken an Lucas ging. Sie war nicht länger ein naives, verträumtes Mädchen, das jedem Wink mit dem Finger folgte, sondern eine berufstätige Frau, die auf ihrem Fachgebiet bereits einen guten Ruf besaß. Daran musste sie sich jetzt festhalten, wie in den vergangenen drei Jahren. Eine Rückkehr zur Vergangenheit gab es für sie nicht.

Nachdem Andrea die Dunkelkammer nach ihren Vorstellungen umgeräumt hatte, ging sie zufrieden in die Küche, um sich eine Tasse Tee aufzubrühen. Draußen stand ein runder weißer Mond am Himmel, gerade zog eine dünne Wolke an ihm vorbei.

Ein Frösteln durchlief Andrea. Das eigenartige Gefühl, das sie an diesem Abend schon mehrere Male befallen hatte, kehrte zurück. Ging die Fantasie mit ihr durch? Davon besaß sie eine ganze Menge, sie war Teil ihrer Kunst.

Wahrscheinlich lag es daran, dass sie hier so unerwartet auf Lucas gestoßen war. Das hatte ihre Gefühle sehr mitgenommen. Die Spannung, die sie einige Zeit zuvor bei den Gästen zu spüren glaubte, war ihre eigene Anspannung.

Andrea goss den Rest des Tees aus der Tasse in den Ausguss. Was sie jetzt brauchte, war ein guter Schlaf. Sie durfte nicht träumen. Wohin Träume führten, hatte sie vor drei Jahren erlebt.

Im Haus war jetzt alles still. Das Mondlicht schimmerte durch die Fenster, die Ecken lagen im Dunkeln. Im Aufenthaltsraum, an dem Andrea vorbeikam, brannte kein Licht, aber sie hörte noch Stimmen.

Einen Moment zögerte sie. Sie wollte hineingehen und eine gute Nacht wünschen, doch dann merkte sie, dass offenbar gestritten wurde. Es wurde leise gesprochen, für Andrea unverständlich. Aber sie hörte, dass es leidenschaftliche, schnelle Worte waren, voller Ärger.

Andrea ging rasch weiter. Sie wollte es vermeiden, ein privates Streitgespräch mitzuhören.

Ein kurzer französischer Fluch wurde hörbar.

Während sie die Treppe hinaufging, musste Andrea lächeln. Wahrscheinlich hatte Jacques die Geduld mit dem widerborstigen Lucas verloren. Andrea hoffte, Jacques werde Lucas gehörig die Meinung sagen.

Erst als sie schon fast in ihrem Zimmer war, stellte sie fest, dass sie sich geirrt hatte. Selbst Lucas konnte nicht an zwei Orten zugleich sein. Und jetzt war er ganz unverkennbar hier, an der Tür zu einem der Zimmer. Er hatte Julia Bond umarmt und war sehr mit ihr beschäftigt.

Andrea wusste, wie es sich anfühlte, wenn Lucas umarmte, wie er küsste. Sie erinnerte sich sehr genau daran, als seien inzwischen nicht Jahre vergangen. Sie wusste, wie es war, wenn seine Hand den Rücken hinaufglitt und den Nacken umfasste.

Andrea brauchte sich keine Mühe zu geben, von den beiden nicht gesehen zu werden. Lucas und Julia waren völlig aufeinander konzentriert. Sie hätten sich bestimmt nicht einmal dann aus ihrer engen Umarmung gelöst, wenn das Dach über ihnen zusammengebrochen wäre.

Der Schmerz kehrte zurück, mit voller Stärke.

Andrea eilte weiter in ihr Zimmer und schlug die Tür hinter sich zu. Eifersucht hatte sie gepackt.

3. KAPITEL

Im Wald war es morgendlich frisch. Vögel zwitscherten, die Luft war von würzigem Duft erfüllt. Im Osten schwebten weiße Wolken am Himmel. Andrea war Optimistin. Sie schaute lieber zu ihnen als zu dem düsteren Grau, das drohend im Westen aufzog. Die Gipfel der Berge waren noch rötlich gefärbt. Allmählich verblasste das Rot zu Rosa und wurde schließlich zum Blau des Tages.

Es war ein gutes Licht, das durch die weißen Wolken gefiltert wurde und den Wald erhellte. Die Blätter hatten sich noch nicht genügend entfaltet, um das Sonnenlicht abzuschirmen. Nur hier und dort tauchten erste helle grüne Flecke an den Zweigen auf.

Eine leichte Brise ließ die Äste schwanken und wehte Andrea das Haar aus dem Gesicht. Es roch nach Frühling.

Hier und dort blühten purpurne Waldveilchen über dem dunkelgrünen Moos. Ein erstes Rotkehlchen hüpfte über den Boden und suchte nach Würmern. Eichhörnchen huschten an Baumstämmen empor, liefen über ausgestreckte Äste, sprangen zum nächsten Baum, eilten dort am Stamm wieder nach unten, hüpften über die dichte Schicht vorjährigen Laubs, das den Boden bedeckte.

Andrea wollte zum See wandern. Sie hoffte, ein Reh beim Trinken zu sehen. Doch schon unterwegs gab es so viel zu schauen, dass sie wieder und wieder die Kamera hob und eine Aufnahme machte. Sie schlenderte gemächlich weiter und fühlte sich völlig im Einklang mit der Natur.

In New York war sie eigentlich nie allein. Gewiss, manchmal fühlte sie sich einsam. Aber es waren immer Menschen da. Die Stadt drang auf sie ein. Hier, inmitten der Berge, unter den Bäumen, merkte sie erst, wie sehr es sie danach verlangte, allein zu sein. Sie musste neue Kräfte sammeln, die Batterie wieder aufladen.

Seit sie Kalifornien und Lucas verlassen hatte, war ihr das nicht gelungen. Sie hatte eine innere Leere gespürt, die ausgefüllt werden musste. Sie hatte sie mit Menschen, mit Arbeit, mit Lärm ausgefüllt – mit allem, was ihre Gedanken ablenken konnte. Sie hatte sich an das nervöse Leben in der Stadt gewöhnt. Das war notwendig gewesen, doch jetzt brauchte sie den Frieden der Berge.

In einiger Entfernung schimmerte der See. Die umliegenden Gipfel und die Bäume am Ufer spiegelten sich auf seiner Oberfläche wider. Rehe waren nicht zu sehen.

Doch als Andrea dem See näher kam, bemerkte sie auf der anderen Seite zwei Menschen. Der steile Hang, auf dem sie stand, war mehrere Meter über dem kleinen Tal, in welchem der See lag. Von hier oben bot sich ein atemberaubender Anblick.

Der See erstreckte sich auf einer Länge von rund vierzig Metern, er war über zehn Meter breit. Die Brise, die mit Andreas Haar gespielt hatte, erreichte seine Oberfläche nicht. Das Wasser war klar und glatt. Am Rand war es durchscheinend, zur Mitte hin wurde es dunkel und warnte vor gefährlicher Tiefe.

Andrea vergaß die Menschen auf der anderen Seite des Sees. In Gedanken beschäftigte sie sich mit Beleuchtung und Tiefenschärfe, mit Blende und Verschlusszeiten. Außerdem wäre die Entfernung zu groß gewesen, um die Menschen zu erkennen, selbst wenn sie das gewollt hätte.

Die Sonne stieg langsam höher. Andrea war zufrieden und machte eine ganze Serie von stimmungsvollen Landschaftsaufnahmen. Sie hielt nur inne, um den Film zu wechseln.

Dann änderten sich die Lichtverhältnisse. Sie waren nicht mehr für die Stimmung geeignet, die Andrea am See hatte einfangen wollen. So kehrte sie um und schlenderte zum Gasthof zurück.

Das Schweigen des Waldes schien sich verändert zu haben. Die Sonne schien heller, aber Andrea fühlte sich unbehaglich. Ab und an schaute sie über die Schulter zurück, bis sie sich schließlich selbst schalt. Wer sollte sie hier verfolgen? Und weshalb?

Doch das unangenehme Gefühl blieb. Der Frieden war verschwunden.

Andrea kämpfte gegen das Verlangen, zum Gasthof zu laufen, wo Menschen waren und Kaffee gekocht wurde. Sie war kein Kind mehr, das vor Schatten oder vor vermeintlichen Gespenstern davonlief.

Um sich zu beweisen, dass sie sich durch ihre Fantasie nicht erschrecken ließ, blieb sie stehen und fotografierte ein Eichhörnchen, das dabei bereitwillig mitspielte. Im welken Laub hinter ihr raschelte es leise. Andrea fuhr herum.

„Nun, Kätzchen, hängst du immer noch an deiner Kamera?"

Das Blut stieg Andrea in die Wangen, als sie Lucas erblickte. Er hatte die Hände in die Taschen seiner Jeans geschoben und stand jetzt direkt vor ihr. Für einen Moment konnte Andrea nichts sagen, zu sehr hatte sie sich erschreckt.

„Was soll das bedeuten, dass du so hinter mir herschleichst?", fuhr sie Lucas dann an. Sie ärgerte sich darüber, dass sie sich hatte erschrecken lassen, und war wütend darüber, dass Lucas die Ursache dafür gewesen war. Zornig funkelte sie ihn an.

„Dein Temperament passt zu deinem Haar", entgegnete er unbeeindruckt. Er trat dichter an Andrea heran.

Ihr Stolz verbot ihr, vor ihm zurückzuweichen. „Mein Temperament wird besonders unangenehm, wenn mir jemand eine Aufnahme verdirbt." Es fiel Andrea nicht schwer, ihre Reaktion durch eine Störung ihrer Arbeit zu erklären. Nie hätte sie zugegeben, dass Lucas sie in Furcht versetzt hatte.

„Du bist nervös, Kätzchen. Rege ich dich auf?"

Das dunkle Haar auf Lucas' Kopf war vom Wind zerzaust. Seine Augen blickten selbstbewusst. Dieses Selbstbewusstsein, das häufig an Arroganz grenzte, störte Andrea ganz besonders.

„Bilde dir nur nichts ein, Lucas. Wie kommt es eigentlich, dass du hier herumläufst? Als früher Wanderer warst du mir bisher überhaupt nicht bekannt. Hast du inzwischen eine Liebe zur Natur entwickelt?"

„Ich mochte die Natur schon immer besonders gern." Er musterte Andrea eingehend und lächelte dann. „Hast du vergessen, dass ich ein Freund von Picknicks bin?"

Der Schmerz begann wieder. Andrea konnte sich an das Gefühl des Sandes unter ihren Beinen erinnern, an den Geschmack von Wein, den salzigen Geruch des Meeres.

Sie zwang sich, Lucas' Blick standzuhalten. „An Picknicks habe ich die Lust verloren." Sie drehte sich um und ging weiter. Doch Lucas blieb an ihrer Seite.

„Ich gehe nicht auf direktem Wege zurück", erklärte sie sehr kühl. Sie blieb stehen und machte eine Aufnahme von einem Eichelhäher.

„Ich habe es nicht eilig", versetzte Lucas. „Es hat mir schon immer Spaß gemacht, dir bei der Arbeit zuzusehen. Es ist faszinierend, wie du dich völlig in sie versenken kannst. Ich glaube, du könntest ein angreifendes Nashorn fotografieren und würdest nicht zurückweichen, bis du den richtigen Augenblick erfasst hast."

Er schwieg einen Moment. Als Andrea ihm weiterhin den Rücken zukehrte, fuhr er fort. „Ich habe das Bild gesehen, das du von der ausgebrannten Mietskaserne in New York gemacht hast. Es war bemerkenswert, so hart, rein und verzweifelt."

Das Kompliment überraschte Andrea. Sie drehte sich zu Lucas um. Er war nicht gerade großzügig mit Lob. Hart, rein und verzweifelt – das traf ihre Aufnahme gut. Lucas hatte die Worte geschickt gewählt.

Aber es gefiel ihr nicht, dass seine Meinung ihr immer noch etwas bedeutete. „Danke." Sie wandte sich wieder um und konzentrierte sich auf eine Baumgruppe. „Hast du immer noch Schwierigkeiten mit deinem Buch?"

„Mehr, als ich zunächst angenommen hatte."

Plötzlich nahm Lucas Andreas Haar in die Hand. „Ich konnte noch nie widerstehen, nicht wahr?"

Andrea rührte sich nicht. Sie betrachtete die Bäume, dann zuckte sie mit den Schultern. Für einen Moment schloss sie fest die Augen.

„Ich habe noch nie eine andere Frau mit solchem Haar gesehen. Ich habe mich danach umgesehen, das kannst du mir glauben. Aber entweder war der Farbton nicht richtig, die Dichte des Haars oder seine Länge."

Lucas' Stimme hatte einen verführerischen Klang angenommen, gegen den Andrea sich wappnen musste. „Es ist einzigartig. Ein wilder Wasserfall im Sonnenlicht, tief und lebhaft, der sich über ein Kopfkissen ergießt."

„Du hast es schon immer verstanden, Dinge zu beschreiben." Andrea fingerte am Verschluss ihrer Kamera, ohne auch nur im Entferntesten zu wissen, was sie da tat. Ihre Worte hatten sehr kühl und abweisend geklungen. Sie hoffte, dass Lucas sie nun in Ruhe ließ.

Doch stattdessen wurde sein Griff um ihr Haar fester. Mit einer schnellen Bewegung zog Lucas Andrea zu sich herum und nahm ihr die Kamera aus den Händen.

„Hör auf, in diesem Ton mit mir zu reden. Und dreh mir nicht immer den Rücken zu. Tu das ja nie wieder."

Andrea erinnerte sich an seine Zornesausbrüche, an seine unberechenbaren Launen sehr gut. Es hatte eine Zeit gegeben, in der sie sich hatte einschüchtern lassen. Doch das war nun längst vorbei.

„Ich lasse mich nicht mehr durch deine Wutanfälle beeindrucken,

Lucas." Sie hob den Kopf. „Warum sparst du deine Aufmerksamkeiten nicht für Julia auf? Ich möchte sie nicht haben."

„So." Lucas lächelte für einen Moment. „Du warst das also. Aber du brauchst nicht eifersüchtig zu sein, Kätzchen. Die Dame machte den Anfang, nicht ich."

„Ja, ich habe sehr gut gesehen, wie verzweifelt du dich bemüht hast, von ihr freizukommen."

Noch während Andrea das sagte, bereute sie ihre Worte. Verärgert wollte sie weitergehen, doch Lucas hielt sie zurück und zog sie dichter an sich.

Der männliche Duft, der von ihm ausging, reizte ihre Sinne und erinnerte sie an Dinge, die sie lieber vergessen hätte.

„Hör mal, Lucas", begann Andrea, während Ärger und Verlangen in ihr miteinander kämpften. „Ich habe sechs Monate gebraucht, um zu begreifen, was für ein Schuft du bist. Dann hatte ich fast drei Jahre Zeit, um diese Erkenntnisse zu festigen. Ich bin jetzt eine erwachsene Frau und deinem überbordenden Charme nicht mehr verfallen. Also nimm deine Hände von mir und verschwinde."

„Du hast es gelernt, dich auf die Hinterbeine zu stellen, nicht wahr?"

Andrea merkte mit wachsendem Zorn, dass Lucas sie belustigt und gar nicht beeindruckt anschaute. Er heftete seinen Blick für einen Moment auf ihre Lippen, dann sah er ihr wieder in die Augen.

„Du bist nicht mehr formbar, Kätzchen, aber nur umso faszinierender."

Als Andrea Lucas daraufhin zu beschimpfen begann, lachte er nur und zog sie an sich. Sie wehrte sich gegen ihn, doch er kümmerte sich nicht darum. Er hielt sie ganz fest und begann, sie zu küssen.

Es dauerte nur wenige Augenblicke, da hatte das alte brennende Verlangen wieder den Weg an die Oberfläche gefunden. Drei Jahre lang hatte Andrea sich nach einem solchen Kuss verzehrt, und nun konnte sie sich nicht länger wehren. Wie von selbst glitten ihre Arme um Lucas' Nacken, teilten sich ihre Lippen.

Lucas' Kuss war leidenschaftlich und verlangend und erregte Andrea zu immer stärkerem Begehren. Ihr Herz klopfte heftig.

Lucas bedeckte Andreas Gesicht mit Küssen und ergriff dann wieder leidenschaftlich von ihrem Mund Besitz. Andrea gab sich seinem Kuss ganz hin und vergaß alles andere ringsherum.

Als Lucas schließlich den Kopf hob, glühten seine dunklen Augen vor Leidenschaft. Erst jetzt spürte Andrea seine Hände, die sie festhielten. Sein Griff lockerte sich allmählich zu einer zärtlichen Umarmung.

„Es ist noch da, Kätzchen", sagte Lucas leise. Er strich ihr durch das Haar. „Nichts hat sich verändert."

Ganz plötzlich wurde Andrea von Gefühlen des Stolzes und der Demütigung erfasst. Sie riss sich von Lucas los und holte mit der Hand aus. Doch Lucas fing ihren Schlag mühelos ab und umklammerte ihr Handgelenk. Andrea versuchte es mit der anderen Hand, aber Lucas reagierte zu schnell, sie verfehlte ihn.

Er hielt sie an beiden Handgelenken fest. Sie konnte nur vergeblich versuchen, sich aus seinem Griff zu befreien. Ihr Atem ging heftig, Tränen drohten ihr in die Augen zu steigen. Aber sie wehrte sich dagegen. Lucas sollte sie nicht weinen sehen, nie wieder.

Schweigend beobachtete Lucas, wie Andrea um ihre Selbstbeherrschung kämpfte. Im Wald war kein Laut zu hören, nur Andreas heftiges Atmen.

Als sie schließlich wieder reden konnte, klang ihre Stimme abweisend, geradezu eisig. „Es gibt einen Unterschied zwischen Liebe und Lust, Lucas. Das solltest selbst du wissen. Was du an mir wieder zu finden glaubst, mag für dich dasselbe wie früher sein. Für mich ist es das nicht. Ich habe dich geliebt, aber das ist Vergangenheit."

Sie sah ihn anklagend an. Lucas erwiderte ihren Blick ein wenig unsicher. Offenbar wusste er nicht, ob er ihr glauben sollte oder nicht.

„Du hast damals alles auf einmal genommen, Lucas, meine Liebe, meine Unschuld, meinen Stolz. Und dann hast du mir alles zusammen ins Gesicht geschleudert. Du kannst jetzt nichts davon zurückhaben. Die Liebe ist tot, die Unschuld vergangen, und mein Stolz gehört nur mir."

Für einen Moment sagte keiner ein Wort. Langsam, ohne den Blick von Andrea zu wenden, ließ Lucas sie los.

Andrea drehte sich um und ging davon. Erst als sie sicher war, dass Lucas ihr nicht folgte, ließ sie ihren Tränen freien Lauf. Was sie über ihre Unschuld und ihren Stolz gesagt hatte, entsprach der Wahrheit.

Aber ihre Liebe war weit davon entfernt, tot zu sein. Sie war sehr lebendig, und sie schmerzte.

Als die roten Mauern des Gasthofs vor ihr auftauchten, wischte Andrea sich die Tränen aus dem Gesicht. Es hatte keinen Sinn zu weinen. Dass sie Lucas immer noch liebte, änderte gar nichts, ebenso wenig, wie es ihr vor drei Jahren geholfen hatte. Aber sie selbst hatte sich verändert. Lucas würde sie nie wieder weinend, hilflos und – wie er es ausgedrückt hatte – formbar erleben.

Die Enttäuschung hatte ihr Kraft verliehen. Lucas konnte ihr zwar immer noch wehtun, das hatte sie schnell erfahren. Aber er konnte nicht mehr, wie früher, über sie bestimmen.

Trotzdem hatte sie das Zusammentreffen mit ihm erschüttert, und sie war nicht erfreut, als Helen auf einem Pfad zur Rechten aus dem Wald auf sie zukam. Andrea hätte ihr nicht ausweichen können, ohne unhöflich zu sein. So zwang sie sich zu einem Lächeln und schaute Helen entgegen.

Als die Frau näher kam, nahm Andrea einen frischen Bluterguss unter ihrem linken Auge wahr. Andreas Lächeln erlosch, sie wurde besorgt. „Was ist Ihnen zugestoßen?", fragte sie mitleidig.

„Ich bin gegen einen Ast gelaufen." Helen zuckte unbekümmert mit den Schultern, während sie die Verletzung mit den Fingern berührte. „Ich muss in Zukunft besser achtgeben."

Vielleicht lag es an der stürmischen Begegnung mit Lucas, dass Andrea glaubte, einen doppelten Sinn hinter Helens Worten zu spüren. Jetzt fiel ihr auf, dass die Frau stark verärgert war. Der Bluterguss sah mehr wie das Ergebnis eines Schlages mit der Faust als eines Zusammenstoßes mit einem Ast aus.

Doch Andrea verdrängte den Gedanken schnell wieder. Wer hätte Helen schlagen können? Und warum hätte Helen darüber schweigen sollen? Es war doch viel wahrscheinlicher, dass sie unachtsam gewesen war.

„Das sieht nicht gut aus", meinte Andrea, während sie neben Helen zum Gasthof ging. „Sie sollten das nicht auf sich beruhen lassen. Tante Tabby hat bestimmt etwas, das die Folgen mildert."

„Oh, ich habe keineswegs vor, es auf sich beruhen zu lassen." Helen warf Andrea einen prüfenden Blick zu. „Ich kenne mich mit so etwas aus. Und Sie – waren Sie schon früh unterwegs, um zu fotografieren? Ich finde Menschen interessanter als Bäume. Besonders mag ich heimliche Schnappschüsse."

Helen lachte, als habe sie einen Scherz gemacht, den nur sie verstand. Andrea hörte sie zum ersten Mal lachen, und sie dachte, dass dieses Lachen zu Helens Lächeln passte. Beide waren unangenehm.

„Waren Sie vorhin am See?" Andrea erinnerte sich an die beiden Gestalten, die sie dort gesehen hatte.

Zu ihrer Überraschung hörte Helen ganz unvermittelt auf zu lachen. Sie sah Andrea scharf an. „Haben Sie dort jemand gesehen?"

„Nein, nicht genau. Ich sah, dass zwei Menschen am See waren, aber sie waren zu weit weg, als dass ich sie hätte erkennen können. Ich war damit beschäftigt, Aufnahmen oben vom Hang herab zu machen."

„Sie haben Aufnahmen gemacht?" Helen schien über etwas nachzudenken, dann lachte sie.

„So früh am Morgen schon so fröhlich?" Julia kam die Treppe von der Veranda herunter. Als sie die Verletzung in Helens Gesicht sah, hob sie fragend die Augenbrauen. Für einen Moment schien sie zu frösteln. „Um Himmels willen, was ist Ihnen zugestoßen?"

Helen war nicht länger amüsiert. Sie runzelte die Stirn und berührte den Bluterguss noch einmal. „Ich bin gegen einen Ast gelaufen", erklärte sie. Ohne ein weiteres Wort ging sie die Treppe hinauf und verschwand im Haus.

„Eher gegen eine Faust", meinte Julia und lächelte. „Der Ruf der Wildnis hat Sie gelockt, Andrea, nicht wahr? Es scheint so, als sei jeder außer mir im Morgengrauen auf der Wanderung durch die Wälder und über die Berge. Es ist wirklich schwierig, vernünftig zu bleiben, wenn ringsum alle unvernünftig sind."

Andrea musste lachen. Julia sah aus wie ein Sonnenstrahl. Während Andrea in Jeans und warmer Jacke ging, hatte Julia eine elegante Hose und eine mit Rosen verzierte Seidenbluse angezogen. Die weißen Sandalen, die sie trug, hätten im Wald keine fünfzig Meter überstanden. Angesichts der freundlichen Wärme, die Julia ausstrahlte, vergaß Andrea jeden Groll ihr gegenüber wegen ihres Anbändelns mit Lucas.

„Es könnte jemand geben", erwiderte Andrea, „der Ihnen Faulheit vorwirft."

„Ja, warum nicht?" Julia nickte. „Wenn ich nicht arbeite, faulenze ich gern." Sie sah Andrea prüfend an. „Sagen Sie, sind Sie etwa auch gegen einen Ast gelaufen? Es muss ein ziemlich großer gewesen sein."

Andrea war für einen Moment verblüfft. Julia hatte einen sehr scharfen Blick, wie sie erkennen musste. Die Spuren der Tränen waren wohl doch nicht völlig verwischt. Andrea machte eine hilflose Bewegung. „Ich heile schnell."

„Das klingt tapfer. Nun kommen Sie, mein Kind, erzählen Sie Mama alles." Julia hakte sich bei Andrea unter und begann, mit ihr über den Rasen zu gehen.

„Julia …" Andrea schüttelte den Kopf. Ihre Gefühle waren privat, sie gingen niemand etwas an. Lucas gegenüber hatte sie diese Regel verletzt. Aber bei Julia …

„Hören Sie, Andrea." Julia blieb hartnäckig. „Sie brauchen jemand, bei dem Sie sich aussprechen können. Sie müssen reden. Vielleicht glauben Sie, dass Sie nicht bekümmert aussehen. Aber Sie tun es." Julia seufzte. „Ich weiß wirklich nicht, warum ich Sie so gern mag, das ist ganz gegen meine Art. Schöne Frauen meiden andere schöne Frauen oder verabscheuen sie, besonders wenn sie jünger sind."

Diese Bemerkung erstaunte Andrea. Die unvergleichlich schöne Julia Bond stellte sich auf ein und dieselbe Stufe mit ihr. Das war doch lächerlich.

„Vielleicht liegt es an den beiden anderen Frauen – die eine so langweilig, die andere garstig –, dass ich eine Zuneigung zu Ihnen entwickelt habe, Andrea."

Der leichte Wind spielte mit Julias Haar, hob es an und ließ das Sonnenlicht hindurchscheinen. In ihrem Ohrläppchen funkelte ein Diamant. Andrea fand es irgendwie unpassend, dass sie mit dieser schönen Frau so vertraulich Arm in Arm herumwanderte.

„Sie sind außerdem sehr freundlich", fuhr Julia fort. „Ich kenne nicht sehr viele wirklich freundliche Menschen." Sie blickte Andrea von der Seite an. „Hören Sie, Darling, ich bin zwar immer neugierig. Aber ich weiß auch, wie man ein anvertrautes Geheimnis bewahrt."

„Ich liebe ihn immer noch", platzte es aus Andrea heraus. Sie stieß einen tiefen Seufzer aus. Bevor sie noch recht wusste, was sie eigentlich tat, sprudelten bereits die Worte.

Andrea ließ nichts aus, vom Anfang bis zum Ende und bis zu dem neuen Anfang, als Lucas am Tag vorher erneut in ihr Leben getreten war. Sie verschwieg Julia nichts. Nachdem sie mit dem Reden begonnen hatte, machte es ihr keine Mühe mehr. Sie brauchte nicht nachzudenken.

Julia hörte schweigend zu. Sie hörte so gut zu, dass Andrea ihre Anwesenheit fast vergaß.

„Dieses Ungeheuer", sagte Julia schließlich. Aber das klang nicht sehr vorwurfsvoll. „Sie werden auch noch entdecken, dass alle Männer, diese herrlichen Wesen, im Grunde genommen Ungeheuer sind."

Wie hätte Andrea einer Expertin widersprechen können? Während sie schweigend weitergingen, merkte sie, dass sie erleichtert war. Es hatte ihr gutgetan, sich bei Julia auszusprechen.

„Die Hauptschwierigkeit ist natürlich, dass Sie immer noch verrückt nach ihm sind", meinte Julia schließlich. „Ich nehme Ihnen das nicht übel. Lucas ist schon ein ganz besonderer Mann. Ich hatte gestern Abend eine kleine Kostprobe, und ich war beeindruckt."

Julia sprach so beiläufig über die leidenschaftliche Umarmung mit Lucas, die Andrea beobachtet hatte, dass man ihr unmöglich böse sein konnte.

„Lucas ist sehr begabt", fuhr Julia fort. „Er ist zugleich arrogant, selbstsüchtig und daran gewöhnt, dass man ihm gehorcht. Das ist für mich leicht zu erkennen, weil ich genauso bin. Er und ich ähneln uns. Ich bezweifle sehr, dass wir ein erfreuliches Verhältnis miteinander haben könnten. Wir würden aufeinander losgehen, noch bevor das Bett aufgeschlagen ist."

Andrea wusste nicht, was sie dazu sagen sollte, und ging schweigend weiter.

„Jacques ist eher mein Typ", überlegte Julia laut. „Aber er hat sich anderweitig engagiert."

Julia runzelte die Stirn. Andrea spürte, dass ihre Gedanken sich für einen Moment mit etwas völlig anderem beschäftigten.

„Jedenfalls müssen Sie sich nun überlegen, was Sie wollen, Andrea. Offensichtlich möchte Lucas, dass Sie zu ihm zurückkehren – wenigstens so lange es ihm passt."

Andrea traf diese Bemerkung schmerzlich.

„Wenn Sie sich dessen bewusst bleiben, könnten Sie eine anregende

Beziehung zu ihm genießen. Sie müssten nur die Augen offen halten."

„Das kann ich nicht tun, Julia. Das Wissen würde den Schmerz nicht verhindern. Ich bin mir nicht sicher, ob ich eine weitere … Beziehung zu Lucas überstehen könnte. Er würde auf jeden Fall merken, dass ich ihn immer noch liebe." Sie dachte an ihre Trennung vor drei Jahren zurück. „Ich möchte nicht wieder so wie damals gedemütigt werden. Stolz ist das Einzige, was mir noch geblieben ist."

„Liebe und Stolz vertragen sich nicht." Julia tätschelte Andreas Hand. „Also gut, versuchen Sie, sich gegen seine Angriffe zu schützen. Ich werde Ihnen Beistand leisten."

„Wie könnten Sie das tun?"

„Aber Darling." Julia lächelte verschmitzt.

Andrea musste lachen. Es kam ihr alles so absurd vor. Sie hob den Blick zum Himmel. Die schwarzen Wolken schienen zu gewinnen, sie zogen vor die Sonne. Es wurde kühler. „Es sieht nach Regen aus."

Sie schaute zum Gasthof zurück. Die Fenster schienen schwarz und leer. Ein fahler Lichtschein lag auf den Backsteinwänden und ließ die weiße Veranda und die Fensterläden grau wirken. Hinter dem Haus war der Himmel tiefgrau, wie Schiefer. Die Berge standen düster und drohend da.

Ein Frösteln durchlief Andrea. Sie hatte plötzlich eine Abneigung dagegen, in das Haus zurückzukehren.

Im nächsten Moment waren die schwarzen Wolken weitergezogen und ließen die Sonne wieder unbehindert herunterscheinen. Die Fenster blitzten hell und freundlich, die Schatten waren verschwunden. Andrea schalt sich wegen ihrer lebhaften Fantasie und ging mit Julia zum Haus zurück.

Nur Jacques leistete den beiden Frauen beim Frühstück Gesellschaft. Helen ließ sich nicht blicken, und Steve und die Spicers waren offenbar noch auf Wanderung.

Andrea gab sich Mühe, nicht an Lucas zu denken. Sie aß mit gutem Appetit und vertilgte eine große Portion Schinken, Eier, Kaffee und Brötchen, während Julia nur an einer dünnen Scheibe Toast knabberte und ihr neidische Blicke zuwarf.

Jacques machte einen zerstreuten Eindruck. Es kostete ihn einige Anstrengung, charmant zu sein. Andrea erinnerte sich an das Streitgespräch, das sie gehört hatte. Über wen mochte Jacques sich wohl geärgert haben?

Je länger Andrea darüber nachdachte, umso merkwürdiger kam ihr die ganze Sache vor. Jacques LeFarre schien ihr nicht der Typ zu sein, der sich mit einem Fremden stritt. Er kannte hier aber nur Julia und Lucas, und die beiden waren anderweitig beschäftigt gewesen.

Julia schien sich rundum wohlzufühlen. Sie sprach über einen ihr und Jacques gemeinsamen Freund. Aber sie war eine Schauspielerin, erinnerte sich Andrea, und zwar eine sehr gute. Sie konnte durchaus wissen, worüber sich Jacques am vergangenen Abend geärgert hatte, und doch so tun, als habe sie davon nicht die geringste Ahnung.

Jacques hingegen war kein Schauspieler. Man merkte ihm an, dass er besorgt war. Sein Ärger war durch seinen Charme nur mangelhaft überdeckt.

Andrea verdrängte die Gedanken daran, als sie sich nach dem Frühstück auf die Suche nach ihrer Tante machte. Schließlich gingen sie Jacques' Angelegenheiten nichts an. Für einen kurzen Augenblick dachte sie an die Begegnung mit Lucas.

Tante Tabby war damit beschäftigt, sich mit der Köchin Nancy über das Mittagessen zu streiten. Andrea hörte stumm zu. Nancy hatte offenbar Hähnchen servieren wollen, während Tante Tabby völlig sicher war, dass sie sich für Schweinebraten entschieden hatten.

Während der Streit hin und her ging, schenkte Andrea sich eine Tasse Kaffee ein. Sie schaute aus dem Fenster. Von Westen her zogen wieder graue dichte Wolken heran.

„Oh, Andrea, hast du einen schönen Spaziergang gemacht?" Als Andrea sich umdrehte, sah sie, dass ihre Tante sie anlächelte.

„Es ist ein so schöner Morgen, nicht wahr? Schade, dass es Regen geben wird. Aber der ist gut für die Blumen, die lieben kleinen Dinger. Hast du gut geschlafen, Kindchen?"

Andrea beschloss, nur auf die letzte Frage zu antworten. Es hatte keinen Sinn, Tante Tabby zu beunruhigen. „Wunderbar, Tante Tabby. Ich schlafe immer gut, wenn ich bei dir zu Besuch bin."

„Das liegt an der Luft." Tante Tabby strahlte vor Freude. „Ich glaube, ich werde für heute Abend meinen Spezial-Schokoladenpudding backen. Der wird ein gewisser Ausgleich für den Regen sein."

„Gibt es noch heißen Kaffee, Tante Tabby?" Lucas kam in die

Küche, als sei er hier seit Langem zu Hause. Andrea hörte verwunderte, dass er den Kosenamen ihrer Tante verwendete.

„Natürlich, mein Lieber, bedienen Sie sich." Tante Tabby zeigte zum Herd. In Gedanken war sie noch bei dem Schokoladenpudding.

Andreas Erstaunen wuchs, als Lucas zu dem richtigen Wandschrank ging, eine Tasse herausholte und sich daranmachte, sie voll Kaffee zu schenken.

Während er trank, lehnte er am Küchentresen. Über die Tasse hinweg sah er Andrea an und lächelte.

„Oh, ist das deine Kamera, Andrea?", fragte Tante Tabby.

Andrea senkte den Blick. Der Fotoapparat hing ihr immer noch um den Hals. Er war so sehr ein Teil von ihr, dass sie ihn gar nicht mehr gespürt hatte.

„Sie sieht sehr kompliziert aus." Tante Tabby beugte sich vor, um die Kamera besser sehen zu können. Sie vergaß dabei die Brille, die ihr vorm Busen hing.

„Ich habe eine sehr schöne, Andrea. Du kannst sie jederzeit benutzen, wenn du willst. Sie ist ganz einfach zu bedienen. Du drückst auf einen roten Knopf, und schon springt das fertige Foto heraus. Du kannst sofort sehen, ob du bei jemand den Kopf nicht draufbekommen hast, und notfalls gleich eine zweite Aufnahme machen. Du brauchst auch nicht erst in der Dunkelkammer herumzuwühlen. Ich verstehe überhaupt nicht, wie du dort sehen kannst, was du machst."

Tante Tabby zog die Stirn kraus und legte den Finger an die Wange. „Ich bin ziemlich sicher, dass ich sie finden kann."

Andrea lachte und umarmte ihre Tante. Über deren Kopf hinweg sah sie, dass Lucas lächelte. Es war dieses warme, natürliche Lächeln, das so selten bei ihm zu sehen war. Für einen Moment konnte Andrea sogar sein Lächeln erwidern, ohne dass ihr das wehtat.

———

*D*er Regen setzte ein. Es war kein sanftes Nieseln, sondern ein heftiger Wolkenbruch. Der Himmel verfinsterte sich, im Haus wurde es wieder dämmrig, und es füllte sich wieder mit Leben.

Alle Gäste waren inzwischen zurückgekehrt. Der Gasthof war wieder voll eigenartiger Menschen. Steve hatte seine Rolle als Barkeeper ausgebaut und ging in die Küche, um Kaffee zu holen. Robert Spicer hatte Jacques in ein Gespräch verwickelt und versuchte, ihn in einige technische Einzelheiten der Chirurgie am offenen Herzen einzuweihen.

Während der Diskussion saß Julia neben den beiden Männern. Sie schien aufmerksam zuzuhören. Doch Andrea wusste es besser. Gelegentlich warf Julia ihr einen Blick zu und verriet ihr, dass sie sich außerordentlich amüsierte. Jane las mit verdrossener Miene in einem Roman. Sie trug wieder langweiliges Braun: Hose und Pullover. Helen mit ihrem frischen Bluterguss saß schweigend da und rauchte eine Zigarette. Ein oder zwei Mal merkte Andrea, dass Helen sie mit scharfen Blicken musterte. Helens spöttisches Lächeln war Andrea unangenehm.

Lucas war nicht da. Er saß oben in seinem Zimmer und hämmerte auf der Schreibmaschine. Andrea hoffte, dass er damit noch viele Stunden beschäftigt sei. Vielleicht würde er nicht einmal zu den Mahlzeiten herunterkommen, sondern im Zimmer essen.

Von einer Minute zur anderen wurde es fast völlig dunkel im Haus. Mit dem Licht schien auch die Wärme zu verschwinden. Andrea fröstelte, sie hatte eine Vorahnung von etwas Bösem. Das überraschte sie, denn Gewitter hatte sie sonst nie gefürchtet.

Der Regen hatte für einen Moment ausgesetzt, dann begann er umso heftiger wieder vom Himmel zu schütten, begleitet von einem betäubenden Donnerschlag. Die Regenfluten schlugen gegen die Fenster, Blitze zuckten draußen auf.

„Ein Frühlingsgewitter in den Bergen", bemerkte Steve, der gerade mit einem Tablett voller Kaffeegeschirr hereinkam und jetzt an der Tür stehen blieb. Der köstliche Duft von Kaffee begleitete ihn.

„Es wirkt wie Spezialeffekte beim Film", meinte Julia. Sie kuschelte sich enger an Robert. „Gewitter sind furchterregend, so aufregend. Ich entdecke immer wieder, dass sie mich auf eigenartige Weise erregen."

Das war eine Stelle aus Julias Film, wie Andrea belustigt feststellte. Doch dem Arzt schien das nicht aufgefallen zu sein. Er war viel zu sehr von Julias Näherrücken beeindruckt.

Andrea hätte am liebsten laut gelacht. Als Julia noch dichter an Robert heranglitt und ihr dabei zuzwinkerte, hob Andrea den Blick zur Zimmerdecke.

Jane fand das nicht amüsant. Sie sah jetzt nicht verdrossen, sondern angriffslustig aus. Vielleicht hat sie doch Krallen, dachte Andrea. Das würde ihr Jane sympathischer machen. Es wäre für Julia wohl besser, wenn sie sich auf Steve konzentrierte, der ihr gerade eine Tasse Kaffee reichte.

„Sahne, aber keinen Zucker, nicht wahr?" Steve lächelte Andrea an. Sie nickte.

Steve war wirklich ein netter Mann. Er gab einer Frau das Gefühl, umsorgt zu werden, ohne dass sie sich dabei bevormundet vorkam. Andrea bewunderte ihn dafür.

„Ja. Sie haben ein besseres Gedächtnis als George." Andrea lächelte Steve zu. „Außerdem verstehen Sie es, mit viel Stil zu servieren. Üben Sie diesen Beruf schon lange aus?"

„Ich bin hier nur zur Probe angestellt. Wenn Sie mit mir zufrieden sind, lassen Sie es bitte die Geschäftsführung wissen."

Wieder wurde das Dämmerlicht durch Blitze erhellt. Kurz darauf ertönte lauter Donner. Jacques wandte sich an Andrea. „Kann es bei solchem Wetter zu einem Stromausfall kommen?"

„Wir haben hier oft Stromausfall." Andreas Antwort verursachte ganz verschiedene Reaktionen.

Julia fand die Vorstellung wunderbar – Kerzenlicht war so romantisch. Robert war jetzt in der Stimmung, ihr vorbehaltlos beizupflichten. Jacques schien es gleichgültig zu sein. Er hob die Hände, als wolle er sagen, dass er sich in sein Schicksal ergebe.

Steve und Helen hingegen schienen von dem Gedanken, der Strom könne ausfallen, wenig angetan. Steve drückte sich allerdings gemäßigter aus als Helen. Er fand, es bringe allerlei Unbequemlichkeiten mit sich. Dann ging er zum Fenster und schaute nach draußen.

Helen war richtig aufgebracht. „Ich zahle mein gutes Geld nicht dafür, im Dunkeln herumzutasten und kalte Mahlzeiten zu essen."

Zornig steckte sie sich die nächste Zigarette an. „Es ist unerträglich, dass wir uns mit solch primitiven Verhältnissen abgeben sollen." Sie schaute Andrea an. „Ihre Tante wird bestimmt Vorkehrungen getroffen haben. Ich jedenfalls bin nicht gewillt, diese lachhaft hohen Preise zu zahlen und dafür wie in der Wildnis zu leben."

Helen fuchtelte aufgeregt mit der Hand, in der sie die Zigarette hielt, herum und wollte gerade weiterschimpfen, als Andrea sie unterbrach. „Ich bin sicher, dass meine Tante Ihren Beschwerden die Aufmerksamkeit schenken wird, die sie verdienen."

Nach diesen Worten wandte sich Andrea ganz betont von Helen ab und ließ deren empörte Blicke von sich abgleiten. Sie sagte zu Jacques, der ihr aufmunternd zulächelte: „Wir haben einen Stromgenerator im Haus. Den hat mein Onkel einbauen lassen."

„Er war ebenso praktisch, wie Tante Tabby charmant ist", warf Steve ein und wurde mit dieser Bemerkung sofort Andreas Freund.

„Das ist sie", bestätigte Andrea. „Wenn die Stromzufuhr unterbrochen wird, stellen wir auf den Generator um. Damit können wir alle wichtigen Stromquellen versorgen."

„Ich glaube, ich werde mir trotzdem auf alle Fälle Kerzen in mein Zimmer bringen lassen", beschloss Julia. Sie lächelte Robert unter den Augenwimpern heraus an, während er ihr Feuer für die Zigarette gab.

„Julia könnte Französin sein", sagte Jacques und drehte an den Spitzen seines Schnurrbarts. „Sie ist unheilbar romantisch."

„Zu viel Romantik kann unklug sein", ließ Helen sich vernehmen. Sie schaute von einem zum anderen und heftete ihren Blick schließlich auf Julia.

Zu Andreas Erstaunen verwandelte Julia sich für einen Moment vom hilflosen Weibchen zur streitbaren Amazone. „Ich fand immer, dass nur Dummköpfe sich für klug halten." Im nächsten Augenblick war sie wieder ganz sanft und lieb.

Julia auf der Leinwand zu erleben war nichts im Vergleich zu ihren Auftritten im wirklichen Leben. Andrea kam der Gedanke, dass sie keine Ahnung habe, wie eigentlich die echte Julia sei. Aber ging es ihr mit den anderen Gästen nicht genauso? Sie alle waren fremd für sie.

Als gleich darauf Lucas hereinkam, herrschte immer noch angespanntes Schweigen. Er schien davon nichts zu merken. Ohne auf die anderen zu achten, kam er direkt auf Andrea zu.

Sie blickte ihm entgegen und hatte dabei das Gefühl, dass alles andere um sie herum verschwinde und sie nur noch ihn sehe. Ihr Gesicht musste einen furchtsamen Ausdruck angenommen haben, denn gleich darauf sagte Lucas leise zu ihr: „Keine Angst, Kätzchen, ich werde dich nicht fressen."

Lucas blieb vor Andrea stehen, beugte sich zu ihr hinunter und fragte: „Liebst du es immer noch, im Regen spazieren zu gehen?" Er schien keine Antwort darauf zu erwarten, denn gleich darauf fuhr er fort. „Ich erinnere mich noch sehr gut daran, dass du das tatest."

Andrea schwieg. Lucas schaute sie an, dann hielt er ihr etwas entgegen. „Deine Tante schickt dir das."

Andrea blickte auf seine Hand und musste lachen. Ihre innere Anspannung löste sich.

„Dein Lachen habe ich sehr lange nicht mehr gehört – zu lange", sagte Lucas.

Andrea schaute zu ihm auf. Lucas musterte sie eindringlich, ganz auf sie konzentriert. „Nein?", sagte Andrea. Sie nahm ihm Tante Tabbys tolle Kamera mit dem roten Knopf ab und zuckte mit den Schultern. „Lachen ist eine Angewohnheit von mir."

„Tante Tabby sagt, du sollst dich gut damit amüsieren." Lucas ging, um sich eine Tasse Kaffee zu holen.

„Was haben Sie da, Andrea?", fragte Julia.

Andrea hob die Kamera hoch und erklärte in nüchternem, belehrendem Ton: „Dies, meine Damen und Herren, ist die neueste Errungenschaft auf dem Gebiet der Fotografie. Durch die bloße Berührung eines Knopfes holen Sie Freunde und geliebte Menschen in das Innere dieses Gehäuses, von wo aus sie auf Bildern wieder ausgespuckt werden, die vor Ihren erstaunten Augen entwickelt werden. Sie brauchen keine Blende einzustellen und Ihren Belichtungsmesser nicht zu befragen. Der Knopf ist schneller als jedes Gehirn. Ja, sogar ein Kind von fünf Jahren kann diese Kamera während der Fahrt auf dem Dreirad bedienen."

„Dazu muss man wissen", warf Lucas ein, „dass Andrea ein fotografischer Snob ist." Er stand am Fenster und trank Kaffee, während er die anderen Gäste ansprach. Dabei schaute er zu Andrea. „Wenn etwas keine austauschbaren Filter und Objektive und keine Höchstgeschwindigkeitsverschlüsse hat und keine unglaublich komplizierten Vorgänge zulässt, ist es keine Kamera, sondern ein Spielzeug."

„Mir ist Andreas Besessenheit schon aufgefallen", stimmte Julia zu. „Sie trägt den schwarzen Kasten wie andere Frauen wertvollen Schmuck. Man kann es kaum glauben, aber sie ist heute schon gleich nach Tagesanbruch unterwegs im Wald gewesen, um Aufnahmen von Eichhörnchen und Hasen zu machen."

Andrea lachte, hob die Sofortbildkamera und schoss ein Bild von Julias reizendem Gesicht.

Julia machte eine professionell wirkende Kopfbewegung. „Also wirklich, Darling, Sie hätten mir Gelegenheit geben sollen, mich von meiner besten Seite zu zeigen."

„Sie haben keine beste Seite."

Julia lächelte etwas gequält. Sie schien nicht zu wissen, ob sie belustigt oder gekränkt sein sollte. Jacques hingegen lachte laut heraus.

„Und ich dachte, sie sei ein so liebes Mädchen", sagte Julia.

„In meinem Beruf, Miss Bond", erklärte Andrea mit ernster Miene, „hatte ich Gelegenheit, viele Frauen zu fotografieren. Die eine nimmt man von rechts, die andere besser von links oder von vorn auf. Bei anderen ist es vorteilhafter, die Kamera von unten auf sie zu richten, und so weiter."

Andrea musterte Julias makelloses Gesicht für einen Moment kritisch. „Sie hingegen könnte ich aus jeder Stellung, mit jedem Blickwinkel, bei jeder Beleuchtung aufnehmen, und das Ergebnis wäre stets gleichermaßen wunderbar."

„Jacques." Julia legte die Hand auf seinen Arm. „Wir müssen dieses Mädchen unbedingt adoptieren. Es ist für mein Selbstbewusstsein von unschätzbarem Wert."

„Tut mir leid, ich bin unbestechlich." Andrea legte das Bild, das in der Kamera inzwischen entwickelt worden war, auf den Tisch. Dann richtete sie Tante Tabbys Prunkstück auf Steve.

„Ich sollte alle warnen. Wenn Andrea einen Fotoapparat in den Händen hält, wird sie gefährlich." Lucas nahm Julias Bild vom Tisch und betrachtete es.

Andrea erinnerte sich an die zahllosen Aufnahmen, die sie von Lucas gemacht hatte. Unter dem Vorwand, es handele sich um Kunst, hatte sie sie nie weggeworfen. Sie war um ihn herumgeschlichen und hatte ihn von allen Seiten vor das Objektiv genommen, bis er ihr schließlich die Kamera weggenommen und ihr jeden Gedanken ans Fotografieren gründlich vertrieben hatte.

Lucas strich mit den Fingern durch Andreas Haar. „Du hast mir nie beibringen können, wie man eine richtige Aufnahme macht, nicht wahr, Kätzchen?"

„Nein. Ich habe dir überhaupt nichts beigebracht, Lucas. Aber ich habe einiges von dir gelernt."

„Mit mehr als einer einfachen Kamera bin ich nie fertiggeworden." Lucas kam näher und nahm Andreas Fotoapparat vom Tisch. Er betrachtete ihn wie einen fremdartigen Gegenstand, der aus den äußeren Bezirken des Weltalls herangeweht worden war. „Wie kannst du nur behalten, wofür all diese Zahlen sind?"

Er setzte sich auf die Armlehne von Andreas Sessel. Andrea nahm die Gelegenheit wahr und begann einen Vortrag über die Grundregeln der Fotografie.

Nach kurzer Zeit stand Lucas auf und ging zur Kaffeekanne. Offenbar langweilte er sich. Julia leistete ihm Gesellschaft. Bald darauf hatte sie sich bei ihm untergehakt, und er schien sich nicht länger zu langweilen.

Andrea presste für einen Moment die Lippen zusammen, dann wandte sie sich an Steve und setzte ihre Erklärungen fort.

Julia und Lucas verließen Arm in Arm das Zimmer. Julia wollte sich wahrscheinlich hinlegen und ausruhen, und Lucas wollte wieder an die Arbeit gehen. Andrea folgte den beiden mit ihren Blicken.

Als sie sich wieder auf Steve konzentrierte, bemerkte sie sein mitleidiges Lächeln. Offensichtlich hatte er ihre Gefühle erraten. Andrea war mit sich unzufrieden. Sie sollte sich besser zusammennehmen. Schnell nahm sie ihre Erklärungen wieder auf und war Steve dankbar dafür, dass er das Gespräch mit ihr fortsetzte, als habe es nie eine Unterbrechung gegeben.

Der Nachmittag zog sich hin. Es wurde ein langer, trüber Tag. Der Regen schlug gegen die Fenster. Blitze und Donner kamen und gingen, aber der Wind nahm unaufhörlich an Stärke zu, bis er sich zu einem richtigen Sturm ausgewachsen hatte.

Robert versorgte das Kaminfeuer, bis die Flammen aufloderten. Ihr Schein hätte dem Raum eine fröhliche Note geben sollen. Doch Janes verdrossene Miene und Helens unruhiges Herumwandern verhinderten das. Die Atmosphäre war angespannt.

Andrea lehnte Steves Vorschlag ab, mit ihm Karten zu spielen. Sie suchte lieber die Abgeschiedenheit ihrer Dunkelkammer auf. Als sie deren Tür hinter sich geschlossen hatte, schwanden die Kopfschmerzen, unter denen sie zu leiden begonnen hatte.

In diesem Raum gab es keine Spannungen. Andrea spürte keine atmosphärischen Störungen, keine versteckte Unruhe. Hier war alles klar und nüchtern.

Andrea begann mit der Arbeit. Schritt für Schritt machte sie sich an das Entwickeln ihres Films. Sie bereitete die Chemikalien vor, prüfte die Temperatur, stellte die Schaltuhr an. Während sie sich mehr und mehr in ihre Tätigkeit vertiefte, vergaß sie das Gewitter, das draußen tobte.

Wenn es nötig war, konnte Andrea auch in völliger Dunkelheit arbeiten. Das tat sie auch jetzt. Ihre Finger waren ihre Augen. Sie arbeitete flink.

Über dem gedämpften Lärm des Unwetters hörte sie ein schwaches Klappern. Andrea achtete nicht darauf. Sie stellte die Schaltuhr für den nächsten Schritt der Entwicklung ein. Dann hörte sie das Geräusch wieder. Es begann sie zu stören.

War das der Türgriff gewesen? Hatte sie vergessen, die Tür abzuschließen? Jetzt fehlte ihr nur noch, dass irgendein Laie hereinplatzte und Licht auf die Filme fallen ließ. Damit wäre alle Arbeit umsonst gewesen.

„Lassen Sie die Tür zu", rief Andrea. In diesem Augenblick verstummte das Radio, das sie zu ihrer Unterhaltung angestellt hatte. Der Strom war ausgefallen. Andrea stand reglos in völliger Dunkelheit.

Wieder hörte sie ein klapperndes Geräusch.

War jemand an der Tür? Oder kam das Geräusch aus der Küche? Andrea ging auf die Tür zu, um sich zu vergewissern, dass sie sie abgeschlossen hatte. Sie ging ohne Zögern, denn inzwischen kannte sie jede Einzelheit in der Dunkelkammer ganz genau.

Doch plötzlich, zu ihrer großen Verblüffung, traf etwas sie heftig am Kopf. Licht blitzte auf und erlosch wieder. Dann war die Dunkelheit vollkommen.

„Andrea, Andrea, mach die Augen auf!" Die Stimme klang weit entfernt und drang wie durch Watte an ihr Ohr. Trotzdem entging ihr der dringliche Ton nicht.

Andrea versuchte, der Aufforderung zu widerstehen. Je näher sie dem Bewusstsein kam, umso heftiger wurden ihre Kopfschmerzen. Nur die Ohnmacht war schmerzlos.

„Öffne die Augen!" Die Stimme war deutlicher, nachdenklicher geworden. Andrea stöhnte.

Zögernd schlug sie die Augen auf, während ihr jemand das Haar aus dem Gesicht strich. Für einen Moment berührten die Finger ihre Wange. Lucas tauchte vor ihren Augen auf, seine Umrisse wurden unscharf, dann wieder deutlich, als Andrea sich mühte, ihn anzusehen.

„Lucas?", fragte Andrea verwirrt, als sie allmählich zu sich kam. Mehr als seinen Namen konnte sie nicht sagen, doch er schien damit völlig zufrieden zu sein.

„So ist es schon besser", lobte er sie. Bevor sie protestieren konnte, küsste er sie. Es war nur ein kurzer Kuss, aber er erinnerte an frühere Intimitäten. „Du hast mir einen schönen Schreck eingejagt. Was hast du nur angestellt?"

Dieser Vorwurf war typisch für Lucas. Doch Andrea achtete nicht darauf. „Angestellt?" Andrea hob die Hand und berührte die Stelle an ihrem Kopf, an der sich der Schmerz konzentrierte. „Was ist geschehen?"

„Das frage ich dich, Kätzchen. Nein, fass die Stelle nicht an." Lucas hielt ihre Hand fest. „Das würde dir wehtun. Ich würde wirklich zu gern wissen, wie du zu der Verletzung gekommen bist und warum du hier auf dem Fußboden liegst wie ein Häufchen Unglück."

Es fiel Andrea schwer, den Nebel in ihrem Kopf zu verdrängen. Sie versuchte, sich an das zu erinnern, was sie als Letztes wahrgenommen hatte. „Wie bis du hier hereingekommen?", fragte sie. Sie erinnerte sich an das Geräusch. „Hatte ich die Tür nicht abgeschlossen?" Langsam wurde ihr bewusst, dass Lucas sie in den Armen hielt. Sie versuchte, sich aufzusetzen.

„Hast du an der Tür gerüttelt?"

„Bleib ganz ruhig, reg dich nicht", forderte Lucas sie auf, als Andrea zu stöhnen begann.

Sie schloss die Augen. Ihr Kopf tat sehr weh. „Ich muss gegen die

Tür gelaufen sein", sagte sie leise. Wie hatte sie nur so ungeschickt sein können?

„Du bist gegen die Tür gelaufen und hast dich selbst außer Gefecht gesetzt?"

Andrea hätte nicht sagen können, ob Lucas belustigt oder verärgert war. Doch das war ihr jetzt auch völlig gleichgültig. Die Schmerzen in ihrem Kopf ließen alles andere uninteressant werden.

„Wie eigenartig. Ich hatte keine Ahnung, dass du so ungeschickt sein kannst, Kätzchen."

„Es war dunkel", verteidigte sie sich. „Und wenn du nicht an der Tür gerüttelt hättest …"

„Ich war überhaupt nicht an der Tür …", begann Lucas.

Doch Andrea unterbrach ihn mit plötzlichem Erschrecken. „Das Licht!" Zum zweiten Mal versuchte sie, sich von Lucas zu lösen. „Du hast das Licht angemacht."

„War das so abwegig? Schließlich sah ich dich auf dem Fußboden liegen." Er hielt sie fest. „Ich wollte sehen, was dir zugestoßen war."

„Mein Film!" Ihr Blick war ebenso vorwurfsvoll, wie ihre Stimme klang.

Lucas lachte. „Diese Frau ist tatsächlich besessen."

„Lass mich los, hörst du?" Andrea wurde zornig. Sie schob Lucas von sich und erhob sich schwankend. Der Kopfschmerz wurde stechend, fast unerträglich. Andrea taumelte.

„Um Himmels willen, Andrea." Lucas fasste sie an den Schultern und stützte sie. „Hör auf, dich wegen einiger dummer Bilder wie eine Verrückte aufzuführen."

Schon unter normalen Umständen wäre eine solche Bemerkung Andrea gegenüber unklug gewesen. In der gegenwärtigen Situation war sie eine glatte Kriegserklärung. Für einen Moment wurde Andrea so wütend, dass sie ihre Schmerzen vergaß. Sie fuhr Lucas an.

„Du hast schon immer auf meine Arbeit herabgesehen. Für dich waren das nur einige dumme Bilder. Und ich war für dich nicht mehr als ein einfältiges Kind, das für eine Weile Abwechslung bot, dann aber langweilig wurde. Du hast es immer gehasst, gelangweilt zu werden, Lucas, nicht wahr?"

Andrea strich sich das Haar aus dem Gesicht. „Du sitzt über deinen Romanen und sonnst dich in der Anerkennung, die du bekommst.

Auf uns gewöhnliche Menschen siehst du herab. Aber du bist nicht der Einzige auf der Welt, der Talent hat, Lucas. Ich bin ebenso schöpferisch wie du, und meine Bilder geben mir ebenso viel Befriedigung wie dir deine dummen kleinen Bücher."

Für einen Moment sah Lucas Andrea stirnrunzelnd an. Er wirkte bedrückt. „Schon gut, Andrea. Nachdem du das losgeworden bist, solltest du jetzt eine Kopfschmerztablette nehmen."

„Ach, lass mich endlich in Ruhe!" Sie schüttelte die Hand ab, die er auf ihren Arm legte, und drehte sich um. Sie wollte die Kamera aus dem Regal nehmen, wo sie sie vor dem Beginn ihrer Arbeit abgelegt hatte. Dabei fiel ihr Blick auf den Tisch. Sie wurde erneut zornig.

„Was fällt dir eigentlich ein, meine Sachen durcheinanderzubringen? Du hast eine ganze Filmrolle belichtet." Ihr Zorn nahm zu. „War es dir nicht genug, mich bei der Arbeit zu stören, indem du an der Tür warst? Musstest du auch noch das Licht anmachen und meine Aufnahmen verderben? Wieso steckst du deine Nase in Dinge, von denen du nichts verstehst?"

„Ich habe dir schon einmal gesagt, dass ich nicht an deiner Tür war. Ich kam vorbei, nachdem der Strom ausgefallen und der Generator angesprungen war. Die Tür stand offen, du lagst mitten auf dem Fußboden. Ich habe deinen Film überhaupt nicht angefasst."

Lucas schien empört zu sein, dass Andrea ihm Vorwürfe machte. „Es mag dir vielleicht dumm vorkommen, aber meine ganze Sorge und meine Aufmerksamkeit galten nur dir." Er schaute auf das Durcheinander auf dem Arbeitstisch. „Könnte es nicht sein, dass du den Film in der Dunkelheit selbst zerstört hast?"

„Das ist doch Unsinn." Jetzt griff er auch noch ihre beruflichen Fähigkeiten an.

„Andrea, ich weiß wirklich nicht, was mit deinem Film geschehen ist. Ich bin gar nicht weiter in die Dunkelkammer hereingekommen als bis dorthin, wo du lagst. Ich will mich nicht dafür entschuldigen, dass ich das Licht angemacht habe, denn genau das würde ich in einem solchen Fall wieder tun." Er streichelte ihre Wange. „Zufällig glaube ich, dass dein Wohlergehen wichtiger ist, als es deine Fotos sind."

Plötzlich wurde Andreas Interesse an ihren Aufnahmen geringer. Sie hatte jetzt andere Sorgen. Es gelang Lucas viel zu leicht, alte Gefühle in ihr zu wecken. Sie musste von ihm wegkommen. Er brauchte nur sanft mit ihr zu reden und sie zu streicheln, und schon ging sie unter.

„Du siehst blass aus", bemerkte Lucas. „Dr. Spicer sollte sich um dich kümmern."

„Nein, das ist wirklich nicht …"

Weiter kam Andrea nicht. Lucas packte sie zornig am Arm. „Sei doch vernünftig, Kätzchen. Musst du denn allem, was ich dir sage, widersprechen? Ist es dir nicht möglich, den Hass gegen mich zu überwinden, den du in dir aufgebaut hast?" Er schüttelte sie.

Ein heftiger Schmerz durchzog Andreas Kopf, ihr wurde schwindlig. Für einen Moment schien Lucas' Gesicht vor ihren Augen zu verschwimmen.

Lucas stieß einen leisen Fluch aus, zog Andrea an sich und hielt sie fest, bis der Schwindelanfall vorbei war. Dann hob er sie mit einer raschen Bewegung auf die Arme.

„Du bist bleich wie ein Gespenst", sagte er. „Ob es dir nun gefällt oder nicht, ich hole den Arzt für dich. Dann kannst du deine schlechte Laune eine Weile an ihm auslassen."

Während Lucas sie in ihr Zimmer trug, verging Andreas Ärger. Der Kopf tat ihr weh, sie war benommen und bedrückt. Erschöpft lehnte sie die Wange an Lucas' Schulter. Es war viel einfacher, sich nicht zu sträuben.

Vor allem war jetzt nicht die richtige Zeit, um sich über die Tür der Dunkelkammer Gedanken zu machen und darüber, wieso sie geöffnet war und weshalb sie – Andrea – so ungeschickt gewesen war, gegen die Tür zu laufen. Es war besser, jetzt überhaupt nicht mehr nachzudenken.

Andrea nahm es hin, dass sie keine andere Wahl hatte. Sie schloss die Augen und gestattete es Lucas, die Verantwortung für sie zu übernehmen. Sie hielt die Augen geschlossen, während Lucas sie auf ihr Bett legte. Aber sie wusste, dass er dann neben dem Bett stand und sie anschaute. Bestimmt runzelte er dabei die Stirn.

Das Geräusch von Schritten verriet ihr, dass Lucas ins Badezimmer ging. Wasser rauschte ins Waschbecken. Für Andrea war das so laut, als sei dort ein Wasserfall. Gleich darauf spürte sie ein kühles feuchtes Tuch auf der Stirn, das ihre Schmerzen linderte. Sie öffnete die Augen.

„Du bleibst hier jetzt liegen, Kätzchen. Ich hole Spicer." Lucas drehte sich um und ging zur Tür. „Lucas!" Das kühle Tuch hatte Erinnerungen in ihr geweckt an all die Zärtlichkeiten, die Lucas ihr früher erwiesen hatte. Er hatte durchaus seine zärtlichen Momente. Aber es wäre besser, sie könnte das wieder vergessen. Es würde ihr dann leichter fallen, Lucas' Gegenwart zu ertragen.

Als er kurz darauf zurückkam, merkte man ihm an, wie ungeduldig er war. Er war ein Mann, dessen Stimmungen sich rasch änderten. Konnte er denn gar nicht ausgeglichen sein?

„Ich möchte dir danken, Lucas. Es tut mir leid, dass ich dich angeschrien habe. Du warst mir gegenüber sehr lieb."

Lucas lehnte am Türrahmen. Sein Gesicht war ernst, seine Stimme klang bedrückt, als er erwiderte: „Ich war nie lieb."

Andrea musste gegen den Drang ankämpfen, zu Lucas zu gehen und die Spuren der Müdigkeit aus seinem Gesicht zu streicheln. Er schien ihre Gedanken zu spüren. Sein Blick wurde für einen Moment sanft, ein Lächeln umspielte seine Lippen.

„Kätzchen, du bist immer so unglaublich süß, so voller Wärme."

Nach diesen Worten drehte Lucas sich um und verließ Andrea.

5. KAPITEL

Andrea schaute unter die Zimmerdecke, als Robert Spicer ihr Zimmer betrat. Sie richtete sich ein wenig auf und warf einen skeptischen Blick auf seine schwarze Tasche. Es war ihr schon immer etwas unheimlich gewesen, was Ärzte in ihren so unschuldig wirkenden Taschen mit sich trugen.

„Ein Hausbesuch", sagte sie und lächelte schwach. „Das achte Weltwunder. Ich hätte nie geglaubt, dass Sie Ihre Tasche mit in den Urlaub nehmen."

„Reisen Sie jemals ohne Ihre Kamera?", fragte der Arzt zurück.

„Natürlich, Sie haben recht."

„Ich glaube nicht, dass wir operieren müssen." Robert setzte sich auf die Bettkante und nahm das feuchte Tuch weg, das Lucas über Andreas Stirn ausgebreitet hatte. „Oje, das wird sehr bunt werden. Wie ist es, können sie mich klar erkennen, oder sehen Sie mich verschwommen?"

„Ich sehe Sie gut."

Roberts Hände, waren überraschend sanft und zart. Sie erinnerten Andrea an die ihres Vaters. Mehr und mehr entspannte sie sich und beantwortete Roberts Fragen, ob sie Schwindelgefühle habe, sich unwohl fühle und so weiter. Dabei betrachtete sie sein Gesicht.

Robert sah jetzt anders aus als sonst. Er wirkte immer noch wie ein tüchtiger, erfahrener Arzt. Aber seine Selbstdarstellung war durch offenbar echtes Mitleid gemildert. Er hatte eine freundliche Stimme und einen warmherzigen Blick und schien als Arzt gut geeignet zu sein.

„Wie ist das passiert, Andrea?" Während Robert diese Frage stellte, griff er in seine Tasche. Andreas Aufmerksamkeit wandte sich seinen Händen zu. Robert zog Watte und eine Flasche aus der Tasche, nicht die von ihr befürchtete Nadel.

„Ich bin gegen eine Tür gelaufen."

Robert schüttelte lächelnd den Kopf. Vorsichtig tupfte er die verletzte Stelle ab. „Eine ungewöhnliche Geschichte."

„Leider ist sie wahr. Es geschah in der Dunkelkammer. Offenbar habe ich die Entfernung falsch eingeschätzt."

Robert hielt einen Moment in seiner Tätigkeit inne und sah Andrea an, bevor er sich wieder mit ihrer Stirn beschäftigte. „Ich habe Sie für eine Frau gehalten, die die Augen offen hält."

Andrea hatte den Eindruck, dass er plötzlich ernst geworden sei. Doch das ging schnell vorbei. Robert lächelte und verkündete: „Es ist nur eine Prellung. Diese Diagnose bedeutet allerdings nicht, dass die Schmerzen geringer sind."

„Ach, es ist schon einigermaßen zu ertragen", erwiderte Andrea in dem Bemühen, die Sache möglichst leicht zu nehmen. „Das Schlimmste scheint bereits vorbei zu sein."

Robert griff noch einmal in die Tasche. „Gegen den Rest können wir etwas unternehmen." Er zog eine Flasche mit Pillen heraus.

Andrea besah sie argwöhnisch. „Ich wollte eigentlich nur eine Kopfschmerztablette nehmen."

„Einen Waldbrand kann man nicht mit einer Wasserpistole löschen." Robert schüttelte zwei Pillen aus der Tasche. „Nehmen sie diese, es sind keine starken Geschosse. Und dann ruhen Sie sich ein oder zwei Stunden aus. Sie können mir vertrauen", fügte er hinzu, als er Andreas immer noch misstrauischen Blick bemerkte. „Obwohl ich Chirurg bin."

Er hatte sie überzeugt. „Ich glaube Ihnen." Sie nahm das Glas mit Wasser und die Pillen entgegen. „Aber Sie werden mir nicht den Blinddarm herausnehmen, während ich schlafe, wie?"

„Nicht während meines Urlaubs." Er wartete, bis Andrea die Pillen geschluckt hatte. Dann zog er eine leichte Decke über sie. „Und nun ruhen Sie sich aus." Damit verließ er sie.

Als Andrea die Augen öffnete, war es dunkel. Ausruhen, dachte sie. Ich bin bewusstlos gewesen. Aber wie lange? Sie lauschte. Draußen tobte immer noch das Unwetter. Der Sturm rüttelte wütend an den Fenstern.

Vorsichtig richtete Andrea sich auf, bis sie auf dem Bett saß. Der klopfende Schmerz im Kopf war verschwunden, aber als sie mit den Fingern ihre Stirn betastete, wusste sie, dass sie den Unfall nicht nur geträumt hatte.

Ihr nächster Gedanke war sehr wirklichkeitsnah. Sie entdeckte, dass sie großen Hunger hatte.

Andrea stand auf und betrachtete sich im Spiegel. Was sie sah, gefiel ihr nicht. Aber es half nichts, ob sie wollte oder nicht, sie musste wieder unter Menschen.

Als sie den Speiseraum betrat, kam sie gerade rechtzeitig zum Abendessen. Robert erblickte sie als Erster.

„Andrea. Fühlen Sie sich besser?"

Sie zögerte einen Moment sehr verlegen. Doch ihr Hunger war so stark, dass sie alle Hemmungen überwand. Nancys Hähnchen duftete verlockend.

„Viel besser", entgegnete sie und warf Lucas einen Blick zu. Lucas sagte nichts, sah sie nur an. „Ich bin fast verhungert." Andrea setzte sich.

„Das ist ein gutes Zeichen. Haben Sie noch Schmerzen?"

„Nur mein Stolz ist verletzt." Andrea begann ihren Teller zu füllen. „Ich gebe nicht gern zu, dass ich mich ungeschickt benommen habe. Gegen eine Tür zu laufen ist nicht gerade ein Beweis besonderer Umsicht. Ich wollte, mir wäre etwas Originelleres zugestoßen."

„Ich finde es merkwürdig." Jacques zeigte mit der Gabel auf Andrea. „Ich hätte nie geglaubt, dass Sie genug Kraft besitzen, um sich selbst bewusstlos zu schlagen."

„Amazonen können das." Andrea ließ sich das Essen genüsslich auf der Zunge zergehen.

„Sie isst wie eine Amazone", meinte Julia. „Man sollte auf ihr Gewicht achten."

„Ich esse nur aus Verzweiflung", behauptete Andrea. „Mir ist nämlich eine echte Tragödie zugestoßen. Zwei Filme mit Aufnahmen, die ich auf der Fahrt von New York hierher gemacht habe, sind zerstört."

„Vielleicht steht uns eine ganze Serie von Unfällen bevor." Helen ließ ihren Blick über die Anwesenden gleiten. „Wenn etwas geschieht, dann doch immer drei Mal, oder nicht?"

Keiner antwortete. Helen betastete den blauen Fleck unter dem Auge. „Man kann schwer vorhersagen, was als Nächstes passiert."

Andrea fing an, das unangenehme Schweigen bedrückend zu finden, das Helens Bemerkungen jeweils zu folgen pflegte. Jedes Mal schienen alle Anwesenden von innerer Anspannung erfasst zu werden.

Aus einer plötzlichen Eingebung heraus wurde Andrea ihrem Vorsatz untreu und begann ein Gespräch mit Lucas. „Was würdest du aus dieser Situation machen?" Sie schaute zu ihm hinüber, doch Lucas schwieg. Er beobachtet uns alle, dachte Andrea. Er hält sich zurück und beobachtet nur.

Andrea schüttelte das Unbehagen ab, das sie befallen hatte, und fuhr fort: „Neun Menschen – nein, genau genommen zehn, wenn man die Köchin mitrechnet – isoliert in einem abgelegenen Landgasthof. Ein Sturm tobt. Der Stromanschluss ist bereits unterbrochen. Das Telefon ist wahrscheinlich als Nächstes an der Reihe."

„Das Telefon geht bereits nicht mehr", sagte Steve.

Andrea rollte dramatisch mit den Augen. „Sehen Sie?"

„Und die Furt über den Fluss ist wahrscheinlich nicht mehr passierbar", fiel Robert ein und zwinkerte Andrea zu.

„Was könnte dir da noch fehlen?", fragte Andrea Lucas. Ein Blitz zuckte draußen, als sei ihm ein Stichwort gegeben worden.

„Mord." Lucas sprach das Wort ganz gelassen aus. Aber es hing in der Luft, als ihn alle ansahen.

Andrea überlief ein Frösteln. Sie hatte mit der Antwort gerechnet, trotzdem ließ sie das Wort erschauern.

„Aber natürlich ist die Situation viel zu eindeutig. Für meine Art von Romanen ist das nichts." Lucas schwieg nach diesen Worten wieder.

„Das Leben ist manchmal eindeutig, nicht wahr?", stellte Jacques fest. Er lächelte still, während er sein mit Wein gefülltes Glas hob.

„Ich könnte in dieser Geschichte sehr eindrucksvoll sein", überlegte Julia laut. „Ich würde in weiten weißen Gewändern über dunkle Korridore huschen." Sie stützte die Ellbogen auf den Tisch, faltete die Hände und legte das Kinn darauf. „Das flackernde Licht meiner Kerze erhellt für einen Moment den Schatten, in dem der Mörder mit einem Seidenschal wartet, um mir das Leben zu nehmen."

„Sie würden eine bezaubernde Leiche abgeben", sagte Andrea.

„Vielen Dank, Darling." Julia drehte sich zu Lucas um. „Aber ich möchte lieber unter den Lebenden bleiben, wenigstens bis zur Schlussszene."

„Sie können so schön sterben." Steve grinste Julia an. „Ich war von Ihnen in der Rolle der Lisa in ‚Letzte Hoffnung' sehr beeindruckt."

„Welche Art von Mord würden Sie erwarten, Lucas?" Steve aß nur wenig, wie Andrea merkte. Er hielt sich mehr an den Wein. „Ein

Verbrechen aus Leidenschaft oder aus Rache? Die impulsive Tat eines verstoßenen Liebhabers oder die bösen Machenschaften eines kalten, berechnenden Verstandes?"

„Tante Tabby könnte ein ausgefallenes Gift über das Essen streuen und uns einen nach dem anderen aus dem Weg räumen."

„Sobald jemand tot ist, ist er völlig nutzlos." Helen zog die Aufmerksamkeit der anderen wieder auf sich. „Mord ist reine Verschwendung. Man hat viel mehr davon, wenn man jemand am Leben erhält – am Leben und verwundbar." Sie warf Lucas einen Blick zu. „Stimmen Sie mir zu, Mr McLean?"

Andrea gefiel es nicht, wie Helen Lucas anlächelte. Kalt und berechnend! Steves Worte fielen ihr ein. Ja, Helen war eine kalte und berechnende Person.

Alle schwiegen. Andrea sah Lucas erwartungsvoll an. Was würde er antworten?

Sein Gesicht zeigte den Ausdruck, den sie nur zu gut kannte, der besagte: Ihr langweilt mich alle. „Ich glaube nicht, dass Mord immer eine Verschwendung ist."

Wieder klangen Lucas' Worte beiläufig. Doch Andrea, die ihn besser als die anderen kannte, sah, dass sich der Ausdruck seiner Augen verändert hatte. Er war nicht länger gelangweilt.

„Die Welt würde viel gewinnen, wenn einige Menschen verschwänden." Er lächelte – auf eine gefährlich wirkende Art.

Andrea hatte das Gefühl, dass hier nicht mehr über abstrakte Möglichkeiten gesprochen wurde. Es ging scheinbar um ganz wirkliche Überlegungen. Sie schaute zu Helen und bemerkte den Ausdruck von Furcht auf ihrem Gesicht. Aber es konnte doch nur ein Spiel sein, etwas anderes war gar nicht vorstellbar.

Julia lächelte. Aber ihr Lächeln war nicht warm und freundlich. Die Schauspielerin genoss es, dass Helen Angst hatte.

Nach dem Essen gingen alle in den Aufenthaltsraum. Doch der Sturm, der draußen mit unveränderter Kraft tobte, zerrte an aller Nerven. Nur Julia und Lucas schienen unbeeindruckt. Sie saßen in einer Ecke zusammen und genossen offensichtlich ihre Gesellschaft.

Andrea sah das mit gemischten Gefühlen. Julia lachte leise. Einmal nahm Lucas eine Strähne von Julias hellem Haar zwischen die Finger.

Andrea wandte sich ab. Julia war sehr geschickt darin, Männer auf sich zu lenken. Diese Erkenntnis bedrückte Andrea.

Die Spicers saßen nebeneinander auf dem Sofa am Kamin. Obwohl sie leise sprachen, spürte Andrea, dass sie sich stritten. Sie rückte ein wenig weiter fort, außer Hörweite. Jetzt war nicht der richtige Augenblick für Jane, Robert Vorwürfe zu machen, weil er sich von der Schauspielerin hatte beeindrucken lassen. Julia war doch bereits mit einem anderen Mann beschäftigt.

Als das Ehepaar den Raum verließ, sah Jane nicht mehr schmollend, sondern geradezu elend aus. Julia beachtete die beiden überhaupt nicht, sondern rückte näher an Lucas heran und flüsterte ihm etwas ins Ohr, das ihn zum Lachen brachte.

Andrea hielt es hier nicht länger aus. Sie beschloss, Tante Tabby Gute Nacht zu sagen und dann in der Dunkelkammer zu arbeiten. Julia tat zwar genau das, was sie mit ihr – Andrea – verabredet hatte: Sie lenkte Lucas ab. Aber es tat Andrea weh, dass sie damit so erfolgreich war. Nicht ein Mal hatte Lucas zu ihr herübergeschaut.

Andrea ging quer durch den Raum, öffnete die Tür zum Zimmer ihrer Tante und trat ein.

„Andrea, mein Kind! Lucas hat mir erzählt, dass du dich am Kopf gestoßen hast." Tante Tabby legte ihre Wäscherechnungen hin, stand auf und betrachtete die Verletzung. „Oh, du armes Ding. Möchtest du eine Tablette? Irgendwo habe ich welche."

Es freute Andrea, dass Lucas ihrer Tante den Vorfall nur als harmlos geschildert hatte. Zugleich wunderte sie sich, wieso die beiden auf so vertrautem Fuß standen. Es passte eigentlich gar nicht zu Lucas, dass er sich mit einer zerstreuten alten Frau abgab, deren Ruhm allein darin bestand, dass sie einen kleinen Gasthof besaß und eine vorzügliche Schokoladentorte backen konnte.

„Nein, Tante Tabby. Es geht mir gut. Ich habe schon etwas eingenommen."

„Das freut mich." Tante Tabby streichelte Andreas Hand und blickte noch einmal stirnrunzelnd auf den Bluterguss. „Du musst vorsichtig sein, Kindchen."

„Das werde ich sein, Tante Tabby. Sag mal, wie gut kennst du eigentlich Lucas? Ich kann mich nicht erinnern, dass du früher jemals einen Gast mit dem Vornamen angeredet hast."

Andrea wusste, dass es keinen Zweck hatte, bei Tante Tabby um den heißen Brei herumzureden. Man musste sie schon direkt fragen, wenn man eine klare Antwort erhoffte.

„Oh, das kommt darauf an, Andrea. Ja, das kommt wirklich darauf an."

Tante Tabby setzte sich wieder hinter ihren Schreibtisch und schaute unter die Zimmerdecke.

Andrea wusste, was das zu bedeuten hatte. Ihre Tante dachte angestrengt nach.

„Also, warte mal. Zunächst war da Mrs Nollington. Sie wohnt jeden September in dem Eckzimmer. Ich nenne sie Frances und sie mich Tabitha. Sie ist eine so reizende Frau – eine Witwe aus North Carolina."

„Lucas redet dich mit Tante Tabby an", warf Andrea ein, bevor ihre Tante sich weiter über Frances Nollington verbreiten konnte.

„Ja, Kindchen, das tun eine Menge Leute. Du auch."

„Ja, aber ..."

„Und Paul und Willy", fuhr Tante Tabby fort. „Und der kleine Junge, der immer die Eier bringt, und ... ach, verschiedene Leute. Ja, wirklich, eine ganze Reihe. Hat dir das Abendessen geschmeckt?"

„Ja, sehr. Tante Tabby", Andrea wollte noch nicht aufgeben, „Lucas scheint sich hier wie zu Hause zu fühlen."

„Oh, das freut mich." Tante Tabby strahlte ihre Nichte an und ergriff ihre Hand. „Ich gebe mir immer große Mühe, es allen so gemütlich wie möglich zu machen. Jeder soll sich hier wohlfühlen. Es ist wirklich schade, dass ich sie dafür zahlen lassen muss, aber ..." Sie schaute auf die Rechnungen der Wäscherei.

Gib es auf, sagte Andrea zu sich. Sie küsste ihre Tante auf die Wange und ließ sie mit ihren Kopfkissenbezügen allein.

Es war bereits spät geworden, als Andrea die Dunkelkammer wieder aufgeräumt hatte. Diesmal ließ sie die Tür offen und das Licht an. Der Regen schlug gegen die Fensterscheiben. Von diesem Geräusch abgesehen, war sonst nichts zu hören.

Aber alte Häuser sind nie stumm, dachte Andrea. In ihnen knackt und flüstert es. Doch die ächzenden Fußbodendielen störten sie nicht. Sie war darin vertieft, Tabletts zu leeren und Flaschen zurechtzuschieben. Den zerstörten Film warf sie in den Mülleimer.

Ein bisschen tat ihr das weh, aber nun war nichts mehr zu ändern. Am nächsten Tag würde sie den Film mit den Aufnahmen entwickeln, die sie am Morgen gemacht hatte – vom See, der Morgensonne, von den Bäumen, die sich im See spiegelten. Das würde ihre Stimmung heben.

Andrea reckte sich. Sie legte die Hände in den Nacken und hob das Haar an. Jetzt war sie wohlig müde.

„Ich habe nicht vergessen, dass du das morgens immer tatest."

Andrea fuhr erschrocken herum und sah Lucas vor sich.

„Du hobst dein Haar hoch und ließest es wieder fallen. Es glitt über deinen Rücken. Jedes Mal hat es mich danach verlangt, dein Haar zu berühren."

Lucas' Stimme klang eigenartig. Andrea konnte ihn nur stumm ansehen.

„Oft habe ich mich gefragt, ob du das absichtlich tatest, um mich zu reizen."

Lucas sah Andrea forschend an.

„Aber das war natürlich nicht deine Absicht. Ich habe nie jemand kennengelernt, der es so wie du verstand, einen Mann in völliger Unschuld zu reizen."

„Was suchst du hier?", fragte Andrea.

„Erinnerungen."

Sie drehte sich um, beschäftigte sich mit den Flaschen, schob sie aus der sorgfältig aufgebauten Reihe. „Mit Worten konntest du schon immer gut umgehen, Lucas." Jetzt, wo sie ihn nicht ansah, konnte sie sich kühler geben. Sorgfältig studierte sie eine Flasche mit Entwicklerflüssigkeit. „Das gehört nun einmal zu deinem Beruf."

„Zurzeit schreibe ich nicht."

Es war besser, ihn bewusst misszuverstehen. „Macht dein Buch dir noch immer Schwierigkeiten?"

Andrea drehte sich wieder um. Auf Lucas' Gesicht waren Spuren von Erschöpfung und Müdigkeit zu sehen. Mitleid und Liebe erwachten in Andrea. Sie bemühte sich, beides zu unterdrücken.

„Vielleicht hättest du mehr Erfolg, wenn du nachts gut schlafen könntest." Sie zeigte auf die Kaffeetasse, die Lucas in der Hand hielt. „Kaffee ist dabei nicht gerade förderlich."

„Vielleicht nicht." Er trank die Tasse leer. „Aber Kaffee ist besser als Whisky."

„Schlaf ist besser als beides." Andrea zuckte mit den Schultern. Lucas' Probleme gingen sie nichts an.

„Ich gehe jetzt nach oben." Andrea ging auf Lucas zu, aber er rührte sich nicht und versperrte ihr den Weg zur Tür.

Andrea blieb stehen. Sie waren allein. Im Erdgeschoss war niemand mehr außer Lucas, ihr und dem Geräusch des Regens.

„Lucas." Sie seufzte tief auf. Er sollte sie lediglich für ungeduldig halten und nichts davon merken, dass seine Nähe sie nervös machte. „Ich bin müde. Mach keinen Ärger."

Lucas sah sie eindringlich an, dann trat er zur Seite. Andrea schaltete das Licht aus und ging an Lucas vorbei.

Doch er packte sie am Arm und verhinderte ihren – wie sie gehofft hatte – leichten Abgang.

„Es wird eine Zeit kommen, Kätzchen", sagte er leise, „in der du nicht so leicht von mir fortkommst."

„Was soll das? Willst du mir mit deiner übertriebenen Männlichkeit drohen?" Andrea wurde zornig und vergaß die Vorsicht. „Gegen die bin ich inzwischen immun."

Er riss sie an sich. Sie spürte, dass er wütend war. „Jetzt habe ich aber genug davon!"

Er küsste sie mit unverhülltem Verlangen. Als sie sich zu wehren begann, drückte er sie gegen die Wand, hielt ihre Arme an den Seiten fest und vertiefte seinen Kuss.

Andrea merkte, wie sie unterging. Sie hasste ihre Schwäche, aber sie konnte nichts dagegen tun. Auch als ihr Widerstand erlahmte, wurde Lucas' Griff nicht lockerer.

Ihr Herz klopfte heftig, und sie spürte, dass es Lucas ebenso ging. Er war von starker Leidenschaft erfüllt. Sie konnte nichts gegen ihn unternehmen. Es war wie immer, sie konnte Lucas nicht entkommen. Es gab keinen Ort, wo sie sich vor ihm verstecken konnte. Vor Angst und Begehren begann sie zu zittern.

Ganz plötzlich löste sich Lucas von ihr. Seine dunklen Augen glänzten. Andrea sah ihr Spiegelbild in ihnen. Ich bin in ihm verloren, dachte sie. Das war ich immer.

Dann schüttelte Lucas sie. „Gib acht, dass du es mit mir nicht zu weit treibst. Du solltest dich daran erinnern, dass ich keine Hemmungen kenne. Ich weiß, wie man mit Menschen umzugehen hat, die mit mir kämpfen wollen. Wenn du so weitermachst, wirst du eines Tages mir gehören, ob du willst oder nicht."

Er ließ sie los. Erschrocken und verwirrt lief Andrea davon, den Flur entlang und die Treppe hinauf.

6. KAPITEL

Als Andrea die Tür zu ihrem Zimmer erreichte, war sie außer Atem. Sie kämpfte gegen die Tränen an. Es sollte Lucas nicht erlaubt sein, so mit ihr umzugehen. Sie sollte es nicht zulassen. Weshalb war er wieder in ihr Leben eingedrungen? Sie hatte doch gerade angefangen, über ihn hinwegzukommen.

Lügnerin! Die Stimme in ihr war ganz deutlich. Du bist nie über ihn hinweggekommen, niemals!

Aber ich will es! Andrea ballte die Hände zu Fäusten, während sie vor ihrer Zimmertür stand und um Atem rang. Ich will ihn überwinden.

Sie hörte Lucas' Schritte auf der Treppe. Hastig öffnete sie die Tür. Sie wollte an diesem Abend nicht noch einmal mit ihm zusammentreffen. Am nächsten Tag würde es früh genug sein.

Irgendetwas war nicht in Ordnung. Andrea spürte es in dem Moment, als sie die Tür geöffnet hatte und das dunkle Zimmer betrat. Es roch stark nach Parfüm.

Andrea griff zum Lichtschalter. Als das Licht aufflammte, stieß sie einen entsetzten Schrei aus.

Der Schrank stand offen, alle Schubladen waren herausgerissen. Ihre Kleider, der Inhalt der Schubladen waren im Zimmer verstreut. Einiges war aufgeschnitten oder zerrissen, anderes lag einfach nur auf einem Haufen. Ihr Schmuck war aus der Kassette genommen und achtlos auf die Kleiderstücke geworfen worden. Jemand hatte Flaschen mit Kölnischwasser und Puderdosen geöffnet und den Inhalt über ihre Sachen verteilt. Alles, was ihr gehörte, war zerstört oder beschmutzt.

In ungläubigem Erschrecken erstarrt, stand Andrea da und sah fassungslos vor sich hin. Dies konnte nicht ihr Zimmer sein. Aber die grüne Bluse mit dem halb herausgerissenen Ärmel war ein Weihnachtsgeschenk von Willy gewesen. Die Sandalen, die zerbrochen in der Ecke lagen, hatte sie im vergangenen Sommer in einem Geschäft in New York gekauft.

„Nein!" Sie schüttelte den Kopf, als könne das schreckliche Bild damit beseitigt werden. „Das ist nicht möglich!"

„Um Himmels willen!" Das war Lucas' Stimme. Andrea drehte sich zu ihm um. Er stand mit ungläubigem Erstaunen an der Tür.

„Ich verstehe das nicht", sagte Andrea verzweifelt. Mehr fiel ihr jetzt nicht ein. Sie machte eine hilflose Bewegung. „Warum?"

Lucas kam auf sie zu und wischte ihr eine Träne von der Wange. „Ich weiß nicht, Kätzchen. Zuerst müssen wir herausfinden, wer das getan hat."

„Aber es ist so … so verächtlich." Sie hob hier und da etwas von ihren Sachen auf, ließ es wieder fallen. Immer noch dachte sie, sie müsse träumen. „Niemand hier hat auch nur den geringsten Grund, mir so etwas anzutun. Wer das getan hat, muss mich sehr hassen. Doch keiner hier hat einen Grund, mich so zu hassen. Vorgestern Abend kannte mich überhaupt niemand."

„Außer mir."

„Dies ist nicht dein Stil." Andrea presste die Hände an die Schläfen. Sie versuchte zu verstehen. „Du würdest einen direkteren Weg finden, mir wehzutun."

„Danke."

Andrea merkte, dass Lucas finster in eine bestimmte Richtung blickte.

Als sie sich dorthin umwandte, sah sie es.

„Oh nein!" Sie stolperte über das Durcheinander ihrer Sachen, schob die Bettdecke zur Seite und ergriff mit zitternden Händen ihre Kamera. Das Objektiv war zerschlagen, ein Spinnennetz von Rissen lief über die Linse. Der hintere Teil hing lose herunter, der Film ringelte sich wie der Schwanz eines Papierdrachens heraus. Der Film war belichtet – ruiniert.

Mit einem verzweifelten Stöhnen hielt Andrea die Kamera in den Händen. Sie begann zu weinen.

Ihre Kleider und die anderen Sachen bedeuteten ihr wenig, aber diese Kamera war für sie mehr als nur ein Gerät. Sie war ebenso ein Teil von ihr wie ihre Hände. Mit diesem Apparat hatte sie die ersten professionellen Bilder geschossen. Seine Zerstörung war wie ein Akt der Vergewaltigung.

Andrea protestierte nicht, als Lucas sie jetzt in die Arme nahm und sie gegen die Brust drückte. Sie weinte bitterlich.

Lucas sagte nichts, er bot ihr keine tröstenden Worte. Aber seine Hände waren unerwartet zärtlich, seine Arme stark.

„Oh, Lucas." Andrea löste sich verzweifelt von ihm. „Das ist so sinnlos."

„Irgendein Sinn ist auch hierin verborgen, Kätzchen. Es gibt immer einen Sinn."

Sie sah zu ihm auf. „Meinst du wirklich?" Andrea hielt die Kamera hoch. „Wenn mir jemand wehtun wollte, dann hat er das hiermit erreicht."

Sie umfasste die Kamera fest. Wut ergriff sie, verdrängte Verzweiflung und Tränen. Ihr ganzer Körper war von dieser Wut erfüllt. Sie würde hier nicht länger sitzen und weinen, sie würde etwas tun.

Andrea drückte Lucas die Kamera in die Hand und ging zur Tür.

„Moment mal." Er hielt sie fest, bevor sie das Zimmer verlassen konnte. „Wohin willst du?"

„Ich werde alle aus dem Bett holen. Und dann wird irgendjemand denken, er wäre mir besser nie begegnet."

Es fiel Lucas nicht leicht, Andrea zurückzuhalten. Schließlich schlang er die Arme um sie und zog sie an sich. „Ich sollte dir das zutrauen." Ein Unterton von überraschter Bewunderung war in seinen Worten zu hören, doch das besänftigte Andrea nicht.

„Warte es nur ab."

„Erst musst du dich beruhigen." Er lockerte seinen Griff ein wenig. „Ich möchte …"

„Ich weiß, was du möchtest, Kätzchen, und ich nehme dir das nicht übel. Aber bevor du losrennst, solltest du nachdenken."

„Worüber sollte ich nachdenken? Irgendjemand wird mir dafür bezahlen."

„Schön, das ist nur gerecht. Aber wer? "

Lucas' Logik ärgerte Andrea. Doch er erreichte es immerhin, dass ihr Zorn ein wenig nachließ. „Das weiß ich noch nicht." Sie atmete tief durch.

„So ist es schon besser." Lucas lächelte und küsste sie. „Auch wenn deine Augen immer noch Blitze aussenden: Du solltest die Krallen wieder einziehen, bis wir wissen, was hier vor sich geht. Komm mit, wir werden an einige Türen klopfen."

Julias Zimmer war gleich nebenan. Deshalb ging Andrea zuerst zu ihr. Sie hatte sich wieder in der Gewalt. Sie musste systematisch vorgehen.

Doch wenn sie dann herausgefunden hatte, wer ihr das angetan hatte …

Sie klopfte laut an Julias Tür. Nach dem zweiten Klopfen antwortete Julia mit verschlafener Stimme.

„Machen Sie auf, Julia", rief Andrea. „Ich muss mit Ihnen reden."

„Andrea, Darling." Julias Stimme erweckte in Andrea den Eindruck, als drücke sich die Schauspielerin wieder behaglich in die Kissen. „Selbst ich brauche den Schönheitsschlaf. Seien Sie ein liebes Mädchen und gehen Sie wieder."

„Aufstehen, Julia!" Andrea sprach mit lauter Stimme. „Sofort!"

„Du meine Güte, was sind wir grantig. Dabei bin ich es doch, die aus dem Bett geholt wird."

Julia öffnete die Tür. Sie trug ein weißes Spitzennegligé. Das Haar umgab ihr Gesicht wie ein Lichtkranz, die Augen waren dunkel vom Schlaf.

„So, nun bin ich aufgestanden." Julia schenkte Lucas ein sinnliches Lächeln und strich sich das Haar glatt. „Gibt es eine Party?"

„Jemand hat mein Zimmer verwüstet", erklärte Andrea ohne Umschweife. Sofort wandte Julia ihre Aufmerksamkeit von Lucas ab und ihr zu.

„Wie?" Julia schien nicht sofort zu verstehen. Sie runzelte die Stirn, als müsse sie sich konzentrieren. Eine Schauspielerin, sagte sich Andrea. Sie ist eine Schauspielerin, vergiss das nicht.

„Meine Kleider wurden zerrissen und im ganzen Zimmer verstreut. Meine Kamera ist beschädigt." Bei dem Gedanken daran musste Andrea schlucken. Das war am schwersten zu ertragen.

„Das ist doch verrückt." Julia lehnte nicht länger in verführerischer Pose am Türrahmen. Sie hatte sich aufgerichtet. „Lassen Sie mich sehen."

Sie eilte über den Flur. An der Tür zu Andreas Zimmer blieb sie stehen. Als sie sich dann zu Andrea umdrehte, waren ihre Augen groß vor Schreck. „Andrea, wie entsetzlich!" Sie legte einen Arm um Andreas Taille. „Das ist ja unglaublich. Es tut mir schrecklich leid."

Aufrichtigkeit, Schock, Mitleid – alles war da. Andrea wünschte sich sehr, sie könne Julia vertrauen.

„Wer könnte das getan haben?", fragte Julia Lucas. Sie war zornig geworden. Jetzt war sie wieder die zähe Frau, als die sie Andrea am Nachmittag für einen Moment erschienen war.

„Wir haben vor, das herauszufinden. Wir wecken jetzt die anderen."

Irgendetwas spielte sich zwischen Lucas und Julia ab. Andrea sah das, aber es ging sehr schnell wieder vorbei.

„Gut", sagte Julia. „Dann mal los." Sie schob sich das Haar ungeduldig hinter die Ohren. „Ich wecke die Spicers, Sie gehen zu Jacques und Steve, und Sie, Andrea, wecken Helen auf."

Ihre Worte enthielten so viel Autorität, dass Andrea sich ohne Widerspruch umdrehte und den Flur entlang zu Helens Zimmer lief. Sie hörte hinter sich Klopfen, Antworten, Geräusche.

Als Andrea vor Helens Tür stand, schlug sie dagegen. Die Sache machte Fortschritte. Lucas hatte recht. Bevor sie jemand hängten, musste eine Gerichtsverhandlung stattfinden.

Auf ihr Klopfen reagierte niemand. Ärgerlich versuchte Andrea es noch einmal. In ihrer jetzigen Stimmung ertrug sie es nicht, dass Helen sie nicht beachtete. Hinter ihr auf dem Flur wurde es lebhaft. Die anderen waren aus ihren Zimmern gekommen und hatten gesehen, was bei Andrea angerichtet worden war.

„Helen!" Andrea klopfte heftig und mit wachsender Ungeduld. „Kommen Sie heraus!" Dann stieß sie die Tür auf. Es würde ihr Genugtuung bereiten, wenigstens einen Menschen aus dem Bett zu zerren. Rücksichtslos schaltete sie das Licht an. „Helen, ich …"

Helen lag nicht im Bett. Andrea starrte sie schockiert an. Sie lag auf dem Fußboden, aber sie schlief nicht. Für sie war es mit dem Schlafen für immer vorbei. War das Blut? Wie betäubt schaute Andrea hinunter, machte einen Schritt vorwärts, bis ihr klar wurde, was sie da sah.

Zitternd wich sie zurück. Das war der reinste Albtraum! In ihrem Zimmer hatte dieser Albtraum angefangen. Nichts davon war wirklich.

Lucas' Ausspruch ging ihr durch den Kopf: Mord! Andrea schüttelte den Kopf. Sie stieß mit dem Rücken gegen die Wand. Was sie hier erlebte, war nur ein Traum, ein böses Spiel.

Sie hörte eine schreckerfüllte Stimme, die nach Lucas rief, und war sich nicht bewusst, dass es ihre eigene war. Dann kam endlich jemand und hielt ihr die Augen zu.

„Bringt sie hier heraus."

Benommen ließ Andrea sich hinausführen.

„Wie schrecklich!" Das war Steves Stimme. Als Andrea den Mut fand, zu ihm aufzublicken, sah sie, dass er leichenblass war. Er hielt sie fest. Andrea lehnte den Kopf an seine Brust. Wann würde sie endlich aufwachen?

Rings um sie herrschte aufgeregte Verwirrung. Stimmen voller Schrecken waren zu hören, Julias rauchige Stimme, Janes, dann Jacques', halb Englisch, halb Französisch.

Schließlich erklang Lucas' Stimme – ruhig, kühl, überlegen.

„Sie ist tot – erstochen. Da die Telefonverbindung unterbrochen ist, fahre ich ins Dorf und hole die Polizei."

„Ermordet? Sie wurde ermordet? Wie entsetzlich!" Andrea sah, dass Jane von ihrem Mann in die Arme genommen und getröstet wurde.

„Ich finde, aus Gründen der Vorsicht sollte niemand den Gasthof allein verlassen, Lucas." Robert hielt seine Frau fest umarmt. „Wir müssen mit allen Möglichkeiten rechnen."

„Ich gehe mit ihm." Steves Stimme klang angestrengt, mitgenommen. „Ich kann frische Luft gebrauchen."

Lucas nickte. Ohne den Blick von Andrea zu wenden, sagte er zu Robert: „Haben Sie etwas, um sie zu beruhigen? Sie kann den Rest der Nacht bei Julia verbringen."

„Ich brauche nichts, Lucas, wirklich nicht." Andrea löste sich von Steve. „Mir geht es gut. Ich will nichts."

Dies war kein Traum, es war die Wirklichkeit. Sie musste sich damit abfinden. „Um mich brauchst du dir keine Sorgen zu machen, nicht um mich. Mit mir ist alles in Ordnung." Andrea spürte, dass sie am Rand der Hysterie war, und sie kämpfte dagegen an.

„Kommen Sie mit mir, Darling." Julia nahm Andrea am Arm. „Wir gehen nach unten und setzen uns eine Weile dorthin, bis Sie sich beruhigt haben."

„Ich möchte …"

„Ich werde mich um sie kümmern!" Julia verhinderte Lucas' Protest. „Ihr anderen tut, was jetzt zu tun ist." Bevor Lucas widersprechen konnte, führte Julia Andrea bereits die Treppe hinunter.

„Setzen Sie sich." Julia schob Andrea zum Sofa. „Sie könnten einen Schluck gebrauchen."

Andrea setzte sich und sah zu Julia auf, deren Gesicht über ihr war.

„Sie sind blass", sagte sie.

Julia drückte ihr ein Glas Weinbrand in die Hand. „Das überrascht mich nicht. Und nun trinken Sie." Julia hockte sich auf den Tisch vor dem Sofa und sah Andrea zu.

Andrea trank gehorsam. Der Weinbrand brannte ihr in der Kehle, die Welt kam für sie wieder ins Lot.

„Ist es jetzt besser?", fragte Julia und nahm Andrea das leere Glas ab.

„Ja – ich glaube." Andrea holte tief Luft. „Das ist wirklich geschehen, nicht wahr? Sie liegt tatsächlich da oben und ist tot."

„Ja, es ist geschehen." Julia trank ebenfalls einen Weinbrand. Ihre blassen Wangen nahmen allmählich wieder Farbe an. „Die Hexe hat es schließlich mit irgendjemand zu weit getrieben."

Andrea war überrascht, in welch hartem Ton Julia reden konnte.

Julia stellte mit ruhiger Hand ihr Glas ab. „Hören Sie, Andrea. Sie sind eine starke Persönlichkeit. Sie haben einen Schock erlitten, einen ziemlich starken sogar. Aber Sie werden es überstehen."

„Ja." Andrea wollte das gern glauben. „Ja, ich werde es überstehen!"

„Dies ist eine schlimme Situation, und Sie müssen sich damit abfinden." Julia schwieg einen Moment, dann beugte sie sich vor. „Einer von uns hat sie getötet."

Andrea hatte das bereits geahnt, es sich aber bisher nicht bewusst gemacht. Nun, da Julia das ganz nüchtern und einfach ausgesprochen hatte, gab es kein Entkommen vor der Wahrheit mehr. Andrea nickte.

„Sie hat bekommen, was sie verdiente."

„Aber Julia!" Jacques kam herein. Er musste Julias Worte gehört haben. Sein Gesicht drückte Schrecken und Missbilligung aus.

„Oh, Jacques, gut, dass du kommst. Gib mir eine von deinen schrecklichen französischen Zigaretten. Biete Andrea auch eine an, sie könnte sie gebrauchen."

„Julia." Er gehorchte ihr ganz automatisch. „Du darfst jetzt nicht so reden."

„Ich bin keine Heuchlerin." Julia zog tief an der Zigarette, schüttelte sich, zog noch einmal. „Ich habe sie verabscheut. Die Polizei wird sehr schnell herausfinden, weshalb wir alle sie verachtet haben."

„Um Himmels willen! Wie kannst du nur so über sie sprechen?" Jacques wurde zornig. So hätte Andrea ihn sich nie vorstellen können. „Die Frau ist tot, ermordet. Du hast nicht gesehen, wie grausam das war. Ich wollte, der Anblick wäre auch mir erspart geblieben."

Andrea hatte ebenfalls eine Zigarette angenommen und sog den

Rauch ein. Sie versuchte, das Bild zu verdrängen, das vor ihr inneres Auge trat. Sie verschluckte sich und hustete.

„Andrea, verzeihen Sie mir." Jacques, dessen Zorn verging, setzte sich neben sie und legte ihr einen Arm um die Schulter. „Ich hätte Sie nicht daran erinnern sollen."

„Nein." Andrea schüttelte den Kopf. Sie drückte die Zigarette aus, die ja doch nicht helfen konnte. „Julia hat recht. Man muss den Tatsachen ins Auge sehen."

Robert kam herein. Sein sonst so federnder Schritt war müde und schleppend. „Ich habe Jane ein Beruhigungsmittel gegeben." Auch er schenkte sich einen Weinbrand ein. „Das wird eine lange Nacht."

Alle schwiegen. Der Regen draußen hatte nachgelassen. Jacques ging im Zimmer auf und ab und rauchte ständig, während Robert das Feuer im Kamin wieder entzündete. Die helle flackernde Flamme brachte noch keine Wärme.

Andrea fröstelte. Um gegen die Kälte anzugehen, schenkte sie sich ein zweites Glas Weinbrand ein, trank es dann aber doch nicht.

Julia blieb sitzen. Sie rauchte mit langen, langsamen Zügen. Das einzige äußere Zeichen ihrer Erregung war das ständige Klopfen ihres Fingernagels auf der Armlehne des Sessels. Das Klopfen, das Knacken der brennenden Scheite, der leise Regen vor dem Fenster – die Geräusche reichten nicht aus, das bedrückende Schweigen zu erleichtern.

Als die Haustür geöffnet wurde, drehten sich alle um. Die Spannung wuchs. Andrea wartete darauf, Lucas zu sehen. Alles würde wieder gut sein, wenn er bei ihr war.

„Wir konnten nicht über die Furt kommen", verkündete Lucas, als er das Zimmer betrat. Er zog seine durchnässte Jacke aus und griff zur Weinbrandflasche.

„Wie schlimm ist es?" Robert sah von Lucas zu Steve und wieder zu Lucas. Es war bereits klar, wer hier die Führung übernommen hatte.

„Schlimm genug, um uns noch ein oder zwei Tage hier festzuhalten", unterrichtete Lucas ihn. Er trank einen kräftigen Schluck Weinbrand und sah dann aus dem Fenster. Draußen war nichts zu erkennen. „Aber nur, wenn der Regen nachlässt."

Lucas drehte sich um. Sein und Andreas Blick trafen sich. Wieder erweckte Lucas in ihr den Eindruck, als nehme er außer ihr niemand im Raum wahr.

„Das Telefon", rief Andrea aus dem Drang heraus, irgendetwas zu sagen. „Die Verbindung könnte morgen wiederhergestellt sein."

„Darauf würde ich mich nicht verlassen." Lucas wischte sich das Wasser aus dem Gesicht, das aus seinem Haar heruntertropfte. „Im Autoradio habe ich gehört, dass dieser Regen zu den Ausläufern eines Tornados gehört. Überall in diesem Teil des Landes ist der Strom ausgefallen. Wir können nichts tun als abzuwarten."

„Das kann noch Tage dauern." Steve setzte sich neben Andrea. Sein Gesicht wirkte grau. Sie schob ihm ihr volles Weinbrandglas zu.

„Eine reizende Aussicht." Julia stand auf, ging zu Lucas und blieb vor ihm stehen. Sie nahm ihm die Zigarette aus der Hand, die er sich angesteckt hatte, und zog daran. „Was machen wir nun?"

„Zuerst verschließen und versiegeln wir Helens Zimmer. Dann versuchen wir, Schlaf zu bekommen."

7. KAPITEL

Irgendwann nach Beginn der Morgendämmerung schlief Andrea ein. Sie hatte die Nacht damit verbracht, mit weit geöffneten Augen auf dem Bett zu liegen und Julias gleichmäßigem Atem neben sich zu lauschen. Sie hatte Julia um die Fähigkeit beneidet, schlafen zu können. Trotzdem hatte sie ihre eigene Müdigkeit bekämpft. Sie hatte Angst, die Augen zu schließen. Dann hätte sie wahrscheinlich gesehen, was sie in Helens Zimmer erblickt hatte. Als ihr dann schließlich doch die Augen zugefallen waren, hatte sie tief und traumlos geschlafen. Sie war völlig erschöpft gewesen.

Vielleicht war es die Stille um sie, die sie weckte. Plötzlich war sie jedenfalls wach. Sie setzte sich im Bett auf und sah sich verwirrt um.

Julias Unordnung begrüßte sie. Seidenschals und Goldketten lagen hier und dort. Der Schreibtisch war mit eleganten Flaschen vollgestellt. Auf dem Fußboden lagen zierliche italienische Sandalen mit unglaublich hohen Absätzen herum.

Die Erinnerung kehrte zurück.

Andrea stand langsam auf. In Julias Nachthemd aus schwarzer Seide kam sie sich ein wenig lächerlich vor. Andrea betrachtete sich kritisch im Spiegel. Das Nachthemd stand und passte ihr nicht. Nur gut, dass Julia schon aufgestanden war und das Zimmer verlassen hatte.

Andrea wollte nichts von den Sachen anziehen, die die Verwüstungen der vergangenen Nacht überstanden hatten. So begnügte sie sich mit Bluse und Jeans vom Vortag.

Sie fand eine Notiz, die offensichtlich Julia geschrieben hatte.

„Darling, nehmen Sie von meiner Unterwäsche und suchen Sie sich eine Bluse oder einen Pullover aus. Meine Hosen werden Ihnen wohl nicht passen, fürchte ich. Sie sind viel schlanker als ich. Einen BH tragen Sie ja nicht, und auf jeden Fall könnten Sie einen von meinen nicht ausfüllen. J."

Andrea musste lachen, wie Julia das beabsichtigt hatte. Es war so schön, ganz normal lachen zu können. Julia hat genau gewusst, wie ich mich fühlen würde, sagte sich Andrea. Sie war der Schauspielerin dankbar. Genüsslich duschte sie heiß.

Nachdem sie wieder in Julias Schlafzimmer war, wählte sie ein spinnenwebfeines Höschen aus. Ein ganzer Stapel von ihnen in unterschiedlichen Farben lag in der Schublade. Sie waren bestimmt so teuer gewesen wie ein Weitwinkelobjektiv. Im Schrank fand sie einen Pullover, der ihr einigermaßen passte.

Als Andrea das Zimmer verlassen hatte und nach unten ging, vermied sie es, zu Helens Tür zu schauen.

„Andrea! Ich hatte gehofft, dass Sie nicht mehr schlafen."

Sie blieb am Fuß der Treppe stehen und wartete, bis Steve zu ihr gekommen war. Er wirkte müde und grau. Für einen Moment zeigte sich sein jungenhaftes Lächeln um die Lippen, aber seine Augen blieben ernst.

„Sie sehen nicht so aus, als hätten Sie viel Schlaf bekommen, Andrea."

„Ich glaube, so ist es uns wohl allen gegangen."

Steve legte den Arm um ihre Schultern. „Wenigstens hat der Regen nachgelassen."

„Oh." Das wurde Andrea erst jetzt bewusst. Sie lächelte schwach. „Ich wusste doch, dass irgendetwas anders geworden war. Die Stille hat mich geweckt. Wo ist …" Sie zögerte, Lucas' Namen auszusprechen. „Wo sind die anderen?"

„Im Aufenthaltsraum. Aber kommen Sie erst mit mir zum Frühstück, ja?" Steve zog Andrea mit sich. „Ich habe auch noch nichts gegessen, und Sie können es sich nicht leisten abzunehmen."

„Wie charmant von Ihnen, mich daran zu erinnern." Andrea verzog das Gesicht. Wenn Steve es versuchen konnte, sich normal zu verhalten, dann konnte sie das auch. „Aber lassen Sie uns in der Küche essen."

Tante Tabby war wie gewöhnlich in der Küche. Sie erteilte Nancy Weisungen. Als Steve mit Andrea in die Küche kam, schloss Tante Tabby ihre Nichte in die nach Lavendel duftenden Arme.

„Oh, Andrea, was für eine schreckliche Tragödie. Ich weiß überhaupt nicht, was ich davon halten soll."

Andrea drückte Tante Tabby an sich. Hier hatte sie etwas Solides, an dem sie sich festhalten konnte.

„Lucas hat mir gesagt, dass irgendjemand das arme Ding getötet hat. Aber das kann doch gar nicht sein, nicht wahr?" Tante Tabby schob Andrea ein wenig von sich und sah sie forschend an. „Du hast nicht gut geschlafen, Kind. Doch das ist verständlich. Setz dich jetzt erst mal und frühstücke, das ist im Augenblick für dich das Beste."

Tante Tabby verstand mitunter sehr gut, was gerade nottat. Sie bewegte sich in der Küche und redete leise mit Nancy, während Andrea und Steve sich an den Tisch setzten.

In der Küche roch es ganz normal, die Geräusche waren normal und einfach. Kaffee duftete, Eier und Schinken wurden gebraten. Tante Tabby hatte recht, Frühstücken war jetzt genau richtig. Das Essen und die gewohnte Routine würden wieder etwas Ordnung in die Welt bringen. Und damit würde es auch leichter fallen, wieder klar zu denken.

Steve saß Andrea gegenüber. Er trank Kaffee, während Andrea lustlos mit ihrer Gabel die Eier auf ihrem Teller hin und her schob. Sie hatte jetzt nicht ihren normalen Appetit. Stattdessen begann sie ein Gespräch.

Die Fragen, die sie Steve über sein Leben stellte, waren nicht besonders geistreich. Aber Steve ging auf sie ein und beantwortete sie bereitwillig. Während Andrea ohne großes Interesse an einem Stück Toast kaute, wurde ihr bewusst, dass Steve und sie sich gegenseitig unterstützten.

Andrea erfuhr, dass Steve weit gereist war. Er war an den verschiedensten Orten eingesetzt worden, um Probleme im Firmenreich seines Vaters zu lösen. Reichtum war für ihn selbstverständlich, er war an ihn gewöhnt. Für die Firmen seines Vaters war er mit großem Einsatz und umfassendem Wissen tätig. Von seinem Vater sprach er mit Respekt und Bewunderung.

„Er ist für mich das Symbol von Erfolg und Einfallsreichtum", sagte Steve und schob seinen immer noch halb vollen Teller von sich. „Er hat sich auf der sprichwörtlichen Leiter von Stufe zu Stufe emporgearbeitet. Er ist zäh und hat sein Geld ehrlich verdient."

„Was hält er davon, dass Sie in die Politik gehen wollen?"

„Das findet er gut." Steve schaute auf Andreas Teller und warf ihr einen vielsagenden Blick zu. Sie lächelte nur und schüttelte den Kopf.

„Mein Vater hat mich immer ermutigt, das zu tun, was ich für richtig halte. Hauptsache sei, dass ich gut darin sei. Da ich das bin und das auch bleiben will, sind wir beide zufrieden und kommen gut miteinander aus. Mit dem Papierkram komme ich gut zurecht. Ich kann organisieren und ein System aus sich heraus verbessern."

„Das kann nicht so leicht sein, wie es klingt."

„Nein, aber …" Steve schüttelte den Kopf. „Bringen Sie mich ja nicht dazu, erst richtig loszulegen. Dann halte ich Ihnen eine Rede." Er trank seine Kaffeetasse leer. „Reden werde ich noch genug von mir geben, wenn ich nach Kalifornien zurückgegangen bin und meine Wahlkampagne offiziell beginnt."

„Mir fällt gerade auf, dass Sie, Lucas, Julia und Jacques alle aus Kalifornien kommen." Andrea schob sich das Haar aus der Stirn und dachte einen Moment über dieses seltsame Zusammentreffen nach. „Es ist eigenartig, dass so viele Menschen aus jener Gegend sich gerade hier versammeln."

„Die Spicers kommen auch von dort", ergänzte Tante Tabby, die gerade damit beschäftigt war, Pasteten in den Backofen zu schieben. „Ja, ich bin ziemlich sicher, dass Dr. Spicer mir erzählt hat, sie seien aus Kalifornien. Dort ist es warm und sonnig. Nun ja." Sie klopfte auf den Herd, als wolle sie ihn ermutigen, richtig auf ihre Pasteten einzuwirken. „Ich muss jetzt nach den Zimmern sehen. Du schläfst in dem Zimmer neben Lucas, Andrea. Es ist wirklich schrecklich, was mit deinen Kleidern geschehen ist. Ich werde sie für dich reinigen lassen."

„Ich helfe dir, Tante Tabby." Andrea stand auf.

„Oh nein, meine Liebe, das macht die Reinigung."

Das Lächeln fiel Andrea nicht so schwer, wie sie gedacht hatte. „Ich meinte, mit den Zimmern."

„Oh …" Tante Tabby schaute ihre Nichte einen Moment an. „Das ist wirklich nett von dir, Andrea. Aber …" Sie schien ein wenig bekümmert, „… ich habe mein eigenes System, musst du wissen. Du würdest mich nur verwirren. Es hängt alles mit den Nummern zusammen."

Tante Tabby überließ es Andrea, in dieser Offenbarung einen Sinn zu finden. Sie tätschelte ihrer Nichte die Wange und ging hinaus.

Offenbar blieb jetzt nichts anderes übrig, als sich zu den Gästen im Aufenthaltsraum zu gesellen.

Obwohl der Regen jetzt nicht viel mehr als ein Nieseln war, fühlte sich Andrea wie im Gefängnis. Sie stand am Fenster und wünschte sich sehnsüchtig die Sonne herbei.

Die Unterhaltung kam nicht recht in Gang. Wenn jemand etwas

sagte, dann ging es immer irgendwie um Helen Easterman. Vielleicht wäre es besser gewesen, wenn jeder sich in sein Zimmer zurückgezogen hätte.

Doch alle schien es zu drängen, die Gesellschaft der anderen zu suchen.

Julia und Lucas saßen nebeneinander auf dem Sofa. Ab und an wechselten sie ein paar Worte miteinander. Andrea merkte, dass Lucas sie immer wieder ansah – für ihren Geschmack zu oft. Ihre Widerstandskraft ihm gegenüber war jetzt nicht sehr groß. So richtete sie es ein, dass sie ihm meistens den Rücken zukehrte.

„Ich finde, es ist an der Zeit, dass wir ganz offen über die Sache reden", verkündete Julia plötzlich.

„Aber Julia." Jacques sah sie entgeistert an.

„So können wir nicht weitermachen, oder wir werden alle verrückt. Steve tritt den Teppich durch, wenn er noch länger hin und her läuft. Robert hat schon so viel Holz hereingeschleppt, dass bald kein Platz mehr dafür ist. Und wenn du noch eine Zigarette rauchst, Jacques, dann kippst du um."

Im Widerspruch zu ihren Worten steckte sich Julia nun selbst eine Zigarette an. „Falls wir nicht so tun wollen, als habe Helen sich selbst erstochen, müssen wir uns mit der Tatsache abfinden, dass einer von uns sie getötet hat."

Schweigen trat ein, bis Lucas mit ruhiger, sachlicher Stimme sagte: „Ich glaube, Selbstmord können wir ausschließen." Er beobachtete, wie Andrea die Stirn gegen die Fensterscheibe presste. „Zum Glück hatten wir alle die Gelegenheit, die Tat auszuführen. Wenn wir Andrea und ihre Tante auslassen, kommen sechs von uns als Täter in Betracht."

Andrea drehte sich um und stellte fest, dass alle Anwesenden sie ansahen. „Wieso soll ich ausgelassen werden?" Sie fröstelte und legte die Arme um sich. „Du hast doch gerade gesagt, dass wir alle die Gelegenheit zur Tat hatten."

„Ja, aber bei dir fehlt das Motiv, Kätzchen. Du bist die Einzige hier ohne Motiv."

„Ein Motiv?" Das Gespräch entwickelte sich wie eine Szene in einem von Lucas' Drehbüchern. Es war besser, sich an die Wirklichkeit zu halten. „Welches Motiv könntet ihr denn haben?"

„Erpressung." Lucas zündete sich eine Zigarette an, während

Andrea ihn verblüfft ansah. „Helen war ein berufsmäßiger Blutsauger. Sie glaubte, jeder von uns sechsen sei eine Art Goldmine. Aber sie hat sich verrechnet."

„Erpressung." Andrea sah Lucas ungläubig an. „Das hast du dir jetzt doch nur ausgedacht. Du erfindest einen Roman."

Er erwiderte ihren Blick. „Nein."

„Woher wissen Sie so viel?", fragte Steve. „Falls sie Sie erpresst hat, bedeutet das nicht notwendigerweise, dass sie es mit uns auch getan hat."

„Sie sind wirklich sehr scharfsinnig, Lucas", warf Julia ein und legte ihm die Hand auf den Arm. „Ich hatte keine Ahnung, dass sie noch andere als uns drei in den Fingern hatte." Sie drehte sich mit einem gleichmütigen Schulterzucken zu Jacques um. „Es scheint, als seien wir in guter Gesellschaft."

Andrea gab einen leisen Laut der Verwirrung von sich. Julia wandte ihr ihre Aufmerksamkeit zu. Ihr Gesicht wirkte gleichzeitig belustigt und mitleidig.

„Schauen Sie nicht so entsetzt drein, Darling. Die meisten von uns haben Geheimnisse, die sie nicht gern in der Öffentlichkeit preisgeben. Ich hätte Helen viel Geld gegeben, wenn sie mich mit etwas Interessantem bedroht hätte."

Julia lehnte sich zurück und verzog das Gesicht zu einem gekonnten Schmollen. „Ein Verhältnis mit einem verheirateten Senator …" Sie warf Andrea einen Blick zu. „Ich glaube, ich erwähnte ihn schon einmal. Der Gedanke, das könne offenkundig werden, hat mich nicht sehr erschüttert. So peinlich achte ich nicht auf meinen guten Ruf. Ich sagte Helen, sie könne sich zum Teufel scheren. Natürlich …" Sie lächelte, „…gibt es dafür nur mein Wort."

„Julia, mach jetzt keine Witze." Jacques rieb sich die Augen.

„Es tut mir leid." Julia stand auf, hockte sich auf die Lehne seines Sessels und legte die Hand auf seine Schulter.

„Das ist doch verrückt." Andrea konnte nicht verstehen, was sich hier abspielte. Sie betrachtete die Anwesenden. Sie waren wieder Fremde für sie, mit eigenen Geheimnissen. „Was tun Sie alle hier? Warum sind Sie hierhergekommen?"

„Das ist ganz einfach." Lucas ging zu Andrea. „Ich hatte von mir aus geplant, hierherzukommen. Helen fand das heraus. Sie war sehr gut darin, etwas herauszufinden – zu gut. So erfuhr sie auch, dass Julia und Jacques mir hier Gesellschaft leisten wollten." Er drehte sich halb zu den anderen um. „Die Übrigen muss sie angesprochen und aufgefordert haben, ebenfalls hierherzukommen. Dann hatte sie alle ihre Wohltäter zusammen."

„Sie scheinen ja eine Menge zu wissen." Robert schürte – völlig überflüssig – das Feuer.

„Es war nicht schwer, einiges zu erfahren", erwiderte Lucas. „Ich wusste, dass sie drei von uns mit hässlichen kleinen Drohungen bedachte. Wir haben darüber gesprochen. Als ich ihr Interesse an Andersen und an Ihnen, Dr. Spicer, und Ihrer Frau bemerkte, wusste ich, dass sie auch gegen Sie etwas in der Hand hatte."

Jane begann zu schluchzen. Das Schluchzen erschütterte ihren ganzen Körper. Instinktiv wollte Andrea zu ihr gehen und sie trösten. Doch auf halbem Weg hielt Jane sie mit einem Blick zurück, der wie ein Fausthieb wirkte.

„Sie hätten es ebenso leicht tun können wie jeder von uns. Sie haben uns alle ausspioniert. Überall hatten Sie Ihre Kamera dabei." Janes Stimme wurde dramatisch laut, während Andrea erstarrte. „Sie haben für sie gearbeitet, Sie hätten es tun können. Sie können das Gegenteil nicht beweisen. Ich war mit Robert zusammen."

Jane wirkte jetzt überhaupt nicht mehr einfältig oder langweilig. Ihre Augen brannten wild. „Ich war bei Robert. Er wird Ihnen das bestätigen."

Robert nahm sie in die Arme. Er sprach beruhigend auf sie ein, während sie sich gegen seine Brust lehnte und weinte.

Andrea rührte sich nicht. Für sie schien es keinen Ausweg zu geben, sie würde Jane zuhören müssen.

„Sie wollte dir sagen, dass ich wieder zu spielen angefangen, dass ich mein ganzes Geld verloren habe." Jane klammerte sich an Robert fest. In ihrem fahlbraunen Kleid bot sie einen traurigen Anblick. Robert streichelte beruhigend ihr Haar. „Aber gestern Abend habe ich es dir gestanden, ganz aus freien Stücken. Ich habe sie nicht getötet, Robert. Sag ihnen, dass ich sie nicht getötet habe."

„Natürlich hast du das nicht getan, Jane. Jeder weiß das. Komm jetzt mit mir, du bist müde. Wir gehen nach oben."

Während er beruhigend auf seine Frau einredete, führte Robert sie zur Tür. Dabei sah er Andrea an. Sein Blick schien um Verständnis zu bitten. Andrea erkannte in diesem Moment, dass Robert seine Frau sehr liebte. Sie empfand Mitleid für Jane und Robert. Das leise Zittern ihrer Hand zeigte ihr, dass sie einen weiteren Schock erlitten hatte. Als Steve seinen Arm um sie legte, lehnte sie sich an ihn. Sie genoss den Trost, den er ihr bot.

„Ich glaube, wir könnten jetzt alle etwas zu trinken gebrauchen", schlug Julia vor. Sie ging zur Bar, schenkte ein Glas mit Sherry voll und brachte es Andrea.

„Sie zuerst", sagte sie und drückte Andrea das Glas in die Hand. „Sie scheinen hier ganz besonders schlimm betroffen zu sein. Das ist nicht fair, nicht wahr, Lucas?"

Julia sah Lucas an. Ihre Blicke trafen sich für einen Moment. Lucas erwiderte nichts.

Julia wandte sich wieder der Bar zu. „Sie ist hier wahrscheinlich die Einzige, die wenigstens eine Spur von Trauer wegen Helens Tod empfindet."

Andrea trank von dem Sherry. Vielleicht milderte er das bedrückende Gefühl ein wenig, das sie erfüllte.

„Sie war ein Aasgeier", sagte Jacques leise. Andrea merkte, wie er und Julia einen Blick austauschten. „Aber selbst ein Geier verdient es nicht, ermordet zu werden." Er lehnte sich zurück und nahm das Glas entgegen, das Julia ihm reichte. Als sie sich wieder auf die Armlehne seines Sessels setzte, ergriff er ihre Hand.

„Vielleicht habe ich das stärkste Motiv." Jacques trank einen Schluck Sherry. „Wenn die Polizei erscheint, wird alles ans Tageslicht kommen und untersucht werden. Wir sind dann wie Insekten unter dem Mikroskop."

Er schaute Andrea an, als seien seine Erklärungen besonders für sie bestimmt. „Sie hat das Glück der Menschen bedroht, die mir am meisten bedeuteten – der Frau, die ich liebe, und meiner Kinder."

Bei diesen Worten musste Andrea unwillkürlich zu Julia blicken.

„Was sie über meine Beziehungen zu dieser Frau wusste, hätte den Erfolg meiner Klage, das Sorgerecht für die Kinder zu bekommen, beeinträchtigen können. Das Glück meiner Liebe bedeutete Helen nichts. Sie wollte daraus etwas Hässliches und Gemeines machen."

Andrea hielt ihr Glas zwischen beiden Händen. Sie wollte Jacques sagen, er solle aufhören zu reden. Sie wollte nichts mehr hören, nicht in seine Angelegenheiten verwickelt werden. Aber es war bereits zu spät.

„Ich war sehr zornig, als sie hier mit dem glatten Lächeln und dem bösen Blick eintraf." Jacques sah in sein Glas. „Viele Male habe ich mir gewünscht, ihr die Hände um den Hals zu legen. Ich wollte ihr ins Gesicht schlagen – wie es ein anderer getan hat."

„Ja, ich würde wirklich gern wissen, wer das war." Julia biss sich nachdenklich auf die Unterlippe. „Wer auch immer das getan hat, er muss sehr wütend gewesen sein – vielleicht wütend genug, um sie zu töten." Julia musterte Steve, Andrea und Lucas.

„Sie waren an jenem Morgen im Gasthof", stellte Andrea fest.

„Ja, das stimmt." Julia lächelte Andrea an. „Oder wenigstens habe ich das behauptet. Allein im Bett zu liegen ist wohl kaum ein wasserdichtes Alibi. Nein …" Sie lehnte sich zurück. „Ich glaube, die Polizei wird wissen wollen, wer Helen geschlagen hat. Sie sind mit ihr zusammen hierhergekommen, Andrea. Haben Sie jemanden gesehen?"

„Nein." Andrea blickte instinktiv zu Lucas. Er schaute sie an. Sein Gesicht zeigte den Ausdruck von Ärger und Ungeduld. Andrea verstand die Zeichen nur zu gut. Sie senkte den Blick. „Nein, ich …" Wie könnte sie es sagen? Wie konnte sie es auch nur denken?

„Andrea hat jetzt für eine Weile genug gehabt." Steve hatte immer noch den Arm beschützend um sie gelegt. „Unsere Probleme gehen sie nichts an. Sie verdient es nicht, im Mittelpunkt zu stehen."

„Das arme Kind." Jacques musterte ihr blasses, angestrengt wirkendes Gesicht. „Sie sind hier in ein Schlangennest geraten, nicht wahr? Gehen Sie schlafen, vergessen Sie uns eine Weile."

„Kommen Sie, Andrea. Ich bringe Sie nach oben." Steve nahm ihr das Glas aus der Hand und stellte es auf den Tisch. Nach einem letzten Blick zu Lucas ging Andrea mit ihm.

Andrea und Steve schwiegen, während sie die Treppe hinaufgingen. Andrea war immer noch damit beschäftigt, innerlich zu verarbeiten, was sie gehört hatte. Steve schob sie schnell an Helens Tür vorbei und blieb vor dem Zimmer neben Lucas' stehen.

„Ist dies das Zimmer, das Ihre Tante meinte?"

„Ja." Andrea schob sich das Haar aus dem Gesicht. „Steve." Sie blickte ihn fragend an. „Ist das alles wahr? Alles, was Lucas gesagt hat? Hat Helen wirklich alle erpresst?"

Sie merkte, dass Steve diese Fragen unangenehm waren, und schüttelte den Kopf. „Ich wollte nicht herumschnüffeln, aber ..."

„Nein", unterbrach Steve sie. Er atmete einmal tief durch. „Nein, als Schnüffeln kann man das bestimmt nicht bezeichnen. Sie haben mit der Sache zwar nichts zu tun, aber Sie sind in sie verwickelt worden, nicht wahr?"

Steve hatte es genau getroffen. Sie war darin verwickelt.

„McLean hat im Ergebnis sicherlich recht. Helen hatte Informationen über ein Geschäft, das ich für die Firma abgeschlossen habe. Es war alles streng im Rahmen der Gesetze, aber ..." Er hob kurz die Schultern und senkte sie wieder, „... vielleicht doch nicht ganz so perfekt, wie ich angenommen hatte. Es gab da auch eine Frage der Moral, und wenn man die Dinge nur oberflächlich betrachtete, sah es nicht so gut aus. Es wäre jetzt zu kompliziert, Ihnen die Einzelheiten zu erklären. Aber der entscheidende Punkt ist, dass ich es vermeiden wollte, einen Schatten auf meine Karriere fallen zu lassen. Wenn man heutzutage in die Politik geht, muss man eine Sache von allen Seiten sehen."

„Ja, das leuchtet mir ein."

„Sie hat mich bedroht, Andrea, und das gefiel mir nicht. Aber es war kein ausreichendes Motiv für einen Mord." Steve lächelte Andrea für einen Moment an und schüttelte dann den Kopf. „Doch das hilft nicht viel, nicht wahr? Keiner von uns rückt gern mit der vollen Wahrheit heraus."

„Ich erkenne es sehr an, dass Sie so offen mit mir reden, Steve." Er sah sie zärtlich an, aber die Zeichen innerer Anspannung zeigten sich immer noch deutlich auf seinem Gesicht. „Es kann nicht leicht für Sie sein, solche Erklärungen abzugeben."

„Schon sehr bald werde ich ohnehin alles der Polizei erklären müssen. Und es Ihnen zu sagen fällt mir nicht schwer, Andrea. Es ist wohl besser, wenn Sie Bescheid wissen. Außerdem ist es gut, wenn die Dinge endlich in der Öffentlichkeit erörtert werden können. Doch Sie haben jetzt genug davon."

Wieder lächelte er Andrea an. Erst jetzt schien ihm bewusst zu werden, dass er ihr Haar berührte. „Oh, entschuldigen Sie – aber daran sind Sie wahrscheinlich gewöhnt. Ihrem Haar kann man nur schwer widerstehen. Schon seit Tagen habe ich mir gewünscht, es zu berühren. Haben Sie etwas dagegen?"

„Nein." Andrea war nicht überrascht, sich gleich darauf in Steves Armen zu finden, von ihm geküsst zu werden. Es war ein Kuss, der mehr tröstete als aufregte. Andrea entspannte sich dabei und erwiderte den Kuss, so gut sie konnte.

„Werden Sie jetzt etwas Ruhe finden?", fragte Steve leise und drückte Andrea für einen Moment an seine Brust.

„Ja, das glaube ich. Vielen Dank." Sie löste sich von Steve und wollte zu ihm aufschauen, doch ihr Blick wurde von etwas hinter ihm gefangen genommen. Lucas stand vor der Tür zu seinem Zimmer und beobachtete sie beide. Ohne ein Wort zu sagen, verschwand er in seinem Zimmer.

Als Andrea allein war, legte sie sich auf das Bett. Aber sie fand keinen Schlaf, obwohl sie todmüde war. Ihre Gedanken ließen sie nicht zur Ruhe kommen, Gedanken, die sich mit den im Gasthof anwesenden Menschen beschäftigten.

Für Jacques und für die Spicers empfand Andrea nichts anderes als Mitleid. Sie erinnerte sich an den traurigen Blick des Franzosen, als er von seinen Kindern sprach, und sah immer noch Robert vor sich, wie er seine schluchzende Frau zu trösten versuchte.

Julia brauchte kein Mitleid. Andrea war davon überzeugt, dass die Schauspielerin sehr gut selbst für sich sorgen konnte. Sie brauchte keinen stützenden Arm, keinen Zuspruch.

Steve schien durch Helens Drohungen eher belästigt als gefährdet gewesen zu sein. Auch er kam gut allein zurecht. Unter seinem glatten kalifornischen Äußeren war ein Zug von Härte zu spüren. Um Steve brauchte Andrea sich keine Gedanken zu machen.

Mit Lucas war das anders. Zwar hatte er die anderen dazu gebracht, über die gegen sie gerichteten Drohungen Helens zu reden. Doch was Helen gegen ihn in der Hand gehabt hatte, war immer noch sein Geheimnis. Er hatte sehr kühl und überlegen gewirkt, als er von Erpressung sprach – doch Andrea kannte ihn. Er verstand es sehr gut, seine wahren Gefühle zu verbergen, wenn er sich davon einen Vorteil versprach. Er war hart. Wer hätte das besser wissen sollen als sie?

Aber war er auch grausam? Ja, er konnte grausam sein. Sie selbst spürte noch immer die seelischen Narben, die das bewiesen. Doch Mord? Nein, der war ihm nicht zuzutrauen. Andrea brachte es einfach nicht fertig, sich vorzustellen, Lucas könne Helen Easterman mit einem spitzen Gegenstand erstechen. Es war eine Schere, wie sie sich erinnerte, obwohl sie das lieber vergessen hätte. Die Schere hatte neben Helen auf dem Fußboden gelegen. Nein, zu einer solchen Tat war Lucas nicht fähig. Das konnte sie einfach nicht glauben.

Doch vernünftigerweise konnte sie auch keinem der anderen die Tat zutrauen. Waren sie alle in der Lage, einen solchen Hass, eine solche Niedertracht hinter ihren schockierten Mienen und bedrückten Blicken zu verbergen?

Indessen musste einer von ihnen der Mörder sein.

Andrea versuchte, ihre Gedanken abzuschalten. Sie konnte nicht länger darüber nachdenken, nicht jetzt. Steve hatte recht gehabt, sie brauchte Ruhe.

Aber statt zu schlafen, stand sie auf und ging zum Fenster. Sie schaute in den Regen hinaus, der immer noch, wenn auch schwächer, fiel.

Das Klopfen an der Tür erschreckte Andrea, als wäre es eine Explosion gewesen. Sie fuhr herum und schlang sich die Arme schützend um den Oberkörper. Ihr Herz schlug heftig, die Kehle wurde ihr trocken vor Angst.

Nimm dich zusammen, ermahnte sie sich. Keiner hat einen Grund, dir wehzutun.

„Ja, herein." Dass sie es fertigbrachte, diese Worte gelassen klingen zu lassen, beruhigte Andrea. Sie konnte sich also doch beherrschen.

Robert betrat das Zimmer. Er sah so erschöpft und müde aus, dass Andrea ganz automatisch die Hand nach ihm ausstreckte. An ihre Angst dachte sie nicht mehr. Robert ergriff ihre Hand und drückte sie fest.

„Sie müssen etwas essen", sagte er, nachdem er Andrea aufmerksam angesehen hatte. „Das zeigt sich zuerst im Gesicht."

„Ja, ich weiß. Ich bekomme schnell hohle Wangen." Sie musterte nun ihrerseits Robert. „Aber Sie könnten auch etwas zu essen gebrauchen."

Er seufzte. „Ich glaube, Sie sind eines dieser seltenen Wesen, denen die Freundlichkeit angeboren ist. Ich möchte mich für meine Frau entschuldigen."

„Nein, tun Sie das nicht. Sie meint es nicht so, wie sie es sagt. Wir sind jetzt alle aufgeregt und durcheinander. Dies ist ein richtiger Albtraum."

„Sie hat unter starkem Stress gestanden. Bevor …" Robert unterbrach sich und schüttelte den Kopf. „Jetzt schläft sie. Ihr Kopf …" Er schob Andrea das Haar aus der Stirn und betrachtete den Bluterguss. „Macht er Ihnen noch Schwierigkeiten?"

„Nein, nicht mehr. Mir geht es gut." Das Missgeschick, das ihr zugestoßen war, kam ihr jetzt wie ein komisches Zwischenspiel in einem Drama vor. „Kann ich Ihnen helfen, Robert?"

Er sah sie einen Moment verzweifelt an, dann senkte er den Blick. „Diese Frau hat Jane durch die Hölle gejagt. Wenn ich davon gewusst hätte, hätte ich dem schon vor langer Zeit ein Ende gesetzt." Die Erinnerung weckte Roberts Zorn. Er begann, nervös auf und ab zu gehen.

„Sie hat Jane gequält und jede Summe aus ihr herausgequetscht, die Jane aufbringen konnte. Sie täuschte eine Krankheit vor und ermutigte Jane zu spielen, um die Behandlungskosten aufzubringen. Ich hatte nicht die geringste Ahnung davon! Ich hätte es merken sollen. Gestern sagte Jane es mir von sich aus. Ich hatte mich schon darauf gefreut, heute Morgen mit der Easterman abzurechnen."

Robert ballte seine Hände zu Fäusten. Mit leiser Stimme fügte er hinzu: „Ich will ganz ehrlich sein: Das ist der einzige Grund, weshalb ich ihren Tod bedaure."

„Robert …" Andrea wusste nicht, was sie sagen sollte. „Jeder hätte so empfunden. Sie war eine böse Frau. Sie hat jemanden verletzt, den Sie lieben."

Andrea sah, wie sich Roberts Hände wieder entspannten. „Es klingt zwar hartherzig, aber keiner von uns wird um sie trauern. Vielleicht gibt es niemand, der das tut. Ich finde, das ist sehr traurig."

Robert sah Andrea einen kurzen Moment schweigend an. Dann hatte er sich wieder unter Kontrolle. „Es tut mir sehr leid, dass Sie in unsere Angelegenheiten hineingezogen worden sind. Ich sehe jetzt mal mach Jane. Kommen Sie zurecht?"

„Ja."

Andrea sah Robert nach, bis er das Zimmer verlassen hatte. Dann ließ sie sich auf einen Sessel fallen. Sie war jetzt noch erschöpfter als vorher.

Wann hatte diese furchtbare Geschichte begonnen? Noch vor wenigen Tagen war sie sicher in ihrer Wohnung in Manhattan gewesen. Damals kannte sie keinen einzigen dieser Menschen, die sie nun mit ihren Problemen belasteten – einen ausgenommen.

Noch während Andrea an ihn dachte, betrat Lucas ihr Zimmer. Er ging direkt zu ihr, blieb vor ihr stehen und sah sie an.

„Du musst etwas essen", sagte er unvermittelt. Andrea war es allmählich müde, immer wieder dasselbe zu hören. „Ich beobachte schon den ganzen Tag, wie du abnimmst. Du bist viel zu dünn."

„Ich liebe deine Komplimente." Lucas' arrogantes Auftreten weckte neue Energien in Andrea. Sie brauchte es sich nicht länger gefallen zu lassen, von Lucas bevormundet zu werden. „Hat man dir nie gesagt, dass man an eine Tür klopft, bevor man eintritt?"

„Ich habe deinen Körper schon immer bewundert, Kätzchen. Du wirst dich daran erinnern." Er zog sie auf die Füße und drückte sie an sich. „Andersen scheint deinen Charme ebenfalls entdeckt zu haben. Ist dir nicht zufällig der Gedanke gekommen, dass du einen Mörder küssen könntest?"

Lucas sprach leise, während er Andreas Rücken streichelte.

Sie ärgerte sich sehr über ihn. „Vielleicht hält mich jetzt einer fest."

Lucas zuckte zusammen, dann wurde er wütend. „Das würdest du wohl gern glauben, wie? Es würde dich freuen, mich hinter Gittern zu sehen."

Andrea wollte den Kopf schütteln, doch Lucas hatte sie so fest am Haar gepackt, dass sie das nicht konnte.

„Wäre das die angemessene Strafe dafür, dass ich dich verstoßen habe, Kätzchen? Wie stark ist der Hass in dir? Stark genug, um selbst die Falltür für mich aufzustoßen?"

„Nein, Lucas. Bitte, ich wollte nicht …"

„Ja, du wolltest nicht!" Er unterbrach sie. „Der Gedanke, ich könne Blut an den Händen haben, kam dir leicht, nicht wahr? Du kannst dir mich in der Rolle des Mörders vorstellen. Wie ich mich über Helen beuge, mit der Schere in der Hand."

„Nein!" Andrea schloss verzweifelt die Augen. „Hör damit auf! Hör bitte damit auf!" Lucas tat ihr jetzt weh, aber nicht mit den Händen. Seine Worte schmerzten sie.

„Du hast recht, mit der Schere hätte ich es nicht getan. Vielleicht mit den Händen, das wäre sauberer gewesen."

„Lucas …"

„Das geht ganz einfach und schnell. Man muss nur wissen, wie man es macht. Das ist eher mein Stil, es ist direkter. Habe ich nicht recht?"

„Du machst mir Angst!" Andrea zitterte. Hatte Lucas es darauf angelegt, dass sie das Schlimmste von ihm denken sollte? Sollte sie ihn für fähig halten, eine Untat zu begehen? Sie hatte ihn noch nie so erlebt wie jetzt. Seine Stimme klang kalt, seine Augen waren weit vor Zorn.

Andrea fröstelte. „Ich möchte, dass du gehst, Lucas. Geh jetzt sofort!"

„Ich soll gehen?" Er hielt sie immer noch fest. „Das habe ich nicht vor, Kätzchen. Wenn ich schon als Mörder hängen soll, will ich vorher wenigstens noch nehmen, was ich bekommen kann."

Andrea verstand Lucas nicht. Sie wusste nicht, was sie von ihm halten sollte. Sie hatte Angst vor ihm. Er griff unter ihren Pullover und umfasste ihren Busen.

„Wie kann jemand, der so dünn ist, nur so weich sein?", sagte er leise. Es waren Worte, die er früher oft gesagt hatte. Andrea spürte sein wachsendes Verlangen. „Kätzchen, du ahnst nicht, wie sehr ich dich begehre. Ich kann nicht länger warten!"

Er zog sie mit sich auf das Bett. Mit all ihrer verbliebenen Kraft wehrte sich Andrea gegen ihn. Doch er hielt ihre Arme zu beiden Seiten neben ihr auf dem Bett fest und beugte sich über sie. „Beiß und kratz nur, soviel du willst, Kätzchen. Du kannst mich nicht mehr zurückhalten."

„Ich schreie, Lucas! Wenn du mich noch einmal berührst, dann schreie ich."

„Nein, das wirst du nicht tun."

Er bedeckte ihren Mund mit seinem und bewies ihr damit, dass er sich durchsetzen würde. Sein Körper berührte ihren in voller Länge. Andrea bemühte sich, von ihm wegzurücken, doch er ließ sie nicht entkommen. Seine Hände waren überall, fanden all die verborgenen Stellen, die er vor mehr als drei Jahren erforscht hatte.

Widerstand war unmöglich. Das wilde, rücksichtslose Begehren, das sein Liebesspiel schon immer begleitet hatte, machte Andrea wehrlos. Lucas kannte sie einfach zu gut. Noch bevor er den Reißverschluss ihrer Jeans geöffnet hatte, wusste Andrea, dass sie ihm nicht widerstehen konnte. Als sein Mund ihre Lippen verließ und ihren Hals mit Küssen bedeckte, schrie sie nicht, sondern stöhnte vor Lust, die er in ihr geweckt hatte.

Er würde wieder gewinnen, und sie würde nichts tun, um ihn daran zu hindern. Sie konnte es nicht. Tränen stiegen ihr in die Augen, liefen ihr über die Wangen. Bald würde Lucas merken, dass sie ihn immer noch liebte. Selbst ihr Stolz schien ihr nicht länger zu gehören.

Lucas hielt ganz plötzlich inne. Er hob den Kopf und sah Andrea an. Ihr war so, als bemerke sie einen schmerzlichen Ausdruck auf seinem Gesicht. Doch das war gleich wieder vorbei. Lucas hob eine Hand und wischte eine Träne von ihrer Wange. Mit einem leisen Fluch ließ er Andrea los und stand auf.

„Nein, dafür will ich nie wieder verantwortlich sein." Er ging zum Fenster und sah hinaus.

Andrea setzte sich auf und kämpfte gegen ihre Tränen an. Sie hatte sich geschworen, dass Lucas sie nie wieder weinen sehen sollte – nicht seinetwegen jedenfalls, das auf keinen Fall.

Beide schwiegen. Das Schweigen schien Andrea eine Ewigkeit zu dauern.

„Ich werde dich nie wieder so berühren", sagte Lucas gefasst. „Ich gebe dir mein Wort darauf, auch wenn du davon vielleicht nicht viel hältst."

Lucas näherte sich wieder dem Bett. Andrea blickte nicht auf und hielt die Augen geschlossen.

„Andrea, ich … oh, du meine Güte." Er berührte ihren Arm, doch sie verkroch sich nur noch mehr in sich selbst.

Wieder herrschte Schweigen. Man hörte nur den Regen draußen. Als Lucas dann sprach, klang seine Stimme angestrengt. „Wenn du dich ausgeruht hast, solltest du etwas essen. Ich werde deiner Tante sagen, dass sie dir etwas aufs Zimmer schickt, wenn du nicht nach unten kommen willst. Ich werde dafür sorgen, dass dich keiner stört."

Andrea hörte, wie Lucas sie verließ, wie die Tür ins Schloss fiel. Als sie allein war, schlüpfte sie unter die Bettdecke und rollte sich zusammen. Schließlich schlief sie ein.

Es war dunkel, als Andrea aufwachte. Sie fühlte sich nicht erfrischt. Der Schlaf war nur eine zeitweilige Erleichterung gewesen. Nichts hatte sich geändert, während sie schlief.

Doch nein, sie hatte sich geirrt. Etwas war anders. Es war still, wirklich still. Andrea stand auf und ging zum Fenster. Sie konnte den Mond und das Licht der Sterne sehen. Der Regen hatte aufgehört.

Im Dämmerlicht ging sie zum Badezimmer und wusch sich das Gesicht. In den Spiegel wollte sie lieber nicht blicken, lange Zeit hielt sie ein nasses Tuch vor die Augen. Die Schwellung war hoffentlich nicht so schlimm, wie sie sich anfühlte.

Sie spürte, dass sie Hunger hatte. Das war ein gutes Zeichen, ein Zeichen der Normalität. Der Regen hatte aufgehört, der Albtraum endete. Und sie würde wieder essen.

Auf bloßen Füßen schlich Andrea durch den Gasthof. Niemand sollte sie sehen. Sie wollte jetzt essen, nicht Gesellschaft haben.

Als sie am Aufenthaltsraum vorbeikam, hörte sie Stimmen. Durch die offene Tür sah sie Julia und Jacques am Fenster stehen. Sie unterhielten sich leise und eindringlich miteinander.

Bevor Andrea sich an der Tür vorbeidrücken konnte, hatte Julia sich umgedreht und sie erblickt. Das Gespräch endete sofort.

„Oh, Andrea, Sie sind wiederaufgetaucht. Wir dachten schon, wir würden Sie vor morgen früh nicht wieder sehen." Julia kam auf Andrea zu und legte freundschaftlich einen Arm um sie. „Lucas wollte Ihnen etwas zu essen nach oben schicken, aber Robert war dagegen. Die Anordnung des Arztes war, Sie schlafen zu lassen, bis Sie von selbst aufwachten. Sie müssen ja fast verhungert sein. Lassen Sie uns nachsehen, was Tante Tabby für Sie übrig gelassen hat."

Julia übernahm das Reden und führte Andrea von der Tür fort. Mit einem letzten Blick sah Andrea, dass Jacques reglos am Fenster stand. Sie ließ Julia gewähren, sie war jetzt zu hungrig, um sich ihr zu widersetzen.

„Setzen Sie sich, Darling", forderte Julia sie auf, während sie Andrea in die Küche schob. „Ich werde Ihnen ein Festmahl servieren."

„Julia, Sie brauchen mir nichts zu servieren. Ich finde es zwar sehr nett, dass Sie sich um mich kümmern, aber …"

„Nun lassen Sie mich doch einmal Mutter spielen", unterbrach Julia sie, packte sie an den Schultern und drückte sie auf einen Stuhl. „Sie sind ja bereits aus dem Kleinkindalter heraus, es wird mir also Spaß machen."

Andrea lehnte sich zurück und lächelte. „Sie wollen mir doch wohl nicht erzählen, dass Sie kochen können."

Julia hob tadelnd die Augenbrauen. „Zu dieser späten Stunde sollten Sie etwas Leichtes essen. Vom Abendessen ist noch ein Rest wunderbarer Suppe übrig. Und dann bereite ich Ihnen meine Spezialität. Ein Käseomelette."

Andrea genoss es, Julia in der Küche arbeiten zu sehen. Die Schauspielerin stellte sich dabei keineswegs ungeschickt an. Daneben hielt sie ein entspanntes Gespräch in Gang, das nicht viel Verstandeskraft erforderte. Mit einer geschickten Bewegung stellte sie ein Glas Milch vor Andrea.

„Ich bin kein großer Freund von Milch", wandte Andrea ein und schaute zur Kaffeekanne.

„Sie trinken das jetzt", ordnete Julia an. „Sie brauchen wieder Farbe auf den Wangen. Sie sehen schrecklich aus."

„Danke."

Gleich darauf stand ein Teller dampfender Hühnersuppe vor Andrea. Sie aß mit gutem Appetit. Die Schwäche fiel allmählich von ihr ab.

„Gutes Mädchen", lobte Julia sie, während sie das Käseomelette servierte. „Sie sehen schon fast wieder menschlich aus."

Andrea lächelte. „Julia, Sie sind wunderbar."

„Ja, ich weiß. So wurde ich geboren." Julia trank Kaffee und sah zu, wie Andrea sich über das Omelette hermachte. „Ich freue mich, dass Sie etwas Ruhe gefunden haben. Dieser Tag war endlos."

Zum ersten Mal fielen Andrea die Schatten unter Julias Augen auf. Schuldbewusst sagte sie: „Es tut mir leid, dass ich Ihnen Arbeit mache. Sie hätten längst im Bett sein sollen, statt mich zu bedienen."

„Du meine Güte, sind Sie süß." Julia zog eine Zigarette aus der Schachtel. „Ich gehe erst in mein Zimmer, wenn mich die Erschöpfung dazu zwingt. Es ist reine Selbstsucht von mir, dass ich bis dahin Ihre Gesellschaft in Anspruch nehme. Außerdem, Andrea …", Julia beobachtete sie durch eine Rauchwolke hindurch, „… frage ich mich, ob es sehr klug ist, wenn Sie hier allein herumwandern."

„Wieso?" Andrea sah erstaunt auf. „Was wollen Sie damit sagen?"

„Es war schließlich Ihr Zimmer, in das eingebrochen wurde."

„Ja, aber …" Andrea wurde sich überrascht bewusst, dass sie die Verwüstung ihres Zimmers bei all den anderen Ereignissen fast vergessen hatte. „Das muss Helen gewesen sein", meinte sie.

„Oh, das bezweifle ich", widersprach Julia und trank einen Schluck Kaffee. „Das bezweifle ich sogar sehr. Wenn Helen in Ihr Zimmer eingedrungen wäre, hätte sie das getan, um nach etwas zu suchen, das sie gegen Sie verwenden könnte. Sie würde keinerlei Unordnung hinterlassen haben. Wir haben darüber nachgedacht."

„Wir?"

„Nun ja – ich", gab Julia lächelnd zu. „Ich glaube, wer Ihr Zimmer zerwühlt hat, der hat nach etwas gesucht und dann dieses Durcheinander angerichtet, um die Suche zu verdecken."

„Aber wonach hätte er suchen sollen? Ich habe hier nichts, woran irgendjemand interessiert sein könnte."

„Wirklich nicht? Ich habe darüber nachgedacht, was Ihnen in der Dunkelkammer zugestoßen ist."

„Sie meinen, als der Strom wegblieb?" Andrea schüttelte den Kopf und berührte den Bluterguss an ihrer Stirn. „Ich bin gegen die Tür gelaufen."

„Tatsächlich?" Julia lehnte sich zurück und schaute unter die Zimmerdecke. „Das kann ich mir nicht vorstellen. Lucas hat mir erzählt, sie hätten jemand am Türgriff rütteln hören und seien deshalb zur Tür gegangen. Was wäre, wenn …", Julia sah Andrea an, „… wenn jemand die Tür geöffnet und Sie mit ihr getroffen hätte?"

„Sie war verschlossen", wandte Andrea ein. Doch dann fiel ihr ein, dass sie geöffnet gewesen war, als Lucas sie fand.

„Es gibt Schlüssel, Darling." Julia musterte Andrea scharf. „Nun, was denken Sie jetzt?"

„Die Tür stand offen, als Lucas …" Andrea unterbrach sich und schüttelte den Kopf. „Nein, Julia, das ist doch lächerlich. Warum hätte jemand mir das antun sollen?"

„Das ist eine interessante Frage. Was ist eigentlich mit dem zerstörten Film?"

„Mit dem Film?" Andrea hatte das Gefühl, nicht mehr auf sicherem

Boden zu stehen. „Das muss ein Missgeschick gewesen sein."

„Sie haben ihn nicht zerstört, Andrea. Dafür sind sie zu geschickt. Ich habe Sie beobachtet. Sie bewegen sich sehr gewandt, sehr sicher. Und Sie sind eine Berufsfotografin. Sie würden nicht aus Versehen eine Filmrolle öffnen, ohne das zu merken."

„Nein", stimmte Andrea zu und hob den Kopf. „Was wollen Sie mir zu verstehen geben?"

„Könnte es nicht sein, dass Sie eine Aufnahme gemacht haben, von der jemand will, dass sie zerstört wird? Denken Sie daran, dass auch der Film in Ihrem Zimmer belichtet worden ist."

„So weit kann ich Ihrer Logik folgen, Julia. Aber damit geraten wir in eine Sackgasse. Ich habe keine Bilder gemacht, wegen derer jemand besorgt sein könnte. Es waren nur Landschaftsaufnahmen – Bäume, Tiere, der See."

„Vielleicht gibt es jemanden, der sich dessen nicht so sicher ist." Julia drückte ihre Zigarette aus und beugte sich vor. „Wer auch immer das Risiko auf sich genommen hat, Ihr Zimmer zu verwüsten und Sie bewusstlos zu schlagen, der muss sich große Sorgen machen und ist bestimmt gefährlich – gefährlich genug, um einen Mord zu begehen. Und er wird Sie vielleicht noch einmal verletzen, wenn ihm das nötig erscheint."

Andrea musste sich Mühe geben, ein Zittern zu unterdrücken. „Jane? Sie hatte mir vorgeworfen, ich hätte spioniert, aber sie könnte nicht …"

„Oh doch, sie könnte." Julia sprach mit großer Entschiedenheit. „Sie müssen den Tatsachen ins Auge sehen, Andrea. Ein Mensch, der in die Enge getrieben wird, kann zum Mord fähig werden – jeder Mensch."

Andrea dachte für einen flüchtigen Moment an Lucas und seine Wutanfälle.

„Jane war verzweifelt", fuhr Julia fort. „Sie behauptet, sie habe gegenüber ihrem Mann ein volles Geständnis abgelegt. Aber welchen Beweis haben wir dafür? Oder nehmen Sie Robert. Er war sehr wütend auf Helen wegen dem, was sie Jane angetan hat. Könnte er nicht die Tat begangen haben? Er liebt Jane sehr."

„Ja, das weiß ich. Das habe ich gesehen." Der zornige Ausdruck in

Roberts Augen war Andrea nicht entgangen.

„Und denken Sie an Steve." Julia begann, mit dem Fingernagel auf den Tisch zu klopfen. „Er hat mir erzählt, dass Helen etwas über ein Geschäft herausgefunden hat, das nicht so ganz astrein war. Sie wusste etwas, das seiner politischen Karriere schaden konnte. Er ist sehr ehrgeizig."

„Aber Julia ..."

„Dann haben wir da noch Lucas." Julia sprach weiter, als habe Andrea nichts gesagt. „Da gibt es eine sehr delikate Scheidungsklage. Helen behauptete, sie habe Informationen, für die sich ein gewisser betrogener Ehemann interessieren könne."

Julia zündete sich eine Zigarette an und blies den Rauch unter die Zimmerdecke. „Lucas ist für seine Zornesausbrüche bekannt. Er ist ein sehr sinnlich betonter Mensch."

Andrea wich Julias Blick nicht aus. „Lucas kann man eine Menge nachsagen, und nicht alles ist bewundernswert an ihm. Aber er würde nicht töten."

Julia lächelte. Schweigend zog sie an ihrer Zigarette. Dann sagte sie: „An mich sollten Sie auch denken. Natürlich, ich habe behauptet, ich hätte mir nichts aus Helens Drohungen gemacht. Aber ich bin eine Schauspielerin, eine gute. Das kann ich beweisen, denn ich habe einen Oscar bekommen. Mein Temperament ist ebenso bekannt wie das von Lucas. Ich könnte Ihnen eine Liste von Filmdirektoren geben, die Ihnen sagen würden, dass sie mich für zu allem fähig halten."

Julia drückte die Zigarette im Aschenbecher aus. „Allerdings, wenn ich Helen getötet hätte, würde ich die Szene anders gestaltet haben. Ich würde die Leiche selbst entdeckt und geschrien haben und dann wirkungsvoll in Ohnmacht gefallen sein. So gesehen haben Sie mir die Schau gestohlen."

„Ich finde das nicht komisch, Julia."

„Ich auch nicht." Julia rieb sich die Schläfen. „Es ist auch überhaupt nicht komisch. Aber die Tatsache bleibt, dass ich Helen ebenfalls getötet haben könnte. Sie sind viel zu vertrauensselig, Darling."

„Wenn Sie sie getötet haben", widersprach Andrea, „warum sollten Sie mich dann warnen?"

„Das ist nichts als ein doppelter Bluff." Julia lächelte jetzt auf eine

Art, dass Andrea eine Gänsehaut über den Rücken lief. „Vertrauen Sie niemandem, nicht einmal mir!"

Andrea hatte nicht vor, sich von Julia ängstigen zu lassen, obwohl die Schauspielerin das zu beabsichtigen schien. Sie sah Julia gelassen an. „Sie haben Jacques vergessen."

Zu Andreas Überraschung schien Julia unsicher zu werden, sie senkte den Blick. Sie zog mit ihren schlanken Fingern eine Zigarette so verkrampft aus der Schachtel, dass der Filter abbrach.

„Nein, ihn habe ich nicht vergessen. Mit Ihren Augen sieht er wahrscheinlich so aus wie wir anderen auch, aber ich weiß …" Julia schaute wieder auf. Sie sah verletzlich aus. „Ich weiß, dass er nicht fähig ist, einem anderen Menschen wehzutun."

„Sie lieben ihn, nicht wahr?"

Julia lächelte. „Ich liebe Jacques sehr, aber nicht auf die Art, an die Sie denken."

Sie stand auf, holte eine zweite Tasse und schenkte Andrea und sich Kaffee ein.

„Ich kenne Jacques schon seit zehn Jahren. Er ist der einzige Mensch auf der Welt, der mir mehr bedeutet als ich mir selbst. Wir sind Freunde, wirklich gute Freunde, vielleicht deshalb, weil wir nie ein Liebespaar waren."

Andrea trank den Kaffee schwarz. Sie brauchte eine Aufmunterung. Julia schützte ihn, dachte sie. Sie würde ihn auf jede nur mögliche Weise schützen.

„Ich habe eine Schwäche für Männer", fuhr Julia fort, „und die koste ich aus. Doch bei Jacques waren entweder der Ort oder die Zeit nie richtig. Schließlich war mir die Freundschaft zu wichtig, um das Risiko einzugehen, dass sie im Schlafzimmer zerbrach. Er ist ein guter, zärtlicher Mann. Sein größter Fehler war es, dass er Claudette geheiratet hat."

Julias Stimme klang nun härter. „Sie versucht alles, um ihn bei lebendigem Leibe zu verschlingen. Lange Zeit versuchte er, die Ehe im Interesse der Kinder zu erhalten. Doch das war einfach nicht möglich. Ich will Sie mit den Einzelheiten verschonen, Sie würden sie schockierend finden."

Julia neigte den Kopf zur Seite und lächelte Andrea auf eine Weise an, als habe sie ein sehr junges Mädchen vor sich. „Außerdem ist das alles Jacques' trauriges Geheimnis. Er hat die Scheidung nicht eingereicht, obwohl er genügend Gründe dafür hatte. Das hat er ihr überlassen."

„Und Claudette hat die Kinder?"

„Stimmt. Es hat Jacques beinah umgebracht, als ihr das Sorgerecht zugesprochen wurde. Er betet seine Kinder an. Und ich muss zugeben, es sind wirklich ziemlich liebe kleine Ungeheuer."

Julia griff zur Kaffeetasse.

„Ich lasse jetzt mal einiges aus. Vor ungefähr einem Jahr beantragte Jacques, ihm das Sorgerecht zu übertragen. Kurz danach ist er einer Frau begegnet. Ich kann Ihnen den Namen nicht verraten – Sie würden sofort wissen, um wen es sich handelt, und ich habe Jacques versprochen zu schweigen. Aber ich kann Ihnen verraten, dass diese Frau in jeder Hinsicht zu ihm passt. Dann mischte sich Helen auf ihre schleimige Art ein."

Andrea schüttelte den Kopf. „Warum heiraten Jacques und diese Frau nicht?"

Julia lehnte sich mit einem belustigten Lächeln zurück. „Wenn das Leben doch immer so einfach wäre, nicht wahr? Aber leider ist es das nicht. Jacques ist zwar frei. Aber die Dame wird es erst in einigen Monaten sein. Sie wünschen sich nichts sehnlicher, als zu heiraten, Jacques kleine Ungeheuer nach Amerika zu bringen und möglichst viele weitere aufzuziehen. Die beiden sind ganz verrückt nacheinander."

Julia nippte an ihrem Kaffee, der allmählich kalt wurde. „Sie können nicht offen zusammenleben, bis diese Sorgerechtsangelegenheit geregelt ist. Deshalb haben sie ein kleines Haus auf dem Lande gemietet. Helen hat davon erfahren. Den Rest können Sie sich vorstellen. Jacques zahlt, wegen seiner Kinder und weil das Scheidungsverfahren der Dame für sie nicht so einfach ist. Doch als Helen dann auch noch hier auftauchte, war für ihn die Grenze erreicht. Er und Helen stritten sich neulich im Empfangsraum. Er hat ihr gesagt, sie würde keinen Cent mehr von ihm bekommen. Ich bin völlig sicher, dass Helen auch dann, wenn Jacques weitergezahlt hätte, ihre Informationen an Claudette verkauft hätte – für einen guten Preis natürlich."

Andrea war entsetzt. Sie hatte Julia noch nie so gesehen. Die Schauspielerin machte den Eindruck einer kalten, rücksichtslosen Frau.

Julia bemerkte Andreas Gesichtsausdruck und lachte. „Oh, Andrea, Sie sind wie ein offenes Buch." Die harte Maske verging, Julia sah wieder warmherzig und lieblich aus. „Jetzt denken Sie, ich hätte Helen vielleicht doch ermorden können – nicht meinetwegen, aber für Jacques."

Irgendwann nach der Dämmerung schlief Andrea schließlich ein. Es war ein tiefer, traumloser Schlaf, wie ihn Medikamente oder große Erschöpfung verursachen können. Er war angefüllt mit wirren, rätselhaften Träumen:

Zuerst zogen nur deutliche Schatten und leise Stimmen an ihr vorbei. Es quälte sie, dass sie sie nicht besser sehen und hören konnte. Sie kämpfte darum, besser zu verstehen. Die Schatten vergingen, die Formen gewannen Umrisse, verschwammen dann wieder. Andrea bemühte sich mit aller Entschlossenheit, mehr als Andeutungen und unbestimmtes Flüstern zu verstehen.

Plötzlich waren die Schatten verschwunden, die Stimmen hallten laut in Andreas Ohren. Mit weit aufgerissenen Augen zertrat Jane Andreas Kamera. Sie schrie und hielt eine Schere vor sich, um Andrea zurückzuschrecken. „Spionin!", schrie Jane, während das Glas der Kamera unter ihren Schuhen zersplitterte. „Spionin!"

Andrea wollte dem Wahnsinn, den Vorwürfen entkommen und drehte sich um. Farben wirbelten um sie herum, dann sah sie Robert.

„Sie hat meine Frau gefoltert." Er hielt Andrea am Arm. „Sie müssen etwas essen", sagte er leise. „Es zeigt sich zuerst im Gesicht." Er lächelte, aber das Lächeln war vorgetäuscht. Andrea riss sich von ihm los und stand auf dem Flur.

Jacques kam auf sie zu. Er hatte Blut an den Händen. Seine Augen blickten traurig und furchterregend, während er Andrea die Hände entgegenstreckte. „Meine Kinder." Seine Stimme zitterte.

Andrea drehte sich um und stieß gegen Steve.

„Es waren politische Gründe", sagte er mit einem breiten, jungenhaften Lächeln. „Nichts Persönliches, nur Politik." Er nahm Andreas Haar und wickelte es ihr um den Hals. „Und Sie mittendrin, Andrea." Sein Lächeln wurde zu einem tückischen Grinsen, während er den Knoten zuzog. „Wirklich schade."

Andrea stieß ihn zurück und stolperte durch eine Türöffnung. Julia stand mit dem Rücken zu ihr. Sie trug das weiße reizende Negligé. „Julia!", rief Andrea voller Angst. „Julia, helfen Sie mir."

Als Julia sich umdrehte, lächelte sie katzenhaft. Der Spitzenbesatz über ihrem Busen war scharlachrot gefärbt. „Ein doppelter Bluff, Darling." Sie warf den Kopf zurück und lachte. Andrea hielt sich die Ohren zu und lief davon.

„Komm zurück zu Mutter!", rief Julia. Sie lachte immer noch, während Andrea über den Flur hastete.

Eine Tür versperrte ihr den Weg. Andrea riss sie auf, stürzte in das Zimmer. Sie wusste nur, dass sie entkommen musste. Aber es war Helens Zimmer. Andrea schlug dagegen. Es hallte dumpf. Die Angst in Andrea wuchs, wurde zur Todesangst. Sie konnte hier nicht bleiben, sie wollte es nicht. Voller Panik lief sie zum Fenster, um hinauszuspringen.

Jetzt war es plötzlich nicht mehr Helens Zimmer, sondern ihr eigenes. Das Fenster war vergittert, mit grauen flüssigen Stangen aus Regen. Als Andrea sie zur Seite schieben wollte, erstarrten sie. Andrea zog und schob, aber die Stangen rührten sich nicht, sie waren kalt.

Im nächsten Augenblick stand Lucas hinter ihr und zog sie vom Fenster zurück. Er drehte sie zu sich herum und nahm sie lächelnd in die Arme.

„Beiß und kratz nur, Kätzchen."

„Lucas, bitte!", schrie Andrea hysterisch. „Ich liebe dich, ich liebe dich. Hilf mir hier heraus. Hilf mir hier heraus!"

„Es ist zu spät, Kätzchen." Lucas' Blick war wild und dunkel. „Ich habe dich gewarnt, mich nicht zu sehr herumzustoßen."

„Nein, Lucas, nicht du." Sie klammerte sich an ihn. Er küsste sie, hart und leidenschaftlich. „Ich liebe dich. Ich habe dich immer geliebt." Sie ergab sich seiner Umarmung, seinen Küssen. Hier war ihre Fluchtburg, hier war sie in Sicherheit.

Doch dann sah sie die Schere in seiner Hand.

Andrea saß aufrecht im Bett. Kalter Schweiß bedeckte ihren Körper, ließ sie frösteln. Während des Albtraums hatte sie die Bettdecke von sich geworfen, sie war jetzt nur mit ihrem feuchten Nachthemd bedeckt. Sie brauchte Wärme. Hastig zog sie die Bettdecke herauf und hüllte sich in sie ein.

Es war nur ein Traum, sagte sie sich, der wieder vergeht. Nach dem nächtlichen Gespräch mit Julia war eine solche Reaktion nur zu verständlich. Doch Träume können nicht verletzen.

Es war bereits heller Morgen. Immer noch zitternd sah Andrea das Sonnenlicht in ihr Zimmer scheinen. Vor dem Fenster waren keine Gitter. Das war jetzt vorbei, ebenso wie die Nacht vorüber war. Bald würde die Telefonleitung repariert sein. Das Wasser im Fluss würde sinken, die Furt wieder passierbar sein. Die Polizei würde kommen.

Andrea setzte sich, in ihre Decke gehüllt, auf und wartete, dass sich ihr Atem wieder beruhigte.

Am Ende des Tages, spätestens am nächsten Tag, würde alles wieder seine geregelte Bahn gehen. Fragen würden beantwortet sein, Protokolle aufgesetzt, das Räderwerk der Untersuchung würde in Gang gekommen sein. Alles würde auf Tatsachen zurückgeführt.

Langsam begann Andrea sich zu entspannen. Sie lockerte den verzweifelten Griff, mit dem sie die Bettdecke um sich hielt.

Julias ausschweifende Fantasie hatte sie angesteckt. Julia war so sehr an die dramatischen Seiten ihres Berufs gewöhnt, dass sie nicht hatte widerstehen können, ein Schreckensbild zu entwerfen. Helens Tod war eine harte, unumstößliche Tatsache. Daran konnte niemand vorbei. Aber Andrea war sich sicher, dass die beiden Missgeschicke, die ihr zugestoßen waren, nichts miteinander zu tun hatten. Wenn sie geistig gesund bleiben wollte, bis die Polizei kam, musste sie davon überzeugt bleiben.

Sie hatte sich wieder beruhigt und dachte nach. Ja, es hatte einen Mord gegeben. Das stand fest. Dieser Mord war ein gewalttätiger Akt gegen eine bestimmte Person gewesen. Sie hatte damit nichts zu tun. Es gab keinerlei Beziehung zwischen ihr und dem Mord.

Was ihr in der Dunkelkammer zugestoßen war, konnte leicht als einfache Ungeschicklichkeit erklärt werden. Das war die sauberste und vernünftigste Erklärung. Und die Verwüstung ihres Zimmers?

Andrea zuckte mit den Schultern. Das war Helen gewesen. Sie war eine böse, eine niederträchtige Frau. Die Zerstörung ihrer Kleidung und persönlichen Sachen war eine böse Tat gewesen. Aus irgendeinem nur ihr bekannten Grund hatte Helen eine Abneigung gegen sie – Andrea – gehabt. Es gab sonst niemanden im Gasthof, der irgendeinen Grund hätte, ihr gegenüber feindlich gesonnen zu sein.

Ausgenommen Lucas! Andrea schüttelte heftig den Kopf. Doch der Gedanke blieb haften: ausgenommen Lucas. Andrea begann wieder zu frösteln und hüllte sich erneut in die Decke.

Nein, auch das ergab keinen Sinn. Lucas hatte sie verstoßen, es war nicht umgekehrt gewesen. Sie hatte ihn geliebt. Und er hatte sie nicht geliebt, so einfach war das. Was bedeutete das für ihn? Die Stimme ihrer Vernunft stritt sich mit der Stimme ihres Herzens. Andrea musste sich zwingen, ganz leidenschaftslos mit der Möglichkeit zu rechnen, dass Lucas ein Mörder sein könnte.

Es war von Anfang an offensichtlich gewesen, dass Lucas unter starkem Druck stand. Er hatte nicht gut geschlafen, war angespannt gewesen. Andrea hatte es früher gelegentlich erlebt, wie Lucas um Passagen eines Buchs kämpfte, an dem er schrieb, wie er eine Woche mit wenig Schlaf und Kaffee überstanden hatte. Doch das hatte nie irgendeine körperliche Wirkung gezeigt. Er hatte eine unerschöpfliche Menge Energie in sich, auf die er jederzeit zurückgreifen konnte. Nein, soweit sie sich erinnern konnte, hatte sie Lucas nie müde gesehen. Bis jetzt.

Helens Erpressung musste ihn sehr getroffen haben. Andrea konnte sich nicht vorstellen, dass Lucas sich etwas daraus machte, wie in der Öffentlichkeit über ihn geredet wurde, ob positiv oder negativ. Doch die Frau, die in eine Scheidung verwickelt war, musste ihm sehr viel bedeuten.

Andrea schloss die Augen. Der Gedanke schmerzte sie. Aber sie zwang sich, ihren Gedankengang fortzuführen.

Warum war er in diesen Gasthof gekommen? Warum hatte er einen abgeschiedenen Ort gewählt, der von seiner Heimat weit entfernt lag? Andrea schüttelte den Kopf. Das ergab keinen Sinn. Sie wusste, dass Lucas nie reiste, wenn er schrieb. Zuerst stellte er Nachforschungen an, die, wenn nötig, sehr intensiv sein konnten. Dann begann er mit dem Schreiben.

Wenn Lucas ein Thema gepackt hatte, dann grub er sich in seinem Haus am Meer ein, bis das Buch geschrieben war. Dass er stattdessen nach Virginia gekommen sein könnte, um in Ruhe zu schreiben, war völlig undenkbar. Nein, Lucas konnte während der Hauptverkehrszeit in der Untergrundbahn schreiben, wenn er wollte. Niemand verstand es so gut wie er, alles um sich herum zu vergessen.

Also musste er völlig andere Gründe dafür gehabt haben, in den Gasthof zu kommen. War Helen vielleicht eine Figur in einem Schachspiel gewesen, das Lucas gesteuert hatte? Vielleicht hatte er sie an diesen entlegenen Ort gelockt und sie mit Menschen umgeben, die Grund hatten, sie zu hassen. Er war schlau und berechnend genug, um so etwas tun zu können, um zu einer solchen Handlung kaltblütig genug zu sein.

Wenn Helen dann getötet wurde, wäre es schwer gewesen, nachzuweisen, welcher dieser sechs Menschen es getan hatte. Motiv und Gelegenheit – alle sechs hatten sie. Warum hätte man bei einem von ihnen mehr als bei den anderen nachforschen sollen? Die Umgebung für ein solches Spiel hätte Lucas gefallen. Er hatte sie zwar als zu offensichtlich bezeichnet – zu offensichtlich für einen Mord. Aber Jacques hatte zu Recht darauf hingewiesen, dass das Leben häufig offensichtlich war.

Andrea wollte nicht länger darüber nachdenken. Das hätte die Albträume zurückgebracht. So stieg sie aus dem Bett. Sie zog Jeans und einen von Julias Pullovern an, den Julia ihr am vergangenen Abend gegeben hatte. Sie würde keinen weiteren Tag damit verbringen, über ihre Zweifel und Ängste zu brüten. Es war besser, wenn sie daran dachte, dass die Polizei bald kommen würde. Es war nicht ihre Sache zu entscheiden, wer Helen getötet hatte.

Als sie die Treppe hinunterging, fühlte sie sich schon besser. Nach dem Frühstück würde sie einen langen einsamen Spaziergang unternehmen und die Spinnweben in ihrem Kopf wegwischen. Die Vorstellung, bald nach draußen gehen zu können, belebte Andrea.

Doch ihre Zuversicht verringerte sich wieder, als sie Lucas am Fuß der Treppe stehen sah. Er beobachtete sie schweigend. Für einen kurzen Moment trafen sich ihre Blicke. Dann ging Lucas fort.

„Lucas!"

Er drehte sich zu ihr um. Sie nahm ihren ganzen Mut zusammen und eilte die letzten Stufen hinunter. Sie hatte Fragen, die sie Lucas stellen musste. Er bedeutete ihr immer noch viel zu viel.

Auf der untersten Stufe blieb sie stehen. Lucas' und ihre Augen waren auf derselben Höhe. Sein Blick verriet ihr nichts.

„Warum bist du hierhergekommen?", fragte Andrea ihn schnell. „Hierher in den Pine View Inn?" Sie hoffte, er würde ihr eine Erklärung geben. Sie würde nicht an ihr zweifeln.

Lucas sah sie einen Moment lang eindringlich an. Sein Gesichtsausdruck schien eine Botschaft zu enthalten, die Andrea lesen sollte. Doch im nächsten Augenblick war das vorbei.

„Sagen wir einfach, dass ich hierhergekommen bin, um zu schreiben, Andrea. Alle anderen Gründe spielen jetzt keine Rolle mehr, sie sind beseitigt."

Ein Schauer durchlief Andrea. Was meinte er mit dem Wort beseitigt? Würde er diesen Ausdruck verwenden, um einen Mord zu bezeichnen? Etwas von ihrer Furcht schien sich auf ihrem Gesicht widerzuspiegeln. Jedenfalls zog Lucas die Augenbrauen zusammen.

„Kätzchen …"

„Nein." Bevor er weiterreden konnte, lief Andrea davon. Lucas hatte ihr eine Antwort gegeben, aber eine, die sie nicht hinnehmen wollte.

Die anderen saßen bereits am Frühstückstisch. Der Sonnenschein hatte die Stimmung scheinbar gehoben. Aufgrund einer unausgesprochenen Übereinkunft hielt sich das Gespräch an allgemeine Themen. Helen wurde nicht erwähnt. Alle brauchten eine Insel der Normalität, bevor die Polizei kam.

Julia sah frisch und bildhübsch aus und redete munter. Sie benahm sich so entspannt, fast fröhlich, dass Andrea sich fragte, ob die Unterhaltung mit ihr am vergangenen Abend in der Küche nur Teil ihres Albtraums gewesen sei. Julia flirtete wieder, mit jedem Mann am Tisch. Zwei Tage voller Schrecken hatten ihren Stil nicht verändert.

„Ihre Tante", sagte Jacques zu Andrea, „führt eine erstaunliche Küche." Er nahm einen lockeren Pfannkuchen auf die Gabel. „Manchmal überrascht mich das, denn sie hat eine so charmant verwirrte Art. Doch an Einzelheiten kann sie sich erinnern. Heute Morgen zum Beispiel hat sie mir gesagt, sie habe ein Stück ihrer Apfeltorte für mich aufbewahrt, die ich zum Mittagessen bekommen soll. Sie hat nicht vergessen, dass ich Apfeltorte liebe. Als ich ihr dann voller Begeisterung die Hand küsste, lächelte sie und ging fort, wobei sie etwas von Handtüchern und Schokoladenpudding vor sich hin murmelte."

Alle lachten. Das klang so normal, dass Andrea diesen Augenblick genoss.

„Die Lieblingsspeisen ihrer Gäste hat sie besser im Kopf als die ihrer Familie", erwiderte Andrea. „Sie hat beschlossen, dass Schmorbraten mein Leibgericht sei, und mir versprochen, dass ich ihn einmal in der Woche bekomme. Doch in Wirklichkeit ist es das Lieblingsgericht meines Bruders Paul. Ich habe noch keine Methode gefunden, sie dazu zu bringen, dass sie für mich Spaghetti macht."

Andrea fasste ihre Gabel fester. Ein plötzlicher Schmerz hatte sie ergriffen. Sie sah sich deutlich in Lucas' Küche, wie sie Spaghettisoße anrührte, während Lucas sich nach Kräften bemühte, sie abzulenken. Würde sie sich von solchen Erinnerungen denn nie befreien können? Schnell setzte sie das Gespräch fort.

„Tante Tabby schwebt gewissermaßen durch die Welt. Ich erinnere mich an einen Vorfall aus meiner Kindheit. Paul hatte einige präparierte Froschschenkel aus dem Biologieunterricht nach Hause geschmuggelt. Er brachte sie in den Ferien mit hierher und gab sie Tante Tabby in der Hoffnung, sie würde schreien. Doch sie nahm sie, lächelte und sagte ihm, sie würde sie später essen."

„Du meine Güte." Julia fasste sich an den Hals. „Sie hat sie doch nicht tatsächlich gegessen?"

„Nein." Andrea lachte. „Ich habe sie abgelenkt, was natürlich die einfachste Sache auf der Welt war. Paul warf die Froschschenkel dann weg. Tante Tabby hat sie nie vermisst."

„Ich muss meinen Eltern dafür danken, dass ich ein Einzelkind geblieben bin", sagte Julia.

„Ich kann mir nicht vorstellen, wie es gewesen wäre, ohne Paul und Will aufzuwachsen." Alte Erinnerungen kamen Andrea. „Wir drei standen uns immer sehr nahe, auch wenn wir einander gequält haben."

Jacques lachte. Offensichtlich dachte er an seine eigenen Kinder. „Verbringt Ihre Familie hier viel Zeit?"

„Nicht so viel wie früher. Als ich noch ein Mädchen war, kamen wir jeden Sommer für einen Monat."

„Um durch die Wälder zu wandern?", fragte Julia mit milder Herablassung.

„Das", erwiderte Andrea ebenso herablassend, „und zum Zelten." Als Julia die Augen verdrehte, fuhr Andrea belustigt fort: „Außerdem sind wir im See geschwommen und sind dort mit dem Boot gefahren."

„Mit dem Boot fahren", warf Robert ein, „das ist eins von meinen

kleinen Lastern. Nichts kann ich besser als Segeln, nicht wahr, Jane?"
Er tätschelte die Hand seiner Frau. „Jane ist ebenfalls eine gute Seg-
lerin – die beste Mannschaft, die ich jemals hatte."

Robert wandte sich an Steve. „Sie segeln auch?"

Steve schüttelte bedauernd den Kopf. „Ich fürchte, ich wäre ein sehr
schlechter Segler. Ich kann nicht einmal schwimmen."

„Sie scherzen!", rief Julia und sah ihn ungläubig an. Mit einem
Blick auf seine breiten Schultern fügte sie hinzu: „Sie sehen so aus, als
könnten Sie den Kanal überqueren."

„Ich fühle mich nicht einmal im Nichtschwimmerbecken wohl",
gab Steve zu. Er war gar nicht verlegen, eher belustigt. „Dafür mache
ich das mit Sportarten zu Lande gut. Wenn wir hier einen Tennisplatz
hätten, würde ich Ihnen das beweisen."

„Ah, ja." Jacques hob und senkte die Schultern. „Hier müssen Sie
sich mit Wandern begnügen. Die Berge sind sehr schön. Ich hoffe, dass
ich eines Tages meine Kinder hierher bringen kann." Er runzelte die
Stirn, dann schaute er in seine Kaffeetasse.

„Naturliebhaber!" Julia lächelte fröhlich. „Da ziehe ich doch das
verqualmte Los Angeles vor. Ihre Berge und die Eichhörnchen sehe
ich mir lieber auf Andreas Fotos an."

„Damit müssen Sie noch etwas warten." Andrea wollte nicht schon
wieder wegen ihrer zerstörten Bilder traurig sein. Doch der Verlust
ihrer Kamera tat immer noch weh. „Dass mir die Filme verloren gegangen sind, ist nicht so schlimm, das kann ich verwinden." Sie nahm
einen kleinen Pfannkuchen. „Außerdem sind nur drei von vier Filmen
zerstört. Die Aufnahmen, die ich am See gemacht habe, waren am
besten, mit denen kann ich mich trösten. Das Licht war an dem Morgen
perfekt, und die Schatten …"

Sie schwieg, als die Erinnerung in ihr hochkam. Sie sah sich oben
auf dem felsigen Hang stehen, wie sie auf das glitzernde Wasser hinun-
tersah, in dem sich die Bäume spiegelten. Und sie sah die beiden Gestalten auf der anderen Seite des Sees. Das war der Morgen, an dem
sie zuerst Lucas und dann Helen im Wald begegnet war. Helen hatte
eine Verletzung unter dem Auge …

„Andrea?"

Als sie Jacques' Stimme hörte, kehrte Andrea in die Gegenwart zurück. „Oh, Entschuldigung. Was ist?"

„Fehlt Ihnen etwas?"

„Nein, ich …" Sie begegnete seinem neugierigen Blick. „Nein."

„Ich denke, dass Licht und Schatten die wesentlichen Elemente der Fotografie sind", meinte Julia. „Aber ich habe mich immer mehr dafür interessiert, vor der Kamera als hinter ihr zu stehen. Erinnerst du dich an den schrecklichen kleinen Mann, Jacques, der zu den unpassendsten Gelegenheiten auftauchte und mir seine Kamera vor das Gesicht hielt? Wie hieß er noch … ich gewann ihn zuletzt richtig lieb."

Julia hatte die allgemeine Aufmerksamkeit so problemlos auf sich gezogen, dass Andrea bezweifelte, jemandem könnte ihre vorübergehende Verwirrung aufgefallen sein. Sie blickte auf die Pfannkuchen und den Sirup auf ihrem Teller, als seien dort die Geheimnisse des Weltalls offenbart. Dabei spürte sie deutlich, dass Lucas sie ansah. Sie wollte seinen Blick jedoch nicht erwidern.

Sie wollte jetzt für sich sein und nachdenken über das, was ihr im Kopf herumging. Schnell vertilgte sie den Rest ihres Frühstücks und beteiligte sich nicht mehr an der allgemeinen Unterhaltung.

„Ich muss nach Tante Tabby sehen", sagte Andrea in dem Bestreben, sich möglichst unauffällig zu entfernen. „Entschuldigen Sie mich."

Sie hatte die Küchentür noch nicht erreicht, als Julia sie festhielt. „Andrea, ich möchte mit Ihnen reden." Julias Griff war überraschend fest. „Kommen Sie mit in mein Zimmer."

Nach einem Blick in Julias Gesicht erkannte Andrea, dass es zwecklos wäre zu widersprechen. „Gut, ich komme gleich, nachdem ich bei Tante Tabby war. Sie wird sich Sorgen machen, weil ich ihr gestern Abend nicht Gute Nacht gewünscht habe. Es dauert nur wenige Minuten."

Andrea sprach ruhig und brachte ein Lächeln zustande. Wurde sie nicht selbst eine ziemlich gute Schauspielerin?

Einen Moment musterte Julia schweigend Andreas Gesicht, dann ließ sie sie los. „In Ordnung. Aber kommen Sie, sobald Sie hier fertig sind."

„Ja, das tue ich." Nach diesem Versprechen ging Andrea in die Küche.

Es war nicht schwierig, die Küche auf der anderen Seite wieder unbemerkt zu verlassen. Tante Tabby und Nancy stritten sich gerade. Andrea nahm ihre Jacke von dem Haken, an den sie sie am ersten Tag, als das Unwetter begann, gehängt hatte. Sie griff in die Tasche. Ihre Finger schlossen sich um die Filmrolle.

Für einen Moment holte Andrea sie heraus und betrachtete sie. Dann streifte sie schnell die Schuhe ab, zog Stiefel über, steckte den Film in die Tasche von Julias Pullover, nahm die Jacke und verließ das Haus durch die Hintertür.

*D*ie Luft war kühl und frisch, der Regen hatte sie gereinigt. Die Blattknospen, die Andrea vor wenigen Tagen aufgenommen hatte, waren dicker geworden, hatten sich aber noch nicht geöffnet. Doch dafür hatte sie keinen Blick. Sie wollte nur den Schutz des Waldes erreichen, ohne gesehen zu werden.

Andrea lief, bis sie die ersten Bäume hinter sich hatte. Tiefe Stille umgab sie hier. Der Boden unter ihren Stiefeln war durchnässt und glatt, er war mit Regen vollgesogen. An einigen Stellen hatte der Sturm Schäden angerichtet und Bäume umgestürzt.

Andrea bewegte sich vorsichtig weiter. Überall lagen herabgefallene Zweige, über die sie stolpern konnte.

Die Sonne schien warm. Andrea zog die Jacke aus und hängte sie über einen Ast. Sie zwang sich, sich auf den Anblick und die Geräusche des Waldes zu konzentrieren, bis ihre Gedanken sich wieder beruhigt hatten.

Der Berglorbeer stand dicht vor der Blüte. Ein Vogel zog oben am Himmel Kreise und stürzte sich plötzlich mit scharfem Schrei zwischen die Bäume nach unten. An einem Baumstamm kletterte ein Eichhörnchen nach oben und schaute von dort zu Andrea hinab.

Sie griff in die Tasche und schloss die Hand um die Filmrolle. Das Gespräch mit Julia in der Küche hatte einen schrecklichen Sinn für sie bekommen.

Helen musste an jenem Morgen am See gewesen sein. Ihrer Verletzung nach zu urteilen, hatte sie sich heftig mit jemandem gestritten. Und dieser Jemand hatte Andrea oben am Hang gesehen. Dieser Jemand wollte unbedingt, dass die Fotos vernichtet wurden. Dafür hatte er das Risiko auf sich genommen, in ihre Dunkelkammer und ihr Zimmer einzudringen.

Der Film musste jemandem als so große Gefahr erscheinen, dass er keine Bedenken gehabt hatte, sie bewusstlos zu schlagen und ihr Zimmer zu verwüsten. Wer anders als der Mörder würde so bedenkenlos sein, solche Risiken einzugehen? Wer käme dafür sonst in Betracht?

Alle logischen Überlegungen wiesen auf Lucas hin.

Seine Pläne waren es gewesen, die die Gruppe hier im Gasthof zusammengebracht hatte. Lucas war es gewesen, den Andrea getroffen hatte, kurz nachdem sie – ohne es zu wissen – Helen beobachtet hatte. Lucas hatte sich über sie gebeugt, als sie in der Dunkelkammer wieder zu sich kam. In der Nacht, in der Helen ermordet wurde, war Lucas, völlig angezogen, noch nicht im Bett gewesen.

Andrea schüttelte heftig den Kopf. Sie wollte gegen diese Logik angehen. Aber der Film, den sie in der Hand hielt, war ganz konkrete Wirklichkeit.

Lucas musste sie oben auf dem Hang gesehen haben. Sie hatte dort in vollem Licht gestanden. Als er sie dann abgefangen hatte, hatte er versucht, ihre alten Beziehungen wieder aufzuwärmen. Es war ihm klar gewesen, dass er nicht versuchen durfte, ihr den Film aus der Kamera wegzunehmen. Sie hätte einen solchen Aufstand gemacht, dass man sie im ganzen Land gehört hätte.

Lucas kannte sie gut genug, um zu wissen, dass er mit feineren Methoden besser vorankommen würde. Aber er konnte nicht wissen, dass sie den Film in der Kamera bereits ausgetauscht hatte.

Er hatte ihre alte Schwäche für ihn ausnutzen wollen. Wenn sie nachgegeben hätte, würde er genügend Zeit und Gelegenheit gefunden haben, den Film unbrauchbar zu machen. Andrea musste zugeben, dass sie zu sehr mit Lucas beschäftigt gewesen war, um den Verlust zu bemerken.

Aber sie hatte Lucas widerstanden. Diesmal hatte sie ihn zurückgestoßen. So war er gezwungen gewesen, andere Maßnahmen zu ergreifen.

Er hatte nur so getan, als begehre er sie, das wurde Andrea jetzt klar. Das vor allem war es, was ihr wehtat. Er hatte sie in die Arme genommen und sie geküsst, während er an nichts anderes dachte als daran, wie er sich selbst am besten schützen konnte.

Andrea zwang sich, den Tatsachen ins Auge zu sehen. Lucas hatte schon vor langer Zeit aufgehört, sie zu begehren. Seine Bedürfnisse waren stets andere gewesen als ihre. Vor allem zwei Tatsachen waren ihr jetzt völlig klar: Sie hatte nie aufgehört, ihn zu lieben, und er hatte nie angefangen, sie zu lieben.

Doch trotz aller Logik schreckte Andrea immer noch davor zurück, sich Lucas als kaltblütigen Mörder vorzustellen. Sie erinnerte sich an seine unerwarteten Beweise der Zärtlichkeit, an seinen Humor, seine sorglose Großzügigkeit. Auch das war ein Teil von ihm – ein Teil der Gründe dafür, dass sie sich so schnell in ihn verliebt und nie aufgehört hatte, ihn zu lieben.

Jemand ergriff Andrea an der Schulter. Mit einem erschreckten Aufschrei drehte sie sich um und sah sich Lucas gegenüber. Als sie vor ihm zurückzuckte, ließ er die Hand sinken und schob sie in die Hosentasche. Sein Gesichtsausdruck war finster, seine Stimme klang kühl.

„Wo ist der Film, Andrea?"

Der letzte Rest von Farbe wich aus Andreas Gesicht. Andrea hatte es nicht glauben wollen. Ein Teil von ihr weigerte sich immer noch, das zu tun. Doch ihre Liebe schien erschüttert. Lucas ließ ihr keine Wahl.

„Der Film?" Sie schüttelte den Kopf, während sie einen Schritt zurückwich. „Welcher Film?"

„Du weißt sehr gut, welchen Film ich meine." Lucas' Stimme klang ungeduldig. Er sah Andrea herausfordernd an. „Ich will die vierte Rolle haben. Und versuch nicht, vor mir davonzulaufen."

Andrea blieb stehen. „Warum?"

„Stell dich nicht dumm." Seine Ungeduld wurde zu Zorn. Andrea erkannte die Anzeichen dafür nur zu gut. „Ich will den Film haben. Was ich dann damit mache, geht nur mich etwas an."

Andrea lief los. Sie wollte Lucas entkommen, seine weiteren Worte nicht mehr hören. Es war leichter für sie gewesen, mit dem Zweifel als jetzt mit der Gewissheit zu leben.

Doch Lucas hielt sie am Arm fest, noch bevor sie zwei Meter davongekommen war. Er riss sie zu sich herum und sah sie scharf an.

„Du hast Angst." Er schien verwundert, wurde dann wieder ärgerlich. „Du hast Angst vor mir." Er packte sie fester und zog sie näher an sich heran. „Wir haben die ganze Skala der Gefühle durchlaufen, nicht wahr, Kätzchen? Was gestern war, ist vorbei." Seine Worte klangen so endgültig, dass sie Andrea mehr schmerzten als der feste Griff um ihren Arm.

„Lucas." Sie zitterte. Ihre Gefühle waren überreizt. „Bitte tu mir nicht länger weh."

Er sah sie einen Moment an, dann ließ er sie ganz plötzlich los. Man konnte ihm deutlich anmerken, wie er um seine Selbstbeherrschung kämpfte.

„Ich werde dich nicht wieder anfassen, weder jetzt noch in Zukunft. Sag mir nur, wo der Film ist. Dann verschwinde ich so schnell wie möglich aus deinem Leben."

Sie musste an sein Verständnis appellieren, sie musste es ein letztes Mal versuchen. „Lucas, bitte, das ist doch sinnlos. Du musst das einsehen. Kannst du nicht ..."

„Versuch nicht, mich für dumm zu verkaufen! Hast du denn überhaupt keine Idee, wie gefährlich dieser Film ist? Glaubst du auch nur eine Minute lang, ich würde zulassen, dass du ihn behältst?"

Lucas ging einen Schritt auf Andrea zu. „Sag mir, wo er ist. Sag es mir jetzt sofort, oder ich werde die Antwort aus dir herausschütteln!"

„In der Dunkelkammer." Die Lüge kam ganz von selbst, ohne dass Andrea darüber nachgedacht hatte. Vielleicht nahm Lucas sie deshalb so widerspruchslos hin.

„Gut. Und wo dort?"

Andrea merkte, dass Lucas sich etwas entspannte. Seine Stimme wurde ruhiger.

„Auf dem unteren Regal, auf der nassen Seite."

„Was soll ein Laie darunter verstehen, Kätzchen?" Eine Spur von Spott war Lucas' Worten anzumerken, während er die Hand nach Andrea ausstreckte. „Komm, holen wir den Film."

„Nein." Sie wich zurück.

„Ich gehe nicht mit dir. Auf dem Regal liegt nur eine Filmrolle, die wirst du finden. Du hast die anderen ja auch gefunden. Lass mich endlich in Ruhe, Lucas. Um Himmels willen, lass mich in Ruhe!"

Wieder lief sie los, wobei sie auf dem feuchten Waldboden beinahe ausgerutscht wäre. Diesmal folgte ihr Lucas nicht.

Andrea hatte nicht die geringste Ahnung, wie weit sie lief oder welche Richtung sie eingeschlagen hatte. Schließlich hörte sie mit dem Laufen auf, sie ging, blieb dann stehen und schaute nach oben. Der Himmel war wolkenlos. Was sollte sie jetzt tun?

Sie konnte zurückgehen. Ja, das könnte sie tun. Sie könnte versuchen, als Erste in die Dunkelkammer zu kommen, und sich dort einschließen. Dann könnte sie den Film entwickeln, die beiden Figuren am See vergrößern und sich selbst von der Wahrheit überzeugen.

Wieder griff sie nach dem Film in ihrer Tasche, den sie inzwischen bereits hasste. Sie wollte die Wahrheit nicht sehen. Wenn sie absolute Gewissheit hatte, würde sie den Film nie der Polizei geben können. Ganz gleich, was Lucas getan hatte und noch tun würde, sie konnte ihn nicht verraten. Er hatte sich geirrt. Sie würde es nie fertigbringen, die Falltür für ihn zu entriegeln.

Andrea zog den Film aus der Tasche und betrachtete ihn. Er sah so unschuldig aus. Sie selbst war sich an jenem Tag so unschuldig vorgekommen, als sie oben am Hang stand, während die Sonne langsam höher stieg. Doch wenn sie tun würde, was sie tun musste, würde sie sich nie wieder unschuldig fühlen.

Sie würde den Film jetzt selbst belichten und damit vernichten.

Lucas, dachte sie und lachte beinahe. Lucas war der einzige Mann auf dieser Erde, der sie dazu bringen konnte, ihr Gewissen zu vergessen. Und wenn sie es getan hatte, würden nur er und sie davon wissen. Sie würde dann ebenso schuldig sein wie er.

Tu es schnell, sagte sie sich. Tu es sofort und denk später darüber nach. Die Innenfläche der Hand, mit der sie den Film umfasste, war feucht. Du wirst ein ganzes Leben lang Zeit haben, darüber nachzudenken.

Andrea atmete tief durch. Sie begann, den Deckel von der Plastikkapsel abzunehmen, in der sie den noch unentwickelten Film verwahrte.

Ein Geräusch hinter ihr auf dem Pfad schreckte sie auf. Hastig stopfte sie den Film wieder in die Tasche.

Konnte Lucas die Dunkelkammer so schnell durchsucht haben? Was würde er jetzt tun, nachdem er wusste, dass sie ihn angelogen hatte? Andrea wollte wieder davonlaufen, stattdessen blieb sie stehen und wartete. Die letzte Auseinandersetzung musste doch einmal stattfinden.

Einen Moment war Andrea erleichtert, als sie Steve näher kommen sah. Dann wurde sie ärgerlich. Sie wollte jetzt allein sein und nicht unverbindlich plaudern. Die Zeit würde ungenützt verstreichen, der Film in ihrer Tasche brannte ihr auf der Seele.

„Hallo!"

Steves fröhliches Lächeln bewirkte nicht, dass sich Andreas Ärger auch nur im Entferntesten verringerte. Aber sie zwang sich, sein Lächeln zu erwidern. Wenn sie schon für den Rest ihres Lebens allen etwas vorspielen musste, konnte sie gleich damit anfangen.

„Hallo. Befolgen Sie Jacques' Rat, eine Wanderung zu machen?" Du meine Güte, wie normal und belanglos war es doch, was sie sagte. Würde sie es fertigbringen, immer so weiterzumachen?

„Ja. Wie ich sehe, hatten Sie ebenfalls das Bedürfnis, dem Gasthof für eine Weile zu entkommen." Steve atmete tief durch und spannte die breiten Schultern. „Es tut richtig gut, mal wieder draußen zu sein."

„Ich verstehe, was Sie sagen wollen." Andrea merkte, dass sie sich allmählich entspannte. Es war eine Erleichterung, dass sie von ihren Gedanken abgelenkt wurde. Sie wollte die Gelegenheit nutzen. Wenn hier alles vorbei war, würde nichts mehr so sein wie früher.

„Jacques hatte recht", fuhr Steve fort und schaute nach oben. „Die Berge sind wunderschön. Ihr Anblick erinnert daran, dass das Leben weitergeht."

„Ich glaube, wir alle haben es jetzt nötig, uns daran zu erinnern." Unbewusst steckte Andrea die Hand in die Tasche, wo sie den Film verwahrte.

„Ihr Haar schimmert im Sonnenlicht." Steve ergriff das Ende einer Strähne und wickelte es um seine Finger.

Andrea merkte mit Unbehagen, dass sein Blick wärmer wurde. Ein romantisches Zwischenspiel war nichts, womit sie jetzt fertigwerden konnte.

„Die Leute scheinen mehr über mein Haar nachzudenken als ich selbst." Sie lächelte und bemühte sich, einen unbeschwerten Eindruck zu machen. „Manchmal bin ich versucht, es abzuschneiden."

„Oh nein." Steve ließ ihr Haar nicht los. „Es ist wirklich sehr schön, ganz einzigartig." Er schaute Andrea in die Augen. „Wissen Sie, dass ich während der letzten Tage sehr oft an Sie gedacht habe? Sie sind auch einzigartig."

„Steve …" Andrea wäre jetzt weitergegangen, wenn Steve sie nicht immer noch am Haar festgehalten hätte.

„Ich mag Sie, Andrea."

Steve sprach das so leise und bescheiden aus, dass seine Worte sie rührten. Sie drehte sich zu ihm um. „Es tut mir sehr leid, Steve, wirklich."

„Es soll Ihnen überhaupt nicht leidtun." Er beugte sich ein wenig vor und berührte ihren Mund mit seinen Lippen. „Wenn Sie es zulassen, kann ich Sie sehr glücklich machen."

„Steve, bitte." Andrea legte die Hände vor seine Brust. Wenn er doch nur Lucas wäre, dachte sie, während sie zu ihm aufblickte. Wenn doch nur Lucas sie so ansähe. „Ich kann nicht."

Er atmete tief durch, ließ sie aber nicht los. „McLean, nicht wahr? Andrea, er macht Sie doch nur unglücklich. Warum lassen Sie ihn nicht gehen?"

„Ich kann Ihnen nicht sagen, wie oft ich mir diese Frage schon selbst gestellt habe." Sie seufzte. Ein Sonnenstrahl fiel ihr ins Gesicht. „Ich habe keine andere Antwort gefunden als die, dass ich ihn liebe."

„Ja, das sieht man Ihnen an." Steve schob ihr das Haar aus der Stirn zurück. „Ich hatte gehofft, Sie würden über ihn hinwegkommen. Aber vermutlich können Sie das nicht."

„Ich fürchte, Sie haben recht. Ich habe es sogar schon aufgegeben, das zu versuchen."

„Nun, das tut mir sehr leid, Andrea. Es macht die Dinge schwieriger."

Andrea senkte den Blick. Mitleid wollte sie jetzt nicht. „Steve, ich erkenne Ihr Mitgefühl an. Aber ich möchte jetzt wirklich allein sein."

„Ich will den Film haben, Andrea."

Erstaunt blickte sie auf. „Den Film? Ich weiß nicht, wovon Sie reden."

„Oh doch. Ich fürchte, Sie wissen das nur zu gut." Seine Stimme klang immer noch sanft. Er streichelte ihr Haar. „Die Aufnahmen, die Sie neulich morgens gemacht haben, als Helen und ich am See waren. Ich muss sie haben."

„Sie?" Andrea erfasste nicht sofort, welche Bedeutung Steves Worte hatten. „Sie und Helen?" Verwirrung wurde zu Schock. Andrea starrte Steve hilflos an.

„Wir hatten an jenem Morgen ziemlichen Streit miteinander. Sie müssen wissen, dass sie eine beträchtliche Summe von mir forderte. Ihre anderen Quellen trockneten aus. Julia gab ihr nichts und lachte sie nur aus. Darüber war Helen sehr wütend."

Steves Gesicht verzog sich zu einem grimmigen Lächeln. „Jacques hatte ebenfalls mit Helen Schluss gemacht. Und gegen Lucas hatte sie nichts wirklich Belastendes in der Hand. Sie hatte gehofft, ihn einschüchtern zu können. Stattdessen hatte er ihr gesagt, sie möge sich zum Teufel scheren, und ihr eine Klage angedroht. Das hat sie für eine Weile aus dem Gleichgewicht gebracht. Außerdem muss sie gemerkt haben, dass sie es bei Jane zu weit getrieben hatte. Deshalb konzentrierte sie sich auf mich."

Während er sprach, hatte er begonnen, in die Ferne zu blicken. Jetzt wandte er seine Aufmerksamkeit wieder Andrea zu. Ein erster Anflug von Zorn war in seinen Augen zu lesen.

„Sie verlangte zweihundertfünfzigtausend Dollar von mir, zahlbar innerhalb von zwei Wochen. Eine Viertelmillion, oder sie würde die Informationen, die sie über mich besaß, meinem Vater geben."

„Aber Sie haben doch gesagt, was sie wisse, sei überhaupt nicht wichtig."

Andrea schaute für einen Moment an Steve vorbei. Hinter ihm war der Pfad leer. Sie waren allein.

„Leider wusste sie etwas mehr, als ich Ihnen verraten habe." Steve lächelte um Entschuldigung bittend. „Damals konnte ich Ihnen wohl kaum alles sagen. Ich habe meine Spuren gut verwischt. Deshalb glaube ich nicht, dass die Polizei jemals etwas erfahren wird. Es war im Grunde genommen eine Art von Anleihe."

„Eine Anleihe? Was soll das heißen?"

Mit jedem Moment, der verging, wurde die Situation für Andrea schrecklicher. Bring ihn dazu, weiterzureden, sagte sich Andrea ängstlich. Lass ihn nur reden, bis hoffentlich irgendwann jemand vorbeikommt.

„Nun, es war wirklich nur eine Art Ausleihen. Das Geld wird mir früher oder später ohnehin gehören." Steve zuckte mit den Schultern. „Ich habe davon nur ein wenig früher genommen. Unglücklicherweise würde mein Vater es nicht so sehen. Ich habe es Ihnen ja gesagt, nicht wahr? Er ist ein harter Bursche. Er würde mich, ohne groß darüber nachzudenken, mit einem Fußtritt hinausbefördern und meine Einkünfte unterbinden. Das kann ich mir nicht leisten, Andrea." Er warf ihr ein Lächeln zu. „Ich habe einen sehr teuren Geschmack."

„Dann haben Sie sie getötet." Andrea stellte das mit ganz ruhiger Stimme fest. Sie hatte ihre Furcht überwunden.

„Ich hatte keine andere Wahl. Es war mir unmöglich, innerhalb von zwei Wochen so viel Geld aufzutreiben."

Steve sagte das so ruhig, dass es für Andrea völlig vernünftig klang.

„Ich hätte sie an jenem Morgen am See schon beinahe umgebracht. Sie wollte nicht auf mich hören. Ich verlor die Beherrschung und schlug sie zu Boden. Als ich sie dort liegen sah, wurde mir klar, wie sehr ich mir ihren Tod wünschte."

Andrea unterbrach ihn nicht. Sie merkte, dass er mit seinen Enthüllungen noch nicht am Ende war. Sollte er doch alles sagen. Bestimmt würde inzwischen jemand kommen.

„Ich beugte mich über sie", fuhr Steve fort. „Ich hatte die Hände schon um ihren Hals gelegt, als ich Sie oben am Hang stehen sah. Ich wusste, dass Sie es waren. Ihr Haar glänzte im Sonnenlicht. Ich glaubte nicht, dass Sie mich aus der Entfernung erkennen konnten. Aber ich musste sicher sein. Natürlich fand ich später heraus, dass Sie uns überhaupt keine Beachtung geschenkt hatten."

„Das stimmt, ich habe Sie kaum wahrgenommen."

Andreas Knie begannen zu zittern. Steve erzählte ihr zu viel, viel zu viel.

„Ich ließ Helen los und lief in einem Bogen, um Sie abzufangen. Doch Lucas erreichte Sie vor mir. Das war wirklich eine rührende kleine Szene."

„Sie haben uns belauscht?" Andrea war selbst erstaunt, dass sie sich jetzt darüber ärgern konnte.

„Sie waren zu sehr miteinander beschäftigt, um mich zu bemerken." Steve lächelte wieder. „Jedenfalls erfuhr ich bei dieser Gelegenheit, dass Sie Aufnahmen gemacht hatten. Ich musste dafür sorgen, dass dieser Film beseitigt wurde, er war ein zu großes Risiko für mich. Es war mir sehr unangenehm, Ihnen wehzutun, Andrea. Sie haben mir von Anfang an sehr gut gefallen."

„Die Dunkelkammer!"

„Ja. Ich war froh, dass Sie bereits mit dem Stoß durch die Tür außer Gefecht gesetzt wurden. Ihre Kamera sah ich nicht, aber eine Filmrolle. Ich dachte, nun sei alles erledigt. Sie können sich meine Enttäuschung vorstellen, als Sie erzählten, Sie hätten zwei Filmrollen verloren, auf denen Aufnahmen von Ihrer Fahrt hierher gewesen seien. Ich hatte keine Ahnung, wieso der zweite Film ruiniert worden war."

„Das war Lucas. Er hatte Licht in der Dunkelkammer gemacht, als er mich fand."

Wie ein Blitz traf Andrea die Erkenntnis, dass Lucas unschuldig war. Er hatte sich nur benommen wie immer, aber sie hatte an ihm gezweifelt.

„Nun ja, das ist jetzt alles unwichtig. Wenn ich damals nur den Film aus Ihrer Kamera genommen hätte, hätten Sie angefangen, sich Fragen zu stellen und wegen der Aufnahmen Verdacht geschöpft. Deshalb musste ich in Ihrem Zimmer leider etwas mehr tun. Danach ging ich zu Helen. Mir war klar, dass ich sie umbringen musste. Als ich in ihr Zimmer kam, zeigte sie auf ihre Verletzung und sagte, die koste mich weitere hunderttausend Dollar. Ich wollte sie erwürgen. Doch dann sah ich die Schere. Mit der Schere war es besser – jeder konnte eine Schere verwenden, selbst die kleine Jane."

Steve schüttelte sich einen Moment, ohne den Griff um Andreas Haar zu lockern. „Es war schrecklich. So etwas habe ich noch nie durchgemacht. Aber ich musste mich zusammennehmen. Ich wischte die Griffe der Schere ab, kehrte in mein Zimmer zurück, duschte und ging ins Bett. Insgesamt waren höchstens zwanzig Minuten vergangen. Mir war es wie Jahre vorgekommen."

„Es muss ein schlimmes Erlebnis für Sie gewesen sein."

Steve achtete nicht auf Andreas spöttische Bemerkung. „Danach lief alles günstig für mich: das Unwetter, der Abbruch aller Verbindungen zur Außenwelt. Niemand konnte beweisen, wo er zur Tatzeit gewesen war. Alle hatten ein Motiv. Wenn die Polizei kommt, wird sie wahrscheinlich vor allem Lucas und Jacques verdächtigen."

„Lucas kann niemand töten. Die Polizei wird das wissen."

„Darauf würde ich mich nicht verlassen. Sie waren sich in dem Punkt selbst nicht so sicher, nicht wahr?"

Andrea konnte darauf nichts erwidern. Steve hatte recht.

„Heute Morgen sprachen Sie plötzlich von vier Filmrollen und von den Aufnahmen, die Sie am See gemacht haben. Dabei ist es Ihnen eingefallen. Ich habe Ihnen das sofort angemerkt."

„Mir war nur eingefallen, dass irgendwelche Leute an jenem Morgen am See gewesen waren."

„Aber Sie haben sehr schnell eins und eins zusammengezählt. Ich hatte gehofft, ich könne Ihre Zuneigung erringen. Mit McLean hatten Sie offensichtlich Probleme. Wenn ich ihn hätte verdrängen können, hätte sich vielleicht eine Gelegenheit ergeben, den Film in die Hand zu bekommen, ohne Ihnen wehtun zu müssen."

Andrea sah Steve an. Sie spürte, dass er zu Ende geredet hatte. „Was haben Sie jetzt vor?"

„Was bleibt mir anderes übrig, als Sie umzubringen?"

Er sagte das in so beiläufigem Ton, dass Andrea beinah hysterisch aufgelacht hätte. „Das würde ich nicht tun. Diesmal wird man wissen ..."

„Oh nein, das glaube ich nicht", unterbrach Steve sie. „Ich war sehr vorsichtig, niemand hat mich fortgehen sehen. Alle sind jetzt unterwegs. Wahrscheinlich weiß niemand, dass Sie hier draußen sind. Die Spuren kann ich verwischen. Und nun, Andrea, brauche ich den Film. Sagen Sie mir, wo Sie ihn haben."

„Das verrate ich Ihnen nicht. Man wird ihn finden, und dann weiß jeder, dass Sie es waren."

Steve machte eine ungeduldige Bewegung. „Sie sollten lieber sofort reden, dann ersparen Sie sich Schmerzen."

Er schlug so schnell zu, dass Andrea nicht ausweichen konnte. Sie stürzte rückwärts gegen einen Baumstamm und wäre zu Boden gefallen, wenn sie sich nicht an der Rinde festgekrallt hätte.

Steve drang auf sie ein. Verzweifelt nahm Andrea ihren ganzen Mut zusammen und trat ihm mit voller Kraft zwischen die Beine.

Mit einem schmerzlichen Aufschrei sank Steve auf die Knie. Andrea drehte sich um und floh.

Andrea lief blindlings in den Wald hinein. Sie hatte nur einen Gedanken: Steve zu entkommen. Doch bald wurde ihr bewusst, dass sie die verkehrte Richtung eingeschlagen hatte. Sie entfernte sich immer mehr vom Gasthof.

Zum Umkehren war es zu spät. Andrea verließ den Pfad, brach durch das Unterholz. Als sie Steve hinter sich hörte, beschleunigte sie ihr Tempo. Es ging um ihr Leben. Der Boden war feucht und rutschig, sie durfte nicht ausgleiten. Dann wäre Steve sofort über ihr.

Ihr Herz schlug heftig, die Lungen schmerzten. Ein Zweig peitschte ihre Wange. Doch Andrea rannte weiter. Sie würde laufen, bis sie Steve entkommen war.

Ein Baumstamm lag quer auf dem Boden. Andrea sprang hinüber, lief weiter. Sie hörte, wie Steve hinter ihr ausglitt und fluchend zu

Boden stürzte. Ihr Vorsprung vergrößerte sich.

Doch dann war Steve wieder hinter ihr. Er war kräftiger, sportlicher als sie, er würde sie einholen. Schon hörte sie sein heftiges Atmen.

Plötzlich sah sie den See vor sich. Seine Oberfläche schimmerte im Sonnenlicht. Andrea fiel ein, was Steve am Morgen gesagt hatte: Er konnte nicht schwimmen. Das Rennen hatte jetzt ein Ziel, und sie stürzte darauf zu.

Sie erreichte den See an einer Stelle, an der ein felsiger Hang sehr steil zu ihm abfiel. Andrea zögerte keinen Moment. Sie kletterte hinunter, rutschte ab, klammerte sich an einer Baumwurzel fest, verlor den Halt, rutschte weiter.

Sie hörte Steve über sich. Steine regneten auf sie hinunter. Steve verfolgte sie weiter.

Die letzten Meter ließ Andrea sich fallen. Sie schlug auf dem schmalen Ufer auf, rollte über den Boden, richtete sich taumelnd wieder auf.

Sie hörte ihren Namen rufen. Gleich würde Steve sie erreicht haben. Mit letzter Kraft warf Andrea sich in den See. Das kalte Wasser war wie ein Schock. Sie musste vom Ufer fort, dorthin, wo der See tiefer war und Steve sie nicht erreichen konnte. Sie würde gewinnen.

Als habe jemand das Licht ausgeschaltet, wurde es plötzlich dunkel um Andrea. Ihre schweren Stiefel zogen sie in die Tiefe, das Wasser schloss sich über ihr. Heftig um sich schlagend, strebte sie nach oben. Sie tauchte auf, holte tief Luft, versank im nächsten Moment wieder. Verzweifelt kämpfte sie gegen das Ertrinken an. Das Wasser, das sie hatte retten sollen, erwies sich als ein zweiter tödlicher Feind.

Noch einmal kam sie nach oben, holte Luft und schrie um Hilfe. Aber sie wusste, dass niemand kommen würde. Sie hatte den Kampf verloren. Ihre Kräfte verließen sie. Langsam gab sie auf, ließ sich vom Wasser umhüllen.

Jemand tat ihr weh. Schwärze umgab sie, betäubte den Schmerz. Luft wurde gewaltsam in ihre Lungen gepresst. Andrea stöhnte.

Dann hörte sie Lucas' Stimme. Sie klang fremdartig, unnatürlich, voller Panik. Wie seltsam, dass sie Lucas hörte. Ihre Augenlider waren schwer wie Blei. Mühsam konnte Andrea sie heben. Aus der Schwärze wurde Nebel.

Lucas' Gesicht war dicht über ihr. Wasser tropfte von ihm, aus seinem Haar, auf ihre Wangen. Andrea sah ihn benommen an. Sie konnte noch nicht sprechen.

„Andrea!" Lucas wischte ihr das Wasser aus dem Gesicht, streichelte sie. „Hör mir zu, Andrea! Alles ist in Ordnung, dir wird es wieder gut gehen. Hörst du mich? Alles ist gut. Ich bringe dich zum Gasthof zurück. Kannst du mich verstehen?"

Seine Stimme klang ebenso verzweifelt, wie sein Blick es war. Noch nie hatte sie Lucas so erlebt. Andrea wollte etwas sagen, ihn trösten. Aber ihr fehlte die Kraft dafür. Der Nebel wurde dichter. Mit großer Anstrengung brachte sie schließlich doch einige Worte heraus.

„Ich dachte, du hättest Helen getötet. Verzeih mir."

„Oh, Kätzchen." Lucas' warme Lippen berührten ihren Mund. Dann spürte sie nichts mehr.

Andrea hörte Stimmen, wie aus weiter Ferne. Sie wehrte sich gegen sie, sie wollte ihre Ruhe haben. Doch Lucas war beharrlich. Er nahm auf ihre Wünsche keine Rücksicht. Sie hörte ihn jetzt deutlich.

„Ich bleibe bei ihr, bis sie aufwacht. Ich verlasse sie nicht."

„Lucas, Sie können sich kaum noch auf den Beinen halten." Das war Robert. „Ich bleibe bei Andrea. Das gehört zu meinem Beruf. Wahrscheinlich wird sie während der ganzen Nacht zwischen Bewusstsein und Ohnmacht wechseln. Sie wüssten dann nicht, was zu tun ist."

„Dann sagen Sie es mir. Ich bleibe bei ihr."

„Natürlich, mein Lieber." Tante Tabbys Stimme überraschte Andrea. Sie klang so fest und entschlossen. „Lucas bleibt, Dr. Spicer. Sie sagten bereits, dass Andrea jetzt vor allem Ruhe braucht, dass wir abwarten müssen, bis sie von selbst aufwacht. Lucas kann sich um sie kümmern."

Andrea hatte plötzlich den Wunsch, die anderen zu fragen, was da eigentlich vor sich gehe, was sie in ihrer privaten Welt machten. Sie versuchte, Worte zu formen, brachte aber nur ein Stöhnen zuwege.

„Hat sie Schmerzen?" Lucas' Stimme klang besorgt. „Dann geben Sie ihr doch etwas dagegen."

Wieder wurde es schwarz um Andrea. Alle Geräusche verschwanden.

Sie träumte. Der schwarze Vorhang vor ihren Augen wurde heller. Lucas blickte auf sie herab. Für einen Traum war sein Gesicht überraschend lebendig. Seine Hand fühlte sich auf ihrer Wange sehr wirklich und kühl an. „Kätzchen, kannst du mich hören?"

Andrea sah ihn an, nahm all ihre Kraft zusammen. „Ja." Dann schloss sie wieder die Augen.

Als sie sie erneut öffnete, war Lucas immer noch da. Andrea schluckte. „Bin ich tot?"

„Nein, Kätzchen, nein. Du bist nicht tot." Er stützte ihren Kopf und hielt ihr etwas an die Lippen. „Versuch zu trinken, Liebling."

Jede Bewegung schmerzte. Andrea hatte das Gefühl, wie ein Ballon durch die Luft zu schweben. Sie trank einen Schluck.

„Lucas?"

„Ja, ich bin hier."

„Warum?"

„Warum was, Kätzchen?"

„Warum bist du hier?"

Lucas' Gesicht verschwamm vor ihren Augen, sie wurde wieder bewusstlos und hörte seine Antwort nicht.

*D*as Sonnenlicht war zu hell. Andrea, an die Dunkelheit gewöhnt, blinzelte protestierend.

„Bleiben Sie diesmal bei uns, Andrea, oder ist dies wieder nur ein kurzer Besuch?" Julia beugte sich über Andrea und tätschelte ihr die Wange. „Ihr Gesicht bekommt schon wieder etwas Farbe, Ihr Kopf ist nicht mehr so heiß. Wie fühlen Sie sich?"

Andrea lag einen Moment still und dachte nach. „Leer", sagte sie dann.

Julia lachte. „Als Erstes denken sie an Ihren Magen, nicht wahr?"

„Nein, überall leer, vor allem im Kopf." Sie blickte verwirrt um sich. „War ich krank?"

„Nun, Sie haben uns ganz schön Sorgen gemacht." Julia setzte sich auf die Bettkante. „Erinnern Sie sich nicht?"

„Habe ich geträumt?" Andrea fand in ihrem Gedächtnis nur Bruchstücke. „Lucas war hier. Ich habe mit ihm geredet."

„Ja. Er sagt, sie seien die ganze Nacht immer wieder zu Bewusstsein gekommen und dann wieder weggetreten, Sie hätten nur ab und an ein Wort gesagt. Als Lucas Sie hereinbrachte, dachten wir alle …" Julia beugte sich zu Andrea hinunter und drückte ihr einen Kuss auf die Wange. Als sie sich wieder aufgerichtet hatte, sah Andrea, dass Julias Augen feucht geworden waren.

„Julia." Andrea presste einen Moment die Augen zu, konnte danach aber nicht klarer sehen. „Ich sollte in Ihr Zimmer kommen, aber das habe ich nicht getan."

„Stimmt, ich hätte Sie mit mir ziehen sollen, dann wäre all dies nicht geschehen." Julia stand auf. „Ich weiß nicht, wie viel Zeit Lucas und ich damit verschwendet haben, nach dem Film zu suchen, bevor er wieder weglief, um Sie zu finden …"

„Ich verstehe nichts. Warum …" Als Andrea die Hand hob, um sich über das Haar zu streichen, sah sie die Verbände an den Handgelenken. „Was soll das? Habe ich mich verletzt?"

„Jetzt ist alles wieder gut." Julia ging nicht auf die Frage ein. „Lucas wird es Ihnen erklären. Er wird sehr wütend sein, dass ich ihn nach unten gescheucht habe, um Kaffee zu holen, während Sie gerade in dieser Zeit aufwachten."

„Julia …“

„Keine weiteren Fragen jetzt.“ Julia schnitt ihr das Wort ab. Sie nahm einen seidenen Morgenrock vom Stuhl. „Ziehen Sie das über, Sie werden sich wohler fühlen.“

Julia half Andrea, den Morgenrock über die Arme zu ziehen. Er verdeckte die Binden. Noch immer wusste Julia nicht, was geschehen war.

„Liegen Sie ganz still und entspannen Sie sich“, befahl Julia. „Tante Tabby hat schon Suppe aufgesetzt, die auf Sie wartet. Ich werde ihr sagen, dass sie eine riesige Schüssel für Sie füllen soll.“

Sie küsste Andrea noch einmal und ging zur Tür. „Hören Sie, Andrea“, sagte Julia von dort mit einem leisen, katzenhaften Lächeln. „Er hat während der letzten vierundzwanzig Stunden die Hölle durchlebt. Aber machen Sie es ihm nicht zu leicht.“

Andrea sah stirnrunzelnd die Tür an, nachdem Julia gegangen war. Was mochte Julia nur gemeint haben?

Es hatte keinen Sinn, länger im Bett zu liegen. Hier würde sie keine Antworten finden. Mühsam stand sie auf. Alle Glieder, jeder Muskel schmerzten. Fast hätte sie der Versuchung nachgegeben, wieder ins Bett zurückzukriechen. Doch ihre Neugier war stärker.

Ihre Beine schwankten, als sie zum Spiegel ging. „Du meine Güte!“ Sie sah ja noch schlimmer aus, als sie sich fühlte. Das Gesicht war voller blauer Flecken und Schrammen. Was hatte sie nur mit sich gemacht? Sie band den Gürtel des Morgenrocks zu, um den größten Schaden zu verbergen.

Die Tür öffnete sich, im Spiegel sah Andrea Lucas hereinkommen. Er machte den Eindruck, als habe er seit Tagen nicht mehr geschlafen. Die Linien um Mund und Augen hatten sich vertieft, er war unrasiert, nur seine Augen waren wie immer: dunkel und eindringlich.

„Du siehst scheußlich aus“, sagte Andrea, ohne sich umzudrehen. „Du brauchst Schlaf.“

Er lachte. „Ich hätte damit rechnen sollen“, sagte er seufzend und lächelte dann. „Du hättest nicht aufstehen sollen, Kätzchen. Du kannst jeden Moment umfallen.“

„Mir geht es gut – ging es jedenfalls, bis ich in den Spiegel schaute.“ Sie drehte sich um. „Ich wäre vor Schreck fast in Ohnmacht gefallen.“

„Du bist die schönste Frau, die ich jemals gesehen habe, das versichere ich dir", sagte er ernst und aufrichtig.

„Zu einem Invaliden soll man nett sein, nicht wahr? Ich hätte gern einige Erklärungen. In meinem Kopf sieht es ziemlich wirr aus."

„Robert sagte, damit sei zu rechnen, nachdem …" Er unterbrach sich. „Nach allem, was geschehen ist."

Andrea betrachtete ihre verbundenen Hände. „Und was ist geschehen? Ich kann mich nicht richtig erinnern. Ich lief …" Sie sah Lucas in die Augen. „Ich lief durch den Wald, rutschte den Abhang hinunter. Ich …" Sie schüttelte den Kopf, erinnerte sich nur an Bruchstücke.

„Du wärst beinahe ertrunken."

„Der See!" Wie eine riesige Woge kehrte die Erinnerung zurück. Andrea stützte sich auf die Kommode. „Es war Steve. Er hat Helen ermordet. Er verfolgte mich. Ich sollte ihm den Film geben, aber das habe ich nicht getan." Sie schwieg einen Moment. „Ich habe dich angelogen. Der Film war in meiner Tasche. Ich lief weg, aber Steve verfolgte mich."

„Kätzchen." Lucas nahm sie in die Arme. „Tu das nicht, denk jetzt nicht darüber nach."

„Nein, lass mich. Ich muss es wissen …" Andrea löste sich von Lucas. Sie musste die Einzelheiten erfahren. Erst dann würde sie ihre Angst überwinden können.

„Er entdeckte mich im Wald, nachdem du mich verlassen hattest. An jenem Morgen, als ich am See Aufnahmen machte, war er dort mit Helen. Er hat mir gesagt, dass er sie getötet hat. Er hat mir alles erzählt."

„Wir wissen es bereits. Nachdem wir ihn hierher zurückgebracht hatten, hat er ein volles Geständnis abgelegt. Heute Morgen bekamen wir Verbindung zur Polizei. Er ist bereits in Haft. Sie haben auch deinen Film, was auch immer er wert sein mag. Jacques fand ihn auf dem Pfad."

„Er muss mir aus der Tasche gefallen sein. Lucas, es war so seltsam." Sie erinnerte sich an das Gespräch mit Steve. „Er hat sich dafür entschuldigt, dass er mich töten müsse. Doch als ich ihm dann sagte, ich wolle ihm den Film nicht geben, schlug er mich so kräftig, dass ich Sterne sah."

Mit finsterer, versteinerter Miene ging Lucas zum Fenster und sah stumm nach draußen.

„Als er dann wieder auf mich zukam, mich bedrohte und schon anfing, mich zu würgen, trat ich ihn an seine empfindlichste Stelle. Er fiel um."

Lucas drehte sich wieder zu ihr um. „Ich sah dich, als du dich wie ein Selbstmörder den Hang hinunterstürztest. Wie du nach unten gekommen bist, ohne dir den Schädel aufzuschlagen … ich hatte dich durch den Wald verfolgt. Als ich sah, dass du auf den See zuliefst, nahm ich eine Abkürzung. Ich wollte Andersen zuvorkommen. Dann sah ich dich über diese Felsen nach unten rutschen und fallen. Ich dachte, das würdest du nicht überleben. Ich rief dich, aber du stürztest dich in den See. Ich hatte Andersen erreicht, bevor du im Wasser warst."

„Ich hörte jemanden rufen. Ich dachte, es sei Steve. Mein einziger Gedanke war, ins Wasser zu kommen, bevor Steve mich erreichte. Ich wusste, dass er nicht schwimmen konnte. Doch dann hatte ich Schwierigkeiten, über Wasser zu bleiben. Ich geriet in Panik und vergaß schlagartig sämtliche Regeln, wie man sich im Wasser verhalten soll."

„Als es mir schließlich gelungen war, Andersen bewusstlos zu schlagen, warst du bereits dabei, unter- und aufzutauchen. Ich sprang ins Wasser. Ich war vielleicht zehn Meter von dir entfernt, als du untergingst. Du versankst wie ein Stein. Ich dachte für einen Moment …"

Lucas schüttelte einen Moment den Kopf. „Als ich dich herauszog, dachte ich, du seist tot. Du warst leichenblass und hast nicht mehr geatmet – jedenfalls habe ich davon nichts mehr bemerkt."

„Ich erinnere mich daran, dass Wasser von dir auf mich herabtropfte. Dann glaubte ich, ich sei tot."

„Du warst sehr nahe dran. Ich muss mehrere Liter Wasser aus dir herausgepumpt haben. Zwischendurch sagtest du zu mir, ich sollte dir verzeihen, dass du geglaubt hast, ich hätte Helen getötet."

„Das tut mir auch wirklich leid, Lucas."

„Unsinn. Es ist doch sehr leicht zu verstehen, wie du zu deinen Schlussfolgerungen gekommen bist – bis zu meinem letzten Angriff auf dich, um den Film zu bekommen."

Lucas' Verständnis ermutigte Andrea, mehr zu sagen. „Du hast so viel gesagt, was mich denken ließ … und du warst so zornig. Als du mich nach dem Film fragtest, dachte ich, du würdest mir alles erzählen."

„Doch statt dir Erklärungen zu geben, bin ich grob geworden. Das war typisch für mich, nicht wahr? Es gibt eine Menge, wofür ich mich bei dir entschuldigen muss. Soll ich alles auf einmal erledigen oder eins nach dem anderen, Kätzchen?"

Andrea wollte keine Entschuldigung, sie verlangte Erklärungen. „Warum wolltest du den Film haben, Lucas? Wie konntest du von ihm wissen?"

„Ob du es glaubst oder nicht, aber ich wollte ihn deinetwegen haben. Ich dachte, wenn jedermann wüsste, dass ich ihn in Besitz habe, würdest du sicher sein. Außerdem …" Er senkte den Blick. „Ich dachte, du wüsstest, was auf dem Film ist, und wolltest Anderson schützen."

„Ihn schützen?" Andrea war erstaunt. „Warum sollte ich das wohl tun?"

„Nun, du schienst ihn zu mögen."

„Ich dachte, er sei nett. Wahrscheinlich haben wir das alle angenommen. Aber ich kannte ihn kaum. Wie es jetzt aussieht, kannte ich ihn überhaupt nicht."

„Ich habe deine natürliche Freundlichkeit missverstanden und den Fehler noch dadurch verstärkt, dass ich überreagierte. Ich war wütend, weil du ihm gabst, was du mir vorenthieltest: Vertrauen, Gemeinsamkeit, Zuneigung."

„Fühltest du dich vernachlässigt, Lucas?"

„Ich weiß, ich habe kein Recht, so zu fühlen. Aber es war so."

„Das tut mir leid. Aber kommen wir nicht vom Thema ab. Du nahmst also an, ich hätte Steve schützen wollen, nicht wahr? Wie bist du darauf gekommen, er könnte das nötig haben?"

„Julia und ich hatten uns schon einiges zusammengereimt. Wir waren uns fast sicher, dass er derjenige war, der Helen umgebracht hat."

„Du und Julia, so, so. Das musst du mir erklären, Lucas. Ich fürchte, ich kann noch nicht wieder klar denken."

„Julia und ich haben eingehend über Helens Erpressungen diskutiert. Bis sie ermordet wurde, glaubten wir, Jacques sei am meisten bedroht. Weder Julia noch ich machten uns etwas aus den Belanglosigkeiten, die Helen gegen uns in Händen hatte. Nachdem Helen getötet worden war und jemand dein Zimmer verwüstet hatte, erwogen wir den Gedanken, dass die beiden Ereignisse miteinander in Verbindung stehen könnten. Doch warum gehst du nicht wieder ins Bett, Andrea? Du siehst sehr blass aus."

„Nein." Andrea freute sich darüber, dass Lucas sich um sie Sorgen machte. „Mir geht es gut. Bitte sprich weiter."

„Julia und ich fingen an, alle diejenigen auszusortieren, die nicht als Täter in Betracht kamen. Du schiedest zuerst aus. Ich hätte nie angenommen, dass du deine eigenen Sachen ruinieren oder dich selbst bewusstlos schlagen würdest. Ich hatte Helen nicht umgebracht, und ich wusste, dass Julia es auch nicht getan hatte. Ich war an jenem Abend bei Julia im Zimmer, wo sie mir einen hitzigen Vortrag darüber hielt, wie man mit Frauen umzugehen hätte. Bevor ich Julias Zimmer betrat, hatte ich Helen auf dem Flur gesehen. Und hinterher traf ich dich auf dem Flur."

„Ja, das schloss Julia aus."

„Jacques kenne ich schon seit Jahren", fuhr Lucas fort. „Er ist einfach nicht imstande, einen Menschen zu töten. Die Spicers waren uns ebenfalls nicht verdächtig. Robert ist ein sehr engagierter Arzt, der Leben rettet und nicht vernichtet. Jane wäre eher in Tränen ausgebrochen, als dass sie auf die Idee verfallen wäre, gewalttätig zu werden."

Lucas begann, auf und ab zu gehen. „Es blieb nur noch Andersen. Unsere unerschrockene Julia beschaffte sich von Tante Tabby einen Zweitschlüssel und durchsuchte sein Zimmer. Sie hoffte, etwas Belastendes zu finden, vielleicht ein blutbeflecktes Kleidungsstück, aber kein Erfolg. Wir beschlossen, dich zu warnen, ohne dabei ausdrücklich Steve zu erwähnen. Ich dachte, es sei am besten, wenn du gegenüber jedermann argwöhnisch seist. Julia sollte mit dir reden, denn wir nahmen an, dass du zu ihr am meisten Vertrauen haben würdest – mehr jedenfalls als zu mir. Ich hatte schließlich nichts getan, um dein Vertrauen zu verdienen."

„Sie hat mich ganz schön erschreckt, Lucas. Ich hatte Albträume."

„Es tut mir leid, aber damals erschien uns das als die beste Methode. Wir glaubten, der Film sei bereits ruiniert. Aber wir wollten kein Risiko eingehen."

„Sie hat mit Jacques an jenem Abend darüber gesprochen, nicht wahr?"

„Ja. Auf diese Weise waren es drei, die auf dich aufpassen konnten."

„Das hätte ich auch gut allein tun können, wenn ihr mich richtig informiert hättet."

„Ich bezweifle das. Dein Gesichtsausdruck ist sehr verräterisch. Als du beim Frühstück von einer vierten Filmrolle sprachst und dir plötzlich einfiel, welche Bedeutung sie haben konnte, sah man dir das sofort an."

„Wäre ich vorgewarnt gewesen …"

„Du hättest mit Julia gehen sollen, dann wäre uns viel erspart geblieben."

„Ich brauchte Zeit zum Nachdenken."

„Ich weiß, es war mein Fehler, Andrea. Ich hätte die ganze Angelegenheit anders angehen sollen. Dann hättest du nicht so leiden müssen."

„Nein, Lucas." Andrea erinnerte sich nur zu gut daran, wie Lucas sie angesehen hatte, nachdem er sie aus dem Wasser gezogen hatte. „Wenn du nicht gewesen wärst, wäre ich im See ertrunken."

„Sieh mich nicht so an, Andrea. Ich vergesse sonst meine Vorsätze." Er wandte sich ab. „Ich werde Robert rufen, damit er nach dir sieht."

„Lucas." Sie würde ihn nicht gehen lassen – nicht, bevor er ihr nicht alles erzählt hatte. „Warum bist du hierher in den Gasthof gekommen? Erzähl mir bloß nicht, du wolltest hier schreiben. Ich kenne deine Gewohnheiten."

Lucas, der bereits die Tür erreicht hatte, blieb stehen und drehte sich um. „Ich sagte dir doch bereits, dass der Grund nicht mehr besteht. Vergiss es, Andrea."

Er hatte wieder seine abweisende Miene aufgesetzt, die Andrea nur zu gut kannte. Aber diesmal wollte sie sich nicht durch sie zurückschrecken lassen. „Dieser Gasthof gehört meiner Tante. Dein Entschluss, hierherzukommen, hat die Kette der Ereignisse in Gang gesetzt, auch wenn das nicht beabsichtigt war. Ich habe ein Recht darauf zu erfahren, weshalb du hier bist."

Lucas sah Andrea einige Sekunden unschlüssig an. Dann schob er die Hände in die Hosentaschen und schaute zur Erde. „Also gut, wie du willst. Nach allem, was geschehen ist, habe ich wohl kein Recht mehr darauf, meinen Stolz zu wahren. Und du verdienst nach dem, was ich dir angetan habe, tatsächlich einige Erklärungen."

Lucas kam nicht näher zu ihr, aber er ließ den Blick nicht von Andrea ab. „Ich bin ausschließlich deinetwegen hierhergekommen. Denn für mich gab es nur zwei Möglichkeiten: Entweder gewinne ich dich irgendwie zurück, oder ich werde verrückt."

„Mich zurück?" Andrea musste lachen. „Lucas, fällt dir keine bessere Erklärung ein?" Sie sah, wie er zusammenzuckte. „Du hast mich hinausgeworfen, erinnerst du dich nicht? Du wolltest nichts mehr von mir wissen – und willst es auch jetzt nicht."

Lucas brauste auf. „Ich will nichts von dir wissen? Du hast ja keine Ahnung, wie sehr ich dich begehre. All die Jahre hindurch war es so. Ich dachte, ich würde deinetwegen den Verstand verlieren."

„Komm, erzähl mir doch keine Märchen, Lucas. Ich lehne es ab, mir solchen Unsinn anzuhören."

„Du wolltest alles wissen. Nun wirst du mir zuhören."

„Du hast gesagt, du willst mich nicht mehr", hielt Andrea ihm vor. „Ich habe dir nie wirklich etwas bedeutet. Du sagtest, alles sei vorbei. Dabei hast du nur mit den Schultern gezuckt. Nie hat mich etwas so sehr verletzt wie deine Art und Weise, in der du mich abgeschoben hast."

„Ich weiß, was ich getan habe." Lucas' Zorn war verraucht. Sein Gesicht hatte einen schmerzlichen Ausdruck angenommen. „Ich erinnere mich genau, was ich zu dir gesagt habe, während du mich verständnislos ansahst. Ich habe mich dafür gehasst. Hättest du doch geschrien, einen Wutanfall bekommen – das hätte es mir leichter gemacht. Aber du standest einfach nur da, während dir die Tränen über die Wangen liefen. Ich habe nie vergessen, wie du ausgesehen hast."

Andrea verstand Lucas nicht. „Du hast doch gesagt, dass du mich nicht mehr wolltest. Warum hast du das getan, wenn es nicht die Wahrheit war?"

„Weil du mir Angst gemacht hast."

„Ich … dir Angst gemacht?"

„Dir ist nicht bewusst geworden, was du mir angetan hast – mit deinem Liebreiz, deiner Großzügigkeit. Nie hast du etwas von mir erbeten, und doch hast du alles von mir verlangt."

Lucas begann, erregt auf und ab zu gehen. Andrea beobachtete ihn verwundert.

„Ich war von dir besessen – das habe ich mir immer wieder eingeredet. Wenn ich dich wegschickte und dir dabei sehr wehtäte, würdest du nicht zurückkommen, und ich wäre von dir geheilt. Das war meine

Vorstellung. Je mehr ich von dir hatte, umso mehr brauchte ich von dir. Ich wachte mitten in der Nacht auf und verwünschte dich, weil du nicht bei mir warst. Und dann verfluchte ich mich, weil ich so sehr von dir abhängig war. Ich musste von dir loskommen. Ich konnte nicht zugeben – nicht einmal mir selbst gegenüber –, dass ich dich liebte."

„Du hast mich geliebt?" Andrea war wie benommen. „Du hast mich geliebt?"

„Ich habe dich damals geliebt, ich liebe dich jetzt, und ich werde dich für den Rest meines Lebens lieben." Lucas atmete tief durch. „Ich war nicht fähig, dir das zu sagen. Ich konnte es selbst nicht glauben."

Er blieb vor Andrea stehen. „Während der vergangenen drei Jahre habe ich dich nicht aus den Augen verloren. Dafür fand ich alle möglichen Entschuldigungen. Als ich entdeckt hatte, dass deine Tante diesen Gasthof besaß und du sie mitunter besuchtest, ging ich hier ein und aus. Schließlich wurde mir klar, dass ich ohne dich nicht mehr zurechtkommen würde. Ich entwarf einen Plan. Ich habe mir alles genau überlegt."

„Einen Plan? Was für einen Plan?"

„Es war nicht schwer, Tante Tabby einzureden, dass sie dir schreiben und dich um einen Besuch bitten sollte. So wie ich dich kannte, würdest du ohne Rückfrage kommen. Mehr brauchte ich nicht – dachte ich. Ich war meiner Sache sehr sicher. Für mich gab es keinen Zweifel, dass du mir wieder in die Arme fallen würdest, wenn wir uns hier begegneten, genau wie in früheren Zeiten. Dann wollte ich dich heiraten, noch bevor du es dir anders überlegen konntest."

„Mich heiraten?" Andrea war völlig verblüfft.

„Wenn wir erst verheiratet gewesen wären, hätte ich keine Angst mehr haben müssen, dich jemals wieder zu verlieren. Ich hätte nie in eine Scheidung eingewilligt, auch wenn du mich noch so sehr darum gebeten hättest. Ja, so dachte ich, Kätzchen. Was mir fehlte, das war ein kräftiger Schlag ins Gesicht, und den bekam ich von dir. Statt mir in die Arme zu fallen, hast du mir ganz kühl gesagt, ich solle mich fortscheren. Allerdings hat mich das nicht lange abgeschreckt. Nein, du hattest mich einmal geliebt, und ich war der Überzeugung, ich würde es schaffen, dass diese Liebe wieder erwachte. Doch du benahmst dich mir gegenüber so eisig …"

Lucas schwieg einen Moment.

„Es war sehr schmerzlich für mich, dich hier wiederzusehen, Kätzchen. Es war eine Qual, dich in meiner Nähe zu wissen und dich nicht haben zu können. Ich wollte dir sagen, was du mir bedeutest. Doch jedes Mal, wenn sich die Gelegenheit zu einem Gespräch mit dir ergab, benahm ich mich wie ein Wilder. Als du gestern vor mir zurückwichst und zu mir sagtest, ich sollte dir nicht noch einmal wehtun ... es war schrecklich."

„Lucas ..."

„Lass mich jetzt bitte ausreden. Ein zweites Mal kann ich mich nicht dazu überwinden. Julia nahm mich ins Gebet, aber ich konnte mein Verhalten dir gegenüber nicht ändern. Je mehr du mir widerstandest, umso mehr bedrängte ich dich. Jedes Mal, wenn ich dir näherkam, machte ich alles falsch. In jener Nacht in deinem Zimmer ... ich hätte dir fast Gewalt angetan. Nachdem ich dich mit Andersen gesehen hatte, war ich rasend vor Eifersucht. Doch dann begannst du zu weinen, und ich schwor mir, nie wieder für deine Tränen verantwortlich zu sein."

Er sah Andrea an. „Glaub mir, als ich an jenem Tag zu dir ging, war ich bereit, dich anzuflehen, vor dir zu knien – was auch immer erforderlich war. Doch dann sah ich, wie du dich mit Andersen küsstest. Etwas rastete in mir aus. Ich machte mir Gedanken, welche Männer dich während der vergangenen drei Jahre besessen haben mochten, als ich nicht bei dir sein konnte ..."

„Ich bin nie mit einem anderen Mann als mit dir zusammengekommen", unterbrach ihn Andrea.

Lucas war zuerst erstaunt und verwirrt, dann musterte er Andrea scharf. „Warum?"

„Ganz einfach: Jedes Mal, wenn ich etwas mit einem anderen Mann anfing, wurde mir klar, dass er nicht du war."

Lucas schloss für einen Moment die Augen. „Kätzchen, ich verdiene dich einfach nicht."

„Ja, das mag sein." Andrea stand auf und ging zu ihm. „Lucas, wenn du mich immer noch begehrst, dann sag es mir – und verrat mir auch den Grund dafür. Und dann frag mich. Ich möchte es von dir hören."

„Nun ..." Er schaute ihr unsicher in die Augen. „Kätzchen, ich verlange ganz verzweifelt nach dir, denn ohne dich ist das Leben für mich unerträglich. Ich brauche dich, denn du bist der beste Teil meines Lebens. Ich liebe dich aus so vielen Gründen, dass ich Stunden brauchte, um sie dir alle aufzuzählen. Nimm mich wieder, bitte. Heirate mich!"

Andrea wollte sich ihm in die Arme werfen, doch sie erinnerte sich an Julias Worte: Machen Sie es ihm nicht zu leicht. Julia hatte recht. Lucas war zu sehr vom Erfolg verwöhnt.

Sie lächelte ihn an. „Also gut."

„Also gut? Was meinst du damit?"

„Ich werde dich heiraten. Das hast du mich doch gerade gefragt, nicht wahr?"

„Ja, ja – aber …"

„Dann könntest du mir doch wenigstens einen Kuss geben. Das ist so üblich."

Lucas legte Andrea die Hände auf die Schultern. „Kätzchen, ich möchte, dass du dir völlig sicher bist, denn ich werde dich nie wieder gehen lassen. Auch wenn du mich nur aus Dankbarkeit heiratest … ich bin verzweifelt genug, um das anzunehmen. Aber du solltest dir klar sein, was du tust."

Sie neigte den Kopf ein wenig zur Seite. „Du weißt, dass ich glaubte, du seist mit Helen auf dem Foto abgebildet, nicht wahr?"

„Kätzchen, ja, aber was …"

„Ich ging in den Wald", fuhr Andrea fort, „und setzte gerade an, den Film zu belichten, als Steve mich fand. Lucas …" Sie trat ganz dicht an ihn heran. „Weißt du, wie sehr mir Filme heilig sind?"

Er atmete erleichtert auf, umfasste ihr Gesicht mit beiden Händen und lächelte. „Ja, ja, ich verstehe. Das ist so etwas wie ein elftes Gebot."

„Du sollst einen nicht entwickelten Film nicht dem Licht aussetzen." Sie schlang die Arme um seinen Nacken. „So, wirst du mich nun küssen, oder muss ich anfangen?"

– ENDE –

Heather Graham

Intrigen, Liebe, heiße Küsse

Roman

Aus dem Amerikanischen von
Anneliese Dobbratz

1. KAPITEL

*M*eine Güte, wo bin ich nur?, fragte sich Christina, als sie mit starken Kopfschmerzen erwachte.

Was für eine Frage! Im Palast der di Medici in Venedig natürlich. Sie befand sich als Gast der alten Contessa dort. Und als Marcus' Gast.

Marcus ...

Langsam öffnete sie die Augen. Sie sah zunächst nur ihre Hand, die neben ihrem Kopf auf dem seidenen Kopfkissen lag. Marcus di Medici mochte Seide lieber als Baumwolle. Deshalb waren alle Kissen im Palast mit seidener Wäsche bezogen.

Christina betrachtete das Zimmer. Der Boden war mit schweren Orientteppichen ausgelegt, und an der gegenüberliegenden Wand stand eine antike Kommode, die mit einer französischen Kaminuhr geschmückt war.

Chrissie schloss die Augen und erinnerte sich an die vergangene Nacht. Marcus war sehr charmant gewesen. Dabei hatte sie ihn doch verzaubern wollen. Und das mit einer ganz bestimmten Absicht. Aber sie war ihm unterlegen, das wusste sie, obgleich sie sich immer noch nicht genau daran erinnern konnte, was eigentlich passiert war. Sie lag in seinem Bett, und sie trug ein weißes Baumwollnachthemd, während sie den Palast gestern in einem schwarzen Cocktailkleid verlassen hatte.

Chrissie sah Marcus wieder am Treppenabsatz stehen, wo er auf sie gewartet hatte. Er trug einen schwarzen Abendanzug. Mit seinen breiten Schultern und den schmalen Hüften wirkte er elegant und männlich zugleich. Sein dunkler Teint hob sich vorteilhaft von dem weißen Hemd ab, und das Haar war noch eine Schattierung dunkler als der Anzugstoff. Seine tiefblauen Augen leuchteten, als sie die Treppe herunterkam. Trotz allem hatte sie seinem Charme und seiner Liebenswürdigkeit misstraut. Aber sie war offenbar nicht misstrauisch genug gewesen.

Sie erinnerte sich noch genau daran, wie sie über den Markusplatz gegangen waren und die Tauben gefüttert hatten. Irgendwann hatten sie auch in einer Gondel gesessen und waren zu leiser Musik durch die Kanäle gefahren. Das anschließende gemeinsame Essen in einem noblen Restaurant war erlesen gewesen.

Vielleicht war der Wein an allem schuld. Marcus bestellte einen schweren Rotwein, und da sie sich unsicher fühlte, sich dies jedoch nicht anmerken lassen wollte, hatte sie wahrscheinlich zu viel getrunken. Die ganze Zeit war sie vor ihm auf der Hut gewesen, weil sie ihn umgarnen wollte. Stattdessen hatte er sie in eine Falle gelockt.

Wie dumm sie gewesen war! Er hatte sie ausgeführt, ihr Wein zu trinken gegeben, und sie hatte sich von ihm einfangen lassen wie ein sechzehnjähriges Mädchen. Dabei hatte sie sich zugetraut, einen Mörder zu überführen und die Geheimnisse der Vergangenheit zu lüften.

Chrissie erinnerte sich an die weiteren Ereignisse immer noch nicht genau. Wieder fuhren sie mit einer Gondel. Bei einer alten Kathedrale stiegen sie aus. Marcus nahm ihre Hand und führte sie hinein. Und von da an wusste sie absolut nichts mehr.

Chrissie zuckte zusammen. Obwohl sie die Augen geschlossen hatte, spürte sie, dass Marcus im Zimmer war. Wahrscheinlich lehnte er lässig im Türrahmen. Dabei wusste sie, dass dieser Eindruck trog. In Wirklichkeit war er angespannt wie ein Raubtier auf dem Sprung. Zu Anfang hatte er sein Spiel mit ihr getrieben, aber jetzt musste er sein wahres Gesicht zeigen.

Immer noch hielt Chrissie die Augen fest geschlossen. Vielleicht war Marcus ein Mörder. Sie hatte geglaubt, dies herausfinden zu können. Nun zahlte sie den Preis dafür. Sie spürte, dass er wartete und sie beobachtete. Er hatte viel Zeit, denn wohin hätte sie auch laufen können?

Am liebsten wollte sie gar nicht wissen, was in der vergangenen Nacht passiert war. Doch dann konnte sie es nicht mehr aushalten. Seine Gegenwart zwang sie förmlich, die Augen aufzumachen. Er lehnte tatsächlich im Türrahmen. Sein kamelhaarfarbener Morgenmantel hatte einen Schalkragen, der dunkles, krauses Haar freigab. Die schwere goldene Halskette ließ seinen braunen Teint noch stärker zur Wirkung kommen.

„Guten Morgen, Liebste!"

Chrissie blickte ihn an. Seine dunkelblauen Augen glühten in verhaltener Leidenschaft. Langsam kam er auf das Bett zu. Er lächelte, doch glaubte Chrissie, Spott darin zu entdecken.

Sie zog die Bettdecke fest um sich und sah ihn ängstlich an. Sie wollte ihm Vorwürfe machen, brachte jedoch kein Wort heraus. Trotz aller Vorbehalte fühlte sie sich unwiderstehlich zu ihm hingezogen. Er übte eine Wirkung auf sie aus, der sie sich nicht entziehen konnte. Ein Blick von ihm, eine Handbewegung genügten, um sie ganz in seinen Bann zu ziehen.

Er stand eine Weile vor ihr, dann setzte er sich auf die Bettkante. Wütend sah sie ihn an und wollte ihn gerade zur Rede stellen, als er zu lachen begann. „Wie denn? Bist du etwa zornig? Wieso denn, Liebste? Du wolltest schließlich einen di Medici heiraten. Das hast du oft genug betont. Da konnte ich nicht länger widerstehen. Oder meinst du vielleicht, du hättest mit dem falschen di Medici vor dem Altar gestanden?"

Chrissie wollte sich ihm entziehen, aber er hatte sie schon am Handgelenk gefasst und hielt sie fest. Die Berührung ließ sie erschauern. Nein! dachte sie verzweifelt. Marcus kann kein Erpresser oder Mörder sein. Obgleich sie ihn manchmal hasste und auch fürchtete, konnte sie sich nicht vorstellen, dass er ein schlechter Mensch war oder ihr Schaden zufügen wollte.

Andererseits war sie gegen ihren Willen mit ihm verheiratet worden. Die vergangene Nacht, an die sie sich vorhin nur bruchstückhaft erinnern konnte, war kein Traum gewesen.

„Warum nur?", fragte sie ungläubig und aufgebracht zugleich.

Er kam langsam näher. Sein Blick wirkte jetzt nicht mehr spöttisch, sondern besorgt und zärtlich. Was war nur in der letzten Nacht vorgefallen? Was war in diesem Zimmer geschehen?

„Liebste", sagte er leise. Es klang wie eine Entschuldigung, die er nicht in Worte fassen mochte. „Du fragst, warum? Weil es dein eigener Wunsch war, natürlich." Er streichelte ihr die Wange, sodass Chrissie zusammenzuckte. „Es war uns doch beiden klar, dass mit uns irgendetwas passieren musste. Schließlich bin ich kein Heiliger. Du hast lediglich bekommen, was du dir gewünscht hast. Oder", fuhr er jetzt wieder spöttisch fort, „wäre dir Tony lieber gewesen? Er ordnet sich leicht unter, das gebe ich zu. Aber wie sagt ihr Amerikaner doch immer? Du hast dir selbst das Bett bereitet. Nun sieh auch zu, wie du darin liegen kannst."

Chrissie griff nach ihrem seidenen Kopfkissen und warf es voller

Zorn nach ihm.

Er lachte. „Du bist sehr schön, wenn du so wütend bist."

„Ich will wissen, warum!"

Er zuckte mit den Schultern. „Wie kannst du fragen? Du warst doch dabei, Liebste. Wir waren beide nicht mehr ganz nüchtern, das gebe ich zu, aber im Übrigen ist das eben der Liebe Lauf."

Er log, denn er hatte alles genau geplant, das Abendessen, den Wein, die Gondelfahrten und schließlich die Trauung. Aber warum nur?

Marcus wollte hinausgehen. Da sprang Chrissie aus dem Bett und lief hinter ihm her. „Warte doch! Wir müssen jetzt etwas unternehmen. Vielleicht können wir diese Eheschließung annullieren lassen …"

„Annullieren? Ich bin gerade auf dem Weg nach unten, um der Familie unsere Heirat bekannt zu geben." Seine Stimme klang gereizt. „Ich kann dir nur raten, dich ruhig zu verhalten. Am besten spielst du die schüchterne, leicht verwirrte, aber glückliche junge Ehefrau." Er nahm sie bei den Schultern. „Denk daran! Liegt dir denn gar nichts an deinem Leben?"

Dann ging er hinaus und ließ die Tür hinter sich ins Schloss fallen.

Chrissie zitterte vor Wut und Hilflosigkeit. Sie fragte sich, warum er das getan hatte. Trotz des Ärgers fiel es ihr schwer, ihn zu verurteilen. Vielleicht … hatte er sie ja wirklich geheiratet, um sie zu beschützen. Liebe war es bestimmt nicht gewesen, was ihn dazu veranlasst hatte, aber Fürsorge vielleicht. Er wusste genauso gut wie sie, dass sie von Gefahren umgeben waren. Irgendjemand in ihrem Kreis bewahrte ein tödliches Geheimnis. Ein Mörder befand sich in ihrer Mitte.

Verwirrt ließ Chrissie sich wieder auf das Bett sinken. Wie konnte sie nur in eine so aussichtslose Situation geraten? Wäre ich nur nicht nach Venedig gekommen, dachte sie. Ich hätte mich fernhalten sollen von Contini und den di Medicis.

Das hatte sie auch immer vorgehabt. Sie wäre nie auf den Gedanken gekommen, an ihrer Vergangenheit zu rühren. Doch dann hatte ihr Pantomimen-Ensemble auf einer Tournee auch in Venedig gastiert. Alfred Contini hatte sie ausfindig gemacht und sie in den Palast mitgenommen.

Er hatte sie um Hilfe gebeten, bevor er dann in ihren Armen gestorben war.

Chrissie versuchte, sich noch einmal genau an alle Einzelheiten zu erinnern, die sie seit ihrer Ankunft in Venedig erlebt hatte.

Es dämmerte, und eine frische Brise strich über den Markusplatz. Christina Tarleton schaute sich um und lächelte.

Das fahle Licht der Lampen tauchte die Basilika, die Brücken und den Dogenpalast in ein sanftes Licht. In der letzten Abendsonne funkelte das Wasser des Canale Grande in allen Regenbogenfarben. Das ist Venedig in seiner ganzen sagenhaften Pracht, dachte sie.

Doch dann begann sie zu frösteln. Sie hatte das alles schon einmal gesehen, ebenso wie die unzähligen Tauben, die auf dem Markusplatz umhertrippelten, und die beiden Säulen am Ufer mit dem heiligen Theodor und dem geflügelten Löwen von Sankt Markus.

Nichts davon war ihr fremd, denn schließlich war Chrissie in Venedig geboren. Aber bis gestern Abend, als sie mit ihrer Truppe hier angekommen war, hätte sie behauptet, dass sie sich an nichts erinnern konnte. Kein Wunder, denn sie war vier Jahre alt gewesen, als ihre Eltern Venedig verlassen hatten. Aufgewachsen war sie in Detroit, in einer völlig anderen Welt.

Wieder wurde ihr unbehaglich zumute. Ihre Eltern hatten ihr immer den Eindruck vermittelt, dass sie Venedig hassten. Daher hatte sie selbst auch nie den Wunsch verspürt, hierher zurückzukehren. Von dem Moment an, als sie erfahren hatte, dass ihre Truppe auf der Tournee auch in ihrer Geburtsstadt gastieren würde, fühlte sie sich jedoch wie elektrisiert, so als zöge eine geheimnisvolle Macht sie dorthin.

„Bist du bereit, Chrissie?"

Chrissie zuckte zusammen, dann wandte sie sich um und lächelte Jacques d'Ory zu. Jacques war der Chef des renommierten Pantomimen-Ensembles. Als Schüler eines bekannten französischen Pantomimen war er ein unerbittlicher Lehrmeister, der auf strengste Disziplin achtete. Gleichzeitig leitete er ein Ausbildungsinstitut in Paris. Chrissie war damals sehr stolz darauf gewesen, dass sie einen Studienplatz bei Jacques d'Ory erhielt, und sie hatte absolut nicht damit gerechnet, dass sie in diesem Sommer bereits an der großen Europatournee teilnehmen durfte.

„Ja, Jacques", entgegnete sie.

„Dann komm bitte, wir beginnen."

Jacques bahnte ihnen den Weg durch eine dichte Menschenmenge bis zur Mitte des Markusplatzes, wo ein Karree für die Vorstellung abgeteilt worden war. Chrissie und die anderen folgten ihm.

Ein kleines Mädchen rief etwas auf Italienisch und griff nach Chrissies weiß behandschuhter Hand. Diese unterdrückte ein Lächeln, formte ihre grellrot geschminkten Lippen zu einem O und legte die andere Hand in einer überraschten Geste an den Mund. Das Kind lachte auf.

Bereits wenige Minuten später war Chrissie vollkommen auf die Vorstellung konzentriert und nahm die Anwesenheit des Publikums und dessen Reaktionen nur noch wie durch einen Schleier hindurch wahr.

Im Publikum befanden sich zwei Männer, die nicht der Vorstellung, sondern Chrissies wegen gekommen waren.

Der eine war schon älter. Er war klein, schlank und hatte schütteres silbergraues Haar. Seine Wangen waren eingefallen, und nur die dunklen Augen wirkten noch frisch und lebhaft. Im Moment war sein Blick allerdings besorgt. Aufmerksam beobachtete er die Szenerie.

Chrissie trug ein eng anliegendes schwarzes Trikot. Ihr Gesicht war weiß geschminkt, um Augen und Mund zu betonen. Vielleicht konnte der Beobachter deshalb das leuchtende Grün ihrer Augen so gut erkennen. Ihr goldblondes Haar war straff zurückgebunden. Der alte Mann war fasziniert von Chrissies leichten, eleganten Bewegungen und dem ausdrucksvollen Spiel ihrer Hände.

Fasziniert und betroffen. Er griff sich an die Brust, weil er einen plötzlichen Schmerz verspürte. Sie sah James zwar nicht direkt ähnlich, hatte aber dessen Figur und Ausstrahlung. Er hätte Chrissie gern die Hand entgegengestreckt. Glaubte er, an ihr etwas wiedergutmachen zu können? Unwillkürlich schaute er zu der Basilika auf, bekreuzigte sich und murmelte: „Vergib mir, Herr."

Er fühlte sich wieder so unruhig wie in dem Moment, als er ihren Namen völlig überraschend auf den Plakaten gelesen hatte. Jawohl, an diesem Mädchen wollte er alles wiedergutmachen. Er konnte es nicht ertragen, noch länger mit einer Lüge weiterzuleben.

Immerhin war sie eine Tarleton. Dieser Name gehörte zur Familie der Continis und di Medicis.

Noch etwas anderes beunruhigte ihn. Was hatte man ihr von der damaligen Zeit erzählt? Woran erinnerte sie sich? Ach was, sie war ja noch viel zu klein gewesen.

Er hatte jedenfalls vor, dieser jungen Frau ihr Erbteil zukommen zu lassen.

Der zweite Mann war schlank und hochgewachsen. Sein Alter ließ sich schwer bestimmen, aber er war offensichtlich in den besten Jahren. Er trug einen gut geschnittenen, eleganten Anzug, wirkte ausgesprochen attraktiv und sehr selbstbewusst. Offensichtlich war er es gewohnt, dass seinen Anweisungen Folge geleistet wurde. Andererseits konnte er abwarten und aufmerksam und geduldig zuhören, wenn es darauf ankam.

Tarleton.

Auch er hatte diesen Namen in den verschiedenen Ankündigungen der Truppe gelesen. Teils war er aus Neugier gekommen, teils auch deswegen, weil er vermutete, dass der alte Mann die Vorstellung besuchen würde.

Er betrachtete abwechselnd Chrissie und den Alten und wunderte sich, wie bedrückt dieser wirkte. Contini war alt und kränklich. Was für ein Recht hatte dieses Mädchen, hier aufzutauchen und qualvolle Erinnerungen in ihm zu wecken?

Marcus di Medici richtete sein Augenmerk wieder auf die Bühne. Er fühlte Zorn in sich aufsteigen. Vor vielen Jahren war sein Vater durch die Hand eines Tarleton umgekommen. Und jetzt tauchte sie hier auf und ließ alte Wunden aufbrechen.

Er konzentrierte sich wieder auf die Vorstellung und versuchte, Chrissies Leistung objektiv zu beurteilen. Sie verstand ihr Handwerk. Ihre Bewegungen waren grazil und kraftvoll zugleich. Sie schien das Spiel eines jeden einzelnen Muskels genau zu beherrschen.

Plötzlich wurde ihm klar, dass er sie bereits zu unvoreingenommen betrachtete – als Frau. Eine Erregung ergriff ihn, die mit den Ereignissen der Vergangenheit absolut nichts zu tun hatte. So wie sie jetzt vor ihm auftrat, war sie die begehrenswerteste Frau, die er je gesehen hatte. Er ertappte sich bei dem Wunsch, diesen grazilen Körper im Arm zu halten, Trikot und Schminke zu entfernen und sie zu lieben.

Doch dann rief er sich zur Ordnung. Dieses Mädchen war die Tochter eines Mörders, und nicht einmal irgendeines Mörders, sondern des Mannes, der seinen Vater getötet hatte.

Marcus versuchte angestrengt, sich zu entspannen. Chrissie war mit ihrer Truppe nach Venedig gekommen und würde in Kürze weiterreisen. Danach konnte man die Vergangenheit wieder ruhen lassen.

Er betrachtete die Vorstellung und musste unwillkürlich lächeln. Plötzlich sah er Chrissie wieder als Kind vor sich. Schon mit vier Jahren war sie auffallend hübsch gewesen, allerdings auch verwöhnt und eigenwillig. Er war oft wütend auf sie gewesen, doch dann hatte sie ihn aus großen Augen angesehen, und sein Zorn war verraucht. Schon damals hatte sie all ihre weiblichen Reize spielen lassen.

Marcus seufzte und wandte den Blick ab, obgleich die Vorstellung noch nicht zu Ende war. Contini würde sie bestimmt ansprechen. Er entschloss sich, Chrissie höflich entgegenzutreten, falls der alte Mann sie in den Palast einladen sollte. Allerdings hoffte er gleichzeitig, dass sie nicht allzu lange bleiben würde.

„Wieder einmal eine Saison zu Ende", sagte Jacques zufrieden auf Englisch. Es war die letzte Vorstellung in diesem Sommer. Chrissie lächelte und blickte zu ihrem Lehrmeister. Beim Unterricht sprach er ausschließlich Französisch und auf Tourneen Englisch. Im Übrigen beherrschte er aber mindestens fünf Sprachen fließend.

„Was machen wir jetzt mit dem angebrochenen Abend?", fragte Chrissies Kollegin Georgianne.

„Du hast recht", stimmte Chrissie zu. „Wir sollten etwas unternehmen."

Jacques mischte sich ein. „Vergesst nicht, dass ihr jetzt einen Monat Ferien habt. Habt ihr schon Pläne?"

„Thomas und ich fahren nach Rom und von dort aus nach Neapel, danach nach Nizza und Monte Carlo."

„Ich kehre nach Paris zurück, weil ich täglich in der Schule trainieren möchte", warf Robert pflichtbewusst ein. Die anderen tauschten Blicke, sagten aber nichts. „Und du, Chrissie?", wollte Georgianne wissen. „Du kannst dich uns gern anschließen."

„Nein, danke. Ich möchte auch lieber so schnell wie möglich nach Hause fahren. Jacques hat mir vorgeschlagen, in der nächsten Saison das Training in einem Anfängerkurs zu übernehmen. Ich möchte mich darauf vorbereiten und überhaupt in aller Ruhe überlegen, welche

Richtung ich in Zukunft einschlagen soll."

„Was geht uns die Zukunft an!", rief Thomas übermütig. „Hauptsache, wir finden heute Abend ein gemütliches Lokal, wo es guten Wein gibt, und …"

„Thomas!", unterbrach Georgianne ihn. „Schau doch, der alte Mann da beobachtet uns."

„Ja, tatsächlich", entgegnete dieser leise. „Chrissie, frage ihn doch bitte, was er von uns will."

„Ich?" Sie war zusammengezuckt. „Ich kann doch kein Italienisch."

„Wieso? Ich denke, du bist hier geboren?"

„Aber Thomas, ich habe Italien verlassen, als ich vier Jahre alt war. In Detroit konnte ich diese Sprache nicht verwenden."

„Es ist ja auch gleichgültig", bemerkte Robert. „Der Mann kommt bereits zu uns."

Und so war es auch. Als er näher kam, wusste Chrissie instinktiv, dass er zu ihr wollte. Obgleich sie ihn nicht wirklich wiedererkannte, wusste sie, dass es nur Alfred Contini sein konnte.

Einen Moment lang fürchtete sie sich. Doch dann wurde ihr klar, dass sie sich mit ihrer Vergangenheit auseinandersetzen musste. Sie wollte die Wahrheit wissen. Was hatte ihre Eltern aus Venedig vertrieben?

Contini stand jetzt vor ihr. Er war klein und schmal und sah alt aus, obgleich er immer noch eine interessante Ausstrahlung besaß. Er schien etwas unsicher zu sein, wie er sie ansprechen sollte, doch dann lächelte er und streckte ihr die Hand entgegen. „Christi?"

Plötzlich erinnerte sie sich. So hatte er sie immer genannt. Chrissie erwiderte sein Lächeln und begrüßte ihn mit einem herzlichen Händedruck.

„Alfred Contini", sagte sie leise.

„Du erkennst mich also wieder, Christi?"

„Nein." Sie schüttelte lächelnd den Kopf. „Aber wer sollte mich sonst in Venedig begrüßen?"

Chrissie machte Alfred kurz mit ihren Kollegen bekannt, er aber hatte nur Augen für sie.

„Machst du mir die Freude, Christi, heute Abend mit mir essen zu gehen?"

Chrissie zögerte einen Moment. Sie wusste, dass sie sich auf die

Vergangenheit einließ, wenn sie dieser Einladung Folge leistete. Aber habe ich nicht selbst das Bedürfnis zu erfahren, warum meine Eltern diese Stadt verlassen haben? fragte sie sich. Wahrscheinlich hätte ich sonst von mir aus versucht, Contini ausfindig zu machen, wenn er sich nicht gemeldet hätte.

„Sehr gern", gab sie zur Antwort und verabschiedete sich dann von ihren Kollegen. „Wir müssen vorher kurz in meine Pension zurückkehren, damit ich mich abschminken kann."

„Selbstverständlich."

Chrissie wäre in eines der Boote gestiegen, die das Hauptverkehrsmittel auf den Kanälen darstellten, aber Contini hatte bereits eine Gondel herbeigewinkt, die entschieden teurer war. Chrissie erhob keinen Einspruch. Alfred trug einen Maßanzug von erlesenem Geschmack. An seinem Lebensstil, den die Mutter ihr geschildert hatte, schien sich demnach nicht viel geändert zu haben.

Nachdem sie in der Gondel Platz genommen hatten, erklärte Alfred: „Bitte entschuldige meinen Überfall, Christi, aber als ich deinen Namen las, musste ich einfach kommen."

Chrissie lächelte verständnisvoll. „Ich hätte mich wahrscheinlich auch gemeldet."

Er runzelte die Stirn. „Was weißt du noch von früher, Christi?"

„Nur das, was meine Mutter mir erzählt hat", erwiderte sie wahrheitsgetreu.

„Und das ist … ach, lass uns beim Essen darüber reden, einverstanden?"

„Einverstanden."

In der Pension angekommen, schminkte Chrissie sich schnell ab. Dann zog sie eine schwarze Samthose und eine weiße, seidene Bluse an.

Einige Minuten später nahmen sie wieder eine Gondel und fuhren auf dem Canale Grande zu einem Restaurant in der Nähe des Dogenpalastes. Die Tische standen nahe am Wasser und waren durch Sträucher voneinander abgeschirmt. Im Licht der vielen Lampen funkelte das dunkle Wasser geheimnisvoll.

Contini fragte höflich, ob er die Speisenfolge zusammenstellen dürfe, und Chrissie stimmte zu. Er erklärte ihr, dass er eine Vorspeise, eine Suppe, ein Nudelgericht und als Hauptgericht einen Lammbraten bestellen würde.

Chrissie bemerkte lachend, dass in Amerika die Nudeln das Hauptgericht darstellen würden.

Während der ersten beiden Gänge unterhielten sie sich über unverfängliche Themen. Dann bemerkte Contini: „Ich fand die Vorstellung ausgezeichnet, und du bist sehr begabt. Wie bist du auf die Idee gekommen, diesen Beruf zu ergreifen?"

Chrissie trank einen Schluck Wein und zuckte die Schultern. „Nun, als ich acht Jahre alt war, wollte ich Akrobatin werden. Aber dafür war es eigentlich schon zu spät. Einige Zeit danach bestand meine Mutter darauf, dass ich Ballettunterricht nahm."

„Das kann ich mir gut vorstellen", unterbrach Alfred sie. „Joanne wollte aus ihrer Tochter immer gern eine kleine Dame machen, ein kleines Engelchen."

Chrissie freute sich über die herzliche Anteilnahme, die aus seinen Worten sprach. Dabei hatte ihre Mutter ihr immer geraten, sich von Venedig fernzuhalten, obgleich sie gleichzeitig traurig zu sein schien, dass sie keinen Kontakt mehr zu den Menschen hatte, die ihr einst so nahegestanden hatten.

„Ich war aber bestimmt kein Engel, oder?"

„Doch", entgegnete Contini, und seine Augen funkelten, „aber ein Engel, der es faustdick hinter den Ohren hatte." Er lächelte. „Wie geht es übrigens deiner Mutter?"

„Ausgezeichnet. Sie hat später geheiratet und ist sehr glücklich."

„Das ist gut", sagte Alfred leise. „Bitte erzähl mir jetzt weiter von deiner Ausbildung."

„Also, ich nahm Ballettstunden. An einem Wochenende in Chicago gastierte dort zufällig ein berühmter französischer Pantomime. Erst hatte ich gar kein Interesse daran, mir die Vorstellung anzuschauen. Aber nachdem ich ihn gesehen hatte, stand mein Berufswunsch fest. Wir machten in Kalifornien ein Internat ausfindig, das auch Unterricht in darstellenden Künsten bot. Nebenbei habe ich mir zusammen mit einigen Freunden Geld mit Straßentheater verdient. Nach Beendigung der Schule bin ich nach Paris gefahren und habe mich bei Jacques d'Orys Institut um einen Studienplatz bemüht, und ich hatte Glück."

„Und was hast du nun vor? Soweit ich weiß, endet eure Tournee hier."

„Ich soll in der neuen Saison anfangen zu unterrichten. Darauf muss ich mich vorbereiten."

Contini nickte und schenkte ihr Wein nach. „Kannst du dich noch an die Di-Medici-Galerie erinnern?"

„Ich weiß nur noch, dass Sie, mein Vater und Mario di Medici eine gemeinsame Firma hatten und dass die Galerie heute weltberühmt ist. Und dann", sie zögerte kurz, „ist Mario di Medici gestorben, mein Vater ist aus der Firma ausgeschieden und in die Vereinigten Staaten zurückgekehrt."

Continis Blick ging ins Leere. „Ich hatte deinen Vater gegen Ende des Krieges kennengelernt. Und Mario … Mario kannte ich schon von Kindheit an. Dein Vater besaß viel Überzeugungskraft. Er hätte den Leuten auch Kanalwasser verkaufen können."

„Er war also für das Geschäftliche zuständig", warf Chrissie ein.

„Ganz richtig. Und ich besaß das notwendige Kapital. Mario … nun, die di Medicis sind eine der ältesten und angesehensten Familien hier."

Chrissie nickte. Sie wusste, dass diese Familie bereits seit Jahrhunderten in Venedig den Ton angab. Und nicht nur dort.

„Mario war Kunstfachmann. Er hatte einfach ein Auge dafür. Du siehst also, wir drei haben uns ideal ergänzt."

„Und was geschah dann?"

„Die Statue", murmelte Contini abwesend.

„Was für eine Statue?"

„Eines Tages verschwand eine kleine, sehr wertvolle Statue. Obgleich wir so eng miteinander befreundet waren, verdächtigte jeder den anderen. Wir beschlossen, eine Fahrt auf Marios Jacht zu unternehmen und die Angelegenheit dabei in Ruhe zu besprechen. Mario und seine Frau waren an Bord, deine Eltern, Sophia und ich, Genovese, Joe, Antonio und Marcus."

„Und dann?"

„Dann … war Mario plötzlich verschwunden. Tage später wurde sein Leichnam angetrieben."

Alfred trank schnell einen Schluck Wein. Dann zwang er sich zu einem Lächeln. „Du hast doch ein bisschen Zeit, Christi. Willst du nicht mit in den Palast kommen und ein paar Tage unser Gast sein? Du weißt sicher, dass dir eigentlich auch ein Anteil an der Galerie zusteht."

Chrissie antwortete nicht sofort. Sie hatte das Gefühl, an einem Scheideweg zu stehen. Nahm sie die Einladung an, dann konnte ihr Leben sich grundlegend verändern. Tat sie es nicht, so würde sie nie erfahren, was damals wirklich geschehen war. Sie hatte Herzklopfen. Es ging um ihr Leben, um ihre Vergangenheit, sie musste sich einfach Klarheit verschaffen.

„Also, Christi?"

Seine Stimme klang bittend. Erstaunt schaute Chrissie Contini in die Augen. Er sah sehr bedrückt aus.

„Bitte, Christi! Ich bin ein alter Mann, und ich brauche dich."

„Entschuldigen Sie, aber der Palast gehört doch Marios Witwe und ihren Söhnen ..."

„Die sich genauso freuen würden, wenn du kämest, wie ich. Der Palast ist riesig. Ich wohne seit Jahrzehnten dort. Marios Söhne sind sehr anständig. Nominell gehört der Palast Marcus, dem Älteren. Er kümmert sich auch um die Geschäfte, wogegen Antonio lieber sein Leben genießt."

Chrissie zögerte immer noch, obgleich sie sich innerlich wünschte, die Stätten ihrer Kindheit wiederzusehen. Vielleicht kam dann auch die Erinnerung zurück.

„Also gut, ich nehme die Einladung an", sagte sie langsam.

Alfred griff erfreut nach ihrer Hand. „Vielen, vielen Dank, Christi. Ich wünsche mir so sehr, dass du dein Erbe siehst."

Sie lächelte, entzog ihm vorsichtig ihre Hand und wollte weiteressen. Aber irgendwie hatte sie plötzlich das seltsame Gefühl, als würde sie beobachtet. Chrissie blickte auf und schaute in tiefblaue Augen. Sie hatte nie zuvor ein so intensives Blau gesehen. Der Blick dieser Augen wirkte kühl.

Sie hielt den Atem an, so attraktiv war der Mann, der da vor ihr stand. Er war hochgewachsen, hatte schwarzes Haar, ein gut geschnittenes Gesicht mit einem sonnengebräunten Teint und machte in seinem eleganten Maßanzug eine ausgezeichnete Figur. Es war aber nicht nur sein Äußeres, was diesen Fremden so attraktiv machte, sondern auch seine Haltung und die Selbstsicherheit, die er ausstrahlte.

Wahrscheinlich konnte er sehr liebenswürdig sein, auf der anderen Seite jedoch auch zielstrebig und unbeugsam, wenn es darauf ankam, seine Wünsche in die Tat umzusetzen.

„Was ist denn, Christi?", unterbrach Alfred sie in ihren Gedanken.

„Entschuldigung. Ich glaube, wir werden beobachtet."

Alfred drehte sich zur Seite und bemerkte nur: „Du bist es, Marcus." Und an Chrissie gewandt, erklärte er: „Die Frauen sorgen sich stets um mich. Und Marcus, der die Verantwortung für uns alle trägt, kommt dann nach mir sehen, obgleich er weiß, dass ein Mann in meinem Alter keine großen Dummheiten mehr machen kann."

Das war also Marcus di Medici.

Chrissies Herz klopfte schneller, als er näher kam, und je näher er kam, desto unruhiger wurde sie. Denn es handelte sich nicht um irgendeinen Fremden, der vorübergehen würde, sondern um den Hausherrn des Palastes, in den sie soeben eingeladen worden war. Ihr wurde bereits bei dieser ersten Begegnung klar, dass sie vor diesem Mann auf der Hut sein musste.

Dann rief sie sich innerlich zur Ordnung. Ich bin doch kein Teenager mehr, der bei der kleinsten Gelegenheit errötet, sagte sie sich. Gerade bin ich durch halb Europa gereist. Ich habe eine gute Erziehung genossen und bin bisher überall zurechtgekommen.

Ihr fiel ein, dass es noch einen Grund für sie gab, nicht die Fassung zu verlieren. Wenn sie etwas über die Vergangenheit erfahren wollte, musste sie sich mit Marcus gut stellen.

Marcus di Medici stand jetzt am Tisch. Er nickte ihr einen kurzen Gruß zu und wandte sich dann an Contini: „Es ist schon spät, Alfred. Meine Mutter und Sophia haben sich Sorgen gemacht."

„Schön, dass du gekommen bist, Marcus. Miss Tarleton hat gerade eingewilligt, mich in den Palast zu begleiten."

„Tatsächlich?"

Wieder bemerkte Chrissie seinen Blick. Sie lächelte mühsam, denn sie hatte plötzlich eine seltsame Vorahnung.

Marcus nahm am Tisch Platz und winkte dem Kellner, noch ein Glas zu bringen.

„Erinnerst du dich an Marcus, Christi?"

„Nein, kein bisschen, leider", sagte sie freundlich. Dann reichte sie ihm die Hand. „Ich freue mich, Sie kennenzulernen, Mr di Medici."

Sein Händedruck war fest und kraftvoll.

Marcus lächelte hintergründig. „Da ich mich sehr wohl an Sie erinnere, darf ich wohl sagen, dass es mir eine Freude ist, Sie wiederzusehen."

„Vielen Dank."

„Sie wollen uns also besuchen? Wann …"

„Heute noch, unbedingt!", warf Contini ein. „Bitte sag ihr, dass du dich auch freuen würdest, wenn sie heute noch käme, Marcus."

„Ja, ich würde mich freuen", bestätigte dieser lächelnd, aber Chrissie wusste, dass er das nicht ehrlich meinte. „Geh jetzt nach Hause, Alfred", setzte er besorgt hinzu, „ich kümmere mich schon um Miss Tarleton. Genovese wartet mit dem Boot vor dem Haupteingang."

„Marcus hat recht, liebe Christi", gab Alfred seufzend nach. „Bitte entschuldige mich für heute. Wir sehen uns morgen früh."

„Ja, natürlich."

2. KAPITEL

*M*arcus begleitete Alfred hinaus und kehrte dann an den Tisch zurück. Wieder sah er Chrissie an, diesmal jedoch alles andere als verbindlich. Er schien verärgert zu sein. „Was möchten Sie trinken? Kaffee, Tee, Espresso?"

„Kaffee, bitte."

Nachdem der Kaffee gekommen war, zündete er sich eine Zigarette an und fragte unumwunden: „Was wollen Sie im Palast, Miss Tarleton?"

„Ich bin neugierig. Ist das so ungewöhnlich, Mr di Medici?"

„Nein, heutzutage ist es ja nicht einmal ungewöhnlich, eine ganz junge Frau am Arm eines ganz alten Mannes zu sehen."

Chrissie ärgerte sich über diese Bemerkung, ließ sich jedoch nichts anmerken. „Wie meinen Sie das?"

Er zuckte vielsagend mit den Schultern. „Nun, Contini ist ein alter Mann, und er ist sehr reich. Sind Sie eventuell an seinem Vermögen interessiert?"

„Es ist Ihre Sache, was Sie über mich denken", entgegnete sie höflich.

In diesem Moment erschien der Kellner mit der Rechnung, und Marcus wandte sich ihm zu. Dadurch hatte Chrissie Gelegenheit, ihn zu beobachten. Er war schlank und dunkel und wirkte geschmeidig wie ein Panther.

Dieser Mann ist gefährlich, dachte sie. Aber ich werde vor ihm auf der Hut sein.

„Können wir gehen, Miss Tarleton?"

Chrissie nickte. Sie fühlte sich sehr unbehaglich. Trotz der Höflichkeit spürte sie Marcus' feindselige Einstellung ihr gegenüber. Äußerlich hatte er sich jedoch vollkommen in der Gewalt.

„Dann kommen Sie."

Er legte ihr die Hand leicht auf den Rücken, um sie hinauszugeleiten. Sie fühlte die Wärme, die von dieser Berührung ausging, durch den dünnen Stoff ihrer Bluse.

„Wir nehmen eine Gondel." Als Chrissie neben Marcus saß und mit ihm den Canale Grande hinunterfuhr, spürte sie, was für eine Energie dieser Mann ausstrahlte. Sie war aufgeregt und ängstlich in seiner Gegenwart. Er sagte kein Wort, aber als ihre Blicke sich trafen, war sie erneut erschrocken über die Feindseligkeit, mit der er sie betrachtete.

„Mr di Medici", begann sie, ohne seinem Blick auszuweichen. „Ich habe keine Ahnung, was ich Ihnen als kleines Mädchen angetan haben könnte. Aber ich merke, dass Sie mich nicht gern in Ihrem Hause sehen. Aus welchem Grund?"

Marcus wandte sich ab und schwieg. Nach einer Weile entgegnete er: „Es ist schwer, die Tochter eines Mörders freundlich zu empfangen."

„Wie bitte?" Chrissie stockte der Atem.

„Sie wissen doch Bescheid", sagte er ungehalten. „Ihr Vater war des Mordes an meinem Vater angeklagt."

Chrissie sprang auf, sodass die Gondel heftig zu schwanken begann.

„Setzen Sie sich!", wies Marcus sie zurecht, fasste sie um die Taille und zog sie unsanft neben sich. „Oder wollen Sie nach Hause schwimmen?"

„Lassen Sie mich los!", entgegnete sie wütend und befreite sich aus seinem Griff, hütete sich jedoch, wieder aufzustehen.

„Bitte benehmen Sie sich jetzt vernünftig."

„Wie stellen Sie sich das vor? Haben Sie nicht soeben meinen Vater des Mordes bezichtigt?"

Marcus starrte ins Wasser und erwiderte: „Ich bin nicht der Einzige, Miss Tarleton."

„Aber …" Chrissie schluckte und versuchte, den inneren Aufruhr, den seine Worte in ihr verursacht hatten, zu unterdrücken. „Wenn mein Vater ein Mörder gewesen wäre, hätte er nicht in die Vereinigten Staaten zurückkehren können."

„Ich habe gesagt, dass er angeklagt, nicht, dass er verurteilt worden ist."

„Aber wie … was …"

Marcus wandte sich abrupt zur Seite. „Ich habe kein Interesse daran, dieses Thema mit Ihnen zu erörtern, Miss Tarleton", sagte er in scharfem Ton. „Wenn Sie Genaueres wissen wollen, müssen Sie sich an Alfred wenden."

„Moment", protestierte Chrissie. „Sie können nicht einfach solche Dinge behaupten und sich dann weigern, mir eine Erklärung zu geben."

„Das kann ich sehr wohl." Und damit wechselte er unvermittelt das

Thema. „Wo befindet sich Ihre Pension?"

„In der Via Pietà."

Marcus gab dem Gondoliere entsprechende Anweisungen.

„Ich habe meinen Vater sehr genau gekannt", begann Chrissie erneut. „Es ist völlig undenkbar, dass er einen Mord begangen haben soll. Ich sage Ihnen ..."

„Sie waren vier Jahre alt, als das alles passierte", unterbrach Marcus sie. „Wie wollen Sie sich da ein Urteil erlauben? Im Übrigen wurde Ihr Vater aus Mangel an Beweisen freigesprochen. Er hätte Italien nicht zu verlassen brauchen. Ihre Eltern sind von sich aus gegangen. Und nun lassen Sie die Vergangenheit ruhen."

Chrissie wollte noch etwas sagen, aber die Gondel hielt gerade vor ihrer Pension. Marcus wechselte ein paar Worte mit dem Gondoliere und half ihr dann beim Aussteigen.

„Falls Sie ihm gesagt haben, dass er warten soll, so erübrigt sich das", bemerkte Chrissie kühl. „Ich habe nicht die Absicht, Ihr Haus zu betreten. Sie legen sicherlich keinen Wert auf meinen Besuch, da Sie meinen Vater für einen Mörder halten, und ich habe unter diesen Umständen auch kein Interesse mehr daran."

Marcus blickte sie in einer Weise an, dass sie sich allmählich unbehaglich in ihrer Haut fühlte. Wieder hatte sie den Eindruck, dass dieser Mann gefährlich sein konnte. Doch dann warf sie energisch den Kopf zurück und hielt seinem Blick stand.

„Soll ich Alfred irgendetwas ausrichten?", fragte Marcus leise.

„Ja, sagen Sie ihm, dass es mir leidtut. Sagen Sie ihm auch, dass Sie sich mir gegenüber unmöglich benommen haben und ich deswegen auch nicht einen Tag unter Ihrem Dach verbringen möchte."

Er lächelte amüsiert. „Meinetwegen brauchen Sie Alfreds Einladung nicht auszuschlagen. Der Palast ist so groß, dass wir uns aus dem Weg gehen können. Außerdem arbeite ich ohnedies die meiste Zeit." Dann fuhr er mit weicherer Stimme fort: „Alfred Contini ist ein alter Mann, Miss Tarleton, und er freut sich auf Ihren Besuch."

„Vielleicht hält er meinen Vater nicht für einen Mörder", entgegnete Chrissie scharf.

„Schon möglich", stimmte Marcus zu. „Aber darum geht es gar nicht. Alfred ist schon recht schwach, und wenn er sich wünscht, dass Sie uns besuchen, dann wünsche ich es auch."

„Ganz gleich, was Sie von mir oder meiner Familie halten?"

„Vielleicht gelingt es Ihnen ja, mich vom Gegenteil zu überzeugen", konterte er.

„Es ist mir völlig gleichgültig, was Sie denken."

Wieder lächelte er amüsiert. „An Ihrer Stelle hätte ich größtes Interesse daran, die Wahrheit herauszubekommen."

Obgleich sie wütend auf ihn war, gestand Chrissie sich ein, dass er recht hatte. Sie musste die Höhle des Löwen betreten und versuchen, nach Möglichkeit die Unschuld ihres Vaters zu beweisen. Während Marcus auf ihre Entscheidung wartete, beobachtete er sie. Sie spürte seinen Blick und wusste plötzlich, dass die Gefahr, die von ihm ausging, auch mit seiner Attraktivität zusammenhing. Ein Mann wie er brauchte eine Frau nicht zu berühren, um sie in Erregung zu versetzen. Sein Anblick, seine Nähe genügten bereits.

Chrissies Entschluss stand fest. Ja, sie würde die Einladung annehmen, um die Wahrheit herauszufinden. Und zu diesem Zweck wollte sie sich mit den Bewohnern des Palastes gut stellen, auch mit Marcus, bis sie ihr Ziel erreicht hatte.

„Einen Moment, Mr di Medici", sagte sie liebenswürdig, „ich hole nur eben meine Sachen."

In ihrem Pensionszimmer angekommen, packte Chrissie das Nötigste zusammen und hinterließ eine Nachricht für ihre Kollegen, auf der stand, dass sie ein paar Tage in Gesellschaft alter Freunde verbringen würde.

Bevor sie das Haus verließ, blickte sie durch das einzige Fenster, das an der Kanalseite lag. Marcus stand am Ufer und unterhielt sich mit dem Gondoliere. Plötzlich hob er den Kopf und sah zu dem Haus empor. Wahrscheinlich wurde er allmählich ungeduldig. Chrissie trat schnell vom Fenster zurück, ohne ihn dabei jedoch aus den Augen zu lassen. Sie fragte sich, was diesen Mann eigentlich so anziehend machte. War es seine gute Figur oder sein ausdrucksvolles Gesicht? Genau wusste sie es nicht. Dann versuchte sie, sich wieder vor Augen zu halten, dass es darauf ankam, Einfluss auf Marcus di Medici zu gewinnen, sodass sie ihn ihren Zielen zunutze machen konnte.

Chrissie eilte hinaus. Sobald Marcus sie erblickte, kam er ihr entgegen und nahm ihr den Koffer ab. „Es ist schon spät", bemerkte er.

„Hoffentlich hat Alfred daran gedacht, ein Zimmer für Sie herrichten zu lassen."

„Ich denke, das kann ich auch allein", entgegnete Chrissie trocken. Marcus nahm ihren Arm, um ihr in die Gondel zu helfen. Sie setzte sich so weit wie möglich von ihm weg.

Dann betrachtete sie schweigend die prächtigen alten Gebäude, an denen sie im Mondlicht vorbeifuhren. Wieder kamen sie am Markusplatz vorbei und fuhren unter der Seufzerbrücke hindurch.

Plötzlich hielt Chrissie den Atem an. Sie hätte geschworen, dass sie sich nicht mehr an den Palast der di Medicis erinnerte, und dennoch erkannte sie ihn auf Anhieb. Er ragte mehrstöckig aus dem Wasser und sah aus wie eine Insel für sich. Eine Marmortreppe führte vom Wasser zum Hauseingang, über dem auf einer großen Bronzetafel das Familienwappen angebracht war. Chrissies Blick schweifte zur Südseite des Hauses. Sie wusste wieder, dass dort vom zweiten Stockwerk aus eine Brücke über einen schmalen Kanal zu einem ähnlich gestalteten Nachbargebäude führte, in dem sich die Galerie befand.

„Sie erinnern sich wohl doch noch an den Palast?", fragte Marcus, der sie beobachtet hatte.

„Nein, ich erinnere mich an nichts."

Marcus zuckte die Schultern und half ihr beim Aussteigen. Dann nahm er ihren Arm und geleitete sie die Treppe hinauf. Mit der anderen Hand trug er ihren Koffer.

Chrissie war beklommen zumute, als sie sich der Haustür näherten. Alfred Contini hatte sie zwar eingeladen, aber wie würden die anderen Hausbewohner sie empfangen? Wenn allgemein angenommen wurde, dass ihr Vater Mario di Medici getötet hatte, würde seine Witwe sich bestimmt nicht freuen, sie zu sehen.

Bevor sie die Haustür erreicht hatten, wurde diese von innen geöffnet. Das warme Licht eines Kronleuchters fiel auf die Stufen. Eine schlanke, dunkelhaarige Frau stand in der Tür. In dem gedämpften Licht wirkte sie jung, und Chrissie kam der Gedanke, dass Marcus oder Tony sehr wohl verheiratet sein konnten. Als sie näher kam, stellte sie fest, dass die Frau sehr schön, aber doch nicht mehr jung war. Sie musste um die fünfzig sein.

„Guten Abend, Sophia", begrüßte Marcus sie, und Chrissie kam eine vage Erinnerung ins Bewusstsein.

„Ah, Marcus, Sie haben also Miss Tarleton mitgebracht", sagte die Frau in einem Ton, der weder Herzlichkeit noch Feindschaft verriet, sondern eher gleichmütig klang.

„Kommen Sie herein, Genovese kann den Koffer nehmen." Der Mann, der Alfred Contini vorhin aus dem Lokal abgeholt hatte, nahm Marcus den Koffer ab, als sie die Halle betraten.

„Danke, Genovese."

Chrissie schaute sich um. Aus der Eingangshalle, deren Fußboden mit Marmorplatten ausgelegt war, führte eine geschwungene Treppe ins Obergeschoss. Die Decke, von der ein schwerer Kronleuchter herabhing, war mit antiken Fresken verziert.

„Sie sind also Christina Tarleton", sagte Sophia. „Wie ich von Alfred gehört habe, sind Sie Schauspielerin."

„So ähnlich, ich bin Pantomimin."

„Und zwar eine sehr begabte", fügte Marcus hinzu.

„Waren Sie in der Vorstellung?", wollte Sophia wissen.

Marcus bejahte, und Chrissie zuckte zusammen, als sie bedachte, dass er sie ohne ihr Wissen beobachtet hatte.

„Seid ihr endlich da?" erklang eine Männerstimme von der Treppe her. Chrissie schaute hinauf und erblickte einen gut aussehenden jungen Mann, der ihr zulächelte. „Ich bin schon halb gestorben vor Neugier auf unseren geheimnisvollen Gast, Marcus."

Marcus lachte. Chrissie wandte sich nach ihm um und sah zum ersten Mal, dass er gelöst lächelte, als er zu seinem Bruder hinaufschaute. Er kann also auch liebenswürdig sein, dachte sie.

„Miss Tarleton, das ist mein Bruder Antonio."

Tony kam die Treppe herunter und reichte Chrissie die Hand. Sein Lächeln wirkte offen und herzlich, also freute sich wenigstens ein Mensch außer Alfred, sie zu sehen.

„Hallo, Tony", begrüßte sie ihn.

„Willkommen, Chrissie." Tony trug Jeans und ein blaues Leinenhemd. Er hatte blaue Augen und ein fröhliches Gesicht. Überhaupt wirkte er viel unbeschwerter als Marcus.

An Sophia gewandt, sagte er übermütig: „Sie haben damals schon immer gesagt, dass sie einmal sehr schön werden würde, stimmt es nicht, Sophia?"

„Ganz richtig", bestätigte diese trocken. „Aber wenn Sie gestatten, möchte ich mich jetzt zurückziehen. Im Innenhof steht Kaffee, das Zimmer für Miss Tarleton ist hergerichtet. Gute Nacht allerseits."

„Gute Nacht, Sophia", erwiderte Marcus.

„Und vielen Dank", fügte Chrissie hinzu.

„Wo ist Mutter?" wandte Marcus sich an seinen Bruder, nachdem Sophia gegangen war. „Schläft sie schon?"

„Ja, sie will Christi morgen früh begrüßen. Kaffee gefällig?" fragte er dann lächelnd den Gast.

Chrissie strahlte ihn an. „Das wäre jetzt genau das Richtige."

Er nahm ihren Arm und führte sie durch die Halle. „Kennen Sie sich hier noch aus?"

„Ich glaube nicht."

„Dann kommen Sie, ich zeige Ihnen alles. Da hinten sind Wohnzimmer und Musikzimmer, rechts Küche und Esszimmer, von beiden Seiten aus führen Treppen in den Innenhof. Unsere Schlafzimmer befinden sich im zweiten Stock, die von Alfred und Sophia im dritten. Vom zweiten Stockwerk aus führt eine Brücke hinüber zur Galerie, die jedoch reparaturbedürftig ist. Es gibt auch unterirdische Gänge, aber ich würde Ihnen nicht raten, sie zu benutzen."

Chrissie schaute sich um und sah, dass Marcus ihnen in einigem Abstand folgte. Leise sagte sie zu Tony: „Bitte helfen Sie meinem Gedächtnis nach. Wer ist Sophia?"

Marcus hatte sie doch gehört, denn er entgegnete: „Sophia Calabrese ist unsere Haushälterin, solange ich denken kann. Erinnern Sie sich nicht an sie?"

„Doch, irgendwie kam sie mir bekannt vor."

Tony lachte leise. „Marcus, Chrissie ist Amerikanerin. Ihr gegenüber kannst du offen reden. Sophia ist Alfreds Lebensgefährtin, und das seit dreißig Jahren."

Chrissie nickte verständnisvoll, und sie setzten ihren Rundgang fort. Aus dem geräumigen Wohnzimmer führten vier Türen in den Innenhof hinaus. Dort stand ein ovaler Tisch, der mit Kaffeegeschirr gedeckt war.

Tony geleitete Chrissie zu einem Stuhl und schenkte ihr Kaffee ein. Dann nahm er neben ihr Platz. Marcus setzte sich ihnen gegenüber.

Chrissie wandte sich an Tony: „Alfred und Sophia sind also seit dreißig Jahren zusammen. Warum hat er sie nicht geheiratet?"

„Ich weiß es wirklich nicht."

„Und es geht uns auch nichts an", mischte Marcus sich ein.

Chrissie zuckte die Achseln und sprach wieder mit Tony.

„Menschen sind faszinierend, finden Sie nicht auch?"

Tony nahm ihre Hand und erwiderte: „Sie sind faszinierend, Christina."

„Danke, Tony." Sie zog ihre Hand zurück und blickte Marcus von der Seite an. Doch dieser zuckte mit keiner Wimper.

Chrissie schaute sich um und sagte: „Sie haben hier sehr viel Platz. Die anderen Gebäude stehen alle viel dichter beieinander."

„Nun ja, der Grund und Boden in Venedig ist sehr knapp, sodass an Platz gespart werden muss. In gewisser Weise ist es hier wie in New York."

„Waren Sie denn schon einmal in New York?", wollte Chrissie wissen.

„Ja, natürlich. Marcus und ich sind aus geschäftlichen Gründen sehr viel auf Reisen. Wir haben Niederlassungen in Paris und London und werden nächstes Jahr eine in den Vereinigten Staaten gründen."

„Und wo?"

„In New York oder Boston. Endgültig haben wir das noch nicht entschieden", erläuterte Tony.

„Vielleicht sind wir nächstes Jahr auch noch nicht so weit", schränkte Marcus ein. Er zündete sich eine Zigarette an und fuhr fort: „Wir haben nämlich gerade mit sehr viel Aufwand eine neue Ausstellung hier bei uns eröffnet."

„Sie wird Ihnen bestimmt gefallen", versicherte Tony.

„Wir hatten die Idee", erläuterte Marcus, „das historische Leben dieser Stadt mithilfe lebensgroßer Puppen darzustellen. Kostüme, Schmuck und sämtliche Requisiten sind echt."

„Das klingt sehr interessant."

„Ich kann Sie morgen durch die Ausstellung führen", erbot sich Tony.

„Das glaube ich kaum, denn du musst morgen nach Florenz fahren", erinnerte Marcus ihn.

„Ach, könntest du mir das nicht abnehmen?"

„Unmöglich. Ich erwarte Handwerker, die Schäden in den Katakomben ausbessern sollen. Außerdem habe ich einen Termin bei der Bank."

„Also gut", gab Tony nach. „Ich mache es ein andermal wieder gut", versicherte er Chrissie.

„Davon bin ich überzeugt", entgegnete diese lächelnd. „Wie lange bleiben Sie weg?"

„Zwei oder drei Tage. Sie dürfen auf keinen Fall abreisen, bevor ich zurück bin."

„Vergiss bitte nicht, dass Miss Tarleton auf Alfreds Einladung hin bei uns ist", bemerkte Marcus.

„Ja, richtig. Alfred freut sich bestimmt schon auf Ihre Gesellschaft."

„Das dürfte wohl auf Gegenseitigkeit beruhen", sagte Marcus trocken.

„Aber wieso nur?" Tony musste lachen. „Christi wird stundenlang hier im Hof herumsitzen müssen. Nun, vielleicht wird es nicht ganz so schlimm. Immerhin haben wir auf dem Dach ein sehr schönes Schwimmbecken. Schwimmen Sie gern?"

Chrissie nickte und spürte dabei, dass Marcus sie ununterbrochen beobachtete.

„Sie wird Alfreds Gesellschaft bestimmt genießen, sonst hätte sie seine Einladung nicht anzunehmen brauchen." Marcus sah Chrissie unentwegt in die Augen, sprach aber weiterhin mit Tony. „Vielleicht hat sie es – wie viele andere Frauen auch – nur auf sein Geld abgesehen."

Tony lachte. „Stimmt das?"

Chrissie hielt Marcus' durchdringendem Blick stand. „Ich habe mich noch nicht endgültig entschieden."

Tony hielt das alles für einen gelungenen Scherz. „Ach, was wollen Sie mit Alfred anfangen. Versuchen Sie es doch bei Marcus oder noch besser bei mir. Wir haben ebenso viel Anteil an dem Besitz."

Chrissie wandte sich an Tony. „Das ist eine ausgezeichnete Idee. Wenn ich bei Alfred kein Glück habe, komme ich gern darauf zurück."

Tony lachte fröhlich, während Marcus murmelte: „Das traue ich ihr zu."

Chrissie blickte ihn wütend an. Dann sagte sie lächelnd zu Tony: „Meinen Sie wirklich, ich sollte mich um einen von Ihnen bemühen?"

„Aber ja! Was mich betrifft, so wäre mir das ein Vergnügen."

Marcus stand unvermittelt auf. Offensichtlich hatte er genug von diesem Spiel. „Ich werde Sie morgen selbst durch die Ausstellung führen, Miss Tarleton. Für heute entschuldigen Sie mich bitte, ich habe noch zu tun. Tony ist sicher so freundlich, Ihnen Ihr Zimmer zu zeigen."

„Noch lieber würde ich ihr meines zeigen", sagte Tony übermütig.

Chrissie lachte, aber Marcus fand das gar nicht komisch. „Tony!", wies er seinen Bruder scharf zurecht. „Miss Tarleton ist Alfreds Gast."

„Entschuldigen Sie, Christi."

„Bitte", sagte sie leichthin. In ihrem Rücken spürte sie Marcus' Blicke. Sollte er ruhig denken, dass sie geneigt war, mit seinem Bruder zu flirten. Tony hatte sie auch entschieden liebenswürdiger empfangen als er.

„Gute Nacht, Signorina Tarleton", hörte Chrissie Marcus sagen. Als sie sich umwandte, war er bereits verschwunden.

„Er ist nicht allzu umgänglich, nicht wahr?" bemerkte Tony voller Anteilnahme. „Meiner Meinung nach nimmt er das Leben viel zu schwer. Vielleicht hängt das damit zusammen, dass er sehr früh erwachsen werden musste. Er war zwölf, als … als wir unseren Vater verloren haben. Schon damals war Alfred nicht bei bester Gesundheit. Somit lastete plötzlich alles auf Marc. Er hat sich bemerkenswert schnell in die Geschäfte eingearbeitet und Familie und Besitz bis heute zusammengehalten. Also seien Sie ihm nicht böse, wenn er manchmal etwas kurz angebunden ist. Außerdem ist er daran gewöhnt, Anweisungen zu geben. Selbst bei den Frauen …" Tony zögerte.

„Wie ist es mit den Frauen?"

„Es ist genau dasselbe. Er bekommt im Handumdrehen, was er will, und es bedarf bei ihm auch nur einer Handbewegung, um entsprechende Beziehungen wieder zu beenden. Leider verliert er immer sehr schnell das Interesse. Ach, hätte ich doch nur ein bisschen von seiner Anziehungskraft."

„Ich bin davon überzeugt, dass auch Sie in dieser Hinsicht nicht untätig sind."

Tony lachte in sich hinein. „Ich tue mein Bestes."

„Tony." Chrissie war plötzlich ernst geworden. Schließlich war sie nicht in den Palast gekommen, um zu scherzen oder zu flirten.

„Was ist denn, Christi?"

„Marcus hat vorhin mir gegenüber etwas ganz Entsetzliches gesagt. Er hat behauptet, dass mein Vater euren Vater umgebracht hätte."

Tony war dieses Thema offenbar unangenehm: „Lassen Sie die Vergangenheit ruhen, Christi."

„Das kann ich nicht, Tony. Ich kann einfach nicht glauben, dass mein Vater ein Mörder war."

„Christi", er nahm ihre Hand, „wie immer es auch damals war, er hatte bestimmt nicht die Absicht, meinen Vater zu töten."

„Was ist damals eigentlich passiert?"

„Ich … ich kann nicht darüber reden, Christi. Dringen Sie nicht in mich, ich bitte Sie."

Chrissie seufzte und lehnte sich in ihrem Stuhl zurück. „Ich werde es schon herausbekommen."

„Bitte tun Sie mir den Gefallen, meine Mutter nicht auf dieses Thema anzusprechen", bat Tony.

Chrissie nickte zustimmend.

Erleichtert fuhr Tony fort: „Quälen Sie Marcus damit, wenn Sie nicht anders können. Ich war damals erst acht, er war älter, sodass er alles viel bewusster miterlebt hat."

„Ausgerechnet Marcus, das ist gerade so, als spräche ich zu einem Eisblock."

Tony lachte. Er hatte seine gute Laune wiedergefunden. „Ich habe mir schon allerhand über meinen Bruder anhören müssen, aber einen Eisblock hat ihn noch niemand genannt. Außerdem können Sie, meine liebe Christi, jeden Eisblock zum Schmelzen bringen."

„Wenn Sie meinen", entgegnete Chrissie skeptisch. „Könnten Sie mir jetzt wohl mein Zimmer zeigen? Ich bin todmüde."

„Natürlich. Kommen Sie." Tony führte sie in die Halle zurück und die Treppe hinauf. Chrissie stellte erstaunt fest, dass die Treppe aus Holz war, während sie in Venedig bisher nur Marmor- oder andere Steintreppen gesehen hatte.

Oben angekommen, küsste Tony sie auf die Wange. „Gute Nacht, Christi", sagte er leise. Dann öffnete er die Zimmertür und knipste das Licht an.

„Gute Nacht, Tony."

Chrissie betrat ihr Zimmer und schaute sich um, beeindruckt von der Pracht, die sie umgab. Das Licht kam von einem Kronleuchter, der fast ebenso groß und prächtig war wie der in der Halle. An der Fensterseite stand ein großes altes Bett mit reich geschnitztem Kopfteil. Zu beiden Seiten führten Türen auf einen Balkon hinaus. Bodenlange weiße Musselinvorhänge wehten im leichten Nachtwind. An der anderen Wand stand ein mit Intarsien verzierter Kleiderschrank, in der Mitte des Raumes ein antikes Tischchen mit passenden Stühlen. Linker Hand führte eine Tür in ein modern eingerichtetes Badezimmer.

Am Fußende des Bettes stand ihr Koffer. Schnell zog Chrissie sich aus. Sie war so müde, dass sie sich nur noch nach einem warmen Bad und einem langen, erquickenden Schlaf sehnte. Alle anderen Probleme haben Zeit bis morgen, dachte sie erschöpft.

Das Nachthemd, das sie aus dem Koffer nahm, war aus hauchdünner, fließender Seide. Es passte gut zu der eleganten Umgebung.

Trotz ihrer Erschöpfung kreisten ihre Gedanken um das, was sie heute hatte hören müssen. Wie konnten die di Medicis nur so etwas von ihrem Vater glauben? Selbst Tony, der sie sehr herzlich empfangen hatte, schien zu denken, dass James Tarleton Mario di Medici getötet hatte. Und niemand war bereit, ihr darüber Einzelheiten zu erzählen.

Während sie in der Badewanne lag, nahm sie sich vor, mithilfe ihres Wörterbuches alte Zeitungsberichte und sämtliche vorhandenen Dokumente zu durchstöbern. Wenn mir keiner helfen will, werde ich die Wahrheit eben allein herausbekommen, dachte sie.

Chrissie frottierte sich trocken, zog sich das Nachthemd über und schlüpfte ins Bett. Die Bettwäsche war, wie ihr Nachthemd, aus reiner Seide. Sie knipste die Nachttischlampe aus.

Tony hatte ihr geraten, sich an Marcus zu halten. Das war leichter gesagt als getan, denn er konnte sehr höflich und entgegenkommend sein, wenn er wollte, andererseits jedoch auch wieder völlig unzugänglich. Außerdem hatte er bisweilen einen Blick, der sie zutiefst erregte und irritierte.

Chrissie war so erschöpft, dass sie sofort einschlief, bis sie plötzlich mit einem Ruck hochfuhr. Erschrocken öffnete sie die Augen. Es war vollkommen dunkel und still. Was hatte sie aufgeweckt?

Chrissie seufzte. Sie saß auf der Erde, weil sie aus dem Bett gerutscht war. Ein seidenes Nachthemd hatte in einem seidenen Bett offenbar doch Nachteile.

„Was machen Sie denn da, Miss Tarleton?", erklang eine dunkle Stimme. Chrissie blickte auf. In einer der geöffneten Terrassentüren erkannte sie die Silhouette eines hochgewachsenen Mannes. Es war Marcus di Medici. Er kam leise herein und knipste die Nachttischlampe an. Es wurde Chrissie bewusst, dass ihr Nachthemd nicht die geeignete Kleidung war, um einem Mann wie Marcus gegenüberzutreten. Er entschuldigte sich mit keinem Wort, sondern betrachtete sie nur belustigt.

„Ich bin aus dem Bett gefallen", sagte Chrissie verlegen. Marcus reichte ihr hilfreich die Hand. Sie stand ihm jetzt sehr nahe, viel zu nahe, und er lächelte. Sie fühlte sich äußerst unbehaglich in ihrem dünnen Nachthemd, das kaum etwas vor seinen Blicken verbarg.

Er hielt immer noch ihre Hand. „Es tut mir leid, aber wir haben nur seidene Bettwäsche, weil sie in warmen Nächten so angenehm kühlt."

Sie berührten einander überhaupt nicht, und dennoch hatte Chrissie das Gefühl, als spürte sie den Druck seines muskulösen Körpers. Sie wandte den Blick ab und befreite die Hand aus seinem Griff.

„Woher kommen Sie so plötzlich?", fragte sie unsicher.

„Mein Zimmer liegt gleich nebenan und ist durch den gemeinsamen Balkon mit Ihrem Raum verbunden. Ich habe ein Geräusch gehört und wollte nachsehen, ob alles in Ordnung ist."

„Wie Sie sehen, ist mir nichts passiert. Wahrscheinlich muss ich versuchen, mehr in der Mitte des Bettes liegen zu bleiben."

Er lachte. „Oder Sie müssen ohne Nachthemd schlafen."

„Das spare ich mir für den Zeitpunkt auf, wenn ich einen der unwiderstehlichen Herren di Medici zur Ehe verführt habe."

Sie bereute ihre leichtfertige Bemerkung sogleich, denn er umarmte sie und zog sie an sich, sodass sie jeden Muskel seines wohlgeformten Körpers fühlte. „Sehen Sie sich vor, liebe Christi. Nicht jeder di Medici lässt sich ins Garn locken."

Sie spürte seinen warmen Atem und begann zu zittern. Als sie noch überlegte, wie sie ihm entkommen könnte, ließ er sie plötzlich los. „Ich wünsche Ihnen noch einmal eine gute Nacht."

Bevor sie etwas entgegnen konnte, war er verschwunden.

3. KAPITEL

*A*ls Chrissie am nächsten Morgen zum Hof ging, hörte sie, wie die anderen gerade über sie sprachen. Sie verstand allerdings nur ihren Namen, da sehr schnell auf Italienisch geredet wurde.

Tony gestikulierte heftig, während Marcus Kaffee trank, in einer Zeitung blätterte und der Unterhaltung nicht allzu viel Aufmerksamkeit widmete. Sophia und Alfred saßen den beiden Brüdern gegenüber. Die fünfte Person, die neben Tony saß, musste Gina di Medici sein. Vor dem Wiedersehen mit ihr hatte Chrissie die größten Hemmungen. Sie räusperte sich und trat näher. Sofort verstummte das Gespräch, und alle Blicke wandten sich ihr zu.

„Guten Morgen", sagte sie befangen.

„Guten Morgen, Christi." Tony war sofort aufgestanden, um sie zu begrüßen, während Marcus zuerst langsam seine Zeitung zusammenfaltete und sich dann erhob.

„Wie ich gehört habe, Christi", sagte Alfred zu ihr, nachdem sie auf ein Zeichen Tonys hin neben ihm Platz genommen hatte, „hast du deine Bekanntschaft mit Sophia bereits gestern Abend erneuert. Wenn du jetzt noch Gina di Medici begrüßen willst, gibt es für dich hier keine Fremden mehr."

Chrissie nickte und lächelte Gina zu. Sie hoffte, dass es ihr dadurch gelingen würde, den Bann zu brechen, von dem sie sich umgeben fühlte.

Gina di Medici war eine sehr schöne Frau, die immer noch blendend aussah. Ihre Augen waren von demselben intensiven Blau wie die ihres ältesten Sohnes, aber sie hatte helleres Haar als ihre Kinder.

Sie erwiderte Chrissies Lächeln. Dabei schien es sich jedoch eher um eine Geste der Höflichkeit zu handeln, denn ihr Blick blieb ernst, ohne feindselig zu sein. Sie wirkte eher besorgt und traurig.

„Christina", sagte sie sehr leise. „Es ist schön, dich wiederzusehen."

Chrissie schluckte. Trotz dieser freundlichen Worte war sie sicher, dass Gina di Medici sich keineswegs über ihren Besuch freute, brachen dadurch doch alte Wunden wieder auf. Sie durfte Gina auf keinen Fall mit Fragen quälen. „Vielen Dank", sagte sie leise.

„Nun, Christi, hat dir die Umgebung inzwischen deine Kindheitserinnerungen zurückgebracht?", wollte Alfred wissen.

„Ich … bin nicht sicher." Dann schüttelte sie den Kopf. „Nein, ich glaube nicht."

Sophia erhob sich. „Was möchten Sie trinken, Christina? Tee, Kaffee, Espresso oder Cappuccino?"

„Kaffee, bitte." Sophia rief nach einem der beiden Hausmädchen, das eine dünne Porzellantasse brachte und sie mit dampfendem Kaffee füllte. Tony sah auf die Uhr. „Ich muss losfahren. Vergessen Sie nicht, auf mich zu warten, Christi!" Er küsste ihr die Hand und verabschiedete sich dann von seiner Mutter.

Alfred erkundigte sich, wann die Handwerker eintreffen würden, und Gina beugte sich über den Tisch, um sich mit Chrissie zu unterhalten.

„Wie geht es deiner Mutter?"

„Gut, danke." Sie berichtete Gina von deren Wiederverheiratung und hielt dann inne. In ihrer Gegenwart fühlte sich Chrissie nach wie vor befangen.

Sophia sprach mit ihr Italienisch, aber Chrissie schüttelte nur bedauernd den Kopf. „Es tut mir leid, ich verstehe kein Italienisch."

„Aber das war doch die erste Sprache, die Sie gelernt haben!", rief Sophia erstaunt aus.

„Das ist mir nie bewusst geworden", entgegnete Chrissie.

Marcus stand auf und legte die Zeitung beiseite. „Ich gehe jetzt an die Arbeit. Miss Tarleton, wir sehen uns nach dem Mittagessen."

Chrissie schaute zu ihm auf. Sie musste wieder daran denken, wie er sie in der vergangenen Nacht im Arm gehalten hatte, und war sich nicht sicher, ob sie sich von ihm abgestoßen oder angezogen fühlte. Merkwürdigerweise kam es ihr jedoch so vor, als ob sie ihn schon lange kannte.

Offenbar hatte ihr Blick sehr erstaunt gewirkt, denn er lächelte und sagte: „Ich hatte Ihnen doch versprochen, dass ich Sie durch die Galerie führe. Passt es Ihnen heute Nachmittag?"

„Ja, natürlich", erwiderte sie schnell und rief sich ins Gedächtnis, wie wichtig es für ihre Pläne war, guten Kontakt zu ihm zu bekommen.

Als Marcus gegangen war, fragte Alfred: „Hast du Lust, mit mir auf die Dachterrasse zu kommen? Du könntest dort schwimmen und ein Sonnenbad nehmen."

„Ja, gern", stimmte Chrissie zu.

„Sie haben noch nichts gegessen, Christina", wandte Sophia ein. „Nehmen Sie wenigstens ein Brötchen."

Chrissie nickte zustimmend und begann zu essen, während Alfred mit ihr über Paris sprach, was ihr sehr angenehm war. Es handelte sich dabei wenigstens um ein unverfängliches Thema.

Als sich schließlich alle vom Frühstückstisch erhoben und Chrissie in ihr Zimmer ging, um das Badezeug zu holen, seufzte sie tief auf. Den ersten Morgen im Palazzo di Medici habe ich also überstanden, dachte sie.

Chrissie hatte noch nie einen so sorgfältig gestalteten Swimmingpool gesehen. Er war schwarz-rot-gold gefliest, und genau in der Mitte des Beckenbodens hatte man das Familienwappen eingearbeitet. Die Wasseroberfläche glitzerte in der Sonne, und an der Längsseite befand sich ein Springbrunnen, aus dem Wasserkaskaden in das Becken sprudelten.

Chrissie empfand es als eine Wohltat, in ruhigen Zügen zu schwimmen und sich dabei zu entspannen. Die Spannung, die sie seit ihrer Ankunft in der Villa gespürt hatte, fiel langsam von ihr ab.

„Na, wie war es?", fragte Alfred, als sie sich schließlich zu ihm auf eine Bank setzte.

„Wundervoll", erwiderte sie lächelnd. „Der ganze Palast ist herrlich. Ich bin Ihnen sehr dankbar, dass Sie mich hierher eingeladen haben."

„Aber du bist nicht nur zu deinem Vergnügen hergekommen", bemerkte Alfred ernst.

Chrissie schüttelte sich das Wasser aus dem Haar. „Ich fühle mich in Ihrer Gesellschaft sehr wohl. Aber Sie haben recht, ich bin auch gekommen, weil ich wissen möchte, was damals passiert ist. Sie haben mir verschwiegen, dass mein Vater unter Mordanklage stand."

Alfred machte eine hilflose Handbewegung. „Ich ... ich glaube eben nicht, dass dein Vater Mario getötet hat."

„Wollen Sie mir nicht alles sagen?", bat Chrissie.

„Die ganze Sache hängt mit dieser unseligen Statue zusammen."

„Und warum bedeutete diese Statue so viel?", fragte Chrissie weiter.

„Weil ihr Wert immens war, falls wir ihre Herkunft richtig eingeschätzt haben. Denk nur, ein echter Michelangelo!"

„Und sie ist einfach so verschwunden?"

„Ja, und darüber ereiferte man sich bei dem Jachtausflug so sehr, dass …"

„… dass Mario di Medici zu Tode kam", beendete Chrissie den Satz. „Aber es waren doch zahlreiche Leute an Bord, nicht wahr? Meine Eltern, Gina und Mario, Sophia und Sie, dann Genovese …"

„Ja sicher, und dann noch Fredo Talio und Giuseppe Conseli. Die beiden arbeiten auch heute noch in der Firma." Er lehnte sich zurück und schloss die Augen. „Ich kümmere mich kaum noch um die Geschäfte. Das hat alles Marcus übernommen." Und nach einer Pause fragte er: „Wann ist eigentlich dein Vater gestorben?"

„Kurz nach meinem dreizehnten Geburtstag. Er hatte einen Herzinfarkt."

„Gott weiß, dass er unschuldig war", murmelte Alfred vor sich hin.

„Dann helfen Sie mir doch bitte, seine Unschuld zu beweisen, Alfred!", rief Chrissie verzweifelt.

Er schrak zusammen und schaute sich ängstlich um. „Bitte lass uns nicht hier darüber sprechen, Christi. Die Wände haben Ohren. Hast du nichts gehört? Versprich mir, dass du in diesem Hause kein Wort darüber verlierst!" Er war sehr aufgeregt.

„Ich verspreche es, aber bitte, beruhigen Sie sich doch."

Langsam schien die Anspannung von ihm zu weichen, und er lächelte wieder. Er deutete auf die Stadt hinunter und erklärte ihr die Bedeutung der historischen Stätten, die von der Dachterrasse aus zu sehen waren. „Weißt du eigentlich, dass Venedig eine Zeit lang zu Österreich gehört hat?"

„Nein", erwiderte sie nachdenklich. Sein Misstrauen hatte sie angesteckt, sodass sie nun auch meinte, man würde sie heimlich beobachten.

„Das war im Jahre 1797", erklärte Alfred. „Dem neuen Königreich Italien wurde Venedig dann erst 1866 zugeschlagen."

Obgleich Chrissie jetzt aufmerksam zuhörte, erfüllte sie eine unbestimmte Furcht. Wie abwegig, sagte sie sich. Wir sind auf dem Dach. Es gibt nur eine einzige Stelle, an der sich jemand verstecken könnte, und das ist der marmorne Torbogen, der zum Fahrstuhl und gleichzeitig zur Treppe führt.

Als sie sich dorthin umwandte, schrak sie zusammen, denn Gina di Medici war im Torbogen erschienen.

„Alfred! Christina! Ihr müsst euch jetzt zum Mittagessen umziehen!" rief sie.

Chrissie fragte sich, wie lange sie dort gestanden und sie beide beobachtet haben mochte.

Chrissie erhob sich, und Alfred folgte ihr. Als sie in den Torbogen trat, fuhr sie erneut zusammen, weil sie nun auch Sophia im Schatten hinter Gina stehen sah.

„Wie war das kühle Bad?", fragte Gina höflich.

„Sehr erfrischend", entgegnete Chrissie, wickelte sich in ihr großes Badetuch und eilte an den beiden Frauen vorbei zum Fahrstuhl. Gerade als sie ihn betreten wollte, berührte jemand sie an der Schulter. Erschrocken fuhr sie herum. Aber es war nur Alfred, der ihr schnell zuflüsterte: „Wir treffen uns am Freitagabend am Ende der Besuchszeit in der Galerie."

Am Freitag? Das war erst in drei Tagen. Chrissie fragte sich, was er ihr wohl zu sagen hatte und warum er das Gespräch so lange hinauszögerte.

„Freitag, Christi."

„Ja gut, Alfred." Sie hätte ihn gern noch gefragt, was ihn so beunruhigte. Er hatte sich umgewandt und sah, dass Gina und Sophia auf die Terrasse getreten waren, um auf das Meer hinauszusehen. Daher fuhr er schnell fort: „Am Freitag erzähle ich dir alles über deinen Vater. Also denke daran … wenn die Galerie schließt. Ich sorge dafür, dass das Hauptportal offen bleibt."

„Ich werde da sein."

Als Chrissie zum Essen hinunterging, vermisste sie Alfred bei Tisch. Sophia erklärte ihr, dass er nur eine Kleinigkeit auf seinem Zimmer einnehmen und dann eine ausgedehnte Mittagspause machen wollte.

Der Gedanke, mit den beiden Frauen allein am Tisch zu sitzen, behagte Chrissie ganz und gar nicht. Nachdem das Frühstück kärglich ausgefallen war, stellte das Mittagessen offenbar eine wichtige Mahlzeit dar, denn die beiden Hausmädchen trugen einen Gang nach dem anderen auf. Es gab Vorspeisen, Suppe, verschiedene Teigwaren und zur Auswahl Fisch oder Fleisch als Hauptgericht. Chrissie stellte überrascht fest, dass sie ziemlich ausgehungert war, und griff daher herzhaft und mit Genuss zu.

Was die Unterhaltung betraf, so brauchte sie sich gar keine Mühe zu geben, Konversation zu machen, da Sophia sich als sehr gesprächig erwies.

„Christina", sagte sie und deutete auf die Mädchen, die bedienten, „das ist Liggia, und das ist ihre Schwester Teresa." Chrissie nickte den beiden Mädchen freundlich zu. Doch sie merkte schnell, dass Sophia etwas Bestimmtes im Sinn hatte, als sie fortfuhr: „Liggia und Teresa sind unsere einzigen Hilfskräfte, denn Genovese ist eigentlich nur für die Galerie zuständig. Es ist leider alles nicht mehr so wie früher. Das Haus wird einmal in der Woche von einer Reinigungsfirma gesäubert, sonst wüsste ich überhaupt nicht, wie ich ..." Sie stockte und sah Chrissie durchdringend an. „Sie verstehen sicher. Ich hoffe, Sie sind bereit, mir ein bisschen zur Hand zu gehen."

„Sophia!", sagte Gina di Medici scharf. „Sie werden doch Alfreds Gast nicht zumuten ..."

„Was heißt hier Gast? Sie ist die Tochter von James Tarleton und gehört damit mehr oder weniger zur Familie. Da wird es ihr doch nichts ausmachen ..."

„Sophia!" Gina wirkte jetzt so herrisch wie ihr ältester Sohn. „Ich bin die Contessa di Medici, und dies ist immer noch mein Haus! In meinem Haus wird kein Gast ..."

„Ich bitte Sie!" mischte Chrissie sich ein, der diese Auseinandersetzung unangenehm war. „Ich bin es gewöhnt, selbst für mich zu sorgen, Gina, und darum geht es Sophia doch wohl. Also machen Sie meinetwegen bitte keine Umstände."

„Es tut mir Leid", lenkte Sophia ein. „Ich hätte das gar nicht sagen sollen. Aber wenn Marcus mehr Personal einstellen würde ..."

„Das kann er nicht finanzieren", unterbrach Gina sie ungehalten.

„Alfred würde ihn jederzeit unterstützen."

„Marcus nimmt aber kein Geld von Alfred", entgegnete Gina.

Sophia antwortete auf Italienisch, und nun entspann sich zwischen den beiden Frauen eine heftige Debatte, von der Chrissie so gut wie kein Wort verstand. So widmete sie sich schweigend ihrem Essen.

„Das ist eine reizende Unterhaltung, noch dazu in Gegenwart eines Gastes!", sagte plötzlich jemand auf Englisch. Sophia und Gina hielten augenblicklich inne und sahen entsetzt zu Marcus hinüber, der gerade den Hof betreten hatte.

Er würdigte die beiden Frauen keines Blickes, sondern setzte sich und bat Teresa um einen Espresso.

Nachdem das Mädchen ihn eilfertig bedient hatte, wandte er sich an Chrissie. „Sie müssen ja einen netten Eindruck von unserer Familie bekommen haben, aber ich versichere Ihnen, dass es hier nicht immer so zugeht."

Chrissie hielt verlegen ihre Tasse. „Nun, ich bin hier nur zu Gast. Die Familienangelegenheiten gehen mich nichts an."

„Marcus, ich …", begann Gina und schwieg, als er eine ungeduldige Handbewegung machte. „Lass das Thema lieber auf sich beruhen! Wie haben Sie den Vormittag verbracht, Christi?"

„Gut. Ich bin geschwommen. Der Swimmingpool ist wirklich einzigartig."

Marcus rührte nachdenklich seinen Kaffee um. „Ja, das ist er." Dann sah er sie an. „Ihr Vater hat ihn entworfen."

„Ist das wahr?"

„Ja, er wird von einem unterirdischen Brunnen gespeist."

Chrissie hörte, wie ein Stuhl zurückgeschoben wurde, und blickte auf. Gina war aufgestanden. „Bitte entschuldigt mich. Ich habe Kopfschmerzen."

Marcus war sofort an ihrer Seite und sprach leise auf Italienisch mit ihr. Sie lächelte, er küsste sie auf die Wange, und dann zog sie sich zurück.

„Ich wollte Ihnen nicht zu nahe treten, Christina", bemerkte Sophia nun, „aber es war sehr rücksichtslos von Alfred, Sie einzuladen."

„Sophia!", wies Marcus sie zurecht.

Chrissie war entschlossen, sich nicht so leicht einschüchtern zu lassen.

„Vielleicht", begann sie, an Sophia gewandt, „ist es sogar gut für die Contessa, dass ich gekommen bin. Es könnte doch sein, dass sie all die Jahre den falschen Mann für einen Mörder gehalten hat."

Sophia starrte sie an. Dann begann sie auf Italienisch zu schimpfen, bis Marcus sie in scharfer Form in die Schranken wies. Daraufhin warf sie ihre Serviette auf den Tisch und eilte wütend ins Haus.

Chrissie blickte Marcus zerknirscht an. „Bitte, entschuldigen Sie. Meinetwegen gerät hier alles in Unordnung."

Er lachte nur und nahm ihre Hand. „Ein bisschen Verwirrung kann manchmal nicht schaden."

„Aber Ihre Mutter …"

„Meine Mutter lebt schon viel zu lange nur in ihren Erinnerungen. Außerdem hat sie nichts gegen Sie. Schließlich waren Sie damals ein Kind."

Chrissie hätte ihre Hand gern weggezogen. Die Berührung irritierte sie. Aber sie zwang sich zur Ruhe und rief sich ins Gedächtnis zurück, dass sie Marcus unter allen Umständen für sich einnehmen musste.

„Es wäre sehr schön, wenn auch mein Vater von dem Schuldvorwurf entlastet werden könnte."

Marcus ging nicht darauf ein, sondern fragte: „Wollen wir uns jetzt die Galerie anschauen?"

„Ja, ich hole nur eben meine Handtasche."

In ihrem Zimmer trat Chrissie vor den Spiegel. Sie trug ein leichtes, rot-weiß gestreiftes Leinenkleid mit Spaghettiträgern, in dem ihre gebräunte Haut gut zur Geltung kam. Ihr frisch gewaschenes Haar fiel locker auf die Schultern. Chrissie konnte mit ihrem Aussehen zufrieden sein und eilte, nachdem sie ihre Handtasche an sich genommen hatte, schnell wieder hinunter.

Marcus nahm ihren Arm und führte sie durch einen Hintereingang zu einem kleinen Fußweg namens „Via di Medici".

„Wir gehen zum Haupteingang", erklärte er, „da man die Brücke im Moment nicht benutzen kann."

„Und Sie haben eine eigene Straße?"

„Wir haben sogar einen eigenen Kanal", erwiderte er leichthin.

„Ihre Mutter erwähnte vorhin, dass sie eine Contessa ist. Heißt das, Sie sind ein Conte?"

„Ja, aber was bedeutet das heutzutage schon? Mit einer Ausnahme – wenn wir uns in London aufhalten, werden wir von der Königin zum Tee eingeladen."

Chrissie lachte. Wenn Marcus wollte, konnte er sehr charmant sein.

Sie bogen um die Ecke und überquerten eine kleine Brücke. Dann lag die Galerie der di Medici vor ihnen. Chrissie hielt den Atem an. Dieses Gebäude beeindruckte sie noch mehr als der Dogenpalast. Acht Säulen umrahmten die Vorhalle, jedes Stockwerk war von einer reich verzierten Balustrade umgeben, und den Dachfirst zierten zahlreiche farbenprächtige Fahnen.

„Das ist wirklich ein großartiger Anblick", sagte Chrissie bewundernd.

„Kommen Sie, ich zeige Ihnen alles. Im linken Flügel befinden sich die Gegenstände, die verkäuflich sind. Den rechten Flügel haben wir als Museum eingerichtet. Dort haben wir auch die neue Ausstellung aufgebaut."

Marcus führte sie zuerst durch den linken Flügel. Als er sie auf einige kostbare Gemälde von Picasso und Dalí hinwies, wollte Chrissie wissen, warum diese Stücke nicht im Museum aufbewahrt wurden.

Marcus zuckte die Achseln. „Wir müssen uns irgendwie beschränken. Daher liegt der Schwerpunkt unserer Museumsarbeit auf alten Epochen. Wir können nur besonders kostbare und ausgefallene Stücke ins Museum nehmen, sonst würde der Platz nicht ausreichen."

Er führte sie durch Räume mit antiken Möbeln, Porzellan und Kristall und geleitete sie dann durch den Innenhof zum rechten Flügel hinüber. Am Eingang trafen sie auf einen kleinen, untersetzten Mann, der Marcus auf Italienisch begrüßte. Als er sich Chrissie zuwandte, machte Marcus sie miteinander bekannt. „Erinnern Sie sich noch an Giuseppe Conseli, Christina? Joe, das ist Christina Tarleton."

Joe sagte etwas zu Marcus, bevor er Chrissie ansprach. „Die kleine Christi! Sie waren noch so klein damals! Können Sie sich an den alten Joe erinnern?" Er nahm ihre Hand und strahlte. „Jetzt wird alles gut, denn die drei Namen sind wieder vereint: Contini, di Medici und Tarleton. Ich freue mich, Sie wiederzusehen."

„Vielen Dank", entgegnete sie freundlich, „ich freue mich auch."

Joe wandte sich an Marcus. „Ich störe Sie nur ungern, aber könnten Sie eben mit hinunterkommen zu den Handwerkern?"

„Ja, natürlich. Sehen Sie sich inzwischen die Ausstellung an, Christi. In einer halben Stunde bin ich wieder bei Ihnen." Zu ihrer Überraschung küsste er sie auf das Haar und eilte dann mit Joe davon. Fasziniert blickte sie ihm nach.

Chrissie betrat den Saal, um sich die historischen Stücke anzusehen. Diese waren wie eine Theatervorstellung inszeniert. Auf einem bühnenähnlichen Podest, das geschickt ausgeleuchtet war, befand sich eine Reihe von Figuren. Die Umgebung war nicht beleuchtet, sodass der Blick sofort auf die Bühne fiel. Chrissie entdeckte dort römische Krieger, Ritter aus dem Mittelalter, venezianische Dogen in Renaissancekostümen, elegant gekleidete Damen, jedoch auch Frauen aus dem Volk und sogar einige bekannte historische Kurtisanen.

Als sie sich alles angesehen hatte, verließ sie den Saal und traf auf Marcus, in dessen Begleitung sich außer Joe noch ein anderer, sehr finster aussehender Mann befand.

„Wie gefällt Ihnen die Ausstellung?", wollte Marcus wissen.

„Sie ist sehr interessant."

„Ich möchte Ihnen noch einen meiner Mitarbeiter vorstellen. Das ist Fredo Talio. Er und Joe sind meine wichtigsten Leute."

Chrissie begrüßte ihn. Dieser Mann beunruhigte sie, und sie fragte sich, warum. Dann fiel ihr ein, dass Alfred ihr erzählt hatte, Joe und Fredo seien an dem Unglückstag mit auf dem Schiff gewesen.

Nachdem sie sich eine Weile unterhalten hatten, nahm Marcus ihren Arm und erklärte: „Ich möchte Christi gern noch die Juwelen zeigen, bevor die Galerie schließt."

Er führte sie durch einen langen Korridor zu einem anderen Saal, in dem sich lediglich fünf oder sechs Vitrinen befanden. Durch ein großes Oberlicht in der Decke fielen ein paar Sonnenstrahlen, sodass die Juwelen in den Kästen funkelten und glitzerten.

„Wie schön!" Chrissie stockte der Atem.

Marcus lachte. „Glauben Sie nur nicht, dass die alle uns gehören. Die meisten dieser Schmuckstücke sind Leihgaben." Da waren Diademe mit Diamanten, Rubinen, Smaragden und Saphiren. Armbänder, Halsketten und Ringe mit Opalen, Perlen und Aquamarinen und sogar ein Satz Zehenringe, der einer venezianischen Renaissancefürstin gehört hatte.

Chrissie näherte sich der letzten Vitrine. Diese stand mitten im Raum, direkt unter dem Oberlicht. Sie spürte, wie Marcus sie beobachtete. Sie blickte auf eine kostbare Tiara und ein Medaillon mit einem Wappen. Als sie den geflügelten Löwen erkannte, war ihr klar, um wessen Familienschmuck es sich handelte.

„Di Medici!", rief sie aus.

„Ja", bestätigte Marcus schlicht, „das gehört uns."

Als er sie hinausgeleitete, fragte er: „Hätten Sie Lust, heute Abend zum Essen zu gehen?"

„Ja, gern."

„Gleich um die Ecke ist ein gemütliches kleines Restaurant."

Von ihrem Standort aus konnte Chrissie die Brücke sehen, die das Wohnhaus mit der Galerie verband. Es war ein wunderschöner Anblick. Marcus hatte ihren Arm genommen, und ihr wurde dabei abwechselnd heiß und kalt. „Geht die Arbeit voran?", fragte sie schnell.

„Wobei?"

„Bei den Handwerkern."

„Ja, es sind nur ein paar kleinere Reparaturen in den Katakomben zu machen."

„Was befindet sich eigentlich dort unten?", wollte Chrissie wissen.

Marcus lächelte hintergründig. „Familiengeheimnisse und Skelette. Was sonst sollten die di Medici unter der Erde aufbewahren? Wenn Sie Mut haben, zeige ich Ihnen die Katakomben gern einmal."

„Natürlich habe ich Mut, besonders am helllichten Tag." Plötzlich fiel ihr eine Frage ein, die sie schon vorhin hatte stellen wollen. „Was hat Joe übrigens zu Ihnen auf Italienisch gesagt, als wir ihm begegnet sind?"

„Er hat gesagt, dass Sie sehr schön geworden seien."

„Ach so", bemerkte Chrissie verlegen.

Marcus schwieg einen Moment und fuhr dann fort: „Natürlich sind Sie schön, Christi, und das wissen Sie auch." Er zog sie an sich. „Und Sie benutzen diesen Vorzug, um mich nach allen Regeln der Kunst auszufragen."

Wütend machte sie sich los. Marcus ließ sich von ihrem Zorn jedoch nicht beeindrucken. Er zündete sich eine Zigarette an und fügte hinzu: „Ich werde mich hüten, mich von Ihnen ins Netz locken zu lassen, aber", und jetzt lächelte er ironisch, „ich habe nichts dagegen, wenn Sie ein bisschen nett zu mir sind. Wir beide werden ganz allein zu Abend essen, und vielleicht erzähle ich Ihnen dabei, weswegen Ihr Vater angeklagt wurde."

„Was heißt vielleicht?", rief Chrissie wütend. „Sie schulden mir eine Erklärung!"

„Ich schulde Ihnen gar nichts", entgegnete er ruhig. Bevor sie etwas erwidern konnte, hatte er sie an sich gezogen. „Ihnen ist kalt.

Kommen Sie, wir wollen essen gehen. Und ich werde Ihnen frei-willig erzählen, was damals passiert ist, obgleich Sie das eigentlich wissen müssten."

„Aber wieso denn?", rief sie verzweifelt.

Marcus zögerte einen Augenblick und sah sie forschend an. Dann sagte er langsam: „Weil Sie dabei waren."

4. KAPITEL

„*W*as sagen Sie da?"

„Lassen Sie uns hineingehen, Sie zittern ja."

Chrissie nickte. Marcus führte sie in das Restaurant „Il Grotto". Es sah aus wie eine Höhle oder ein Keller, war aber holzgetäfelt und sehr gemütlich eingerichtet. Es gab kleine Nischen, in denen man sich ungestört unterhalten konnte. Nachdem sie Platz genommen hatten, erschien ein Kellner, und Marcus bestellte eine Flasche Wein.

„Können Sie sich wirklich nicht mehr an Ihre Kinderjahre in Venedig erinnern?", wollte er wissen.

„Nein", entgegnete Chrissie. „Nur manchmal kommt mir das eine oder andere bekannt vor."

Der Kellner brachte den Wein und einen Korb mit frischem Weißbrot. „Essen Sie gern Garnelen?", fragte Marcus.

„Ja." Chrissie nickte zustimmend.

„Das ist die Spezialität des Hauses. Soll ich welche bestellen?"

Er hatte höflich gefragt, und dennoch hatte Chrissie das Gefühl, als hätte er bereits entschieden. Marcus gab die Bestellung auf.

„Klären Sie mich jetzt bitte auf?", kam Chrissie auf ihr Gesprächsthema zurück. Sie saßen einander an einem kleinen Tischchen gegenüber, sodass ihre Knie sich berührten. Dieser enge Kontakt irritierte sie.

Marcus zog die Augenbrauen hoch, schwieg jedoch. „Bitte erzählen Sie es mir."

„Also gut. An jenem Tag waren Alfred Contini und Sophia an Bord, Ihre und meine Eltern, Genovese, Joe Conseli und Fredo Talio. So weit wissen Sie Bescheid, nicht wahr?"

„Ja, Tony und Sie waren aber auch dabei und … und ich." Chrissie trank einen Schluck Wein. Sie hätte Marcus gern angeschaut, während er erzählte. Seine Nähe verwirrte sie aber so sehr, dass sie den Kopf gesenkt hielt und mit ihrem Weinglas spielte. „Wenn so viele Menschen an Bord gewesen sind, warum muss es dann mein Vater gewesen sein? Warum hat man ihm die Schuld zugeschoben?"

„Weil Ihr Vater der letzte Mensch war, der meinen Vater lebend gesehen hat."

„Vielleicht war er nur der Letzte, der das zugegeben hat."

„Nein, die beiden haben sich geprügelt. Ihr Vater hatte ein blaues

Auge und eine aufgeschlagene Lippe, und mein Vater sah noch schlimmer aus, als man ihn später fand."

Der Kellner brachte eine Platte mit leckeren Vorspeisen. Beim Anblick des Essens wurde Chrissie elend.

„Essen Sie etwas", forderte Marcus sie auf.

„Ich habe keinen Appetit. Wie kommen Sie dazu, meinen Vater aufgrund solch kläglicher Beweise zu beschuldigen?"

„Das nennen Sie kläglicher Beweise?"

„Jawohl, und der Richter dürfte es damals ähnlich gesehen haben. Nun gut, die beiden haben sich geprügelt. Was beweist das? Eine Schlägerei ist zumindest nichts Hinterhältiges. Umgebracht haben muss ihn jemand anders."

„Aber wer? Ich vielleicht oder Tony oder Sie? Ihre Mutter hat die Kabine überhaupt nicht verlassen."

„Und was ist mit Alfred, Genovese, Joe, Fredo und Sophia? Oder mit Ihrer eigenen Mutter?"

Er griff nach ihrem Handgelenk und hielt es so fest, dass Chrissie vor Schmerz aufstöhnte. „Haben Sie wirklich die Stirn, meine Mutter zu beschuldigen, eine Frau, die dem Leben seit dem Tod ihres Mannes entsagt hat?"

„Und warum nicht?", entgegnete Chrissie wütend. „Sie beschuldigen meinen Vater schließlich auch."

„Sie sollten den Tatsachen ins Auge sehen, Christi", sagte Marcus ungeduldig. „Ihr Vater hat Venedig verlassen, während wir anderen seit einundzwanzig Jahren weiterhin zusammengelebt oder miteinander gearbeitet haben. In dieser langen Zeit hätte doch irgendetwas ruchbar werden müssen, wenn jemand anders als Ihr Vater der Schuldige gewesen wäre."

Chrissie atmete tief ein. „Eines sollte Ihnen aber zu denken geben. Alfred Contini hält meinen Vater nicht für den Täter."

Marcus sah sie überrascht an. „Hat er Ihnen das gesagt?"

„Jawohl. Ist das nicht erstaunlich? All die Jahre ist Alfred von den mächtigen di Medici betreut worden. Auch seine Lebensgefährtin ist nicht von seiner Seite gewichen. Und trotzdem bittet er mich, eine nahezu Fremde, um Hilfe."

„Er hat Sie um Hilfe gebeten?"

„Er hat mir gesagt, dass er mich braucht."

Chrissie verschwieg selbstverständlich, dass sie eine Verabredung mit Alfred hatte. Sie musste vorsichtig sein, weil sie noch nicht wusste, wem Alfred misstraute. Es konnte schließlich auch Marcus sein.

Marcus senkte nachdenklich den Kopf. Als er wieder aufblickte und sie ansah, funkelten seine Augen im Kerzenschimmer wie dunkelblaue Edelsteine. Chrissie musste wieder an ihren ersten Eindruck von diesem Mann denken. Ja, er war gefährlich – und das in mancherlei Hinsicht.

Marcus berührte ihre Hand und streichelte sie sanft. Lächelnd sagte er: „Nehmen Sie das, was Alfred sagt, nicht allzu ernst. Er ist nicht mehr ganz gesund, und wahrscheinlich langweilt er sich auch ein bisschen."

„Das mag stimmen, aber er weiß trotzdem noch genau, was er sagt", widersprach Chrissie. Marcus streichelte immer noch ihre Hand. Chrissie wehrte sich nicht dagegen, weil sie diese Berührung genoss. Vom ersten Moment an hatte dieser Mann sie fasziniert.

„Alfred ist alt und einsam", begann Marcus erneut. „Vielleicht sehnt er sich nach ein bisschen Aufregung. Oder er will einfach mit der Vergangenheit Frieden schließen. Er möchte, dass Sie sich bei uns wohlfühlen, damit Sie sich nicht mehr den Kopf zerbrechen und aufhören, mit dem Schicksal Ihres Vaters zu hadern."

„Ich glaube aber nicht …"

Sie schwieg, weil der Kellner kam und die Garnelen servierte, die in einer Knoblauchsoße gedünstet und mit Käse überbacken waren. Das Essen duftete verführerisch, und Chrissie hoffte, dass sie in der Lage sein würde, etwas zu sich zu nehmen. Inzwischen hatte sie auch noch Kopfschmerzen. Wahrscheinlich war der Wein zu stark für sie.

Der Kellner schenkte nach und fragte, ob noch etwas gewünscht würde. Marcus schaute zu Chrissie hinüber, die zwar nicht jedes Wort, aber den Sinn der Frage verstanden hatte. Sie verneinte lächelnd. Dann begannen sie zu essen. Als Marcus erneut nach ihrer Hand griff, schaute sie zu ihm auf. Sein Blick wirkte besorgt und zärtlich.

„Lassen Sie die Vergangenheit ruhen, Christi", redete er auf sie ein. „Sie sind hier, und Sie sind uns willkommen. Genießen Sie diese Stadt und alles, was sie zu bieten hat. Unsere Väter sind tot. Lassen Sie ihnen ihren Frieden."

Chrissie wollte den Zauber, den er auf sie ausübte, brechen. Sie warf den Kopf zurück und sah ihn herausfordernd an. „Haben Sie ganz vergessen, dass ich es auf Alfreds Geld abgesehen habe?"

Er zog die Hand zurück. Sein Blick war wieder kühl. „Ja, richtig, Alfreds Geld oder einen di Medici zum Ehemann, so war es doch, nicht wahr? Aber ich warne Sie, Tony oder ich sind keine besonders guten Partien."

„Und was ist mit der Galerie und all den Kunstschätzen?"

„Die Erhaltung all dessen verschlingt mehr Geld, als es uns einbringt."

Chrissie überhörte diese Bemerkung absichtlich. „Die Garnelen sind vorzüglich. Im Übrigen brauchen Sie sich persönlich keine Sorgen zu machen. Ich werde mich an Tony halten. Er ist entschieden liebenswürdiger als Sie."

„Wirklich? Dann sollte ich mir vielleicht etwas mehr Mühe geben."

„Sie können es ja versuchen", konterte Chrissie.

Er strich ihr über die Wange und sagte: „Tatsache ist, dass ich Sie sehr attraktiv finde. Also überlegen Sie gut, ob Sie es riskieren wollen, mit dem Feuer zu spielen."

Chrissie wurde es abwechselnd heiß und kalt, aber sie ließ sich nichts anmerken. Ruhig legte sie seine Hand auf die Tischplatte und entgegnete: „Bei meinen Flirts bin ich immer sehr vorsichtig, Marcus."

Er musste lachen, und damit war der Bann gebrochen.

Chrissie aß mit großem Appetit weiter, während Marcus ihr die italienischen Bezeichnungen sämtlicher Speisen beibrachte. Obwohl die Atmosphäre zu Beginn des Abends gespannt gewesen war, verbrachten sie nun doch einige angenehme Stunden miteinander, indem sie lachten, plauderten und flirteten. Chrissies Kopfschmerzen waren leichter Beschwingtheit gewichen, und sie verspürte große Lust, tatsächlich mit dem Feuer zu spielen.

Als Marcus und Chrissie das Restaurant verließen, schien ein klarer Vollmond. Chrissie blickte zum Himmel empor. Venezia … Venedig war eben doch eine sehr romantische Stadt. Das Wasser, die Brücken, die Gondeln, die alten Paläste, all das bezauberte sie.

Und Marcus … Er war sehr attraktiv. Wenn er wollte, konnte er der perfekte Gastgeber sein. Aber irgendetwas an ihm blieb geheimnisvoll. Es gelang ihr nicht, ihn ganz zu durchschauen. Und dennoch gefielen ihr seine dunkelblauen Augen, seine geschmeidigen Bewegungen, sein

Lachen. Besonders aber beeindruckte sie seine innere Kraft. Von allem, was er tat, ging eine ungeheure Intensität aus, ob er nun mit ihr sprach, sie ansah oder sie berührte.

Die Straßen waren nahezu menschenleer, als sie langsam nach Hause schlenderten. Marcus hatte den Arm um sie gelegt, und sie hatte nichts dagegen einzuwenden.

Ich glaube, ich muss mich vor dem italienischen Wein hüten, dachte sie. Er ist viel zu stark für mich.

Marcus konnte offenbar Gedanken lesen, denn als sie sich dem Palast näherten, fragte er: „Hat Ihnen das Restaurant gefallen?"

„Ja."

„Das Essen auch?"

„Ja."

„Und der Wein?"

„Er war mir etwas zu trocken."

„Dann werden wir nächstes Mal eine liebliche Sorte bestellen", sagte er leise. Im Schatten der Treppenstufen schloss er sie in die Arme. Chrissie schaute zu ihm auf, während er ihr den Rücken streichelte. Marcus erwiderte ihren Blick. Er schaute ihr tief in die Augen und sagte: „Wenn Sie wirklich Tony den Vorzug geben, muss ich mich rechtzeitig informieren, was ich versäume."

Es war Chrissie bewusst, dass es besser gewesen wäre, sich aus der Umarmung zu befreien, aber sie hatte keine Widerstandskraft. Seine Augen kamen immer näher, bis sie schließlich seine Lippen spürte. Sie hatte erreicht, was sie wollte: Marcus war von ihr beeindruckt. Auf der anderen Seite jedoch war auch sie seinem Charme völlig erlegen.

Marcus küsste sie so leidenschaftlich, dass sie alles um sich herum vergaß. Während er ihre Wangen und ihren Hals liebkoste, vergrub sie die Finger in seinem Haar. Niemand hatte sie jemals so inbrünstig geküsst und damit einen solchen Sturm der Leidenschaft in ihr hervorgerufen.

Vielleicht liegt es an Venedig und dem Vollmond, dass ich in einer Stimmung bin, die ich bisher nicht kannte, dachte sie. Doch nein, es hängt einzig und allein mit diesem Mann zusammen, mit Marcus di Medici.

Langsam löste er sich von ihren Lippen, streichelte ihr über das Haar und küsste sie zärtlich auf die Stirn. Als er einen Schritt zurücktrat, wäre sie fast gefallen, so sehr zitterten ihr die Knie. Er stützte sie und lächelte.

„Christi", sagte er leise. Dann wurde der Mond von einer Wolke verdeckt, und als sie sein Gesicht wieder deutlich erkennen konnte, hatte sich der Ausdruck darin verändert. „Es ist ein Jammer", sagte er gleichmütig, „dass Ihnen so viel am Geld liegt, weil ich nur so wenig davon habe."

Sie hätte ihn am liebsten geohrfeigt, beherrschte sich jedoch, weil sie wusste, dass er sich darüber nur lustig machen würde. Deshalb lächelte sie eisig. „Machen Sie sich keine Sorgen. Wie ich Ihnen bereits sagte, finde ich Tony bei Weitem charmanter. Gute Nacht, Marcus. Vielen Dank für das Abendessen und für … die angenehme Unterhaltung."

Chrissie war vor Wut wie benommen. Aber sie war froh, dass sie sich so gut in der Gewalt hatte. Schnell lief sie ins Haus und die Treppe hinauf in ihr Zimmer. Was bezweckte er mit seinem seltsamen Benehmen? Er spielte irgendein Spiel mit ihr, dessen Sinn sie noch nicht erkennen konnte. Andererseits war sie sich sicher, dass er sie begehrte. Das hatte sie vom ersten Moment an gespürt.

Chrissie atmete tief durch und ging unruhig in ihrem Zimmer auf und ab. Manchmal hatte sie den Eindruck, dass Marcus sie verabscheute. Dann wiederum lächelte er sie an und war zärtlich und liebevoll. Und seine Umarmungen, die Leidenschaft, die zwischen ihnen aufflammte, all das war nicht gespielt. Es war ein Zustand der Erregung, der irgendwann zur Explosion führen musste.

Chrissie ließ sich erschöpft auf das Bett sinken. Alles hier war geheimnisvoll, der Palast, die Vergangenheit und auch Marcus. Auch Schuld spielte dabei eine Rolle. Ihr Verstand sagte ihr, dass Marcus der Schuldige sein konnte, während ihr Herz widersprach. Irgendwo im Palast lauerte das Böse.

Plötzlich wurde sie wieder von einer Art dunkler Vorahnung ergriffen. Irgendetwas würde passieren, das spürte sie. Sie war hierhergekommen, um zu erfahren, was sich damals ereignet hatte. Sie hatte es herausbekommen. Jetzt ging es nur noch darum, zu beweisen, dass nicht ihr Vater der Mörder gewesen war. Auch durch die Tatsache, dass Marcus sie derart faszinierte, durfte sie sich von diesem Vorsatz nicht abbringen lassen.

Chrissie duschte und legte sich schlafen. Alfred wird mir alles sagen, was ich wissen muss, dachte sie. Und wenn er behauptet, dass mein Vater unschuldig ist, so wird das schon stimmen. Hauptsache, es lässt sich auch beweisen.

Chrissie wachte mitten in der Nacht auf und fragte sich, was sie geweckt haben mochte. Sie hatte das Gefühl, als würde sich jemand im Zimmer befinden. Vorsichtig öffnete sie die Augen. Im hellen Mondlicht konnte sie bis in alle Winkel sehen. Erleichtert atmete sie auf. Es war niemand da.

Sie ging ins Badezimmer hinüber, aber auch dort fand sich kein Hinweis darauf, dass jemand in ihrem Zimmer gewesen war. Chrissie setzte sich verwirrt auf die Bettkante. Sie war so sicher gewesen, dass jemand in der Nähe war.

Unwillkürlich zog es sie auf den Balkon hinaus, den sie bis jetzt noch nicht betreten hatte. Der Mond leuchtete vom sternenklaren Himmel. Auf nackten Füßen schlich Chrissie über den Balkon und sah, dass die Terrassentüren, die in Marcus' Zimmer führten, offen standen. Neugierig trat sie näher und lugte um die Ecke.

Im Mondlicht sah sie an der gegenüberliegenden Wand sein Bett stehen. Die Laken waren zurückgeschlagen, aber das Bett war leer. Auf einer Kommode an der anderen Wand stand eine französische Kaminuhr. Der Fußboden war mit hellen Perserteppichen ausgelegt.

Chrissie fragte sich, wo Marcus stecken mochte. War er vielleicht doch vorhin in ihrem Zimmer gewesen? Und wenn ja, warum? Sie holte tief Luft. Eigentlich war es unmöglich, dass sie hier stand und heimlich in Marcus' Zimmer spähte. Sie wandte sich um und wollte auf Zehenspitzen wieder in ihr eigenes Zimmer zurückkehren, als plötzlich eine Hand hinter dem Vorhang hervorkam und sie am Arm ergriffen wurde. Erschrocken schrie sie auf.

Chrissie schaute auf, sie sah in Marcus' dunkle Augen. „Seien Sie sofort still, oder haben Sie Lust, allen im Haus zu erklären, warum Sie mitten in der Nacht vor meinem Zimmer herumschleichen?"

Sie schüttelte entsetzt den Kopf, und Marcus gab sie frei. Auch er war barfuß und trug nur einen kurzen Hausmantel. An seinem Hals glänzte eine schwere goldene Kette mit einem Medaillon daran. „Sie hätten einfach klopfen sollen. Ich hätte Sie gern hereingelassen", bemerkte er herausfordernd.

Chrissie ging zum Angriff über. „Was wollten Sie in meinem Zimmer?"

„Aber meine Liebste, dies ist doch mein Zimmer."

„Es war aber jemand in meinem Zimmer", beharrte Chrissie.

Marcus lachte. „Ich versichere Ihnen, dass Sie es schon merken würden, wenn ich in Ihrem Zimmer wäre."

Chrissie drehte sich wütend um und kehrte in ihr Zimmer zurück. An der Tür wandte sie sich noch einmal um und prallte gegen Marcus.

„Leise!", flüsterte er und legte den Finger auf die Lippen.

„Was wollen Sie denn?", fragte sie ungehalten. Sie waren beide halb nackt, und Marcus war ihr so nahe, dass sie ihn beinahe auf ihrer Haut spüren konnte.

„Wir werden Ihr Zimmer untersuchen", flüsterte er. Geräuschlos inspizierte er dann alle Ecken und auch das Badezimmer. „Ist die Tür verschlossen?", wollte er dann wissen.

„Ja. Bitte gehen Sie jetzt."

„Wie Sie wünschen." An der Balkontür drehte er sich noch einmal um und bemerkte herausfordernd: „Ihr Nachthemd gefällt mir übrigens ausgezeichnet, das wollte ich Ihnen gestern schon sagen."

Chrissie war froh, dass er ihr Gesicht in dem dunklen Raum nicht erkennen konnte, denn sie errötete bis unter die Haarspitzen. Als sie sich wieder schlafen legte, war sie entschlossen, gleich am nächsten Morgen ein paar schlichte, hochgeschlossene Baumwollnachthemden zu kaufen. Dann fragte sie sich jedoch, ob es dafür einen Grund gab. Schließlich würde sie Marcus kaum weiterhin jede Nacht über den Weg laufen.

„Ich hätte die Terrassentüren schließen sollen", dachte sie ärgerlich. Aber es kam ihr nicht in den Sinn, aufzustehen und das Versäumte nachzuholen.

Als Chrissie am nächsten Morgen später als sonst in den Hof hinunterging, war der Frühstückstisch zwar noch einladend gedeckt, aber von den Hausbewohnern war niemand mehr zu sehen. Sie wollte sich gerade Kaffee einschenken, als plötzlich jemand hinter ihr sagte: „Guten Morgen, Signorina Tarleton."

Chrissie fuhr erschrocken herum und sah Genovese langsam auf sich zukommen.

„Guten Morgen, Genovese", gab sie zur Antwort. „Ich bin ein bisschen spät heute. Es ist sehr nett von Ihnen, dass Sie den Kaffee für mich warm gehalten haben, molto grazie."

Genovese lachte in sich hinein. „Es heißt mille grazie, aber molto bene. Früher sind Sie mit der Sprache besser zurechtgekommen."

„Ja, es ist seltsam", entgegnete sie nachdenklich, „manches vergisst man, und an manches kann ich mich genau erinnern."

„Können Sie sich noch an Ihre Kinderjahre in Venedig erinnern?"

„Nein, kein bisschen", sagte sie schnell, weil sie nicht wusste, ob sie Genovese trauen konnte. „Wo sind denn die anderen?"

„Alfred und Marcus arbeiten, Tony ist noch in Florenz. Sophia ist in die Stadt gegangen, und die Contessa befindet sich in der Kapelle."

„In der Kapelle?"

„Ja, sie meditiert dort."

„Das heißt wohl, dass sie nicht gestört werden möchte?"

„Ja, so ist es. Brauchen Sie noch etwas?"

„Nein, Genovese, mille grazie."

„Dann ziehe ich mich jetzt zurück."

Ja, bitte tun Sie das, dachte Chrissie bei sich. Sie fühlte sich unbehaglich in seiner Gegenwart, obwohl sie dazu keinen unmittelbaren Anlass hatte, denn Genovese verhielt sich stets höflich und zuvorkommend. Dennoch war ihr allein wohler zumute. Sie trank Kaffee, aß ein Hörnchen und entschloss sich, danach einige Nachthemden zu kaufen. Auf dem Weg ins Wäschegeschäft konnte sie auch gleich eine Buchhandlung aufsuchen, um sich ein Wörterbuch anzuschaffen.

Schnell holte Chrissie ihre Handtasche und gab Genovese Bescheid, dass sie über Mittag in der Stadt bleiben würde.

In einem Textilgeschäft fand sie auf Anhieb lange, schlichte Baumwollnachthemden. Spontan kaufte sie sich noch ein raffiniertes schwarzes Cocktailkleid, weil es im Preis heruntergesetzt worden war.

Danach bummelte sie durch Venedig und bewunderte die vielen Brücken, die malerischen Gässchen und die schönen alten Kirchen. Als sie ein Café sah, machte sie eine Pause, um sich Brot, Käse und Cappuccino zu bestellen. Sie wollte in Ruhe darüber nachdenken, was sie schon alles in Erfahrung gebracht hatte.

Plötzlich wurde sie wieder von dieser seltsamen Unruhe erfasst, von dem Gefühl, dass gleich etwas passieren würde. Sie war jetzt davon überzeugt, dass in der vergangenen Nacht jemand in ihrem Zimmer gewesen war. Marcus vielleicht? Immerhin war er noch wach gewesen. Nein, Marcus hätte nicht gelogen. Aber welchen Grund hatte sie eigentlich, ihm zu vertrauen?

Da Chrissie mit ihren Überlegungen nicht weiterkam, bezahlte sie und machte sich auf den Heimweg. Sie vertraute darauf, dass Alfred ihr am Freitag einiges erzählen würde. Dann würde sie die Unschuld ihres Vaters beweisen können und sofort nach Paris zurückkehren.

Als Chrissie den Palazzo betrat, war sie durstig von dem langen Weg und beschloss, sich eine Erfrischung zu holen. Sie ging zur Küche, blieb jedoch vor der Tür stehen, als sie Stimmen von innen hörte. Zwei Männer debattierten sehr erregt auf Italienisch miteinander.

Die erste Stimme erkannte sie sofort. Es musste Alfred Contini sein. Dann hörte sie auch heraus, wer sein Gesprächspartner war – Genovese nämlich. Unentschlossen blieb sie draußen stehen. Da sie nicht den Eindruck erwecken wollte, als hätte sie diese Auseinandersetzung belauscht, selbst wenn sie kaum etwas verstand, wollte sie lieber in den Innenhof gehen. Vielleicht stand ja dort auf einem der Tische eine Karaffe mit Wasser. Sie hoffte auch, dass Alfred irgendwann herauskommen und ihr erklären würde, was vorgefallen war.

Aber Chrissie gelangte nicht bis in den Hof. Am Ende der Halle erblickte sie zufällig eine schmiedeeiserne Tür, die sie zuvor nicht bemerkt hatte. Dahinter führte eine Marmortreppe nach unten. Der Anblick dieser Treppe kam ihr irgendwie bekannt vor. Die Treppe musste ins Kellergeschoss und gleichzeitig in die Katakomben führen. Ja, und natürlich in die Hauskapelle. Die Stufen zogen sie wie magisch an. Sie öffnete die Tür und ging leise hinunter.

Die Treppe war nicht beleuchtet, aber unten konnte sie einen Lichtschimmer sehen. Als sie auf der letzten Stufe stand, schaute sie sich um. Linker Hand öffnete sich ein Bogengang, der in absoluter Dunkelheit endete. Das musste der Tunnel sein, der unter dem Kanal hindurch in die Galerie führte. Rechts lag die erleuchtete Kapelle.

Chrissie trat näher. Der Raum war schlicht gehalten. Er enthielt einen Altar mit einem großen goldenen Kreuz und einige Bankreihen. Die Decke war mit Fresken verziert, an den Wänden hingen Gemälde mit religiösen Motiven. Unsicher trat Chrissie vor den Altar. Sie wusste genau, dass sie hier schon einmal gewesen war.

„Erkennst du unsere Kapelle wieder?" hörte sie eine leise Stimme.

Chrissie fuhr herum und sah Gina di Medici in der letzten Bankreihe knien, die vorher von der geöffneten Tür verdeckt worden war.

„Entschuldigen Sie bitte. Ich hatte nicht damit gerechnet, dass Sie hier sind."

Gina lächelte verhalten und kam auf sie zu. „Als du klein warst, hast du gern hier unten gespielt. Wir haben immer versucht, dir zu erklären, dass eine Kapelle ein Ort der Einkehr ist, aber das hast du damals nicht verstanden."

„Ich war wohl sehr respektlos?"

„Du warst noch zu klein, um das zu verstehen." Ginas strahlend blaue Augen wirkten traurig wie immer.

„Ich lasse Sie jetzt wieder allein", sagte Chrissie verständnisvoll.

„Nein, warte einen Moment, Christina. Ich möchte dir noch sagen, dass ich mich wirklich über deinen Besuch freue. Ich habe dich sehr vermisst. Wie du weißt, habe ich keine Töchter, außerdem haben deine Mutter und ich uns immer sehr gut verstanden. Es tut mir leid, dass ich eine so schlechte Gesellschafterin bin, aber ich komme einfach nicht darüber hinweg …"

„Sie sind eine schöne Frau und könnten noch einmal ganz von vorn anfangen", wandte Chrissie ein.

„Das ist wohl wahr, aber Mario war eben ein Mann …" Sie zögerte und schaute Chrissie dann direkt in die Augen. „Marcus ist seinem Vater wie aus dem Gesicht geschnitten. Nun verstehst du vielleicht, was ich meine."

„Ihre Söhne sind beide prächtig. Sie können wirklich stolz auf sie sein."

Gina lächelte. „Tony ist sehr liebenswert. Aber du kannst nicht bestreiten, dass von Marcus eine ganz eigene Anziehungskraft ausgeht. Als Frau spürt man das einfach, findest du nicht? Mario war ganz genauso. Ich habe ihn von ganzem Herzen geliebt, und für das, was ich mit ihm verloren habe, habe ich seither keinen Ersatz gefunden. Aber noch einmal, Christina: Du bist mir sehr willkommen."

„Danke, nett von Ihnen", entgegnete Chrissie leise und hatte trotzdem den dringenden Wunsch zu gehen. „Ich habe schrecklichen Durst", sagte sie schnell.

„Limonade steht im Hof."

„Vielen Dank." Chrissie verließ die Kapelle und lief die Treppe hinauf. Fürchtete sie sich denn immer noch vor Gina? Oder beunruhigte sie das, was sie über Marcus gesagt hatte? Es stimmte ja, auch sie konnte sich seiner Anziehungskraft nicht entziehen, und dennoch traute sie ihm nicht.

Chrissie seufzte und eilte durch die Halle in den Innenhof hinaus. Dann musste sie lächeln, als sie Alfred ganz allein dort am Tisch sitzen sah. Er hielt die Augen geschlossen und hatte den Kopf zurückgelehnt. Die Abendsonne schien auf sein spärliches Haar.

Chrissie trat zu ihm. Gerade wollte sie ihn ansprechen, als sie ihn murmeln hörte. Sie glaubte, dass er eingenickt war und im Schlaf sprach. Dann sagte er plötzlich auf Englisch: „Erpressung, Erpressung ... einen Erpresser darf man nicht bezahlen."

Chrissie kniete sich erschrocken neben ihn und streichelte sanft über seinen Arm. „Alfred, was ist denn los? So wachen Sie doch auf!"

Er fuhr hoch, als hätte ihn panische Angst ergriffen. Dann erkannte er Chrissie und sagte erleichtert: „Du bist es, Christi."

„Was haben Sie denn, Alfred? Kann ich Ihnen helfen?"

„Lass dich niemals erpressen, Christi. Und hüte dich davor, mit einer Lüge zu leben."

„Bitte vertrauen Sie sich mir an, Alfred."

„Am Freitag", entgegnete er leise, „wenn wir allein sind."

*E*ine Viertelstunde später waren auch die anderen Hausbewohner nach und nach im Hof erschienen. Sie saßen am Tisch, tranken Wein oder Limonade und betrachteten den Sonnenuntergang.

Chrissie fragte sich immer wieder, vor wem Alfred sich fürchtete. Obgleich er sich gerade mit Marcus unterhielt, wirkte er immer noch unglücklich und gehetzt. Erpressung war das Stichwort. Wer von den Hausbewohnern mochte ihn erpressen und womit? Vielleicht hat es mit Marios Tod zu tun, dachte sie. Irgendjemand kennt den Mörder und weiß, dass es nicht mein Vater gewesen ist.

Dann schüttelte sie den Kopf. Warum hätte diese Person Alfred erpressen sollen? Das ergäbe nur Sinn, wenn Alfred selbst der Mörder wäre, aber das konnte Chrissie sich nicht vorstellen. Schützte er dann vielleicht jemanden? Aber wen?

Fredo Talio und Joe Conseli betraten den Hof.

„Fredo, Joe!" Sophia ging den beiden entgegen und führte sie an den Tisch. Die beiden Männer begrüßten die anderen in der Runde und vertieften sich dann sofort in ein Gespräch mit Marcus, in dem es offenbar um geschäftliche Dinge ging. Chrissie stellte erfreut fest, dass sie bereits das eine oder andere auf Italienisch verstand. Das Gespräch drehte sich um ein Kostüm für die neue Ausstellung und um die Öffnungszeiten während der Sommermonate.

Als könnte Alfred Gedanken lesen, flüsterte er ihr zu: „Bemühe dich, deine Italienischkenntnisse aufzufrischen, Christi."

„Ja, das habe ich mir ohnedies vorgenommen."

Vor wem mochte Alfred Angst haben? Diese Frage stellte sich Chrissie immer wieder. Vor Genovese vielleicht? Sie musste wieder an den Streit von vorhin denken. Und warum vertraute er sich nicht Marcus oder Tony an?

„Wie hat Ihnen die Galerie gefallen, Miss Tarleton?", fragte Joe Conseli sie höflich.

„Ich war sehr beeindruckt, aber wahrscheinlich würde es Tage dauern, sich alles wirklich gründlich anzusehen."

„Wenn man sich ernsthaft damit beschäftigen will, bestimmt."

„Wir werden ihr auf jeden Fall Gelegenheit geben, alles genau zu studieren", mischte sich Marcus in das Gespräch ein.

Chrissie fühlte sich sehr unwohl. Sie hörte plötzlich aus allem, was die anderen zu ihr sagten, einen Unterton heraus. Oder bildete sie sich das nur ein? War ihre Fantasie bereits überreizt?

„Also, haben Sie Lust?"

„Bitte? Was?" Chrissie schrak zusammen. Sie war so in Gedanken versunken gewesen, dass sie nicht gehört hatte, wie Marcus sie etwas fragte.

„Ich hatte Sie gefragt, ob Sie Lust hätten mitzukommen."

„Wohin denn?" Chrissie hatte das Gefühl, als sähen sie alle am Tisch an.

„Wo warst du denn mit deinen Gedanken, Christi?" Gina lachte. „Marcus möchte dir die ‚Kirche der kleinen Blume' zeigen."

„Entschuldigung, ich hatte gerade nicht zugehört. Was hat es mit dieser Kirche auf sich?"

„Sie droht zu versinken", erklärte Alfred. „Aber Marcus arbeitet in einem Verein mit, der sich die Rettung der alten Gebäude Venedigs zur Aufgabe gemacht hat."

„Ich glaube, die Kirche wird dich interessieren", redete Gina ihr zu.

Gina hatte bestimmt bemerkt, dass sich zwischen Marcus und ihr etwas anbahnte. Es fragte sich nur, ob Gina diese Entwicklung billigte oder nicht.

„Also, Christi?" Marcus stand auf.

Chrissie nickte zustimmend, und sie verließen mit kurzem Gruß den Hof. Als sie aus dem Haus traten, fragte Chrissie: „In welche Richtung gehen wir?"

„Ein Stück den Canale Grande hinunter und dann nach links." Er nahm ihre Hand und führte sie zu der hauseigenen Anlegestelle. „Aber wir gehen nicht, sondern nehmen das Motorboot."

Chrissie freute sich über diese Abwechslung. Marcus sprang in das Boot und fasste sie dann um die Taille, um ihr hineinzuhelfen. Während der Fahrt bewunderte sie wieder einmal die Bauwerke, an denen sie vorbeikamen. Venedig war bereits tagsüber schön, abends jedoch war es einfach bezaubernd. Alles war in ein sanft fließendes Licht getaucht, die Wasseroberfläche glitzerte, und die Luft war angenehm erfrischend.

Und dazu die Gesellschaft eines Mannes wie Marcus …

Als sie in einen kleinen Seitenkanal einbogen, deutete Marcus nach vorn und sagte: „Dort drüben ist die Kirche. Wie gefällt sie Ihnen?"

Chrissie betrachtete das Bauwerk aufmerksam, während sie näher heranfuhren. Es war ein gotisches Gebäude, an dessen Dachfirst zahlreiche Wappen angebracht waren. Die Kirche war nicht allzu groß, aber hübsch, und die Treppe, die zum Eingang führte, befand sich auffallend nah am Wasser.

„Sehr hübsch", sagte Chrissie.

„Sehen Sie genauer hin."

„Die Wände bröckeln, und die Treppe ist viel zu nah am Wasser."

„Genau", bestätigte Marcus.

Plötzlich öffnete sich das Portal. „Conte di Medici! Marcus! Guten Abend."

Ein junger Mann stand an der Tür. Als er Chrissie erblickte, fragte er Marcus, wer die schöne Frau sei. So viel Italienisch verstand sie bereits. Die italienischen Männer sind doch alle gleich, dachte sie belustigt.

„Eine Amerikanerin. Bitte sprich Englisch mit ihr, Salvatore."

„Hallo!", begrüßte Salvatore sie und war ihr beim Aussteigen behilflich. Er lächelte, und Chrissie fand ihn auf Anhieb sympathisch.

„Hallo, Salvatore", erwiderte sie seinen Gruß.

Sowie sie auf festem Boden standen, legte Marcus den Arm um sie. „Das ist Christi Tarleton, Salvatore. Christi, ich stelle Ihnen hiermit Salvatore Astrello, einen meiner besten Freunde, vor."

„Kommt herein, ich möchte eure Meinung hören."

Sie betraten die kleine Kirche, und Chrissie schaute sich neugierig um. Der Innenraum war mit einem Hauptaltar und mehreren kleineren Seitenaltären ausgestattet. Neben dem Hauptaltar befand sich eine wunderschöne Kanzel, die aber auch bereits zu verfallen begann. Der Steinfußboden war ausgetreten.

Marcus sah Salvatore stirnrunzelnd an. „Hat der Verein es etwa abgelehnt, das Gebäude zu übernehmen?"

Salvatore nickte betrübt.

„Das wundert mich nicht. Die Kosten wären immens." Marcus wandte sich an Chrissie und erklärte: „Wir arbeiten beide in einem Verein mit, der sich um die Erhaltung alter Baudenkmäler bemüht."

„Wenn der Verein die Übernahme eines Gebäudes aus Kostengründen ablehnt, springen wir manchmal auch mit privaten Mitteln ein", fügte Salvatore hinzu. „Sehen Sie sich den Altar an, Christi. Darunter liegt ein Kardinal aus dem 16. Jahrhundert begraben, den die Leute hier wie einen Heiligen verehren. Diese Kirche gehört zu einer kleinen Gemeinde. Wenn sie nicht erhalten bleibt, haben die Bewohner dieses Stadtteils kein eigenes Gotteshaus mehr."

„Ich verstehe", bemerkte Chrissie.

Salvatore wandte sich an Marcus. „Also, was soll nun werden?"

Marcus überlegte. „Zunächst müssten neue Stützpfeiler eingezogen werden, da das alte Holz bereits sehr morsch ist. Auch die Fresken müssten restauriert werden. Im Grunde ist alles renovierungsbedürftig."

Salvatore nickte. „Ich weiß. Also?"

„Du bringst mich noch ins Armenhaus. Ich hoffe nur, dass du auch zur Stelle bist, wenn der Palazzo di Medici eines Tages zu versinken beginnt."

„Ich wusste, dass ich mich auf dich verlassen kann." Salvatore strahlte. „Wollen wir irgendwo auf unsere Rettungsaktion anstoßen?"

Marcus sah Chrissie fragend an, und sie nickte. Sie fuhren zu einem nahe gelegenen Café. Dort erfuhr Chrissie, dass Salvatore von Beruf Anwalt war und gar nichts von Kunst verstand. Daher musste man ihm seinen Einsatz für die Erhaltung der historischen Gebäude umso höher anrechnen.

Sie bestellten deutsches Bier und italienische Pizzas, die mit Tomaten, verschiedenen Käsesorten, Oregano und Knoblauch belegt waren. Aus Lautsprechern erklangen englische und amerikanische Schlager. Salvatore forderte Chrissie zum Tanzen auf. Danach tanzte sie mit Marcus. Zufällig wurde gerade ein langsames italienisches Liebeslied gespielt. Marcus zog sie enger an sich, bis ihre Wangen sich berührten. Das Herz klopfte Chrissie bis zum Hals.

Im Palast gingen geheimnisvolle Dinge vor. Die Schatten der Vergangenheit waren zurückgekehrt. Vor einundzwanzig Jahren hatte jemand einen Mord begangen, und noch heute Nachmittag hatte Alfred Contini von Erpressung gesprochen. Marcus war in irgendeiner Weise in diese Dinge verwickelt. Aber jetzt, da er sie in den Armen hielt und sie seine Wärme spürte, hatte nur die Stimme ihres Herzens Gewicht. Und ihr Herz sagte ihr, dass er unschuldig war.

„Du tanzt so leicht wie eine Gazelle", flüsterte er ihr ins Ohr. Dann neigte er den Kopf und küsste sie. Es war ein flüchtiger Kuss, und dennoch erweckte er in Chrissie ein Verlangen nach mehr Liebe und Zärtlichkeit. Er schaute ihr tief in die Augen und zog sie danach wieder an sich, um sich nach der sanften Melodie mit ihr zu wiegen.

„Wie steht es mit Alfred?", fragte er nach einer Weile.

Chrissie warf verärgert den Kopf zurück. Dieses Thema passte absolut nicht hierher. „Wie meinen Sie das?"

„Haben Sie ihn schon dazu überreden können, dass er Ihnen sein Geld hinterlässt?"

Wollte er sich über sie lustig machen? Was bezweckte er mit diesen Anspielungen? „Ich gebe mir die größte Mühe", entgegnete sie übertrieben liebenswürdig.

„Es wäre wirklich bedauerlich, wenn Ihnen das gelänge", fuhr er lächelnd fort, „denn dann wären Sie nicht mehr auf einen di Medici als Ehemann angewiesen."

„Wieso bedauern Sie das? Ich habe Ihnen doch bereits gesagt, dass ohnedies nur Tony für mich infrage käme."

Sein Lächeln verschwand, und er führte sie von der Tanzfläche, obwohl das Stück noch nicht beendet war. Salvatore hatte eine neue Runde Bier bestellt, und der Abend verlief weiterhin angenehm, aber die Nähe zu Marcus, die sie soeben noch verspürt hatte, wollte sich nicht wieder einstellen.

Als sie auf dem Heimweg Salvatore vor der Kirche absetzten, fragte dieser Marcus, ob er Anna grüßen solle. Marcus entgegnete etwas auf Italienisch. Als sie nach Hause fuhren, fragte Chrissie: „Wer ist Anna?"

„Eine Freundin", erwiderte er wortkarg. Chrissie schwieg. Je näher sie dem Palast kamen, desto unruhiger wurde sie. Plötzlich entschloss sie sich, Marcus herauszufordern. Sie musste unbedingt wissen, welche Rolle er spielte.

„Ich glaube, Alfred wird erpresst", sagte sie unvermittelt. „Haben Sie eine Ahnung, warum oder von wem?"

„Erpresst?", wiederholte er ungläubig. „Wer sollte Alfred erpressen und aus welchem Grunde?"

Chrissie fragte sich, ob seine Überraschung echt oder gespielt war. „Ich weiß es nicht, aber ich glaube, es hängt mit den Vorfällen von damals zusammen."

„Und ich glaube, dass Sie eine blühende Fantasie haben", entgegnete Marcus kurz. „Sie sehen Gespenster."

„Das stimmt nicht! Da mein Vater Ihren Vater nicht umgebracht hat, muss es jemand anders gewesen sein. Alfred weiß vielleicht ..."

„Hören Sie endlich auf mit diesen sinnlosen Verdächtigungen!", rief Marcus ungehalten aus.

„Warum? Wenn sie so sinnlos sind, haben Sie doch nichts zu befürchten."

Marcus schimpfte leise. Sie hatten gerade den Anlegeplatz vor dem Palast erreicht. Er nahm ihre Hand und zerrte sie geradezu aus dem Boot.

„Lassen Sie mich los!"

„Erst hören Sie mir zu. Was geschehen ist, können Sie nicht mehr ändern. Wozu also rühren Sie all das wieder auf?"

„Ich möchte die Wahrheit erfahren. Und Sie werden mich nicht daran hindern!", entgegnete Chrissie wütend und befreite die Hand aus seinem Griff. Danach eilte sie in den Palast und die Treppe hinauf in ihr Zimmer. Dort schlüpfte sie in eines der neuen Nachthemden und legte sich ins Bett. Aber sie konnte keine Ruhe finden. Ständig musste sie an Marcus' dunkle Augen denken, an den Zorn, den sie eben darin gelesen hatte, aber auch an die Zärtlichkeit, die vorher in seinem Blick zu sehen war.

Endlich fiel sie in einen unruhigen Schlaf, aus dem sie mehrmals erwachte. Einmal sah sie jemanden in der Terrassentür stehen. Sie wollte schreien, doch dann erkannte sie Marcus. Er ging durch ihr Zimmer und überprüfte, ob die Zimmertür von innen verschlossen war. Dann blieb er vor ihrem Bett stehen. Chrissie stellte sich schlafend. Er ging leise wieder hinaus und verschwand über die Terrasse.

Chrissie fragte sich, ob Marcus tatsächlich um ihre Sicherheit besorgt war.

Als Chrissie erwachte, hörte sie laute Popmusik durch das Haus schallen. Sie lächelte, stand auf und nahm ein leichtes Strickkleid aus dem Schrank. Es war Freitag. Heute Nachmittag hatte sie endlich die Verabredung mit Alfred. Als sie den Innenhof betrat, wurde ihr klar, wer für die Musik verantwortlich war. Tony war zurückgekehrt.

Er saß am Tisch und schlug mit Löffel und Messer den Takt. Als er Chrissie erblickte, sprang er auf und umarmte sie. „Christie! Wie schön, dass Sie auf mich gewartet haben!"

Chrissie lachte und sagte dann: „Ist die Musik nicht ein bisschen laut?"

„Ja, aber nur ein bisschen. Die anderen sind alle weg, also kann ich so viel Krach machen, wie ich will. Oder stört es Sie vielleicht?"

Chrissie schüttelte den Kopf. Tony schenkte ihr Kaffee ein. „Wissen Sie, der Palast sieht nur alt aus. In Wirklichkeit haben Marcus und ich ihn vor einigen Jahren vollkommen modernisiert. Alle Leitungen sind neu verlegt worden, und wir haben auch eine Tonanlage mit Lautsprechern in allen Zimmern installiert."

„Wie war Florenz?"

„Sehr schön … aber ihr Name ist Angela."

„Und mich lassen Sie hier mit den alten Damen allein."

Er legte ihr die Hand auf den Rücken und entgegnete leise: „Aber ich hätte bei Ihnen doch sowieso keine Chance gehabt." Dabei blickte er über sie hinweg zum Eingang.

Chrissie fuhr herum. Wie sie vermutet hatte, stand Marcus dort und beobachtete sie und Tony. Wie lange mochte er schon so gestanden haben?

„Kommst du bitte mit hinunter zu den Handwerkern, Tony?", sagte er zu seinem Bruder, trat an den Tisch und schenkte sich ein Glas Orangensaft ein. Chrissie hatte er nur kurz zugenickt.

„Wenn es unbedingt sein muss. Was sagen sie überhaupt zu dem Zustand der Räume?"

„Dass es nicht so schlimm sei, wie wir gedacht haben. Der Tunnel ist in gutem Zustand, und die Fundamente beider Häuser sind auch noch in Ordnung. Bisher gibt es an keiner Stelle Wasserschäden. Unter der Galerie müsste jedoch vorsichtshalber eine Passage neu abgestützt werden. Komm bitte mit hinunter, Tony, und beaufsichtige die Arbeiten. Ich muss in die Galerie hinüber und mir die Buchführung ansehen. Irgendetwas stimmt dort nicht."

„Gut, gut, ich komme sofort. Mir ist eben keine Minute Ruhe vergönnt!", seufzte Tony. „Wollen wir nicht wenigstens heute Abend etwas zusammen unternehmen? Du könntest Anna anrufen, und Christi und ich …"

„Du tätest besser daran, dich bei Katarina zu melden", unterbrach

Marcus ihn lachend. „Sie hat in deiner Abwesenheit mindestens fünf Mal angerufen."

„Aber ich muss mich doch um Christi kümmern!"

„Keine Sorge, das übernehme ich."

„Moment", mischte Chrissie sich ein. „Vergessen Sie bitte nicht, dass ich erwachsen bin und daher sehr gut allein zurechtkomme. Verabreden Sie sich ruhig mit Ihren Freundinnen. Im Übrigen", sie warf Marcus einen vielsagenden Blick zu, „muss ich Alfred schon ein bisschen Zeit widmen, wenn ich an sein Geld kommen will."

„Sollten Sie bei ihm keinen Erfolg haben, vergessen Sie bitte nicht, es wieder bei uns zu versuchen." Marcus war hinter sie getreten und zog sie sanft am Haar.

„Das ist doch selbstverständlich." Chrissie genoss seine Nähe. „Außerdem habe ich heute Nachmittag noch einige Besorgungen zu machen und weiß noch nicht, wann ich zurückkomme."

Chrissie drehte sich um, aber Marcus war bereits wieder verschwunden. „Ihr Bruder ist wirklich furchtbar", beklagte sie sich bei Tony. „Er kommt und geht so geräuschlos, dass es schon fast unheimlich ist. Irgendwie erinnert er mich an ein Raubtier."

Tony lachte. „Dann seien Sie lieber vorsichtig, damit er Sie nicht mit Haut und Haaren verschlingt. Tut mir leid, aber ich muss jetzt an die Arbeit gehen." Er erhob sich seufzend. „Da fällt mir ein, Alfred hat Ihnen eine Nachricht hinterlassen. Sie liegt dort drüben auf dem Tablett."

Nachdem Tony gegangen war, griff Chrissie nach dem Briefumschlag. Er war zwar zugeklebt, sah jedoch so aus, als sei er schon einmal geöffnet worden. Sie riss den Umschlag auf und las: „Liebe Christi, wir treffen uns um halb sieben im Juwelensaal. Die Tür wird offen sein. Alfred."

Chrissie trank nachdenklich ihren Kaffee aus. Dann ging sie in ihr Zimmer hinauf. Auch hier war auf den ersten Blick alles unverändert. Und dennoch hatte sie das Gefühl, als sei bereits jemand dort gewesen. Sie schaute in Schränke und Schubfächer. Zwar fehlte nichts, aber es kam ihr so vor, als läge nicht mehr alles am selben Platz. Chrissie fröstelte.

Sie duschte, zog sich um und ging in die Stadt. Alfred würde sicherlich später erklären, was das alles zu bedeuten hatte. Bis dahin zog sie es vor, den di Medici aus dem Weg zu gehen.

Chrissie besichtigte verschiedene Kirchen und Museen. Außerdem erkundigte sie sich nach allen vorhandenen Bibliotheken und Archiven, weil sie in den nächsten Tagen nach den alten Unterlagen forschen wollte.

Als sie wieder nach Hause kam und vor der Galerie stand, stellte sie mit einem Blick auf die Uhr fest, dass sie sich etwas verspätet hatte. Sie eilte die Treppe hinauf zum Haupteingang. Dann zögerte sie. Irgendwo in der Galerie brannte noch Licht.

In der beginnenden Abenddämmerung kam ihr das riesige Gebäude plötzlich finster und bedrohlich vor. Worauf ließ sie sich da ein?

Doch dann gab sie sich einen Ruck. Schließlich lag es in ihrem eigenen Interesse, mit Alfred zu sprechen. Sie öffnete die Eingangstür und betrat das Gebäude. Das Herz klopfte ihr bis zum Hals, so aufgeregt war sie. Die Eingangshalle lag im Dunkeln, und es herrschte absolute Stille.

Chrissie lief die Treppe hinauf, die in den ersten Stock führte. Das Treppengeländer kam ihr eisig kalt vor, und je weiter sie nach oben gelangte, desto beklommener wurde ihr zumute. Oben kam sie an dem Saal mit der historischen Ausstellung vorbei. Die Tür stand offen, und sie blickte auf die altertümlichen Figuren, die ihr plötzlich unheimlich lebendig vorkamen. Sie begann zu zittern und musste sich energisch zur Ordnung rufen.

Als sie sich dem Juwelensaal näherte, blieb sie an der Tür stehen. Innen redete jemand leise auf Italienisch, jemand anders antwortete zornig. Vorsichtig schaute sie um die Ecke. Alfred stand direkt vor der Vitrine mit dem Familienschmuck. Da durch das kleine Dachfenster noch Licht fiel, konnte sie sein Gesicht gut erkennen. Er schien wütend und erregt zu sein.

Die andere Person stand ein paar Schritte entfernt und war in einen dunklen Umhang gehüllt. Auf dem Kopf trug sie eine Kapuze. Chrissie hätte nicht einmal sagen können, ob es sich um einen Mann oder eine Frau handelte.

„Nein, nein, nein!", rief Alfred gerade und schlug mit der Faust auf den Glaskasten. Chrissie sah, dass ein Zettel zu Boden fiel, ohne dass die beiden Streitenden es bemerkten. Ob er etwas mit dieser Auseinandersetzung zu tun hatte?

Jetzt ging Alfred aufgeregt auf und ab, und die Person folgte ihm. Die Auseinandersetzung wurde immer heftiger. Gerade wollte Chrissie sich bemerkbar machen, um den Streit durch ihre Gegenwart zu beenden, da schrie Alfred: „Mord! Erpressung! Wann hört das endlich einmal auf!"

Chrissie, die sich bereits im Saal befand, duckte sich und versteckte sich schnell hinter einer Vitrine.

„Nein!", rief Alfred. Chrissie spähte um die Vitrine herum und sah im Mondlicht ein Messer aufblitzen. Alfred rannte aus dem Saal, aber sein Verfolger blieb ihm auf den Fersen. Chrissie hörte ihre Schritte die Treppe hinunterpoltern, einige Sekunden später fiel die Eingangstür ins Schloss.

Ohne zu überlegen, ob sie vernünftig handelte, verließ sie ihr Versteck und lief hinter den beiden her. Als sie aus der Haustür trat, erblickte sie Alfred auf dem kleinen Vorplatz. Er keuchte und griff sich an das Herz. Die Person in dem dunklen Umhang war verschwunden.

„Alfred!" Schluchzend lief Chrissie auf ihn zu und stützte ihn. Aber er war zu schwer für sie. Langsam sank er zu Boden. Sie kniete sich neben ihn und rief laut um Hilfe. Aber es war weit und breit keine Menschenseele zu sehen.

„Christi ...", sagte er leise. „Bitte hilf mir."

„Ich bin ja da, Alfred. Aber ich muss Hilfe holen."

„Das sind die Sünden der Vergangenheit, Christi. Eines Tages holen sie einen ein. Hüte dich, Christi. Ich bin selbst schuld, weil ich die Wahrheit verschwiegen habe. Aber du sei vorsichtig. Marcus ..."

Seine Stimme versagte. Was meint er bloß? fragte Chrissie sich. Will er mich vor Marcus warnen? „Sprechen Sie jetzt nicht mehr, Alfred. Ich hole Hilfe."

Chrissie sah von Weitem Leute kommen, einen Mann, eine Frau und ein Kind. Noch einmal rief sie: „Hilfe!" Die Leute kamen herbeigeeilt, und als die Frau sah, in welchem Zustand Alfred sich befand, rief sie laut nach der Polizei und nach einem Arzt.

Mit Tränen in den Augen schaute Chrissie auf Alfred hinunter, dessen Kräfte allmählich nachließen. „Ich habe dich in Gefahr gebracht, liebe Christi", sagte er leise. „Aber ich will alles wiedergutmachen. Suche nach meinem neuen Testament. Aber pass gut auf ..."

„Beruhigen Sie sich bitte. Gleich kommt Hilfe."

Er schüttelte den Kopf. „Komm näher", flüsterte er heiser. „Du hast recht gehabt. Dein Vater hat Mario nicht getötet. Ich habe all die Jahre geschwiegen und mich damit dir gegenüber schuldig gemacht. Wenn du nach dem Testament suchst, dann hüte dich vor …"

Die Stimme erlosch. Chrissie starrte Alfred entsetzt an. Seine Augen waren gebrochen, und er atmete nicht mehr. „Nein!", rief sie verzweifelt und legte das Ohr auf seine Brust. Aber es gab keine Hoffnung mehr.

Von allen Seiten kamen Menschen gelaufen. Ein Mann in schwarzer Hose beugte sich herunter und sagte leise: „Leb wohl, mein Freund." Es war Marcus. „Er hat uns verlassen", sagte er daraufhin zu Chrissie und half ihr beim Aufstehen. Sie konnte sich kaum auf den Beinen halten. Marcus zog sie sanft an sich und strich ihr das Haar aus der Stirn.

Chrissie brach in Tränen aus und vergrub den Kopf an seiner Schulter. „Er ist ermordet worden, Marcus!"

Sie spürte, wie er zurückwich. „Nein, Christi, er hatte einen Herzanfall."

„Nein", widersprach sie.

„Still, um Himmels willen", warnte er sie.

Plötzlich hatte sie Angst. Wenn nun der Mörder wusste, dass sie alles mit angesehen hatte! Ein Polizist erschien und stellte Marcus Fragen, die dieser ruhig beantwortete. Alfreds Leichnam wurde in ein Tuch gehüllt und weggetragen. Langsam zerstreuten sich auch die Neugierigen.

Chrissie hatte das Gesicht in den Händen vergraben. Plötzlich fühlte sie, dass sie einen Ohrring verloren hatte. Aber was machte das schon aus. Marcus holte sie in die Wirklichkeit zurück. „Lassen Sie uns nach Hause gehen. Sie müssen sich von dem Schock erholen, und ich …" Er seufzte. „Ich muss meiner Mutter und Sophia schonend beibringen, was passiert ist."

Chrissie nickte stumm und ging neben Marcus her. Sie zerbrach sich den Kopf darüber, was Alfred ihr hatte sagen wollen. Konnte sie Marcus vertrauen, oder war er die Figur in dem dunklen Umhang gewesen?

Marcus nahm ihren Arm, und sofort wurde ihr warm. In solchen Momenten vermochte sie nicht zu glauben, dass er mit all dem Entsetzlichen etwas zu tun hatte. Oder war sie dabei, sich in ihn zu verlieben, und machte sich deshalb etwas vor?

6. KAPITEL

*D*rei Tage später wurde Alfred Contini zum letzten Male den Canale Grande hinuntergefahren. Die Gondel war mit schwarzen Tüchern verhängt, und neben seinem Sarg aus schwerem Eichenholz wachten Sophia und Gina. Chrissie saß in einem Boot zwischen Marcus und Tony. Auch der Palast, die Galerie und die nahe gelegene Gemeindekirche waren mit schwarzen Tüchern drapiert. Alfred Contini war eine bekannte Persönlichkeit gewesen, und so war der Trauerzug, der den Angehörigen den Kanal hinunterfolgte, beträchtlich.

Die Gondeln hielten vor der kleinen Kirche, die sie kürzlich besichtigt hatten. Während des langen Trauergottesdienstes weinte Gina leise hinter ihrem schwarzen Schleier, während Sophia stumm blieb. Als der Gottesdienst zu Ende war und die Leute langsam hinausgingen, bemerkte Chrissie, dass ein paar Arbeiter sich an den Fußbodenplatten neben dem Altar zu schaffen machten. Alfred sollte in dieser Kirche, deren Fortbestehen er zu Lebzeiten unterstützt hatte, beigesetzt werden. So hatte er es sich gewünscht.

Die Gondeln fuhren langsam zum Palast zurück. Nach und nach trafen dort auch die zahlreichen Freunde und Bekannten von Alfred ein und wurden mit leichten Speisen und Getränken bewirtet. Nie zuvor hatte Chrissie sich so einsam gefühlt. Alle sprachen Italienisch, und Marcus hatte sich seinen Gastgeberpflichten zu widmen. Als er sie mit einigen der Gäste bekannt machte, horchte sie bei dem Namen Anna Garibaldi auf. Anna war auffallend attraktiv und sehr elegant gekleidet. Außerdem wirkte sie ausgesprochen selbstbewusst.

Es war deutlich, dass sie sowohl mit Marcus als auch mit Tony auf sehr vertrautem Fuße stand. Von Sophia und Gina wurde sie besonders liebenswürdig behandelt. War Anna in ihren Augen vielleicht die ideale Ehefrau für einen Mann wie Marcus? Chrissie musste sich gestehen, dass sie Eifersucht verspürte.

Sie trank einen Schluck Wein und entschloss sich, sich bei nächster Gelegenheit unauffällig in ihr Zimmer zurückzuziehen. Aber gerade in diesem Augenblick kam Salvatore auf sie zu, begrüßte sie lächelnd und gab ihr einen Kuss auf die Wange. „Christi, es tut mir sehr leid. Hoffentlich trifft Alfreds Tod Sie nicht allzu schwer."

„Vielen Dank für Ihre Anteilnahme, Salvatore."

„Was haben Sie jetzt vor?"

Darüber hatte sie überhaupt noch nicht nachgedacht. Eigentlich war ihr Aufenthalt überflüssig geworden. Aber wie hätte sie abreisen können, nachdem sie um die genaueren Umstände von Alfreds Tod wusste? Bisher hatte sie keinem Menschen etwas von der Figur in dem dunklen Umhang erzählt, denn sie spürte instinktiv, dass sie ihr Leben aufs Spiel setzte, wenn sie ihr Schweigen brach.

Wem hätte sie außerdem trauen sollen? Marcus war ein di Medici. Und er war auffallend schnell am Unglücksort aufgetaucht. Aber nein, dachte sie dann, er würde sich nicht in einen Umhang hüllen und jemanden erpressen.

„Nun, Christi?"

„Bitte entschuldigen Sie, Salvatore, ich habe über Ihre Frage nachgedacht. Tatsächlich habe ich mir noch gar nicht überlegt, was ich jetzt machen soll."

„Sie müssen mindestens noch eine Woche hierbleiben."

„Weswegen?"

„Weil dann die Testamentseröffnung ist."

„Und was habe ich damit zu tun?"

„Alfred war Klient in der Anwaltskanzlei meines Vaters", erklärte Salvatore. „Nachdem Ihr Vater damals aus der Firma ausgeschieden war, hat Alfred Ihnen ein kleines Legat ausgesetzt. Da fällt mir ein, letzte Woche hat er meinen Vater angerufen und ihm angekündigt, dass er sein Testament ändern wollte. Aber soweit ich weiß, ist es dazu nicht mehr gekommen." Marcus war zu ihnen getreten, und Salvatore fragte ihn: „Weißt du, ob Alfred sein Testament geändert hat?"

Marcus blickte Chrissie durchdringend an und entgegnete dann: „Nein. Warum? Haben Sie ihn überreden können, Ihnen sein Geld zu vermachen, Christi?"

„Nein, aber er hat auch zu mir etwas von einem neuen Testament gesagt", erwiderte diese verärgert. „Ich nehme an, dass die di Medici den Hauptteil seines Vermögens erben?", wandte sie sich fragend an Salvatore.

„Sicherlich, aber es gibt einige Stiftungen und Legate. Außerdem erhält Sophia natürlich eine Pension."

„Ich fürchte, dann müssen Sie weiterhin nach einem reichen Ehemann Ausschau halten", sagte Marcus ironisch und kümmerte sich dann wieder um seine Gäste. Chrissie beobachtete, dass Anna ihm dabei behilflich war.

„Ich habe schreckliche Kopfschmerzen, Salvatore", entschuldigte sie sich. „Deshalb möchte ich mich lieber zurückziehen."

Salvatore küsste ihr die Hand. „Gute Nacht. Wir werden uns bestimmt bald sehen."

Als Chrissie in ihrem Zimmer angekommen war, zog sie das Trauerkleid aus. Auf ihrem Nachttisch lag ein einzelner Ohrring – eine Perle an einem langen Goldstäbchen. Als sie ihn erblickte, musste sie wieder daran denken, bei welcher Gelegenheit sie den anderen verloren hatte.

Bisher hatte sie sich keine Gedanken darüber gemacht, aber jetzt versuchte sie zu rekonstruieren, wo sie den Ohrring verloren haben konnte. Als sie die Treppe zum Juwelensaal hinaufgelaufen war, hatte sie ihn noch gespürt, also musste sie ihn verloren haben, als sie sich hinter der Vitrine versteckt hatte. Jetzt fiel ihr auch der Zettel wieder ein, der zu Boden gefallen war. Womöglich lagen Zettel und Ohrring noch unter der Vitrine, denn die Galerie war wegen des Trauerfalls für einige Tage geschlossen.

Wenn der Mörder den Saal betrat und ihren Ohrring fand, dann wusste er sofort, dass sie alles mit angesehen hatte. Sie musste sich den Ohrring unbedingt wiederholen. Aber wie? Chrissie schloss die Augen und stellte sich die räumlichen Gegebenheiten der Galerie vor. Da fiel ihr das Oberlicht ein, das sich direkt über der Vitrine mit dem Familienschmuck befand. Körperlich durchtrainiert, wie sie in ihrem Beruf war, musste es ihr leichtfallen, auf das Dach zu klettern und durch das Oberlicht einzusteigen. Die Vorstellung war ihr zwar unbehaglich, aber es bedeutete ihre einzige Chance.

Am nächsten Morgen ging Chrissie absichtlich spät hinunter, weil sie den Hausbewohnern ausweichen wollte. Genovese berichtete ihr, dass Marcus und Tony zur „Kirche der kleinen Blumen" gegangen seien, um die Renovierungsarbeiten vorzubereiten. Sie frühstückte schnell und eilte dann in die Stadt, um ein Seil und einen starken Haken zu besorgen.

Chrissie wartete bis Mitternacht und schlich sich dann leise aus dem Haus. Sie trug ein schwarzes Trikot und Gymnastikschuhe. Sie hatte sich die Haare im Nacken zusammengebunden. Seil und Haken befanden sich in einem Lederbeutel.

Auf dem Weg zur Galerie begegnete sie keiner Menschenseele. Trotzdem fühlte sie sich nicht wohl in ihrer Haut, als sie durch das dunkle Gässchen ging und daran dachte, dass sie eine steile Hauswand bewältigen und das Alarmsystem der Galerie umgehen musste.

Aber wenn sie nicht dorthin zurückkehrte und der Mörder ihren Ohrring fand … Es war nicht auszudenken. Chrissie atmete tief durch und gab sich einen Ruck. Jetzt war sie einmal unterwegs und musste ihren Plan auch zu Ende führen.

Sie versuchte, sich nur noch auf die vor ihr liegende Aufgabe zu konzentrieren. Als sie vor der Galerie angekommen war, blickte sie an dem Gebäude empor. Eigentlich wollte sie nicht so gern an der Vorderfront hinaufklettern. An einer der Seitenwände befand sich ein Baugerüst. Von dort aus konnte sie sich auf das Dach hinaufziehen, das allerdings sehr steil war, und sich dann bis zum Oberlicht vorarbeiten.

Sie begann, das Gerüst hinaufzuklettern, wobei sie ab und zu hinunterschaute, ob niemand sie beobachtete. Aber unten auf dem Vorplatz blieb alles still. Nun hatte sie das Dach erreicht. Vorsichtig erstieg sie einen Ziegel nach dem anderen. Und dann lag endlich das Dachfenster vor ihr.

Chrissie befestigte das Seil an einem Schornstein und versuchte, das Fenster zu öffnen. Nach einiger Zeit gab der Riegel nach, und sie konnte es nach innen aufdrücken. Nachdem sie sich das Seil um die Taille gebunden hatte, ließ sie sich durch die kleine Öffnung gleiten. Allerdings hatte sie die Höhe des Raumes unterschätzt, das Seil war ungefähr einen Meter zu kurz. Deshalb befreite sie sich aus der Schlinge und ließ sich zu Boden fallen, wobei sie direkt vor der Vitrine landete. Sie schob sich darunter und tastete den Fußboden ab. Seltsam, dachte sie, er fühlt sich gar nicht wie Marmor an, sondern wie Holz.

Da war der Zettel! Sie hatte ihn endlich doch gefunden. Das Mondlicht reichte aus, um zu erkennen, was darauf stand. Es waren Alfreds Name und die Forderung nach einer hohen Geldsumme.

Chrissie steckte den Zettel in ihren Gürtel und tastete nach ihrem Ohrring. Weiter hinten unter der Vitrine glänzte etwas. Sie streckte den Arm weit aus, um danach zu greifen, und schrie plötzlich laut auf, als der Fußboden unter ihr nachgab. Danach spürte sie nur noch, wie sie hilflos nach unten glitt, als rutschte sie einen endlosen Gang hinab. Es war unmöglich, sich irgendwo festzuhalten. Endlich landete sie auf einem harten, kalten Steinfußboden. Zitternd und erschöpft blieb Chrissie sitzen und überlegte angestrengt, was passiert sein mochte. Um sie herum war es stockfinster. Sie bewegte sich vorsichtig und stellte erleichtert fest, dass sie nicht verletzt war. Plötzlich berührte etwas ihr Gesicht. Sie dachte an Ratten oder Schlangen und schrie leise auf. Aber als sie sich über das Gesicht strich, fühlte sie, dass es nur Spinnweben waren.

Sie schloss die Augen und sagte sich, dass sie auf keinen Fall in Panik geraten durfte, sondern erst einmal herausfinden musste, wo sie sich befand. Ihre Augen hatten sich an die Dunkelheit gewöhnt, und sie erkannte vor sich an der Wand längliche Kästen, auf denen sich irgendetwas befand. Chrissie kroch näher heran und fuhr entsetzt zusammen. Die Kästen waren Särge, auf denen Reliefplatten mit den Bildnissen der Verstorbenen angebracht waren. Sie musste also in die Familiengruft gefallen sein.

Als Chrissie aufstehen wollte, stieß sie mit dem Kopf an die niedrige Decke. Und dann dachte sie plötzlich, das Herz müsste ihr stehen bleiben, denn aus der Dunkelheit ertönte Gelächter. Daraufhin blitzte eine Lampe auf, die ihr direkt in die Augen schien, und eine Männerstimme sagte: „Guten Abend, Christi. Sie haben sich aber einen merkwürdigen Schlafplatz ausgesucht."

„Marcus!", rief Chrissie erleichtert und umarmte ihn.

Er blieb jedoch reserviert. „Was machen Sie hier?"

„Ich hatte einen Ohrring verloren und habe ihn gesucht", sagte sie schnell.

„Und deswegen sind Sie in den Juwelensaal eingedrungen?"

Er misstraut mir, dachte Chrissie entsetzt. „Ich schwöre Ihnen, dass ich die Wahrheit sage. Ich hatte nicht die Absicht, einen Juwelenraub zu begehen."

„Warum haben Sie mich dann nicht einfach gebeten, Ihnen den Saal aufzuschließen?"

„Weil … weil …" Sie konnte ihm doch nicht sagen, dass sie nicht sicher war, ob vielleicht er Alfred mit einem Messer bedroht hatte.

„Sie haben sich seit Alfreds Tod sehr zurückgezogen, und deshalb wollte ich Sie nicht damit behelligen."

Diese Ausrede schien Marcus keineswegs zu überzeugen. Er hatte die Laterne auf einem Mauervorsprung abgestellt und lehnte sich mit verschränkten Armen an die Wand. „Sie hätten sich bei diesem gewagten Unternehmen schwer verletzen können", stellte er nüchtern fest.

Chrissie ging auf ihn zu und sagte in flehendem Ton: „Bitte lassen Sie mich heraus, Marcus. Der Schreck über den Sturz sitzt mir noch in den Gliedern."

Er zuckte die Achseln. „Dabei ist dieser Fall durchaus nicht gefährlich, höchstens etwas unangenehm. Ich habe den Mechanismus selbst ausgelöst."

„Sie?"

„Was würden Sie denn machen, wenn Sie glauben, dass ein Dieb dort oben herumschleicht?"

Chrissie gab keine Antwort. „Weshalb waren Sie eigentlich im Keller?"

Marcus hob die Laterne, und das Licht fiel auf einen Torbogen, der teilweise abgebröckelt war. „Morgen früh stehen die Handwerker wieder hier. Ich überprüfe vorher immer, welche Arbeiten am dringendsten sind."

„Um ... um ein Uhr nachts?", fragte Chrissie skeptisch. „Das glaube ich Ihnen nicht."

„Sie sind gut. Ich erwische Sie dabei, wie Sie in den Juwelensaal einbrechen, aber Sie glauben mir nicht. Nehmen Sie bitte zur Kenntnis, dass dies mein Haus ist. Ich kann mich darin aufhalten, wo und wann es mir beliebt."

Chrissie atmete tief durch. „Bitte, Marcus, könnten wir nicht nach oben gehen? Es ist so unheimlich hier."

Er sah sie forschend an und seufzte dann. „Und Sie wollen mir nicht verraten, was Sie wirklich dort oben gemacht haben?", fragte er leise.

„Ich habe Ihnen doch schon gesagt ..."

„Ja, ja, sie haben die Fassade erklettert, sind in den Juwelensaal eingedrungen und in einer Falle gelandet. Ihr erster Plan, nämlich einen von uns zu heiraten, ist weit weniger gefährlich und führt zum gleichen Ziel, denn den Familienschmuck erhalten jeweils die Ehefrauen."

„Ich muss doch sehr bitten!"

„Ihre Empörung beeindruckt mich nicht, der Augenschein spricht gegen Sie." Er streckte die Hand nach ihr aus, und Chrissie wich entsetzt zurück. Da lachte er. „Was haben Sie denn? Ich will Ihnen nur helfen. Geben Sie mir die Hand, dann führe ich Sie hinaus. Wir müssen achtgeben, weil überall loses Gestein herumliegt."

Seine Hand war warm. Chrissie fühlte sich sicher an seiner Seite. In diesem Moment wäre sie mit Marcus bis ans Ende der Welt gegangen.

Es kam Chrissie vor, als nähme der Weg aus den Katakomben kein Ende. Gelegentlich quiekten Ratten, sodass sie zusammenzuckte. Endlich atmete sie erleichtert auf. Von fern sah sie den Eingang zur Hauskapelle und die Treppe, die nach oben führte. Aber bevor sie die Treppenstufen erreichten, drehte Marcus sich plötzlich um und starrte sie an.

„Sie haben neulich behauptet, dass Alfred ermordet worden sei. Was haben Sie damit gemeint?"

„Nichts", sagte sie schnell.

„Christina!" Sein Händedruck wurde fester.

„Nichts, wirklich, so glauben Sie mir doch! Ich habe Ihnen doch gesagt, dass ich einen Ohrring verloren hatte und deswegen … ach, bitte, Marcus, lassen Sie uns nach oben gehen. Ich halte es hier nicht mehr aus."

Zu ihrer Überraschung ließ er ihre Hand los und nahm sie in die Arme. „Sie zittern ja, Christi."

Plötzlich entschloss sie sich, ihm von dem Zettel zu erzählen, um sich entweder seiner Hilfe zu versichern oder ihn, falls er etwas wusste, zum Reden zu bringen. „Alfred ist erpresst worden", berichtete sie aufgeregt. „Ich habe den Zettel mit der Geldforderung gesehen. Ich besitze ihn."

Marcus runzelte die Stirn. „Zeigen Sie ihn mir."

Chrissie tastete nach ihrem Gürtel, aber der Zettel war verschwunden. „Er ist weg. Aber ich schwöre Ihnen, dass ich ihn gehabt habe, Marcus. Bitte glauben Sie mir! Wir wollen zurückgehen und ihn suchen."

„Aber Christi", sagte er verärgert. „Sie zittern wie Espenlaub, und da wollen Sie noch einmal zurück, um nach einem Produkt Ihrer Einbildungskraft zu suchen?"

„Marcus!"

„Wenn es diesen Zettel tatsächlich geben sollte, so liegt er morgen auch noch da. Kommen Sie jetzt." Seine Stimme klang freundlicher. Er legte den Arm um sie und führte sie die Treppe hinauf, durch die Halle und direkt in die Küche. Als sie sich erschöpft auf einen Stuhl gesetzt hatte, nahm er ein Handtuch vom Haken, machte es feucht und begann vorsichtig, ihr das Gesicht zu säubern. „Ohne Spinnweben sind Sie viel hübscher", neckte er sie. Dann griff er nach einem Tablettengläschen, nahm eine Tablette heraus und gab sie Chrissie mit einem Glas Wasser. „Nehmen Sie das ein."

„Was ist das?", fragte Chrissie argwöhnisch.

„Aspirin. Ich möchte nicht, dass Sie heute Nacht Albträume bekommen."

Chrissie weigerte sich, die Tablette zu schlucken. „Seien Sie nicht so albern. Ich schwöre Ihnen, dass es Aspirin ist."

Folgsam schluckte Chrissie schließlich die Pille. Dann versuchte sie noch einmal, die Wahrheit zu erfahren. „Was geht in diesem Hause vor, Marcus?"

„Ich weiß nicht, was Sie meinen", erwiderte er, aber sie sah ihm an, dass er das ganz genau wusste.

Chrissie schwieg. Es hatte keinen Zweck, zumindest nicht zu diesem Zeitpunkt und an diesem Ort. Vielleicht ergab sich einmal eine günstigere Gelegenheit.

Marcus hatte inzwischen eine Kognakflasche und zwei Gläser auf den Tisch gestellt. „Sie können jetzt bestimmt einen Kognak vertragen."

„Nach der Tablette? Ich glaube nicht …"

„Ach was." Marcus lachte. „Ein kleiner Schluck kann Ihnen nicht schaden. Sie sind ja leichenblass."

„Contini ist wirklich erpresst worden", sagte sie unvermittelt, weil sie von dem Thema einfach nicht loskam. Marcus verzog keine Miene. Plötzlich musste sie daran denken, dass er vor einigen Tagen die Geschäftsbücher hatte durchsehen müssen. Hatte es vielleicht irgendwelche Unregelmäßigkeiten gegeben, die mit den erpressten Beträgen zusammenhingen?

„Und er hat mir gesagt, dass er sein Testament geändert hat."

Marcus zuckte nur die Achseln. Dann nahm er ihr wortlos das Glas ab.

Chrissie stand entmutigt auf. Sie spürte, wie müde und erschöpft sie war. Aber bevor sie einen Schritt machen konnte, trat Marcus auf sie zu und zog sie an sich. Er sah ihr in die Augen, und Chrissie stellte erstaunt fest, wie zärtlich und besorgt sein Blick war. Dann küsste er sie, erst sanft, dann leidenschaftlicher. Seine Nähe und Wärme übten eine wohltuende Wirkung auf sie aus, und sie musste sich eingestehen, dass sie sich in ihn verliebt hatte. Sie streichelte seinen Rücken und zitterte vor Erregung, als er nach ihren Brüsten tastete und darüberstrich, bis ihre Brustspitzen hart wurden.

Chrissie stöhnte und presste sich enger an ihn. Sie wünschte sich, dass diese Umarmung niemals enden würde. Doch da machte er sich langsam los und sagte leise: „Gehen Sie jetzt schlafen, Christi."

Sie schloss die Augen und bemühte sich, ihrer Erregung Herr zu werden. Wenn sie nicht lernte, ihre Gefühle unter Kontrolle zu halten, würde sie ihn nie dazu bringen, ihr alles zu erzählen, was er wusste. Dass er sie begehrte, wusste sie. Das musste sie ausnutzen, ohne dabei jedes Mal selbst aus der Fassung zu geraten.

„Gehen Sie schlafen", wiederholte er. „Ich muss noch einmal weg."

„Wohin denn?"

Er sah sie herausfordernd an. „Wenn ich schon eine Juwelendiebin decke, muss ich wenigstens die Spuren beseitigen."

Chrissie senkte den Blick. Als sie ihn wieder ansah, lächelte sie. „Was halten Sie davon, Marcus, wenn … wenn wir noch einmal einen Abend zusammen ausgehen, nur wir beide?"

Er sah sie überrascht an. „Das können wir gern machen."

„Passt es Ihnen morgen?"

„Ja, aber jetzt gehen Sie wirklich schlafen."

Sie lächelte, als sie die Küche verließ, und eilte dann die Treppe hinauf.

In dieser Nacht schlief Chrissie sehr unruhig. Einmal, als sie zwischendurch erwachte, hatte sie wiederum das Gefühl, als befände sich jemand in ihrem Zimmer. Sie öffnete vorsichtig die Augen und sah Marcus vor ihrer Kommode stehen. Es schien so, als ob er etwas suchte.

Als sie am nächsten Morgen erwachte, war sie sich nicht mehr sicher, ob sie Marcus wirklich gesehen oder den Vorfall nur geträumt hatte. Sie zog sich schnell an und eilte hinunter, fest entschlossen, ihn zur Rede zu stellen. Doch bevor sie den Hof betrat, blieb sie stehen. Durch die offene Tür wurde sie erneut Zeugin eines Familienstreits.

Genovese stand am Kopfende des Tisches. Sophia redete laut und zornig auf ihn ein. Als Tony daraufhin lachte, ging sie wütend auf ihn los. Marcus zuckte die Achseln und machte eine Bemerkung, während Gina die ganze Szene stillschweigend beobachtete.

Chrissie entschloss sich, sich endlich bemerkbar zu machen, und trat lächelnd hinaus. Sie ließ sich nicht anmerken, dass sie etwas von der Streiterei mitbekommen hatte, wünschte allen einen guten Morgen und schenkte sich eine Tasse Kaffee ein.

Marcus drückte seine Zigarette aus und lehnte sich in seinen Stuhl zurück. „Für Sie ist das wirklich ein guter Morgen", bemerkte er. „Genovese hat uns gerade mitgeteilt, dass er Alfreds neues Testament gefunden hat."

„Tatsächlich?" Sie blieb äußerlich ruhig, bekam jedoch vor Aufregung Herzklopfen.

„Alfred hat sein Vermögen gleichmäßig aufgeteilt. Eine Hälfte erhalten Sie, die andere wir."

„Die Hälfte?", wiederholte Chrissie ungläubig.

„So ist es."

Chrissie wurde mit feindseligen Blicken bedacht. Lediglich Marcus und Tony schien Alfreds Entscheidung nichts auszumachen. „Ist das nicht ein Jammer, Marcus?", sagte Tony lachend zu seinem Bruder. „Jetzt ist sie nicht mehr auf uns beide angewiesen."

„Wer weiß? Vielleicht will sie alles haben."

Gina murmelte eine Entschuldigung und erhob sich, während Sophia ihre Serviette auf den Tisch warf und leise sagte: „Es ist eine Schande!" Wütend blickte sie Chrissie an und eilte dann hinter Gina her.

Genovese räusperte sich und fragte Marcus, was er nun machen solle. Dieser entgegnete: „Bringen Sie das Testament in Salvatores Kanzlei. Er soll alles in die Wege leiten."

Genovese nickte und ging. Chrissie sah ihm nach. Er kann mir nicht übel gesonnen sein, dachte sie, denn er hätte das Testament auch vernichten können, statt es der Familie vorzulegen.

Auch Marcus stand auf. „Ich muss ins Büro."

„Warten Sie, ich muss mit Ihnen reden!", rief Chrissie.

„Das hat Zeit bis heute Abend." Er lächelte. „Wir haben eine Verabredung, erinnern Sie sich?" Und schon war er gegangen.

Tony schob seinen Stuhl zurück. „Ich fürchte, wenn alle etwas tun, muss ich auch an die Arbeit gehen." Er küsste Chrissie auf die Stirn. „Marcus hat irgendwelche Probleme mit der Buchführung, deshalb ist er im Moment nicht ansprechbar. Machen Sie sich nichts daraus."

Chrissie verbrachte den Rest des Vormittags in ihrem Zimmer und verließ es erst, als sie Marcus' Stimme unten in der Halle hörte. Sie lief die Treppe hinunter, aber als sie die vierte Stufe betreten hatte, gab das Holz plötzlich nach. Sie bemühte sich, das Gleichgewicht zu halten, blieb jedoch mit dem Schuh in einer Holzspalte stecken. Als sie versuchte, den Fuß herauszuziehen, fiel sie nach vorn und rollte kopfüber die Treppe hinunter. Als sie die Augen öffnete, tanzte das Licht des Kronleuchters vor ihren Blicken.

„Christi! Christi!" Marcus hatte sich über sie gebeugt und hielt sie in den Armen. „Marcus …", sagte sie leise, dann wurde ihr schwarz vor Augen.

Als Chrissie die Augen aufschlug, saß Marcus an ihrem Bett. Sie schaute sich um. Die Umgebung war ihr völlig fremd. „Wo bin ich?"

„Im Krankenhaus. Sie haben eine leichte Gehirnerschütterung erlitten und müssen eine Zeit lang unter Beobachtung bleiben. Wenn Sie brav das Bett hüten, sind Sie bald wiederhergestellt."

Chrissie betrachtete ihre bandagierte Hand, an der eine Kanüle für die Tropfinfusion angebracht war. Wieder blickte sie zu Marcus auf, aber sie konnte ihm nicht ansehen, was er dachte. Daraufhin schloss sie die Augen und dachte darüber nach, was geschehen war. Eine Treppenstufe, die täglich vielmals benutzt wurde, war eingebrochen, als sie darauftrat. Und das war passiert, nachdem Marcus und Tony ihr von der Erbschaft berichtet hatten.

Marcus streichelte ihr die Wange. Als sie die Augen öffnete, lächelte er. „Machen Sie sich keine Sorgen. Es ist wirklich nicht schlimm."

„Warum muss ich dann noch hierbleiben?"

„Zur Beobachtung. Sie waren eine ganze Weile bewusstlos." Er beugte sich zu ihr herunter. „Sie sollten Venedig verlassen, Christi", sagte er beschwörend. „Ich weiß nicht, was Sie für Pläne haben, aber diese Stadt scheint Ihnen nicht zu bekommen."

„Wie meinen Sie das, Marcus? Glauben Sie, dass dieser Unfall in Wirklichkeit ein Anschlag auf mich war?"

„Nein, das glaube ich nicht. Die Treppe ist nicht mehr allzu stabil."

„Sind Sie in der Galerie gewesen? Haben Sie meinen Ohrring gefunden? Und haben Sie …"

„Bitte bleiben Sie ganz ruhig", unterbrach er sie. „Ja, ich bin dort gewesen und habe Haken und Seil entfernt. Sonst habe ich jedoch nichts entdecken können, auch keinen Zettel."

Chrissie schloss enttäuscht die Augen. „Aber immerhin hat Genovese das neue Testament gefunden", sagte sie dann.

„Ja, es ist sehr merkwürdig. Sie kommen nach Venedig, bezaubern einen alten Mann, der bald darauf an einer Herzattacke stirbt, und schon gehört sein Geld Ihnen. Verdächtig, nicht wahr?"

„Wie können Sie so etwas sagen!", entgegnete sie empört. „Schließlich liege ich jetzt im Krankenhaus und niemand anders. Sie wissen nur zu gut, dass Alfred erpresst worden ist."

„Sie haben eine blühende Fantasie, Christi."

Tony kam herein, um sie zu besuchen, und Marcus verabschiedete sich kurz.

„Wie geht es Ihnen?" Tony nahm ihre Hand.

„Schon besser."

„In ein paar Tagen werden Sie wieder bei uns sein", sprach Tony ihr Mut zu.

„Und dann?"

„Dann müssen Sie sich eingehend mit der Galerie beschäftigen. Vergessen Sie nicht, dass Sie jetzt Mitinhaberin sind."

„Tony?", sagte sie leise.

„Ja, Christi?"

„Hassen Sie mich, weil Alfred ein Testament zu meinen Gunsten gemacht hat?"

Tony lachte laut auf. „Du liebe Güte, nein! Warum sollte ich?"

„Weil ich eine Außenstehende bin. Der Besitz hätte gänzlich auf Ihre Familie oder auf Sophia übergehen müssen."

„Ach, wissen Sie, die di Medicis waren nie von Alfreds Geld abhängig. Wir sind beide erfolgreiche Geschäftsleute, auch wenn Marcus gern klagt."

„Aber irgendjemand muss mich hassen", beharrte Chrissie.

Tony zögerte. „Vielleicht sollten Sie Venedig für eine Weile verlassen. Gehen Sie doch auf Reisen."

Chrissie spürte, dass auch Tony sich Sorgen um sie machte, und das wollte etwas heißen.

Eine Schwester erschien mit dem Abendessen, und Tony, der hungrig war, überredete sie, ein zweites Tablett für ihn zu bringen. Während des Essens hielt er Chrissie einen Vortrag über Renaissancemalerei. Es war offensichtlich, dass er verfänglichen Themen wie ihrem Treppensturz ausweichen wollte.

„Welche Einstellung hat übrigens Ihre Mutter?", unterbrach Chrissie ihn.

„Wozu?"

„In Bezug auf mich. Ich glaube, sie kann mich nicht leiden."

„Das kann ich mir nicht vorstellen. Im Übrigen habe ich den Eindruck, dass Mutter im Moment andere Interessen hat. Sie trifft sich nämlich jeden Dienstag mit Umberto Cellini, einem pensionierten Bankier, zum Essen. Es scheint etwas Ernstes zu sein."

Chrissie schwieg erstaunt. „Und was hat Sophia jetzt vor?", fragte sie dann.

„Sie ist eine vorzügliche Haushälterin. Wahrscheinlich bleibt sie bei uns."

„Ich finde es immer noch seltsam, dass Alfred sie nicht geheiratet hat."

Tony zuckte die Achseln. „Vergessen Sie nicht, in was für einer Zeit er aufgewachsen ist. Er stammte aus einer anderen Gesellschaftsschicht als Sophia und fand es daher womöglich nicht passend, sie zu heiraten. Aber geliebt hat er sie, da bin ich sicher."

Tony blieb noch eine Weile, dann verabschiedete er sich.

Chrissie versuchte zu schlafen, aber die Ereignisse des Tages beschäftigten sie noch zu sehr. Als sie die Augen öffnete, erschrak sie. Genovese stand im Türrahmen. Er musste völlig geräuschlos eingetreten sein.

„Bitte entschuldigen Sie, wenn ich Sie erschreckt habe", sagte er und trat an ihr Bett. „Ich wollte Sie nur warnen. Bitte verlassen Sie Venedig so schnell wie möglich."

Chrissie fröstelte. „Warum? Wissen Sie irgendetwas, Genovese?"

„Ja …"

Er fuhr herum, als er ein Geräusch hörte. Marcus war hereingekommen. Er nickte Genovese kurz zu und setzte sich zu Chrissie ans Bett.

„Ich … ich gehe dann wieder." Genovese machte eine unsichere Verbeugung. „Gute Besserung, Miss Tarleton."

„Vielen Dank, Genovese."

Marcus nahm ihre Hand. „Wie geht es Ihnen?"

„Besser. Finden Sie es nicht eigenartig, dass alle mir raten, Venedig zu verlassen?"

Er ließ ihre Hand los, stand auf und ging unruhig im Zimmer auf und ab. „Vielleicht sollten Sie diesen Ratschlag wirklich befolgen."

„Und warum sagen Sie das? Weil Sie wissen, was vorgeht? Und weil Sie auch wissen, dass mein Vater nicht …"

„Ich habe keine Ahnung, wovon Sie reden!", fiel er ihr ungehalten ins Wort. „Schlafen Sie jetzt. Ich komme morgen wieder."

Als die Tür hinter ihm ins Schloss fiel, war Chrissie den Tränen nahe. Gab es denn niemand, mit dem sie offen reden konnte? Noch lange lag sie wach und starrte an die Decke. Sie war entschlossen, sich nicht aus Venedig vertreiben zu lassen. Zwar würde sie vorsichtig sein müssen, aber sie wollte weiterhin versuchen, den Dingen auf den Grund zu gehen.

Inzwischen saß Marcus ein Stockwerk tiefer dem behandelnden Arzt gegenüber. Dante Rossellini war ein alter Freund der Familie, daher konnte er offen mit ihm reden.

„Muss sie unbedingt diese Tabletten nehmen, Dante?"

„Nun, es handelt sich nur um ein Beruhigungsmittel. Lebenswichtig ist es nicht. Warum fragst du, Marcus?"

Marcus lächelte gequält. „Ich wollte morgen Abend mit ihr essen gehen und ihr dabei unauffällig auch einige Gläser Wein zu trinken geben. Wenn sie gleichzeitig Tabletten nimmt …"

Der Arzt runzelte die Stirn. „Wenn ihr essen gehen und Wein trinken wollt, ist es tatsächlich empfehlenswert, nicht auch noch Tabletten zu nehmen. Aber ich verstehe dich gar nicht. Seit wann benötigst du Alkohol, um eine Frau zu verführen?"

„Darum handelt es sich nicht. Ich will sie schützen, fürchte jedoch, dass sie sich freiwillig nicht dazu bringen lässt."

„Die ganze Sache gefällt mir gar nicht", wandte Dante ein.

„Ich handele nur in ihrem eigenen Interesse, glaube mir. Mir wäre es lieber, wenn sie Italien den Rücken kehrte, aber den Gefallen wird sie mir nicht tun."

„Was beunruhigt dich denn so?"

„Wenn ich das nur wüsste", entgegnete Marcus verzweifelt. „Ich weiß selbst nicht mehr, was ich glauben soll."

„Du hast mir die Sache mit der Treppe erzählt. Offensichtlich misstraust du deiner eigenen Familie. Ich kann dir nur raten, so schnell wie möglich zu klären, was hinter all dem steckt."

„Genau das habe ich auch vor", stimmte Marcus zu. „Aber bis dahin muss ich Christi vor weiteren Unfällen schützen."

„Warum vertraust du mir deinen Plan nicht an?", fragte Dante.

Marcus seufzte und erklärte seinem Freund dann, was er vorhatte.

„Das ist ein sehr fragwürdiges Unternehmen", kommentierte dieser zweifelnd, nachdem er Marcus' Pläne erfahren hatte.

„Hast du eine bessere Idee?"

Der Arzt zuckte hilflos die Achseln. „Leider nein. Ich kann dir nur wünschen, dass alles gut geht."

„Danke", entgegnete Marcus trocken. „Bis morgen. Ich hole Christi um fünf Uhr ab." Als er nach Hause kam, war der Schreiner gerade mit der Reparatur der Treppe fertig. Er erklärte Marcus, dass sie ohne Gewalteinwirkung nicht hätte zusammenbrechen können. Marcus ging in sein Zimmer hinauf und von dort aus über den Balkon in Chrissies Zimmer. Er setzte sich auf das Bett und strich über die seidene Bettdecke. „Meine Liebste", sagte er leise, „du bist gekommen und hast alles verändert, auch mich." Er sehnte sich nach ihrem schlanken Körper, ihren ausdrucksvollen Augen, dem Duft ihres französischen Parfüms.

Sie fühlt sich zu mir hingezogen, und gleichzeitig hat sie etwas gegen mich, dachte er. Hätten wir uns doch nur woanders kennengelernt, bei einem Skiurlaub in der Schweiz zum Beispiel oder irgendwo am Strand.

Nach dem morgigen Abend wird sie mich erst recht hassen, dachte er und trat auf die Terrasse hinaus. Aber ich habe keine andere Wahl. Bis ich weiß, von welcher Seite Gefahr droht, muss ich sie mit allen mir zur Verfügung stehenden Mitteln schützen.

Er seufzte. Morgen Abend also …

Am nächsten Nachmittag um vier Uhr rief Marcus im Krankenhaus an.

„Sie ist weg, Marcus", berichtete Dante Rossellini kleinlaut.

„Was soll das heißen? Ich habe doch gesagt, dass ich sie abhole. Du meine Güte, Dante, ist dir klar …"

„Ja, natürlich. Aber ich war zu der Zeit nicht hier, und die Schwester hat sich von Miss Tarleton um den Finger wickeln lassen. Angeblich wollte sie euch mit ihrer Heimkehr überraschen. Ist sie denn nicht nach Hause gekommen?"

„Nein", entgegnete Marcus ungehalten und legte auf. Danach starrte er verzweifelt auf das Telefon. Er brauchte Hilfe. Aber inzwischen war es so weit gekommen, dass er niemandem mehr traute, nicht einmal Tony. Unsinn, sagte er sich dann, Tony kenne ich fast so gut wie mich selbst, und irgendjemanden muss ich ins Vertrauen ziehen.

„Tony! Tony!"

Tony kam sofort angelaufen.

„Tony, Christi hat das Krankenhaus bereits vor einiger Zeit verlassen."

Tony sah ihn beunruhigt an. „Wohin kann sie gegangen sein?"

„Keine Ahnung. Bitte nimm das Boot und suche die Kanäle und Straßen ab. Ich schaue mich indessen in der Galerie um."

Es war für Chrissie absolut kein Problem gewesen, aus dem Krankenhaus herauszukommen. Es war auch nicht schwierig, in die Galerie zu gelangen. Die Ausstellungsräume waren wieder geöffnet. Chrissie mischte sich unauffällig unter das Publikum und fragte sich, warum sie hierhergekommen war.

Sie schlenderte zu der historischen Ausstellung hinüber und bewunderte noch einmal die prächtigen, lebensechten Figuren. Lucrezia Borgia gefiel ihr am besten. Chrissie war so sehr in ihren Anblick vertieft, dass sie von ihrer Umgebung keine Notiz nahm. Irgendjemand rief etwas auf Italienisch, aber sie achtete nicht darauf. Als sie weiterging, sah sie ein einzelnes Frauenkostüm über einem Glaskasten hängen. Sie hatte den Gesprächen im Palast entnommen, dass die Figur der Katharina di Medici noch fehlte. Dafür war dieses Kostüm wahrscheinlich gedacht.

Als plötzlich das Licht ausging, schrak Chrissie zusammen. Sie musste sich beeilen, wenn sie noch hinauskommen wollte. Aber warum? Die Aufsicht hatte sie offenbar nicht bemerkt, sonst hätte sie das Licht nicht gelöscht. Das war die ideale Gelegenheit, um sich ein wenig umzusehen.

Aber wie sollte sie nachher wieder hinauskommen? Dann zuckte sie die Achseln. Es würde sich schon ein Weg finden. Wenn sie wollte, konnte sie sogar durch die Falltür entkommen.

Noch einmal betrachtete sie die Figuren, dann ging sie leise in den Juwelensaal hinüber. Marcus hatte weder den Ohrring noch den Zettel gefunden, aber irgendwo mussten sie schließlich sein. Wieder kroch sie unter die Vitrine und suchte vorsichtig den Fußboden ab, wobei sie sich bemühte, dem Bereich der Falltür auszuweichen. Dann lehnte sie sich enttäuscht zurück. Nein, da war nichts. Marcus hatte recht gehabt.

Plötzlich hörte sie, wie unten in der Eingangshalle eine Tür geöffnet wurde. Sie schlich hinaus, beugte sich über das Treppengeländer und spähte hinunter. Beinahe hätte sie vor Schreck laut aufgeschrien. Unten stand die Gestalt in dem dunklen Umhang. Sie wollte vom Geländer zurücktreten, als die Person zu ihr aufschaute.

Kopflos rannte Chrissie in den Ausstellungsraum zurück. Als sie einen Moment stehen blieb, hörte sie Schritte die Treppe heraufkommen. Sie war sicher, dass die Gestalt auch das Messer wieder bei sich trug, das damals im Mondlicht aufgeblitzt hatte. Verzweifelt schaute Chrissie sich nach einem Versteck um. Da erblickte sie das einzelne Kostüm.

Schnell schlüpfte sie hinein. Es war so weit, dass sie es über ihre Straßenkleidung ziehen konnte. Auch eine Kopfbedeckung mit einem Gesichtsschleier gehörte dazu. Als sie alles angezogen hatte, schob sie ihre Handtasche einfach unter das Podest, stieg dann hinauf und mischte sich unter die Figuren. Dort erstarrte sie in einem tiefen Hofknicks vor einem elegant gekleideten Herren, der sich ebenfalls verneigte.

Das Herz klopfte ihr bis zum Halse. Sie war gerade noch rechtzeitig fertig geworden, als die Tür sich öffnete und die verhüllte Gestalt eintrat.

Chrissie wagte nicht, sich nach ihr umzusehen. So lauschte sie angespannt auf ihre Schritte. Die Figur ging langsam durch den Saal und kam allmählich näher. Als sie dicht neben ihr stand, hielt Chrissie den Atem an. Dann entfernten sich die Schritte langsam wieder. Aber Chrissie wagte immer noch nicht, sich zu rühren. Nach einer nahezu endlos langen Zeit fiel die Tür ins Schloss.

Vorsichtshalber blieb sie weiterhin in ihrer gebeugten Haltung auf dem Podest stehen und wartete ab, ob ihr Verfolger noch einmal zurückkehren würde. Als sie es nicht mehr aushalten konnte, weil alle Gelenke ihr wehtaten, richtete sie sich langsam und vorsichtig auf. Sie stieg vom Podest herunter und schlich leise an die Tür. Das Kostüm raschelte hörbar, und sie blieb stehen und horchte. Dann öffnete sie die Tür vorsichtig einen Spalt, konnte jedoch nichts erkennen. Wieder wartete sie ein wenig. Dann schob sie die Tür weiter auf und schaute in den Korridor hinaus. Niemand war zu sehen.

Als Chrissie hinaustrat, wurde sie plötzlich vom Lichtkegel einer Taschenlampe geblendet. Die vermummte Gestalt musste sich um die Ecke versteckt gehalten haben. Chrissie schrie laut auf und rannte in den Juwelensaal zurück. Sie schloss die Tür und lehnte sich dagegen.

Verzweifelt sah sie sich nach Rettung um. Dann zog sie die nächste Vitrine heran und schob sie von innen gegen die Tür.

Ihr blieb nur noch die Falltür. Rasch eilte sie zur Vitrine mit dem Familienschmuck hinüber, kroch darunter und versuchte, den Mechanismus auszulösen. Endlich gab der Fußboden unter ihr nach. Sie schloss die Augen und ließ sich in die Tiefe gleiten.

Wieder landete sie in absoluter Dunkelheit auf dem Betonfußboden. Zunächst blieb sie sitzen und versuchte, sich zu beruhigen. Dann stand sie auf und tastete sich in gebeugter Haltung durch den niedrigen Gang. Sie hoffte, dass sie die richtigen Abzweigungen wählte, sodass das Licht der Kapelle bald in Sicht kommen würde.

Der Weg kam Chrissie endlos lang vor, und sie fragte sich bereits, ob sie sich verlaufen hatte, als sie von ferne Schritte hörte, die langsam näher kamen. Chrissie erstarrte vor Schreck, und als sie erneut von einem starken Lichtstrahl angeleuchtet wurde, schrie sie laut auf.

„Du meine Güte! Was machen Sie denn schon wieder hier unten?"

„Marcus?", fragte Chrissie, immer noch geblendet.

Als er sah, wie sie zitterte, trat er auf sie zu und fasste sie um die Taille. „Diesmal auch noch im Kostüm der Katharina di Medici. Haben Sie wieder einen Ohrring verloren?"

„Ich bin verfolgt worden!"

„Was hatten Sie überhaupt noch einmal in der Galerie zu suchen?"

„Marcus, bitte hören Sie mir zu! Es war wirklich jemand hinter mir her."

Er nahm sie in die Arme, und sie genoss seine Wärme. Doch dann wurde sie nachdenklich. Wo kam er so plötzlich her? War er vielleicht die Gestalt in dem Umhang gewesen? Nein, das konnte einfach nicht sein. Trotzdem schwieg sie jetzt und erzählte nichts von ihrem Erlebnis. Sie durfte niemandem mehr trauen.

„Bitte, Marcus, lassen Sie uns nach oben gehen", bat sie.

Er strich ihr über das Haar und bog ihren Kopf zurück, weil er ihr in die Augen sehen wollte. Dann beugte er sich zu ihr herunter und küsste sie leidenschaftlich.

Wenn Marcus sie küsste, wurden alle anderen Dinge unbedeutend. Chrissie spürte, wie ihre Knie nachgaben. Halt suchend klammerte sie sich an ihm fest. Sie musste sich eingestehen, dass sie seine Zärtlichkeit ersehnte und brauchte. Würde es ihr unter diesen Umständen gelingen, ihn mit kalter Berechnung zu umgarnen, um die Wahrheit aus ihm herauszubekommen?

„Lassen Sie uns gehen", wiederholte sie, um Fassung bemüht.

„Sie können unmöglich als Katharina di Medici da oben erscheinen", wandte er ein und half ihr beim Abstreifen des Kostüms. Als er es achtlos in eine Ecke warf, fiel der Lichtkegel der Taschenlampe auf ein Kleiderbündel.

„Marcus", flüsterte Chrissie erschrocken, „sehen Sie nur, da liegt ja der Umhang."

Er griff nach dem Kleidungsstück und betrachtete es von allen Seiten. „Tatsächlich, ein Umhang. Wie kommt er hierher?"

Chrissie war fassungslos vor Entsetzen. Trotzdem mochte sie nicht glauben, dass Marcus sie verfolgt hatte oder in der Lage wäre, ihr etwas anzutun. „Ich habe Ihnen doch von der Gestalt mit dem Umhang erzählt."

„Wir müssen versuchen, hier herauszukommen, ohne dass uns jemand sieht. Kommen Sie." Er nahm ihre Hand und führte sie rasch durch die engen Gänge. Chrissie folgte ihm blindlings. Aber als sie schließlich von Weitem das Licht der Kapelle sah, blieb sie stehen und fragte: „Bitte sagen Sie mir, warum Sie in den Katakomben waren, Marcus."

„Um Sie zu suchen." Er zog sie ans Licht und wischte ihr die Spinnweben aus dem Gesicht.

„Wieso denn?"

„Weil Sie aus dem Krankenhaus verschwunden waren."

„Und wie sind Sie auf die Galerie gekommen?"

„Ich weiß es nicht, Eingebung wahrscheinlich. Das ist doch gleichgültig."

„Wer hat alles einen Schlüssel zum Galeriegebäude?"

„Tony und ich. Alfred hatte auch einen. Ich weiß nicht, was daraus geworden ist. Warum fragen Sie?"

„Ach, es ist auch gleichgültig. Lassen Sie uns hinaufgehen."

„Ja, und Sie können gleich in Ihr Zimmer gehen und sich umziehen."

„Umziehen? Weswegen?"

Marcus lächelte plötzlich. „Wir gehen heute Abend aus. Das haben Sie sich doch gewünscht."

Chrissie blickte ihn an. Dann nickte sie langsam. Umso besser, dann kann ich ihn heute Abend zum Reden bringen, dachte sie. „Wie schön", sagte sie und erwiderte sein Lächeln. „Geben Sie mir eine Stunde Zeit, ich möchte mich besonders hübsch machen."

Er drückte ihr die Hand, und sie stiegen gemeinsam die Treppe hinauf, die in die Halle führte.

Am Treppenabsatz stand Tony. „Du hast sie also gefunden", sagte er erleichtert zu seinem Bruder. „Ich habe halb Venedig nach Ihnen abgesucht, Christi."

„Wir gehen zum Essen aus, Tony", informierte Marcus ihn. „Sagst du bitte den anderen Bescheid?"

„Ja, natürlich." Tony streichelte Chrissie die Wange. „Ich bin froh, Sie gesund und munter wiederzusehen."

Nachdem Tony gegangen war, sagte Chrissie leise zu Marcus: „Mir fällt gerade ein, dass meine Handtasche noch im Ausstellungsraum sein muss."

„Keine Sorge, ich hole sie. Bis nachher."

Chrissie nickte erleichtert und eilte in ihr Zimmer hinauf. Sie duschte und wusch sich das Haar. Dann zog sie das neue schwarze Cocktailkleid an und trat vor den Spiegel. Das Kleid saß ausgezeichnet. Sie würde heute Marcus zum Reden bringen. Es war allerhöchste Zeit, denn von nun an würde die geheimnisvolle Gestalt sie erbarmungslos verfolgen, das war ihr klar.

Als Chrissie das Zimmer verließ, wartete Marcus bereits in der Halle auf sie. Er schaute zu ihr auf und lächelte. Sie eilte ihm entgegen.

Marcus trug einen schwarzen Anzug und ein weißes Hemd. Er sah sehr verführerisch aus und besser denn je. Chrissie zitterte leicht, als Marcus ihr galant die Hand küsste. Dann nahm er ihren Arm und führte sie hinaus.

Chrissie schaute überrascht zu Marcus auf, als er eine Gondel herbeiwinkte. Sonst pflegte er lieber selbst zu fahren. Er nahm ihre Hand und half ihr in das Boot. „Es soll eben ein ganz besonderer Abend werden", erklärte er lächelnd. Chrissie sah so faszinierend aus, dass er schnell atmen musste, wenn er sie betrachtete. Er musste sehr wachsam sein und durfte nicht vergessen, worum es heute Abend ging.

Marcus nahm neben Chrissie in der Gondel Platz, griff unter den Sitz und zauberte eine eisgekühlte Flasche Champagner und zwei Gläser hervor.

Chrissie lachte. „Wollen Sie wirklich während der Fahrt Champagner trinken?"

„Es ist die einzige Möglichkeit, um Venedig mit den richtigen Augen zu sehen."

Er reichte ihr ein gefülltes Glas, dann stießen beide an. Sie lächelte verstohlen und senkte die Lider. Als sie ihn wieder ansah, wirkte ihr Blick dagegen klar und harmlos. Marcus spürte, dass sie etwas im Schilde führte, genau wie er. Offenbar spielten sie Katz und Maus miteinander. Es war lediglich die Frage, wie dieses Spiel ausgehen würde. Was ihn betraf, so war er fest entschlossen, seinen einmal gefassten Vorsatz auszuführen. Aber davon brauchte sie ja noch nichts zu wissen.

Er beugte sich zu ihr herunter und küsste sie leicht. Dabei schüttete er den restlichen Champagner aus seinem Glas über Bord. „Sie trinken ja gar nicht", sagte er leise und schenkte ihr nach. „Wir wollen heute Abend alles vergessen und Venedig bei Nacht genießen."

Chrissie saß zurückgelehnt und spielte mit seinen Rockaufschlägen. „Es fiele mir entschieden leichter, den Abend zu genießen, wenn Sie mir das eine oder andere verraten würden."

„Als da wäre?"

„Moment, Ihr Glas ist leer." Sie nahm die Flasche und füllte beide Gläser. Als sie ihres danach unauffällig ausschüttete, tat Marcus, als bemerke er es nicht.

Sie legte den Kopf an seine Schulter und kam auf ihr Thema zurück. „Sie wissen ganz genau, dass Alfred erpresst worden ist."

Er streichelte ihr über das Haar und entgegnete: „Wir wollen doch heute Abend nicht über Alfred sprechen."

„Aber Sie glauben doch auch, dass jemand aus Ihrer Familie in diese Angelegenheit verwickelt ist?"

Er zog mit dem Finger die Konturen ihrer Lippen nach. „Ich glaube eher, dass Sie in etwas Geheimnisvolles verwickelt sind."

„Wieso ich?"

„Weil Sie ständig an den unmöglichsten Orten auftauchen."

„Ich habe Ihnen doch schon erzählt, was ich in der Galerie wollte."

„Sie haben mir etwas erzählt, ja …"

„Sehen Sie, dagegen haben Sie mir bisher noch gar nichts erzählt."

„Vielleicht", flüsterte er ihr ins Ohr, „überreden Sie mich ja heute Abend dazu. Ah, da ist das Restaurant, das ich für uns ausgesucht habe."

Marcus hatte einen Tisch in einer Nische für sie bestellt. Er legte den Arm um Chrissie und erklärte ihr die auf der Speisekarte angebotenen Gerichte. Während des Essens bemühten sich beide, einander zum Trinken zu animieren. „Darf ich Ihnen nachschenken?", fragte Marcus zum wiederholten Male.

„Aber Sie haben kaum etwas getrunken."

„Im Gegenteil, mein Glas ist schon wieder leer."

Chrissie lächelte, ließ sich jedoch nachschenken. Wie viel mochte sie schon getrunken haben? Sie zwang sich dazu, weiterzutrinken, damit auch Marcus trank. Nach dem Essen geleitete er sie auf die Tanzfläche. Sie ließ sich von ihm führen und genoss seine Nähe. Danach schenkte er ihr erneut ein.

Als sie schließlich das Lokal verließen, musste Chrissie sich auf Marcus stützen. Als sie über die Türschwelle stolperte, nahm er sie in die Arme und trug sie in die Gondel zurück. Sie sank neben ihn in den gepolsterten Sitz, die Arme immer noch um seinen Nacken gelegt.

Marcus küsste sie zärtlich, streichelte ihre Schultern, ihre Arme und ihre Brüste. Chrissie zitterte vor Erregung, während er darum bemüht war, seine eigene Kontrolle nicht zu verlieren. Sie waren fast am Ziel.

Die Gondel hielt, und Marcus nahm ihre Hand. „Kommen Sie."

„Wo sind wir?"

„An einer alten Kirche." Chrissie lächelte und ließ sich an Land helfen. „Marcus, ich glaube, die Treppe bewegt sich."

„Keine Sorge, ich helfe Ihnen."

Als sie das Kirchenschiff betraten, schaute Chrissie sich neugierig um, doch Marcus zog sie weiter. „Der Priester wartet schon auf uns."

„Hält er eine Messe für uns?"

„So könnte man es nennen."

Langsam gingen sie auf den Altar zu. Außer dem Priester waren nur noch sein Sekretär und eine Putzfrau anwesend.

„Sind die beiden auch zur Messe gekommen?", erkundigte Chrissie sich.

„Ja." Marcus nickte dem Geistlichen kurz zu, der daraufhin mit der Zeremonie begann.

„Ich verstehe kein Wort", flüsterte Chrissie.

„Das macht gar nichts. Sagen Sie einfach ‚si', wenn ich Ihnen ein Zeichen gebe."

Chrissie befolgte Marcus' Anweisungen. Daraufhin zelebrierte der Priester die Messe, und danach war alles vorbei. Sie mussten nur noch ein Dokument unterschreiben.

„Was ist denn das?", wollte Chrissie wissen.

„Ach, das ist nur eine Anwesenheitsliste."

Chrissie unterschrieb. „Und was machen wir jetzt?"

„Jetzt fahren wir nach Hause."

„Das wird das Beste sein. Ich bin entsetzlich müde."

Marcus entlohnte den Priester großzügig und führte Chrissie dann zur Gondel zurück.

Als sie zu Hause ankamen, trug Marcus Chrissie die Treppe hinauf und legte sie in seinem Zimmer auf das Bett. „Marcus", murmelte sie zärtlich und umarmte ihn.

Er zog sie kurz an sich und sagte dann: „Warte einen Moment, ich bin gleich wieder da." Über die Terrasse ging er in ihr Zimmer hinüber, um ein Nachthemd zu holen. Als er zurückkam, war sie fast eingeschlafen. Er zog ihr Schuhe und Strümpfe aus. „Du kannst unmöglich in diesem Kleid schlafen."

Es gelang ihm, den Reißverschluss zu öffnen und ihr das Kleid über den Kopf zu ziehen. Chrissie sank ihm mit nacktem Oberkörper entgegen. Er spürte ihre weichen, vollen Brüste und musste sich zwingen, sich von diesem Anblick loszureißen und ihr das Nachthemd überzustreifen. Morgen früh wird sie mich hassen, dachte er.

Er ließ sie sanft wieder auf das Bett gleiten und deckte sie sorgfältig zu. Dann trat er auf die Terrasse hinaus, weil er dringend eine Abkühlung benötigte.

Endlich kleidete er sich aus und legte sich neben sie ins Bett, wobei er sorgfältig darauf bedacht war, Abstand zu halten. Das war sehr schwierig, da Chrissie unbewusst den Kontakt zu ihm suchte. Endlich gab er nach und nahm sie in die Arme.

Seltsamerweise hatte er nicht die geringsten Gewissensbisse, dass er sich gegen ihren Willen mit ihr hatte trauen lassen. Es war die einzige Möglichkeit gewesen, um ihr ständig nahe zu sein und sie zu beschützen. Aber er durfte diese Situation auf keinen Fall ausnutzen. Eines Tages würde er sie besitzen, dann jedoch mit ihrem vollen Einverständnis.

Um sich abzulenken, versuchte Marcus, sich gedanklich auf den kommenden Morgen vorzubereiten. Er musste gewappnet sein, wenn sie begann, ihm Vorwürfe zu machen.

Bei Tagesanbruch beobachtete Marcus, wie Chrissie langsam erwachte. Entsetzt schaute sie sich um und sah ihn dann wütend an.

„Guten Morgen, Liebste", sagte er betont freundlich und setzte sich zu ihr auf das Bett. Er würde ihr jetzt sagen müssen, dass aus dem Spiel Ernst geworden war. Ihr würde nichts anderes übrig bleiben, als die folgsame Ehefrau zu spielen. Vielleicht hing ihr Leben davon ab.

„Warum nur?", fragte sie entsetzt, nachdem ihr klar geworden war, was sich in der vergangenen Nacht ereignet hatte.

Er streichelte ihr die Wange. „Irgendetwas musste zwischen uns passieren, das war uns doch wohl beiden klar. Schließlich bin ich kein Heiliger. Du hast lediglich bekommen, was du dir gewünscht hast."

Chrissie glaubte ihm kein Wort. Wütend griff sie sich ein Kissen und warf es nach ihm. „Ich will wissen, warum!", rief sie aufgebracht.

Sosehr Marcus unter ihrer Empörung litt, konnte er ihr doch nichts erklären, bevor die fatale Angelegenheit aufgeklärt war. „Was wirfst du mir eigentlich vor?", fragte er ausweichend. „Schließlich warst du doch dabei. Zwar gebe ich zu, dass wir beide nicht mehr ganz nüchtern waren, aber so ist nun einmal der Liebe Lauf."

Er stand auf und ging zur Tür.

„Warte doch!", rief Chrissie ihm nach. „Wir müssen jetzt etwas unternehmen. Können wir diese Eheschließung denn nicht annullieren lassen?"

Er kam zurück und ergriff sie bei den Schultern. „Annullieren? Ich bin gerade auf den Weg nach unten, um der Familie unsere Heirat bekannt zu geben. Wenn du einen Funken Verstand hast, dann hältst du den Mund und spielst die glückliche Ehefrau! Liegt dir denn gar nichts an deinem Leben?" Marcus biss sich auf die Lippe. Wenn sie doch nur einsehen würde, wie ernst es ihm war mit seiner Sorge um sie. Aber noch konnte er ihr nichts erklären. Auch den Verdacht, den er gefasst hatte, musste er zunächst für sich behalten.

Marcus ließ sie abrupt los und eilte dann hinaus.

Chrissie kam sich wie eine Ertrinkende vor. Alles, was sich seit ihrer Ankunft in Venedig ereignet hatte, wirbelte in ihrem Kopf herum. Sie war unfähig, sich zu bewegen oder einen klaren Gedanken zu fassen, so sehr schockierte sie die Erkenntnis, dass sie nunmehr Marcus di Medicis Frau war.

Chrissie ließ sich ins Bett zurücksinken und dachte fieberhaft nach. Dass Marcus sich zu ihr hingezogen fühlte, war offensichtlich, aber sie war sich sicher, dass er sie nicht liebte. Warum dann diese überstürzte Heirat?

Wollte er sie beschützen? Oder jemand anderen? Jetzt war er dabei, seiner Familie die Heirat bekannt zu geben. Wollte er damit irgendeinem der Hausbewohner zu verstehen geben, dass Alfred Continis Vermögen nunmehr in der Familie bleiben würde?

Fragen über Fragen. Chrissies Verwirrung nahm zu. Und immer noch lief ein Erpresser und Mörder frei herum. Jedes Mal, wenn die vermummte Gestalt aufgetaucht war, war Marcus in der Nähe gewesen. Sogar den Umhang hatten sie gemeinsam gefunden. Waren die di Medici vielleicht doch mehr auf Alfreds Geld angewiesen, als sie zugaben?

Es klopfte an der Zimmertür. Chrissie fuhr erschrocken hoch. „Wer ist da?"

„Ich bin es, Sophia. Marcus hat mich gebeten, Ihnen Kaffee zu bringen. Bitte lassen Sie mich herein."

Chrissie atmete tief durch und öffnete die Tür.

Sophia trat ein und stellte ein silbernes Tablett mit Kaffeekanne und Gedeck auf den Tisch. Sie schenkte Kaffee ein, reichte Chrissie die Tasse und bemerkte: „So, so, er hat Sie also geheiratet."

Chrissie griff nach der Tasse. Was hatte Marcus ihr eingeschärft? Sie sollte die glückliche junge Ehefrau spielen. Daher trat sie ans Fenster und sagte versonnen: „Ein Mann wie Marcus ist mir nie zuvor in meinem Leben begegnet." Das stimmte sogar.

„Ja", bestätigte Sophia. „Die di Medici sind wirklich etwas Besonderes. Aber freuen Sie sich nicht zu früh. Sie sind auch herrschsüchtig. Außerdem finden andere Frauen die männlichen Mitglieder dieser Familie genauso attraktiv wie Sie. Fragen Sie einmal Ihre Schwiegermutter. Das Zusammenleben mit einem di Medici ist durchaus kein ungetrübtes Vergnügen."

Chrissie trank einen kleinen Schluck Kaffee. Ohne Sophia anzusehen, fragte sie mit harmloser Stimme: „Hatten Mario und Gina denn Eheprobleme?"

„Selbstverständlich, wer hat die nicht?", entgegnete Sophia boshaft. Jetzt wollte Chrissie es doch genauer wissen. „Wollen Sie damit sagen, dass die beiden oft gestritten haben?"

„Oft? Sie haben sich ständig gestritten. Und für Sie als Amerikanerin wird es noch schwieriger werden, sich Marcus gegenüber durchzusetzen. Sie werden schon bald sehen …"

„Ich glaube Ihnen kein Wort!", entgegnete Chrissie herausfordernd. „Gina hat mir selbst gesagt, wie sehr sie ihren Mann geliebt hat."

„Das bestreitet doch niemand. Gerade dieser Umstand, dass sie sehr viel eingesetzt und wenig zurückbekommen hat, bildete den besten Nährboden für die ständigen Auseinandersetzungen."

Nun schien Sophia das Interesse an dieser Unterhaltung jedoch verloren zu haben. Achselzuckend bemerkte sie: „Ich bin jedenfalls sehr überrascht, dass Marcus Sie geheiratet hat. Aber da es nun einmal so ist, gratuliere ich Ihnen. Und jetzt entschuldigen Sie mich. Gina will ausgehen, und ich möchte sie vorher noch um den Schlüssel zur Galerie bitten."

„Weswegen?"

„Marcus hat mich gebeten, seine heutigen Termine für ihn abzusagen."

„Ich dachte, dass nur Marcus und Tony Schlüssel zum Galeriegebäude hätten."

„Nein, Gina hat auch einen. Warum?"

„Ach, nichts", murmelte Chrissie vor sich hin, während Sophia sie neugierig anstarrte.

Nachdem Sophia gegangen war, setzte Chrissie sich wieder auf das Bett und trank nachdenklich ihren Kaffee. Gina hatte also auch einen Schlüssel zur Galerie. Außerdem schien ihre Ehe nicht so gut gewesen zu sein, wie immer behauptet wurde. Marcus musste das wissen. Hatte er vielleicht seine Mutter in Verdacht, und hatte er diese Heirat inszeniert, um sie vor Gina zu schützen, ohne diese bloßzustellen?

Chrissie wäre am liebsten weggelaufen.

Wieder klopfte es. Chrissies Nerven waren zum Zerreißen gespannt. „Wer … wer ist da?" Es erfolgte keine Antwort, nur eine Art kratzendes Geräusch an der Tür war zu vernehmen. Sie rannte zur Tür und riss sie auf. Es war niemand zu sehen, aber auf der Türschwelle lag ein

Zettel. Darauf stand in Druckbuchstaben: „Eine Di-Medici-Braut erwartet ein Platz in der Di-Medici-Gruft".

Chrissie ließ den Zettel fallen und rang nach Luft. Ihr Feind reagierte schnell, das musste man ihm lassen. Ihre Verwirrung war so groß, dass sie Marcus in dieser Verfassung nicht begegnen wollte. Deshalb legte sie den Zettel auf die Kommode und ging über die Terrasse in ihr eigenes Zimmer hinüber. Mit zitternden Händen zog sie sich an, als ihr einfiel, dass ihre Handtasche noch drüben in Marcus' Zimmer lag. Schnell lief sie noch einmal hinüber und schrie auf vor Schreck, als plötzlich das Telefon auf dem Nachttisch klingelte.

Sie wartete ab und hoffte, dass unten in der Halle jemand abnehmen würde. Aber das Klingeln hörte nicht auf, und als Chrissie es nicht mehr aushalten konnte, griff sie nach dem Hörer.

„Hallo!"

„Christina ...", flüsterte eine Stimme, der man den Akzent anhörte. Chrissie begann zu zittern. „Wer ist da? Was wollen Sie?"

„Ich habe das, wonach Sie suchen", sagte die Stimme. „Informationen. Sie sind nicht billig, aber sie sind ihren Preis wert. Ich weiß, wer Mario di Medici getötet hat."

„Was?" Plötzlich war Chrissie klar, dass sie den Erpresser am Apparat hatte. Aber sie musste diese Informationen unbedingt haben.

„Ich bezahle. Sagen Sie mir ..."

„Nicht am Telefon. Gehen Sie in die Basilika von St. Markus, und setzen Sie sich dort in einen Beichtstuhl."

Der Erpresser hatte eingehängt. Einen Moment lang überlegte Chrissie, ob sie Marcus von dem Anruf berichten sollte, doch dann gewann ihr Misstrauen wieder die Oberhand. Nein, er war nicht vertrauenswürdiger als die anderen Bewohner des Hauses.

Schnell nahm sie ihre Handtasche an sich und spähte durch einen Türspalt ins Treppenhaus hinaus. Es war niemand zu sehen. Chrissie eilte aus dem Haus.

Am Landungssteg winkte Chrissie einer Gondel. Der Gondoliere bemühte sich, ihr auf Englisch die wichtigsten Sehenswürdigkeiten zu erklären, aber sie hörte gar nicht zu. Am Markusplatz angekommen, gab sie ihm eine Handvoll Geld und eilte dann über den Platz auf die Basilika zu.

Sie hatte keinen Blick für die Schönheiten des berühmten Gebäudes, sondern trat auf den prächtigen Altar zu und sah sich unruhig um, um herauszufinden, ob jemand sie erwartete. Dann betrat sie einen der reich verzierten Beichtstühle, kniete nieder und wartete.

Nichts geschah, nur Touristen gingen umher, manche beteten oder zündeten Kerzen an. Ungeduldig stand Chrissie wieder auf und ging langsam durch das riesige Kirchenschiff. Als sie zu dem Beichtstuhl zurückkam, in dem sie gekniet hatte, fand sie dort einen Zettel vor. „Sie sind verfolgt worden. Nächste Woche um die gleiche Zeit", las sie und spähte durch die Kirche. Am Eingang erblickte sie einen leuchtend roten Umhang.

„Warten Sie!", schrie sie.

Obgleich sich die anderen Leute erstaunt und teils missbilligend nach ihr umsahen, begann Chrissie, auf den Ausgang zuzulaufen. Draußen blinzelte sie geblendet in das helle Sonnenlicht. Die Gestalt war verschwunden.

Chrissie ging langsam über den Markusplatz und hielt nach dem roten Umhang Ausschau. Plötzlich ergriff jemand ihren Arm. Sie fuhr herum.

„Marcus!"

Seine Augen funkelten zornig.

„Kannst du mir vielleicht verraten, was du hier machst? Kaum verlasse ich für ein paar Minuten das Zimmer, da bist du auch schon wieder verschwunden."

„Ich … ich hatte plötzlich das dringende Bedürfnis, in die Kirche zu gehen. Ehrlich gesagt habe ich dafür gebetet, von dir freizukommen."

Er hielt den Arm so fest, dass sie sich beherrschen musste, um vor Schmerz nicht laut aufzuschreien. „Vergiss nicht, dass wir in Italien sind, Christi. Es dürfte schwierig für dich sein, in diesem Lande etwas gegen deinen Ehemann zu unternehmen. Ich frage dich noch einmal: Warum bist du weggelaufen? Bitte sprich offen mit mir."

„Offen? Mit dir? Du hast mich bereits einmal hinters Licht geführt und uns beide dadurch in eine unmögliche Situation gebracht."

Doch im Grunde war ihr klar, dass Marcus recht hatte. In direkter Konfrontation mit ihm würde sie nichts erreichen. Wenn sie sich aus ihrer misslichen Lage befreien wollte, musste sie ihn zunächst in Sicherheit wiegen. Danach konnte sie zur Polizei und zur amerikanischen Botschaft gehen.

Sie setzte einen verängstigten Blick auf und sagte leise: „Ich bin völlig durcheinander, Marcus. Du weißt doch auch, dass in deiner Familie irgendetwas nicht stimmt. Bitte lass uns zur Polizei gehen."

Er erwiderte kein Wort, sondern ging mit ihr zur Anlegestelle hinunter. Erneut verlor Chrissie die Beherrschung.

„Ich will endlich wissen, warum du mich geheiratet hast, Marcus!"

„Weil ich ohne dich nicht mehr leben kann", entgegnete er, ohne eine Miene zu verziehen.

„Du lügst!", rief Chrissie wütend. Sein Griff wurde fester, und trotz ihres Ärgers war Chrissie sich der Anziehungskraft bewusst, die von Marcus ausging. Hin- und hergerissen zwischen Widerwillen und Zuneigung, hasste sie ihre eigene Schwäche. Sie musste fort, so schnell wie möglich, damit er nicht länger seinen Zauber auf sie ausüben konnte, der sie daran hinderte, einen klaren Gedanken zu fassen.

Marcus winkte ein Motorboot herbei. Als sie eingestiegen waren, legte Chrissie den Kopf an seine Schulter. Sie musste ihn dazu bringen, ihr zu vertrauen. „Marcus", murmelte sie, „ich habe solche Angst."

„Das brauchst du nicht", erwiderte er mit belegter Stimme. „Ich beschütze dich."

Als sie am Palast ausgestiegen waren, bemerkte Chrissie: „Trotzdem ist mir immer noch nicht klar, was du mit dieser Ehe bezweckst, Marcus."

Er legte den Arm um sie.

„Ist der Gedanke, mit mir verheiratet zu sein, denn so schrecklich, Liebste?"

Chrissie lehnte den Kopf an seine Schulter. „Nein", antwortete sie wahrheitsgetreu.

Er strich ihr zärtlich über das Haar. Dann führte er sie in sein Zimmer zurück. Als sie dort angekommen waren, schloss er die Tür und kam langsam auf sie zu. Er legte die Arme um sie und zog sie an sich.

Seine Lippen waren warm und feucht. Chrissie schloss die Augen und kämpfte um Selbstbeherrschung. Zuerst erwiderte sie seinen Kuss, dann machte sie sich vorsichtig los. „Bitte gib mir ein paar Minuten Zeit, Marcus. Ich möchte kurz in mein Zimmer gehen und mich duschen."

Marcus sah sie ausdruckslos an. „Ich warte auf dich", sagte er dann.

Chrissie ging in ihr Zimmer hinüber, öffnete geräuschlos die Tür, die ins Treppenhaus führte und schaute sich nach allen Seiten um. Alles war still. Auf Zehenspitzen schlich sie die Treppe hinunter, wo sie eine Gondel herbeiwinkte. „Zur Polizei, schnell!", sagte sie auf Italienisch.

Die Gondel setzte sich in Bewegung, entschieden zu langsam für Chrissies Geschmack. Ich hätte ein Motorboot nehmen sollen, dachte sie.

Endlich legte das Gefährt an einem Platz an, den Chrissie nicht kannte. Sie fragte den Gondoliere nach der nächsten Polizeistation, und er deutete um eine Ecke.

Chrissie ging in die bezeichnete Richtung und entdeckte zu ihrer Erleichterung sogleich das Polizeischild an einem alten historischen Gebäude. Sie trat ein, ging auf den Mann am nächsten Schreibtisch zu und fragte den uniformierten Beamten, ob er Englisch spreche. Er verneinte lächelnd und bedeutete ihr zu warten.

Nach wenigen Minuten öffnete sich eine Tür im Hintergrund des Raumes, und ein älterer Beamter kam heraus. Sie wollte auf ihn zueilen, als plötzlich Marcus hinter ihm auftauchte. „Liebste!", rief er mit gespielter Besorgnis. Er sagte etwas zu dem älteren Beamten, der verständnisvoll nickte. Offenbar erklärte Marcus ihm, dass sie krank gewesen und ihr Orientierungsvermögen noch getrübt sei.

„Aber Sie verstehen nicht … bitte hören Sie mir zu", wandte Chrissie sich an den Polizisten, doch dieser schüttelte nur den Kopf. Er verstand kein Englisch.

„Dann eben nicht!", rief sie verzweifelt aus und wandte sich um, um hinauszulaufen. Aber schon hatte Marcus sie am Arm gepackt. Er lächelte immer noch, weil er den Polizeibeamten kein Schauspiel liefern wollte, aber was er ihr auf Englisch sagte, war überdeutlich. „Es reicht mir, Christi. Ich habe hier unsere Heiratsurkunde und die Unterlagen aus dem Krankenhaus vorgelegt, aus denen hervorgeht, dass du eine Gehirnerschütterung gehabt hast. Es gibt also keinen Ausweg für dich. Entweder fügst du dich jetzt, oder du wirst mich von einer anderen Seite kennenlernen."

Er nickte dem älteren Beamten zu und führte sie mit festem Griff hinaus. Draußen ging er in seinem Zorn so schnell, dass Chrissie kaum Schritt halten konnte.

„Marcus!", sagte sie außer Atem. Dann stolperte sie über eine

Unebenheit, aber er blieb nicht stehen, sondern zerrte sie in demselben Tempo weiter. „Marcus!", wiederholte sie, diesmal mit flehender Stimme.

„Es tut mir leid", entgegnete er kühl, „aber ich möchte mich von dir nicht noch einmal an der Nase herumführen lassen. Komm jetzt."

Sie gelangten an eine Anlegestelle, und Chrissie erblickte das private Motorboot. Marcus setzte sie unsanft hinein. Als sie wieder aufstehen wollte, bemerkte er: „Ich warne dich, Christi. Treib mich nicht zum Äußersten." Der Motor sprang an, und Marcus raste mit höchster Geschwindigkeit los. Er würdigte sie dabei keines Blickes und verlor auch kein weiteres Wort. Chrissie schaute sich beunruhigt um. Die Kanäle, die sie entlangfuhren, waren ihr unbekannt, und jetzt erreichten sie sogar das offene Meer. „Wir fahren ja gar nicht zum Palast zurück", bemerkte sie unsicher.

„Nein", entgegnete er knapp.

Chrissie schloss verängstigt die Augen. Was mochte Marcus mit ihr vorhaben? Erst als sie spürte, dass er die Geschwindigkeit verringerte, öffnete sie die Augen wieder und stellte fest, dass sie sich einem kleinen Hafen näherten. Marcus vertäute das Boot an der Mole und reichte ihr die Hand zum Aussteigen. Zögernd erhob sie sich.

Schnellen Schrittes ging er zu einem Parkplatz hinüber. Vor einem leuchtend roten Ferrari blieb er stehen, zog Autoschlüssel aus der Tasche, öffnete die Tür auf der Beifahrerseite und bedeutete Chrissie mit einer knappen Geste einzusteigen.

Während er um den Wagen herumging, wäre sie am liebsten weggelaufen, aber er war zu schnell. Schon saß er neben ihr und startete. Der Wagen schoss auf eine Landstraße. Erst nachdem sie bereits eine Viertelstunde mit Höchstgeschwindigkeit dahingejagt waren, getraute Chrissie sich, Marcus nach dem Ziel ihrer Fahrt zu fragen.

„Adazzi", lautete seine Antwort, „zu unserem Landhaus." Damit drosselte er die Geschwindigkeit und bog nach rechts in einen kleinen Seitenweg ein. Nach einer Weile ging es steil bergauf, bis der Wagen vor einer großen weißen Villa hielt, die von einer hohen Mauer umgeben war. Marcus stieg aus und schloss die schmiedeeiserne Pforte auf. Dann wandte er sich zu Chrissie um. „Da wären wir. Bitte nimm zur Kenntnis, dass es von hier aus keinen Fluchtweg gibt. Du findest weit und breit keinen Menschen, der Englisch spricht. Und jetzt steig aus."

Chrissie atmete tief durch. „Ich tue nichts dergleichen, wenn du in diesem Ton mit mir sprichst."

„Ich werde noch ganz anders mit dir reden, wenn du mir weiterhin das Leben schwer machst", gab er zurück.

„Steig aus."

Chrissie stieg aus dem Wagen und knallte wütend die Tür hinter sich zu. Sie folgte ihm durch einen üppig blühenden Vorgarten zur Haustür.

Das Haus war modern eingerichtet. Vor einem gemauerten Kamin befand sich eine Sitzecke mit bequemen Polstermöbeln, im Hintergrund des Raumes erblickte Chrissie eine Essecke, die nur durch einen Tresen von einer Küchenzeile getrennt war. Eine Treppe führte ins Obergeschoss.

Marcus warf seine Jacke auf einen Stuhl und ließ sich erschöpft in einen Sessel fallen. Er lehnte sich zurück und schloss die Augen, ohne Chrissie, die an der Tür stehen geblieben war, eines Blickes zu würdigen. Als er die Augen nach ein paar Minuten öffnete, bemerkte sie: „Also bitte, ich gebe auf. Darf ich jetzt erfahren, was wir hier wollen?"

„Das will ich dir sagen. Wir bleiben so lange hier, bis du mir alles erzählt hast, was du weißt."

„Ich? Du müsstest mir …"

„Du brichst in die Galerie ein, verschwindest am Morgen nach unserer Hochzeit und läufst zur Polizei, nachdem du mir erzählt hast, du wolltest duschen." Er lächelte plötzlich. „Oben befindet sich übrigens eine Dusche, bitte bediene dich."

Chrissie überlegte kurz. An einer Auseinandersetzung mit ihm über die Ereignisse der vergangenen Tage war sie nicht interessiert. Außerdem fühlte sie sich verschwitzt, müde und hungrig. Marcus hatte das Haus offensichtlich auf ihren Besuch vorbereiten lassen, denn das Licht war angeschaltet gewesen. Also würde hoffentlich auch etwas zu essen da sein.

Wenn sie jetzt brav duschte und nach dem Abendessen erschöpft ins Bett sank, würde er sie heute Abend vielleicht nicht länger unter Druck setzen, und bis zum nächsten Morgen konnte sie in Ruhe über ihre Lage nachdenken.

„Das ist eine gute Idee", sagte sie daher und ging die Treppe hinauf ins Obergeschoss.

Das Badezimmer war geräumig und elegant. In einem Wandschrank fand sie alles Notwendige vor: Seife, Handtücher, Zahnbürsten, Zahncreme und sogar einen bodenlangen Damenbademantel. „Ich frage mich, wer den hier vergessen hat!" Zornig nahm sie ihn heraus und warf ihn auf den Boden. Unter der Dusche schloss sie die Augen und versuchte, sich zu entspannen. Wie töricht! Einerseits misstraute sie Marcus immer noch, andererseits war sie eifersüchtig auf seine früheren Freundinnen.

Sie trocknete sich ab, hob den Bademantel vom Boden auf und wickelte sich hinein. Als sie herunterkam, war Marcus bereits in der Küche am Werk. Auf dem Herd stand eine Pfanne mit Öl, und es duftete nach Kräutern und Gewürzen. Marcus schnitt mit einem scharfen Messer Hühnerfleisch in Würfel.

„Sagst du mir vielleicht jetzt, was du in der Kirche wolltest?", fragte er, ohne aufzublicken.

„Warum? Du würdest es mir doch nicht glauben."

„Versuch trotzdem, es mir zu erklären. Nebenbei könntest du den Spinat waschen. Er ist dort drüben in der Schüssel."

Sie folgte seiner Aufforderung, denn erstens hatte sie großen Hunger, und außerdem hatte Marcus bereits den Hauptteil der Essensvorbereitungen erledigt.

„Ich bin dorthin bestellt worden", begann sie.

„Was soll das heißen?"

„Ich erhielt einen Anruf von der Person, die auch Alfred erpresst hat. Sie versprach mir alle notwendigen Informationen, wenn ich in die Kirche käme."

„Und warum hast du mir nichts davon erzählt?"

Chrissie zögerte. Sophias Hinweis auf die Ehestreitigkeiten zwischen Gina und Mario bewies zwar nichts, aber es war immerhin eine Spur. Sie entschloss sich, Marcus direkt damit zu konfrontieren.

„Das liegt doch wohl auf der Hand. Du deckst deine Mutter, weil du – wie ich – den Verdacht hast, dass sie deinen Vater getötet hat … Nein, bitte nicht!"

Marcus war wütend einen Schritt zurückgetreten. Chrissie sah nur das Messer blitzen, und die nächtliche Szene in der Galerie kam ihr wieder in den Sinn. Instinktiv wich sie Marcus aus. Dabei rutschte ihr die Schüssel mit dem Spinat weg, die sie in der Hand gehalten hatte, flog durch die Luft und traf Marcus an der Schläfe. Erst da wurde ihr klar, dass er durchaus nicht die Absicht gehabt hatte, sie anzugreifen.

Jetzt war er jedoch so zornig, dass er auf sie zutrat und sie hart am Arm packte. Chrissie wich ihm aus, sodass er nur den Ärmelstoff in der Hand behielt, und versuchte mit aller Kraft wegzulaufen. Da er den Bademantel immer noch festhielt, glitt sie halb hinaus, stolperte und fiel hin.

Marcus griff nach ihren Handgelenken und hielt sie fest, damit sie sich nicht wehren konnte. „Ich habe es nicht so gemeint, Marcus", sagte sie mit flehender Stimme. „Es ist mir gleichgültig, was damals passiert ist. Ich werde mich nicht mehr damit befassen, wer Alfred erpresst hat, nur lass mich bitte …"

Sie stockte. Er hatte kein Wort erwidert, sondern starrte sie nur an. Dabei lächelte er. Erst jetzt wurde ihr bewusst, dass sie splitternackt war. „Ich habe Alfred nicht erpresst, falls du das meinst", sagte er, und seine Augen funkelten. „Warum sollte ich auch?"

Chrissie zögerte. „Vielleicht, weil er den wirklichen Mörder oder die Mörderin gedeckt hat."

„Wenn du meine Mutter in Verdacht hast, ergibt das doch überhaupt keinen Sinn, denn dann hätte Alfreds Schweigen mir genützt", gab Marcus zu bedenken.

„Ich weiß auch nicht …", entgegnete Chrissie hilflos, „ich bin eben völlig durcheinander."

„Nein, Christi", nahm er den Faden wieder auf, „das Einzige, was du mir vorwerfen könntest, ist, dass ich dich in diese Ehe hineinmanövriert habe." Er atmete tief durch. „Aber in einem hast du recht. Ich weiß, dass Alfred erpresst wurde. Jahrelang sind hohe Beträge von unserem Firmenkonto verschwunden. Mir ist das vorher nie aufgefallen, weil wir alle Zugang zu dem Konto hatten."

Marcus ließ Chrissies Handgelenke los, blieb aber über sie gebeugt und blickte erneut über ihren nackten Körper. „Hast du wirklich geglaubt, ich wollte dich mit dem Messer angreifen?", fragte er mit belegter Stimme.

„Ich … ich habe den Kopf verloren."

Marcus streichelte zärtlich und begehrend ihren nackten Arm, ihre Schulter und ihre Brüste, sodass Chrissie zu zittern begann. „Ich habe

Sehnsucht nach dir, Christi", flüsterte er.

Chrissie schaute ihm in die Augen. Diese waren groß und dunkel. Er kam immer näher, bis sie seine Lippen auf ihrem Hals spürte. Dann umfasste er eine ihrer Brüste und strich mit der Zunge über die Brustspitze, bis sie hart wurde und Chrissie zu stöhnen begann. Mit der anderen Hand streichelte er die Innenseite ihrer Schenkel.

Chrissie war so erregt, dass sie sich an Marcus festklammerte und immer wieder seinen Namen flüsterte. Schließlich richtete er sich einen Moment auf und sah ihr in die Augen. Chrissie las die Frage in seinem Blick. Kannte er denn die Antwort nicht? Da sie nichts zu sagen vermochte, zog sie ihn wieder zärtlich an sich.

Daraufhin nahm er ihre Hände und half ihr auf. „Ich denke nicht daran, hier mit dir auf dem Fußboden zu liegen, wenn wir oben ein wunderbares Bett haben", flüsterte er lächelnd. Er hob sie empor und trug sie die Treppe hinauf ins Schlafzimmer. Sie schauten einander tief in die Augen, während Marcus sich auszog, bis er ebenfalls nackt vor ihr stand. Chrissie bebte vor Sehnsucht nach ihm. Als er sie in die Arme schloss, spürte sie seine harten Muskeln und das brennende Verlangen, das ihn ergriffen hatte.

Langsam ließ Marcus sie auf das Bett gleiten. Chrissie streichelte sein Gesicht und seine Schultern. Dann ließ sie ihre Hände auf seinem Rücken hinunter bis zu seinen Hüften gleiten, während Marcus ihr zärtliche italienische Worte zuflüsterte, die sie nicht verstand, deren Sinn ihr jedoch vollkommen klar war.

Marcus streichelte sie, bis ihr Verlangen nach ihm nicht mehr zu ertragen war. Denken konnte sie schon lange nicht mehr, sie war nur noch von ihren Gefühlen beherrscht, bereit, sich ihm völlig hinzugeben. Sie hatte nur den einen Wunsch, ihm möglichst nahe zu sein. Diese Sehnsucht war süß und qualvoll zugleich, sodass sie sich den Tränen nahe fühlte.

Marcus legte sich auf sie und spreizte mit dem Gewicht seines Körpers ihre Schenkel auseinander. Dann küsste er sie zärtlich und drang langsam und vorsichtig in sie ein. Chrissie empfand einen stechenden Schmerz, der sich erst allmählich legte. Sie spürte seine gleichmäßigen und kraftvollen Bewegungen, und die vorher empfundene Erregung stieg erneut in ihr auf. Sie drängte sich ihm entgegen, streichelte seinen Rücken und seine Schenkel und ermunterte ihn damit, seiner Leidenschaft freien Lauf zu lassen.

Bereits bei ihrer ersten Begegnung hatte Chrissie gewusst, dass dieser Mann etwas Besonderes war. Diese Verheißung sollte sich nun erfüllen. Während Marcus sich schneller bewegte und tief in sie eindrang, stöhnte sie vor Lust laut auf, bis die Anspannung unerträglich wurde und in einen Gefühlsrausch mündete, der sie bis in die Grundfesten ihrer Seele erschütterte.

Lange Zeit blieb Chrissie bewegungslos liegen, dem Nachklang dieses Erlebnisses hingegeben. Marcus hielt sie immer noch mit beiden Armen umfangen. Nie im Leben war ein Mensch ihr so nahe gewesen. Aber obgleich sie sich so glücklich fühlte wie nie zuvor, erinnerte eine innere Stimme sie daran, dass Marcus ein di Medici war. Ob er sie geheiratet hatte, um sie zu beschützen oder vielmehr ein Mitglied seiner Familie, wusste sie immer noch nicht. Sie war froh, dass es im Zimmer dunkel war, sodass Marcus nicht sehen konnte, in welcher Stimmung sie sich befand.

Marcus schien auch nachgedacht zu haben, denn er erhob sich ohne ein weiteres Wort, zog sich etwas über und bemerkte: „Wir wollen hinuntergehen und etwas essen." Chrissie wunderte sich, wie schnell seine Stimmung umschlagen und wie er ihr zeitweise so nahe und zugleich sehr fern sein konnte.

In der Küche griff er wieder nach dem Messer und fuhr fort, das Hühnerfleisch zuzubereiten. Als Chrissie sich nicht rührte, blickte er ungeduldig auf und sagte: „Entschuldige, Liebling, aber du bist meine Frau, und in unserem Land ist es nicht üblich, dass der Mann die Hausarbeit ganz allein erledigt."

Chrissie senkte den Kopf. Vor zehn Minuten war die Welt um sie versunken, es hatte nur noch ihn und seine Zärtlichkeit gegeben, und jetzt sprach er zu ihr wie ein Fremder.

Seufzend nahm sie die Spinatschüssel und widmete sich den Essensvorbereitungen.

*W*ährend des Essens begann Marcus, Chrissie nach einigen Ereignissen der vergangenen Wochen auszufragen, deren Zusammenhang ihm noch unklar war.

„Du sagst mir, dass du nur nach Venedig gekommen bist, weil deine Truppe hier gastiert hat, und dass es vorher keinerlei Kontakt zwischen deiner Familie und uns oder Alfred gegeben hat. Wie kommt es dann, dass du gleich am ersten Abend mit Alfred zusammengetroffen bist und uns zu Hause besucht hast?"

Chrissie legte ihr Besteck hin und schob den Teller zurück. „Ein bisschen wusste ich natürlich über Alfred, die Familie di Medici und die Galerie. Ich war einfach neugierig, und den Kontakt hat Alfred hergestellt."

„Und als du hier warst, hat Alfred angedeutet, dass dein Vater unschuldig ist am Tode meines Vaters?"

„Genau", bestätigte Chrissie.

„Dann hat er sich mit dir in der Galerie verabredet. Dort hat die vermummte Gestalt ihn mit einem Messer bedroht. Alfred ist weggerannt und erlitt einen Herzanfall."

„Richtig."

„Im Juwelensaal", fuhr Marcus fort, „glaubst du, einen Erpresserbrief gesehen zu haben. Um ihn an dich zu bringen, bist du auf etwas zweifelhafte Weise noch einmal dort eingedrungen."

„Zweifelhaft war höchstens die Art, wie du mich mittels der Falltür in die Katakomben befördert hast", erwiderte Chrissie.

„Sei froh, dass du den Mechanismus kanntest. Beim zweiten Mal hat er dir womöglich das Leben gerettet", wandte Marcus leise ein.

„Du glaubst doch auch nicht, dass mein Sturz von der Treppe ein Unfall war?", wollte Chrissie wissen.

„Nein."

„Hast du deshalb diese Heirat arrangiert?"

„Es schien mir der einzige Weg zu sein, dich zu beschützen, denn abreisen wolltest du ja nicht", erklärte Marcus. „Aber eines möchte ich noch wissen. Wieso warst du mir gegenüber eigentlich so misstrauisch? Hast du wirklich angenommen, ich könnte in all diese Vorfälle verwickelt sein?"

Chrissie zögerte. „Nun, merkwürdigerweise bist du stets am Tatort aufgetaucht. Außerdem habe ich vermutet, dass du Geld brauchst."

Marcus nickte. „Nehmen wir also an, Alfred wäre von jemandem erpresst worden. Bedeutet das, dass er der Mörder meines Vaters war?"

Chrissie schüttelte den Kopf. „Das glaube ich nicht. Da der Erpresser sich jetzt an mich wendet, muss er etwas zu sagen haben, das einen noch lebenden Menschen betrifft. Anders sind auch Mordanschläge nicht zu erklären."

„Dann lass uns noch einmal alle Teilnehmer an der damaligen Bootsfahrt durchgehen", schlug Marcus vor.

„Wir sollten auch über das Motiv nachdenken." Chrissie senkte den Blick. „Marcus, ich weiß, dass deine Eltern an jenem Tag einen heftigen Streit hatten. Außerdem hast du mir verschwiegen, dass auch deine Mutter einen Schlüssel zur Galerie besitzt."

„Ich wollte nicht, dass du meine Mutter verdächtigst", entgegnete er ungehalten.

„Du verdächtigst aber meinen Vater!", rief Chrissie empört. „Deine Familie jedoch ist natürlich über jeden Zweifel erhaben."

Marcus stand auf, nahm sein Weinglas und ging in den Wohnbereich hinüber. „Ich schlage vor, dass wir uns nicht streiten, sondern versuchen, die Situation vorbehaltlos zu betrachten."

„Das tue ich im Gegensatz zu dir die ganze Zeit. Aber wenn du nicht jemanden aus deiner Familie in Verdacht hättest, hättest du diese Heirat nicht arrangiert, davon bin ich überzeugt."

„Bitte sei vernünftig, Christi, die Streiterei bringt uns nicht weiter. Komm, setz dich zu mir."

„Ich habe die vermummte Gestalt heute wieder gesehen", berichtete Chrissie, als sie nebeneinander auf dem Sofa saßen.

„Wo?"

„In der Basilika, kurz bevor wir uns auf dem Markusplatz getroffen haben. Sie hat mir einen Zettel geschrieben, auf dem stand, dass mir jemand gefolgt sei. Deshalb war ich misstrauisch, als du plötzlich aufgetaucht bist. Ich musste auch wieder daran denken, wie du zufällig damals in den Katakomben warst und dass der Umhang dort versteckt war."

„Ich habe inzwischen entdeckt, dass sich in einem Seitengang noch eine weitere Falltür befindet, durch die man von der Galerie aus in die

Katakomben gelangt", sagte Marcus nachdenklich.

Chrissie erschrak und trank einen Schluck Wein. „Heute habe ich wieder einen anonymen Brief erhalten. Darin stand, dass eine Di-Medici-Braut ein Platz in der Di-Medici-Gruft erwartet."

„Warum hast du mir nichts davon gesagt?", fragte Marcus vorwurfsvoll. „Morgen früh verständigen wir die Polizei." Chrissie nickte.

„Und was machen wir jetzt?", erkundigte sie sich nach einer Weile.

„Wir gehen schlafen", erwiderte er leise.

„Zusammen?", hörte sie sich fragen.

„Das hatte ich eigentlich vor", entgegnete er lächelnd. Damit stand er auf, schloss die Haustür ab und löschte überall das Licht.

Chrissie war inzwischen ins Schlafzimmer hinaufgegangen, wo sie sich schnell auszog. Als er eintrat, lag sie bereits im Bett. Glücklicherweise war es dunkel, sodass Marcus nicht sehen konnte, wie unsicher und aufgeregt sie sich fühlte. Das alles war noch zu ungewohnt für sie.

Als er neben ihr lag, stützte er sich auf den Ellenbogen und legte die andere Hand auf ihre Brust. „Dein Herz pocht wie bei einem verängstigten Vögelchen", sagte er zärtlich. Dann beugte er sich zu ihr herunter und küsste sie, während er sie überall streichelte, bis die Glut erneut in ihr entfacht war.

Als er zu ihr kam, zitterte sie vor Erregung. Sie schlang die Beine um ihn, sodass sie ihn tief in sich aufnehmen konnte, und gab sich ganz dem Rhythmus seiner Bewegungen hin. Diesmal spürte sie, dass nicht nur die sexuelle Erregung, die sie zum ersten Mal in dieser Intensität empfand, das Einzigartige im Zusammensein mit Marcus ausmachte. Es war vielmehr die Tatsache, dass sie dem Mann, den sie liebte, so nahe war, dass sie ineinander verschmolzen. Ob er das genauso empfand?

„Liebste", sagte er leise. Seine Bewegungen wurden so heftig, dass ihre Gedanken wie in einem Nebel verschwammen, während Marcus sie mit sich empornahm, bis sie über den Wolken zu schweben glaubte.

Auch als er sie verließ, hielt er sie weiterhin mit beiden Armen umfangen. Chrissie seufzte selig und versank bald darauf in tiefen Schlummer.

Als sie die Augen öffnete, fiel bereits heller Sonnenschein ins Zimmer, und sie hörte draußen die Vögel zwitschern. Das Bett neben ihr war leer, und als sie sich umschaute, sah sie Marcus am Fenster stehen. Er trank Kaffee und hatte diesmal noch nicht bemerkt, dass sie erwacht war. Er schien tief in Gedanken versunken. Chrissie wusste sofort, worüber er nachdachte. Wahrscheinlich überlegte er sich, wie er das Familiengeheimnis aufklären konnte, ohne einen seiner nahen Angehörigen zu belasten.

Chrissie schloss die Augen und ließ erneut die einzelnen Mitglieder der Familie di Medici vor ihrem geistigen Auge Revue passieren. Tony? Nein, das war undenkbar. War es dann vielleicht doch Gina gewesen?

„Woran denkst du?", vernahm sie plötzlich seine Stimme. Sie hatte keine Bewegung gehört, und doch stand Marcus an ihrem Bett und lächelte sie zärtlich an.

„Ich denke über unseren geheimnisvollen Fall nach."

Marcus setzte sich auf die Bettkante und bot ihr seinen Kaffee an, den sie dankend entgegennahm. „Ich hatte eigentlich eine andere Antwort erwartet", neckte er sie. „Eine junge Ehefrau fragt sich, wo ihr Mann geblieben ist, und sehnt ihn herbei."

Chrissie errötete. Natürlich habe ich dich herbeigesehnt, dachte sie, aber so ist es mir schließlich vom ersten Tage an ergangen. Und jetzt, da ich dich kenne, bin ich dir hoffnungsloser verfallen als je zuvor.

„Ich … ich mache mir eben immer noch Sorgen", entgegnete sie stattdessen und trank einen Schluck Kaffee.

„Wir werden uns gemeinsam darüber den Kopf zerbrechen … aber nicht jetzt", sagte er und zog sie an sich.

Es war bereits Nachmittag, als sie ins Wohnzimmer hinuntergingen.

Sie stöberten in den Schränken herum und fanden verschiedene Sorten Käse, ein französisches Weißbrot und Butter. Marcus öffnete eine Flasche Wein, und sie trugen alles zusammen in den Wohnbereich hinüber.

„Wir müssen im Auge behalten", begann Marcus, „dass wahrscheinlich zwei Menschen in unseren Fall verwickelt sind, einmal der Erpresser und dann noch derjenige, vor dem der Erpresser Angst hat. Die zweite Person könnte mit dem Mörder meines Vaters identisch sein."

„Die Person mit dem Umhang", ergänzte Chrissie.

„Genau. Gehen wir einmal davon aus, dass Alfred wieder einmal einen Erpresserbrief erhalten und ihn der Person gezeigt hat. Alfred hat hinzugefügt, dass er nicht länger bereit sei zu zahlen. Daraufhin hat der Erpresser ihn mit dem Messer bedroht."

„Und beide Personen müssen bei dem Jachtausflug dabei gewesen sein", fuhr Chrissie fort. „Also kommen deine Mutter, Sophia, Genovese, Joe oder Fredo infrage."

„Richtig, deine Mutter können wir nicht mitrechnen, da sie sich im Moment nicht in Italien aufhält."

„Und mein Vater scheidet ebenfalls aus, es sei denn, er liefe als vermummter Geist hier herum."

„Ich finde das nicht komisch", bemerkte Marcus.

„Ich auch nicht, aber du musst endlich einmal den Tatsachen ins Auge sehen."

„Sei bitte nicht so überheblich, Christi. Du selbst hast mir die Tatsachen viel zu lange vorenthalten."

„Nach allem, was geschehen war, konnte ich dir nicht trauen", rechtfertigte sich Chrissie. „Seltsamerweise bist du stets am Tatort aufgetaucht."

Marcus stand rasch auf, trat hinter ihren Sessel und nahm sie bei den Schultern. „Und du brichst in fremde Häuser ein und schwatzt alten Männern ihr Geld ab. Vielleicht hattest du es auch auf mein Geld abgesehen. Hast du nun endlich erreicht, was du wolltest?"

„Nein", schwindelte Chrissie und befreite sich aus seinem Griff. „Hast du vergessen, dass ich es eigentlich auf Tony abgesehen hatte?"

„Ach ja, richtig", murmelte er finster und kehrte an seinen Platz zurück, „aber jetzt hast du mich", fügte er leise hinzu. „Und als Ehefrau solltest du mir gegenüber stets liebevoll sein, besonders nach dem Angriff mit der Gemüseschüssel gestern Abend."

Chrissie sah, dass er lächelte, und atmete erleichtert auf. Ihren Hinweis auf Tony hatte er also nicht ernst genommen. Und als er auf sie zutrat und sie an sich zog, las sie Zärtlichkeit in seinem Blick. Nicht um alles in der Welt hätte sie ihn in diesem Moment daran erinnern mögen, dass er sie nur geheiratet hatte, um sie vor Gefahr zu schützen.

Marcus setzte sich wieder und zog sie zu sich auf den Schoß. Chrissie kuschelte sich an ihn und spielte mit dem goldenen Medaillon auf seiner Brust. „Was sollen wir also unternehmen, Marcus?"

Er seufzte. „Ich fürchte, wir müssen alle Hebel in Bewegung setzen, um den Erpresser und den Mörder dingfest zu machen."

Chrissie legte den Kopf an seine Brust und lauschte dem Herzschlag. Marcus streichelte ihr die Wange. „Aber zuerst einmal", fuhr er fort, „gehen wir auf Hochzeitsreise, auch wenn uns nur ein paar Tage bleiben. Morgen fahren wir nach Portofino an die italienische Riviera, vielleicht auch noch weiter nach Nizza oder Monte Carlo."

„Und danach?"

„Danach kehren wir zurück, damit wir den Erpresser zur verabredeten Zeit in der Markuskirche treffen können."

Chrissie schluckte. „Marcus", begann sie dann zögernd, „was glaubst du, wer deinen Vater getötet hat?"

„Meine Mutter auf keinen Fall, also bleiben Alfred, Genovese, Joe oder vielleicht Fredo."

„Mir ist noch etwas unklar. Ich verstehe, dass Alfred erpresst worden ist, denn er war ein reicher Mann. Aber wieso werde ich erpresst?"

Marcus wurde nachdenklich. Dann sagte er langsam: „Vergiss nicht, dass du über viel Geld verfügst, wenn das Testament erst einmal rechtskräftig ist. Außerdem bist du am meisten von allen an den Informationen interessiert, weil du deinen Vater entlasten möchtest." Er schloss sie fest in die Arme. „Bitte versprich mir, dass du keinen Schritt ohne mich unternimmst, wenn wir erst wieder zu Hause sind."

Das Herz klopfte ihr bis zum Halse. „Lass uns zur Polizei gehen, Marcus."

„Das machen wir ohnehin. Ich werde die Erpresserbriefe dort vorlegen." Wirklich? fragte Chrissie sich. Oder wird er weiterhin versuchen, das Rätsel auf eigene Faust zu lösen, um jemanden aus seiner Familie zu decken? Dessen war sie sich nicht sicher. Aber sie glaubte mit aller Kraft daran, dass er sie beschützen würde, auch unter Einsatz seines eigenen Lebens. Alles war davon abhängig, wie raffiniert der Mörder vorging.

Chrissie seufzte innerlich und trank einen Schluck Wein. Marcus streichelte ihr über das Haar, und sie wandte sich ihm zu. Er betrachtete sie mit einem Ausdruck, als wäre sie sein kostbarster Besitz. Als er sie an sich zog, legte sie den Kopf an seine Brust und versuchte, alle beunruhigenden Gedanken zu verscheuchen.

Marcus lag im Bett, als Chrissie im Türrahmen erschien. Sie ist makellos schön, dachte er. Ihre Glieder sind schlank, ihre Haut ist glatt und seidig, und sie bewegt sich mit einer unnachahmlichen Grazie.

Chrissie war nackt. Unsicher blieb sie an der Tür stehen. Das Haar fiel ihr in dichten Wellen auf die Schultern. Das Mondlicht warf einen silbernen Schimmer auf die grazile Gestalt, und Marcus sehnte sich danach, sie zu berühren.

Sein Herz klopfte schneller, und einen Augenblick lang war er von Furcht erfüllt. Das hatte nichts mit der Gefahr zu tun, in der Chrissie sich noch immer befand, denn er traute sich zu, diesen Fall zu lösen und sie für immer von den Schatten der Vergangenheit zu befreien.

Aber wenn alles vorüber war, was sollte dann aus ihnen werden? Er würde sie niemals halten können. Wie eine Nymphe würde sie ihm entgleiten. Sie war Amerikanerin, stolz und unabhängig. Er liebte sie, aber sie hatten völlig unterschiedliche Lebensauffassungen. Sein Lebensstil war ihr fremd, selbst die Sprache bildete immer noch eine Barriere. Zwar beherrschte er Englisch fließend, aber er dachte auf Italienisch.

Auch ihr Beruf war ein Problem. Chrissie war Künstlerin und liebte ihre Arbeit, das wusste er. Als Pantomimin war sie hinreißend, und er wollte ihr die Freude an ihrem Beruf nicht nehmen, und dennoch hätte er sie am liebsten ganz für sich allein gehabt.

Als sie langsam auf ihn zukam und er ihre weichen Bewegungen beobachtete, wuchs die Begierde in ihm, und gleichzeitig wuchs auch die Furcht, sie eines Tages zu verlieren. Er fühlte sich wie gelähmt. Es gelang ihm nicht, die Hand nach ihr auszustrecken, weil er fürchtete, die schöne Erscheinung könnte sich vor seinen Augen in Luft auflösen.

Dann schlüpfte sie zu ihm ins Bett. Er umarmte sie und spürte ihre warme, zarte Haut. Sie waren wie füreinander geschaffen.

11. KAPITEL

*M*arcus und Chrissie flogen mit einer Chartermaschine nach Nizza, und die zwei Tage, die sie dort verbrachten, waren für Chrissie die schönsten ihres Lebens.

Sie gingen an den Strand, nahmen Erfrischungen zu sich, badeten zwischendurch und legten sich dann wieder in den warmen Sand. Chrissie seufzte zufrieden, wenn Marcus ihr den Rücken streichelte. Sie wusste dann, er würde in Kürze vorschlagen, dass sie in ihr Hotelzimmer zurückkehrten, um sich zu lieben.

Am ersten Nachmittag hatten sie einen Einkaufsbummel gemacht. Chrissie war überrascht gewesen, wie viel Geld er ausgegeben hatte, um sie für ein paar Tage mit Feriengarderobe auszustatten, und sie hatte ihn lachend gefragt, wessen Erbteil er eigentlich ausgab, ihres oder seines.

„Beide", hatte er achselzuckend geantwortet.

Und dann hatte er sie daran erinnert, dass sie während dieser kurzen Zeitspanne weder an die Vergangenheit noch an die Zukunft denken wollten. Nur die Gegenwart sollte zählen. In diesen Tagen stritten sie nicht ein einziges Mal. Sie schlenderten durch die Straßen und saßen in kleinen Cafés, sie genossen den Sonnenschein oder schwammen ins Meer hinaus.

Am letzten Abend, den sie in Monte Carlo verbrachten, endete dieser idyllische Zustand jedoch ganz unerwartet. Sie waren im Spielkasino. Marcus trug einen schwarzen Smoking, in dem er noch attraktiver aussah als sonst. Für Chrissie hatte er ein paillettenbesetztes grünes Seidenkleid gekauft. Sie waren heiter und ausgelassen und spielten gerade erfolgreich Roulette.

Plötzlich berührte jemand Chrissies Arm. Sie hörte ihren Namen, drehte sich um und erblickte ihre Kollegen Georgianne und Thomas.

„Chrissie!" Georgianne begrüßte sie erfreut und überfiel sie auf Französisch mit Fragen. Aus den Augenwinkeln sah Chrissie, dass Marcus ihre Chips einsammelte und darauf wartete, dass sie ihn mit ihren Freunden bekannt machte. Instinktiv spürte sie, dass die Stimmung zwischen ihnen bereits in diesem Moment gespannt war, obgleich sie sich das nicht erklären konnte.

„Marcus, das sind Georgianne und Thomas", begann sie nun.

„Wir waren in Paris zusammen auf der Schule und arbeiten jetzt in derselben Truppe. Georgianne, Thomas – darf ich euch Marcus di Medici vorstellen?"

Marcus benahm sich höflich und verbindlich, und als Thomas vorschlug, irgendwo etwas zu trinken, willigte er ein.

Während sie draußen auf ein Taxi warteten, musterte Georgianne Marcus mit neugierigen und bewundernden Blicken. Dann sagte sie leise zu Chrissie: „Wir haben dich in Gesellschaft eines alten Mannes in Venedig zurückgelassen und treffen dich nun mit einem jungen in Monte Carlo wieder. Was hat das zu bedeuten?"

„Wir machen ein paar Tage Urlaub", begann Chrissie.

„Wir sind auf der Hochzeitsreise", fiel Marcus lächelnd ein.

Georgianne klatschte vor Begeisterung in die Hände, und Thomas gratulierte ihnen herzlich. Als sie im Taxi saßen, erkundigte sich Georgianne bei Chrissie, was sie nun vorhabe. Chrissie blickte Marcus vielsagend an und erwiderte, dass sie noch keine endgültige Entscheidung getroffen habe.

Sie gingen in eine kleine Bar, von der aus man die ganze Bucht überblicken konnte, und bestellten etwas zu trinken. Da Thomas mit Marcus in ein Gespräch über die Schönheiten der französischen Küste vertieft war, wandte Georgianne sich ungeniert auf Französisch an Chrissie.

„Wie romantisch, Chrissie. Du bist ein paar Wochen in Italien und heiratest sogleich einen Italiener. Er sieht wirklich blendend aus. Ich wette, du bist bis über beide Ohren in ihn verliebt."

„Ja, aber bitte sprich nicht so laut, Georgianne." Chrissie sah verstohlen zu Marcus hinüber, der ganz auf die Unterhaltung mit Thomas konzentriert schien. Er ließ sich nicht anmerken, was er dachte oder empfand.

„Dann kehrst du also nicht nach Paris zurück?", erkundigte Georgianne sich.

„Doch, natürlich."

„Tatsächlich? Ich an deiner Stelle würde einen solchen Ehemann keinen einzigen Tag aus den Augen lassen."

„Ich habe schließlich auch mein eigenes Leben", entgegnete Chrissie ausweichend. Es hatte keinen Zweck, Georgianne die näheren Umstände ihrer Heirat auseinanderzusetzen.

Sie blieben noch geraume Zeit zusammen und unterhielten sich auf Englisch über Kunst und andere Gegenstände von gemeinsamem Interesse. Die ganze Zeit hatte Chrissie das Gefühl, als stimme mit Marcus etwas nicht. Obgleich er sich charmant und liebenswürdig gab.

Auf dem Weg zurück ins Hotel sprach Marcus kein einziges Wort. Chrissie tat, als merke sie es nicht. Als sie wieder in ihrem Zimmer angekommen waren, duschte sie und legte sich dann ins Bett.

Marcus schwieg immer noch. Daher schloss sie die Augen und wollte einschlafen. Sie spürte, wie er sich neben sie ins Bett legte. Er berührte sie und drehte sie zu sich herum. Sie zuckte zusammen, als er in fließendem Französisch sagte: „Du hast also dein eigenes Leben und kehrst deswegen nach Frankreich zurück?"

„Du sprichst Französisch?" war alles, was sie herausbrachte.

„Venedig liegt im nördlichen Teil Italiens, und die Geschäfte bringen es mit sich, dass ich oft nach Frankreich, Österreich oder in die Schweiz reisen muss. Also sei vorsichtig, wenn du wieder einmal mit anderen über mich sprichst." Er ließ sie los und wandte ihr den Rücken zu. „Morgen früh fahren wir nach Venedig zurück."

Chrissie schluckte die Tränen hinunter. Sie verstand nicht, was eigentlich vorgefallen war. War Marcus ihrer vielleicht bereits überdrüssig? Lange lag sie wach und starrte an die Decke. Gern hätte sie ihn berührt, aber sie fürchtete sich davor, zurückgewiesen zu werden, und dabei hatte sie sich inzwischen so sehr an seine Zärtlichkeit gewöhnt.

Wäre ich doch niemals mit ihm auf diese Reise gegangen, dachte sie. Für ihn ist dieses Erlebnis womöglich nur eines von vielen, ich aber liebe ihn. Dass er mich geheiratet hat, bedeutet nichts, denn dafür waren andere Gründe maßgebend.

Als Chrissie endlich einschlief, verfiel sie in unruhige Träume. Sie irrte wieder in den Katakomben umher. Irgendjemand verfolgte sie. Sie hatte Angst. Als sie sich umschaute, gewahrte sie in der Ferne einen roten Umhang. Und diesmal hielt Chrissie etwas in der Hand, das auf keinen Fall in den Besitz ihres Verfolgers gelangen durfte.

Sie versteckte sich hinter einem Sarg. Als eine Spinne über ihre Hand kroch, schrie sie laut auf. Die Figur in dem Umhang hatte sie gehört und kam näher. Chrissie schrie und schrie.

„Christi! Liebste! So beruhige dich doch." Als sie schweißgebadet erwachte, hielt Marcus sie im Arm. Das Herz klopfte ihr immer noch bis zum Halse.

„Was ist denn mit dir, Christi?", fragte er besorgt. Sie schloss die Augen und vergrub den Kopf an seiner Brust. „Ich … ich hatte einen Albtraum. Die Gestalt hat mich wieder verfolgt. Ach, Marcus …"

„Beruhige dich, es war doch nur ein Traum. Du brauchst keine Angst zu haben, ich werde dich nie mehr allein lassen." So tröstete er sie, bis sie aufhörte zu zittern.

Schweigend hielt er sie eine Weile in den Armen, dann begann er, sie zu streicheln. „Wozu hast du das angezogen?" Ungeduldig zupfte er an ihrem Nachthemd. „Wolltest du dich damit vor mir schützen?"

Chrissie schüttelte den Kopf. „Ich kann mir nicht vorstellen, dass man sich vor dir schützen kann", sagte sie leise.

„Da hast du recht", flüsterte er ihr ins Ohr und zog sie an sich.

Am nächsten Morgen fuhren sie nach Venedig zurück. Während der Fahrt war Marcus schweigsam und in sich gekehrt. Erst als sie den Palast betraten, legte er den Arm um sie.

Tony begrüßte sie hocherfreut. Sophia bot ihnen Kaffee an. Nun fürchtete Chrissie sich noch ein wenig vor dem Wiedersehen mit Gina, die sie seit ihrer Heirat noch nicht zu Gesicht bekommen hatte. Aber diese Sorge erwies sich als unbegründet. Als Gina eintrat, umarmte sie Chrissie herzlich. „Einst warst du hier zu Hause", begann sie, „und nun bist du es erneut. Ich wünsche dir viele glückliche Jahre bei uns."

Chrissie lächelte unsicher. Ob Gina das ernst meint?

Sie gingen alle zusammen in den Innenhof hinaus und tranken Kaffee. Nach einer Weile kamen auch Joe und Fredo, um zur Hochzeit zu gratulieren.

Chrissie bemühte sich, möglichst fröhlich von ihrer Reise zu berichten, aber das fiel ihr schwer. Seit sie den Palast betreten hatten, war ihr wieder beklommen zumute. Sie war daher froh, als Joe auf die Geschäfte zu sprechen kam und Marcus wissen ließ, dass er dringend in der Galerie gebraucht wurde. Dieser wollte auch sogleich hinüberkommen und begleitete Chrissie zunächst in ihr gemeinsames Zimmer.

Dort nahm er sie bei den Schultern und sah sie eindringlich an. „Bitte versprich mir, dass du keinen Schritt aus diesem Zimmer tust."

„Ich habe nicht die Absicht wegzugehen", entgegnete sie unwillig, weil sie sich bevormundet fühlte. Außerdem ärgerte sie sich immer noch, dass er die ganze Zeit so distanziert gewesen war. „Wenn du mich suchst, ich bin in meinem Zimmer", sagte sie unfreundlich, um ihm wehzutun. „Ich denke, dass unsere Beziehung sich künftig darauf beschränken sollte, gemeinsam den fraglichen Fall zu lösen."

Seine Blicke sprühten Funken, sodass Chrissie schon mit einem Wutausbruch rechnete. Aber nichts dergleichen geschah. „Wie du meinst", entgegnete er knapp, wandte sich um und ging hinaus. Chrissie ließ sich verzweifelt auf das Bett sinken.

Sie wusste nicht, wie lange sie so in Gedanken versunken gesessen hatte, als das Telefon klingelte. Noch bevor sie abnahm, wusste sie, wer es war.

„Hallo?", meldete sie sich.

„Contessa di Medici, Sie müssen gleich kommen."

„Ich kann jetzt nicht kommen."

„Sie müssen. Es ist die letzte Gelegenheit. Kommen Sie wieder in die Markuskirche. Ich gebe Ihnen eine halbe Stunde Zeit." Der Erpresser legte auf.

Chrissie ging unruhig im Zimmer auf und ab. Dann fiel ihr ein, dass sie Marcus telefonisch von der Neuigkeit verständigen konnte. Schnell wählte sie die Nummer der Galerie. Joe Conseli war am Apparat.

„Es tut mir leid, Contessa. Marcus spricht von einem anderen Apparat aus mit einem Geschäftsfreund in New York. Ich sage ihm, dass er Sie anrufen soll."

Chrissie bedankte sich und legte auf. Nachdem sie fünf Minuten gewartet hatte, ohne dass der Rückruf kam, fürchtete sie, den Erpresser zu verpassen, wenn sie sich nicht auf den Weg machte. Daher nahm sie ihre Handtasche, schlüpfte ungesehen aus dem Haus und winkte ein Motorboot heran.

Als sie die Markuskirche betrat, konnte sie in dem Dämmerlicht zunächst nichts erkennen. Dann sah sie, dass wie gewöhnlich zahlreiche Touristen das Kirchenschiff besichtigten, unter denen ihr jedoch niemand besonders auffiel.

Wieder suchte sie einen Beichtstuhl auf, setzte sich hinein und wartete. Aber nichts geschah. Als eine Stunde verstrichen war, ohne dass sich jemand bei ihr gemeldet hatte, gab Chrissie es schließlich auf.

Wieder hatte der Erpresser sie an der Nase herumgeführt. Verärgert verließ sie die Kirche. Da sie in Gedanken versunken war, bemerkte sie zunächst nicht, dass auf dem Platz mehr Menschen als sonst zusammengelaufen waren und beträchtliche Unruhe herrschte.

Erst als sie zur Anlegestelle ging, um auf einen Dampfer zu warten, sah sie die vielen Polizisten, die versuchten, die Neugierigen zurückzudrängen. Auf der Erde lag ein tropfnasser, lebloser Körper, der offensichtlich aus dem Kanal gezogen worden war. Als sie näher herantrat, erkannte sie Genovese. Sein Gesicht war blau angelaufen, und an seinem Hals befand sich eine klaffende Wunde.

Chrissie schrie vor Entsetzen laut auf. Ein Polizist kam auf sie zu und versuchte, sie zu beruhigen. Er führte sie zu einer Bank, wo sie sich setzen konnte. Nun wusste sie endlich, wer der Erpresser gewesen war. Es war Genovese. Der Mörder aber hatte erneut zugeschlagen und lief immer noch frei herum.

Aus dem Stimmengewirr, das rings um sie herrschte, drang plötzlich eine vertraute Stimme an ihr Ohr. Sie schaute auf und sah Marcus mit einem der Polizisten sprechen. Dann kam er auf sie zu, legte den Arm um sie und führte sie zu seinem Motorboot.

Sie sehnte sich nach Trost und Anteilnahme. Stattdessen begann er, laut auf Italienisch zu schimpfen. Chrissie hob die Hand und sagte leise. „Bitte, Marcus …“

Er hörte auf zu schimpfen.

„Ich habe versucht, dich telefonisch zu erreichen.“

„Genauso gut hättest du jetzt da liegen können!“, entgegnete er erregt. Chrissie schwieg. Kurz darauf erreichten sie den Palazzo. Marcus ging mit ihr in sein Zimmer hinauf, wo sie sich verzweifelt und erschöpft auf das Bett sinken ließ.

„Morgen bringe ich dich von hier weg“, entschied Marcus. „Und bis dahin, Christi, darfst du dieses Zimmer nicht mehr verlassen, wenn dir dein Leben lieb ist.“

Er setzte sich zu ihr auf das Bett. Chrissie richtete sich auf und umarmte ihn. Er zog sie an sich und streichelte ihr über das Haar. „Ich muss noch einmal zur Polizei. Bitte schließe dich ein. Gehe auf keinen Fall weg und lass auch niemanden herein. Ich komme so schnell wie möglich zurück.“

„Du kannst dich auf mich verlassen“, versicherte sie. Sie schloss hinter Marcus ab und legte sich dann wieder hin. Da Genovese nicht der Mörder war, ist der Kreis der Verdächtigen erneut kleiner geworden, dachte sie. Es bleiben nur noch Gina, Fredo, Joe, Sophia und Tony übrig, Menschen, mit denen ich täglich zusammen bin …

Als es an der Tür klopfte, schrak Chrissie zusammen. Aber es war Marcus. Er brachte ein Tablett mit Brot, Wein und einem dampfenden Nudelgericht. Obgleich sie sich hungrig fühlte, brachte sie keinen Bissen herunter, so elend war ihr zumute.

Marcus erzählte, dass die Polizei im Mordfall Genovese noch nicht weitergekommen war. Er hatte jedoch ausführlich alles berichtet, was er wusste, und auch die Erpresserbriefe abgeliefert.

Chrissie fühlte sich immer noch sehr unwohl, sodass Marcus ihr riet, schlafen zu gehen.

Sie legte sich hin, obgleich sie Angst vor dem Einschlafen hatte, weil sie mit einem neuerlichen Albtraum rechnete.

Marcus duschte inzwischen. Als er das Badezimmer verließ, beobachtete Chrissie, dass er ans Fenster trat und hinausstarrte. Die Zeit verging. Als Chrissie es nicht mehr aushalten konnte, stand sie wieder auf und gesellte sich zu ihm.

„Marcus", sagte sie leise, „warum kommst du nicht endlich? Wie kannst du mich so lange allein lassen?"

Er legte ihr die Hand unter das Kinn und blickte ihr in die Augen. „Ein Mord ist begangen worden. Darüber kann ich mich nicht so einfach hinwegsetzen. Hab keine Angst, zwischen uns hat sich deswegen nichts geändert."

Chrissie legte die Arme um ihn. „Ich habe so entsetzliche Angst, bitte halt mich fest."

Er zog sie an sich. „Wenn ich dich festhalte, wird es dabei allein nicht bleiben", flüsterte er ihr ins Ohr.

„Das möchte ich doch auch gar nicht", gestand Chrissie und streifte sich das Nachthemd ab.

„Bist du dir eigentlich klar darüber", fragte er mit bitterem Unterton, „dass unsere Beziehung bereits Folgen gehabt haben könnte?"

„Ja."

„Sollte es so sein, wäre ich nicht bereit, auf mein Kind zu verzichten. In diesem Fall darfst du mich nicht verlassen."

Sie wollte ihm nicht eingestehen, dass sie niemals die Absicht gehabt hatte, ihn zu verlassen. „Nein", entgegnete sie deswegen nur.

Da drückte er sie fest an sich. Und als er sie zum Bett hinübertrug und sie leidenschaftlich umarmte, vergaß sie die schrecklichen Ereignisse dieses Tages.

Wenn Marcus sie festhielt, spürte sie keine Angst mehr.

12. KAPITEL

*V*öllig verstört wachte Chrissie auf. Sie hatte einen seltsamen Traum gehabt.

Sie war wieder ein kleines Mädchen gewesen, das aufgeregt durch die Gänge der Katakomben lief. In der Hand hielt sie etwas, das niemand sehen durfte, etwas Kostbares. Sie hatte es sich einfach genommen und wusste, die Erwachsenen würden böse sein, wenn es herauskam.

Chrissie drehte sich zu Marcus um, um ihm von ihrem Traum zu erzählen. Vielleicht konnte er etwas damit anfangen. Aber Marcus war verschwunden. Auf seinem Kopfkissen lag ein Zettel. Sie nahm ihn und las:

> *„Liebste,*
> *ich musste hinüber in die Galerie, weil die Polizei dort Ermitt-*
> *lungen anstellt.*
> *Bitte verlass auf keinen Fall das Zimmer. Um Punkt elf Uhr wird*
> *Teresa dir das Frühstück bringen.*
> *Schließ hinter ihr wieder ab.*
> *Marcus."*

Chrissie seufzte, sah jedoch ein, dass er mit seinen Vorsichtsmaß-nahmen recht hatte. Die Vorstellung, dass die Polizei den Fall bearbeitete, beruhigte sie jedoch etwas.

Sie duschte, zog sich an und ging dann nachdenklich im Zimmer auf und ab. Offensichtlich hatte Marcus nicht mehr vor, sie heute noch von Venedig wegzubringen. Was beabsichtigte er dann? Sie war davon überzeugt, dass er sich Sorgen um sie machte, aber das hieß noch lange nicht, dass er sie liebte. Und unter einer anderen Bedingung wollte sie nicht mit ihm zusammenleben.

Es klopfte. Chrissie schaute auf ihre Armbanduhr. Es war Punkt elf, und Teresa rief von draußen ihren Namen. Chrissie öffnete, nahm das Tablett entgegen und schloss die Tür dann wieder ab. Sie stellte das Geschirr auf den Tisch und schenkte sich Kaffee ein. Da sie am Abend zuvor nichts hatte essen können, war sie völlig ausgehungert.

Nachdem sie alles bis auf den letzten Rest aufgegessen hatte, setzte sie sich in einen Sessel, legte den Kopf zurück und versuchte zu ergründen, was es mit ihrem Traum von den Katakomben auf sich gehabt haben mochte. Offensichtlich hatte sie als Kind heimlich irgendetwas Kostbares an sich genommen. Aber was?

Die Stunden vergingen. Allmählich machte sie sich Sorgen um Marcus. Als das Telefon läutete, fuhr sie hoch. Beinahe hätte sie abgenommen, da fiel ihr ein, dass Genovese ermordet worden war, weil sie einen Anruf entgegengenommen und sich mit ihm verabredet hatte. Nach einer Weile hörte das Klingeln auf.

„Christina!", vernahm sie Sophias Stimme. „Bitte gehen Sie ans Telefon, es ist Marcus!"

Schnell griff Chrissie nach dem Hörer, aber die Verbindung war bereits unterbrochen. Sie öffnete die Tür. Sophia befand sich schon auf halber Treppe. „Entschuldigen Sie, Sophia, hat Marcus gesagt, was er wollte?"

„Jawohl", entgegnete diese ungeduldig, „er möchte, dass Sie in die Galerie hinüberkommen. Ich glaube, die Polizei vernimmt dort alle – oder so etwas Ähnliches."

Sophia nickte, dann fiel ihr etwas ein. „Nehmen Sie einen Schlüssel mit. Im Büro kann man die Klingel nicht hören."

„Ich habe keinen Schlüssel", wandte Chrissie ein.

„Dann bitte ich Gina, mir ihren zu geben."

Als Chrissie ein paar Minuten später herunterkam, stand Sophia bereits in der Halle. Sie händigte Chrissie ein Schlüsselbund aus und erklärte ihr, welcher Schlüssel zu welcher Tür gehörte, Chrissie bedankte sich und eilte hinaus.

Sie fühlte sich unbehaglich, ohne jedoch den Grund dafür zu kennen. Als sie am Galeriegebäude angekommen war, klingelte sie an der Haustür, aber es rührte sich nichts. Gut, dass Sophia mir die Schlüssel gegeben hat, dachte sie.

Irgendetwas, das Sophia in dem Zusammenhang gesagt hatte, hatte sie dabei irritiert, aber sie konnte jetzt nicht darüber nachdenken.

Chrissie schloss die Haustür auf und trat ein. Innen war es dämmrig und kühl. „Marcus!", rief sie. Ihre Stimme hallte von den hohen Wänden wider, aber sonst erfolgte keine Reaktion. Sie entschloss sich, nicht noch einmal zu rufen, sondern sich selbst auf die Suche zu begeben.

Allerdings hatte sie keine Ahnung, in welchem Gebäudeteil sich sein

Büro befand. Im ersten Stock waren bestimmt keine Büroräume, dort diente alles Ausstellungszwecken und war auf die Bedürfnisse der Galeriebesucher ausgerichtet.

Plötzlich glaubte sie, aus dem Saal mit der historischen Ausstellung ein Geräusch zu hören. Schnell lief sie die letzten Stufen hinauf und stürmte in den Saal.

„Marcus?" Chrissie sah sich suchend um. Aber Marcus war nicht da. Nur die Figuren standen in den üblichen Posituren auf dem Podest. Da es immer dunkler wurde, war ihr unheimlich zumute. Wenn Marcus nicht hier war, musste sie anderswo weitersuchen. Als sie sich umwandte, um hinauszugehen, bemerkte sie aus den Augenwinkeln eine Bewegung. Zwischen den historischen Figuren tauchte die Gestalt in dem Umhang auf. Sie sprang vom Podest herab. In ihrer Hand blitzte ein länglicher, scharfer Gegenstand auf.

Jetzt erkannte Chrissie, dass sie in eine Falle gelaufen war.

Sie drehte sich um und lief, so schnell sie konnte.

Marcus saß im Polizeibüro und trommelte ungeduldig auf die Schreibtischplatte. Wie oft hatte er jetzt schon im Palast angerufen, fünf Mal, zehn Mal?

Endlich wurde der Hörer abgenommen. „Ja, bitte?", erklang Ginas Stimme.

„Mutter, wieso meldet sich bei euch niemand?"

„Keine Ahnung, ich bin eben erst nach Hause gekommen. Wo bist du denn?"

„Ich bin noch bei der Polizei." Marcus zögerte. „Hör zu, Mutter, die Beamten glauben, dass die Gründe für den Mord an Genovese in die Zeit von Vaters Tod zurückreichen. Ich fürchte, dass du auch zum Verhör hierherkommen musst."

„Wie bitte?", entgegnete Gina erschrocken.

„Ich erkläre dir das später. Jetzt möchte ich dich um einen Gefallen bitten. Christi nimmt den Hörer nicht ab. Könntest du bitte zu ihr hinaufgehen und ihr sagen, dass ich sie sprechen möchte?"

„Sofort."

Marcus wartete voller Ungeduld und Unruhe. Endlich wurde der Hörer auf der anderen Seite aufgenommen, und er seufzte zunächst erleichtert. Aber es war wieder seine Mutter am Apparat, sodass er erneut von Angst und Sorge ergriffen wurde.

„Christi ist nicht da, Marcus. Vielleicht ist sie einkaufen gegangen …"

„Ich muss sie unbedingt finden!", fiel Marcus ihr aufgeregt ins Wort. „Wenn du sie siehst, Mutter, so verliere sie bitte nicht aus den Augen!"

Er ließ den Hörer fallen, rief den Polizisten etwas zu und lief hinaus. Plötzlich war ihm klar, wer seinen Vater, Alfred und Genovese auf dem Gewissen hatte.

Mein Gott, hoffentlich komme ich nicht zu spät!, dachte er.

Chrissie hatte den Juwelensaal verlassen und stand auf dem Treppenabsatz. Das Beste wird sein, wieder die Falltür zu benutzen, dachte sie, öffnete die Tür zum Juwelensaal und rannte zur Vitrine. Als sie sich kurz umsah, war auch die Gestalt mit dem Umhang im Saal angekommen. Sie stand neben der Tür und betätigte einen unauffälligen Hebel neben dem Türrahmen. Chrissie schrie auf vor Schreck, denn der Boden gab unter ihr nach, obgleich sie die Vitrine noch nicht erreicht hatte.

Wieder glitt sie eine Art Rutsche hinunter und stieß unten unsanft auf. Es war stockfinster, und es roch nach Salzwasser und Moder. Sie musste in den Katakomben sein. Nun fiel ihr auch wieder ein, dass Marcus von einer zweiten Falltür gesprochen hatte.

Gerade als sie aufstand, hörte sie hinter sich ein Geräusch. Es kam also noch jemand. Chrissie erstarrte vor Schreck. Dann wurde sie von einer starken Lampe geblendet. Sie hielt sich die Augen zu und taumelte zurück.

Nach einigen Sekunden öffnete sie die Augen wieder, weil sie hoffte, irgendwo einen Fluchtweg zu entdecken. Die Gestalt lachte höhnisch, streifte mit einem Ruck den Umhang ab und ließ ihn zu Boden gleiten. Die Zeit der Verstellung und Verkleidung war vorüber.

„Sophia!", sagte Chrissie entsetzt. Sie hätte es wissen müssen, als Sophia vorgegeben hatte, sich die Schlüssel zur Galerie von Gina ausleihen zu wollen. Es war Dienstag, und diesen Tag verbrachte Gina stets in der Stadt mit ihrem Bekannten. Also hatte Sophia selbst einen Schlüssel besessen.

„Da staunen Sie, Christina, nicht wahr?", entgegnete diese boshaft. „Und Sie haben die arme, unschuldige Gina verdächtigt. Ich habe ihr vor einundzwanzig Jahren einen großen Gefallen getan, aber ich bin nicht sicher, ob sie das zu schätzen weiß."

„Das verstehe ich nicht", entgegnete Chrissie. Es kam darauf an, Zeit zu gewinnen. Wenn sie Sophia zum Reden brachte, hatte sie vielleicht noch eine Chance. Denn Marcus würde nach ihr suchen, sobald er nach Hause kam und sie nicht antraf.

„Vielleicht tue ich Ihnen auch einen Gefallen", fuhr Sophia fort. „Das Zusammenleben mit einem di Medici ist nämlich durchaus kein reines Vergnügen, und Marcus erinnert mich in allem sehr an seinen Vater. Sie müssen wissen, dass ich Mario sehr gut gekannt habe."

„Was ... was meinen Sie damit?"

„Ich war damals bereits ein paar Jahre mit Alfred zusammen, als sich eine Beziehung zwischen Mario und mir anbahnte. Sie wissen ja selbst, wie attraktiv diese di Medicis sind. Es war eine wilde, leidenschaftliche Affäre. Eines Tages bekam Mario Gewissensbisse und wollte Gina und Alfred von unserem Verhältnis in Kenntnis setzen. Er liebte Gina immer noch und hätte sich niemals von ihr getrennt. Sie hätte ihm auch sicherlich verziehen, aber Alfred hätte mich hinausgeworfen, und ich war finanziell von ihm abhängig.

An jenem Tag auf dem Boot hatten Ihr Vater und Mario eine heftige Auseinandersetzung wegen der verschwundenen Figur. Es kam sogar zu Handgreiflichkeiten. Ich war zu der Zeit auch an Deck. Nachdem James in seine Kabine zurückgekehrt war, wollte ich noch einmal mit Mario reden."

„Und was geschah dann?", warf Chrissie ein.

„Ich bat Mario erneut darum zu schweigen, aber er war entschlossen, seiner Frau alles zu offenbaren. Da habe ich ihn angegriffen, und er hat sich zur Wehr gesetzt. In diesem Moment erschien Alfred an Deck. Da er nicht wusste, worum es ging, und mir helfen wollte, riss er Mario von mir los und schleuderte ihn gegen den Mast. Mario traf sehr unglücklich auf und brach sich das Genick. Alfred war außer sich vor Entsetzen. Ich machte ihm klar, dass er die Leiche über Bord werfen müsste, wenn er nicht wegen Mordes angeklagt werden wollte."

„Und was war mit Genovese? Hat er alles mit angesehen?"

„Allerdings. Und eine Zeit lang hat dieser Umstand ihm einen ganz guten Nebenverdienst verschafft. Aber dann wurde er irgendwann zu unverschämt. Überdies bestand die Gefahr, dass er sich nunmehr an Sie wenden würde."

„Aber warum haben Sie Alfred nach dem Leben getrachtet?"

„Er wollte Genovese nicht länger bezahlen. Außerdem war mir klar, dass er vorhatte, Ihnen die Wahrheit zu sagen."

„Sophia …"

„Es tut mir leid, Christina, aber Ihre Zeit ist abgelaufen. Ich habe Sie gewarnt. Sie hätten die Vergangenheit ruhen lassen sollen."

Sie kam langsam auf Chrissie zu. Diese wich zurück. Ich bin jünger und schneller als Sophia, dachte sie. Vielleicht habe ich doch noch eine Chance. Aber Sophia hat das Messer. Vielleicht sollte ich noch einmal versuchen, sie zur Vernunft zu bringen.

„Es hat doch keinen Sinn, Sophia, einen Mord nach dem anderen zu verüben. Man wird Sie festnehmen."

„Nein, meine Liebe, das wird man nicht, denn es liegen keinerlei Beweise gegen mich vor. Alle Beteiligten sind tot, und Sie, die letzte Zeugin, werden hier unten in der Gruft bleiben."

Chrissie fragte sich, ob Sophia krank war. Aber ganz gleich, ob sie nun krank war oder abgrundtief schlecht, im Moment kam es nur darauf an, einen Fluchtweg zu finden. Als Sophia dicht vor ihr stand, trat Chrissie ihr plötzlich in den Leib, sodass sie zusammenzuckte und die Lampe fallen ließ.

Chrissie drehte sich um und stolperte, so schnell sie konnte, durch die engen, unwegsamen Gänge. Sie hatte keine Ahnung, in welchem Teil der Katakomben sie sich befand. Jeden Moment rechnete sie damit, die Schritte ihrer Verfolgerin hinter sich zu hören.

Plötzlich schien die dunkle Wand, auf die sie zuging, sich zu bewegen. Tatsächlich, ein Schatten kam auf sie zu und griff nach ihr. Chrissie begann zu schreien.

„Christi!"

Die Arme, die sie umfangen hielten, waren warm und stark.

„Marcus!"

„Ist alles in Ordnung?"

„Ja, mir fehlt nichts."

„Tony, bitte kümmere dich um Christi." Hinter Marcus war nun auch Tony aufgetaucht.

„Komm, Christi, ich bringe dich hinauf", vernahm sie Tonys Stimme. Marcus war bereits in die Richtung verschwunden, aus der sie gekommen war.

„Marcus muss vorsichtig sein", sagte sie zu Tony. „Sophia ist dort hinten, sie hat ein Messer."

„Mach dir keine Sorgen. In den Gängen haben sich überall Polizisten postiert. Im Übrigen ist Marcus stark genug, um mit Sophia fertigzuwerden."

Chrissie ließ sich von Tony aus dem Labyrinth der Gänge hinausführen. Sie hatte wahrlich genug von den Katakomben.

Marcus fand keine Spur von Sophia. Er wusste, dass es irgendwo einen rückwärtigen Ausgang aus den Katakomben geben musste, und entdeckte schließlich eine in den Steinboden eingelassene Marmorplatte mit einem Eisengriff. Nachdem er die Platte entfernt hatte, stand er an einer ausgetretenen Steintreppe, die weiter abwärts führte.

Marcus ging einen schmalen Gang entlang, bis er wieder an eine Treppe kam. Er eilte die Stufen hinauf, stemmte eine Platte hoch und stand in einem kleinen Gässchen, das zu einer der zahlreichen Brücken führte.

Und dort vorn auf der Brücke war auch die vermummte Gestalt. Sie schaute sich um, erblickte Marcus und begann zu laufen. Er rannte hinter ihr her. „Sophia!", schrie er. Nun kamen auch von allen Seiten Polizisten angelaufen. Plötzlich kletterte Sophia auf das Brückengeländer und sprang ins Wasser. Marcus, der die Brücke erreicht hatte, sprang sofort hinterher.

Nachdem er ein paarmal vergebens getaucht war, erfasste er ein Stück ihres Umhangs. Er packte Sophia, tauchte auf und schwamm mit ihr ans Ufer. Einer der Polizeibeamten half ihm, den leblosen Körper an Land zu ziehen. Sophia umklammerte immer noch das Messer.

Marcus konnte sich nicht vorstellen, dass Sophia in so kurzer Zeit ertrunken war. Deshalb zog er den Umhang auseinander. Auf ihrer Brust befand sich ein roter Fleck, der schnell größer wurde. Entweder war sie in das Messer gefallen, als sie auf dem Wasser aufschlug, oder sie hatte sich selbst gerichtet.

Als Marcus sich aufrichtete, sagte ihm einer der Beamten, dass nach der offiziellen Untersuchung nochmals ein Gespräch mit ihm nötig sein würde. Marcus nickte erschöpft. Im Moment hatte er nur den Wunsch, nach Hause zu gehen und Chrissie in die Arme zu schließen.

Gina di Medici saß mit Tony und Chrissie draußen im Innenhof. Es fiel ihr sehr schwer zu begreifen, was geschehen war.

„Ich war mir ganz sicher, dass mein Vater mit Marios Tod nichts zu tun hatte", versicherte Chrissie noch einmal. „Dazu war er viel zu anständig."

„Aber wie konnte Sophia so etwas tun?", fragte Gina verständnislos. „Wir waren doch alle sehr eng miteinander befreundet."

„Nun, genau genommen handelte es sich um einen Unfall. Irgendwie ist es zu einer Auseinandersetzung gekommen, die außer Kontrolle geriet." Chrissie hatte nicht vor, Gina über die wahren Hintergründe aufzuklären, denn immerhin hatte Mario aus Rechtschaffenheit sein Leben gelassen.

„Es tut mir leid, dass ich deinem Vater Unrecht getan habe", entschuldigte Gina sich.

„Du wusstest schließlich nichts von den wahren Zusammenhängen", beruhigte Tony sie. „Nur Töchter sind zu so blindem Vertrauen fähig."

„Töchter, Gattinnen, Brüder … oder Liebende", erklang eine Stimme von der Tür her. Marcus stand dort, tropfnass und vollkommen erschöpft.

„Marcus!" Chrissie lief auf ihn zu und umarmte ihn. Die anderen atmeten erleichtert auf.

„Was ist mit Sophia?", wollte Tony wissen.

„Sie ist tot", entgegnete Marcus kurz. Dann ging er zu seiner Mutter hinüber, nahm ihre Hand und fragte: „Wie geht es dir?"

Sie lächelte. „Jetzt, da du wieder hier bist, geht es mir gut. Ich durchschaue die Angelegenheit zwar immer noch nicht gänzlich, aber ich möchte auch nicht weiter darüber nachdenken. Es wird Zeit, dass wir wieder ein normales Leben führen, die letzten Wochen waren entsetzlich. Komm her, mein Kind", wandte sie sich an Chrissie.

Diese stand auf und trat auf Gina zu. „Du bist jetzt meine Tochter, und ich wünsche mir, dass du dieses Haus wieder mit Leben füllst. Eure Heirat war doch ernst gemeint, oder?"

Chrissie konnte Marcus nicht sehen, weil er hinter ihr stand. Er sagte nichts, und auch sie brachte kein Wort über die Lippen, so beklommen war ihr zumute. Da rettete Tony die Situation. „Hast du schon einmal erlebt, dass Marcus halbe Sachen macht, Mutter?", fragte er fröhlich.

„Nein, allerdings nicht." Sie begann, die Kaffeetassen zusammenzuräumen. „Dann wollen wir auf die Zukunft trinken." Sie holte eine Flasche Wein und gab sie Tony zum Öffnen. Als die Gläser gefüllt waren, stießen sie miteinander an. „Auf die Zukunft", verkündete Tony.

„Entschuldige mich jetzt bitte, Mama", sagte Marcus danach. „Ich muss mich unbedingt umziehen." Er nahm Chrissies Hand, und die beiden gingen in sein Zimmer hinauf, nachdem sie Gina und Tony eine gute Nacht gewünscht hatten.

Marcus streifte seine durchnässte Kleidung ab. „Was ist passiert, Marcus?", wollte Chrissie wissen.

„Ich möchte jetzt nicht darüber sprechen, das hat alles Zeit bis morgen. Komm zu mir, Christi."

Chrissie, die am Fenster gestanden hatte, ging langsam zu ihm hinüber. Seine Augen funkelten, sein Blick war durchdringend. Sie hatte das Gefühl, dass in dieser Nacht endlich alles ausgesprochen würde, was noch zwischen ihnen stand.

Marcus knöpfte ihre Bluse auf.

„Was machst du?", fragte sie unsicher.

„Ich ziehe dich aus, damit wir duschen können."

„Wir?"

„Ja, wir – du und ich", entgegnete er, belustigt über ihre Verwirrung.

Chrissie sah ihm in die Augen. „Marcus, bitte sag mir endlich, warum du mich geheiratet hast."

Er seufzte und zog sie an sich. „Weil ich dich liebe, Christi, ja, ich gebe es zu. Es ist mir aber bewusst, dass du an deinem Beruf hängst und ihn meinetwegen nicht aufgeben kannst."

„Sag das bitte noch einmal", flüsterte Chrissie.

„Ich weiß, dass du an deinem Beruf ..."

„Nein, nein. Sage noch einmal, dass du mich liebst."

Er zog sie noch fester an sich. „Ich liebe dich."

Sie nahm sein Gesicht in beide Hände und küsste ihn inbrünstig.

„Bitte hör mir zu, Christi."

„Ja, ja", entgegnete sie abwesend. Natürlich würde sie ihm zuhören, aber es kam eigentlich nicht darauf an, was er jetzt noch sagte. Er liebt mich, er liebt mich ... Mehr konnte sie nicht denken.

„Ich kann ohne dich nicht leben", hörte sie ihn sagen. „Wenn du zu deiner Truppe zurückkehren möchtest, könnten wir vielleicht eine Zeit lang in Paris leben. Und wenn wir erst in Amerika eine Niederlassung eröffnet haben, können wir uns auch öfter dort aufhalten. Es wird nicht immer einfach sein. Aber ich schwöre dir, dass ich auf deine beruflichen Interessen Rücksicht nehmen werde."

Chrissie umarmte ihn stürmisch. „Ach, Marcus, ich bin wahrhaftig nicht nach Italien gekommen, um einen di Medici zu heiraten, aber jetzt bist du mein Mann, und ich würde dich um keinen Preis der Welt wieder hergeben."

„Dann sag mir, dass du mich liebst."

„Ich liebe dich." Sekunden später hatten sie sich ausgezogen und standen zusammen unter der Dusche. Zärtlich nahm Marcus sie in die Arme und küsste sie, bis er es nicht mehr aushielt und Chrissie, so nass, wie sie war, ins Zimmer hinübertrug und auf das Bett legte.

In dieser Nacht schliefen Marcus und Chrissie erst ein, nachdem sie einander ihr ganzes vergangenes Leben erzählt und Pläne für die Zukunft geschmiedet hatten.

Obgleich alle Sorgen von ihr abgefallen waren, träumte Chrissie erneut von den Katakomben. Wieder war sie klein und lief vor den Erwachsenen davon, weil sie etwas in der Hand hielt, das sie verstecken musste.

Eine steinerne Engelsfigur, die in die Wand eingelassen war, tauchte vor ihren Blicken auf. Dahinter befand sich eine kleine Nische. Chrissie sah, wie das Kind seinen Schatz in dieser Nische versteckte. Schon war vom Ende des Ganges her eine zornige Frauenstimme zu vernehmen.

Chrissie erwachte und setzte sich im Bett auf.

„Was hast du denn?", fragte Marcus, von der plötzlichen Bewegung geweckt.

„Marcus! Ich weiß jetzt, wo die Statue ist", berichtete sie aufgeregt. „Sie steckt unten in den Katakomben hinter einem Engel."

Er sah sie an, als machte er sich wirklich Sorgen um ihren Geisteszustand.

„Bitte, Marcus, ich möchte nachsehen, ob ich recht habe."

„Also gut", seufzte er.

Sie zogen sich an und gingen in die Halle hinunter. Marcus wollte erst noch Tony wecken, um ihn mit hinunterzunehmen.

Tony lächelte sie verschlafen an. „Werden solche nächtlichen Ausflüge in Zukunft zur Regel?"

Chrissie lachte. „Nein, natürlich nicht."

Dann machten sie sich auf den Weg. Chrissie übernahm die Führung. Sie hatte jetzt überhaupt keine Angst mehr. In der Nähe der Falltür erblickte sie den Engel. Als sie in die Nische dahinter griff, hielt sie die kleine Statue in der Hand.

Marcus untersuchte sie sorgfältig und tauschte dann einen Blick mit seinem Bruder. „Es stimmt also tatsächlich."

„Was meinst du?", wollte Chrissie wissen.

„Diese Figur stammt wirklich von Michelangelo, sein Stil ist unverwechselbar."

„Und was bedeutet das?"

Tony lachte. „Das bedeutet, dass wir steinreich sind."

Marcus legte den Arm um Chrissie. „Ich bin dafür, dass wir sie dem Staat zur Verfügung stellen, denn ein solches Kunstwerk sollte der Allgemeinheit gehören. Was hältst du davon?"

„Ja, das finde ich auch richtig. Ist es nicht eigenartig, dass mir erst heute Nacht eingefallen ist, wo ich die Figur damals versteckt habe?", fuhr sie fort. „Im Übrigen wollte ich sie nicht stehlen. Ich erinnere mich wieder, dass die Statue in Sophias Zimmer stand. Ich wollte sie nur einmal anfassen, da kam Sophia plötzlich zurück. Ich bin schnell weggelaufen, die Figur immer noch in der Hand."

„Was anschließend auf dem Schiff passiert ist, hatte im Übrigen nichts mehr mit dem verschwundenen Kunstwerk zu tun", erklärte Marcus. „Sophia, Alfred und mein Vater hatten ihre eigenen Probleme."

„Ich weiß", erwiderte Chrissie ernst. Dann schaute sie sich nach allen Seiten um und bemerkte: „Jetzt habe ich aber endgültig genug von den Katakomben."

„Und ich möchte wieder mit dir ins Bett gehen", erklärte Marcus und zog Chrissie lachend mit sich fort.

– ENDE –

Tori Carrington

Immer wieder, immer mehr

Roman

Aus dem Amerikanischen von
Christiane Bowien-Böll

1. KAPITEL

„lter, du siehst besser zu, dass du etwas aus deinem Leben machst."

Mitch McCoy legte einen anderen Gang ein. Nur die Scheinwerfer seines Pick-ups durchbrachen die Dunkelheit, nur seine eigene Stimme durchbrach die Stille.

Der Rest der McCoys befand sich immer noch in Bedford, Maryland, und feierte die Hochzeit seines Bruders Marc mit Melanie Weber. Das geradezu unanständig glückliche Paar war längst in die Flitterwochen aufgebrochen.

Es war nicht so, dass Mitch seinem Bruder sein Glück nicht gönnte, im Gegenteil. Alle waren ja erleichtert, dass Marc und Mel endlich zusammengefunden hatten. Doch von allen fünf McCoy-Geschwistern war Marc eigentlich der Letzte, von dem man erwartet hätte, dass er so bald heiraten würde.

Was Mitch betraf, hatte er sogar als Erster von allen den Weg zum Altar gefunden, nur zum Heiraten war er nicht gekommen.

Das war auch der Grund, weshalb er jetzt so aufgewühlt war – all das Gerede vom Heiraten, von Liebe, von Versprechen, die man sich gab und hielt. Er hätte sich denken können, dass es so kommen würde, schon als er sich in diese unbequeme Kirchenbank zwängte, um zuzusehen, wie Marc und Melanie vollbrachten, was er nicht geschafft hatte. Er war vor dem Altar stehen gelassen worden.

Das war inzwischen sieben Jahre her. Nervös zupfte Mitch an seiner Krawatte. Sieben Jahre waren vergangen, seit Liz Braden die Stadt verlassen hatte – und ihn.

Doch seine innere Unruhe hatte sich nicht von heute auf morgen entwickelt. In Wirklichkeit ging das schon seit Monaten so, oder gar Jahren? Er wurde immer lustloser in seinem Job als Privatdetektiv, so wie er vor einigen Jahren keine Lust mehr auf den extremen Stress in seinem Job beim FBI gehabt hatte. Er hielt zwar immer noch einen Anteil an der Detektei in Washington, D.C., doch den größten Teil seines Kundenstamms hatte er seinen Partnern, Mike Schaffer und Renée Delancy, überlassen. Er war nach Manchester zurückgekehrt, um einen lang gehegten, heimlichen Traum zu verwirklichen und Pferde zu züchten. Jenen Traum hatte er damals mit achtzehn aufgegeben, um in die Fußstapfen sämtlicher männlicher McCoys zu treten und erst zum Militär zu gehen und dann zum FBI oder zur Polizei.

Doch auch die Rückkehr nach Manchester hatte nicht bewirkt, dass er sich besser fühlte. Im Gegenteil, es wurde immer schlimmer. Und das Schlimmste von allem war – er wusste genau, warum. Es war an jenem Abend passiert, als Marc ihn gefragt hatte, ob er nicht bereut habe, nie nach Liz gesucht zu haben.

Wenn Marc nur geahnt hätte, dass er sehr wohl versucht hatte, sie zu finden. In gewisser Weise jedenfalls.

Ach, was soll's, dachte Mitch. Wozu sich so viele Gedanken machen? Sicher hatte sein momentaner Zustand eine ganz einfache Ursache. Es war eben schon viel zu lange her, dass er mit einer Frau zusammen gewesen war. Er versuchte, sich einzureden, dass ihm im Augenblick jede Frau recht wäre. Aber er wusste, dass das nicht stimmte. Denn was für andere Männer gelten mochte, die längere Zeit keinen Sex gehabt hatten, musste noch längst nicht auf ihn zutreffen.

Etwa dreißig Meter vor ihm stand ein Wagen mit eingeschalteter Warnblinkanlage am Straßenrand.

Trotzdem, eine Frau mit einem sexy Lächeln und einem hübschen, anschmiegsamen Körper wäre nicht schlecht. Mitch kniff die Lider zusammen und betrachtete die Frau, die neben dem Wagen stand. Ja, irgendeine Frau, jede, außer …

Liz.

Mitch riss dermaßen hektisch das Steuer herum, dass er fast im Straßengraben gelandet wäre. Er fluchte, sein Puls raste. Marc und seine verdammten Fragen! Er hätte überhaupt keinen Gedanken an Liz verschwendet, wenn nicht sein Bruder gewesen wäre. Na ja, das stimmte nicht ganz, aber jedenfalls hatte er bis jetzt noch nie Halluzinationen von ihr gehabt.

Es musste schlimmer um ihn stehen, als er gedacht hatte.

Unwillkürlich pfiff er durch die Zähne, als er die glänzende Limousine näher betrachtete. In einer Kleinstadt voller Pick-ups fiel so ein Luxusschlitten natürlich auf, vor allem nachts um halb eins. Die Frau kniete jetzt neben dem linken Hinterrad.

Mit quietschenden Reifen brachte Mitch seinen Wagen zum Stehen. „Kann ich Ihnen helfen?"

Die Frau hatte den Wagenheber angesetzt und war dabei, das Rad hochzukurbeln. Fasziniert verfolgte Mitch, wie sich ihr kleiner fester Po dabei rhythmisch bewegte.

„Danke, nicht nötig", erwiderte sie. „Ich habe schon öfter Reifen gewechselt."

Mitch sah auf seine Armbanduhr, dann wieder auf ihren verführerischen Po. Sexy Lächeln oder nicht, so ein Erste-Klasse-Po wie dieser sollte genügen.

Aber sie trug ja ein Brautkleid!

Okay, das war's. Sein Bedarf an Hochzeiten und allem, was damit zusammenhing, war für immer gedeckt.

„Wie Sie wollen", sagte er zu der Frau und legte den ersten Gang ein.

Er war vielleicht zwanzig Meter gefahren, als er schon wieder auf die Bremse trat und in den Rückspiegel sah. Verdammt! Er konnte sie nicht einfach hier allein lassen. Sein Vater hatte ihm und seinen Brüdern beigebracht, dass man niemanden – und erst recht keine Frau – mitten in der Nacht irgendwo auf der Landstraße sich selbst überließ.

Mit einem Seufzer wendete Mitch und fuhr zu dem Wagen zurück. Dem Nummernschild zufolge kam er aus Massachusetts. Keinerlei Anzeichen, dass es sich um einen Mietwagen handelte. Aber in den meisten Staaten waren diese ja längst nicht mehr besonders gekennzeichnet. Er stieg aus.

„Nichts für ungut", sagte er, bevor sie protestieren konnte. Er holte den Ersatzreifen aus dem Kofferraum ihres Wagens und drängte sie zur Seite. „Keiner von uns beiden wird seine Ruhe haben, solange Sie nicht wieder sicher in Ihrem Wagen sitzen und weiterfahren." Er bockte den Wagen noch ein Stück höher auf. Seine starken Muskeln zeichneten sich unter dem Hemd ab.

„Mitch?", hörte er die Frau hinter sich sagen. „Mitch McCoy?"

Er sprang so rasch auf, dass er fast über den Ersatzreifen gestolpert wäre.

Verdammt! Es war tatsächlich Liz!

Das konnte doch nicht wahr sein!

Liz ließ den Blick langsam über den hochgewachsenen, breitschultrigen Mann gleiten, der da vor ihr stand, von den frisch geputzten Stiefeln über die eng anliegenden Jeans bis hinauf zu dem sauberen weißen Hemdkragen und der nachlässig gebundenen Krawatte. Wer war wohl mehr geschockt über diese mitternächtliche Begegnung, sie oder Mitch? Es mochten Jahre vergangen sein, seit sie sich das letzte Mal gesehen hatten, aber sie würde diesen beunruhigend attraktiven Mann jederzeit wiedererkennen. Niemand konnte Jeans so perfekt ausfüllen wie Mitch.

Liz fuhr sich mit der Zungenspitze über ihre plötzlich trockenen Lippen.

Doch dann musste sie lachen. Offenbar war er noch bestürzter als sie. Er sah aus, als hätte ihm jemand mit einem Holzhammer auf den Kopf geschlagen. Das musste man sich mal vorstellen – sie war schuld daran, dass es Mitch McCoy die Sprache verschlagen hatte.

„Du hast eine andere Haarfarbe", stieß er schließlich hervor.

Sie schob sich eine Strähne hinters Ohr, geschmeichelt, dass es ihm aufgefallen war. Wie dumm von ihr. Sie sollte sich wirklich nicht wegen so einer Kleinigkeit geschmeichelt fühlen. Auch nicht, wenn die Bemerkung von Mitch McCoy kam. „Ja, ich … ich hatte keineswegs immer mehr Spaß als Blondine." Als Brünette allerdings genauso wenig.

Sie spürte seinen Blick auf sich, und dass er ihn an manchen Stellen länger verweilen ließ als an anderen. Heiße Schauer überliefen sie. Das jedenfalls hatte sich nicht geändert. Richard Beschloss hatte fünf Tage gebraucht, um sie zu einem Date zu überreden. Ein Blick von Mitch, und sie war bereit …

Nein, es wäre unklug, diesen Gedanken weiter zu verfolgen.

Jetzt spürte sie seinen Blick auf ihren Brüsten, und plötzlich fiel es ihr schwer zu atmen.

„Liz, ist das Blut auf deinem Kleid? In was für Schwierigkeiten hast du dich diesmal gebracht?"

Oh, verflixt! Liz sah auf den hässlichen dunklen Fleck. Natürlich, Mitch erkannte sofort, was das für ein Fleck war. Dem Tankwart in New Jersey hatte sie einfach gesagt, sie habe sich mit Schokoladensoße bekleckert.

„Bist du verletzt, Liz?"

„Nein, nein, mir fehlt nichts." Im Gegensatz zu ihrem Exverlobten. Fast hätte sie aufgelacht. „Keine Sorge, es ist nicht mein Blut. Ich bin genauso fit wie an dem Tag, an dem wir uns das letzte Mal sahen."

Ihre Blicke trafen sich. Mitch wirkte skeptisch. Sie biss sich auf die Unterlippe.

„Irgendwie hab ich es mir gedacht, dass du immer noch in Manchester sein würdest", sagte Liz betont beiläufig und machte sich wieder am Rad zu schaffen. „Mitch McCoy, der Junge vom Land."

„Was soll das denn heißen?"

Sie hob nur die Schultern.

Oh ja, sie hatte schon damit gerechnet, irgendwann Mitch zu begegnen, als sie hierher fuhr. Und sie musste sogar zugeben, dass die Aussicht sie erregt hatte. Allerdings hatte sie nicht erwartet, dass es mitten in der Nacht auf der Landstraße passieren würde. Und dass ihr dabei bewusst werden würde, wie sehr sie ihn vermisst hatte.

Aber so war das Leben eben. Wenn etwas schiefging, dann richtig.

Liz räusperte sich. „Wie geht's deinem Vater?" Sie spürte genau, dass Mitch auf ihren Po starrte.

Wieder drängte er sie beiseite und kniete sich selbst neben das Rad. „Gut. Es geht ihm gut."

„Und deinen Brüdern?"

„Auch gut." Er setzte sich auf die Fersen. „Hör zu, Liz, ich bin wirklich nicht in der Stimmung für diese Art von Konversation. Es war ein langer Tag, und alles, was ich will, ist, deinen Wagen wieder fahrtüchtig machen, und dann ab nach Hause und ins Bett." Routiniert begann er, die Radmuttern zu lösen.

Liz beobachtete, wie er die Schultern straffte. Wieder überlief sie ein heißer Schauer, und sie genoss es. Dann aber versuchte sie sich daran zu erinnern, wie viele Gründe sie hatte, Abstand zu halten zu Mitch McCoy. Du liebe Güte, vor weniger als zwölf Stunden war sie im Begriff gewesen, zu heiraten, und zwar einen anderen. Aber selbst dieser Gedanke half nichts. Sie begehrte Mitch noch genauso stark wie früher, mochten auch noch so viele Jahre vergangen sein, seit sie sich zuletzt gesehen hatten.

Er blickte über die Schulter zu ihr hinüber. „Und was bringt dich zurück nach Manchester, Liz? Soweit ich weiß, warst du zuletzt in Chicago."

Sie lächelte. „Du hast dich also informiert. Ich bin beeindruckt, aber doch ein wenig enttäuscht. Chicago habe ich schon vor ein paar Jahren verlassen."

„Lass mich raten. Du bist nach Massachusetts gegangen."

„Hm, falsch geraten", erwiderte sie. „Dazwischen lagen noch ein paar Städte." Warum fühlte sie sich nur so unbehaglich? „Aber das ist ja nicht wichtig. Nicht jetzt."

„Und das Kleid, das du trägst, Liz? Liegt dein Bräutigam im Kofferraum, oder ist es dir zur Gewohnheit geworden, kurz vor der Hochzeit fortzulaufen?"

Dieser Seitenhieb saß. „Ich weiß nicht, Mitch. Hast du jemanden gesehen, als du den Ersatzreifen herausgeholt hast?"

„Okay, eins zu null für dich." Mitch arbeitete unbeirrt weiter. „Du hast meine Frage nicht beantwortet."

Liz sah ihn verständnislos an.

„Weshalb kommst du zurück nach Manchester?"

Nun, das war eine gute Frage, die sie sich bereits selbst stellte, seit sie vor ein paar Stunden gemerkt hatte, dass sie auf einmal diese Richtung eingeschlagen hatte.

„Ich weiß nicht. Vielleicht haben mich plötzlich nostalgische Gefühle überkommen?" Sie wandte sich ab – sein Blick war zu eindringlich – und holte tief Luft. „Ich verschwinde wieder, sobald sich in Boston alles geklärt hat."

Plötzlich stand er neben ihr. „Was sich in Boston klären muss, das hat nicht zufällig etwas mit dem Blut auf deinem Kleid zu tun, oder?"

„Nein. Na ja, jedenfalls nicht direkt." Sie setzte ihr schönstes Lächeln auf. „Dieser Blutfleck macht dir wirklich zu schaffen, was?"

Er rieb sich das Kinn. „Nun, du hattest schon immer ein Talent, mich aus der Ruhe zu bringen."

„Dito." Sie betrachtete seine Lippen – diesen schönen, männlichen Mund, den sie so gern geküsst hatte, stundenlang. „Manche Dinge ändern sich wohl nie, sosehr man es sich auch wünscht."

„Hm."

Ihre Blicke trafen sich. Das Schweigen zwischen ihnen schien sich endlos auszudehnen. Es gab so viele unbeantwortete Fragen, so viele uneingestandene Wahrheiten …

Schließlich drehte Mitch sich um und wandte sich wieder dem Wagen zu.

Nachdenklich rückte Liz den Träger ihres Kleides gerade. Um ehrlich zu sein, sie wusste nicht, warum sie nach Manchester gefahren war. Eben noch hatte sie sich mit Richard auf dessen Anwesen befunden und ihm eins auf die Nase gegeben, im nächsten Moment war sie schon unterwegs gewesen nach Virginia, ohne Kleider, ohne Geld, aber mit allem Grund zu der Annahme, dass beides für sie auf unabsehbare Zeit unerreichbar sein würde. Zumindest so lange, bis Richard sich wieder abgeregt hätte. Ja, wenn sie gewusst hätte, was passieren würde, dann hätte sie bestimmt nicht ihre Eigentumswohnung verkauft, um bei Richard einzuziehen. Zum Glück hatte sie immer ihren Führerschein, die Wagenpapiere und eine Kundenkarte für Tankstellen im Handschuhfach, sonst hätte sie es niemals bis hierher geschafft. Ein bisschen Kleingeld, nicht mehr als ein paar Dollar, hatte sie ebenfalls im Wagen gefunden, aber das war auch schon alles.

Eigentlich hatte sie von Anfang an ein ungutes Gefühl bei Richard gehabt. Der Vizepräsident ihrer Bank, die all ihre Konten verwaltete, war mit dem sprichwörtlichen silbernen Löffel im Mund geboren worden, denn seiner Familie gehörte die Bank. Und Liz hatte sich mit ihm verlobt …

Sie sah zu, wie Mitch die Schrauben am Ersatzreifen festdrehte. Als er aufstand, blickte sie auf die Straße.

„Was ist los? Erwartest du jemanden?"

Sie lachte auf, brach dann jedoch ab und schwieg. War es naiv, anzunehmen, dass Richard ihr auf keinen Fall folgen würde?

Mitch stand wie betäubt da und hielt das Werkzeug in den Händen. Er fühlte sich, als hätte ihm jemand den Boden unter den Füßen weggezogen, und sein ganzes Leben kam ihm plötzlich wie ein Chaos vor. Merkwürdig, aber Liz Braden löste immer so intensive Gefühle in ihm aus. Nur war sie ihm früher wie die Sonne erschienen, die die dunklen Schatten aus seinem Leben vertrieb. Heute brachte sie seine Welt zum Einstürzen.

Unruhig blickte Mitch auf die Straße. Wonach hatte Liz Ausschau gehalten?

„Keine Sorge." Sie trat neben ihn. „Ich habe den Wagen, der mich verfolgte, längst abgehängt."

Mitch zuckte zusammen. „Du wirst verfolgt?"

„Ich habe nur Spaß gemacht. Wirklich, es gibt keinen Grund zur Sorge." Sie sah Mitch schelmisch an. „Was hast du eigentlich um diese Zeit auf der Landstraße verloren?"

„Ich … es ist …", begann er, brach jedoch gleich wieder ab, da ihm die Ironie des Schicksals bewusst wurde. „Ich komme von einer

Hochzeit in Maryland." Nervös zupfte er an seiner Krawatte. „Marc hat geheiratet."

Liz nickte. „Und du?", fragte sie.

Die warme Nachtluft vermischte sich mit ihrem Parfum. „Was soll mit mir sein?", fragte er zurück.

Sie deutete auf seine Krawatte und das weiße Hemd. „Bist du verheiratet?"

Er ließ sich Zeit mit der Antwort und betrachtete eingehend ihr Kleid. Der Blutfleck beschränkte sich nur auf die eine Stelle. Keine Spritzer, kein einziger Tropfen waren sonst irgendwo zu sehen. „Und ob. Seit fünf Jahren. Drei Kinder, fünf Katzen, eine Ziege bilden jetzt mein Heim. Und ein weißer Lattenzaun."

Liz presste die Lippen zusammen. Er lächelte breit.

„Hab nur Spaß gemacht." Was sie konnte, konnte er schon lange, oder? „Nein, ich bin nicht verheiratet. Ein Versuch hat mir gereicht."

„Klasse, McCoy." Sie lachte. „Genau das Gleiche habe ich mir heute Morgen auch gedacht. Dass ein Versuch eigentlich genug ist, meine ich." Ihre braunen Augen funkelten, es war einfach unmöglich, woandershin zu schauen.

In diesem Augenblick hätte er fast vergessen, dass sie ihm das Herz gebrochen hatte. Ihr Blick sagte ihm so viel ... genau wie damals, ja, vielleicht sogar noch mehr, und ihr wunderschöner Mund schien wie geschaffen zum Küssen.

Konzentrier dich auf den Blutfleck, McCoy, ermahnte sich Mitch.

„Tja, ich schätze, ich fahr dann mal wieder los", sagte Liz. „Ich habe noch etwas vor heute Nacht."

Mitch unterdrückte den Impuls, sie bei den Handgelenken zu packen und zu fragen, was sie denn noch vorhabe, wo sie gewesen sei, warum sie ihre Haarfarbe geändert habe, alles nur, damit sie noch ein bisschen blieb. Er war überrascht von der Heftigkeit seiner Gefühle.

„Wohnst du im Haus deiner Grandma?", fragte er Liz. Das alte viktorianische Haus am Ortsrand war unbewohnt, seit die alte Dame gestorben war und Liz die Stadt mit unbekanntem Ziel verlassen hatte. Nur der alte Peabody schaute ab und zu noch nach dem Rechten.

„Schön möglich."

Mitch hob eine Augenbraue. „Aber fährst du dann nicht in die falsche Richtung?"

Liz erschauerte, obwohl es eine schwüle Sommernacht war. „Ich dachte, ich gucke mich erst noch ein bisschen in der Stadt um. Es hat sich doch sicher einiges verändert in der langen Zeit."

Er nickte, als ob diese Antwort völlig logisch wäre. Aber was erhoffte sie sich zu sehen, nachts um halb eins? Wieder blickte Mitch die Straße hinab. „Tja, wir werden uns wahrscheinlich nicht mehr begegnen, bevor du wieder wegfährst. Alles Gute."

Liz raffte ihr Kleid und stieg ein. Er warf die Tür für sie zu, allerdings nicht, bevor er einen Blick auf ihre hochhackigen roten Pumps geworfen hatte.

„Leb wohl, Mitch", sagte sie durchs offene Seitenfenster.

„Ja, leb wohl."

Automatisch trat er ein wenig zurück, damit sie losfahren konnte. Er bebte vor Verlangen.

Liz war wieder da!

Liz bog in die Einfahrt zum Haus ihrer Großmutter ein, hielt an und lehnte sich im weichen Lederpolster zurück. Merkwürdig, sie fühlte sich richtig aufgeregt und wagemutig. Eigentlich hatte dieses Gefühl schon in dem Moment angefangen, als ihr klar geworden war, dass sie Richard nicht heiraten wollte, und es hatte sich geradezu schwindelerregend verstärkt, als sie Mitch begegnet war. Würde sie an die Vorsehung glauben, dann müsste sie jetzt davon ausgehen, dass eine höhere Macht dafür gesorgt hatte, dass ihr Reifen genau in dem Moment geplatzt war, als ein paar Kilometer hinter ihr Mitch auf der gleichen Landstraße unterwegs gewesen war.

Ach was, sie war einfach übermüdet und gehörte ins Bett. Sie stieg aus und ging zum Haus. Wie viele Sommer hatte sie als Kind hier verbracht? Zehn? Zwölf? Auf jeden Fall war dieses Haus das einzig Beständige in ihrem Leben. Dieses Haus und ihre Großmutter waren ihr einziger Halt gewesen. Ansonsten war ihr Leben – erst durch das ständige Von-Stadt-zu-Stadt-Ziehen ihrer Mutter, später durch ihr eigenes Vagabundentum – ziemlich chaotisch gewesen. Als Heranwachsende hatte Liz immer gewusst, sie würde mit allem zurechtkommen, solange sie nur diese kurzen, wundervollen Sommerferien bei Gran hatte. Und jetzt war dieser Ort ihre Zuflucht geworden.

Unwillkürlich verlangsamte sie ihre Schritte. Anders als früher würde jetzt nicht ihre Großmutter dort drinnen auf sie warten, um sie an sich zu drücken. Minerva Braden war vor sieben Jahren gestorben. Liz hatte alles geerbt, sich mit Mitch verlobt, und dann …

„Das ist alles lange her, Lizzie, ganz lange her", sagte sie laut. „Das war vor Mitch; vor diesem Mistkerl Richard Beschloss; vor deiner überstürzten Flucht …"

Trotz der Dunkelheit wusste Liz genau, wo sie hinfassen musste, um den Schlüssel unter dem Fenstersims zu finden. Sie schloss die Tür auf. Die Erinnerungen überwältigten sie.

Und Erinnerungen an Mitch McCoy. Sehr erotische Erinnerungen.

Ja, sie hatte oft an ihn gedacht in all den Jahren. Die Erinnerungen hatten ihr geholfen, vor allem in Phasen, in denen sie besonders einsam gewesen war. Mit der Zeit waren sie etwas verblasst, nun aber, durch eine einzige, kurze mitternächtliche Begegnung, erwachten sie zu neuem Leben. Plötzlich war alles wieder so real.

Noch bevor Liz die Tür hinter sich geschlossen hatte, kickte sie ihre roten Pumps fort und zog das unbequeme Kleid aus. In der Speisekammer stand noch die alte Petroleumlampe, und sie war sogar noch gefüllt. Liz seufzte erleichtert auf und ging zum Küchenschrank. Richtig, dort waren auch noch Streichhölzer.

Innerhalb weniger Augenblicke war der Raum in ein warmes Licht getaucht, sodass Liz erkennen konnte, wie übel der Fleck auf der Vorderseite des Kleides wirklich aussah, obwohl sie ihn bei der ersten Gelegenheit auf der Damentoilette einer Tankstelle mit kaltem Wasser behandelt hatte. Kein Wunder, dass Mitch so viele Fragen gestellt hatte.

Wer hätte auch gedacht, dass so viel Blut aus einer Nase spritzen konnte?

Wie würde dieser Fleck erst bei Tageslicht aussehen?

Schade. Das Kleid hatte ihr gefallen. Sogar besser als der Mann, den sie fast geheiratet hätte. Aber diese Erkenntnis war ihr erst unmittelbar vor der Trauung gekommen. Plötzlich war ihr klar geworden, dass sie keinen Mann heiraten wollte, den sie nicht liebte.

Sie legte das bauschige Kleid auf den Küchentisch und machte sich auf die Suche nach etwas, das sie anziehen könnte.

Merkwürdig, wenn sie an Mitch gedacht hatte, dann immer an den schlaksigen fünfundzwanzigjährigen Mitch. Wer wäre auch darauf gekommen, dass er sich zu einem so aufregenden Mann entwickeln würde? dachte Liz, während sie die Treppe ins obere Stockwerk hochging. Seine grünen Augen hatten irgendwie einen anderen Blick, tiefer, intensiver, und in den Augenwinkeln hatte sie winzige Fältchen entdeckt. Sein Haar war länger als damals und reichte ihm fast bis über den Kragen. Das erinnerte sie daran, wie sie in Howards Bohnenfeld Cowboy und Indianer gespielt hatten.

Den größten Spaß hatten sie gehabt, wenn sie sich über die Einzelheiten ihres Friedensvertrags stritten, was am Ende immer zu vergnüglichen Ringkämpfen auf der sonnendurchwärmten Erde geführt hatte.

Liz ertappte sich bei einem Lächeln … schon wieder. Ihr war, als hätte sie seit einer Ewigkeit nicht mehr so von Herzen gelächelt. Sie und Mitch waren damals erst acht und elf gewesen. Aber an ihrer guten Beziehung hatte sich eigentlich nie etwas geändert. Sogar ihre Großmutter hatte davon gesprochen … Jahre später, gleich nachdem sie Liz den Hintern versohlt hatte, als sie nach einem besonders ausgiebigen Ringkampf mit Mitch in Peabodys Maisfeld mit offener Bluse heimgekommen war.

Am Ende der Treppe blieb Liz stehen und lehnte sich an die Wand. Kein Wunder, dass sie in Erinnerungen schwelgte. Denn was die Gegenwart betraf – die war sowohl auf beruflicher als auch auf privater Ebene höchst unerfreulich. Wenn Richard ihre Konten sperrte, so wie er es angedroht hatte, dann stand ihr ein Abstieg ins Bodenlose bevor. Erst hoch dotierte Unternehmensberaterin, dann arbeitslos – und das über Nacht.

„Unerfreulich" war noch milde ausgedrückt.

Und dennoch, irgendwie machte sie sich deswegen überhaupt keine Sorgen. Allerdings musste sie schon zusehen, dass sie so bald wie möglich wenigstens an ein bisschen Bargeld herankam.

Müde ging sie in ihr früheres Zimmer. Es hatte eine Tapete mit Rosenmuster, und ein altes Himmelbett stand darin. Liz stellte die Lampe auf dem Nachttisch ab und begann ziellos in der Kommode herumzusuchen. Sie fand ihr altes Kopfkissen, nahm es heraus und öffnete die nächste Schublade. Was lag da unter der Plastikfolie? Sie griff hinein und holte ihre alte Kellnerinnenuniform heraus. Es schien so unendlich lange her zu sein, seit sie als Bedienung bei Bo und Ruth gearbeitet hatte. Liz lächelte wehmütig.

Dann ließ sie sich einfach auf die Matratze fallen. Das war es, was sie jetzt brauchte. Sie war viel zu erschöpft, um über Richard und seine Drohungen nachzudenken. Zu erschöpft, um sich wegen ihrer Sehnsucht nach der Vergangenheit den Kopf zu zerbrechen – und über ihre Reaktion auf Mitch McCoy. Zu erschöpft, um Bettwäsche aus dem Schrank zu holen. Morgen war auch noch ein Tag. Morgen konnte sie das alles nachholen und versuchen, ihr total aus den Fugen geratenes Leben wieder in Ordnung zu bringen.

2. KAPITEL

*K*aum hatte Mitch die Augen geschlossen, da riss er sie schon wieder auf. Er drehte sich auf den Bauch und hätte sich um ein Haar verletzt, so erregt war er. Also legte er sich wieder auf den Rücken, stöhnte entnervt und versuchte, nicht mehr an Liz zu denken – an ihre verlockenden Lippen, die verführerischen Kurven, die süße rosa Zungenspitze.

Irgendwann stand Mitch auf und riss das Rollo hoch. Am Horizont zeigte sich schon ein schmaler heller Streifen. Er musste wohl doch etwas geschlafen haben, auch wenn er sich nicht so fühlte, denn es war bereits Morgen.

Mitch ging ins Badezimmer, nahm eine kalte Dusche, zog sich an und ging in die Küche. Niemand war da. Wo, zum Teufel, steckte Pops?

Und warum war ihm das so wichtig? Sehnte er sich nach Normalität? Nach einem Zeichen dafür, dass zumindest etwas in seinem Leben noch genauso war wie vor Liz' Rückkehr?

Mitch schaltete die Kaffeemaschine ein und ging zur Treppe. „Pops? Der Kaffee ist gleich fertig!", rief er hinauf.

Dann sah er auf die Uhr. Es sah seinem Vater gar nicht ähnlich, so spät aus den Federn zu kommen. Normalerweise stand er sonntags sogar vor Sonnenaufgang auf und bereitete das Frühstück. Es war der einzige Morgen in der Woche, den sie zusammen verbrachten, bevor Mitch hinausging, um irgendeine dringende Arbeit auf der Ranch in Angriff zu nehmen.

Nachdenklich fuhr er sich mit der Hand durchs Haar. Eigentlich hatte er keine Ahnung, wie sein Dad in der letzten Zeit die Sonntage verbrachte.

„Pops? Eier oder Pfannkuchen zum Frühstück?"

„Eier sind okay."

Mitch fuhr herum. Sein Vater schloss die Haustür hinter sich. Offenbar war er in der Nacht gar nicht in seinem Bett gewesen.

„He, Mitch, du hast ja schon Frühstück gemacht." Sein Vater schenkte sich Kaffee ein.

„Einer von uns muss ja dafür sorgen, dass wir etwas in den Magen kriegen."

Sean nahm einen kräftigen Schluck. Irgendwie wirkte er ein bisschen zu fröhlich für Mitchs Geschmack. „Tja" war alles, was er sagte, und dann lächelte er breit.

Mitch verzog das Gesicht. Na schön, vielleicht hatte sein Vater bei der Hochzeit von Marc und Mel einen über den Durst getrunken und sich für den Rest der Nacht ein Hotelzimmer genommen. Oder …

Oder sein Vater hatte ein viel interessanteres Liebesleben als er. Zum Teufel! Er konnte sich nicht daran erinnern, sich jemals Gedanken um das Liebesleben seines Vaters gemacht zu haben, und war nicht sicher, ob er es jetzt konnte. Sein Vater hatte damals den unerwarteten Tod seiner Frau nicht verkraftet. Das entschuldigte zwar nicht völlig die schwierigen Zeiten, die er, Mitch, und seine Brüder durchgemacht hatten, aber es erklärte doch vieles. Und, wie Connor damals zu sagen pflegte: „Pops ist wenigstens kein Trinker und Schürzenjäger. Er ist nur ein Trinker."

Jetzt war es wohl eher umgekehrt: Pops trank nicht mehr, er war ein Schürzenjäger. Oder zumindest hatte er eine Geliebte, wenn sein Verdacht zutraf.

Mitch versuchte, sich nicht weiter darüber den Kopf zu zerbrechen. Nach allem, was in der Nacht passiert war, konnte er sich damit nicht auch noch belasten.

„Ich glaube, ich lass heute das Frühstück aus", erklärte Sean, „und gehe stattdessen lieber duschen."

„Ja", erwiderte Mitch abwesend. „Warum nicht?"

Sean ging mit der Kaffeetasse in der Hand zur Tür. Dann blieb er stehen und drehte sich um. „Alles in Ordnung? Entschuldige, aber du wirkst, als hättest du gerade einen Geist gesehen."

Mitch wandte den Blick ab. „Vielleicht", murmelte er vor sich hin. Eigentlich hatte er gehofft, mit seinem Vater reden zu können. Jetzt hatte er Angst, sein Vater könnte vielmehr anfangen, über sich und sein Leben zu reden, und er glaubte nicht, dass er das im Moment verkraften würde. „Übrigens, diese Person, mit der du die Nacht verbracht hast … ist es jemand, den ich kenne?"

Schweigen. Er drehte sich um und sah seinen Vater wieder lächeln.

„Ich glaub nicht."

„Möchtest du mir sagen, wer es ist?"

„Nein."

Mitch stand in der Küche und blickte erstaunt seinem Vater nach, der pfeifend die Treppe hinaufging. Dann nahm er seinen Wagenschlüssel. Er musste hier raus. All dieses fröhliche Gepfeife ließ seine Laune nur noch schlechter werden.

Ah, das war schon besser! Vertraute Gesellschaft, ein Becher mit heißem Kaffee und die richtige Atmosphäre.

Seit er seinen Job als Privatdetektiv mehr oder weniger aufgegeben hatte, konnte Mitch seine Tage frei gestalten, so wie er es wollte. An Wochentagen ging er zum Frühstück und Mittagessen immer ins Paradise Diner von Bo und Ruth, anstatt sich umständlich selbst etwas zu kochen. Und wenn er nach Washington fuhr, um sich mit Mike und Renée zu besprechen oder an einem seiner wenigen Fälle zu arbeiten, dann tat er das immer nachmittags.

Mitch sah auf die Datumsanzeige seiner Armbanduhr, und ihm fiel ein, dass er ja morgen einen Termin in der Stadt hatte.

Das hatte er völlig vergessen.

Nein, er würde nicht daran denken, wer schuld an seiner Unkonzentriertheit war.

Er stützte die Ellbogen auf die Theke und inhalierte den köstlichen Kaffeeduft aus seiner Tasse. Selbst an seinen besten Tagen schaffte er es nicht, Ruths einmalige Mischung hinzubekommen. Und heute war ganz sicher kein guter Tag.

Aber er wurde langsam besser.

Weiter unten an der Theke saßen wie immer die Darton-Brüder und stritten darum, wer das Frühstück bezahlen solle. Hinter ihm bestellte gerade Ezra, der Besitzer der einzigen Tankstelle im Ort, seine übliche Pizza, obwohl es erst neun Uhr war. Aber wer wirklich Mitchs Aufmerksamkeit erregte, war Sharon, die Kellnerin, in ihrem engen Röckchen. Gerade streckte sie sich über die Theke, um einen Teller mit Eiern und Speck zu holen. Was für tolle Beine!

Sie ist zu jung für dich, erinnerte ihn sein Gewissen.

Sie ist über sechzehn, erwiderte seine Libido.

Ruth stand an der Kasse. Als sie gerade nichts zu tun hatte, kam sie zu ihm und füllte sein Wasserglas nach. Mitch riss den Blick von Sharons Beinen los und lächelte zur Begrüßung.

„Hab heute Morgen gar nicht mit dir gerechnet", sagte Ruth. „Du und Sean, ihr frühstückt sonntags doch immer zu Hause, oder?"

Mitchs Lächeln erstarb. „Pops hatte … heute etwas anderes vor."

„Aha."

Langsam nippte Mitch an seinem Kaffee. Ruth entging kaum etwas. Sie war hier geboren und aufgewachsen, wusste über alles und jeden Bescheid und war stolz darauf. Sie war gut zwanzig Jahre älter als er und hatte Vorahnungen, die auf geheimnisvolle Weise meistens zutrafen.

„Übrigens, sag deinem Bruder schöne Grüße. Bo und ich hatten sehr viel Spaß bei der Hochzeit gestern. Es ist so lange her, seit jemand von hier geheiratet hat, dass ich fast vergessen hatte, wie das ist."

Mitch stellte seine Tasse ab. „Ich werd's ihm ausrichten." Er winkte Bo durch die Durchreiche zu. Bo hob seine fleischige Hand und winkte zurück. „Ihr beiden seid übrigens ziemlich früh nach Hause gegangen, finde ich."

Ruth machte sich angelegentlich an einem Fleck auf der Theke zu schaffen. „Bo war ein bisschen müde. Es war in letzter Zeit ziemlich hektisch hier."

Verwundert sah Mitch noch einmal zu Bo hinüber, der gerade Pfannkuchen durch die Luft wirbeln ließ. Bo wurde doch eigentlich niemals müde.

Ruth seufzte. „Nettes Mädchen, diese Melanie. Und hübsch. Wer hätte gedacht, dass Marc sich so eine Braut an Land ziehen würde."

Sharon glitt hinter die Theke, um eine weitere Lieferung abzuholen. Mitch beobachtete sie geistesabwesend. „Ja, wer hätte das gedacht."

„Genießt du die Aussicht?" Ruth fuhr vor ihm mit einem Lappen über die Theke.

Mitch grinste. „Ja."

Sharon lächelte ihm kurz zu, als sie Ezra seine Pizza brachte.

Ruth neigte sich vertraulich über die Theke. „Du wirst die Aussicht morgen wahrscheinlich noch viel mehr genießen, wenn Liz wieder hier arbeitet."

Mitch verschluckte sich an seinem Kaffee und hustete. Gerade hatte er geglaubt, seinen Seelenfrieden wiedergefunden zu haben.

Ruth lächelte zufrieden und ging in die Küche.

Gib es zu, McCoy, du denkst mit dem falschen Körperteil, dachte Mitch. Er brachte seinen Wagen zum Stehen und blickte hinüber zu dem etwa zwanzig Meter entfernten viktorianischen Haus. Es war nicht irgendein viktorianisches Haus, Liz wohnte darin. Schon der Gedanke, dass sie dort drinnen war – allein –, verursachte interessante Reaktionen in seinem Körper.

Er stieß eine Reihe absolut nicht jugendfreier Flüche aus. Verdammt, mit einem Schlag hatte sein vertrauter Alltag sich in ein Chaos verwandelt, und wer war schuld daran?

Zuerst war Liz wieder in der Stadt aufgetaucht, mit diesem neuen, teuren Auto. Dann war sein Dad erst morgens nach Hause gekommen und hatte ganz so ausgesehen, als käme er direkt aus dem Bett einer Frau. Und dann hatte er erfahren, dass Liz' überraschende Rückkehr schon allgemein bekannt war. Selbst der alte Josiah, der von morgens bis abends immer nur vor dem Eingang des Supermarktes in seinem Schaukelstuhl saß, hatte etwas davon gemurmelt, dass sie immer noch „der steilste Zahn auf dieser Seite der Appalachen" sei.

Das hatte das Fass endgültig zum Überlaufen gebracht. Wer außer Liz konnte sein Leben dermaßen bestimmen, ohne es darauf anzulegen? Also hatte er seinen ursprünglichen Plan aufgegeben, nach dem Frühstück im Paradise Diner an der Wasserleitung vom Haus zum neuen Stallgebäude zu arbeiten. Stattdessen war er nun hier.

Mitch fuhr weiter und lenkte seinen Pick-up auf die von Unkraut überwucherte, holprige Einfahrt. Bestimmt war Liz nicht gekommen, um zu bleiben, da machte er sich nichts vor. Sie war hier nur zu Besuch, sie hatte ja selbst einmal von sich gesagt, dass sie nirgendwo wirklich zu Hause sei.

Er parkte den Wagen neben einer Trauerweide und stieg aus. Der alte Peabody hatte es zwar geschafft, zu verhindern, dass das Haus vollends zusammenfiel, doch der Garten ringsum hatte sich zu einem wild wuchernden Urwald entwickelt. Das Gras reichte Mitch fast bis an die Waden …

Einmal, er war gerade siebzehn gewesen, hatte er Liz' Großmutter beeindrucken wollen und ihr angeboten, den Rasen zu mähen. Später, als ihm klar wurde, wie viel Arbeit er sich damit aufgehalst hatte, hatte er seine großzügige Geste ein bisschen bereut. Mit Minerva Bradens altem mechanischem Mäher hatte es ihn einen halben Tag gekostet.

Oh, aber das war es wert gewesen. Mitch lächelte versonnen. Die Sonne war fast untergegangen, die Lichter im Haus gerade eingeschaltet worden, da hatte er einen Blick auf Liz erhascht. Liz, die damals gerade süße vierzehn gewesen war und auf dem besten Weg, eine Figur wie Marilyn Monroe zu bekommen. Er hatte sie durchs Fenster beobachtet, sie hatte vor ihrem Spiegel gestanden und mit den Händen ihre Brüste berührt und die Knospen gekitzelt. Dann hatte sie langsam über ihre immer noch knabenhaft schlanken Hüften gestrichen und schließlich an der Stelle verharrt, wo sich die weichen Löckchen unter ihrem Baumwollslip abzeichneten ...

Ihm war irre heiß geworden, und das hatte nichts mit dem Rasenmähen zu tun gehabt. Und er hatte ganz flach geatmet ... so wie jetzt.

Mitch schloss die Augen und versuchte, das Bild vor seinem inneren Auge zu verscheuchen. Doch es war ja klar, dass Liz' Wiederauftauchen die Vergangenheit heraufbeschwor. Wenn sich dabei doch nur das Schlechte genauso zeigen würde wie das Schöne.

Er konnte nicht anders. Immer wieder fragte er sich, ob er sich jetzt wohl in dem gleichen erbärmlichen Gemütszustand befände, wenn er und Liz damals ... nun ja, wenn sie richtigen Sex gehabt hätten; wenn sie damit nicht bis zur Hochzeitsnacht hätten warten wollen, die dann ja gar nicht stattgefunden hatte – wenn er bekommen hätte, wovon er geträumt hatte.

Mitch griff nach der Wagentür, ließ die Hand aber gleich wieder sinken. Zum fünften Mal an diesem Morgen sagte er sich, es sei besser, sich einfach still zu verhalten und abzuwarten, bis sie wieder verschwand. Doch er konnte es einfach nicht. Nein, er wusste zu gut, dass sie nur aus einem Grund nach Manchester zurückgekommen sein konnte: weil sie in Schwierigkeiten war.

Und weil seine Hormone mittlerweile total verrückt spielten, war er ohnehin zu einem nahezu willenlosen Objekt seines Verlangens geworden.

Er ging um das Haus herum. Neben der kleinen Garage stand Liz' Limousine. Eine grüne Plane, offenbar von einem alten Zelt, bedeckte den Luxusschlitten fast gänzlich, sodass man nur einen Teil des Nummernschildes sah. Kennzeichen Massachusetts. Interessant ...

Er wäre wohl davon ausgegangen, dass sie das Fahrzeug nur abgedeckt hatte, um es gegen Wind und Wetter zu schützen, wenn da nicht dieser Blutfleck auf ihrem Kleid gewesen wäre. Und ihre ausweichenden Antworten auf seine Fragen.

„Hallo?", rief er durch die Hintertür. Von irgendwo im Haus war leise Radiomusik zu hören. Mitch spähte durchs Fenster und rief noch einmal. Keine Antwort. Er packte die verwitterte Klinke. Die Tür öffnete sich quietschend.

„Ich bin in der Küche!"

Typisch Liz. Wer sonst bat einfach so einen möglicherweise völlig Fremden in sein Haus?

„Oh, du bist es. Warum bin ich kein bisschen überrascht", sagte Liz sarkastisch. Sie stand an der Spüle und bearbeitete die Blutflecken auf ihrem Brautkleid mit kaltem Wasser und Seife. Das duftige Kleid bauschte sich um ihre Beine.

Mitch suchte krampfhaft nach einem coolen Spruch, bezweifelte jedoch, dass er ihm überhaupt über die plötzlich völlig trockenen Lippen kommen würde. Wie magisch angezogen wanderte sein Blick über ihren Körper. Von ihren zierlichen, nackten Füßen mit den rot lackierten Nägeln über ihre wohlgeformten, langen, sonnengebräunten Beine bis zu ihrem festen, runden Po, den die abgeschnittenen Jeans kaum verhüllten. Als Top trug sie ein geradezu unanständig kurzes Stück Baumwolle, das aussah, als würde es gleich über ihre Brüste nach oben rutschen. Brüste, die offenbar nicht von einem BH bedeckt waren.

Vor sieben Jahren war diese Kleidung einfach nur ein niedliches Outfit an ihrem fast knabenhaften Körper gewesen. Jetzt erschien sie ihm wie Reizwäsche, die ihre hinreißenden Kurven betonte.

Mitch schluckte und richtete den Blick auf Liz' lockiges Haar.

„Du bist ja wieder blond", bemerkte er. Sie hatte jetzt die gleiche Haarfarbe wie früher.

„Als Brünette hatte ich auch nicht so viel Glück, wie ich es mir vorgestellt hatte." Ihre Blicke trafen sich. Dann griff sie sich verlegen an den Kopf. „Was ist? Stimmt etwas nicht, habe ich eine Stelle übersehen?"

Als sie die Hand wieder sinken ließ und dabei das Wasser berührte, gerieten ein paar Spritzer auf ihr T-Shirt. Er sah genau, dass ihre Brustspitzen sofort hart wurden, und zwang sich, woandershin zu blicken.

„Nein, es ist alles in Ordnung. Sieht prima aus. Hast du nichts anderes zum Anziehen gefunden?" Mitch nahm eine Reisebroschüre vom Tisch und hielt sie in strategisch geschickter Position vor sich, weil seine Jeans ihm plötzlich viel zu eng geworden waren. So schnell war er schon lange nicht mehr erregt gewesen. Nicht mehr, seit er Liz zum letzten Mal in diesem Aufzug gesehen hatte.

Starr hielt er den Blick auf den Tisch gerichtet. Dort stapelten sich noch weitere Reisebroschüren, Stadtpläne, Landkarten und dergleichen. Manche hatten Eselsohren, andere wirkten ungelesen.

„Ich weiß nicht, ob es dir aufgefallen ist, aber ich bin ohne Gepäck gereist." Liz drehte den Wasserhahn zu und begann, den glänzenden weißen Stoff zu rubbeln.

Oh nein, ermahnte Mitch sich selbst, als sein Blick schon wieder zu ihren Brüsten wanderte.

„Ich habe sonst nichts anderes hier im Haus gefunden, was noch gepasst hätte."

Gepasst. Dass man es auch so ausdrücken konnte … Nun ja, seine Jeans hatten ihm ja auch noch gepasst, bis er dieses Haus betreten hatte.

Nervös spielte er mit der Broschüre herum und zwang sich, auf Liz' schmale Hände zu sehen. Plötzlich wurde ihm bewusst, was sie da gerade tat.

Sie versuchte, den Blutfleck aus ihrem Hochzeitskleid herauszuwaschen!

Er legte die Broschüre zurück auf den Tisch. „Was machst du da eigentlich, Liz?"

Sie zuckte die Schulter. „Ich dachte, ich kümmere mich heute Morgen ein bisschen um die Wäsche."

Es war zum Verrücktwerden! Nicht nur, dass sie seiner Frage auswich, sondern auch, dass sein Körper, der Verräter, ihn an nichts anderes denken ließ als an ihren knackigen Po und all die übrigen wundervollen Kurven ihres Körper.

Mitch machte einen Schritt auf sie zu, packte sie an den Oberarmen und drehte sie zu sich herum. „Liz, weshalb, zum Teufel, bist du wieder in Manchester? Und was, zum Teufel, geht hier vor?"

Sie sah ihn überrascht an. Nun, da sie wieder ihre natürliche Haarfarbe trug, wirkten ihre Augen so strahlend, dass …

Und dann war da noch ihr Mund, ein wenig zu breit und mit ausgeprägtem Amorbogen, was ihn schon immer sehr fasziniert hatte.

„Mitch?" Es klang wie ein Schnurren, und wenn es jemanden gab, der schnurren konnte, dann war das Liz.

„Hm?"

„Ich hoffe, dir ist klar, dass du derjenige bist, der nachher aufwischt."

Aufwischen? Er? Er blinzelte. Das Wasser lief von dem Kleid in Liz' Händen auf den Boden.

„Ich habe heute Morgen schon im Keller aufwischen müssen, weil ein Rohr gebrochen ist. Ich habe nicht sehr viel Lust, jetzt auch noch die Küche zu feudeln."

Mitch ließ sie so unvermittelt los, dass Liz beinah gefallen wäre.

„Ich hoffe nur, du hast die Sicherungen herausgedreht, bevor du durch das Wasser gewatet bist", brummte er und versuchte, seine Fassung wiederzugewinnen. Er wollte Liz doch nur dazu bringen, in ihren Wagen zu steigen und fortzufahren.

„Sicherungen, wozu? Der alte Peabody hat zwar das Wasser nicht abgedreht, aber um wieder Strom zu bekommen, muss ich erst mal etwas zahlen."

Mitch blickte auf den einflammigen Gaskocher und auf die Öllampe neben dem Feldbett in der Ecke des Raums. „Deshalb machst du wohl wieder deinen alten Job bei Bo und Ruth, was?"

Liz neigte den Kopf und betrachtete ihn herausfordernd. „Wirst du mir sagen, weshalb du hergekommen bist, oder soll ich raten?" Sie versuchte, das T-Shirt tiefer herunterzuziehen, erreichte damit jedoch nur, dass sich der Stoff über ihren Brüsten noch mehr spannte. „Oder bist du nur gekommen, um mich zu verfolgen?"

Er lächelte grimmig. „Wenn du unter ‚verfolgen' verstehst, dass ich wissen will, was du hier tust, dann haben wir ein Problem."

„Ich habe im Augenblick nur das Problem mit diesem Fleck im Kleid."

„Das ist es ja gerade. Warum willst du den Fleck denn unbedingt herausbekommen?" Mitch beobachtete Liz aufmerksam. „Es sei denn, du willst dieses Kleid noch einmal tragen."

Sie sah ihn belustigt an. Dann wandte sie ihm den Rücken zu und hob das Kleid auf die Arbeitsplatte.

Er trat hinter sie. Wie gut sie duftete! „Liz, wie kommt es, dass dort draußen ein Wagen steht, der so viel kostet wie die Jahresmiete für ein Haus, und du dir nicht einmal einen Stromanschluss leisten kannst?"

Liz spürte Mitchs Atem auf ihrem Haar und seufzte leise. Mitch fasste mit beiden Händen um sie herum nach dem nassen Kleid und berührte dabei absichtlich ihre Arme. „Und warum versuchst du so verzweifelt, diesen Fleck herauszuwaschen?"

Sie drehte sich zwischen seinen Armen zu ihm herum, wobei ihre Brüste ihn berührten. Die Lippen leicht verzogen, so als würde sie lächeln, blickte sie zu ihm hoch. „Was ist los, Mitch? Denkst du vielleicht, ich sei meinem Bräutigam diesmal nicht nur fortgelaufen? Denkst du, diesmal hätte ich mich seiner ganz entledigt?"

Mitch ließ sie nicht aus den Augen. „Das würde natürlich eine Menge Fragen beantworten." Er nahm eine ihrer blonden Locken und wickelte sie sich um den Finger. „Unter anderem die, weshalb du hierher zurückgekommen bist."

Ein Schauer überlief Liz trotz der schwülwarmen Luft, die durch das Küchenfenster drang. „Das habe ich dir doch schon erklärt."

„Nein, du hast nur gesagt, dass sich erst irgendwelche Dinge in Boston klären müssen, damit du von hier wieder fortkannst." Sein Blick war nun auf ihre Lippen fixiert. „Ich will aber wissen, was das für Dinge sind."

Liz fühlte sich ausgeliefert, so als stünde sie nackt vor Mitch. Keines der Kleidungsstücke, die sie in ihrem alten Zimmer gefunden hatte, passte. Sie hatte nichts mehr zum Anziehen hier, außer ihrem Hochzeitskleid und ihrer alten Kellnerinnen-Uniform, die sie glücklicherweise aufgehoben hatte.

Eine Armee von Ameisen marschierte über ihren Körper, vom Nacken bis zu den Zehenspitzen. Wer hätte gedacht, dass Mitch nach all den Jahren immer noch dieses Gefühl in ihr auslösen würde? Sodass sie sich am liebsten ausziehen und nackt mit ihm durchs nächste Maisfeld laufen würde.

„Keine Sorge, Mitch. Ich bin nicht mehr das kleine Mädchen, das du dauernd vor irgendetwas beschützen musst. Ich kann jetzt sehr gut auf mich selbst aufpassen."

Seine grünen Augen glitzerten. „Liz, hier geht es nicht darum, eine Tüte Bonbons zu stehlen oder Peabodys Ölkanister mit Zement zu füllen. Antworte mir auf meine Frage."

Ihr Lächeln war eindeutig herausfordernd. „Bist du deshalb extra hierher gefahren? Weil du glaubst, dass ich in Schwierigkeiten bin?"

Er lächelte genauso herausfordernd zurück. „Ich versuche nur, die Einwohner von Manchester zu beschützen, Liz."

„Vor mir?"

„Ja, vor dir. Und vor demjenigen, der dir auf den Fersen ist."

Liz strahlte Mitch an. „Keine Sorge. Ich würde niemals irgendjemanden in Manchester in Gefahr bringen."

„Warum erlaubst du nicht mir, das zu beurteilen? Sag mir endlich, warum du mir dauernd ausweichst."

Sie versuchte, sich aus seiner Umarmung zu befreien, doch er ließ das nicht zu. Ihre Brustspitzen streiften seinen muskulösen Oberkörper zum zweiten Mal. Sofort wurde ihr erneut heiß vor Verlangen. Mitch streichelte ihre nackten Arme, und sie erschauerte.

„Ich … ich würde das an deiner Stelle nicht tun", wisperte sie und wünschte sich, sein Mund wäre ihrem noch näher.

„Was sollte ich nicht tun?"

„Mich küssen." Sein sexy Mund und sein Lächeln ließen sie alles andere vergessen, und ihre Sehnsucht gewann die Oberhand.

„Dann halt mich davon ab, Liz."

Er schob sein Knie zwischen ihre Schenkel. Den rauen Jeansstoff an ihrer nackten Haut zu spüren, war ungemein erotisch. Mitchs Lippen waren nur noch eine Haaresbreite von ihren entfernt. Er roch so gut, und sein Blick forderte sie auf, zu vollenden, was sie begonnen hatte. Sie schluckte schwer, sie konnte ihm nicht widerstehen. Zu sehr hatte sie ihn vermisst und sich danach verzehrt, seinen Körper zu spüren … so wie jetzt.

Sie schob die Finger in sein dichtes braunes Haar, presste ihre Lippen auf seine und forderte ihn mit der Zungenspitze zu einem erotischen Duell heraus. Er ging darauf ein und ergriff wild Besitz von ihrem Mund, so wie sie es von ihm kannte. Im Nu stand sie in Flammen. Sie schmiegte sich noch fester an ihn und stieß vor Überraschung einen kleinen kehligen Laut aus, als sie spürte, wie erregt er schon war.

Auf einmal bewegten sich ihre Hände wie von selbst, zerwühlten sein Haar, zerrten an seinem T-Shirt, glitten über seinen Po. Fieberhaft war sie auf der Suche nach etwas, von dem sie nicht genau hätte sagen können, was es war – bis sie seine tastenden Finger spürte, kurz unterhalb ihrer Brüste.

Liz stockte der Atem, sie schloss die Augen. Fass mich an, flehte sie lautlos. Ihre Brustspitzen waren geradezu schmerzhaft erregt und drückten gegen den dünnen Baumwollstoff. Es war verrückt, aber sie hatte das Gefühl, zu sterben, wenn Mitch sie jetzt nicht berührte.

Seine Hände glitten höher … endlich umfasste er ihre Brüste. Ihr wurde fast schwindlig vor Verlangen. Dann spürte sie seinen rauen Daumen auf der zarten Knospe ihrer rechten Brust.

Aufstöhnend löste sie sich von seinen Lippen. Nur um Atem zu schöpfen. Nur um ihr rasendes Herz zu beruhigen … Aber Mitch zog sich wieder zurück.

Und plötzlich wurde ihr kalt.

Es war absurd. Erst gestern noch war sie im Begriff gewesen, einen anderen Mann zu heiraten. Jetzt benahm sie sich, als könne sie gar nicht schnell genug mit Mitch schlafen. Das ergab doch alles überhaupt keinen Sinn.

„Warum setzen wir unser Gespräch nicht ein anderes Mal fort?", sagte Liz und legte den Handrücken auf ihre brennenden Lippen. „Ich habe heute noch so viel zu tun, und das erledigt sich nicht von selbst, während du mich küsst, verstehst du?"

Mitch lächelte breit. „Nicht ich habe dich geküsst, Liz. Du hast mich geküsst, erinnerst du dich?"

Oh ja, sie erinnerte sich nur zu gut. Und wenn er jetzt nicht sofort von hier verschwand, würde sie sich auf ihn stürzen und …

„Gib mir eine Antwort auf meine Frage, wovor du auf der Flucht bist, und dann lass ich dich in Ruhe."

Sie straffte die Schultern. „Okay, dann würde ich sagen, zieh dich aus und lass uns weitermachen."

Sichtlich fassungslos taumelte er zurück, als hätte sie ihm einen Schlag versetzt. „Ich soll was tun?"

„Das ist doch der wahre Grund, weshalb du hergekommen bist, oder?" Der Ausdruck auf seinem Gesicht war einfach wundervoll, sie hätte Mitch gleich wieder küssen können. „Du bist gekommen, um dir zu holen, was du vor sieben Jahren nicht bekommen hast."

3. KAPITEL

„*D*u bist gekommen, um dir zu holen, was du vor sieben Jahren nicht bekommen hast."

Nachdenklich hielt Mitch seine Kaffeetasse zwischen den Händen. Am Tag zuvor war er in geradezu panischer Hast aus Liz' Haus geflohen.

Jetzt war es Montagnachmittag. Im Paradise Diner ging es zu wie in einem Taubenschlag. Sein Kaffee wurde kalt, und eigentlich sollte er längst unterwegs nach Washington sein, es gab dort genug Arbeit aufzuholen. Stattdessen saß er hier und dachte über die Trümmer seines Lebens nach und über die Sexbombe in Kellnerinnen-Uniform, die schuld daran war.

Nie war ihm etwas so schwergefallen, wie Liz allein zu lassen, nachdem sie sich gestern geküsst hatten. Nachdem er ihren Körper unter seinen Händen gespürt hatte, weich, warm und anschmiegsam. Wie gern hätte er seine Hand unter ihre knappen Shorts geschoben, um ihren Körper weiter zu erkunden. Er hatte sich unendlich danach gesehnt, sich zu nehmen, was sie sich damals verweigert hatten, insofern hatten ihre Worte ins Schwarze getroffen. Doch in dem Augenblick, als sie ihm angeboten hatte, was damals noch eine verbotene Frucht für ihn gewesen war, war er wie überrumpelt davongerannt.

Den heutigen Vormittag hatte er damit verbracht, abwechselnd kalte Duschen zu nehmen und Telefonate zu führen. Alles, was er dabei herausgefunden hatte, war, dass der Wagen, mit dem Liz gekommen war, tatsächlich ihr gehörte und dass bei der Polizei nichts gegen sie vorlag. Allerdings war die Bostoner Adresse, unter der ihr Wagen angemeldet war, nicht mehr gültig.

Was ihn vor allem beunruhigte, war die Tatsache, dass er nicht herausfinden konnte, ob Liz die Stadt vor oder nach der Trauung verlassen hatte. Der Typ beim Standesamt, mit dem er telefoniert hatte, hatte ihn mit der Auskunft abgespeist, dass er aus Gründen des Datenschutzes am Telefon keine Auskünfte geben dürfe und er sich daher wie jeder normale Bürger zwei Wochen gedulden müsse. Dann würden die Informationen öffentlich bekannt gemacht werden.

Sein nächster Anruf war zumindest etwas erfolgreicher gewesen und hatte erbracht, dass Liz als Eigentümerin der Firma Braden

Consulting im Handelsregister eingetragen war.

Nachdenklich starrte Mitch auf Adresse und Telefonnummer, beschloss jedoch, dass er erst einmal anderweitig genug zu tun hatte, in Washington und auf der Ranch. Wenn wenigstens sein Vater zu Hause wäre! Aber sein alter Herr hatte die letzte Nacht anscheinend wieder außer Haus verbracht.

Mitch nippte an seinem mittlerweile kalten Kaffee und bemühte sich, seine Verärgerung nicht zu zeigen.

Ein Stück weiter unten an der Theke saß Moses Darton und beschwerte sich zum dritten Mal, dass sein Kotelett zu klein sei. Liz seufzte entnervt und brachte den Teller wieder in die Küche.

„Hallo, Engel", sagte Mitch, als sie an ihm vorbeikam.

„Seit gestern müsste dir eigentlich klar sein, dass ich kein Engel bin." Liz zupfte am Saum ihres Rocks, als könnte sie damit ihre Schenkel verbergen, die Mitch mit unübersehbarer Begierde betrachtete.

„Hm." Er neigte den Kopf und genoss die Aussicht. „Vielleicht."

Ihre Augen funkelten, und sie schnippte mit den Fingern gegen die Zeitung, die er in der Hand hielt. „Lies deine Zeitung, McCoy. Ich möchte nicht schuld daran sein, wenn dir eine wichtige Nachricht entgeht."

„Richtig. Ich wollte auch gerade nachsehen, ob es nicht vielleicht Neuigkeiten über dich gibt." Mitch spähte über den Rand der Zeitung und beobachtete ihre kleine rosa Zungenspitze, als Liz sich die Lippen befeuchtete. Fast hätte er aufgestöhnt, so stark erregte ihn dieser Anblick.

Was war nur an dieser Frau? Endlich hatte er geglaubt, die quälenden Erinnerungen abgeschüttelt zu haben, die er jahrelang mit sich herumgeschleppt hatte. Und dann tauchte Liz einfach wieder auf und machte ihm klar, dass er niemals wirklich über sie hinweggekommen war.

Vielleicht war es an der Zeit, dass er endlich mit ihr ins Bett ging.

Der Gedanke ließ ihn nicht mehr los. Mitch lächelte in sich hinein. Seit er Liz gestern allein gelassen hatte, hatte er sich ganz und gar unbehaglich gefühlt. Jetzt wusste er, warum. Er hätte bleiben sollen; hätte ihr die lächerlichen Shorts abstreifen und sich nehmen sollen, was sie ihm angeboten hatte. Hätte er das getan, dann würde er jetzt vielleicht nicht hier sitzen und sich die ganze Zeit den Kopf darüber zerbrechen, was geschehen wäre, wenn er es getan hätte. Dann würde er sie vielleicht nicht mit jedem Atemzug noch mehr begehren.

Doch genauso gut konnte es sein, dass dann alles noch schlimmer wäre. Während seiner Ausbildung beim FBI hatte er gelernt, jedes Problem von allen Seiten zu betrachten. Nun, mit Liz Braden zu schlafen wäre vielleicht wirklich genau das Richtige, um sich für immer innerlich von ihr zu befreien. Aber genauso gut könnte es sich als Schuss nach hinten erweisen, und dann wäre er wieder da, wo er vor sieben Jahren gewesen war.

Er hob die Zeitung ein Stück höher, um Liz' neugierigem Blick auszuweichen. Aber was blieb ihm eigentlich anderes übrig, als zu Ende zu bringen, was damals begonnen hatte?

Er raschelte mit der Zeitung. „Engelchen, schenk mir doch noch mal nach, zum Aufwärmen."

Zum Aufwärmen?

Liz verstand genau, dass Mitchs Worte zweideutig gemeint waren.

Sie nahm die Glaskanne von der Warmhalteplatte und schenkte Mitch nach, obwohl seine Tasse noch fast voll war. Es war alles so merkwürdig. Wieder hier zu sein, in die gleiche Rolle zu schlüpfen, die sie damals gespielt hatte, kaum dass sie alt genug gewesen war für diesen Job. In einer Kleinstadt wie Manchester gab es für ein junges Mädchen kaum eine andere Möglichkeit, Geld zu verdienen, zumal der einzige Supermarkt von Charles und Hannah Obernauer kein zusätzliches Personal brauchte.

Und auch heute saß Mitch auf dem gleichen Platz wie früher …

Es war nicht das, was er zu ihr sagte. Es war die Art, wie er es sagte, die diese Hitze in ihr auslöste.

Mitch nahm einen kräftigen Schluck und strahlte sie an. „Ach, und dann hätte ich noch Lust auf ein Stück Paradies-Torte."

Liz nahm die Torte aus der Kühltheke, schnitt ein ziemlich großes Stück ab, gab eine Kugel Vanilleeis dazu und garnierte das Ganze mit einem der allgegenwärtigen Dekorengel des Paradise Diner. Als sie ihm den Teller nun hinstellte, spürte sie Mitchs Blick. Langsam ließ er ihn über ihre eng anliegende weiße Uniform gleiten bis zum Rocksaum. Es war fast wie eine Berührung und genauso erregend.

„Geh ich dir unter die Haut, Liz?", fragte Mitch. „Du hast es immer sehr gemocht, wenn ich dich so anschaue, nicht wahr?"

Ihr Blick wechselte rasch von seinen Augen zu seinen Lippen – er nahm gerade einen herzhaften Bissen – und wieder zurück zu seinen Augen. Liz räusperte sich verstohlen. Ja, er ging ihr unter die Haut – sehr sogar. Sie wollte seine Hände spüren, überall.

Mitch hielt ihren Blick fest. Seine Augen funkelten. „Wirst du mir eine Antwort geben?"

Erneut musste sie sich räuspern. Was war seine Frage gewesen? Oh ja, ob er ihr unter die Haut gehe. „Es ist sehr lange her seit damals." Da war ein bisschen Eiscreme an seinem Mundwinkel. Liz sehnte sich danach, sich einfach vorzubeugen und den Klecks abzulecken.

„Ja? Und weiter, Liz?"

„Weiter?"

Er nickte nur und schob sich den nächsten Bissen in den Mund.

Ich möchte wissen, warum du mir nie gefolgt bist. Es war ihr Herz, das diese stumme Frage stellte. Sie sagte nichts, sah ihn nur an. Offenbar versuchte er zu erraten, was in ihr vorging.

„Hör auf, mich so anzusehen", verlangte sie schließlich.

„Wie sehe ich dich denn an?"

„Du weißt schon, so als ob du lieber mich dahinschmelzen sehen würdest als das Eis auf deinem Teller." Was war nur mit ihrer Stimme los? Sie klang ja wie ein Reibeisen.

Er leckte sich das Eis vom Mundwinkel. „Ja, genau so würde ich dich gern sehen … wie du dahinschmilzt."

„Das werde ich aber nicht." Allerdings war sie kurz davor. Sie beobachtete Mitchs Hand, die sich langsam über die Theke auf sie zubewegte. Jetzt strich er mit den Fingerspitzen an ihrem Arm auf und ab. Es machte sie fast wahnsinnig.

„Was tust du da?", fragte sie atemlos.

„Ich überlege."

Sie nahm seine Hand und legte sie neben den Kuchenteller. „Was haben deine Finger damit zu tun?"

„Mit meinen Fingern spüre ich genau, dass du mich noch attraktiv findest." Er wischte sich mit der Serviette die Hand ab. Dann tauchte er die Finger in sein Wasserglas und schüttelte sie in ihre Richtung.

Liz wischte sich die Spritzer von der Wange, überrascht, dass sie auf ihrer erhitzten Haut nicht zischend verdampft waren. „Ich soll dich attraktiv finden? Du bildest dir wohl ein, genau zu wissen, was in mir vorgeht."

Er nahm seine Gabel und teilte einen weiteren Bissen von der Torte ab. „Ich denke, dass du mich sogar verdammt attraktiv findest und nicht weißt, wie du damit umgehen sollst."

„Jetzt finde ich dich schon verdammt attraktiv?"

„Hm." Er sah sie herausfordernd an.

„Okay, ich habe dich früher vielleicht einmal tatsächlich verdammt attraktiv gefunden, Mitch McCoy. Aber jetzt würde ich nicht einmal einen Gedanken daran verschwenden ..."

„Mit mir zu schlafen?"

Liz hatte plötzlich weiche Knie. „Du hast schon damals die Gelegenheit verpasst. Jetzt kann es nur noch in deinen Träumen passieren."

Mitch nickte. „Ja, dort auch." Er aß den letzten Bissen seiner Torte. „Aber jetzt, in diesem Moment, träume ich nicht, das weiß ich genau. Denn dann würdest du jetzt nicht auf der anderen Seite der Theke stehen und hättest nicht diese Uniform an, obwohl du wirklich süß darin aussiehst."

„Ach, ja? Und wo würde ich jetzt stehen?"

Seine Augen schienen plötzlich fast schwarz zu werden. „Nun, du würdest lang ausgestreckt auf dieser Theke liegen, und deine langen Beine ..."

Sie machte einen Schritt von der Theke weg. „Das reicht. Ich kann es mir schon vorstellen, was du meinst."

„Aber Darling, ich habe dir meine geheimsten Fantasien doch noch gar nicht verraten."

Dafür hatte er ihre Fantasie bereits viel zu sehr angeregt. Sie wandte den Blick ab. Nie wieder würde sie diese Theke so unbefangen wie früher anschauen können.

„Hört, hört", rief Ezra von seinem Ecktisch aus. „Lizzie ist ganz still geworden. Anscheinend hat Mitch die richtige Saite bei ihr angeschlagen."

„Ich habe keine Saiten zum Anschlagen", behauptete Liz. „Ich überlege nur gerade, dass Mitch zu viel Fantasie hat und dass das wohl der Grund ist, warum alle ihn einen Fantasten nennen." Und warum er schon früher ihr Herz hatte höherschlagen lassen.

„He, Mitch", sagte Ezra, „kommen wir anderen denn auch alle vor in deinem kleinen Traum?"

Mitch schüttelte den Kopf. „Tut mir leid, Ez. Aber da sind nur Liz und ich. Das ist ja das Traumhafte daran."

Sein Blick sagte ihr noch viel mehr als seine Worte. Wollte er ihr drohen? Wollte er andeuten, dass er das nächste Mal, wenn sie allein waren, nicht so zurückhaltend sein würde wie neulich?

Dass er so mit ihr flirten würde, war ja auch das Letzte, was sie von ihm erwartet hätte. Was war mit seinen offenen Fragen? Was war mit seinem verletzten Stolz? Immerhin hatte sie ihn vor sieben Jahren vor dem Altar stehen lassen. Liz wischte die Theke ab und legte den Lappen dann weg. Mitch ließ sich überhaupt nicht anmerken, was in ihm vorging. Stattdessen provozierte er sie die ganze Zeit, und jetzt kannte sie sich überhaupt nicht mehr aus mit ihren Gefühlen.

Mitch nahm seine Zeitung und lächelte siegessicher.

Liz blickte sich in dem Lokal um. Wie vertraut ihr alles war! Nichts schien sich geändert zu haben. Sehr gut konnte sie sich daran erinnern, wie sie mit ihrer Großmutter hier immer sonntags nach dem Gottesdienst zu Mittag gegessen hatte; wie die McCoy-Brüder sie aufgezogen hatten, als sie vierzehn war und endlich weibliche Rundungen bekommen hatte; wie sie sämtliche Bestellungen verpatzt hatte an ihrem ersten Tag als Kellnerin und wie jeder hinter ihrem Rücken über sie gelacht hatte. Aber die Trinkgelder waren umso großzügiger gewesen.

Sie blätterte in ihrem Block und addierte die Bestellungen von Tisch eins.

Ach was. Sie war einfach zu sentimental. Genau. Deshalb hatte sie sich gestern in der Küche ihrer Großmutter zu dem Kuss hinreißen lassen, und deshalb reagierte sie jetzt so stark auf Mitchs Nähe und auf seine Flirtversuche. Aber das würde sie bestimmt nicht davon abhalten, ihr Leben so weiterzuleben, wie sie es sich vorgenommen hatte, und in einer anderen Stadt noch einmal von vorn anzufangen, und zwar noch vor ihrem dreißigsten Geburtstag. Der war in zwei Wochen.

Mitch ließ die Zeitung sinken und bedachte Liz mit einem weiteren herausfordernden Blick. „Na, mein Engel, du hast es doch nicht etwa eilig, mich loszuwerden?"

Sie lehnte sich mit der Hüfte gegen die Thekenkante und strahlte ihn an. „Wie oft muss ich dich noch bitten, mich nicht mehr ‚Engel' zu nennen?"

Er faltete langsam und nachdenklich die Zeitung zusammen, ohne dabei den Blick von Liz zu lösen. „Ich kann nicht damit aufhören, solange du in dieser weißen Uniform vor mir stehst."

Wenn er mich doch nur nicht so entwaffnend anlächeln würde, dachte Liz. Sie fühlte sich von ihm angezogen wie von einem Magneten – und das mit jeder Faser ihres Körpers.

„Ist das deine Art, mir zu sagen, dass ich von hier wieder verschwinden soll?", fragte sie.

„Es ist meine Art, nichts anderes zu meinen als das, was ich sage."

So zahlt er es mir also heim, dachte sie. Keine wütenden Fragen, warum ich damals fortgegangen bin. Keine Versuche, mit mir allein zu sein, um zu reden. Kein Wort über die Zeit, die wir zusammen verbracht haben, oder über den leidenschaftlichen Kuss gestern in Grans Küche. Nein, Mitch McCoy versuchte offenbar, ihr das Leben schwer zu machen. Na schön, ein Grund mehr, ihre Zelte hier bald wieder abzubrechen.

Das Gemeine daran war nur, dass sie ihn am liebsten mit dem Lasso eingefangen und mit nach Hause genommen hätte … auf der Stelle.

„Hast du keinen wichtigen Termin?", fragte sie Mitch. „Gibt es niemanden, der dringend gerettet werden muss?" Sie streckte die Hand nach seiner Zeitung aus, doch er zog sie weg.

„Seit wann widmest du meinem Kommen und Gehen so viel Aufmerksamkeit?"

Liz verschränkte die Arme vor der Brust. „Das Lokal ist ziemlich voll. Wir könnten deinen Sitzplatz für jemanden brauchen, der etwas essen möchte." Sie lächelte süß. „Ich bin mehr an deinem Gehen interessiert als an deinem Kommen, Mitch."

„Merkwürdig. Ich würde sagen, du bist mehr an deinem Gehen als an deinem Kommen interessiert." Er machte es sich auf seinem Platz noch bequemer, und sie bewunderte insgeheim seinen kraftvollen Oberkörper. Die Muskeln, die er in den letzten sieben Jahren bekommen hatte, erhöhten entschieden seine Attraktivität. Er wirkte geradezu unwiderstehlich männlich.

Liz ging zur Küche und stieß die Tür auf. „Na, Bo, was machen die Hamburger?" Sie warf dem gestressten Koch ein bezauberndes Lächeln zu.

„Sie brutzeln", brummte er.

„Kann ich mal für eine Minute das Telefon benutzen?"

„Na klar."

Sie nahm den Hörer des uralten Telefons und wählte die Nummer ihres Büros in Boston.

„Hi, Liz, gerade eben hat deine Mutter angerufen."

„Sunny?" Liz war überrascht.

„Ja. Sie schien in Eile zu sein und hat nicht viel geredet. Aber sie sagte, sie versuche schon die ganze Zeit, dich zu erreichen, seit der Hochzeit, die keine war."

„Was hast du ihr gesagt?"

Sheila zögerte. „Ich war mir nicht sicher, also habe ich gar nichts gesagt."

Liz kaute an ihrer Unterlippe. „Hat sie eine Nummer hinterlassen?"

„Nein. Sie sagt, sie sei im Moment nicht erreichbar, aber sie würde sich wieder melden."

Ihre Mutter würde sich wohl nie ändern. Offenbar war sie gerade wieder dabei umzuziehen und hatte kein Telefon. Das von Liz geschenkte Handy hatte sie verkauft, weil sie es als zu modern ablehnte.

„Und sonst? Was gibt es Neues, Sheila?"

„Nun ja, du hattest recht. Beschloss hat alle deine Konten eingefroren. Und er hat Anzeige gegen dich erstattet. Die Polizei war heute Morgen hier."

Liz legte die Hand auf die Stirn. „Noch etwas?"

„Du hast ihm die Nase gebrochen." Sheila lachte kurz auf. „Er hat so einen komischen Verband im Gesicht, mit dem sieht er aus wie ein Alien."

Liz seufzte schwer.

„Geschieht ihm aber auch recht. Ich fand schon immer, dass er ein Monster ist."

„Ich wünschte nur, ich hätte auf dich gehört."

„Hm … Ich erinnere mich da an so ein Gerede von einer biologischen Uhr, die nicht aufhört zu ticken, und so etwas von einem bevorstehenden dreißigsten Geburtstag."

„Ruf mich in sechs Jahren noch mal an, dann reden wir weiter, Schätzchen."

„Liz? Soll ich der Polizei nicht sagen, was Beschloss mit deinem Geld gemacht hat? Bestimmt könntest du innerhalb von vierundzwanzig Stunden wieder Zugang zu deinen Konten haben. Außerdem würde Beschloss dann vielleicht seine Anzeige zurücknehmen."

„Nein, lieber nicht." Liz hatte ihre Grundsätze. Einer davon war, niemals an einen Ort zurückzukehren, den sie hinter sich gelassen hatte. Nun, Manchester war da eine Ausnahme, aber hier besaß sie ja auch ein Haus. Und sie hatte auch bereits veranlasst, dass ihre Sachen verpackt und eingelagert wurden. Irgendwann würde Richard wieder zur Vernunft kommen. Und sie würde sich die Sachen an ihre neue Adresse schicken lassen, sobald sie eine hätte.

Außerdem, wenn sie nach Boston zurückginge, wäre sie bald wieder mit ihrem Exverlobten konfrontiert, und das wollte sie nicht, auf keinen Fall – denn dadurch würde sich auch nichts ändern und sie würde womöglich sogar ernsthafte Schwierigkeiten bekommen. Nein, sie wollte diese Sache aussitzen.

„Er wird sich innerhalb der nächsten Tage mit Sicherheit beruhigen, und damit werden sich alle Probleme lösen." Es war bestimmt nicht einfach für Richard, die Situation seinen versnobten Eltern und dem übrigen Bostoner Jetset zu erklären.

Sie bemerkte Mitch, der ihr durch die Durchreiche zuwinkte. „Sheila, nimm das Geld aus der Portokasse und lass uns später über alles andere reden, wenn sich die Dinge wieder normalisiert haben, okay? Ich muss jetzt nämlich wieder an die Arbeit gehen."

„Warte, ich habe dir noch nicht alles erzählt."

„Gibt es noch mehr schlechte Neuigkeiten?"

„Ja. Da war so ein merkwürdiger Anruf heute Morgen. Ein Mann, der alle möglichen Fragen über dich und die Firma gestellt hat. Ich sagte ihm, tut mir leid, ich weiß gar nichts. Ich würde dich nicht kennen und die Firma sei geschlossen. Aber er hat keine Ruhe gegeben. Er war ganz schön ungehalten, nachdem ich ihm auch nach mehrmaligem Nachfragen keine Antwort gegeben habe."

Liz horchte auf. „Hat er seinen Namen genannt?"

„Ja. Ja, das hat er. Warte …"

Sie blickte wieder hinüber zu Mitch.

„Hier, ich hab's. Mitch. Mitch McCoy."

Liz lachte so laut, dass sogar Bo sich nach ihr umdrehte. Rasch drehte sie sich zur Wand. „Ach so."

„Du kennst ihn wohl?", fragte Sheila.

„Das kann man wohl sagen. Hat er eine Telefonnummer bei dir hinterlassen?"

„Ja, hat er. Ich soll ihn anrufen, wenn ich mich entschieden habe zu reden."

Liz lächelte. Das klang ganz nach Mitch.

Kurz darauf legte Liz den Hörer auf.

„Alles in Ordnung, Lizzie?", wollte Bo wissen.

„Pst. Der Mann hinter der Durchreiche könnte dich hören. Das Letzte, was ich jetzt brauche, ist, das FBI im Nacken zu haben."

Bo schmunzelte. „Meinst du etwas Mitch? Mann, Lizzie, er ist schon seit mindestens drei Jahren nicht mehr beim FBI. Wusstest du das nicht?"

„Nein, das wusste ich wirklich nicht."

„Spielt ja auch keine Rolle. Er hat sich mit zwei Partnern in Washington als Privatdetektiv selbstständig gemacht."

„Mitch ist jetzt Privatdetektiv? Aber wieso ist er dann hier in Manchester? Macht er Urlaub?"

Bo hob die Schultern und ließ sie wieder sinken. „Keine Ahnung. Wäre aber ein ziemlich langer Urlaub. Vor etwa acht Monaten kam er nach Hause, er ist ziemlich oft hier im Lokal, redet aber nicht viel, nur die üblichen Belanglosigkeiten. Sein Bruder Marc hat übrigens geheiratet."

„Ja, das habe ich gehört. Erstaunlich, nicht?", erwiderte sie geistesabwesend.

„Wir alle hier hatten geglaubt, von allen McCoy-Brüdern wäre Mitch der Erste, der den großen Schritt wagen würde."

Bo ging zurück an seinen Grill, Liz ging zurück hinter die Theke.

Mitch war jetzt Privatdetektiv?

Er war mit Leib und Seele FBI-Agent gewesen. Irgendetwas musste geschehen sein, dass er mit dieser Familientradition gebrochen hatte. Und im Augenblick lebte er offenbar wieder in Manchester, trug ausgewaschene Jeans und T-Shirts und sah unverschämt gut darin aus.

„Sag mal, Liz", unterbrach Mitch ihre Gedanken, „hast du zu dem Brautkleid eigentlich auch den passenden Ring?"

„Was für einen Ring?" Sie tat, als wüsste sie nicht, worum es ging.

„Nenn mich meinetwegen altmodisch, aber wenn eine Frau ein Brautkleid trägt, heißt das doch normalerweise, dass sie entweder heiraten will oder gerade geheiratet hat", erklärte Mitch. „Nun ja, andererseits, vielleicht sollte ich mich endlich daran gewöhnen, dass du einfach nur eine Schwäche für Brautkleider hast."

„Oh, das war aber ein Schlag unter die Gürtellinie, McCoy." Liz nahm den Teller, den Bo ihr aus der Küche durchreichte. Sie ging damit an Mitch vorbei und gab sich große Mühe, nicht zu bemerken, wie heiß ihr unter seinem Blick wurde.

„Hier, Ezra, deine Paradies-Pizza, mit jeder Menge Schlangen, so wie du es gern hast", sagte sie und servierte die mit Anchovis bedeckte Pizza.

„Danke, Lizzie. Übrigens hast du meine Frage von vorhin noch nicht beantwortet." Ezra schob sich ein Stück Pizza in den Mund.

„Welche Frage?" Liz sammelte leere Teller ein. „Halt, warte. Sag bloß, du redest wieder von dieser lächerlichen Wette."

Myra, ebenfalls Kellnerin und gerade am Nebentisch beschäftigt, lehnte sich zu Liz hinüber. „Du hast ja nur Angst zu verlieren."

„Tut mir leid, Ez, aber ich wette nicht", erklärte Liz.

Ezra lächelte breit. „Na, na, Lizzie, früher warst du immer die Erste, wenn es ums Wetten ging."

Er hatte ja recht, aber das war früher. „Tut mir leid. Vielleicht ein andermal." Liz folgte Myra hinter die Theke und versuchte, nicht daran zu denken, dass Mitch keine drei Meter entfernt von ihr war.

„Ich weiß nicht einmal, worum diese Wette geht", raunte sie Myra zu. „Wie soll ich da Angst haben zu verlieren?"

„Du bist ahnungslos? Praktisch die gesamte Einwohnerschaft von Manchester hat schon ihren Einsatz gemacht."

„Das kann ich mir nicht vorstellen."

Myra lachte. „Na, hör mal, dieses Katz-und-Maus-Spiel zwischen Mitch und dir ist für Manchester die Sensation!"

„Glaub mir, zwischen Mitch und mir ist nichts."

„Komm schon, Liz, das kannst du niemandem hier vormachen. Wie auch immer, Ezra war ja schon immer schnell dabei, eine Wette zu organisieren. Und bei der hier geht es darum, ob sich die Geschichte zwischen euch beiden wiederholen wird."

„Was soll das heißen?"

Myra schmunzelte. „Sie wetten darum, wie lang es dauert, bis ihr wieder ein Paar seid, du und Mitch."

Liz hatte plötzlich ein ganz flaues Gefühl im Magen. „Und wie ist die allgemeine Einschätzung?"

Bo reichte den nächsten Teller durch, und Myra senkte die Stimme. „Dass Mitch dich rumkriegt."

Myras Lachen verfolgte Liz, als sie losging, um die nächsten Gäste zu bedienen. Und wer sollte in diesem Spiel die Katze und wer die Maus sein?

„He, Lizzie!", rief Ezra, als sie gerade zu Mitchs Tisch ging, um sein Glas nachzufüllen. „Falls es dich interessiert, gerade hat noch jemand seinen Einsatz gemacht."

Liz sah Mitch an. „Geht das auf dein Konto?"

„Was?"

„Na, diese Wette, mit der Ezra hausieren geht."

Mitch lächelte breit. Am liebsten hätte sie ihn geohrfeigt.

Sie stellte die Wasserkaraffe ab und wischte die Theke ab. „Okay, McCoy, bringen wir's hinter uns. Frag mich, ob ich mit dir ausgehe. Ich gebe dir einen Korb, und dann vergessen wir das Ganze."

Sein Lächeln wurde immer breiter. „Auf keinen Fall." Langsam schüttelte er den Kopf. „Ich hole mir doch nicht sehenden Auges einen Korb. Nicht noch einmal."

Was sollte sie darauf sagen?

„Wie wär's, mein Engel?" Jetzt hatte er wieder diese Stimme, bei der ihr ganz unanständig heiß wurde. „Bist du bereit, deinen Einsatz zu machen, wo du dir deiner Sache doch so sicher bist?"

Liz wühlte in ihrer Geldtasche, in dem Fach, in dem sie die Trinkgelder sammelte. „Wie hoch ist dein Einsatz?"

„Tja, also …"

„Na schön, behalt es ruhig für dich." Liz nahm ihre ungefähr zehn Dollar Trinkgeld, ging zu Ezra hinüber und legte die Münzen vor ihm auf den Tisch. „Nichts wird passieren zwischen Mitch und mir."

„Lizzie, die Höchstgrenze liegt bei fünf Dollar", erklärte Ezra gelassen.

Sie lächelte. „Du machst dir ja nur Sorgen um deinen eigenen Einsatz, jetzt, wo ich tatsächlich einsteige."

„Ich gehe mit." Mitch trat hinter Liz und legte die entsprechende Summe vor ihr auf den Tisch.

„Weißt du, Mitch, du fängst wirklich an, mich zu beunruhigen."

„Genau das ist auch meine Absicht, mein Engel."

Liz fuhr herum. Aber sie hatte nicht damit gerechnet, dass er so dicht hinter ihr stand. Bevor sie reagieren konnte, hatte er eine ihrer goldenen Strähnen genommen und sie sich um den Finger gewickelt.

„Du hast keine Chance, Mitch."

Er schob ihr die Strähne hinters Ohr. „Warten wir's ab", entgegnete er nur.

4. KAPITEL

*N*ach dem Mittagessen leerte sich das Lokal ziemlich schnell. Liz gestattete sich eine kleine Pause und setzte sich an einen Tisch am Fenster, mit dem Rücken zu Mitch, dem Mann, der sich offenbar vorgenommen hatte, ihre Geduld auf die Probe zu stellen. Gestern hatte er plötzlich zwar doch noch den Rückzug angetreten, aber beim nächsten Mal, so fürchtete sie, würde sie nicht so davonkommen. Nach dem unrühmlichen Ende ihrer letzten Beziehung war eine neue Beziehung aber nicht gerade Punkt eins auf ihrer Wunschliste. Schon gar nicht mit Mitch. Sie hatte es bereits einmal mit ihm verpatzt. Das sollte ihr nicht noch einmal passieren. Auch wenn er sie mit der Schilderung seines Tagtraums ganz schön heiß gemacht hatte. Wenn sie nur daran dachte … nackt auf der Theke vor ihm zu liegen und ihm ausgeliefert zu sein …

Versonnen starrte sie auf den hin und her baumelnden Dekorengel auf dem Tisch vor ihr und schnippte gegen die Spiralfeder. Worüber hatte sie gerade nachgedacht?

„In Boston ist wohl noch nicht alles wieder in Ordnung, was?" Myra setzte sich ihr gegenüber an den Tisch. Sie hatte ihre Uniform gegen Jeans und T-Shirt eingetauscht.

„Nein, ich fürchte, alles ist noch ein bisschen schlimmer, als ich dachte." Einer der Engelsflügel fiel ab.

Mitchs Lachen klang durch den Raum. Wahrscheinlich unterhielt er sich gerade mit Charles Obernauer, dem Besitzer des kleinen Supermarktes.

„Du wüsstest sicher gern mehr, Myra, und ich find' es sehr nett, dass du nicht nachhakst." Sie versuchte, mitzubekommen, was Mitch sagte. Jetzt war auch noch der Kopf des Engels abgefallen. Sie legte ihn auf den Tisch. „Du warst immer eine gute Freundin."

„Schon gut, Liz. Ich weiß, wenn du's mir sagen könntest, würdest du es tun. Ist ja auch ganz egal, weshalb du zurückgekommen bist. Hauptsache, du bist wieder da." Sie zog die Nase kraus. „Findest du, ich rede Blödsinn?"

„Überhaupt nicht." Liz war es ganz warm ums Herz geworden. Myra hatte ihr damals geholfen, sich in Manchester einzuleben. Ohne sie hätte sie sich den ganzen Sommer über im Haus ihrer Großmutter vergraben, so wie sie sich immer in ihr Zimmer verkrochen hatte, wenn ihre Mutter wieder einmal mit ihr umgezogen war. Sunny hatte geglaubt, ihrer Tochter mit den vielen Umzügen immer wieder neue Möglichkeiten zu bieten. Doch sie hatte sich stets nur fremd und ausgeschlossen gefühlt. Und schrecklich allein.

„Ehrlich gesagt, Myra, du bist die beste Freundin, die ich je hatte."

„Du auch meine." Myras Gesicht hellte sich plötzlich auf. „Übrigens, jetzt, wo du wieder da bist, kann ich ja mit Harvey wegfahren, ohne mir wegen Bo und Ruth Sorgen machen zu müssen."

„Aha, wusste ich's doch", sagte Liz trocken.

„Na ja, du sagtest doch, du wolltest so viel wie möglich arbeiten. Das kannst du jetzt, vor allem bei der Feier zum Unabhängigkeitstag. Du wirst Ruth doch sicher an ihrem Stand helfen, oder?"

Liz hatte das total vergessen. Bo und Ruth hatten bei jedem Fest einen Stand auf der Festwiese. „Na klar. Wer kann Bo und Ruth schon etwas abschlagen? Und jetzt lass uns über dich reden. Wohin wollt ihr fahren, Harvey und du?"

Im Lauf des Tages hatte sie Myra schon einiges über die vergangenen sieben Jahre entlockt. Myra hatte einen Blumenladen eröffnet, doch der hatte sich nicht lange gehalten. Die einzigen Geschäfte, die in dieser Gegend überleben konnten, waren das Paradise Diner, Ezras Tankstelle und Obernauers Supermarkt.

Liz hatte außerdem erfahren, dass Myra und Harvey seit einem Jahr zusammen waren. Harvey kam aus einem anderen Ort in der Umgebung. Offenbar war er ein Harley-Davidson-Freak und liebte die gelegentliche Flucht aus dem Kleinstadtalltag.

„Ich weiß gar nicht, wohin wir diesmal fahren. Er müsste in ein paar Minuten hier sein. Wahrscheinlich fahren wir mit seiner Harley einfach ins Blaue."

„Harvey und seine Harley, der Traum aller Mädchen."

„Vielleicht nicht deiner", erwiderte Myra heiter. „Aber ganz bestimmt meiner."

„Warum heiratet ihr nicht?"

„Er hat mich nicht gefragt."

Liz verschluckte sich und hustete.

Myra tätschelte ihr den Rücken. „Nimm's leicht", sagte sie lachend. „Und was ist mit dir? Du kannst mir nichts vormachen, Liz, so wie du die ganze Zeit mit Mitch flirtest. Warum gönnst du dir nicht ein bisschen Spaß? Du siehst aus, als könntest du welchen brauchen." Sie nickte in die Richtung, in der Mitch saß. „Warum nimmst du dir nicht einfach, was das Schicksal dir bietet? Besonders, wenn er so ein netter Gast wie Mitch ist?"

„Er gibt nicht genug Trinkgeld, um ein netter Gast zu sein."

„Mir gibt er immer reichlich."

„Du sagst das alles doch nur wegen dieser blöden Wette."

„Schieb mir die nicht in die Schuhe. An der bist ganz allein du schuld, meine Süße."

Liz blickte auf. „Wo wir gerade davon reden, auf wen hast du gesetzt, Myra? Auf mich oder auf Mitch?"

„Hm." Myra beschäftigte sich angelegentlich damit, den kaputten Engel wieder zusammenzusetzen.

Liz hob die Brauen und wartete.

„Na schön, lass es mich so ausdrücken, Elizabeth Braden. Ich denke, dein Fall ist nicht ganz aussichtslos."

Myra hatte gegen sie gewettet! „Ich fass es nicht!"

„Reg dich nicht so auf. Warum sollst du dich denn nicht ein bisschen mit Mitch amüsieren? Wenigstens so lange, bis in Boston alles wieder klar ist und du deine Pläne verwirklichen kannst."

Was sind denn meine Pläne? dachte Liz. Außer dass ich notgedrungen darauf warten muss, dass Richards Wut sich abkühlt. „Und das von einer Frau, die mit einem Harvey mit 'ner Harley liiert ist."

„Wenigstens habe ich einen Mann, und ich möchte mit ihm, nicht vor ihm weglaufen."

Liz beobachtete durchs Fenster einen irre wirkenden Typen auf einem Motorrad, der gerade vor dem Lokal parkte. Das musste Harvey sein. „Meine Güte, Myra! Wenn das kein Mann ist, vor dem man weglaufen möchte!"

Myra lachte. „Die Tätowierung ist abwaschbar, und im normalen Leben ist Harvey Buchhalter."

„Ruf mich an, wenn du Hilfe brauchst, okay?"

Myra lachte immer noch. „Ja, ja, versprochen."

Liz stand auf. „Ach, Myra?" Sie lächelte honigsüß. „Deinen Wetteinsatz kannst du vergessen, jeden einzelnen Penny."

Es war Freitag, der vierte Juli. Liz lehnte sich gegen die Innenwand des Grillstandes und atmete genüsslich den Duft von Popcorn und Zuckerwatte ein. Nichts kam dieser Mischung gleich.

Und schon wieder dachte sie an Mitch. Es war zum Verrücktwerden!

Nervös trat sie von einem Fuß auf den anderen und stieß dabei gegen den Tisch. Der hatte schon die ganze Zeit gewackelt. Jetzt knickte tatsächlich eines der Tischbeine weg.

„Oh nein!", keuchte Liz und hielt rasch die Tischplatte an einer Ecke fest.

Sie hatte ja geahnt, dass das passieren würde. Aber hätte das nicht Zeit gehabt, bis Bo und Ruth wieder zurück waren? Im Moment gab es kaum Kundschaft, und die beiden hatten die Gelegenheit genutzt, sich ein bisschen auf der Festwiese umzusehen. Deshalb war Liz nun allein.

Die Nachmittagssonne brannte ihr heiß auf den Kopf und die nackten Arme. Liz lehnte sich ein wenig zurück und versuchte zu erkennen, was genau an dem Tisch kaputtgegangen war.

„Brauchst du Hilfe?"

Mitch stand mit vor der Brust verschränkten Armen breitbeinig ein paar Meter vom Stand entfernt. Liz verlor fast das Gleichgewicht – und das in jeder Hinsicht. Verflixt, dieser Mann hatte ein Talent, sie immer im falschen Moment zu erwischen!

„Kommt darauf an, was es mich kostet", konterte sie.

Er strahlte sie an. „Ich glaube, ich kann es mir leisten, großzügig zu sein."

Die Tischplatte glitt ihr ein Stück aus der Hand, und die Platten mit gegrilltem Fleisch rutschten gefährlich nah an den Rand. „Wirst du mir nun helfen, dieses Bein wieder festzumachen, oder willst du bis zu meinem Geburtstag damit warten?"

„Im Zusammenhang mit dir sind Beine für mich eine Lebensaufgabe, mein Engel." Ungeniert ließ er den Blick über ihre langen, braun gebrannten Beine wandern.

Liz trug neue Shorts. Am Tag zuvor hatte sie ein paar Kleidungsstücke von ihrem ersten Wochenlohn gekauft. Doch unter Mitchs Blick fühlte sie sich völlig nackt – schlimmer noch, sie sehnte sich danach, es zu sein.

„Mitch McCoy, noch zwei Sekunden, dann fliegt alles, wofür Ruth und ich zwei Tage gearbeitet haben, auf den Boden. Hilfst du mir jetzt oder nicht?"

Er kniete sich hin und brachte das Tischbein wieder an die richtige Stelle. Dabei streifte sein Unterarm ihre Wade, und Liz überlief es heiß.

„Entschuldige", murmelte er.

„Du kannst jetzt wieder aufstehen, Mitch."

„Hm ... ich finde die Aussicht hier unten besser."

„Darauf wette ich." Hingerissen betrachtete sie die Sonnenreflexe in Mitchs braunem Haar. Am liebsten hätte sie die Hände um seinen Kopf gelegt, ihn zu sich herangezogen und seinen sexy Mund mit dem unerhört sexy Lächeln geküsst. „Aber wenn du jetzt nicht aufstehst, dann, fürchte ich, wirst du Probleme mit einem deiner Beine haben."

„Soll das eine Drohung sein, Lizzie?" Er hob skeptisch die Brauen. „Nicht gerade sehr klug von dir. Hast du nicht bereits genug Probleme?"

„Schon gut. Die Umstände meiner Rückkehr machen dich wohl ganz verrückt, was?", gab sie zurück, und es befriedigte sie, zu sehen, dass er ein wenig verlegen wurde.

„So würde ich es nicht ausdrücken, aber ja, ich gebe zu, sie machen mich ein bisschen neugierig."

„Nur ein bisschen?"

„Nur ein bisschen", wiederholte er unbeirrt.

„Gut." Sie beugte sich über den Tisch und arrangierte die verrutschten Platten mit den gegrillten Köstlichkeiten neu.

„Sonst hast du nichts zu sagen?" Mitch stand jetzt ganz nah vor ihr, viel zu nah. Und er war so groß. „In Anbetracht deiner früheren Tätigkeit habe ich nicht den geringsten Zweifel daran, dass du schon alle möglichen Erkundigungen über mich eingezogen hast. Offenbar hast du aber nichts herausgefunden."

„Wäre da denn etwas herauszufinden?"

„Die Frage zu beantworten überlasse ich dir." Liz öffnete den Kühlschrank und holte eine Schüssel mit Kartoffelsalat heraus. „Möchtest du etwas Salat?

„Nein, danke."

Sie nahm eine Gabel voll Kartoffelsalat. Ah, schön kühl! Aber noch lieber als den kalten Salat hätte sie jetzt einen Eiswürfel gehabt, um sich abzukühlen. Und dass ihr so heiß war, hatte nichts mit dem

Sommerwetter zu tun. „Bist du sicher?"

„Nun lass es schon gut sein, ich mag keinen Kartoffelsalat, Liz."

Hm. Sie betrachtete Mitch versonnen. Offenbar hatte sie ihn ein wenig aus der Fassung gebracht. Das war gut. Denn ihm gelang es andauernd, sie zu verwirren.

„Hey, Mitch."

Sein Bruder, Jake McCoy, gesellte sich zu ihnen. Jake war fünf Jahre älter als Mitch und der Ruhigste von den vier Brüdern. Er erinnerte Liz immer an den Schauspieler Jeff Goldblum.

„Hallo, Elizabeth. Wie geht es dir?"

Sie lächelte. Er war so förmlich. Sie konnte sich nicht erinnern, dass er sie jemals Liz genannt hätte. „Gut, und dir, Jake? Ich muss sagen, du siehst so gut aus wie immer."

„Gut, danke." Er wandte sich Mitch zu, der aussah, als ginge es ihm alles andere als gut. „Wo ist Pops?"

Mitch machte eine Grimasse. „Ist er nicht zu Hause?"

„Nein."

„Dann weiß ich auch nicht, wo er steckt. Ich sehe ihn in letzter Zeit kaum."

Jake hob eine Braue. „Na schön, das hat ja noch Zeit bis später." Er nickte Liz zu und wollte weitergehen, hielt jedoch noch einmal inne. „Die Ranch hat sich sehr zum Vorteil verändert, Mitch."

Mitch fuhr sich verlegen mit der Hand durchs Haar. „Danke."

„Lass mich wissen, wenn du mehr Hilfe brauchst."

„Klar."

„Was ist mit deinem Vater?", fragte Liz, als Jake wieder fort war. „Alles in Ordnung?"

„Was? Oh ja, sicher, Pops geht es gut. Um ihn mache ich mir im Moment keine Gedanken."

„Oh, jetzt weiß ich, worum du dir Gedanken machst", scherzte sie. „Es ist diese Wette, nicht wahr?"

„Nein, mein Engel, es ist etwas ganz anderes."

Ihr Herz klopfte plötzlich viel zu schnell. „Nämlich?"

„Nun ja …" Er schob einen Finger unter einen der Spaghettiträger ihres Kleides. „Es hat mit etwas zu tun, auf das ich schon seit sieben Jahren warte."

Sie wusste ganz genau, was er damit meinte, und hatte das Gefühl, den Boden unter den Füßen zu verlieren.

„Ich will eine Antwort, Liz. Warum hast du mich verlassen?" Er strich über ihre nackte Schulter. Noch ein Stück weiter, und er würde ihre Brust berühren. Oh, wie sehr sie sich wünschte, er würde es tun.

Sie sah ihm in die Augen und war überrascht über den belustigten Ausdruck darin. Mitch tat ja fast so, als redeten sie übers Wetter! „Du weißt, warum", flüsterte sie.

„Ach, tatsächlich?"

„Ja … nein … Du weißt, wie ich das meine."

„Nein, Liz, ich kann nicht behaupten, dass ich das weiß." Abrupt schob Mitch beide Hände in die Hosentaschen und verlagerte das Gewicht von einem Fuß auf den anderen. „Sag mir, ist der Grund, weshalb du Boston verlassen hast, der gleiche, weshalb du mich damals verlassen hast?" Sein Blick war so eindringlich, dass sie sich ihm nicht entziehen konnte.

Während sie in sein Gesicht schaute, bemerkte sie zum ersten Mal Spuren von Trauer darin. Am liebsten hätte sie ihn gestreichelt. Doch sie tat es nicht. Sie konnte es nicht. Die Spannung zwischen ihnen war zu groß. Jetzt flirteten sie nicht mehr, ihr Gespräch hatte eine andere Ebene erreicht.

„Nein." Sie wählte ihre Worte vorsichtig. „Die Entscheidung, die ich jetzt getroffen habe, ist überhaupt nicht vergleichbar mit der Entscheidung, die ich vor sieben Jahren getroffen habe."

Der schmerzliche Ausdruck in seinem Gesicht wurde zu einer Grimasse. „Wirklich, Liz, du warst schon immer sehr rätselhaft. Was erwartest du eigentlich von mir, jetzt, wo du zurückgekommen bist? Dass ich dir etwas verzeihe, was ich beim besten Willen nicht begreifen kann?"

„Ich erwarte gar nichts von dir, Mitch. Du hast mich gefragt, ob meine Entscheidungen damals und heute ähnliche Gründe hatten, und ich habe dir geantwortet." Sie kreuzte die Arme vor der Brust. „Wo wir gerade von Entscheidungen reden, welche Wahl hattest du mir denn gelassen, als ich dich bat, die Hochzeit zu verschieben?"

„Diese Bitte kam am Tag der Hochzeit."

„Ja, am Tag der Hochzeit. Und wie lautete deine Antwort, Mitch?"

Er schwieg, also wiederholte sie die Worte, die er damals gesagt hatte. „Entweder du heiratest mich jetzt, oder du verschwindest aus meinem Leben und aus Manchester – für immer."

Dabei hatte er gewusst, dass sie mit ultimativen Forderungen nicht umgehen konnte. Ihre ganze Kindheit hatte sie den Tag herbeigesehnt, an dem sie endlich die Kontrolle über ihr Leben übernehmen würde; an dem sie nicht mehr der Rastlosigkeit ihrer Mutter ausgeliefert wäre. Sie hatte ihre Entscheidungen selbst treffen wollen.

Natürlich hatte sie verstanden, dass Mitch verärgert war. Aber in dem Moment, als er diese Worte ausgesprochen hatte, standen sie unauslöschlich zwischen ihnen, und es hatte keine Rolle gespielt, dass Mitch sie nicht wirklich ernst gemeint hatte und dass sie ihn mehr liebte als jeden anderen Menschen. Ihre ganze Beziehung war von einem Moment zum anderen völlig verändert gewesen. Und das war es, womit sie geglaubt hatte, nicht leben zu können. Wenn sie geblieben wäre ... Aber sie war ja fortgegangen.

Das Schweigen zwischen ihnen schien sich endlos auszudehnen.

Schließlich räusperte sich Mitch. „Das erklärt aber nicht, weshalb du überhaupt darum gebeten hast, die Hochzeit aufzuschieben."

„Du wirktest damals nicht allzu begierig darauf, den Grund zu erfahren." Liz hatte die Hochzeit verschieben wollen, weil sie plötzlich Panik bekommen hatte, dass sie vielleicht doch nicht die richtige Frau für Mitch sei. Selbst jetzt noch spürte sie diese Angst, als ob es gestern gewesen wäre.

„Mitch, egal, wie sehr wir uns den Kopf darüber zerbrechen, wir können doch nicht ändern, was geschehen ist." Sie schob sich eine Strähne hinters Ohr. „Du hast deine Art, die Dinge zu sehen, und ich meine. Wir passen nicht zusammen. Nicht für einen Kuss, nicht für ein Date, nicht fürs Leben. Und jetzt verlang nicht noch mehr Erklärungen von mir."

„Du hast wirklich darüber nachgedacht, nicht wahr?" Seine Mundwinkel zuckten.

Sie hob den Zeigefinger. „Jetzt hör endlich auf ..."

„Gib es zu, Liz, du hast dir die Nächte um die Ohren geschlagen, um vor dir selbst zu rechtfertigen, weshalb du vor mir weggelaufen bist und weshalb wir nicht zusammen sind."

Er durchschaute sie, doch merkwürdig, es war ihr nicht einmal unangenehm.

„Wie auch immer, keine einzige deiner Rechtfertigungen hat etwas damit zu tun, ob wir uns attraktiv finden."

Da hatte er allerdings recht, denn sie musste zugeben, dass sie nach keinem Mann jemals solches Verlangen empfunden hatte wie nach ihm. „Das reicht aber nicht, Mitch."

„Zum Heiraten reicht es nicht – aber für eine Nacht. Was willst du mehr? Ich bitte dich ja nicht, noch einmal mit mir vor den Altar zu treten, mein Engel."

„Eine Nacht?" Natürlich, eine Nacht. Es ging um diese verflixte Wette. „Du musst dir schon ein bisschen mehr einfallen lassen, wenn du diese Wette gewinnen willst."

Mitch packte Liz an den Oberarmen und zog sie an sich.

Ein heißer Schauer überlief sie von den Fingerspitzen bis zu den Zehen.

„Vergiss die Wette, Liz. Lass mich dir nur eines sagen: Ich will dich. Und verdammt, ich lasse nicht locker, bis ich dich gehabt habe."

5. KAPITEL

Zwei Tage später saß Liz mit aufgestütztem Kinn auf einer der pinkfarbenen Bänke im Paradise Diner. Nach drei Tagen auf der Festwiese hatten Bo und Ruth ihren Grillstand geschlossen. Heute Abend würde ein Feuerwerk die Feiern zum vierten Juli beenden. Die ganze Stadt war jetzt dort draußen. Also blieb das Lokal geschlossen, und Liz konnte endlich in Ruhe nachdenken.

Ihre Zukunftspläne lagen im Moment auf Eis, denn ihr waren die Hände gebunden, solange Richard ihre Konten nicht freigab. Und darauf musste sie noch warten, wie ihr Sheila am Tag zuvor am Telefon berichtet hatte. Doch das erschien ihr nebensächlich, denn sie konnte nur noch daran denken, dass Mitch sie wollte. Und daran, dass er sich seit diesem Ausspruch demonstrativ von ihr fernhielt. Beides zusammen brachte sie um den Schlaf. Sie sehnte sich nach etwas, wofür sie keinen Namen hatte, das ihr offenbar aber nur Mitch geben konnte.

Geistesabwesend starrte sie aus dem Fenster. Es wurde schon dunkel. Bald würde das Feuerwerk beginnen.

Alle waren jetzt auf der Festwiese, saßen oder lagen auf ihren Picknickdecken, holten sich Getränke aus ihren Kühlboxen, zündeten Wunderkerzen an für die Kinder und hatten Spaß, und der würde mit dem Feuerwerk nicht aufhören. Spaß … Sie hatte nicht allzu viel davon gehabt in den letzten Jahren. Um ehrlich zu sein, sie hatte nicht annähernd so viel Spaß gehabt, wie sie es sich vorgenommen hatte.

Zuerst war sie nach Cleveland gezogen. Dort hatte sie bei ihrer ausgeflippten Mutter gelebt, Abendkurse belegt und einen Collegeabschluss in Betriebswirtschaft gemacht. Dann war sie nach Chicago gegangen. St. Louis und Philadelphia waren ihre nächsten Stationen gewesen.

Unentwegt hatte sie dabei an ihrer Karriere als selbstständige Unternehmensberaterin gefeilt. Anfangs waren ihre Kunden Ein-Mann-Unternehmen und kleine Restaurants gewesen. Später hatte sie Verträge mit größeren Firmen und Dienstleistungsbetrieben geschlossen und dabei gutes Geld verdient.

Schließlich, in Boston, hatte sie ihren bis dahin größten Fisch an der Angel gehabt, ein traditionsreiches Bankhaus. Zu dumm, dass ihr

Vertragspartner ein gut aussehender, charmanter Mann gewesen war, der Vizepräsident der Bank, Richard Beschloss.

Nachdenklich sammelte sie die Broschüren ein, die sie auf dem Tisch verteilt hatte. Für welche Stadt sollte sie sich jetzt entscheiden? Dallas, L.A., Seattle, Miami? Sie hatte gute, verlässliche Kontakte in allen diesen Städten, und sie könnte von fast allen ihren ehemaligen Kunden Empfehlungsschreiben bekommen, außer von Richard natürlich. Sie besaß auch genügend Kapital, um sich ein neues Geschäft aufzubauen – vorausgesetzt, sie hatte wieder Zugang zu ihren Privat- und Geschäftskonten in Boston.

Sie hätte nicht gedacht, dass Richard Beschloss so rachsüchtig sein würde.

Atlanta. Sie blätterte in der Broschüre. Kurz bevor sie sich mit Richard verlobt hatte, hatte man ihr einen Job in Atlanta angeboten. Dann wäre sie zwar nicht mehr selbstständig, doch die Firma hatte einen guten Ruf, und es wäre ein sicherer Job. Vielleicht war der ja noch zu haben.

Ein metallisches Geräusch, das von draußen kam, ließ sie aufschrecken. Sie erkannte sofort den Wagen, der vor dem Supermarkt parkte. Mitch stieg aus.

„Mitch McCoy, wo, zum Teufel, hast du gesteckt?", murmelte Liz.

Es war überhaupt nicht typisch für ihn, erst so eine Bombe hochgehen zu lassen wie zwei Tage zuvor und dann abzutauchen. Aber wusste sie eigentlich, was typisch für ihn war? Vielleicht nicht.

Warum war er jetzt nicht auf der Festwiese? Und warum, um alles in der Welt, bestückte er jetzt die beiden Verkaufsautomaten am Eingang des Supermarktes?

Er öffnete die Ladeklappe seines Wagens. Dann schloss er den ersten der Verkaufsautomaten auf.

Wow, was für ein sexy Po!

Mitch hatte einen Körper, den man einfach nicht übersehen konnte. Hochgewachsen, schlank, aber muskulös. Doch es war mehr als sein Körper, das sie an ihm faszinierte. Es war seine Aura. Er strahlte eine Kraft aus, die sie nur bewundern konnte. Und das lag nicht bloß daran, wie sich seine Muskeln unter dem T-Shirt abzeichneten und dass seine verwaschene Jeans sich an seinen Körper schmiegte wie eine zweite Haut. Es war er selbst, der Mann, Mitch McCoy. Ein Mann, den offenbar nichts aus der Ruhe brachte. Der den Eindruck machte, als wäre er mit sich und seinem Leben zufrieden, auch dann, wenn er sich unbeobachtet glaubte.

Plötzlich fühlte Liz sich schrecklich einsam. Was wäre wohl, wenn sie damals geblieben wäre? Wenn sie Mitch nicht um einen Aufschub gebeten hätte?

Jetzt wandte Mitch den Kopf, sah ihren Wagen auf der Straße und dann sie durch die Fensterscheibe. Er bedachte Liz einmal mehr mit seinem typischen siegesgewissen Lächeln, und ihr Herz machte einen Sprung. Widerstrebend riss sie den Blick von ihm los.

„Woran liegt es nur, dass ich einfach nicht von dir loskomme?", murmelte sie. Dann hörte sie, dass die Tür geöffnet wurde, doch sie blickte nicht auf. Ein Schauer überlief Liz, obwohl die Nacht so schwül war.

Rasch nahm sie ihren Notizblock und begann, sinnlos darauf herumzukritzeln. Schließlich blickte sie auf und sah Mitch bei der Tür stehen. „Oh, ich hab dich gar nicht hereinkommen hören."

„Ein Kaffee wäre jetzt nicht schlecht", sagte er.

Liz deutete auf die halb volle Kanne, die auf der Warmhalteplatte stand. „Ich bin nicht im Dienst." Sie wandte sich wieder ihren Broschüren zu. „Außerdem, das Lokal ist geschlossen. Hast du das Schild nicht gelesen?"

Mitch antwortete nicht. Er ging zur Theke, nahm sich eine Tasse und füllte sie. Dann setzte er sich Liz gegenüber.

„Es sind mindestens zwanzig Tische frei, Mitch."

„Ja, aber an keinem von ihnen sitzt ein Engel."

Liz pflückte den Dekorengel von seiner Spiralfeder und warf ihn Mitch zu. „Du wirst wohl damit vorliebnehmen müssen. Ich bin nämlich gerade beschäftigt."

Der Engel landete in seinem Schoß. Mitch warf ihn zurück auf den Tisch. „Das sehe ich." Er nahm eine der Broschüren und hob fragend die Brauen. „Miami?"

Sie riss sie ihm aus der Hand. „Warum bist du nicht auf der Festwiese, wo alle anderen sind?"

Er lächelte breit. „Ich muss sagen, Liz, es erstaunt mich immer wieder, wie du an meinem Leben Anteil nimmst."

Liz kritzelte weiter in ihrem Notizblock herum und spürte Mitchs

Blick auf ihrem Haar, ihrem Gesicht, ihrem Hals. Es war fast so, als berührte er sie. „Nein, warte, lass mich raten. Dein neuer Job als Verkaufsautomatenauffüller hält dich davon ab."

„Verkaufsautomatenauffüller?" Er schmunzelte. „Ach so, ich tue Klammer nur einen Gefallen. Er befindet sich auf seiner jährlichen Pilgerfahrt nach Key West, um seinen alten Freund Ernest zu besuchen. Nächste Woche müsste er wieder da sein."

Liz schob den Träger ihres Tanktops zurück, der ihr von der Schulter gerutscht war. „Jemand sollte ihn mal darauf aufmerksam machen, dass Hemingway schon seit dreißig Jahren tot ist."

„Ich dachte, du hättest das bereits erledigt."

Lächelnd erwiderte sie seinen Blick. „Offenbar hat es nichts genutzt, wenn er immer noch dorthin fährt."

Ein lautes Knallen ertönte von der Festwiese. Liz sah durchs Fenster. Die ersten Feuerwerksraketen schossen in den Nachthimmel.

„Und was ist mit dir?", fragte Mitch. „Wieso bist du nicht auf der Festwiese, wo alle anderen sind?"

Wieder wurde ihr viel zu heiß unter seinem intensiven Blick. „Ich dachte, jetzt habe ich am besten Gelegenheit, mir Gedanken um meine Zukunft zu machen."

Mitch fuhr mit dem Daumen über den Rand seiner Tasse. „Heißt das, dein Verfolger, wer immer das sein mag, hat dich gefunden?"

Sie lachte. Das war typisch Mitch. Er ließ nicht locker. „Nein, das heißt es nicht. Übrigens habe ich nie gesagt, dass ich verfolgt werde." Der Kugelschreiber fiel ihr aus der Hand. Sie beugte sich vor, um ihn aufzuheben. Dabei streifte ihre Hand Mitchs, die ebenfalls nach dem Stift griff. Liz richtete sich auf und nahm ihm den Stift weg.

„Dann hast du den Fremden also noch nicht bemerkt, der hier aufgetaucht ist." Mitch sah Liz abwartend an. Sie zuckte nicht einmal mit der Wimper.

Als er den etwa fünfzigjährigen Fremden vor zwei Tagen auf der Festwiese und dann gestern auf der Hauptstraße entdeckt hatte, hatte er seinen jüngeren Bruder, David, gebeten, herauszufinden, auf wen sein Wagen zugelassen sei. Es war ein Mietwagen. David hatte gefragt, ob er sich Name und Anschrift des Mieters geben lasse solle, aber er wollte sich die Antworten von Liz holen. Doch der Ausdruck in ihren großen braunen Augen verriet ihm, dass er nicht mehr aus ihr herausbringen würde, als er schon wusste, und das war viel zu wenig.

„Was für ein Fremder?", meinte sie. „Ist nicht jeder hier für mich ein Fremder?"

Sie sah zu ihrem Wagen, und er folgte ihrem Blick. Es war das erste Mal seit ihrer Ankunft, dass sie ihn benutzte. Warum hatte sie ihn heute gefahren? Und warum betrachtete sie den Wagen jetzt so, als hielte sie es für einen Fehler, ihn benutzt zu haben?

„Was ist los, Liz? Du wirkst so nervös heute Abend?"

„Vielleicht habe ich ein oder zwei Tassen Kaffee zu viel getrunken." Sie stand auf. „Aber was soll's. Etwas mehr Kaffee als sonst wird schon nicht schaden."

Er beobachtete Liz, als sie zur Theke ging. Ihre wohlgerundeten Hüften bewegten sich einladend unter dem dünnen Seidenstoff ihrer Shorts. Er sollte froh sein, dass sie wenigstens nicht diese unverschämt knappen, abgeschnittenen Shorts aus ihren Teenagertagen anhatte. Aber eigentlich war das hier fast noch schlimmer. Die Seide schmiegte sich auf die verführerischste Weise an jede Kurve.

Mitch machte keinen Hehl aus seinem Interesse an Liz' Körper, als sie mit der Kaffeekanne in der Hand an den Tisch zurückkam. Sie überraschte ihn dann, indem sie zuerst ihm nachschenkte, bevor sie ihre Tasse füllte und die Kanne auf dem Tisch abstellte.

Er umfasste ihr Handgelenk und hielt es fest. „Liz, liegt es wirklich nur am Kaffee, dass du so nervös bist?", sagte er leise.

Ihre Haut fühlte sich ganz kühl an im Vergleich zu seiner. Und ihm wurde noch heißer.

Liz' Lachen klang ein wenig zu fröhlich, um echt zu sein. „Woran sollte es sonst liegen? Ich war noch nie der nervöse Typ, das solltest du eigentlich wissen."

„Das stimmt vielleicht für die alte Elizabeth Braden", erwiderte er und strich ihr mit dem Daumen über die Handkante. Prompt erschauerte sie. „Aber die neue Liz kommt mir doch sehr nervös vor."

Sie versuchte, sich aus seinem Griff zu befreien, aber er hielt sie erst recht fest. Ihr Atem ging flach und schnell, und er spürte, dass sich ihr Puls beschleunigte.

„Was? Du glaubst doch nicht etwa, dass du mich nervös machst, oder, Mitch?"

Eine goldblonde Strähne fiel nach vorn auf ihre nackte braune Schulter. Am liebsten hätte Mitch die Hand danach ausgestreckt. „Der Gedanke ist mir tatsächlich gekommen", sagte er langsam.

„Nun, dann vergiss ihn gleich wieder, denn du hast bestimmt nichts damit zu tun, wenn ich nervös bin – was ich ja nicht bin."

„Natürlich nicht. Und wenn, dann könnte es genauso viel mit diesem Fremden in der Stadt zu tun haben wie mit mir, nicht wahr?"

Liz' Blick wurde wachsam. „Ist da wirklich ein Fremder in der Stadt, oder führst du mich nur an der Nase herum?"

„Oh, oh. Wenn ich dich an der Nase herumführen würde, dann würdest du das merken. Keine Sorge, mein Engel."

Wieder wollte sie sich von ihm losreißen. Diesmal hatte er einen Augenblick nicht aufgepasst, doch dann griff er umso fester zu und brachte sie damit unabsichtlich aus dem Gleichgewicht. Plötzlich landete sie auf seinem Schoß und wand sich heftig, um sich zu befreien. Er hatte das zwar nicht geplant, aber ein bestimmter Körperteil von ihm reagierte über die Maßen enthusiastisch. Liz bemerkte es – oder warum sonst hielt sie die Luft an?

„He, nett von dir, mir so unerwartet in den Schoß zu fallen", murmelte er und sog genüsslich ihr Parfüm ein.

Liz rutschte immer noch auf seinem Schoß hin und her, doch alles, was sie bewirkte, war ein Aufstöhnen von Mitch.

Er legte ihr die Arme um die Taille und stieß dabei an den Tisch. Fast wäre der Kaffee aus seiner Tasse geschwappt. „Würdest du bitte aufhören, dich zu wehren, bevor es noch ein Unglück gibt?"

„Ich höre so lange nicht auf, bis du mich loslässt."

Er begriff, dass es für sie kein Spiel war, und gab sie frei. Es war zwar wirklich ein Zufall gewesen, dass sie auf seinem Schoß gelandet war, aber vielleicht sah sie das anders. Das Verlangen überwältigte ihn fast, aber er würde sich ihr nicht aufdrängen. Auf keinen Fall. Liz sollte diejenige sein, die auf ihn zukam. Aus eigenem Willen. Voller Verlangen.

Liz saß jetzt ganz ruhig auf seinem Schoß.

„Was ist?", meinte er mürrisch. „Du bist frei, also geh."

Sie blieb sitzen.

Er blickte forschend in ihr Gesicht. Diese Frau brachte ihn noch um den Verstand. Wer außer Liz würde wie verrückt um seine Freiheit kämpfen, um dann darauf zu verzichten, so als wollte sie sich über ihn lustig machen? Merkte sie denn nicht, was sie ihm antat? Er schluckte schwer und starrte auf ihre rosigen Lippen. Oder vielleicht wusste sie es auch ganz genau. Vielleicht hatte er ihr soeben eine erstklassige Gelegenheit gegeben, sich auf ihre Art zu revanchieren.

„Merkwürdig, aber jetzt will ich gar nicht mehr weg", hörte er sie murmeln.

Ein Gefühl, das stärker war als alle anderen Empfindungen, die er kannte, ließ ihn sagen: „Ich warne dich, Liz. Wenn du nicht sofort aufstehst, garantiere ich für nichts."

Ihr mutwilliges Lächeln erregte ihn noch mehr. „Wäre das nicht eher mein Text?" Sie strich mit der Fingerspitze über seine Wange. „Sieht aus, als hätten wir die Rollen gewechselt, was?"

„Du bist dir doch im Klaren, dass du ungefähr zwei Atemzüge davon entfernt bist, auf diesem Tisch hier geliebt zu werden, oder?"

„Nun, vielleicht ist es an der Zeit, dass wir beide in der Horizontale landen …"

Und zum zweiten Mal küsste Liz ihn, diesmal aber ganz anders als vor ein paar Tagen in ihrem Haus – viel zärtlicher, vorsichtiger. Es erinnerte ihn an die verstohlenen Küsse, die sie als Teenager ausgetauscht hatten. Er griff in ihr Haar und presste seinen Mund auf ihren, als wollte er mit diesem Kuss nachholen, was sie versäumt hatten. Wenn er sie damals doch nur nicht vertrieben hätte!

Gierig drang er mit der Zungenspitze zwischen ihre Lippen und in ihren Mund. Ja, es war die Wahrheit. Er hatte die einzige Frau, die ihm jemals wirklich etwas bedeutet hatte, vertrieben.

Mit einer raschen Bewegung schob er die Tassen beiseite und hob Liz auf den Tisch. Seine Hände zitterten, als er ihre Schenkel auseinander schob und die Finger unter ihre Shorts gleiten ließ bis hinauf zum Slip. Sie seufzte leise und küsste ihn noch wilder. Er legte wie zur Beruhigung eine Hand auf ihren Bauch. Dann schob er ihr Seidentop hoch.

Unwillkürlich hielt er die Luft an. Keine Frau, so erschien es ihm, füllte einen BH so perfekt aus wie Liz. Ihre Brüste waren weder zu groß noch zu klein und wölbten sich verführerisch über den Rand der Körbchen. Er strich langsam mit der Zungenspitze erst über den einen, dann über den anderen Hügel, um schließlich eine der Knospen, die sich unter dem zarten, hauchdünnen Stoff deutlich abzeichneten, mit den Lippen zu umschließen.

Liz' heftiges Erschauern und ihr Seufzen steigerten noch sein Verlangen. Sie krallte die Finger in sein Haar und führte seinen Kopf an ihre andere Brust.

Sie fühlte sich so gut an. Besser als alle anderen Frauen vor ihr.

Er ließ seine Hände über ihre Brüste gleiten, ihren Bauch, ihre Schenkel und dann wieder unter ihre Shorts. Plötzlich lag sie ganz still da. Er zögerte den Augenblick noch hinaus. Süße Vorfreude ... Dann drang er mit dem Finger in sie ein.

Liz stöhnte auf.

„Ich will dich ja so sehr." Er keuchte.

Ihr Blick war verschleiert, sie hatte die Lider halb geschlossen. „Dann nimm mich, McCoy."

Er rannte zum Lichtschalter bei der Tür, während Liz aufsprang, um rasch die Vorhänge zuzuziehen, damit sie niemand beobachten konnte. Innerhalb von Sekunden war die Tür verriegelt, und Liz lag wieder auf dem Tisch. Sie zerrte an seinem T-Shirt und an dem Verschluss seiner Jeans. Er schlüpfte aus den Stiefeln und befreite Liz von all ihren Kleidungsstücken.

Sie war das Schönste, was er je gesehen hatte.

Ihre Haut schimmerte golden im warmen Laternenlicht, das von der Straße durch die Vorhänge drang. Ihre herrlichen Brüste lagen wie zwei köstliche Früchte vor ihm, die rosigen Spitzen waren verführerisch aufgerichtet.

Er streichelte ihre Brüste, umschloss sie mit den Händen und ließ seine Daumen über die harten Knospen kreisen, bevor er sie mit Mund und Zunge liebkoste, an ihnen saugte und knabberte, als hätte er Angst, Liz niemals genug küssen zu können, um die vergangenen sieben Jahre aufzuholen. Als hätte er Angst, dass er niemals wieder die Chance dazu bekam, wenn er Liz jetzt nicht nahm.

Sie versuchte, ihm im Liegen die Jeans abzustreifen, machte ihn mit ihren kleinen Händen fast verrückt, und so dauerte es eine Weile, bevor er endlich aus Jeans und Slip heraus war.

Als er nun nackt vor ihr stand, dröhnte sein Herzschlag ihm in den Ohren. Wie oft waren er und Liz schon bis zu diesem Punkt gelangt, nur um dann wieder den Rückzug anzutreten? Einer von ihnen, er oder sie, hatte im entscheidenden Moment immer die Kontrolle über sich behalten und den Höhenflug abgebrochen.

Er sah Liz in die Augen. Reine, unverfälschte Begierde stand in ihrem Blick, ohne die geringste Spur von Angst. Jetzt gab es keinen Weg mehr zurück. Vor ihnen lag keine Hochzeitsnacht; es gab keinen Grund, noch länger zu warten; keine falschen Vorstellungen darüber, wie und wo ihr erstes Mal stattfinden sollte. Keinen Champagner, kein herzförmiges Bett, keine roten Satinbetttücher. Nur sie beide und ihr Verlangen nacheinander.

Er hatte gar nicht bemerkt, dass er die Augen geschlossen hatte, bis Liz ihn berührte und an sich zog, um ihn in sich aufzunehmen. Sie stützte sich mit den Händen auf der Tischplatte ab, bog sich ihm entgegen, und er drang in sie ein. Er packte sie um die Hüften und hielt sie fest. Einen köstlichen Augenblick verharrte er so, trotz ihrer flehenden Seufzer. Doch er hatte viel zu lange auf diesen Moment gewartet. Jetzt würde er dafür sorgen, dass es nicht so schnell vorbeiging.

Langsam zählte er rückwärts. Zehn … neun … acht …

Sie umschloss ihn warm und pulsierend. Und vor Lust aufstöhnend drang er noch tiefer in sie ein, und seine Erregung wuchs noch weiter.

Nie hatte er eine Frau so sehr begehrt wie jetzt Liz.

Sie entwand sich seinen Händen, um die Beine um ihn zu schlingen. Fast hätte er jetzt schon die Kontrolle über sich verloren, als sie ihn mit den Fersen verlangend an sich drückte und sich dabei gleichzeitig eng an ihn presste.

Der Raum war erfüllt von ihren lustvollen Seufzern.

Mit kraftvollen Stößen kam er wieder und wieder zu ihr. Und mit jedem Mal begehrte er sie noch mehr. Noch wilder, noch stärker.

Liz hielt sich an seinen Schultern fest und zog sich ein Stück hoch, um ihn noch tiefer in sich aufzunehmen. Und während er immer heftiger in sie eindrang, streichelte er sie mit den Fingern dort, wo sie miteinander vereint waren.

Sein Höhepunkt kam einem Vulkanausbruch gleich, und Liz umklammerte ekstatisch zitternd seine Schultern, während sie ihm zum Gipfel folgte.

Er verharrte in dieser Position und wünschte, er könnte ihren wundervollen Körper immer so halten, ihr immer so nah sein wie jetzt. Liz hatte den Kopf in den Nacken gelegt. Jetzt richtete sie sich auf, und er küsste sie wild und leidenschaftlich. Danach blies er ihr eine feuchte Strähne aus dem Gesicht und küsste sie sacht auf die Schläfe.

Stumm sahen sie sich in die Augen.

Und er las all das in ihrem Blick, was er selbst empfand. Staunen, Hingabe, Verlangen. Ein unersättliches Verlangen, denn er spürte, dass er noch in ihr bereits wieder erregt war.

Ihre Lippen waren vom vielen Küssen geschwollen. Er küsste sie von Neuem, die Hände auf Liz' Schultern gelegt, direkt neben ihrem Hals, so wie ihre Hände immer noch auf seinen Schultern lagen. Die Brust wurde ihm eng, weil so starke Gefühle in ihm tobten.

Draußen auf der Festwiese war das Feuerwerk immer noch in vollem Gang.

Liz löste ihre Lippen von seinen. Dann neigte sie sich lächelnd vor, hauchte kleine Küsse auf seinen Hals und schmiegte die Wange an seine Schulter. Diese Geste erinnerte ihn schmerzlich an früher. An diese qualvollen Augenblicke, in denen er Liz stumm angesehen hatte, insgeheim voller Furcht, dass er sie niemals wirklich würde haben können, weil sie sich ihm wie ein exotischer Schmetterling immer wieder entzog.

Ein Schmetterling, der mit seinen seidigen Flügeln die erstaunlichsten Dinge in ihm auslöste. Ein Schmetterling, der ihm jedes Mal entfloh, wenn er sein Netz über ihn zu werfen versuchte.

Liz lehnte ihre Stirn an seine. „Das war unglaublich", flüsterte sie, noch immer ganz benommen, und fuhr sich mit der Zungenspitze über die Lippen.

„Ja, ich würde sagen, das waren die sieben Jahre Warten wert." Seine Stimme klang eigenartig rau.

Liz lachte. Ihm wurde ganz warm ums Herz. Nur eine einzige Frau auf der ganzen Welt konnte schon mit einem einzigen Wort, mit einer einzigen Geste die wunderbarsten Empfindungen in ihm auslösen.

„Mitch, warum hast du nie …"

Er neigte den Kopf, um sie besser ansehen zu können. Nun, nachdem sie sich endlich geliebt hatten, erschien sie ihm noch begehrenswerter – und immer noch genauso unerreichbar. Und wieder wurde er von diesem verzehrenden, aufwühlenden Gefühl erfasst, das leidenschaftlicher Anbetung gleichkam, wie er sie schon als Teenager für Liz empfunden hatte.

Oh, zum Teufel!

„Warum habe ich was nicht?“, fragte er nach. Er sollte sie besser freigeben, ihre intime Verbindung unterbrechen. Doch er konnte es einfach nicht, dafür war es viel zu schön.

„Schon gut“, murmelte sie.

Er hätte nicht sagen können, warum, doch es erleichterte ihn.

Das schrille Klingeln des Telefons riss sie aus ihrer Versunkenheit. Doch anstatt sich aus seiner Umarmung zu lösen, schmiegte Liz sich an ihn.

„Meinst du nicht, du solltest rangehen?“ Plötzlich wollte er sich dem Sog der Erinnerungen entziehen. Plötzlich fürchtete er, dass das, was gerade geschehen war, nur sehr wenig mit der Gegenwart zu tun hatte. Sie hatten sich doch nur deshalb geliebt, weil sie glaubten, unbedingt etwas beenden zu müssen, was seit Langem fällig gewesen war, oder?

Liz bewegte sich unruhig, und er gab sie frei. Ob sie wohl das Gleiche dachte wie er? Das Schlimme an der ganzen Situation war, dass er sie ja gar nicht freigeben wollte. Sie sollte nicht zum Telefon gehen – so wie er auch nicht wollte, dass sie Manchester je wieder verließ.

Skeptisch sah er ihr nach und hob seine Jeans vom Boden auf. Aber so wie Liz das wohl sah, hatten sie vorhin bloß Sex gehabt.

Liz spürte ein Prickeln im ganzen Körper, als würde Mitch sie immer noch berühren, während sie sich rasch anzog und dann mit unsicheren Beinen zur Kasse ging, wo das Telefon stand.

„Hallo?“, krächzte sie in den Hörer und räusperte sich.

Mitch hatte sich ebenfalls angezogen und das Licht wieder angeschaltet. Jetzt ging er hinter die Theke und holte sich ein Glas Eiswasser.

Liz vernahm nur ein Rauschen in der Leitung. „Hallo?“, sagte sie noch einmal. „Hier ist das Paradise Diner.“

„Liz? Bist du das? Wie gut, dass du da bist!“

Die Verbindung war schlecht, aber Liz glaubte, die Stimme zu erkennen. „Ruth? Was ist denn los?“

„Was los ist? Nun ja, abgesehen davon, dass ich über Funk mit dir telefoniere, weil ich nämlich in einem Krankenwagen sitze, ist alles in Ordnung."

„Um Himmels willen, was ist passiert?"

Einen Moment lang herrschte Schweigen.

„Bo hatte einen leichten Herzanfall, Liz. Die Sanitäter meinen, es sei nicht sehr schlimm. Er hat sich offenbar überanstrengt die letzten Tage, mit dem Grillstand hier und so weiter."

Liz spürte Mitchs Hand auf ihrem Arm und lehnte sich spontan an ihn. Er verstärkte den Druck seiner Hand.

„Was ist los?", fragte er leise.

Sie bedeckte die Sprechmuschel mit der Hand und flüsterte: „Bo hatte einen Herzanfall."

Jetzt sah Mitch genauso besorgt aus, wie sie sich fühlte.

„Ich habe ihm ja gesagt, dass er mehr auf seine Diät achten soll", fuhr Ruth fort. „Dass er mehr Gemüse essen soll und weniger von diesem Zeug, das die Arterien verstopft. Aber glaubst du, er hört mir auch nur eine Sekunde zu? Nein. Und er trägt diesen Bauch vor sich her, als sei er auch noch stolz darauf."

Liz musste lächeln, als sie im Hintergrund eine Männerstimme hörte.

„Jetzt gib doch mal für einen Augenblick Ruhe, und lass den Mann seinen Job machen!", hörte sie Ruth rufen und war etwas erleichtert. Das hatte schon mehr wie die alte Ruth geklungen. „Bo macht den Sanitätern das Leben schwer", erklärte Ruth. „Was ist auch anderes von ihm zu erwarten? Hör zu, Liz, ich kann jetzt nicht lange reden. Ich wollte dir nur sagen, dass sie ihn wahrscheinlich eine Woche im Krankenhaus behalten, zur Beobachtung, du weißt schon, und ich ..."

„Du würdest gern bei ihm bleiben. Natürlich, mach dir keine Sorgen. Ich kümmere mich um das Lokal." Liz biss sich auf die Unterlippe, erstaunt, dass sie kurz davor war, in Tränen auszubrechen. „Kann ich sonst noch etwas für dich tun?"

Ruth verneinte, sie habe jemanden, der ihr Kleidung zum Wechseln bringen würde. Liz sagte noch: „Grüß Bo von uns", und bemerkte ihren Fehler erst, als Ruth nachfragte: „Was heißt ‚von uns'?"

„Uns?"

„Du sagtest ‚Grüß Bo von uns.‘ Ist jemand bei dir? Es ist Mitch, nicht wahr?"

„Nein. Wieso sollte er hier sein? Ich meinte: ‚Grüß Bo von uns allen, hier in Manchester.‘" Mitch grinste, und sie stieß ihn mit dem Ellenbogen in die Rippen.

„Aha", meinte Ruth. „Du bist eine schlechte Lügnerin, Liz. Doch wie auch immer, sag dem Mann, der bei dir ist, dass ich davon ausgehe, dass er dir bei der Arbeit hilft, während Bo und ich weg sind."

„Bei mir ist niemand. Aber wenn sich das auf Mitch bezieht, ich werde es ihm ausrichten. Bis bald, Ruth. Und ruf mich an vom Krankenhaus." Rasch legte sie auf und schmiegte sich wieder in Mitchs Arme.

„Er wird doch wieder gesund, oder?" Mitch sah sie fragend an.

„Ich habe gehört, wie er mit den Sanitätern gestritten hat. Ich denke, das ist ein gutes Zeichen."

Mitch lachte. „Bo würde wahrscheinlich selbst mit dem heiligen Petrus streiten."

Liz wusste nicht so recht weiter, nach allem, was in dieser Nacht geschehen war. Sie blickte hinüber zu dem Tisch, wo …

Es war plötzlich ganz still um sie herum. Das Feuerwerk war offenbar zu Ende. Alle waren jetzt auf dem Heimweg, und viele von ihnen würden am Paradise Diner vorbeikommen.

„Also, wann soll ich morgen hier sein?", fragte Mitch.

„Wie bitte?"

Er lächelte. „Wenn ich es richtig mitbekommen habe, sollst du hier doch für Ruth einspringen, und ich soll dich dabei unterstützen."

Sie zwang sich, nicht träumerisch in seine grünen Augen zu starren. „Ja, stimmt, das hat sie gesagt. Aber du bist nicht verpflichtet zu helfen. Du hast schon genug zu tun, mit deiner Detektei in Washington und den Verkaufsautomaten … und …" Wieder starrte sie ihn nur an. Verflixt, sie wollte nur eins: ihn zurück an den Tisch drängen und weitermachen.

„Ist sechs okay?"

„Sex?", hauchte sie.

„Oder fünf Uhr?"

„Nein, nein. Sechs ist okay."

Mitch zögerte. „Also dann, wir sehen uns um sechs."

„Soll ich dich abholen?"

Mitch zog die Augenbrauen hoch.

„Nun, es liegt ja auf meinem Weg. Warum sollen wir da getrennt fahren?"

„Du hast recht. Also gut, dann hol mich ab."

*M*itch saß allein in der Küche und merkte erst nach einer halben Stunde, dass er gar kein Licht angeschaltet hatte. Eigentlich hätte die Nachricht von Bos Herzanfall ihn auf andere Gedanken bringen müssen, doch er konnte einfach nicht aufhören, an Liz zu denken und daran, was sie im Paradise Diner getan hatten. Sein Puls war immer noch erhöht, und er hätte schwören können, immer noch ihren Duft zu riechen und den Geschmack ihrer seidigen Haut auf der Zunge zu spüren. Irgendwie hatte er seit ihrer Rückkehr nach Manchester das Gefühl gehabt, die Dinge zwischen ihnen könnten sich wieder genauso entwickeln wie früher. Das Verrückte war, es war sogar noch besser als damals.

Besser? Oh ja, es hatte ihn all seine Selbstbeherrschung gekostet, ihr nicht noch einmal diese Shorts abzustreifen und …

Das Geräusch von Autoreifen auf der Kieseinfahrt ließ ihn aufhorchen. Das war sicher sein Vater. Rasch knipste er das Licht an und setzte sich wieder an den Tisch.

„Hallo, wie geht's?", sagte Connor, als er durch die Tür kam, gefolgt vom ganzen McCoy-Clan, außer Marc, der ja noch in den Flitterwochen war. Der Glückliche.

Mitch unterdrückte ein Stöhnen und blickte seinen Vater und seine Brüder müde an. „Hallo."

David ging zum Kühlschrank und holte ein paar Biere heraus.

Jake setzte sich gegenüber von Mitch an den Tisch. Er war der Einzige, der sein Bier aus einem Glas trank. „Ich habe dich heute Abend gar nicht beim Feuerwerk gesehen, Mitch", bemerkte er mit leicht vorwurfsvollem Unterton.

Mitch lehnte dankend die Flasche Bier ab, die David ihm anbot. „Vielleicht, weil ich nicht dort war." Das war wohl ein Fehler gewesen. In einer Kleinstadt wie Manchester fiel man durch Abwesenheit immer auf.

Sean öffnete sich eine Coladose. „Dann hast du sicher noch nichts davon gehört, was mit Bo passiert ist."

„Doch. Ich hab es gehört. Ich werde seinen Job im Diner übernehmen. Bis er ihn wieder selbst machen kann, meine ich."

Plötzlich war es völlig still in der Küche, was wirklich ungewöhnlich war, mit so vielen McCoys im selben Haus.

Geistesabwesend lehnte Mitch sich zurück. Die ganze letzte Woche hatte er sich sehr gewünscht, mit jemandem über Liz zu reden. Jetzt hatte er die Chance dazu und wollte nichts weiter, als allein sein. Ergab das einen Sinn? Ergab überhaupt etwas, das mit Liz zu tun hatte, einen Sinn?

Jake stützte die Unterarme auf den Tisch. Er trug ein blütenweißes Hemd und war wie immer von allen McCoys der am besten Gekleidete. „Woher weißt du das mit Bo? Hat dich jemand angerufen?"

Man brauchte nicht unbedingt Detektiv zu sein, um zu merken, dass etwas im Busch war. „Nein. Ich war zufällig im Diner, als Ruth anrief."

David nahm einen großen Schluck aus seiner Flasche. „He, was soll dieses Verhör? Es ist doch egal, wer wann was von wem gehört hat."

Sean nickte. „Ganz recht."

Mitch blickte ihn überrascht an. Dieses Verständnis und Mitgefühl vonseiten seines Vaters war ein weiterer Hinweis darauf, dass etwas nicht stimmte.

Jake ließ nicht locker. „War Liz auch da?"

Das war es also. Deshalb dieser mitternächtliche Auftritt aller McCoys. Mitch empfand plötzlich Sympathie für jeden, der in den Verdacht geriet, das Gesetz gebrochen zu haben. Vielleicht hatte er ja auch gegen ein ehernes Gesetz der McCoys verstoßen, das lautete: „Du sollst dich nicht mit der Person verbünden, die dich vor dem Altar hat stehen lassen."

Connor verschluckte sich fast an seinem Bier. „Liz? Hat er Liz gesagt?"

David zuckte nur mit den Schultern. Er hatte offenbar keine Ahnung davon, was lief. Niemand sonst antwortete.

„Wir reden hier doch nicht von der kleinen Lizzie Braden, oder?", fuhr Connor fort. „Sie ist doch vor einer Ewigkeit verschwunden, nicht wahr? An dem Tag …" Er brach ab und fluchte lautlos vor sich hin.

Sean lehnte sich zurück. Das Knarren seines Stuhls klang in der Stille besonders laut. „Wie geht es ihr, Mitch?"

Mitch fuhr sich mit der Hand durchs Haar und atmete hörbar aus. „Es geht ihr gut, Pops."

„Sie gehört geteert und gefedert", brummte Jake. „Nach allem, was sie dir angetan hat."

„Du meinst, selbst auferlegtes Exil ist nicht genug, was, Jake?", sagte Sean.

Jake lehnte sich ebenfalls zurück und lächelte breit. „Nur für den Anfang."

Warum auch immer seine Brüder hier jetzt aufgekreuzt waren, er hatte nun mal wirklich nicht die geringsten Rachegefühle gegenüber Liz. Alles, was er wollte, war Liz. Schon der Gedanke weckte erneut sein Verlangen.

„Liz ist wieder da?" Verblüfft schüttelte David den Kopf. „Ist sie immer noch so eine Augenweide wie damals?"

Connor grinste. „Wenn das Leben gerecht wäre, würde sie jetzt fünfhundert Pfund wiegen und aussehen wie Attila, der Hunnenkönig."

Mitch musste lachen. Wahrscheinlich würde er Liz immer begehren, ganz gleich, wie viel sie wog und wie sie aussah.

„Wie wir alle wissen, ist das Leben aber nicht gerecht." Jake seufzte tief. „Die Frau sieht immer noch so fantastisch aus."

Erstaunt hob Mitch die Brauen. „Ich wusste gar nicht, dass du so etwas überhaupt bemerkst."

„He, ich bemerke sehr viel mehr, als ihr mir zutraut."

David gab ihm einen freundlichen Schlag auf den Rücken. „Das kann ich bestätigen. Wenn wir durch die Straßen von Washington gehen, kann man kaum einen Satz mit ihm wechseln, ständig muss er irgendwelchen Frauen nachschauen. Und das Gemeine ist, sie fliegen auch noch auf ihn. Warum nur?"

Connor setzte geräuschvoll seine Flasche ab. „Ich glaube, das hat was mit der Unerreichbarkeit zu tun. Frauen wollen immer das, was sie nicht haben können."

Connors Bemerkung beunruhigte Mitch. Galt es auch für Männer, dass sie immer das begehrten, was unerreichbar war?

Sean hüstelte. „Ihr seid ja schlimmer als Waschweiber mit eurem Getratsche."

Mitch sah ihn scharf an. „Apropos Frauen ... dein Verhältnis zu ihnen scheint sich in letzter Zeit ja ganz schön zu machen, was?"

Alle starrten Sean an.

„Pops und Sex?", krächzte David.

Connor stieß ihn mit dem Ellenbogen in die Seite. „Was glaubst du denn, wie das damals war, als unsere Mom dich armes Würstchen empfing?"

„Wer? Was? Wo? Wann?" Jake blickte Mitch an, als ihr Vater nicht antwortete.

Mitch hob die Schultern. „Das habe ich auch noch nicht herausbekommen, und Pops sagt nichts. Sie kann aber nicht von hier sein, sonst hätten wir bestimmt schon was gehört."

Sean machte eine abwehrende Handbewegung, aber sein breites Lächeln sagte mehr als alle Worte. „Hab ich gesagt, ihr seid wie Waschweiber? Ich muss mich korrigieren. Ihr seid viel, viel schlimmer."

„Wo wir gerade hier alle zusammensitzen …", warf David lachend ein, „… hat jemand etwas von Marc und Mel gehört? Ich wette, die beiden haben jede Menge Spaß auf ihrer Kreuzfahrt."

„Da wäre ich nicht so sicher", erwiderte Mitch. Melanie hatte ihn am Tag zuvor angerufen. „Ich glaube, es gab ein oder zwei Fälle von Seekrankheit."

Sean seufzte. „Ich habe ihm ja gesagt, dass es keine gute Idee ist, eine Schwangere auf ein Schiff zu bringen."

„Marc ist derjenige, der seekrank ist."

Alle brachen in schallendes Gelächter aus.

Sean stand auf. „Ich schätze, ich geh jetzt schlafen."

Mitch lächelte verschwörerisch. „Nacht, Pops."

Jake sah seinen Vater entrüstet an. „Du willst ihn doch nicht etwa einfach so von der Angel lassen?"

„Was sollen wir machen, Jake? Ihn an den Stuhl fesseln und ausquetschen?"

„Keine schlechte Idee."

Mitch musste lachen. „Genau wie das Teeren und Federn."

„Ich neige halt zu übertriebener Fürsorglichkeit, wenn es um die Familie geht. Erschieß mich deswegen, wenn du willst."

David stand auf und stellte seine Flasche ab. „Bring ihn nicht in Versuchung, Jake. Mitch ist ein verdammt guter Schütze."

Connor stand ebenfalls auf. „Vielleicht solltest du dich mehr auf dein eigenes Liebesleben konzentrieren, Jake, und deine krumme Nase aus dem anderer Leute heraushalten."

Unwillkürlich fuhr Jake sich mit dem rechten Zeigefinger über den Nasenrücken.

Connor trat hinter Mitch und legte ihm die Hände auf die Schultern. „Du machst mit Lizzie, was du für richtig hältst, hörst du? Und wenn dieser Kerl dir Schwierigkeiten macht, gib mir Bescheid."

„Auf mich kannst du da auch zählen." Das kam von David.

„Ich fahre zurück in die Stadt. Kommst du mit, Jake?", fragte Connor.

„Ja, ich komme gleich."

Die Haustür fiel hinter Connor ins Schloss. Mitch hatte das Gefühl, als wollte Jake ihm unbedingt noch etwas sagen. Sie blickten beide zu David hinüber, der sich an den Küchenschrank lehnte.

„Was ist? Okay, okay, ich hab einen über den Durst getrunken. Ist das ein Problem für euch?"

Weder Mitch noch Jake sagten etwas.

Schließlich stieß David sich vom Küchenschrank ab. „Okay, okay, das ist ja wohl ein Wink mit dem Zaunpfahl." Er verschwand aus der Küche.

Mitch lehnte sich zurück. „Ich nehme an, du willst mir etwas sagen. Wegen Liz?"

Jake nickte ernst. „Ja, allerdings."

„Und das wäre?"

„Dass ich mir Sorgen um dich mache, das ist alles." Jake rutschte unbehaglich auf seinem Stuhl hin und her. „Hör mal, ich habe Liz immer gemocht. Und was ich vorhin gesagt habe ... na ja, ich kann mir nicht helfen, aber ich glaube durchaus, dass sie ihre Gründe hatte für das, was sie getan hat." Er räusperte sich. „Es wäre vielleicht keine schlechte Idee, wenn du versuchen würdest, herauszufinden, was das für Gründe waren."

Mitch sah Jake fassungslos an. Er hatte noch nie so ein vertrauliches Gespräch mit seinem älteren Bruder gehabt. Jetzt erst wurde ihm klar, dass das einfach daran lag, dass Jake nicht über Dinge reden konnte, die mit Gefühlen zu tun hatten.

„Zum Teufel, ja, ich verstehe, Jake."

Draußen drückte Connor ungeduldig auf die Hupe. Kurz darauf rief Sean etwas vom Schlafzimmerfenster herunter.

Jake stieß sich vom Tisch ab. „Je mehr sich die Dinge ändern, desto mehr bleiben sie, wie sie sind, was?"

„Hm, ich schätze, du hast recht."

Liz warf ihre neue Handtasche auf den Beifahrersitz ihres Wagens und setzte sich hinters Lenkrad. Sie war viel zu früh dran. Es war noch nicht einmal richtig hell. Aber sie hatte ohnehin kaum geschlafen in der Nacht, und wenn sie noch eine Minute länger wartete, würde sie verrückt werden. Lieber wollte sie vor dem Haus der McCoys warten, falls Mitch noch nicht fertig war.

Sie gab Gas, und der Lexus schoss aus der Einfahrt. Fast wäre sie mit einem anderen Wagen zusammengestoßen.

Was hatte Mitch letzte Nacht gesagt? Dass es sieben Jahre des Wartens wert gewesen sei? Jedenfalls dem Sinn nach. Die ganze Nacht hatte sie darüber nachdenken müssen. Denn eigentlich hatte sie schon seit diesem Kuss in der Küche ihrer Großmutter den Verdacht gehabt, dass Mitch es darauf angelegt hatte, sie zu verführen.

Jedenfalls wurde sie das Gefühl nicht los, dass ihr erotisches Intermezzo im Diner für ihn nicht mehr gewesen war als die Befriedigung seiner Neugier. Und deshalb ärgerte sie sich jetzt über sich selbst. Okay, sie war kein unerfahrenes naives Mädchen, das von dem Mann, dem sie ihre Unschuld opferte, bedingungslose Anbetung erwartete. Sie war eine selbstbewusste, unabhängige Frau mit genügend einschlägiger Erfahrung, was Sex betraf. Nun, ja, sie hatte ganze zwei Beziehungen gehabt. Aber wie auch immer, niemals hatte sie diesen brennenden Wunsch verspürt, zu wissen, was genau der Mann für sie empfand, nachdem sie miteinander …

„Ich kann es ja kaum formulieren. Sex haben. Miteinander schlafen. Liebe machen. Das Unaussprechliche tun." Sie zog eine Grimasse und zwang sich, langsamer zu fahren.

Oh, sie war ja so wütend auf sich und die ganze Welt. Anstatt sich an der schönen Landschaft zu erfreuen, an dem saftigen Grün der Felder und dem frischen, erdigen Geruch, der in der Luft lag, dachte sie ständig nur daran, dass eine einzige Stunde mit Mitch ihr Leben noch mehr durcheinandergebracht hatte, als es ohnehin schon war.

Endlich tauchte das Ranchhaus auf, in dem Mitch aufgewachsen war. Liz erkannte gleich, dass sich in der Zwischenzeit einiges daran verändert hatte. Das Dach glänzte wie frisch poliert, und die Fassade war nicht mehr dunkelgrau, sondern weiß gestrichen. Die Veranda auf der Vorderseite war von Grund auf renoviert worden. Sämtliche Fenster waren neu. Und rechts neben dem Haus und den alten Stallungen stand ein neues, rot gestrichenes Stallgebäude.

Sie bog in die Einfahrt ein. Drei Wagen standen vor dem Haus, einer davon gehörte Mitch, der andere sicherlich seinem Vater. Wem gehörte der dritte?

Liz blickte sich um. Erst jetzt bemerkte sie Mitch, der auf dem Dach über der Veranda hockte. Er trug Jeans und T-Shirt und schaute in die Richtung der aufgehenden Sonne. Offenbar hatte er sie, Liz, noch nicht bemerkt. Leise stieg sie aus.

Sie hatte ganz vergessen, dass er schon immer gern aus seinem Schlafzimmerfenster geklettert war, um auf dem Dach zu sitzen. Auf Zehenspitzen schlich sie näher und betrachtete forschend sein Gesicht. Er hatte ihr einmal erzählt, dass er manchmal die ganze Nacht auf dem Dach verbrachte, wenn er Sorgen hatte. Damals waren es Schulprüfungen oder entlaufene Tiere gewesen, über die er sich den Kopf zerbrach. Was belastete ihn wohl jetzt? Dachte er auch über gestern Abend nach? Würde er gern wiederholen, was geschehen war? Allein die Vorstellung ließ sie wohlig erschauern.

Oder bereute er es? Sie biss sich auf die Unterlippe.

„Liz? Lizzie Braden, bist du es wirklich?"

David McCoy trat auf die Veranda hinaus. Jetzt wurde auch Mitch auf sie aufmerksam. Er lächelte, als ihre Blicke sich trafen. Ihr Herz machte einen Sprung.

„Ich habe schon gehört, dass du wieder in der Stadt bist." David ließ lächelnd den Blick über sie gleiten. „Und dass du noch immer eine Augenweide seist, genau wie früher."

„Ja?" Mitch sprach also über sie. Das war ein gutes Zeichen.

Davids Lächeln wurde breiter. „Ja, Jake hat uns gestern Abend informiert."

„Jake?" Wie enttäuschend. „Ich hätte nicht gedacht, dass ihm so etwas auffällt."

Innerhalb von Sekunden war Mitch an einem Baum heruntergeklettert und stellte sich neben sie. „Ich auch nicht", sagte er. „Es geschehen noch Zeichen und Wunder, was?"

Sie spürte, dass sie rot wurde. Sie wurde sonst nie rot. „Und wie geht's dir, David? Immer noch zu Hause, wie ich sehe?"

„Nein, nein, ich wohne in Washington und bin nur zu Besuch."

„Aha, und immer noch in der Army?"

„Nein, jetzt bei der Polizei." Er lehnte sich an das Verandageländer und kreuzte lässig die Füße. Von den McCoy-Brüdern hatte er am meisten Erfolg bei den Mädchen gehabt. Sie war die Einzige im ganzen Umkreis gewesen, bei der er nicht hatte landen können.

Er bemerkte offenbar, dass sie ihn musterte, und schenkte ihr sein charmantestes Lächeln. „Hey, ich habe mir gerade überlegt, dass ich nächstes Wochenende vielleicht wieder hier bin. Trinken wir dann einen Kaffee zusammen?"

Mitch legte besitzergreifend einen Arm um ihre Schulter. „Tut mir leid, Bruderherz, aber jede Tasse Kaffee, die Liz trinkt, ist für mich reserviert."

„So viel zu männlichem Besitzdenken." Sie machte einen Schritt von Mitch weg. „Wenn ich dann immer noch hier bin, warum nicht, David? Wir können ja auch Tee trinken."

Mitch machte eine Kopfbewegung Richtung Haus. „Warum gehst du mit deinem Hormonüberschuss nicht wieder zurück in die Küche und isst was? Liz und ich müssen los."

„Lasst mich wissen, wenn ihr im Diner Hilfe braucht, okay?"

Liz lächelte David zu. „Das werden wir. Danke."

Mitch verschränkte die Arme vor der Brust und sah sie grimmig an. Und verdammt, sie fühlte sich unsicherer als je zuvor. Sie wusste, das Machogetue zwischen den beiden hatte nichts zu bedeuten. Das waren nur die bei den McCoys üblichen Frotzeleien.

„Also …", setzte sie an. Warum sagte er denn nichts? Egal was. Er könnte doch wenigstens eine blöde Bemerkung übers Wetter machen. Irgendetwas, damit sie endlich aufhören konnte, daran zu denken, wie sehr sie ihn begehrte und wie sehr sie fürchtete, er könnte bereuen, was letzte Nacht geschehen war.

„Also?", wiederholte Mitch.

Na wunderbar. Sie räusperte sich. „Tja, also dann fahren wir wohl besser los."

„Okay."

Sie hatten schon die Hälfte der Strecke zurückgelegt, als sie plötzlich beide gleichzeitig zu sprechen begannen.

„Mitch, ich wollte mit dir reden wegen letzter Nacht."

„Deine Firma muss gut laufen, Liz, dass du dir so einen Wagen leisten kannst."

Sie brachen ab, sahen sich an und lachten.

„Du zuerst", sagte Mitch.

„Nein, du zuerst. Ich … ich habe eigentlich gar nichts zu sagen." Lügnerin. Was war nur los mit ihr? Sie hatte doch sonst nie Probleme damit, auszusprechen, was sie dachte und fühlte. Warum traute sie sich jetzt nicht?

Mitch lächelte so unverschämt breit, als ob er genau wüsste, was in ihr vorging. Und, zum Teufel mit ihm, er machte nicht die geringsten Anstalten, ihr zu helfen. Er streckte sich genüsslich auf seinem Sitz aus und legte den Arm auf ihre Rückenlehne.

„Wie gesagt, dein Geschäft muss ja sehr gut gehen – bei dem Wagen."

„Ja, es läuft nicht schlecht." Sie entspannte sich ein wenig. „Du gibst also endlich zu, dass du Nachforschungen über mich angestellt hast, nicht wahr?"

Er drehte den Kopf und sah aus dem Fenster. „Ich dachte mir, es könne nicht schaden, bin aber in diesem Fall mit meinen Ermittlungen nicht sehr weit gekommen."

„Ein Fall? Meine Wenigkeit ist für dich ein Fall?" Viel zu deutlich war sie sich seines Arms dicht an ihrem Nacken bewusst. Am liebsten hätte sie den Kopf zurückgelegt.

„Das Problem ist nur, ich habe auf meine wichtigsten Fragen bis jetzt keine Antworten erhalten."

„Was für Fragen?"

„Zum Beispiel, ob du mit diesem verdammten Kerl verheiratet bist." Verflucht! dachte Mitch, jetzt ist es heraus. Aber er hatte nicht damit gerechnet, dass er Liz, nachdem er sie gehabt hatte, sogar noch mehr begehren würde. Mittlerweile konnte er an nichts anderes mehr denken als an sie. An ihre wundervollen Lippen, ihren weichen, biegsamen Körper …

Doch sie würden ihm wohl niemals preisgeben, was er unbedingt wissen musste. „Na?"

„Na … was?"

Er zog seinen Arm zurück. „Komm schon, Liz. Bist du dem Kerl fortgelaufen, bevor oder nachdem ihr euch das Jawort gegeben habt?"

Ihr Blick war starr auf die Straße gerichtet, doch ihre Mundwinkel zuckten. „Sag mir, weshalb das so wichtig für dich ist, vielleicht verrat ich es dir dann."

Am liebsten hätte er mit der Faust aufs Armaturenbrett geschlagen. „Nenn mich von mir aus altmodisch, aber es ist eigentlich nicht meine Art, mit verheirateten Frauen zu schlafen."

Langsam sah sie in seine Richtung. „Interessant. Aber findest du es nicht ein bisschen spät für diese Mitteilung?"

Er knirschte mit den Zähnen. Jetzt hätte er am liebsten die Hände um Liz' hübschen kleinen Hals gelegt ... bis diese verführerischen Lippen endlich die Wahrheit offenbarten.

„Wir sind da", verkündete sie und hielt hinter dem Lokal.

Er packte sie am Handgelenk. „Warum parkst du nicht einfach vorn auf der Straße, Liz?"

Sie tat erstaunt. „Mach bloß nicht schon wieder einen Fall daraus, McCoy. Ich dachte einfach, ich lasse den Platz vor dem Lokal für die Gäste frei."

Sie lachte, und er ließ sie los.

Platz für die Gäste ... Eins zu null für sie. Warum nur hatte er das verdammte Gefühl, dass sie Katz und Maus mit ihm spielte? Und warum wünschte er sich, mitzuspielen, aber mit vertauschten Rollen?

7. KAPITEL

*I*nzwischen waren zwei Tage vergangen. Liz stand an der Kasse und hob die Wechselgeldschublade hoch. Sie hätte schwören können, dass da noch eine Rolle mit Zehncentmünzen war.

Rasch lächelte sie den Kunden zu, die in einer kleinen Schlange darauf warteten, ihr Essen bezahlen zu können. „Tut mir leid, Charlie, ich habe keine Zehner mehr."

Er nahm das Wechselgeld, das sie ihm reichte. „Ich schicke nachher einen meiner Jungs mit ein paar Rollen rüber."

„Danke. Du hast ein gutes Herz, ganz gleich, was alle über dich sagen."

Charlie stapfte schmunzelnd zur Tür. Liz kassierte schnell noch die übrigen Kunden ab und nahm dann den Besen, um die Pommes frites, die jemand verschüttet hatte, wegzufegen.

„Achtung, Essen fertig!", rief Mitch.

Liz blickte zur Durchreiche. Mitch zwinkerte ihr zu und drehte sich dann wieder zum Grill. Die tägliche Arbeit war alles, worauf sich ihre Kommunikation beschränkte, seit sie vor zwei Tagen das Lokal übernommen hatten. Warum aber fühlte sie sich deswegen total erschöpft und ausgelaugt, während er aussah, als habe er gerade zwölf Stunden erquickenden Schlafs in einem Luxusbett hinter sich? Dabei waren sie beide seit sechs Uhr morgens bei der Arbeit, und er füllte, abgesehen von ein oder zwei verbrannten Pfannkuchen, seine neue Rolle als Aushilfskoch wie ein Profi aus.

Ob es wohl wirklich so eine gute Idee gewesen war, ihm zu verheimlichen, dass sie genauso ledig und Single war wie am Tag ihrer Geburt? Es war ja doch nur eine Frage der Zeit, bis er herausfand, dass der Pfarrer überhaupt nicht mehr dazu gekommen war, ihr und Richard Beschloss die entscheidende Frage zu stellen.

Mitch flirtete ständig mit ihr, hielt jedoch gleichzeitig Distanz. Er ließ sich morgens nicht mehr von ihr abholen. Er winkte ihr abends unverbindlich zu, bevor er ging. Niemals erwähnte er in irgendeiner Weise die Nacht, die ihr so viel bedeutete und die mittlerweile drei Tage zurücklag. Und er gab nicht im Geringsten zu erkennen, ob er sich eine Wiederholung dessen wünschte, was geschehen war.

Sie stieß mit Sharon zusammen, die widerwillig ihren freien Tag geopfert hatte und jetzt fast den Stapel Geschirr fallen gelassen hätte, den sie in den Händen balancierte.

„Tut mir leid", murmelte Liz mürrisch.

„Kein Problem", erwiderte Sharon nicht sehr viel freundlicher.

Liz stellte den Besen beiseite und nahm den neu gefüllten Teller, den Mitch gerade durch die Durchreiche schob.

„Wag es ja nicht!", sagte sie.

„Was soll ich nicht wagen?"

Sie zwang sich, nicht auf seinen vom Ärmel des T-Shirts nur halb verdeckten Bizeps zu starren. „Du weißt genau, was ich meine. Bo schreit nie: ‚Essen fertig!' Das braucht er nicht, weil wir immer sehen, wenn eine Bestellung fertig ist." Sie stellte den Teller zurück. „Du hast den Engel vergessen."

Er durchbohrte die obere Brötchenhälfte des Hamburgers mit der Spiralfeder eines der unvermeidlichen Dekorengel. „Also weißt du, mein Engel, mit diesem Ton wirst du niemals genug Trinkgeld machen, um wieder von hier wegzukommen."

„Wie gut, dass ich dabei nicht auf das Trinkgeld angewiesen bin."

„Oh, oh, wir sind wohl heute Morgen mit dem linken Fuß zuerst aus dem Bett gesprungen, was?"

Sie stopfte sich eine vorwitzige Strähne zurück in ihren Pferdeschwanz. Ans Bett auch nur zu denken und dabei Mitchs Blick auf sich zu spüren, machte sie nicht gerade ruhiger. „Was weißt du schon davon, McCoy?"

Die Füße taten ihr weh, und sie war sicher, ihren steifen Nacken nie wieder loszuwerden. Und wie ihr die „Grillteller mit Paradiesfrüchten" oder die „Garten-Eden-Pizza" oder die „Himmlischen Hamburger" zum Hals heraushingen! Aber ihre schlechte Laune kam eigentlich auch nicht davon, dass Myra so lange wegblieb und nichts von sich hören ließ oder dass anscheinend jeder einzelne Bürger von Manchester sich persönlich nach Bo erkundigen wollte und die Gelegenheit nutzte, anschließend im Diner zu essen. Beides hätte sie um Bos willen ohne Weiteres verkraftet.

Was ihr viel mehr zusetzte, war Mitch. Er flirtete mit ihr, amüsierte sich auf ihre Kosten und blieb dabei so unverbindlich, als wäre sie nur eine gute Bekannte. Und in den ungelegensten Momenten musste sie daran denken, wie gut er küsste ... wo er sie überall berührt hatte ... wie wundervoll es gewesen war, mit ihm zu schlafen ... und wie sehr sie sich danach sehnte, er möge es noch einmal tun.

Sie servierte dem Tankstellenbesitzer seine Pizza. „Ezra, bestellst du denn jeden Tag das Gleiche?"

„Ja, allerdings." Er spießte ein Peperonistück mit der Gabel auf. „In Pizza steckt nun mal alles, was ein großer Junge so braucht."

Sie legte ihm die Rechnung neben den Teller. „Tut mir leid, wenn ich deine Illusionen zerstöre, Ezra, aber hast du nicht schon vor zwanzig Jahren aufgehört, ein Junge zu sein?" Sie lächelte den über eins achtzig großen Mann mit dem langsam grau werdenden Haar an.

„Ach, Lizzie, und ich wollte dir gerade sagen, wie die Einsätze stehen bei unserer Wette."

Liz erstarrte. Sie war die letzten Tage so beschäftigt gewesen, dass sie die alberne Wette völlig vergessen hatte. „Was meinst du damit? Wie sollen die Einsätze denn schon stehen?" Sie ging zum Nebentisch und begann die schmutzigen Teller einzusammeln. „Ich denke, es hat sich nichts verändert, oder? Es sei denn zu meinen Gunsten, natürlich."

Ezra nahm einen gigantischen Bissen von seiner Pizza und lächelte breit. „Ich wünschte, das wäre der Fall, Lizzie. Wirklich."

„Aber?"

„Aber es steht jetzt eins zu eins. Nach Adam Riese ist es jetzt ein Kopf-an-Kopf-Rennen zwischen dir und Mitch."

Fast hätte Liz die Teller fallen lassen. Kopf an Kopf? Wie konnte das sein? Sie wollte doch gar nichts von Mitch, außer seinem Körper. Ja, sie wollte von ihm nur Sex. Aber das hielt sie streng geheim. Falls sie überhaupt noch einmal Gelegenheit dazu haben sollte, zu bekommen, was sie wollte.

Warum sollte sie sich eine ernsthafte Beziehung wünschen? Warum sollte noch einmal ein Mann ihr Leben noch komplizierter machen, als es schon war? Ihre Karriere, für die sie so hart gearbeitet hatte, war vorerst beendet. Außerdem hatte sie ja gerade erst einen Mann verlassen. Offenbar war sie allergisch gegen Trauungszeremonien. Heiraten war wohl nichts für sie.

„Wie konnte das passieren, Ez?"

„Tja." Ezra wischte sich die Hände an der Serviette ab. „Es geht das Gerücht um, dass ihr beiden neulich nachts allein hier im Diner wart und euer eigenes Feuerwerk veranstaltet habt. Ich kann dir gar nicht sagen, wie viele Leute danach ihr Geld auf Mitch gesetzt haben." Ezra kräuselte die Lippen, um nicht zu breit zu grinsen. „Gut für mich, denn ich wäre ja der größte Verlierer bei der ganzen Sache, wenn ich all die Leute, die auf dich gesetzt haben, auszahlen müsste."

Liz stand regungslos da. Jemand musste sie und Mitch im Diner gesehen haben. Was genau hatte er oder sie wohl mitbekommen? Ihre Wangen wurden feuerrot.

„Dein Gesicht sagt mehr als Worte", schnurrte Ezra. „Hättest du Lust, mir mehr zu erzählen? Ich lad dich auch auf 'ne Pizza ein?"

Sie starrte blicklos auf die Pizza. Ihr war ganz flau im Magen. Am liebsten hätte sie den Tankstellenbesitzer so lange ausgequetscht, bis er ihr alles über das neueste Gerücht erzählte. „Tut mir leid, Ez. Aber die Garten-Eden-Pizza macht mich im Moment nicht so an." Sie sammelte die leeren Gläser ein, die auf seinem Tisch standen. Jetzt hatte sie nur noch einen Wunsch: Rache nehmen an dem Mann, der an der ganzen Misere schuld war. Sie stieß die Tür zur Küche auf, marschierte direkt zur Spüle und stellte ihre Last ab.

„Du hast das fertige Essen nicht abgeholt", sagte Mitch hinter ihr.

Sie drehte sich um. „Mitch McCoy, welche Rolle spielst du bei diesem Gerücht, das hier im Umlauf ist?"

„Was für ein Gerücht?"

„Jetzt stell dich nicht so ahnungslos. Du weißt genau, wovon ich spreche."

„Tut mir leid, aber ich stecke seit zwei Tagen hier in der Küche fest." Wenn sein Lächeln doch nur nicht so sexy wäre. „Ich hatte wirklich nicht die Zeit, mich an irgendwelchem Klatsch und Tratsch zu beteiligen."

„Man braucht nicht viel Zeit, um ein Gerücht in die Welt zu setzen. Das ist ja gerade das Fatale."

„Ah, verstehe. Ich glaube, jetzt weiß ich, was dein Problem ist. Jemand muss uns neulich hier beobachtet haben." Er sah ihr tief in die Augen. „Wie viel sie wohl mitbekommen haben? Ach, mach dir keine Sorgen. Wir beide wissen doch, wie schnell in diesem Kaff ein Gerücht hochkocht."

Sie wischte über die Arbeitsplatte, auf der Mitch zuvor Zwiebeln geschnitten hatte. Sofort begannen ihre Augen zu tränen. Als sie sich wieder umdrehte und Mitch bei der Arbeit zusah, stieg eine Welle der Begierde in ihr auf. Nur gut, dass er so beschäftigt war mit seinen Hamburgern. Sonst hätte er sich bestimmt gleich wieder über sie lustig gemacht.

Liz räusperte sich. „Weißt du, eines verstehe ich nicht. Warum macht es dir eigentlich gar nichts aus, dass wir im Mittelpunkt der Aufmerksamkeit stehen?"

„Warum sollte mir das etwas ausmachen?" Er schabte mit einem Spatel das alte Fett von der Herdplatte.

„Ich könnte mir vorstellen, dass damals … als ich fortging … Nun, da waren die Gerüchte hier doch bestimmt monatelang am Kochen."

Sie bemerkte, dass sich seine Finger fester um den Griff des Spatels schlossen, doch als Mitch sie ansah, war da nichts weiter als dieses verflixte amüsierte Funkeln in seinen Augen. „Und weiter?"

„Na ja … weshalb solltest du ein Interesse daran haben, dass jetzt noch mehr über dich geredet wird, besonders, da du doch weißt, dass ich wieder fortgehen werde, und zwar bald?"

Mitch lächelte breit. „Aber, Liz, von einem Traualtar sind wir diesmal doch Welten entfernt."

Sie verschränkte die Arme vor der Brust. „Für dich war es also einfach nur ein bisschen Spaß, weiter nichts?"

„Spaß ist das richtige Wort."

Sie löste den Pferdeschwanz und schüttelte ihre Locken. Mitchs begehrlicher Blick entging ihr nicht. Nein, er war keineswegs so unbeteiligt, wie er sich gab. Sie verstand zwar nicht, weshalb er den Coolen spielte, aber eines war völlig klar. Er begehrte sie sehr wohl. Sie musste nur herausfinden, wie sie ihn dazu bringen konnte, das zuzugeben. Noch ein Mal. Nein, noch viele Male.

Letzte Nacht hatte sie geglaubt, die Gelegenheit sei gekommen. Sie hatte gerade das Licht ausgeknipst, als sie auf der Hauseinfahrt einen Wagen hörte. Sie war ganz sicher, dass das Mitch gewesen war. Doch als sie die Treppe hinunterging, um die Hintertür zu entriegeln, war der Wagen längst wieder fortgefahren. Natürlich hatte sie in dieser Nacht dann kaum noch geschlafen.

„Weißt du, Mitch, wenn ich es nicht besser wüsste, würde ich annehmen, du vermeidest es ganz bewusst, mit mir allein zu sein."

„Wir sind allein."

„Ja, ja, und halb Manchester sitzt nebenan." Sie naschte vom Blaubeerkompott, das auf der Anrichte stand. „Übrigens hätte ich nie gedacht, dass du zu der Sorte Mann gehörst, die spät in der Nacht unangemeldet auftaucht, um im letzten Moment doch wieder zu verschwinden."

Mitch packte sie am Arm. „Was soll das heißen, ich sei spät in der Nacht aufgetaucht?"

„Es soll heißen, was es heißt." Er packte sie am Arm, und prompt spürte sie ein ihr wohlbekanntes Ziehen zwischen den Schenkeln und begehrte ihn noch mehr. Was stellte dieser Mann nur mit ihr an? „Versuch bloß nicht, mir weiszumachen, dass nicht du das warst, der gestern Nacht in meine Einfahrt gefahren ist, um dann schnell wieder abzurauschen. Ich würde dir nicht glauben."

Es überraschte sie, wie heftig er fluchte. „So gern ich auch wiederholen würde, was neulich war, Liz, ich war nicht einmal in der Nähe deines Hauses. Solange ich keine Antworten auf meine Fragen bekomme, werde ich mich hüten, mich deinem Haus auch nur auf eine Meile zu nähern."

Forschend betrachtete sie sein Gesicht. Sie hatte das Auto nicht gesehen, nur gehört. Offenbar hatte sie sich getäuscht. „Na schön, dann war das wohl ein Irrtum. Vielleicht hat jemand meine Einfahrt benutzt, um zu wenden." Sie nahm die Schürze ab und faltete sie zusammen. „Ist ja auch egal. Ich muss jetzt kurz weg, hab ein paar Besorgungen zu machen."

Mitch, der wieder am Herd stand, hielt in der Bewegung inne. „Was für Besorgungen?"

„Warum fragst du?", gab sie zurück.

„Erst erzählst du mir, ein Fremder beobachtet dein Haus …,"

„Ich sagte, ich hörte einen Wagen in der Einfahrt."

„… und jetzt willst du dir freinehmen, ohne zu erklären, weshalb?"

Liz liebte es, wenn er so besorgt um sie war. „Genau." Sie sah auf ihre Armbanduhr. „Der größte Andrang zum Mittagessen ist vorüber. Es sind kaum noch Gäste da. Ihr schafft das bestimmt auch allein, du und Sharon. Ich will rasch rübergehen ins Haus von Bo und Ruth und alles vorbereiten für ihre Rückkehr morgen. Und … tja, ich habe eben noch etwas zu erledigen."

„Was?"

Sie beugte sich vor. „Nichts, was dir bei deinem Fall weiterhelfen würde."

Er beugte sich ebenfalls vor. Seine Lippen waren nur noch wenige Zentimeter von ihren entfernt. „Offen gesagt, alles, was aus deinem Mund kommt, könnte mir bei meinem Fall weiterhelfen."

Sie strahlte. „Dir geht es also nicht besonders gut?"

„Ganz recht." Forschend blickte er in ihr Gesicht. „Warum wartest du nicht bis morgen, dann kann ich dir bei deinen Besorgungen helfen?"

Oh, wie süß. Mitch wollte bei ihr sein. Allerdings nicht in der Weise, auf die sie hoffte. „Mir helfen? Warum sollte ich es nötig haben, dass du mir hilfst?"

„Komm schon, Liz. Jetzt sag mir doch, was los ist. Alles, was ich bis jetzt weiß, ist, dass du mitten in der Nacht hier auftauchst, mit einem riesigen Blutfleck auf dem Kleid, dass du vor jemandem auf der Flucht bist …"

„Das hab ich nie behauptet."

„Es sieht aber sehr danach aus", erklärte er aufgebracht. „Auch wenn ich bis jetzt nichts weiter herausbekommen habe, als dass du ein äußerst profitables Geschäft offenbar einfach von einem Tag zum anderen aufgegeben hast und dass du in Boston keine Adresse mehr hast. Es lässt jedenfalls nur einen Schluss zu: dass du in Schwierigkeiten steckst."

Sie lächelte. „Aber das ist nicht wahr, Mitch. Vertrau mir doch."

Er sah sie skeptisch an. „Dir vertrau ich schon, aber nicht deinem Urteilsvermögen. Wie stehen die Chancen, dass du deine Situation falsch einschätzt und wirklich in Gefahr bist?"

„Null Komma null", erwiderte sie. Dieses Gespräch fing an, ihr ein bisschen zu sehr zu gefallen. Ungemein gern hätte sie den angespannten Zug von Mitchs Lippen geküsst, damit er sie wieder so unverschämt sexy anlächelte wie zuvor. „Und überhaupt, wo wir gerade von Chancen sprechen, Ezra sagt, wie beide lägen jetzt Kopf an Kopf bei dieser Wette, an der du schuld bist."

Mitch brummte unwillig. „Vergiss die Wette. Darum geht es jetzt nicht."

Leider hatte sie keine Zeit, die Uniform auszuziehen, aber sie würde sich ohnehin beeilen müssen, um rechtzeitig zum Abendessen wieder im Diner zu sein. „Oh, da liegst du aber falsch. Alles zwischen uns hat mit dieser verflixten Wette zu tun, Mitch. Das haben wir dir zu verdanken."

Sie stellte sich auf die Zehenspitzen und berührte Mitchs Lippen mit der Zungenspitze. Eigentlich hatte sie es dabei belassen wollen, ihn nur ein wenig aus der Ruhe bringen wollen. Aber dann konnte sie der Versuchung nicht widerstehen und presste ihre Lippen auf seine.

Wie unendlich lang waren doch die letzten zwei Tage gewesen! Und er schmeckte so gut, nach Eistee und Pfefferminz, und seine Lippen waren so glatt und heiß. Oh, warum waren jenseits der Scheibe zum Lokal so viele Leute, und warum hatten sie plötzlich alle aufgehört zu reden?

Aber das war ja so egal! Ihre wurde heißer und heißer; sie spürte Mitchs Hände in ihrem Haar und seine Zunge in ihrem Mund, und ihre Brustspitzen richteten sich auf.

Als sie sich schließlich atemlos aus Mitchs Umarmung löste, konnte sie nicht leugnen, dass sie genauso die Kontrolle über sich verloren hatte wie er. Oh, sie hätte ihn am liebsten gepackt und … Wie sehr wünschte sie, sie könnten sich wieder so wundervoll lieben wie vor zwei Tagen.

„Ich geh jetzt besser", stieß sie hervor und befeuchtete sich die trockenen Lippen mit der Zungenspitze.

„Ja, ich glaube auch, dass das besser ist."

Liz drehte sich auf dem Absatz um. Ihr Herz raste, als wollte es zerspringen, und ihre Erschöpfung war prickelnder Erregung gewichen.

Lautlos vor sich hin fluchend, überprüfte Mitch die Fleischmenge, die er für das Abendessen im Diner brauchen würde. Dann ging er ans Fenster und sah hinaus. Keine Menschenseele weit und breit, bis auf den alten Josiah, der in seinem Schaukelstuhl vor dem Supermarkt saß.

Wo, zum Teufel, steckte Liz? Sie war schon seit mehr als zwei Stunden weg. Aber was ihn noch mehr beunruhigte, war, dass der Fremde, der ihm schon vor einigen Tagen in der Stadt aufgefallen war, jetzt im Diner saß, und zwar genau an dem Tisch, auf dem Mitch und Liz auf ihre Art den Unabhängigkeitstag gefeiert hatten.

Es waren ansonsten kaum Gäste da, sodass der Fremde umso mehr auffiel, etwa so wie die hohen roten Pumps, die Liz am Tag ihrer Rückkehr nach Manchester getragen hatte.

Der Mann war ungefähr eine halbe Stunde, nachdem Liz das Lokal verlassen hatte, gekommen, und er schien älter zu sein, als Mitch anfangs geglaubt hatte. Sein Haar war fast grau, die Gesichtszüge wirkten aristokratisch. Er trug einen leichten Sommeranzug, und sein weißes Oberhemd sah wie frisch aus der Packung aus. All das, und dass der Mann einen Mietwagen fuhr, ließ vermuten, dass er etwas suchte, von dem er überzeugt war, es hier in Manchester zu finden. Außerdem war der nächtliche Besucher, von dem Liz gesprochen hatte, bestimmt dieser Fremde gewesen.

Mitch sah, dass Sharon ihm das mittlerweile dritte Stück Kirschtorte servierte. Offensichtlich versuchte der Fremde, sie in ein Gespräch zu verwickeln. Als die junge Kellnerin sich schließlich von dem Tisch des geheimnisvollen Gastes entfernte, rief Mitch sie rasch zu sich.

Zögernd kam sie. „Ich habe doch gar keine Bestellungen mehr", sagte sie.

Der Fremde schien nicht auf sie zu achten, sondern hielt den Blick auf die Straße gerichtet. Die Kirschtorte rührte er nicht an.

„Kennst du den Mann?", fragte Mitch.

„Welchen Mann? Oh, du meinst meinen letzten Gast. Nein, ich hab ihn noch nie hier gesehen."

„Was hat er zu dir gesagt?"

Sharon zuckte mit den Schultern. Sie war erschöpft von den vielen Überstunden. „Nicht viel, nur ob ich eine Frau kenne, die Betsy Soundso heißt."

Jetzt blickte der Fremde in ihre Richtung, und Mitch schob Sharon schnell einen Kuchenteller zu. „Und? Kennst du jemanden mit diesem Namen? Betsy, meine ich."

„Nein." Widerwillig nahm Sharon den Kuchenteller.

„Wie war der Nachname?"

Sharon zog die Stirn kraus. „Ich bin nicht gut mit Namen. Bei Betsy wusste ich schon, ich kenne niemanden mit diesem Vornamen, also hab ich auf den Nachnamen nicht geachtet. Warum?"

Mitch sah, dass der Fremde ein paar Dollarnoten auf den Tisch legte und aufstand. „Ist ja auch nicht wichtig. Ich dachte nur, er sei neu hier und würde sich vielleicht nicht auskennen."

„Soll ich ihn fragen, ob wir ihm helfen können?"

„Nein, nein. Übrigens ist er gerade gegangen."

Sharon schien erleichtert. „Kann ich dann jetzt auch gehen? Meine Füße bringen mich um, und meine Lieblingsserie hab ich auch schon verpasst."

Mitch sah auf die Uhr. „Klar, geh ruhig nach Hause. Aber sei so nett und komm morgen wieder."

„Muss das sein? Ruth ist dann doch wieder da, und …"

„Ich wäre dir wirklich dankbar, wenn du es einrichten könntest."

„Also gut." Sharon nahm ihre Handtasche. „Bis morgen."

*N*achdem Sharon gegangen war, setzte Mitch sich an den Tisch, wo der Fremde gesessen hatte, und beobachtete durchs Fenster, wie dieser in seinen Mietwagen stieg und losfuhr. Der Mann hatte Sharon fünf Dollar Trinkgeld gegeben.

Versonnen strich Mitch mit der Handfläche über die glatte Tischplatte. Allein bei dem Gedanken daran, dass Liz hier nackt vor ihm gelegen hatte, wurde ihm die Jeans zu eng. Es war nicht zu leugnen, dass er Liz immer noch begehrte.

Sie zwei Tage lang nicht anzurühren, war die Hölle für ihn gewesen. Sie in dieser eng anliegenden Uniform herumlaufen zu sehen, die Sehnsucht in ihrem Blick zu lesen, sich ihre anzüglichen Bemerkungen anzuhören, die natürlich nur darauf abzielten, ihn aus der Reserve zu locken … Er hatte noch nie so oft kalt geduscht wie in diesen Tagen.

Ratlos fuhr er sich mit der Hand durchs Haar. Nein, solange er nicht seine Antworten bekommen hatte, würde er nicht noch einmal mit Liz schlafen. Wenn sie nun mit dem Kerl tatsächlich verheiratet war? Oder wenn das Blut auf ihrem Kleid von ihrem Mann stammte und sein Leichnam irgendwo im Hafen von Boston trieb? Oder wenn dieser Fremde von der Polizei war und Liz über das Verschwinden ihres Mannes befragen wollte?

Mitch fluchte vor sich hin. Und was, wenn er selbst der größte Idiot aller Zeiten war, weil er sie einfach nicht durchschaute? Er hatte einmal geglaubt, sie besser zu kennen als jeden anderen Menschen. Dann war sie von ihm fortgelaufen und hatte ihm damit gezeigt, dass er eigentlich nichts von ihr wusste.

Ein Sonnenstrahl brach sich auf dem Kotflügel eines heranfahrenden Autos. Verwundert betrachtete Mitch den verbeulten alten Wagen. Stammte das Modell mit der ausladenden Karosserie nicht aus den Achtzigern? Der Wagen parkte vor dem Diner, und Liz stieg auf der Fahrerseite aus.

Mitch sprang so rasch auf, dass er fast den Tisch umgestoßen hätte.

„Was, zum Teufel …?", stieß er hervor. Dann rannte er zur Tür. Aber Liz kam ihm nicht entgegen. Stattdessen nahm sie das verflixte Brautkleid vom Rücksitz und ging damit über die Straße zu Peters kleinem

Laden, wo man auch Sachen reinigen lassen konnte.

Mitch blickte kurz zurück. Die Darton-Brüder, die an der Theke saßen, starrten ihn neugierig an. Er bedachte sie mit einem aufgesetzten Lächeln und wollte das Lokal verlassen. In diesem Moment sah er Liz aus dem Laden kommen. Jetzt ging sie aufs Diner zu.

Er rannte hinter die Theke und nahm den Darton-Brüdern ihre frisch gefüllten Kaffeetassen weg. „Tut mir leid, Jungs, aber das Diner schließt für eine halbe Stunde, damit ich alles fürs Abendessen vorbereiten kann."

„Ruth schließt tagsüber niemals", murrte Moses Darton.

„Kann schon sein, aber Ruth ist nicht hier, oder? Sie ist in Washington und kümmert sich um Bo. Jetzt bin ich hier der Boss, also schiebt die Schuld auf mich, wenn es sein muss, aber ich muss jetzt schließen. Sofort."

Er schob die beiden Richtung Ausgang, schlug ihnen freundschaftlich auf den Rücken und hielt dann Liz die Tür auf. Kaum war sie drinnen, hängte er das „Geschlossen"-Schild an die Tür und verriegelte sie.

Liz blinzelte überrascht. „Warum tust du das?" Sie sah sich um. „Und warum ist niemand mehr hier?"

„Ich habe Sharon den Rest des Abends freigegeben. Die anderen … na ja, ich hab sie rausgeworfen."

Liz' Augen funkelten. „Warum? Die Dartons hängen doch immer hier herum, bis …"

„Jetzt habe ich aber genug Fragen von dir beantwortet. Ich denke, es ist an der Zeit, dass du mir meine beantwortest."

Ihre Mundwinkel zuckten. „Und zwar welche?"

Mitch packte sie am Arm. Ihre Haut war ganz warm von der Sonne und so seidig. „Nein, nein, nicht hier. Lass uns in die Küche gehen. Ich habe keine Lust auf weitere Anschuldigungen wegen irgendwelcher Gerüchte." Er stieß mit dem Fuß die Küchentür auf und zog Liz mit sich.

Sie lächelte. „Ist doch egal, ob wir in der Küche sind oder im Lokal, Mitch. Das Schild, das du an die Tür gehängt hast, reicht völlig aus. Du kennst doch die Leute."

„Zum Teufel mit den Leuten!", rief er erbost. „Ich will wissen, warum du plötzlich mit dieser Schrottkiste herumfährst. Was soll das?"

Liz hob amüsiert eine Braue. „Schrottkiste? Das ist mein neues Auto."

„Neues …" Mitch brach ab. Fast hätte er sie geschüttelt. „Was hast du mit deinem Wagen gemacht?"

Sie lächelte verschmitzt. „Ich bin ihn los."

„Du bist ihn los", wiederholte Mitch wie betäubt. „Aber warum hast du ihn verkauft?"

„Er war mir zu teuer im Unterhalt." Liz schob sich eine goldblonde Locke hinters Ohr. Sie hatte so niedliche Ohren. „Außerdem wollte ich schon immer mal eine Schrottkiste fahren."

Jemand klopfte an die Tür. Liz sah zum Fenster.

„Es ist Myra", sagte sie. „Anscheinend ist sie von ihrem Urlaub zurück. Wir müssen sie hereinlassen."

Mitch hielt Liz immer noch fest. Es machte ihn schrecklich wütend, dass sie ihm beständig auswich. Wie lange würde er sich wohl noch beherrschen können und sich das gefallen lassen? „Ich denke, das wäre keine gute Idee."

Liz sah ihm in die Augen, und aus ihrem Blick sprach nichts als Begierde.

Er beobachtete ihre rosa Zungenspitze, als sie sich die Lippen befeuchtete, und war zu keinem klaren Gedanken mehr fähig. Plötzlich erkannte er, dass sie genau wusste, was sie tat. Sie hatte immer gewusst, wie sie ihn quälen konnte. Voller Verlangen starrte er auf ihren Mund und wünschte, er würde sich nicht danach sehnen, diese sexy Lippen zu küssen.

Liz schaute noch einmal durchs Fenster. „Mitch?"

„Was?"

„Vielleicht interessiert es dich, dass die Darton-Brüder jetzt ganz bestimmt nicht mehr weggehen, nun, da Myra zurück ist. Sie sitzen alle drei auf dem Pflanzenkübel vor dem Eingang und warten."

„Dann lass sie warten", entgegnete er unwirsch. Er hatte jetzt keine Zeit, höflich zu sein. Seine Finger schlossen sich fester um Liz' Oberarm. „Jetzt sag mir endlich, wer ist Betsy? Und versuch gar nicht erst zu behaupten, du wüsstest es nicht. Ich weiß, dass du in Schwierigkeiten bist."

Liz hörte auf zu lächeln. „Betsy?", wiederholte sie lahm.

„Richtig. Betsy." Mitch ließ Liz nun los und verschränkte die Arme vor der Brust. „Möchtest du mir erklären, wer sie ist? Oder könnte es vielleicht sein, dass sie gerade vor mir steht?"

Es klopfte erneut an der Tür, doch Liz rührte sich nicht. Mitch sah an Liz vorbei zur Tür. Myra und die Dartons standen ganz dicht an der Glastür und versuchten zu erkennen, was in dem Lokal vor sich ging.

„Erinnerst du dich, dass ich von einem Fremden geredet habe, der mir schon vor ein paar Tagen aufgefallen ist?" Wenn ich doch nur wüsste, was in ihrem hübschen Kopf vorgeht, dachte Mitch. „Er war hier im Diner. Er kam kurz nachdem du weggegangen warst, bestellte drei Mal hintereinander ein Stück Kirschtorte, aß aber nur zwei Stück. Er schien ganz offensichtlich jemanden zu suchen."

„Hast du mit ihm gesprochen?"

„Nein. Ich konnte nicht aus der Küche heraus. Aber er hat Sharon ein paar Fragen gestellt, unter anderem, ob sie eine Frau namens Betsy kenne. Normalerweise sollte mich das nicht weiter aufregen. Ich kenne schließlich keine Betsy." Mitch legte den Kopf schief. „Oder vielleicht doch?"

Liz lächelte kurz und nahm ein Tablett mit frisch gefüllten Zuckerstreuern von der Anrichte. „Das kann ich doch nicht wissen. Ich weiß ja überhaupt nicht, wovon du redest."

„Du weißt es nicht, oder du willst es nicht wissen."

Sie wich seinem Blick aus und starrte nur auf seine Brust.

„Komm schon, Liz. Wir beide wissen, dass Betsy und Liz beides Kurzformen für Elizabeth sind. Diesmal kommst du nicht ohne Erklärung davon."

Sie kaute auf der Unterlippe. Mitch unterdrückte den Impuls, Liz zu küssen.

„Wie hat er ausgesehen, dieser Fremde?", fragte sie.

„Wieso ist das wichtig?"

Endlich sah sie ihn an. Konnte es sein, dass sie zitterte? Und wenn ja, vor Angst oder vor Verlangen? „Beantworte mir einfach meine Frage. Wie hat er ausgesehen?"

„Lass es mich so ausdrücken, er sah nicht so aus, als sei er dein Typ." Aber wusste er eigentlich, wer ihr Typ war? Früher hatte er sich eingebildet, er sei ihr Typ. „Ungefähr Mitte fünfzig, Anfang sechzig; graue Strähnen, teurer Anzug."

Dass sie ihn plötzlich ganz entspannt anstrahlte, brachte ihn ziemlich aus dem Gleichgewicht.

„Wie ich schon sagte, ich habe keine Ahnung, wovon du redest." Betont langsam ließ sie den Blick von seinen Händen über seine Arme und seinen Hals wandern und sah ihm dann tief in die Augen.

Er erschauerte, als ob sie ihn berührt hätte. Wenn er doch nur nicht dieses überwältigende Verlangen hätte, sie anzufassen. Überall. Sofort. Er spannte die Kiefermuskeln an. „Liz ..."

Wieder klopfte es, diesmal lauter und mehrmals. Mitch dachte an all seine Fragen, die immer noch unbeantwortet waren. Am liebsten hätte er Liz gefesselt und so lange ausgefragt, bis alle Rätsel gelöst waren. Sollte doch ganz Manchester vor der Tür stehen und wissen wollen, was hier drinnen los war. Ihm wäre das egal. Aber wenn er sich vorstellte, wie Liz, die wundervolle sexy Liz, vor ihm lag, gefesselt an Händen und Füßen und ihm völlig ausgeliefert, dann kamen ihm ganz andere Gedanken ...

Verdammt!

„Wir sind keineswegs fertig mit unserem Gespräch, Liz." Er strich ihren Kragen glatt und berührte dabei ihren Hals. Wie heiß ihre Haut sich anfühlte. „Du magst aussehen wie ein Engel, aber wir wissen, dass mehr von einem Teufel in dir steckt, als für uns beide gut ist."

Was hätte Liz darum gegeben, jetzt ihr Handy zu haben!

Sie hockte im Wohnzimmer ihrer Großmutter auf dem Boden und bewunderte ihr Werk. Noch nie hatte sie etwas hingebungsvoll geputzt. Doch da war immer noch ein Fleck auf der Oberfläche des kleinen Holztisches. Sie sprühte noch einmal etwas Politur darauf und polierte ihn fort. Erzwungene sexuelle Enthaltsamkeit war offenbar das beste Mittel, ein sauberes, ordentliches Haus zu bekommen. Zwei Nächte waren vergangen, ohne dass der einzige Mann, der ihr Erleichterung verschaffen könnte, sich hatte blicken lassen.

War sie etwa sexbesessen? Noch nie war sie so auf eine Sache fixiert gewesen, so unfähig, sich auf etwas anderes zu konzentrieren. Liz stand auf und ging in die Küche. Mit dem Handrücken strich sie sich das Haar aus der schweißnassen Stirn und schaltete das Licht an. Wie gut war es doch, Strom zu haben. Man wusste ja gar nicht, wie wichtig Elektrizität war, solange man sie nie richtig entbehrt hatte.

Mit Sex war es ähnlich. Wenn man erst einmal erfahren hatte, wie toll es sein konnte, dann wollte man immer mehr. Und Mitch hatte ihr wirklich gezeigt, wie überwältigend es sein konnte.

Sie räumte die Putzutensilien weg und wusch sich die Hände. Dann öffnete sie das Küchenfenster in der Hoffnung auf einen kühlen Luftzug. Doch draußen war es fast noch schwüler als drinnen. Liz sah auf die Uhr. Noch eine Stunde bis Mitternacht. Sollte sie schon zu Bett gehen?

Das Geräusch von Autoreifen auf der gekiesten Einfahrt ließ sie aufschrecken.

Mitch?

Ihr Herz setzte einen Schlag lang aus. Allein bei dem Gedanken, dass er es sein könnte, wurde ihr heiß vor Verlangen.

Doch dann fiel ihr ein, dass sie in der Nacht zuvor ja auch einen Wagen gehört hatte, und das war nicht Mitch gewesen.

Rasch ging sie zur Tür und schaltete das Licht aus. Angespannt lauschte sie, während der Wagen die Einfahrt hinauffuhr. War das der Fremde, von dem Mitch geredet hatte? Und wenn ja, wer war dieser Mann? Ein Privatdetektiv, den Richard auf sie angesetzt hatte? Ein Rechtsanwalt? Oder hatte Richard sich einen Polizisten gekauft, der den langen Weg hierher gefahren war, um sie wegen Körperverletzung zu verhaften?

Oder war es Richard selbst?

Nein. Er würde niemals persönlich kommen. Er würde einen seiner Vasallen schicken, um sie zurückzuholen. Aber da würde sie nicht mitspielen.

Eine Wagentür wurde geöffnet und wieder zugeschlagen. Bald würde sie erfahren, wer ihr nächtlicher Besucher war.

Sie sah eine Gestalt auf das Haus zukommen. Es war dunkel, doch der Größe nach musste es ein Mann sein.

Liz biss sich auf die Unterlippe. Sie hätte die Außenbeleuchtung einschalten sollen …

Ach, das war doch lächerlich. Mitch und sein Gerede, dass sie in Schwierigkeiten stecke!

Und dennoch, als sie einen Schlüssel im Schloss der Hintertür hörte, griff sie rasch nach dem Besenstiel, bevor sie das Licht einschaltete.

Der Mann betrat die Küche.

„Mitch! Du hast mich vielleicht erschreckt!"

Breitbeinig baute er sich vor ihr auf. Sie stand mit dem Rücken zur Wand und hielt den Besenstiel auf seine Körpermitte gerichtet.

„Glaubst du im Ernst, wenn ich ein Einbrecher wäre, dass du damit etwas hättest ausrichten können?"

„Du hast ja keine Ahnung, was ich mit einem Besenstiel alles machen kann."

Er lächelte, es war wieder dieses entwaffnende sexy Lächeln. „Ja, ich habe davon gehört, dass ein Splitter im Po tödlich sein kann." Er verschränkte die Arme vor der Brust. „Verrat es mir, Liz, was macht dir solche Angst?"

Sie stellte den Besen ab. „Nichts."

„Ich habe mich falsch ausgedrückt. Was hat dir gerade eben solche Angst gemacht?"

„Na, hör mal! Es ist elf Uhr nachts, ich bin eine Frau und ganz allein in einem großen alten Haus. Und dann höre ich, dass jemand in meine Einfahrt fährt." Sie lächelte kleinmädchenhaft. „Würde das nicht jedem Angst machen?" Sie schob sich eine Strähne hinters Ohr. Du liebe Güte, wie sie wohl aussah! Ungekämmt, ohne Make-up, ein riesiges fleckiges T-Shirt und alte, ausgeleierte Tennissocken, die ihr lose um die Knöchel hingen.

Warum sah Mitch sie dann an, als habe er nie eine attraktivere Frau gesehen? Und warum fühlte sie sich plötzlich genau so?

„Wieso tauchst du überhaupt so spät noch hier auf? Oder stattest du Frauen immer mitten in der Nacht unangemeldet einen Besuch ab und benutzt dabei ihren Ersatzschlüssel?"

„Nur einer ganz bestimmten Frau. Und ich bin aus dem gleichen Grund hier, aus dem du dich mit diesem Besen bewaffnet hast. Ich mache mir Sorgen um deine Sicherheit."

Warum hörte er nicht auf, sie so anzusehen? „Du bist also hier, um mich zu beschützen." Sie erkannte kaum ihre eigene Stimme, so rau klang sie – und so provozierend.

Sie hätte gerne mit ihm geflirtet, das Katz-und-Maus-Spiel fortgeführt, das sie im Diner begonnen hatte. Doch ihr Körper schien dafür keine Zeit zu haben. Schon spürte sie, dass ihre Brustspitzen hart wurden.

Oh, wie sehr sie Mitch begehrte! Sie wollte ihn in den Armen halten, ihn in sich spüren, mit ihm verschmelzen. Auf jede erdenkliche Art.

Und wenn sie seinen Blick richtig deutete, wollte er genau das Gleiche.

Mitch hatte den ganzen Abend mit sich gerungen, ob er überhaupt herkommen sollte. Aber der Gedanke an Liz hatte ihm einfach keine Ruhe gelassen. Zum Teil war es wirklich Besorgnis. Denn solange er nicht wusste, was es mit diesem Fremden auf sich hatte, gefiel es ihm gar nicht, dass Liz ganz allein im Haus war.

Doch jetzt, wo er hier war, erinnerte sein Körper ihn unmissverständlich daran, dass es noch eine weit stärkere Motivation gab. Er wollte Liz.

Als ob sie seine Gedanken gelesen hätte, ging Liz plötzlich auf ihn zu. Zärtlich fuhr sie ihm durchs Haar. „Also dann beschütz mich, McCoy", hauchte sie mit sinnlich rauer Stimme.

Er beugte sich herab und küsste sie wild und hungrig. Zum Teufel, es war ihm egal, ob sie verheiratet war. Bis jetzt hatte er ja keinerlei Beweise dafür. Und er würde alles darum geben, noch einmal mit ihr zu schlafen. Alles – um sie noch einmal zu halten, sie stöhnen zu hören und vor Lust zu vergehen.

Ohne den Kuss zu unterbrechen, zog Mitch sie an sich. Ihre Brüste drückten sich an seinen Oberkörper. Sie begehrte ihn genauso stark wie er sie, das spürte er an der Art, wie sie seinen Kuss erwiderte und unruhig die Hände über seinen Körper gleiten ließ.

Er strich von hinten ihre nackten Schenkel hoch, schob seine Daumen unter ihren Slip, liebkoste die zarte, seidige Haut und fühlte, dass Liz für ihn bereit war. Sie keuchte leise, und er drang noch ein wenig mehr mit der Zunge in ihren Mund ein.

Dann packte er Liz und hob sie hoch.

„Dort entlang", sagte sie heiser und deutete zum Flur.

Er brauchte keine Anweisungen. Unzählige Male schon war er in Gedanken diesen Weg gegangen. Wenn es doch nur nicht so weit wäre! Es schien eine Ewigkeit zu dauern, bis er Liz endlich auf dem großen alten Himmelbett im oberen Stockwerk hatte. Er hatte mittlerweile das Gefühl, gleich zu explodieren.

Rasch zog er erst sich, dann Liz aus und legte sich zu ihr.

Ursprünglich wollte er es dieses Mal – ihr zweites Mal – langsamer angehen lassen. Es sollte noch besser werden als neulich Nacht. Er wollte ihr zeigen, dass er ihr Lust bereiten konnte, ohne dabei an sich zu denken. Aber sie schien etwas anderes im Sinn zu haben. Schon saß sie rittlings auf ihm, die Hände flach auf seinen Bauch gestützt. Ihre Brüste waren verlockend nah und doch ein paar Zentimeter außerhalb seiner Reichweite.

Und dann war er schon da, wo er sein wollte. Tief in ihr.

Sie schob die Hüften vor. Ein Mal. Und noch ein Mal. Er presste die Fäuste ins Laken. Es kostete ihn all seine Willenskraft, ruhig liegen zu bleiben, während Liz ihren Rhythmus fand.

Nie hatte er etwas Schöneres gesehen als Liz, wie sie rittlings auf ihm saß. Ihr Mund war leicht geöffnet, als sie darum kämpfte, ihren Höhepunkt hinauszuzögern. Langsam glitt er in sie hinein und hinaus und genoss den Anblick ihrer schwingenden Brüste und ihrer samtweichen, von Schweiß schimmernden, zart geröteten Haut.

In diesem Moment wurde ihm plötzlich klar, dass er es nicht ertragen würde, wenn Liz wieder ging. Schon nach ihrem ersten Mal im Diner hatte er gemerkt, dass Sex mit ihr mehr war als nur die Befriedigung eines lange währenden brennenden Verlangens. Wenn er sich mit ihr vereinigte, dann geschah das schlicht und einfach aus Liebe.

Tief atmete er ein und aus, um nicht die Kontrolle über sich zu verlieren. Er ließ das Laken los, umfasste ihre Brüste und streichelte die Knospen.

Er presste die Zähne aufeinander. Nein, nicht. Noch nicht.

Seine Gefühle und seine Gedanken wirbelten wild durcheinander. Es war so gut mit ihr, so intensiv. Er brauchte einen Plan. Er musste einen Weg finden, Liz zu überzeugen, dass sie blieb; ihr zu zeigen, dass mehr sie miteinander verband als nur fantastischer Sex.

Aber wie …

Liz' Bewegungen wurden schneller.

Die Hände unter ihren Po gelegt, hob er sie ein Stückchen hoch. Ohne ihre leisen, protestierenden Seufzer zu beachten, hielt er sie so, um nun mit noch tieferen Stößen ganz in sie hineinzukommen. Wieder und wieder. Sein ganzer Körper bebte, als sie ekstatisch aufschrie.

Nie zuvor hatte er so tiefe Erfüllung gefunden. Nur ganz langsam lichtete sich seine rauschhafte Benommenheit, und er spürte noch lange die zuckenden Bewegungen ihres geschmeidigen Körpers.

Danach lag sie stumm und atemlos auf ihm. Er schob ihr das Haar aus dem Gesicht, überrascht, dass seine Hand dabei zitterte.

„Liz?"

„Hm?", murmelte sie träge.

„Wenn Bo und Ruth wieder da sind, ich meine, wenn wir mehr Zeit für uns haben, dann möchte ich, dass du einen Tag mit mir verbringst, bei mir zu Hause. Ich möchte dir etwas zeigen."

Sie antwortete nicht gleich, und er hielt unwillkürlich den Atem an. „Okay", sagte sie schließlich.

Er schloss die Augen und drückte einen Kuss auf ihre Schläfe. Verdammt, was sollte er tun, wenn es ihm nicht gelang, sie davon zu überzeugen, zu bleiben?

*E*ndlich war ein Ende des Chaos abzusehen, denn am Nachmittag des folgenden Tages betrat Ruth das Paradise Diner. Liz legte den Lappen beiseite und umarmte Ruth. „Ich bin ja so froh, dass du wieder da bist", sagte sie. „Ist Bo mitgekommen?"

„Nein, ich hab ihm gesagt, er soll zu Hause bleiben und sich hinlegen nach der langen Fahrt. Er ist ganz schön fertig. Sie haben Dutzende von Tests mit ihm gemacht und ihm ganz schön Angst eingejagt."

Ruth umarmte Liz noch einmal. Liz kämpfte mit den Tränen. Was ist denn mit mir los? fragte sie sich.

„Ich kann euch gar nicht genug danken dafür, dass ihr euch um das Lokal gekümmert habt", sagte Ruth leise.

„He, und was ist mit mir?" Mitch kam schmollend aus der Küche. „Werde ich auch gedrückt?"

„Na klar." Ruth umarmte ihn und zwinkerte ihm schelmisch zu. „Obwohl ich ja nicht glaube, dass du dich so engagiert hättest, wenn Lizzie nicht da gewesen wäre."

„Normalerweise würde ich mir diese Bemerkung nicht so ohne Weiteres gefallen lassen. Aber ich will mal fünf gerade sein lassen, weil du Bo heil und gesund zurückgebracht hast."

„Heil und gesund ist stark übertrieben, fürchte ich." Dann begann sie, Mitch zurück in die Küche zu schieben. „Und da wir gerade beim Thema sind, die beiden Mädels und ich, wir besprechen jetzt gleich mal die neue Speisekarte. Du hast sicher nichts dagegen, dich so lange noch als Koch zu betätigen, bis wir fertig sind."

„Die neue Speisekarte besprechen?", wiederholte Mitch ungläubig. „Damit ist nicht zufällig ‚ein bisschen tratschen' gemeint?"

„Das geht dich nichts an. Jetzt ab in die Küche, und wag es ja nicht, uns zu belauschen."

Mitch tat verärgert, gab sich aber geschlagen.

Liz verschränkte die Arme vor der Brust und gab sich ihrer neuen Lieblingsbeschäftigung hin: Mitch nachzuschauen.

„Er sieht von hinten genauso gut aus wie von vorn, was?", murmelte Myra und verschränkte ebenfalls die Arme vor der Brust.

Ruth winkte den beiden zu, sich zu ihr an den Tisch zu setzen. Dann nahm sie die Speisekarte und schlug sie auf. „Wie gesagt, ich möchte unsere Speisekarte ändern. Wir werden ab jetzt anderes Essen hier servieren."

Liz und Myra tauschten einen stummen Blick aus.

„Zuallererst verschwindet mal alles, was Schwein heißt", fuhr Ruth entschlossen fort und deutete mit dem Finger auf die meisten der angeführten Fleischgerichte.

Myras Blick wanderte von Liz zu Ruth. „Meinst du das im Ernst?"

„Todernst."

Liz nahm Ruth die Speisekarte aus der Hand. „Ruth, bist du sicher, dass du das tun willst? Ich meine, es wäre bestimmt eine gute Idee, ein paar gesündere Sachen zusätzlich anzubieten, aber du kannst doch nicht alle Gerichte streichen, die die meisten Kunden anziehen."

„Du meinst die Gerichte, die den Leuten die Arterien verstopfen?"

Liz verstand nur zu gut. Ihre Chefin hatte sich von ihren Gefühlen überwältigen lassen, und jetzt gab sie auf ihre Art ihrer Angst um Bo Ausdruck. „Ruth, du kannst aus eurem Diner kein Bistro für gesundheitsbewusste Yuppies machen." Vorsichtig wählte sie ihre Worte. „Weißt du, wir sind hier nicht in New York oder San Francisco. Die Leute hier sind bodenständig und wollen Fleisch und Kartoffeln. Wenn sie deinen Grillteller mit Ananas bestellen, dann nicht wegen der Ananas, sondern wegen des Fleischanteils."

Myra lehnte sich zurück. „Jetzt glaube ich wirklich, dass du Unternehmensberaterin bist."

Unbeirrt redete Liz weiter. „Ich hätte einen Vorschlag für dich."

„Ich weiß nicht. Kommt darauf an, was es mich kostet."

Liz lächelte und sah aus den Augenwinkeln, dass Mitch durch die Durchreiche zu ihnen herüberlinste. Sie senkte die Stimme. „Es wird dich keinen Cent kosten. Obwohl ich ja normalerweise nicht billig bin." Sie nannte die Summe aus ihrem letzten Vertrag.

Sowohl Ruth als auch Myra machten große Augen. Liz lachte. „Im Ernst. Aber, was soll's, denn dann hab ich den Fehler gemacht, mich mit dem Boss zu verloben. Als ich vertragsbrüchig wurde, hat er meine Konten eingefroren."

Myra nahm sich eins von den Plätzchen, die Ruth hingestellt hatte. „Deine Konten eingefroren? Wieso konnte er das tun?"

Liz bemerkte, dass wieder dieses gewisse Funkeln in Ruths Augen stand, und atmete erleichtert auf. „Wie er das tun konnte? Er ist zufällig der Vizepräsident der Bank, bei der ich alle meine Konten habe, geschäftliche und private."

Ruth legte die Unterarme auf den Tisch. „Das ist also der Mann, den du fast geheiratet hättest?"

Liz nickte.

„Das erklärt also, warum du jetzt wieder hier arbeitest. Du brauchst wirklich Geld", bemerkte Myra.

Liz spielte mit ihrem Notizblock herum. Sie erwähnte nicht die beträchtliche Summe, die sie beim Verkauf ihre Limousine erzielt hatte. Die Hälfte hatte sie sofort an ihre Mutter überwiesen. Dann hatte sie sich die „Schrottkiste" gekauft und immer noch genug Geld übrig, um damit eine Weile auszukommen. „Tja, ich schätze, ich lerne meine Lektionen immer auf die harte Tour."

„Was für Lektionen?", fragte Myra. „Dass alle Männer Wölfe sind?"

Jetzt machte Liz große Augen. „Sie sind Wölfe?"

„Es geht nicht zufällig um Harvey, oder?", warf Ruth ein.

Liz sah aus dem Fenster, aber da war nur der alte Josiah und schaukelte in seinem Stuhl. „Ich habe gar nicht die tolle Harley gehört, als er dich gestern zurückbrachte."

Myra verzog verächtlich die Lippen. „Ja, es geht um Harvey, und, nein, von der Harley war auch nichts zu hören. Ich habe sie nämlich in den Graben gefahren, letzte Nacht, kurz vor Moody, Alabama."

Liz musste lachen, erntete aber einen bösen Blick von ihrer Freundin. „Tut mir leid, ich hab mir nur Harveys Gesicht dabei vorgestellt."

Myra hob die hageren Schultern. „Das hätte ich auch gern gesehen, aber ich war allein. Er war noch im Motel und schlief."

Die drei Frauen sahen sich an. Dann brachen sie in Gelächter aus.

„Was hat der Kerl getan?", wollte Ruth wissen.

Myra beugte sich vor. „Er hat die ganze Zeit davon geredet, er habe eine Riesenüberraschung für mich. Ich war sicher, er würde mich fragen, ob ich ihn heirate. Hab mich total aufgebrezelt und schön gemacht. Und dann, beim Abendessen in einem tollen Restaurant …", Myras Augen glühten, „… da hat er mir so 'ne Schachtel gegeben. Wollt ihr wissen, was drin war? Ein Hundehalsband!"

Liz blinzelte. „Und dann hat er dir einen Hund geschenkt?"

„Schön wär's." Myra verdrehte die Augen. „Es war eins für Menschen. Ihr wisst schon, so eins mit Metallspikes. Es soll ja Leute geben, die so was mögen." Sie machte eine Grimasse und deutete auf ihren Hals. „Dieses hatte ein Namensschild, darauf stand ‚Harveys Mädchen'."

„Ohne ihn wird's dir besser gehen." Ruth drückte Myras Arm.

„Das hab ich mir auch gesagt." Myra schniefte ein bisschen.

Liz reichte ihr eine Serviette, aber Myra wehrte ab. „Lass gut sein, Liz. Was Männer angeht, bist du ja auch nicht gerade vom Glück verwöhnt."

Ruth hob die gepflegten Brauen. „Da hat sie recht, Lizzie." Sie warf einen tadelnden Blick auf Mitch und die Dartons, die die Frauen ganz unverhohlen beobachteten. „Wisst ihr nicht, was sich gehört? Kümmert euch gefälligst um eure eigenen Angelegenheiten."

Mitch verschwand in der Küche, und die beiden Darton-Brüder drehten sich brav in die andere Richtung und hielten sich an ihren Tassen fest.

„Wo wir gerade von Mitch sprechen …", begann Ruth.

„Ach, tun wir das? Ich kann mich nicht erinnern, seinen Namen gehört zu haben", erwiderte Liz.

Ruth lächelte. „Ich will jetzt wissen, was ihr beiden getrieben habt, als ihr zusammen hier wart. Du weißt schon, am vierten Juli, als ich angerufen habe."

Myra tat, als würde sie vor Überraschung vom Stuhl fallen. „Wie bitte?"

„Oh, jetzt hört aber auf, ihr zwei. Er kam rein zufällig vorbei." Nun, das entsprach ja auch der Wahrheit, oder? Und was sonst noch geschehen war, ging die beiden nichts an. Genauso wenig das, was letzte Nacht geschehen war …

„Oh, oh." Myra nahm sich noch ein Plätzchen und schob dann Liz den Teller zu.

Ruth nahm sich auch ein Plätzchen. „Ich habe da etwas ganz anderes gehört. Was Ezras Wette betrifft, sieht es wohl so aus, als habe Mitch die besseren Chancen."

Liz starrte Ruth verblüfft an.

„Die Geschichte wiederholt sich also doch." Myra klang enttäuscht.

Ruth machte eine abwehrende Geste. „Achte nicht auf sie, Liz. Sie war schon mit jedem verfügbaren Mann aus der Gegend aus, als Mitch nach Manchester zurückkam. Als er wieder hier im Lokal auftauchte, glaubte sie, jetzt bessere Chancen bei ihm zu haben."

Myra goss sich Milch in den Kaffee. „Bis Liz dann wiederkam, natürlich."

Jetzt starrte Liz Myra verblüfft an. Warum musste sie als Letzte davon erfahren? „Du bist an Mitch interessiert?"

Myra rührte in ihrem Kaffee. „Interessiert ist vielleicht übertrieben. Ich war neugierig. Ich hätte nur zu gern gewusst, was er so Besonderes an sich hat. Ich meine, ihr habt immer so total glücklich gewirkt."

Ruth knabberte an ihrem Keks und beobachtete Liz. „Sie können nicht so glücklich gewesen sein, sonst wäre Liz nicht weggelaufen."

Liz hatte das ungute Gefühl, schon viel zu viel von sich offenbart zu haben, und nahm sich jetzt auch ein Plätzchen. Sie zögerte, doch dann biss sie herzhaft hinein. „Können wir vielleicht mal wieder zum Thema kommen?"

Ruth schlug erneut die Speisekarte auf. „Du hast also wirklich einen Vorschlag für mich?"

Liz nickte erleichtert. Warum nur landete sie irgendwie immer in der Defensive, sobald die Sprache auf Mitch kam? Sie sah verstohlen hinüber zur Küche, aber er war nicht zu sehen.

Myra stand auf. „Dreht euch nicht um. Die Herde kommt zurück."

Charles Obernauer und Ezra, umringt von ihren Kumpels, steuerten offensichtlich das Diner an.

Ruth sah Liz an. „Ich schätze, wir müssen warten, bis die knurrenden Mägen dieser Leute gefüllt sind, bevor wir weiterreden können."

Mitch kämpfte sich tapfer durch die Abendessenszeit. Ruth hatte seine Arbeit übernehmen wollen, doch er hatte sie wieder hinausgescheucht an ihren angestammten Platz an der Kasse, wo sie in Ruhe das Kassenbuch überprüfen sollte, das Liz in den vergangenen Tagen geführt hatte.

Er wendete ein halbes Dutzend Fleischklopse und spähte um die Ecke nach Liz. Die Abendsonne ließ ihr Haar besonders golden glänzen, und der dünne Stoff ihrer Uniform wirkte bei diesem Licht fast durchsichtig. Mitch ließ den Blick über ihre wohlgeformten Beine gleiten. Der Schwung ihrer Hüften war einzigartig. Wie schön sie war! Und ihre Schönheit war nicht nur äußerlich, sie kam von innen. Es war ihre persönliche Ausstrahlung, die sie strahlen ließ.

Als sie mit Myra und Ruth zusammengesessen hatte und sie über wer weiß was geplaudert hatten, da hatte er immer wieder zu ihr hinsehen müssen. Aus ihrer Miene und ihren Gesten sprach so viel Wärme, so viel Herzlichkeit. Und dass sie beim Sprechen ihrem Gegenüber stets ihre volle Aufmerksamkeit zuwandte, erregte seine Bewunderung. Was hätte er darum gegeben, zu wissen, worüber die drei redeten!

Verflixt, einer der Hamburger war etwas zu dunkel geraten. Verärgert schnippte Mitch ihn dennoch auf das Brötchen.

Jetzt, wo Ruth wieder da war, hätte er endlich Gelegenheit, seinen Plan auszuführen. Hoffentlich klappte es, und Liz ließ sich davon abbringen, Manchester wieder zu verlassen.

Liz schwenkte gerade ihren niedlichen Po an der Theke vorbei, um weitere Kunden zu bedienen.

Mitch machte eine Show daraus, sich mit verschränkten Armen hinzustellen und ihr nachzustarren. Die anderen Männer beobachteten das Schauspiel amüsiert. Liz' Hüftschwung war einfach umwerfend.

„Wow, ich glaube, es wird ein bisschen zu heiß hier." Moses Darton fächelte sich mit der Papierserviette Luft zu. „Ruth! Wie wär's, wenn du die Klimaanlage mal höherdrehst?"

Alle lachten. Liz hatte natürlich gemerkt, worum es ging, und fast ihre Teller fallen lassen. Mitch wischte die Hände an einem Handtuch ab und wollte sich gerade umdrehen, als er aus den Augenwinkeln jemanden hereinkommen sah. Beigefarbener Anzug, ergrauendes Haar. Es war der Fremde.

Mitch krallte die Finger um das Handtuch, dass die Knöchel weiß hervortraten. Er hatte nicht den geringsten Zweifel, dass der Kerl Liz' nächtlicher Besucher war. Jetzt setzte er sich an den Tisch, den Liz gerade abgeräumt hatte.

Myras Kopf erschien in der Durchreiche und versperrte ihm den Blick ins Lokal. „Hast du Ezras Pizza fertig?"

„In ein paar Minuten", erwiderte Mitch automatisch und versuchte, an ihr vorbeizublicken. Liz schenkte dem Fremden gerade ein Glas Wasser ein und nahm dabei offenbar seine Bestellung entgegen. Der Mann sah sie dabei ein bisschen länger als notwendig an, doch er wirkte keineswegs besonders neugierig oder überrascht.

Das konnte nur bedeuten, dass er bereits wusste, wer sie war.

Mitchs Magen verkrampfte sich.

Myra trommelte mit ihren blau lackierten Fingernägeln auf das Sims und wandte sich schließlich seufzend ab.

Aber wenn der Mann schon wusste, wer sie war, warum erkannte sie ihn dann nicht?

Fragen über Fragen. Liz kam an die Theke und holte – na, was wohl? – ein Stück Kirschtorte.

Verdammt, verdammt! Er würde sich den Fremden zur Brust nehmen, sobald der größte Kundenansturm vorüber war.

Mitch verbrannte sich fast die Finger, als er Ezras Pizza aus dem Ofen nahm. Rasch ging er wieder zur Durchreiche und starrte hinaus. Liz tat ihre Arbeit, als wenn nichts wäre. Erinnerte sie sich denn nicht, dass er ihr von einem Fremden erzählt hatte, der in der Stadt aufgetaucht war? Offenbar nicht. Andererseits, sie war ja sieben Jahre lang fort gewesen, da konnte sie nicht alle Einwohner kennen.

Jetzt ging Liz zu Ruth, nahm die Schürze ab und sagte etwas zu ihr. Myra kam, um Ezras Pizza abzuholen. Liz ging zur Tür.

Mitch packte Myra am Arm. „Wo geht sie hin?"

„Wer?" Myra starrte verblüfft auf seine Hand um ihren Arm. „Liz? Sie sagt, sie müsse etwas abholen, bevor um zwölf die Geschäfte schließen."

Erst jetzt bemerkte er, dass er Myra festhielt, und ließ sie rasch los. Sein Blick war die ganze Zeit auf den Fremden geheftet, der wiederum durchs Fenster Liz beim Überqueren der Straße beobachtete.

Wenn der Kerl von der Polizei war, dann war Liz im Begriff, dem Mann ein erstklassiges Beweisstück direkt in die Hände zu spielen.

Mitch stieß die Küchentür auf und marschierte auf den Fremden zu. „Suchen Sie jemanden?", brummte er.

Der Mann sah erstaunt auf. „Wie bitte?"

Er begegnete seinem Blick. „Ich fragte, ob Sie jemanden suchen?"

„Nein." Der Mann deutete auf seinen Teller. „Ich bin nur hier, um ein Stück von Bos berühmter Kirschtorte zu essen."

Der Kerl machte ja nicht einmal seine Hausaufgaben. „Es ist Ruths Kirschtorte."

„Na gut", sagte der Fremde langsam. „Dann eben Ruths berühmte

Kirschtorte. Immerhin stehen beide Namen über dem Eingang, oder?"

Mitch hätte dem Kerl die Kirschtorte am liebsten sonst wohin gestopft. Aber das ging nicht, solange er nicht wusste, ob er von der Polizei war. Kam er womöglich aus Boston?

Ruth stellte sich neben ihn. „Mitch, verärgerst du meine Gäste?"

„Nein, Ma'am … Mitch und ich haben uns nur ein bisschen unterhalten", sagte der Fremde und lächelte routiniert.

Ruth blickte misstrauisch von einem zum anderen.

„Eigentlich wollten wir unser Gespräch gerade in die Küche verlagern, nicht wahr … Dick?", sagte Mitch aufs Geratewohl und erntete einen überraschten Blick von dem Mann.

Ruth seufzte entnervt. „Na schön. Dann verschwindet. Ihr stört nämlich die anderen Gäste beim Essen."

Mitch deutete zur Küche. „Nach Ihnen."

Zögernd stand der Fremde auf und folgte seiner Anweisung. Mitch spähte besorgt nach draußen, wo Liz gerade Peters Reinigung betrat.

„Sind wir uns schon einmal begegnet?", fragte der Fremde.

Die Küchentür schloss sich hinter ihnen, und sofort packte Mitch ihn am Revers seines Jacketts und drängte ihn mit dem Rücken an die Wand. „Ich will wissen, wer Sie sind und was Sie hier in Manchester verloren haben", schnauzte er den Fremden an. „Sind Sie von der Polizei?"

Schweißperlen traten dem Mann auf die Stirn. „Von der Polizei? Nein, nein. Ich dachte, Sie wüssten, wer ich bin, als Sie mich beim Vornamen nannten. Ich … ich bin Privatdetektiv. Aus Massachusetts. Wenn Sie mich loslassen würden, könnte ich Ihnen meine Karte geben."

Mitch durchbohrte ihn mit seinem Blick. Natürlich, er hätte es wissen müssen. Er war eigentlich immer gut gewesen in seinem Job, aber sobald Liz im Spiel war, konnte er offenbar nicht mehr klar denken.

Zögernd ließ er den Mann los. Mit zitternden Händen förderte dieser seine Visitenkarte zutage und reichte sie ihm.

Mitch las sie gründlich. „Sie sind hier nicht in Massachusetts, Mr Secord."

„Nein, ich …"

„Für wen arbeiten Sie?"

Secord schluckte schwer. „Das kann ich Ihnen nicht sagen. Das ist vertraulich."

„Fragt sich, wie lange." Mitch machte einen Schritt auf ihn zu.

„Bestimmt, ich kann es nicht sagen. Aber ich kann Ihnen sagen, wen ich suche."

Mitch schwieg abwartend.

Secord holte eine Fotografie aus der Jackentasche. Mitch riss sie ihm aus der Hand. Seine Kehle war wie zugeschnürt, als er Liz in der dunkelhaarigen Frau auf dem Foto erkannte.

„Ihr Name ist Betsy Braden. Jemand in dem Laden auf der anderen Straßenseite sagte mir, dass sie hier arbeitet. Ich habe sie zuerst nicht erkannt, aber jetzt bin ich sicher, dass es die Blondine ist, die gerade das Lokal verlassen hat."

Mitch machte einen Schritt rückwärts. Betsy war eine Kurzform von Elizabeth, doch es klang so fremd. Was war nur in Liz gefahren, sich so zu nennen? Er musterte den Mann, der vor ihm stand. Kleidung und Manieren ließen darauf schließen, dass dies kein zweitklassiger Hinterhofdetektiv war. Secord war ein Profi. Und Profis kosteten Geld.

Mitch schob das Foto in die Gesäßtasche seiner Jeans und holte gleichzeitig seinen Ausweis hervor. „Tja, Mr Secord, ich bin Mitch McCoy, Ex-FBI-Agent, jetzt ebenfalls Privatdetektiv", sagte er und übertrieb bewusst seinen Südstaatenakzent. „Und ich kann es überhaupt nicht leiden, wenn irgend so ein Schlaumeier aus dem Norden hierherkommt und Leute aus meiner Heimatstadt belästigt."

„Sie waren beim FBI?" Secord blickte auf Mitchs Grillschürze und auf den Herd hinter ihm.

„Ja." Mitch packte ihn erneut am Revers und schob ihn Richtung Tür. „Ich gebe Ihnen zwei Minuten, um aus der Stadt zu verschwinden. Andernfalls werde ich meine Beziehungen spielen lassen, und Sie werden Bekanntschaft mit einer netten kleinen Zelle machen."

„Sie können mich nicht einfach verhaften lassen."

„Das denken Sie", erwiderte Mitch und fragte sich im Stillen, ob Connor oder David ihm im Ernstfall tatsächlich helfen könnten.

„Mit welcher Begründung?"

„Wie wär's mit Belästigung? Oder mit Hausfriedensbruch? Ihr

Aufenthalt hier könnte sich länger ausdehnen als geplant."

„Na schön, ich bin schon weg. Sie müssen mich nur loslassen."

Mitch verstärkte jedoch seinen Griff. Hoffentlich war Liz noch in Peters Laden. Sicherheitshalber schob er den Mann zur Hintertür. „Nehmen Sie diesen Ausgang."

„Was ist mit meiner Rechnung?"

„Vergessen Sie's", knurrte Mitch.

Er ließ Secord los, und innerhalb von zwei Sekunden war der Mann verschwunden. Nur der Geruch seines teuren Eau de Cologne hing noch in der Luft.

Als Mitch wieder ins Lokal trat, hängte Liz das gereinigte Brautkleid gerade an einen der Garderobenhaken neben dem Eingang. Sekunden später wurde draußen der Mietwagen ausgeparkt und fuhr mit quietschenden Reifen los.

Mitch atmete langsam aus und senkte den Kopf. Das war noch mal gut gegangen. Wusste Liz denn nicht, dass ein Blutfleck niemals ganz verschwand? Dass man auch die allerkleinsten Spuren von Blut immer noch nachweisen konnte? Aufgebracht fuhr er sich mit der Hand durchs Haar und blickte auf. Alle um ihn herum starrten ihn an.

„Genug ist genug, McCoy. Du bist entlassen", sagte Ruth.

Er zog seine Schürze aus. „Gab es denn so viele Klagen?"

„Im Gegenteil. Als Koch warst du gut, aber dein Benehmen, also, ich muss schon sagen, das lässt wirklich zu wünschen übrig. Gerade höre ich, dass du gestern einfach so das Diner zugemacht und die Gäste rausgeworfen hast. Und jetzt verscheuchst du mir auch noch einen Gast so mir nichts, dir nichts. Was ist bloß in dich gefahren?"

Die Frage war nicht, was, sondern wer. Nämlich Liz beziehungsweise Betsy Braden.

Er sah Liz an. „Wir sehen uns morgen, nicht wahr? Soll ich dich so um elf herum abholen?"

„Morgen?"

Er nickte. Sie hatte doch hoffentlich nicht vergessen, dass sie gestern Abend zugesagt hatte, morgen den Tag mit ihm zu verbringen. Er hatte nur diese eine Chance, sie zum Bleiben zu bewegen, und er würde sie, verdammt noch mal, nutzen.

Liz wurde rot. „Oh ja. Elf Uhr ist okay."

Mitch reichte Ruth eine Fünfdollarnote. „Das ist für die Kirsch-torte."

„Oh, danke. Und jetzt aber raus."

Mitch musste lächeln. „Darf ich wenigstens als Gast wieder-kommen?"

Jetzt lächelte Ruth. „Ohne dich würde hier doch etwas fehlen."

10. KAPITEL

Am nächsten Morgen stand Mitch vor Liz' Haus und hupte.

Wo war sie?

Er zog den Zündschlüssel ab und stieg aus dem Wagen. Natürlich, der Ersatzschlüssel lag am gewohnten Platz. Doch die Hintertür war nicht einmal verschlossen.

„Verdammt, Liz, du solltest es besser wissen", murmelte er.

Er betrat das Haus. Im Halbdunkel stieß er sich das Knie an einem flachen Holztisch. Er bückte sich und legte die Hand aufs Knie. Dabei entdeckte er einen von Liz' knallroten Pumps auf dem Boden.

Mit dem Schuh in der Hand ging Mitch weiter zur Küche. Er blinzelte und versuchte, etwas zu erkennen. Schließlich trat er zum Fenster und zog die Vorhänge auf. Als er sich wieder umdrehte, sah er das Feldbett in der Ecke. Die Umrisse von Liz' Körper waren unter der dünnen Baumwolldecke klar zu erkennen. Ein nackter Fuß und eine wohlgeformte Wade guckten am Bettende hervor. Nur mühsam widerstand Mitch der Versuchung, mit der Fingerspitze darüberzustreichen.

Später wäre noch genug Zeit dafür.

„Liz?", sagte er, in der Hoffnung auf ein Lebenszeichen. Er trat näher. Den roten Schuh hatte er immer noch in der Hand. „Elizabeth?", fragte er, diesmal etwas lauter.

Keine Regung. Ob sie unter der Decke überhaupt etwas anhatte? Diese Frau schlief bei offenen Türen, und das auch noch nackt.

Nein, er würde ihr nicht die Decke fortziehen. Schließlich hatte er heute noch etwas vor.

„Betsy!", schrie er und verschränkte die Arme vor der Brust.

Sie zuckte so heftig zusammen, dass sogar er erschrak. Rasch machte er einen Schritt zurück. Liz warf ihr Kissen auf den Boden und starrte mit weit geöffneten Augen in den Raum. Das blonde Haar hing ihr wirr und ungebändigt um das noch verschlafene Gesicht.

„Was ist?", hauchte sie. Dann ließ sie sich aufstöhnend auf die Matratze zurückfallen. „Oh, du bist es. Für einen Moment dachte ich, es sei …"

Es wäre die perfekte Gelegenheit, sie auszuhorchen. Doch leider würde er im Moment kaum ein Wort über die trockenen Lippen bringen.

Liz war zwar nicht nackt. Aber fast.

Die Decke war ihr bis zu den Knien herabgerutscht. Hingerissen ließ er den Blick an ihren Schenkeln aufwärts wandern bis zu der Stelle, wo ein winziges Stück Satin mit Spitze das lockige Dreieck gerade so eben verbarg. Jähes Verlangen durchzuckte ihn. Er zwang sich, woandershin zu sehen, und sein Blick heftete sich auf ihr T-Shirt, das ein Stück hochgerutscht war und die untere Hälfte ihrer Brüste freigab. Liz beugte sich vor und streckte die Hand nach der Decke aus.

„Mitch McCoy, hast du denn gar kein Schamgefühl?"

Er grinste sie an und hob eine Braue. Wie niedlich, sie wurde tatsächlich ein bisschen rot. „Ich denke, du hast nichts, was ich nicht schon gesehen hätte, oder?" Das stimmte. Er hatte alles gesehen. Und er wollte es noch einmal sehen. Unruhig trat er von einem Fuß auf den anderen, um eine Stellung zu finden, in der ihn seine Jeans nicht so einengten. Ob das Feldbett wohl stabil genug war, um …

„Wieso schläfst du eigentlich auf einem Feldbett in der Küche?"

„Letzte Nacht war es oben einfach zu heiß." Liz schwang ihre sonnengebräunten, glatten Beine über die Bettkante. „Und was machst du mit meinem Schuh?"

Mitch brauchte einen Moment, bis er sich erinnerte. Dann warf er ihn aufs Bett – und widerstand der Versuchung, sie zu bitten, auch den anderen zu suchen und beide anzuziehen.

Mitch schloss die Augen und zählte von zehn bis null. Als er sie wieder öffnete, stand Liz vor ihm, die Decke lose um die Taille geschlungen.

„Ich bin fast über ihn gestolpert, als ich durch die Tür kam. Die übrigens nicht abgeschlossen war."

Sie strahlte ihn an. „Das war Absicht. Ich dachte, ich hör bestimmt nicht dein Klopfen, denn ich hab einen ziemlich tiefen Schlaf."

„Das kann man wohl sagen."

Mannhaft hielt er seinen Blick auf ihren Kopf gerichtet, doch sogar ihr Gesicht hatte etwas Erregendes. Liz hatte die Art von Gesicht, die einen Bildhauer inspirieren könnte. Oder einen Maler. Aber es würde wohl Jahre des Experimentierens brauchen, bis man die richtige

Schattierung von Blau, Braun und Grün für ihre Augen gefunden hätte.

Mitch sah bedeutungsvoll auf seine Uhr. „Also, falls du noch ins Bad musst, würde ich empfehlen, das jetzt zu tun. Und zieh dir etwas an."

Ihr sexy Mund verzog sich zu einem verführerischen Lächeln. „Soll ich wirklich?"

„Ja. Bitte. Und beeil dich. Es ist schon spät."

Sie ging zum Badezimmer.

„Und bitte zieh dir etwas anderes an als ein winziges T-Shirt und viel zu knappe Shorts. Es geht heute nämlich darum, einige Zeit zusammen zu verbringen, und zwar außerhalb des Bettes."

Sie blieb stehen und lächelte ihm zu. Was hatte sie jetzt vor? Es wurde ihm klar, als sie plötzlich die Decke fallen ließ und aufreizend langsam darüber hinwegstieg. Als sie sich umdrehte, wurde ihm dermaßen heiß, dass er nur wortlos auf den dünnen Satinstreifen starren konnte, der ihren zum Anbeißen süßen Po so aufreizend teilte.

Angestrengt versuchte Mitch, sich zu erinnern, wie man dieses unanständige Stück Stoff bezeichnete. Doch er konnte sich auf nichts anderes konzentrieren als auf Liz' verführerische Kehrseite, ihre schlanke, biegsame Taille und ihre provozierenden Blicke.

Die Badezimmertür schloss sich, und er entspannte sich ein wenig. Aber wirklich nur ein wenig.

Er ging zurück in die Küche. Dort fiel ihm dann auf, dass eine Wand zur Hälfte mit Reisebroschüren bedeckt war. In fast allen steckten Dartpfeile, als ob jemand aus den unterschiedlichsten Richtungen darauf gezielt hätte. Nur in einer Broschüre steckte der Pfeil ganz kerzengerade und tiefer, so als wäre er mit Bedacht genau dort hineingesteckt worden. Es war die Broschüre von Atlanta.

„Ich bin fertig!", hörte er Liz rufen.

Rasch und unauffällig nahm er die Atlanta-Broschüre von der Wand und schob sie in seine Hosentasche. Dann wandte er sich langsam in Liz' Richtung. Dem Himmel sei Dank, sie trug weite kakifarbene Shorts und ein passendes weites Top, über das sie eine weiße Bluse gezogen hatte. Und dennoch war das Einzige, woran er denken konnte, der Körper, der sich unter dieser wirklich dezenten Kleidung verbarg. Er zog sie zur Tür, bestand darauf, dass sie abschloss, und ließ sie in seinen Pick-up steigen.

Er musste ganz schön aufpassen, damit der Wagen nicht aus der Spur sprang, so tief waren einige der Schlaglöcher in der Einfahrt. „Liz, du solltest dir wirklich jemand anderen suchen als den alten Peabody, der sich um das Haus hier kümmert", sagte er, nur um über etwas zu reden, das nichts mit ihm und Liz und mit Sex zu tun hatte. Noch war sie ja nicht fort. Und er wollte verdammt sein, wenn er nicht ganz tief in seine Trickkiste griff, damit sie blieb. Im Krieg und in der Liebe war alles erlaubt … „Ich finde, du solltest es verkaufen."

„Es verkaufen?", echote sie.

Mitch nickte bedächtig. Er hatte schon lange den Verdacht, dass Liz an diesem Haus hing, weil es für sie die einzige Sicherheit in ihrem Leben darstellte – es war sozusagen der Anker, der sie hielt.

Der verblüffte und verletzte Ausdruck auf ihrem Gesicht brachte ihn fast dazu, seine Bemerkung zu bereuen. Aber nur fast. „Wenn du dir wirklich sicher bist, dass nichts dich in Manchester hält, warum belastest du dich dann mit diesem alten Kasten?" Er sah sie bedeutungsvoll an. „Es sei denn, du willst doch bleiben."

„Du meinst, ich soll das Haus verkaufen?", wiederholte sie fassungslos.

Er gab sich größte Mühe, nicht zu zeigen, wie er sich amüsierte. Liz war eben nicht die Einzige, die andere manipulieren konnte. „Da du Manchester ja für immer verlassen willst", erwiderte er schließlich, „denke ich, du solltest es verkaufen."

Plötzlich packte ihn die Furcht, sie würde ihn beim Wort nehmen. Nun, er konnte nur hoffen, dass er nicht zu weit gegangen war.

Er will, dass ich das Haus verkaufe, dachte Liz erschüttert und wusste eigentlich nicht, warum sie sich deswegen so aufregte. Bis jetzt hatte sie sich nie Gedanken über das alte Haus ihrer Großmutter gemacht. Ihr hatte es genügt zu wissen, dass es da war. Es verkaufen? Daran hatte sie nie auch nur im Entferntesten gedacht. Höchstens wenn sie das Geld wirklich brauchen würde. Aber das tat sie ja nicht. Jedenfalls nicht, wenn sie bald wieder Zugang zu ihren Konten bekam, was ja sicherlich der Fall sein würde.

Jetzt tauchte das Haus der McCoys in der Ferne auf. Liz fiel auf, dass sich einiges verändert hatte. Aber vieles war auch noch genauso wie früher, und sie war froh darüber. Sie hätte sich niemals als sentimental bezeichnet, aber bei ihrem bisherigen Lebensstil war dazu ja auch wenig Gelegenheit gewesen. Und jetzt? Jetzt stürmten auf einmal so viele Erinnerungen auf sie ein.

Was hatte ihre Großmutter immer gesagt? Dass man die Erinnerung stets viel mehr genoss als die Gegenwart ... War sie deshalb so erschüttert bei dem Gedanken, ihr Haus aufzugeben?

Sie blickte hinüber zu Mitch, und sofort spürte sie ein vertrautes Kribbeln im Bauch. Oh, sie genoss die Gegenwart durchaus. Wie sehr würde sie erst die Erinnerung an diese kurze Zeit mit Mitch genießen.

Irgendwie war es dieses Mal anders als damals, vielleicht, weil sie endlich miteinander geschlafen hatten. Oder weil sie einfach reifer geworden waren. Ja, sie hatte Mitch damals schon geliebt. Aber da war sie sich in so vielem noch unsicher gewesen und hatte noch so viel über sich herausfinden müssen.

Und jetzt ...

Plötzlich hatte Liz einen dicken Kloß in der Kehle. Jetzt hatte sie das Gefühl, als ob sie nie aufgehört hätte, Mitch zu lieben, als ob in einem versteckten Winkel ihres Herzens diese Liebe immer präsent gewesen wäre. Das Problem war nur, wenn Liz sie selbst bleiben wollte, dann konnte sie nicht hier in Manchester bleiben. Sie brauchte ihre Arbeit. Und Manchester war einfach nicht groß genug.

„Dein Vater hat ganz schön viel an dem Haus gearbeitet, nicht wahr?"

„Pops?" Mitch lenkte den Wagen auf die mit weißem Kies bedeckte Einfahrt. „Pops ist es ziemlich egal, was mit dem Haus passiert. Ich habe den Anteil meiner Mutter gekauft und vor einem Monat auch noch Seans Anteil mitsamt dem Haus. Er wohnt aber noch hier, und alle meine Brüder kommen oft zu Besuch. Wie du ja gesehen hast." Er lächelte ironisch. „Sie hätten auch nie zugelassen, dass das Haus in fremde Hände gerät."

Liz blinzelte überrascht. „Die Ranch gehört jetzt also dir?"

„Richtig. Die ganzen fünfundsechzig Hektar."

„Ich wusste gar nicht, dass sie so groß ist."

Mitch brachte den Wagen vor dem eindrucksvollen zweistöckigen Ranchhaus zum Stehen. Liz betrachtete es nachdenklich. Was wollte Mitch eigentlich mit so einem großen Haus? Soweit sie sich erinnerte, hatte es mindestens sechs Schlafzimmer, ein Arbeitszimmer, eine große Küche mit Essecke, ein riesiges Wohnzimmer mit angrenzendem Esszimmer, wo die Mahlzeiten eingenommen wurden, wenn Besuch da war.

Als sie sich zu Mitch umwandte, merkte sie, dass er sie neugierig ansah. „Was ist?", fragte sie.

Er lächelte. „Nichts. Komm mit."

Nachdem sie ausgestiegen waren, entdeckte Liz das eingezäunte Areal und die Tiere, die sie neugierig beäugten. Es war eine bunt gemischte Schar. Insgesamt zählte sie zwei Ziegen, einen Maulesel, ein Schwein, einen Bernhardiner und eine Kuh. Außerhalb des Zauns lagen noch drei wohlgenährte Katzen und sonnten sich.

Mitch kletterte über den Zaun und gab dem Maulesel etwas Futter aus einem Eimer, der an einem der Zaunpfosten hing. Liz konnte geradezu spüren, wie entspannt Mitch plötzlich war.

„Ich schätze, ich sollte der Ranch einen neuen Namen geben, zum Beispiel ‚Hort für Haustiere'", murmelte er und strich dem Esel über die Nase. „Alle diese Tiere sind mir sozusagen zugelaufen. Die Ziegen gehören einem Nachbarn, der zu alt geworden ist, um für sie zu sorgen. Das Maultier kommt vom alten Klammer. Und so ging es immer weiter." Er deutete auf die Katzen. „Sheba fand ich in einem Schuhkarton auf der Straße, zusammen mit ihren sechs Jungen."

„Sheba? Wie die legendäre Königin?"

„Ja. Du musst sie nur eine Weile beobachten, dann weißt du, warum sie so heißt." Mitch lächelte breit. „Wenn du brav bist, erzähl ich dir auch noch, wie die anderen heißen."

Liz beschirmte die Augen mit der Hand. „Hast du nicht gesagt, es wäre schon spät? Was wolltest du mir denn zeigen?"

„Komm mit."

Es lief doch alles besser, als er gedacht hatte.

Mitch lehnte sich lässig an die Wand des neuen Stallgebäudes. Er blickte sich um und versuchte, die Ranch mit Liz' Augen zu sehen. Und was er sah, gefiel ihm.

Wie könnte es einem hier auch nicht gefallen? Es war Anfang Juli, und alles stand in saftigem Grün. Die Luft war erfüllt von dem Duft frischen Grases und wilder Blumen, alles blühte. Am strahlend blauen Himmel zeigten sich nur vereinzelte Wolken. Und wenn man nach Westen blickte, sah man, dass die Wiesen und Weiden in der Ferne allmählich in sanftes Hügelland übergingen.

Er spähte kurz in den Stall, wo er Liz allein gelassen hatte. Zuvor hatte er sie durchs Haus geführt. Wie nebenbei, er wollte nicht zu eifrig erscheinen, hatte er ihr davon erzählt, was er alles noch renovieren wollte. Dann hatte er sie mit in den Gemüsegarten genommen, und sie hatte sich spontan gebückt, um ein bisschen Unkraut zu zupfen. Danach war er mit ihr zu dem neuen Stallgebäude gegangen, bereit, alle ihre Fragen zu beantworten.

Noch hatte sie diese Fragen nicht gestellt. Aber das würde sie. Da war er ganz sicher.

Sein Plan war, Liz zu verführen, doch nicht, um sie ins Bett zu bekommen. Er wollte ihr Herz berühren. Sie sollte sich daran erinnern, dass sie sich in Manchester einmal genauso zu Hause gefühlt hatte wie er; dass sie ihn geliebt hatte; ja, dass sie ihn immer noch liebte – das fühlte er. Seiner Meinung nach war es nur eine Frage der Zeit, bis sie sich bewusst wurde, dass sie hierher gehörte. Zu ihm.

Und genau das war sein Problem – Zeit. Ruth war wieder da, und Bo würde sicher auch bald wieder arbeiten. Myra war aus dem Urlaub zurück. Alles lief wieder normal. Sicher würde Liz das Chaos, das sie in Boston angerichtet hatte, bald wieder entwirren, und dann würde sie würde Manchester verlassen.

Das konnte er nicht zulassen.

Langsam schlenderte Liz durch den langen Stallgang. Die Boxentüren waren stabil, aus massivem Holz, jede von ihnen mit einem noch unbeschriebenen Namensschild versehen, wie ihr auffiel.

Ein Sonnenstrahl fiel durch das offen stehende Tor, und sie sah die Mücken darin tanzen. Der Anblick ließ Erinnerungen an die Sommer ihrer Kindheit wach werden. Erinnerungen an lange, müßige Sommertage, an denen sie und Mitch Hand in Hand durch die Maisfelder gewandert waren, im Gras lagen, sich gegenseitig mit den Sachen aus dem Picknickkorb fütterten, den Ruth manchmal für sie gepackt hatte.

Wie lange das doch her war!

Jemand seufzte sehnsüchtig. Aber das war ja sie selbst.

Damals war das Leben so einfach gewesen.

Sie trat hinaus und sah Mitch, der gerade zwei Fellknäuel im Arm hielt und offenbar versuchte, ein weiteres unter seinem Pick-up hervorzulocken.

Liz bekam ein ganz merkwürdiges Gefühl in der Magengegend.

Langsam ging sie über die Kieseinfahrt auf ihn zu. Was hatte Mitch eigentlich im Sinn? Erst schlug er ihr vor, das Haus ihrer Großmutter zu verkaufen, dann zeigte er ihr seine Ranch.

Nun zog er ein braun-schwarz geflecktes Kätzchen unter dem Wagen hervor. „Hab ich dich endlich, Spike." Er nahm das kleine Wesen hoch. Vertrauensvoll schmiegte es sich an ihn. „Wie oft habe ich dir und deinen Geschwistern gesagt, Autos sind verboten? Ich habe wirklich keine Lust auf platt gewalzte Kätzchen." Das Tier begann zu schnurren, so laut, dass sogar sie es hörte.

Oh ja, Mitch konnte einen zum Schnurren bringen.

Liz musste sich räuspern.

Mitch sah über die Schulter zu ihr und lächelte ausgelassen. Sie hätte den Augenblick am liebsten mit der Kamera festgehalten.

Mitch ging zum Zaun und legte die jungen Kätzchen dahinter ab.

Liz fühlte sich plötzlich unsicher. Eigentlich war sie hergekommen, um sich selbst zu beweisen, dass sie nach wie vor nicht zu Mitch passte. Dass die Ängste, die sie vor sieben Jahren gequält hatten, immer noch ihre Berechtigung hatten. Sie wollte sich selbst beweisen, dass es richtig gewesen war, Mitch McCoy zu verlassen.

Aber jetzt merkte sie, wie viel sich verändert hatte. Mitch war kein FBI-Agent mehr, den seine Arbeit oft zu längerer Abwesenheit von zu Hause zwang. Und sie war nicht mehr das unsichere junge Mädchen von einst. Sie hatte Karriere gemacht – weit weg von Manchester.

Sie versuchte, nicht die idyllische Landschaft zu sehen, sondern sich stattdessen ihr Büro in Boston vorzustellen, oder das, das sie sich in Atlanta einrichten wollte. Aber es gelang ihr nicht.

„Sieht aus, als braut sich da ein Gewitter zusammen", stellte Mitch fest.

Liz lehnte sich neben ihn an den Pick-up und sah zum Himmel hoch. Am Horizont ballten sich tatsächlich dunkle Wolken zusammen.

Merkwürdig, irgendetwas passte nicht richtig ins Bild. Warum, um Himmels willen, wollte Mitch sein gesamtes Land einzäunen? Er hatte doch wohl nicht Angst, dass sein Mais ihm davonlaufen könnte? Aber sie hatte ja überhaupt keine Maisfelder gesehen, genauso wenig wie

Bohnen oder Weizen. Da war überall nur Gras.

„Du führst irgendwas im Schilde, McCoy. Aber ich werde das schon noch herausfinden."

„Ich verstehe nicht, was du meinst."

Sie lächelte. „Oh doch. Sag mir eins, Mitch. Du bist doch Privatdetektiv, oder? Aber was bist du, wenn du nicht in Washington bist? Wenn du gerade keinen Auftrag hast?"

Er schmunzelte. „Ich habe nicht nur keinen Auftrag, Liz. Ich bin im Ruhestand. Ich habe noch ein paar Klienten, und ich habe noch einen Anteil an der Detektei, aber ansonsten bin ich … frei."

Liz musterte ihn. Verflixt, dieser Mann sah einfach zu gut aus. Und er roch so gut.

Plötzlich wurde ihr klar, was sie so beunruhigte. Sie wusste so wenig von ihm. Sie war so damit beschäftig gewesen, ihn an der Nase herumzuführen und ihr Verlangen nach ihm unter Kontrolle zu halten, dass sie viel zu wenig darauf geachtet hatte, in welcher Hinsicht er sich verändert hatte. Abgesehen von seinem Äußeren, natürlich. Aber jetzt hatte sie Gelegenheit, diesen neuen Mitch kennenzulernen. Und sie hatte große Lust dazu, mehr denn je.

Er deutete auf den Wagen." Fertig?"

„Was?", rief sie erstaunt. „War das alles?"

„Oh nein. Wir fangen gerade erst an, mein Engel."

Sie stiegen ein. Mitch ließ den Motor an. Dann blickte er sie an und berührte mit dem Daumen ihre Nasenspitze. Unwillkürlich zuckte Liz zurück.

„Warte", sagte er heiser. „Ich will nur versuchen, das wegzukriegen."

Liz hielt still, während Mitch sich den Daumen mit der Zunge befeuchtete und dann sacht über ihre Nase rieb. Wie gebannt starrte sie dabei auf seinen Mund und lauschte auf das wilde Pochen ihres Herzens.

„Bist du endlich fertig? So groß kann der Fleck doch nicht sein." Wenn er sie noch länger berührte, dann würde sie für nichts mehr garantieren.

Schmunzelnd zog er die Hand zurück. „Tja, ich schätze, weiter komme ich nicht, was?"

Er fuhr los, allerdings nicht in Richtung Landstraße. Stattdessen lenkte er den Wagen auf das Land hinter dem Haus. Liz musste sich festhalten, als sie die Kieseinfahrt verließen und der Pick-up über die Unebenheiten holperte.

„Mitch!", rief sie lachend. „Was tust du da?"

„Das wirst du schon sehen. Warum lehnst du dich nicht zurück und genießt die Fahrt?"

Sie lächelte. Wie viele Hektar Land waren es? Fünfundsechzig? Warum hatte sie das Gefühl, als wollte er jeden einzelnen Meter davon abfahren?

Und warum nur gefiel ihr diese Vorstellung so sehr?

11. KAPITEL

*E*s goss in Strömen. Direkt über ihnen zerriss ein Blitz den düsteren Himmel, gefolgt von einem ohrenbetäubenden Donnerschlag.

Mitch brachte den Wagen vor dem Haus zum Stehen, und sie rannten, so schnell sie konnten, die Stufen zur Veranda hoch, unters Vordach. Fröstelnd folgte Liz Mitch ins Haus.

Und dann standen sie beide in der Küche, und Liz konnte an nichts anderes mehr denken als daran, wie nah sie sich waren und was für eine Hitze Mitch ausstrahlte. Er stand hinter ihr, langte nun um sie herum und öffnete eine Schublade. Dabei berührte er sie am Arm, und sie spürte, dass Mitch erschauerte.

Fast hätte sie aufgestöhnt, als er sie an den Schultern zu sich herumdrehte. Wie betäubt starrte sie auf die kleinen Wassertröpfchen, die an seinen Wimpern hingen, während er mit dem flauschigen Handtuch, das er aus der Schublade geholt hatte, in langsamen, sinnlichen Bewegungen über ihren Hals rieb.

Das Verlangen in seinem Blick steigerte noch ihr eigenes Begehren. Die Knie wurden ihr weich, und sie musste sich an den Küchentresen lehnen. Mitch beugte sich vor, in seinen großen grünen Augen glomm ein geheimnisvolles Feuer, das ihr Blut erhitzte. Atemlos öffnete sie die Lippen in Erwartung seines Kusses.

„Mitch …"

Sein Mund streifte ihre Lippen und brachte sie mit sanftem Druck zum Verstummen. Was sie sagen wollte, war vergessen. Hitzewellen durchströmten sie, ihre Haut prickelte. Verträumt schloss Liz die Augen, schlang beide Arme um Mitchs Taille und zog ihn noch fester an sich. Sein Kuss wurde immer wilder, fordernder, und sie war nur zu bereit, das betörende Spiel seiner Zunge zu erwidern. Aber sie wollte mehr. Ungeduldig strich sie ihm mit beiden Händen über den Rücken und legte sie auf seinen muskulösen Po.

Mitch schob ein Bein zwischen ihre Schenkel. Die Hände in ihrem Haar, bog er ihren Kopf ein wenig zurück, um mit der Zunge noch tiefer in ihren Mund einzudringen und den Kuss zu vertiefen.

Sie zerrte ihm das nasse T-Shirt aus der Hose und schob es hoch, presste ihre Handflächen auf seine breite Brust und fuhr dann genießerisch mit den Fingern durch die rauen Härchen. Nur um seine Brustwarzen zu küssen, löste sie sich von seinem Mund.

Mitch stöhnte auf. „Komm." Er packte sie bei den Schultern, damit Liz ihn wieder ansah.

In ihren Augen lag ein eigenartiger Glanz, und ihre Brüste hoben und senkten sich verlockend bei jedem Atemzug. Stumm erwiderte sie seinen herausfordernden Blick und legte die Hand auf den deutlich sichtbaren Beweis seiner Begierde. Himmel, es war viel zu viel Stoff zwischen ihnen …

Als hätte Mitch ihre Gedanken gelesen, streifte Mitch ihr die Bluse ab. Und dann hörte Liz das Geräusch zerreißenden Satins. Mitch war im Begriff, ihr das Top vom Leib zu reißen. Verlangend starrte er auf ihre nackte Haut, während er den Stoff Zentimeter für Zentimeter weiter aufriss. Liz trug einen knappen weißen Spitzen-BH, durch den man deutlich die harten rosa Knospen sah.

Liz glaubte es kaum zu ertragen, als Mitch ihre Brüste nur ganz kurz mit den Fingern streifte, um seine Hand sofort wieder zurückzuziehen.

Dann senkte er den Kopf und küsste ihre Knospen durch den Spitzenstoff.

Sie keuchte kurz vor Erregung und presste sich noch fester an sein Bein.

Wieder war das Geräusch zerreißenden Stoffs zu hören. Der Verschluss war eigentlich hinten, doch Mitch hatte es viel zu eilig, um sich mit Häkchen und Ösen aufzuhalten.

„Anscheinend ist es meine Bestimmung, dir immer die Kleider zu ruinieren, was, mein Engel?", murmelte er und ließ seine Zungenspitze zwischen ihren harten Knospen hin- und herwandern.

Liz wollte etwas antworten, doch nur ein raues Stöhnen kam aus ihrer Kehle, als Mitch seinen Oberschenkel zwischen ihren Beinen rieb und dabei mit den Lippen sacht an ihren Brustspitzen sog. Erschauernd klammerte sie sich an seine Schultern, um nicht den Halt zu verlieren.

Als er ihr nun in die Augen schaute, stand in seinem Blick nackte Begierde, und sie verspürte ein neues, aufregendes Gefühl weiblicher Macht. Es war wundervoll, zu wissen, dass sie ein solches Verlangen in ihm wecken konnte. Jetzt umfasste er ihre Brüste, hob sie an und betrachtete sie hingerissen. Dann widmete er sich wieder den Knospen, nahm eine nach der anderen in den Mund und streichelte sie mit der Zungenspitze.

Schmerzlich süße Lust erfasste Liz, und sie glaubte, vor Wonne zu vergehen, als Mitch nun eine Hand an ihrem Körper herabgleiten ließ bis unter das Bündchen ihrer Shorts und mit den Fingern das Dreieck zwischen ihren Schenkeln nachzeichnete. Sie biss sich auf die Unterlippe und versuchte, den Höhepunkt hinauszuzögern. Sie wollte warten, bis Mitch ganz zu ihr kam.

Doch als er seine Hand nun um ihren Venushügel schmiegte und den Mittelfinger sacht vor- und zurückbewegte, war es um ihre Selbstbeherrschung geschehen.

Ihre fast unerträgliche lustvolle Spannung entlud sich mit machtvoller Intensität, wie flüssige Lava strömte es durch ihren Körper. Liz keuchte überrascht auf, warf sich hin und her, krallte die Finger in Mitchs Schultern und zog ihn an sich, als ob er ihr niemals nah genug sein könnte.

Erst als die köstlichen Schauer abklangen, löste sie ihren Griff.

Mitchs Augen glitzerten, als er Liz ansah. „Schön zu wissen", murmelte er und streichelte ihre Oberlippe mit der Zungenspitze, „dass ich dich zum Höhepunkt bringen kann, nur indem ich dich streichle."

Sie tat, als wollte sie ihn in die Zunge beißen, doch lächelnd entzog er sich ihr.

„Oh, Mitch ...", flüsterte sie, „ich hoffe doch sehr, du wirst es nicht dabei belassen."

Sein Lächeln wurde breiter. Und dann küsste er sie von Neuem glutvoll. „Du hast ja keine Ahnung", raunte er ihr zu, legte die Arme um sie und presste die Hüften an sie.

Liz zerrte erneut an seinem T-Shirt, gab es dann aber auf, um lieber den Verschluss seiner Jeans zu öffnen. Den Knopf hatte sie gleich geschafft.

Mitchs tiefes, leises Lachen zerrte an ihren Nerven. Jetzt hielt er auch noch ihre Hände fest. Verwundert blickte sie auf. Da zog er sie schon ins Schlafzimmer.

Dort angekommen, warf er sie regelrecht aufs Bett und rollte sich über sie. Die alten Bettfedern quietschten, und Mitch grinste.

„Weißt du, wie lange ich schon davon geträumt habe?" Zärtlich knabberte er an ihrem Ohrläppchen. „Davon, dass du hier auf diesem

Bett liegst, in meinen Armen?" Er strich mit der Zungenspitze an ihrer Ohrmuschel entlang, und Liz wand sich voller Verlangen hin und her. „Und immer habe ich mich dabei gefragt, was für ein Lied die Bettfedern wohl singen werden, wenn wir uns lieben."

Uns lieben ...

Die Worte hallten in Liz' Kopf wider wie ein Echo.

„Allerdings ..." Mitch rollte sich auf die Seite, „bist du in meinen Träumen immer nackt."

Liz musste lachen. „Ach, weißt du, das dürfte kein Problem sein."

Mitch lächelte sie an, stützte sich auf und betrachtete Liz. Alles an ihr war wundervoll. Von ihren glänzenden goldblonden Haaren bis zu ihren rot lackierten Fußnägeln war sie einfach perfekt.

Endlich streifte er ihr nun den Rest ihres Oberteils und ihres BHs ab. Langsam und mit ihrer Hilfe schob er die Shorts über ihre schlanken Hüften und ihre langen Beine. Er warf die Shorts auf den Boden und ließ den Blick an ihren Beinen genießerisch wieder aufwärts gleiten – bis zu dem Stringtanga, von dem er schon am Morgen einen Blick erhascht hatte.

Ein Blitz erhellte das Zimmer, und der darauffolgende Donner entsprach genau der Heftigkeit von Mitchs Verlangen.

Liz presste die Beine aneinander und hielt es kaum noch aus. Mitch legte die Hand auf ihr Knie und strich langsam an der samtigen Innenseite ihres Schenkels auf und ab und schob dabei sachte ihre Knie auseinander. Sie zögerte, und Mitch glaubte, Liz würde die Beine womöglich gleich wieder schließen, doch dann spreizte sie sie auf sehr erotische Weise, und lächelte erwartungsvoll.

Mitch hatte das Gefühl, nie zuvor so erregt gewesen zu sein, als er das kleine Stückchen Satin mit Spitze sah, das gerade so eben die intimste Zone verbarg und sonst alles enthüllte. Oh Mann, diese Dinger sollten verboten werden. Und seine Hand zitterte, als er einen Finger unter das hauchdünne Etwas schob und daran zog. Liz hob die Hüften, um ihm zu helfen.

Kaum hing der Stringtanga an seinem Zeigefinger, weit entfernt von ihrem verführerischen Körper, da drängte Liz sich an ihn, bis Mitch auf dem Rücken lag, und setzte sich rittlings auf ihn.

„Oh, Mitch, du machst mich ganz verrückt." Und leise keuchend nestelte sie am Reißverschluss seiner Jeans. In fiebriger Hast befreite sie ihn von seiner Kleidung und betrachtete dabei hingerissen seinen nackten Körper, genau wie er zuvor ihren.

Wieder wollte sie sich auf ihn setzen, doch er packte sie rasch an den Handgelenken.

„Nein, mein Engel. Diesmal möchte ich es auf die altmodische Art."

Um ihr gar keine Gelegenheit zum Widerstand zu geben, warf er sie schnell auf den Rücken und glitt über sie. Er versiegelte ihre Lippen mit seinen und strich ebenso zärtlich wie aufreizend mit den Fingerspitzen über ihren Bauch bis hin zu ihrer empfindsamsten Stelle. Dort begann er sie mit Daumen und Zeigefinger zu liebkosen, und Liz bäumte sich so heftig auf, dass er glaubte, sie habe erneut ihren Gipfel erreicht.

Aber sie streckte die Arme nach ihm aus und hob sich ihm verlangend entgegen. „Oh, Mitch", flüsterte sie atemlos. „Ich halte es nicht mehr aus."

Er erschauerte, als ihre Hand zwischen seine Schenkel glitt und sie ihn zu sich führte. Und dann musste er die Kiefer aufeinanderpressen, um nicht jetzt schon zu kommen, als sie ihn ganz umschloss. Die köstlichsten Empfindungen durchdrangen ihn. Er packte Liz bei den Hüften und hielt sie fest, obwohl sie verzweifelt versuchte, sich fester an ihn zu pressen.

Mitch verstärkte seinen Griff, und Liz stöhnte auf, flehte ihn an, er möge tiefer in sie eindringen. Mit einer geschmeidigen Bewegung erfüllte er ihren Wunsch. Doch dann hielt er wieder inne, weil er sich und ihr noch Zeit lassen wollte. Weil es so unbeschreiblich herrlich war, sie zu fühlen.

Sie umfasste seinen Po und schlang die Beine um seine Hüften. Er sah ihr in die Augen, ihr Blick war verschleiert. Mit der zerzausten goldblonden Mähne sah sie tatsächlich wie ein Engel aus. Ein sehr sinnlicher Engel, und Mitch bedeckte ihre feucht schimmernden Lippen mit seinen. Sie duftete wundervoll, und ihre Hände waren so zärtlich, ihr Körper so weich und biegsam.

Er ließ ihre Hüften los und keuchte auf, als sie sich so leidenschaftlich an ihn drängte, dass er schon jetzt fast die Kontrolle über sich verloren hätte. Langsam zog er sich aus ihr zurück, um mit einem heftigen Stoß erneut wieder tief in sie hineinzukommen. Sie schrie auf. Hatte er ihr wehgetan? Nein, in ihren Augen stand pure Lust, und sie hob sich ihm schon entgegen, als er sich erneut ein Stück zurückzog, damit sie ihn wieder ganz tief in sich aufnehmen konnte.

Gemeinsam fanden sie ihren Rhythmus, der immer schneller, immer drängender wurde. Der Raum war erfüllt von Liz' verzückten kleinen Schreien. In brennender Leidenschaft strich Mitch mit beiden Händen über ihren Körper, küsste ihren heißen Mund. Und Liz' Fingernägel gruben sich tief in seinen Rücken, hinterließen rote Striemen auf der straffen Haut.

Draußen tobte der Sturm ebenso stark wie der Sturm ihrer Leidenschaft. Außer sich vor Verlangen, packte Mitch ihre Hüften und drückte Liz ganz fest an sich, um noch einmal tief in sie hineinzugleiten. Und dann hörte er ihren Schrei unbändiger Lust, als sie zusammen auf den Gipfel kamen.

Als sie langsam wieder in die Wirklichkeit zurückfand, hob Mitch den Kopf und sah Liz an. Er strich ihr die schweißnassen Locken aus dem Gesicht. Ihre roten Lippen waren geschwollen von ihren Küssen, ihre braunen Augen glänzten.

Lächelnd strich sie mit dem Finger über seine feuchte Brust und dann dorthin, wo sie immer noch vereint waren. „Hm, das war so gut, dass ich es mir fast überlegen könnte, hierzubleiben", flüsterte sie und drängte sich sacht mit den Hüften an ihn.

Er hielt ihren Blick fest. „Und wenn ich dir sagen würde, dass ich dich liebe?"

Auf einmal war es seltsam still im Raum. Nur das Brausen des Windes war zu hören und das Ticken des Weckers auf dem Nachttisch.

Mit angehaltenem Atem wartete Mitch auf ihre Antwort, während Liz ihr Bein zärtlich an seinem rieb. Jetzt war der Augenblick gekommen …

„Nun", erwiderte sie langsam. „Ich weiß nicht, Mitch. Warum sagst du es nicht? Dann wirst du ja sehen, was passiert." Sie lächelte schelmisch, legte die Hände auf seinen Po, und er spürte, dass ihr Verlangen von Neuem erwacht war.

Sofort rauschte das Blut wieder schneller durch seine Adern. Aber ich hab es doch gerade gesagt, oder? überlegte Mitch, konnte jetzt aber keinen klaren Gedanken mehr fassen.

Da war Liz plötzlich auf allen vieren und bewegte herausfordernd die Hüften. Und dann hatte er gar keine andere Wahl, als mit zügelloser Begierde Besitz von ihr zu nehmen.

Dieses Mal gab es kein vorsichtiges Abwarten, kein langsames Herantasten. Schnell war er tief in ihr, umfasste ihre Schultern und gab den Rhythmus vor. Durch halb geschlossene Lider beobachtete er sich selbst, wie er in sie eindrang und wieder herausglitt, in sie eindrang und wieder herausglitt ... Dabei strich er mit den Fingerspitzen über ihre Wirbelsäule, und sie bog unwillkürlich den Rücken durch. Ihr seidiges Haar lag wie ein Fächer über ihren makellosen, glatten Schultern.

Überwältigt umschlang er schließlich ihre Hüften und ergab sich hemmungslos seinem Verlangen, bis sie erneut zusammen den Gipfel erreichten.

Nur ganz langsam kam Liz wieder zu sich. Die Matratze unter ihr war so ungewohnt weich. Sie setzte sich auf.

„Mitch?", flüsterte sie. Doch die andere Seite des Bettes war leer.

Sie überlegte kurz, legte sich dann wieder hin und gab sich lächelnd der Erinnerung an die vergangenen Stunden mit Mitch hin ... und der Erinnerung an den Tag, an dem sie nach Manchester zurückgekehrt war. Damals hatte sie sich gefragt, ob ihr Zusammentreffen auf der Landstraße ein Wink des Schicksals sei.

Schmunzelnd schloss sie die Augen und dachte an den Hort für Tiere, der neben dem neuen Stall entstanden war, an den Zaun, den Mitch um sein gesamtes Land herum errichten wollte ... Ob er etwa vorhatte, Pferde zu züchten? Er hatte sich eine Welt geschaffen, die so anders war als die kalte Geschäftswelt, in der sie lebte.

Seine Art zu leben erschien ihr auf einmal viel erstrebenswerter als ihre eigene.

Und was war mit ihren Ängsten? Was war mit der Stimme in ihrem Innern, die ihr sagte, sie gehöre nicht hierher?

Liz starrte an die Decke und wartete. Aber die Ängste und Zweifel von früher wollten sich nicht einstellen. Gehörte sie vielleicht doch hierher? War dies ihre Heimat?

Sie zog sich ihren Slip an, schlüpfte in Mitchs T-Shirt und ging ans Fenster. „Mitch?", flüsterte sie. Er saß auf dem Dach. „Was machst du da?"

Er antwortete nicht, rutschte aber zur Seite, um ihr Platz zu machen.

Vorsichtig kletterte sie durchs Fenster. Das Dach war ziemlich flach. Sie kauerte sich neben Mitch. Die Nacht war mild und erfüllt vom Duft des Sommers und dem Zirpen der Grillen.

Sie lächelte Mitch zu und hätte gern seine Hand genommen, doch er wirkte so unnahbar. „Wie lange hab ich denn geschlafen?", fragte sie ihn nach einer Weile.

„Eine Stunde. Oder zwei."

„Und so lange sitzt du schon hier?"

„Ja, fast." Mitch holte tief Luft und atmete langsam wieder aus.

Liz spürte seinen Blick auf sich. „Was ist?" Sie fuhr sich mit der Hand durchs Haar. „Ich sehe schrecklich aus, nicht wahr?"

Er wartete lange mit der Antwort. „Nein, du siehst wunderschön aus", sagte er schließlich.

„Was hast du eigentlich vor mit all dem Land?" Verlegen spielte sie mit dem Saum seines T-Shirts. „Ich meine, du hast offensichtlich nichts angepflanzt dieses Jahr. Und dann der Zaun …"

Mitch schwieg. Er hätte gedacht, dass Liz sich erinnern würde. Aber er hatte ja nur ein einziges Mal mit ihr über seine Träume gesprochen, und das war lange her.

„Du willst Pferde züchten, nicht wahr?"

Er lächelte. „Ja."

Sie erwiderte sein Lächeln.

Aber dann wurde Mitch wieder nachdenklich. In den vergangenen acht Monaten, als er angefangen hatte, die Ranch zu verändern und sich sein Leben neu einzurichten, da hatte er nicht damit gerechnet, dass Liz wieder in sein Leben treten würde. Aber mit der Liebe zu ihr war auch wieder der Wunsch in ihm erwacht, sie in sein Leben mit einzubeziehen. Deshalb hatte er ihr heute alles gezeigt. Als er ihr dann zu verstehen gab, dass er sie liebe, hatte sie ihm keine direkte Antwort gegeben. Stattdessen hatte sie ihn mit Sex abgelenkt. Zuvor hatte sie gesagt, Sex mit ihm sei so gut, dass sie sich fast überlegen könnte, hier zu bleiben.

Aber eben nur fast.

Vielleicht sollte er sich endlich damit abfinden, dass nichts Liz hier halten würde. Der Trumpf, den er geglaubt hatte, in der Hand zu haben, indem er ihr sein Leben und seine Träume offenbarte, hatte sich als nicht stark genug erwiesen.

Wie dumm er in Bezug auf Liz doch gewesen war. Wieder einmal.

„Mitch? Stimmt etwas nicht?"

„Ich glaube, so könnte man es nennen." Er sah ihr ins Gesicht. „Liz, meinst du nicht, es ist an der Zeit, mir endlich die Wahrheit zu sagen? Sag es mir, Liz, vor wem läufst du davon?"

Sie strahlte ihn entwaffnend an. „Ich kann nicht glauben, dass du dir immer noch deswegen Gedanken machst."

„Ja, allerdings, das tue ich. Und ich denke, du solltest mir endlich helfen, damit aufzuhören."

Zwei Lichtkegel durchschnitten die Dunkelheit. Ein Wagen bog in die Einfahrt ein, plötzlich war das Dach, auf dem sie saßen, hell erleuchtet.

Mitch fluchte leise. Musste sein Vater ausgerechnet jetzt nach Hause kommen?

Der Wagen hielt. „Bist du das, Liz?", rief Sean, als sei es das Selbstverständlichste auf der Welt, dass sie mit seinem Sohn, Mitch, mitten in der Nacht auf dem Dach saß. „Ich hab schon gehört, dass du wieder in Manchester bist. Willkommen zu Hause."

„Danke, Mr McCoy."

Sean fuhr weiter und parkte den Wagen vor dem Haus.

„Ich schätze, man hat uns ertappt, Mitch." Liz lehnte sich an ihn.

Mitch antwortete nicht. Er brachte kein Wort heraus.

„Stimmt etwas nicht?", wiederholte sie.

Nichts stimmt, hätte Mitch am liebsten gesagt. Stattdessen stand er auf und reichte Liz die Hand. „Komm. Ich bring dich nach Hause."

12. KAPITEL

*A*m nächsten Abend saß Mitch an der Theke im Paradise Diner. Der Kaffee in seiner Tasse war längst kalt und schal geworden. Nicht einmal Ezras penetrant gute Laune konnte seine düstere Stimmung aufhellen. Er fühlte sich, als würde ein zentnerschweres Bleigewicht auf seinen Schultern lasten.

Ruth schaute zu ihm hinüber. „Liz wird kommen, ganz bestimmt. Sie muss einfach, sonst hab ich mir alle Mühe umsonst gemacht."

„Wär nicht das erste Mal", rief Bo aus der Küche.

Mitch lächelte mühsam. Was war mit ihm los? War er ein Masochist? Hatte er Liz erneut sein Herz geöffnet, nur damit sie es ihm ein zweites Mal brach?

Jemand trat durch die Eingangstür. Mitch wandte den Kopf, in der Hoffnung, Liz zu sehen. Doch es war ein hochgewachsener fremder Mann in dunklem Anzug, der das Lokal betrat und sich suchend umblickte. Der Mann war ungefähr im selben Alter wie Mitch und hatte blondes Haar.

„Sie kommt!", schrie Ezra.

Als sie nun durch die Tür trat, begann das ganze Lokal aus voller Brust „Happy Birthday" zu singen. Wirklich jeder sang, außer Mitch und dem Fremden, der zur Seite trat und lächelnd die Arme vor der Brust verschränkte.

Wer ist dieser Kerl?, überlegte Mitch. Und warum hatte er das Gefühl, ihn nicht ausstehen zu können?

Liz gab sich überrascht und gerührt, als Ruth und Bo ihr einen riesigen Kuchen überreichten, der die Form eines Engels hatte, komplett mit Heiligenschein und Flügeln.

Der Gesang war beendet, und es wurde still.

Liz stand regungslos da, offenbar aber nicht nur aus Verlegenheit, sondern weil sie den Fremden bemerkt hatte.

Halt dich da raus, sagte sich Mitch. Behalt deine Gefühle für dich. Mit versteinertem Gesicht erwiderte er Liz' fragenden Blick. Und dann sah er, dass sie blass wurde.

„Du musst die Kerzen ausblasen!", kommandierte Ruth.

„Ja, alle dreißig!", fiel Ezra ein.

„Natürlich, du musst mich daran erinnern, wie viele es sind, nicht wahr, Ez?" Gleichermaßen verwirrt und dankbar schaute Liz sich um.

Mitch räusperte sich und wandte den Blick ab.

Gelächter und Applaus erklangen, offenbar hatte sie die Kerzen ausgeblasen. Und dann folgte Ezras Stimme. „Ich würde dir als Geburtstagsgeschenk zu gern sagen, dass die Wette zu deinen Gunsten ausgegangen ist, aber leider ist das nicht der Fall."

Mitch sah auf – und begegnete ihrem Blick. Er schüttelte den Kopf. Nein, er hatte nichts gesagt. Das war auch nicht nötig gewesen, denn außer seinem Vater waren auch noch andere Leute in der Nacht unterwegs gewesen.

„Geschenke! Geschenke!", rief Myra, umarmte Liz und drückte ihr ein kleines Päckchen in die Hand.

Jetzt trat der Fremde vor. „Bitte. Ich wäre gern der Erste."

Plötzlich war es so still, dass Mitch glaubte, Liz' Herzschlag zu hören.

„Meine lieben Freunde, darf ich euch Richard Beschloss vorstellen, meinen ehemaligen Verlobten aus Boston?"

Ihr Exverlobter? Mitch musterte den Fremden erneut. Jetzt wusste er auch, warum er ihn nicht ausstehen konnte.

Gleichzeitig wurde ihm noch etwas klar: Erstens, der Kerl war am Leben. Und zweitens, Liz war nicht mit ihm verheiratet.

Ein Stein fiel ihm vom Herzen – und gleichzeitig fühlte er sich wie ein kompletter Idiot.

„Tut mir leid, dass ich hier so in deine Party hereinplatze, Betsy", sagte Mr Beschloss. „Aber als ich erfuhr, wo du bist, hielt ich es für meine Pflicht, dir das hier zu bringen." Was er ihr reichte, sah verdächtig nach einer Handtasche aus.

Liz nahm sie. „Ich weiß nicht, ob mir das viel bringt, solange meine Konten noch gesperrt sind."

„Das sind sie nicht mehr. Tut mir leid, ich hätte sie schon viel früher freigeben sollen. Ich wartete nur auf eine Gelegenheit, mich persönlich bei dir zu entschuldigen."

„Du willst dich bei mir entschuldigen?"

Verlegen nestelte Mr Beschloss an seiner Krawatte. „Ja, das will ich. Ich weiß jetzt, ich habe mich wie ein Idiot benommen, als du sagtest, du könntest mich nicht heiraten. Anstatt dir mit einer Anzeige wegen Vertragsbruchs zu drohen und deine Konten zu sperren, hätte ich dir danken sollen. Wir hätten uns das Leben doch nur zur Hölle gemacht."

Mitch konnte es nicht glauben. Wie hatte er sich nur so verrückt machen können? Doch jetzt war der Fall klar. Liz hatte Mr Geldsack nicht heiraten wollen. Mr Geldsack hatte ihr mit einem Prozess gedroht, weil sie ihn zum Narren gemacht hatte. Sie hatte sich nicht von ihrem Entschluss abbringen lassen, und Mr Geldsack hatte sich durch Sperrung ihrer Konten gerächt.

Liz hängte sich die Handtasche über die Schulter. „Heißt das, du nimmst die Anzeige wegen Körperverletzung zurück?"

Richard deutete auf seine Nase. „Längst geschehen. Ein Prozess hätte viel zu viel Aufsehen erregt."

Liz biss sich auf die Unterlippe, und wie immer musste Mitch sich beherrschen, sie nicht zu küssen. „Ich schätze, jetzt muss ich mich entschuldigen. Normalerweise bin ich nicht so gewalttätig. Es war bestimmt schrecklich für dich, den Leuten erklären zu müssen, was geschehen ist."

Erstaunlicherweise schmunzelte Richard. „Wie sich herausgestellt hat, hast du mir sogar einen Gefallen getan. Ich hatte mir letzten Winter die Nase gebrochen, und sie war nicht richtig zusammengewachsen. Dein Schlag ... nun ja, anscheinend hast du sie mir wieder gerade gerückt."

Liz' lachte fröhlich. „Wie schön, dass du es mit Humor nimmst. Wenn ich dir noch einmal etwas gerade rücken soll, lass es mich wissen."

Da war ein bisschen zu viel Wärme in Richards Blick. Jetzt küsste er Liz auch noch, und dann so lange. Mitch wollte aufstehen, doch Bo hielt ihn zurück.

„Bleib ruhig, Mann. Es ist doch nur ein Kuss auf die Wange."

Kurz darauf war Richard Beschloss wieder verschwunden. Das Drama war vorüber.

Myra trat wieder vor. „Oh, Liz, wenn dieser Mann und Mitch dir nicht gut genug sind, dann bist du wohl zur ewigen Einsamkeit verdammt. Und jetzt pack endlich mein Geschenk aus, auch wenn es nicht annähernd so toll ist wie das, was du eben bekommen hast."

Ruth tätschelte Mitch die Schulter und stellte ein großzügig bemessenes Stück Kuchen vor ihn auf die Theke.

„Und das hier ist von Mitch", hörte er Myra im nächsten Moment sagen.

Zum ersten Mal in ihrem Leben wusste Liz nicht, was sie tun sollte.

Langsam blickte sie von dem Geschenk zu Mitch und wieder zurück. Seit sie letzte Nacht mit ihm auf dem Dach gesessen hatte, spürte sie eine merkwürdige Fremdheit zwischen ihnen. Sicher, er hatte sie beim Abschied liebevoll geküsst. Aber danach hatte er sie mit ernstem, ja geradezu grimmigem Blick gemustert. Irgendwie hatte sie das Gefühl gehabt, als wäre es ein Abschied für immer gewesen.

Und heute hatte sie die ganze Zeit das Gefühl, als ginge er ihr aus dem Weg.

Liz hoffte, seinem Blick zu begegnen, doch Mitch saß steif an der Theke und wandte ihr den Rücken zu.

„Nun mach schon auf", drängte Ruth.

Mit klopfendem Herzen öffnete Liz das Paket. Es war ein Koffer aus Leder. Sie blickte auf. Endlich sah Mitch in ihre Richtung.

„Öffne ihn", sagte er. Immer noch war sein Gesicht wie versteinert.

Zögernd öffnete sie den Koffer. Ein weißer Umschlag lag darin. Mit angehaltenem Atem öffnete sie ihn. Er war voller Banknoten.

Ezra schaute ihr über die Schulter. „Das ist das Geld, das er bei der Wette gewonnen hat."

Liz stand wie vom Donner gerührt da.

Mitchs Kuss gestern Nacht war tatsächlich ein Abschied für immer gewesen.

Am nächsten Morgen saß Liz wie betäubt in der Küche ihrer Großmutter.

All ihre Sachen, auch ihre Schätze von früher, lagen säuberlich verpackt auf dem Küchentisch. Ihre Kehle war wie zugeschnürt, ihre Augen waren voller Tränen. Mitch hatte recht. Sie musste das Haus verkaufen und die Vergangenheit hinter sich lassen. Jetzt erst recht, da sie wirklich nichts und niemand mehr in Manchester hielt.

Sie verstand nicht, was in Mitch vorging. Erst war alles so schön gewesen, und jetzt…

Jetzt verhielt er sich plötzlich so, als ob ihm das alles nichts bedeutet hätte.

Hatte sie mit ihrem Verdacht recht gehabt, dass er sich nur das hatte holen wollen, was er damals verpasst hatte? Hatte sie sich so in ihm getäuscht?

Sie lachte bitter und nahm ihre Reisetasche.

Nach einem letzten Blick durch die Küche ging sie in den Flur. Ein einzelner roter Schuh lag auf dem Boden. Sie hob ihn auf. Eigentlich hätte ihr schon in dem Moment, als sie statt der zum Brautkleid gehörenden weißen Pumps die roten anzog, klar sein müssen, dass sie an diesem Tag niemandem ewige Treue würde schwören können.

Wie auch immer, jetzt war sie des Herumziehens müde. Sobald sie sich in Atlanta etabliert hatte, würde sie nie wieder umziehen.

Sie schloss die Haustür hinter sich, legte den Schlüssel für den Makler in das verabredete Versteck und ging zu ihrem Wagen. Den roten Schuh warf sie im Vorbeigehen in den Mülleimer.

Konnte es überhaupt noch schlimmer kommen?

Liz stand wartend an der Gepäckausgabe. Der normalerweise kurze Flug hatte ewig gedauert. Wegen des schlechten Wetters war das Flugzeug umgeleitet worden. Und ihr war die ganze Zeit übel gewesen.

Wo blieb nur ihr Koffer? In Virginia hatte die Sonne geschienen …

Zum zehnten Mal innerhalb von zehn Minuten dachte sie an Mitch. Dabei wollte sie gar nicht darüber nachdenken, ob er jetzt im Diner saß und mit Bo und Ruth schwatzte. Oder zu Hause mit seinem Vater oder einem seiner Brüder. Sie wollte nicht daran denken, wie er seinen Tieren frisches Futter gab oder die Boxen vorbereitete für die Pferde, die er züchten wollte. Oder gar daran, wie gern sie ihm dabei helfen würde.

Nein, sie wollte nicht an ihn denken.

Alles, was sie wollte, war, sich in ein Hotelzimmer einzuschließen, die Minibar zu plündern und alles um sich herum zu vergessen, und eben doch nur an Mitch zu denken, bis der Liebeskummer irgendwann nachließ. Aber würde sie sich je innerlich von Mitch lösen können?

Endlich entdeckte sie ihren Koffer. Sie nahm ihn und eilte zum Ausgang.

Jemand stieß sie von hinten an, sie wurde gegen die Person vor ihr geschleudert, der Koffer glitt ihr aus der Hand. Entsetzt sah sie, dass er ein Stück weit über den glatten Boden rutschte, zur Seite kippte und sich dann öffnete.

Und dann sah sie das Schild mit ihrem Namen. Wie gut, jemand von der Mietwagenfirma holte sie ab …

Sie erstarrte – und las das Schild ein zweites Mal. Elizabeth/Betsy/Liz Braden stand dort in krakeliger Schrift.

Ihr Herz setzte einen Schlag lang aus.

Jetzt wurde das Schild auf Hüfthöhe herabgesenkt.

Oh, sie würde diese Hüften überall auf der Welt wiedererkennen.

Mitch!

Mitch verlagerte das Gewicht von einem Fuß auf den anderen. Komm schon, Liz, sieh mich an, sagte sein Blick. Ich muss endlich wissen, ob es ein weiterer Fehler von mir war, hierherzukommen.

Er straffte die Schultern. Ob Fehler oder nicht, er würde auf sie warten. Irgendwann zwischen der letzten Nacht und diesem Nachmittag war ihm klar geworden, dass er keineswegs ein Narr war, weil er sie liebte. Er war ein Narr, ihr nicht zu sagen, wie sehr er sie liebte und dass er sie brauchte wie die Luft zum Atmen.

Natürlich hatte diese Einsicht ihn eine Stunde Zaunpfosteneinschlagen gekostet, aber dann hatte er es begriffen …

Liz war nicht gegen ihren Willen in Manchester gelandet – es war ihre Entscheidung gewesen.

Auch wenn ihre Konten bis gestern gesperrt gewesen waren, durch den Verkauf ihres Wagens hätte sie genug Geld gehabt, um die Stadt zu verlassen – aber sie hatte es nicht getan.

Liz hatte auch nicht gesagt, dass sie ihn nicht liebe. Er hatte es ihr nur unterstellt, obwohl sein Instinkt ihm das Gegenteil sagte.

Und als sie gesagt hatte: „Das war so gut, dass ich mir fast überlegen könnte, hierzubleiben", hatte sie damit nicht gesagt, dass sie auf jeden Fall fortgehen würde. Sie hatte auf ein Zeichen von ihm gewartet, dass es sehr wohl einen Grund für sie gäbe, zu bleiben.

Und er? Er hatte ihr tausend Gründe dafür geliefert, fortzugehen.

Er und sein verdammter Stolz! Aber er hatte solche Angst davor gehabt, dass sich zwischen ihnen alles wiederholen könnte, dass er unbewusst alles dafür getan hatte, dass genau das zu geschehen drohte.

Endlich blickte Liz ihm ins Gesicht.

Er schenkte ihr sein breitestes Lächeln, ließ das Schild fallen und breitete die Arme aus.

Liz lief so stürmisch auf ihn zu, dass sich ihr Fuß in dem geöffneten Koffer verfing und Mitch sie auffangen musste.

Sie lehnte sich zurück und sah ihm in die Augen. „Woher hast du gewusst, wo ich bin? Wie bist du so schnell hierhergekommen?"

Mitch zog die Reisebroschüre von Atlanta aus der Tasche. „Erinnerst du dich?"

Sie seufzte nur und schmiegte sich an ihn.

Er hielt sie so fest, als wollte er sie nie wieder loslassen. „Oh Mann, Liz, hast du überhaupt eine Ahnung, wie sehr ich dich liebe?"

Liz bedeckte sein Gesicht mit Küssen. „Nicht halb so sehr, wie ich dich liebe, McCoy." Dann gab sie ihm einen Klaps auf den Arm. „Und jetzt verrat mir gefälligst, wieso du nicht früher darauf gekommen bist."

Mitch schmunzelte und fragte nur: „Kennst du ein gutes Hotel in der Stadt?"

Sie zwinkerte vielsagend und fuhr sich mit der Zungenspitze über die Lippen.

„Ein Hotel mit einem erstklassigen Juwelier?", fügte Mitch hinzu.

Lange Zeit erwiderte sie nichts. Dann lächelte Liz. „Frag mich, Mitch."

Er musste sich räuspern. „Soll ich auf die Knie fallen?"

Liz tat, als wollte sie ihm einen weiteren Klaps geben.

Mitch holte tief Luft und sah ihr tief in die Augen. „Also gut, Liz Braden, möchtest du meine Frau werden?"

Sie küsste ihn so wild, dass er seinem Verlangen nach ihr am liebsten auf der Stelle nachgegeben hätte.

„Ja, Mitch McCoy, ich will."

Er zog sie an sich und atmete tief ihren Duft ein. Jetzt wusste er, warum er seinen Job aufgegeben hatte und dass er auch als Pferdezüchter nicht glücklich geworden wäre. Liz war es, die ihn glücklich machte. Nur durch sie wurde sein Leben wirklich lebenswert.

„Heißt das, wir können jetzt nach Hause gehen?", fragte sie.

Mitch schob ihr eine kleine Strähne aus dem Gesicht. „Ja, mein Engel, das heißt es."

– ENDE –

Kelly Jamison

Das Verlangen neu entflammt

Roman

Aus dem Amerikanischen von
Roswitha Hoffmann

MIRA®

1. KAPITEL

*B*ill Strand war müde und erschöpft, als er in dieser Nacht seinen Dienst beendete und die Heimfahrt antrat. Hinter ihm lag ein sehr anstrengender Abend, an dem er sich um einen Wohnungsbrand gekümmert hatte und mehrere Schlägereien und Auseinandersetzungen in Wirtshäusern schlichten musste. Als er jedoch in die Einfahrt seines Hauses einbog und die Scheinwerfer des Jeeps ein abgestelltes Fahrzeug erfassten, war er augenblicklich wieder hellwach.

Vermutlich war seine Schwester Cleo vorbeigekommen, um nach ihm zu sehen und ihn wieder einmal mit einem neu erworbenen Auto zu überraschen. Aber es war bereits nach Mitternacht, und als Sheriff von Carson County, Illinois, war Bill daran gewöhnt, stets auf der Hut und auf alles gefasst zu sein.

Bill stieg aus dem Wagen, und sofort gefror sein Atem und wurde als kleine weiße Wolke sichtbar. Nach einem recht milden Tag war die Temperatur gegen Abend bis weit unter den Gefrierpunkt gesunken. Automatisch legte Bill eine Hand an den Colt und nahm die Taschenlampe in die andere. Dann trat er vorsichtig an den fremden Wagen heran. Die Scheiben waren überfroren, sodass er nicht hineinschauen konnte.

Mit dem Ärmel seiner Lederjacke scheuerte er das Eis vom Seitenfenster an der Fahrerseite und leuchtete dann mit der Taschenlampe ins Wageninnere. Hinter dem Lenkrad saß eine in sich zusammengesunkene Person mit dunklem Haar.

Er klopfte gegen die Scheibe, aber die Person reagierte nicht. Er versuchte, die Türen zu öffnen, doch sie waren beide von innen verriegelt. „Komm schon, Junge!", sagte er drängend und klopfte wieder gegen die Scheibe. „Wach auf!"

Es widerstrebte ihm, den Wagen aufzubrechen, aber ihm blieb keine andere Wahl. Der Bursche war vermutlich völlig betrunken, und es war ausgeschlossen, dass er ihn in dieser bitterkalten Nacht einfach seinem Schicksal überließ.

Sobald er das Schloss fachmännisch geknackt und die Tür geöffnet hatte, packte er den Jungen bei der Schulter und rüttelte ihn. „Komm schon", forderte Bill ihn auf. „Falls du beschlossen haben solltest, heute Nacht zu erfrieren, hast du dir den falschen Ort ausgesucht."

Er griff der Person unter die Arme, um sie aus dem Wagen zu zerren. Dabei konnte er erstmals ihr Gesicht sehen. Ungläubig hielt er in der Bewegung inne. „Meg?", stammelte er fassungslos. „Meg!" Er fühlte ihren Puls. Ihre Haut war kalt wie Eis, aber sie lebte. „Was machst du bloß für Sachen?", fragte er verstört, ohne eine Antwort zu erwarten. Ihre Augen waren geschlossen, und sie hatte sich noch immer nicht bewegt.

Bill zog sie aus dem Wagen und hob sie auf die Arme. Mit dem Knie drückte er die Tür zu. Meg … Wie lange ist es her? fragte er sich, während er sie zum Haus trug. Fünf Jahre? Wenn er jenen Tag nicht mitzählte, an dem er sie vor einem Jahr im Krankenhaus gesehen hatte, war es tatsächlich fünf Jahre her. Ob sie wohl schon von dem Feuer wusste? Das könnte ihr unerwartetes Erscheinen bei ihm erklären.

Der Einsatzleiter der Feuerwehr hatte ihn gebeten, nach Meg zu suchen und ihr die Nachricht zu überbringen. Bill hatte diese Aufgabe nicht gern übernommen. Meg hatte in ihrem Leben schon mehr als genug Leid erfahren, und Bill erschien es unerträglich, ihr eine weitere Schreckensnachricht zu überbringen. Hinzu kam, dass einmal eine sehr innige Beziehung zwischen ihnen bestanden hatte, die dann jedoch von Meg beendet worden war. Sie hatte ihm unmissverständlich erklärt, dass sie ihn niemals wiedersehen wollte, und er hatte ihre Entscheidung akzeptiert.

Seitdem waren sie sich nur an jenem Tag im Krankenhaus noch einmal flüchtig begegnet. Meg war damals bereits geschieden gewesen. Er hatte gewusst, wie viel emotionale Kraft die Operation sie gekostet hatte. Ihre Augen hatten die Qualen, die sie litt, deutlich widergespiegelt. Es hatte ihn gedrängt, sie in die Arme zu nehmen und zu trösten, aber er hatte es nicht gewagt.

Als Bill mit dem Ellbogen das Licht anschaltete, begannen ihre Lider unruhig zu flattern. Während er sie in die Küche trug, schlug sie langsam die Augen auf. Erst jetzt bemerkte er den Bluterguss auf ihrer Wange. Die Verletzung sah böse aus und schien ihr erst vor Kurzem zugefügt worden zu sein.

Meg verkrampfte sich plötzlich in seinen Armen. „Wer sind Sie?", fragte sie.

Sie muss völlig durcheinander sein, dachte Bill. Sicher wollte sie wissen, was er da machte, und nicht, wer er war. Behutsam ließ er sie auf den Stuhl gleiten. Zitternd vor Kälte, schlang sie die Arme um den Oberkörper.

„Wenn du dich unbedingt zu Tode frieren willst, solltest du dich nicht ausgerechnet vor mein Haus stellen", meinte Bill. Dabei bemühte er sich um einen möglichst lockeren Tonfall, um ihr zu helfen, ihre offensichtliche Verwirrtheit zu überwinden. „Wenn ich etwas später nach Hause gekommen wäre, hätte ich dich vermutlich nur noch als Eisblock vorgefunden." Er zog seine Lederjacke aus und hängte sie ihr über die Schulter.

Sie schien nicht viel Wert auf diese freundliche Geste zu legen. Mit ihren grauen Augen musterte sie ihn misstrauisch. Bill wich ihrem Blick aus und kümmerte sich um das Feuer im Ofen.

„Sind Sie der Sheriff?", fragte sie.

Er wirbelte herum und starrte sie an.

„Wegen … wegen der Uniform", meinte sie verlegen. „Und wegen der Waffe", fügte sie zögernd hinzu.

„Meg?" Er legte den Feuerhaken aus der Hand und richtete sich auf. In seinem Kopf schrillten alle Alarmglocken. Sie musste verletzt sein. „Was ist mit dir geschehen?"

„Ich weiß nicht", erwiderte sie gedehnt und sah sich benommen um. Sie wirkte besorgt, als sie ihm das Gesicht wieder zuwandte. „Sie scheinen mich zu kennen", stellte sie fest. „Sind wir …" Sie war zu erschöpft, um weitersprechen zu können.

Um sie nicht noch mehr zu beunruhigen, versuchte Bill, seine Besorgnis zu verbergen. „Wir sind Freunde", sagte er schließlich ruhig. „Meg, erinnerst du dich wirklich nicht an mich?"

Angestrengt durchforstete sie ihr Gedächtnis. Ich sollte mich an ihn erinnern, dachte sie. Er war der Typ Mann, den eine Frau normalerweise nicht vergaß. Und das lag nicht nur an seinem attraktiven Aussehen und dem intensiven Blick seiner schönen blauen Augen. Sie spürte die starke Ausstrahlung dieses Mannes, die auf einen festen und lauteren Charakter schließen ließ und Vertrauen in ihr weckte. Lange sah sie ihn an und versuchte, sich zu erinnern. Er war sehr groß, hatte volles schwarzes Haar und wirkte auf ansprechende Art verwegen. Er gefiel ihr und war ihr sympathisch, aber sie erinnerte sich nicht an ihn. Ihr Kopf war völlig leer.

„Meg", wiederholte sie versonnen. „Heiße ich so?"

„Oh Meg!" Er konnte seine Besorgnis nicht länger verbergen. „Hast du dich verletzt? Ist etwas mit dir passiert?" Er beugte sich über sie. Strähne um Strähne hob er ihr kinnlanges braunes Haar und untersuchte sorgfältig ihre Kopfhaut. Aber er entdeckte nichts, das auf eine Verletzung hindeutete. Dann berührte er vorsichtig den blauen Fleck, der sich quer über ihre Wange zog. Meg stöhnte leise auf, und er entschuldigte sich mit rauer Stimme.

„Wo hast du dir diese Schramme zugezogen?"

„Ich erinnere mich nicht", erwiderte sie dumpf. Wieder musterte sie eingehend sein Gesicht. „Ich erinnere mich an nichts."

Bill nahm ihre Hände und untersuchte sie ebenfalls. Sie wiesen einige leichte Abschürfungen auf. „Es muss eine Erklärung geben", sagte er mehr zu sich selbst als zu ihr. Sanft umschloss er mit der Hand ihr Kinn. „Kannst du dich an gar nichts erinnern, Meg? Fällt dir nicht irgendetwas ein, das heute Nacht geschehen ist?"

Er sah, dass sie völlig erschöpft war und dass das Bemühen, sich zu erinnern, fast über ihre Kräfte ging. Aber er spürte auch, dass sie sich erinnern wollte und dass das Misslingen ihrer Anstrengung sie zutiefst beunruhigte.

Sie schüttelte den Kopf. „Ich weiß nur noch, dass ich aufgewacht bin, jedenfalls für einen Augenblick, als jemand versuchte, die Wagentür zu öffnen. Alles andere ist wie … ausgelöscht."

Sie wirkte so hilflos und verloren, dass Bill ihr tröstend übers Haar strich. „Es wird alles gut werden. Mach dir keine Sorgen." Das ist leicht gesagt, dachte er bei sich. Er selbst war in diesem Moment überaus besorgt. Sie erinnerte sich offensichtlich weder an das Feuer, wobei nicht einmal sicher war, ob sie es überhaupt miterlebt hatte, noch an irgendetwas anderes, das sie betraf. „Komm", sagte er und zog sie hoch. Dann hob er sie wieder auf seine Arme. „Ich bringe dich jetzt zu Bett. Dort wirst du dich am ehesten wieder aufwärmen."

Meg spürte, dass es sein eigenes Zimmer war, in das er sie brachte. Die herbe, maskuline Note des Raums entsprach dem Eindruck, den sie von diesem Mann gewonnen hatte.

Er legte sie auf das Bett, setzte sich neben sie und zog ihr die Schuhe aus. Ihm fiel auf, dass ihre Kleidung nicht der kalten Jahreszeit angepasst war. Sie trug eine schwarze Hose aus leichtem Baumwollstoff und dazu eine pinkfarbene Seidenbluse. Für Bill war Meg immer die schönste Frau von allen gewesen, und daran hatten auch die vergangenen Jahre nichts geändert. Sie war ein bisschen reifer geworden, ihre Züge waren ausgeprägter, aber sie war noch immer seine Meg.

Seine Meg? Er musste aufhören, so zu denken. Sie hatte ihn damals nicht mehr gewollt, und auch ihre Scheidung änderte daran nichts. Als er ihr half, sich zuzudecken, zeichneten sich unter dem dünnen Blusenstoff deutlich ihre Brüste ab. Unwillkürlich hielt er den Atem an und unterdrückte ein Stöhnen. Er hatte noch jedes Mal den Verstand verloren, wenn sie in seinem Haus war, und so war es auch jetzt.

„Ihre Jacke", sagte Meg und wollte sie sich von der Schulter streifen.

Bill hielt ihre Hände fest. „Behalt sie an", verlangte er. „Du kannst in diesem Zustand gar nicht warm genug verpackt sein. Du zitterst immer noch. Ich hole dir jetzt etwas zu trinken. Du trinkst am liebsten Tee, nicht wahr?"

Sie kannte nicht einmal mehr ihren eigenen Geschmack und nickte nur hilflos. Als er das Zimmer verlassen hatte, fühlte sie sich plötzlich sehr einsam. Sie musste sich zwingen, ihn nicht zurückzurufen.

Es muss einen Grund dafür geben, dass ich ausgerechnet zu ihm gefahren bin, dachte sie. Aber weshalb war er ihr so völlig fremd? Weshalb war sie sich selbst so fremd? Ihr Name war Meg.

„Meg", flüsterte sie und horchte in sich hinein. Sie hatte gehofft, dass der Name vertraute Empfindungen in ihr auslösen würde, wenn sie ihn aussprach, aber das war nicht der Fall.

Ein paar Minuten später kam Bill mit einer Tasse heißem Tee zurück. Dankbar trank sie davon und merkte, dass er mit Honig gesüßt war. Ob das eine Gewohnheit von ihr war, die der Sheriff kannte? Meg fand es ausgesprochen beunruhigend, dass ein Fremder sie offensichtlich besser kannte als sie sich selbst.

Nachdem Bill ihr den Tee gereicht hatte, achtete er darauf, gebührend Abstand zu Meg zu halten. Sein seltsames Verhalten entging ihr nicht, aber sie merkte auch, dass er sie die ganze Zeit fragend musterte. Sie spürte ganz deutlich, dass irgendetwas zwischen ihnen vorgefallen sein musste. Meg wusste nicht, was es war, aber sie war sicher, dass sie sich nicht irrte. Auch wenn sie alles vergessen hatte, was mit ihr und ihrem Leben zu tun hatte, so wusste sie doch, wann ein Mann absichtlich darauf bedacht war, Abstand zu ihr zu wahren.

Genau das tat dieser Mann. Er hielt die Arme vor der Brust verschränkt, und seine angespannte Miene verriet ihr, dass er Dinge von ihr wusste, die ihm nicht behagten. Und vielleicht gefielen sie ihr selbst ebenfalls nicht.

Bill ging an die Kommode und nahm einen Schlafanzug heraus. „Hier", sagte er und warf ihn zu ihr aufs Bett. „Wenn du dich aufgewärmt hast, kannst du das anziehen. Ich werde inzwischen nebenan ein paar Telefongespräche führen." Er drehte sich um und wollte das Zimmer verlassen.

„Sheriff", begann sie, „ich habe mich gerade gefragt …"

Bill blieb stehen und sah sie fragend an. „Ja?"

„Ich habe mich gefragt, wie Sie … wie du wohl heißt."

Er schluckte. „Bill. Bill Strand."

Meg hatte den Eindruck, dass seine Stimme etwas gereizt klang. Es schien fast so, als ob er alles für ein Spiel hielt, an dem er nicht besonders viel Gefallen fand. Aber sie hielt es ebenfalls nicht für vergnüglich. Erneut fragte sie sich, was sie wohl veranlasst haben mochte, sich in dieser Nacht ausgerechnet an Bill Strand zu wenden.

Sie ließ ihn gehen, ohne noch weitere Fragen zu stellen, und er schien froh darüber zu sein. Wieder versuchte sie, sich zu erinnern, aber es gelang ihr nicht. Außerdem wurde sie immer müder. Erschöpft legte sie den Kopf aufs Kissen und dachte an gar nichts mehr.

In der Küche wählte Bill die Nummer der Feuerwehrzentrale. „Hallo, Jack. Hier ist Bill. Räumst du noch immer die Gerätschaften auf?" Bill hielt inne, runzelte die Stirn und warf einen Blick Richtung Schlafzimmer. „Hör einmal, ich hab hier ein Problem. Meg Farrow ist überraschend bei mir aufgetaucht." Als Jack ihn unterbrach, trommelte er nervös mit den Fingern auf dem Tisch. Dann sagte er: „So einfach ist das nicht. Ich wünschte, ich könnte sie fragen, was heute Nacht in ihrem Haus geschehen ist. Aber sie erinnert sich an nichts. An nichts, Jack. Stell dir das vor! Ich musste ihr sogar ihren eigenen Namen sagen!" Er seufzte. „Ja, ich weiß. Es ist alles fürchterlich verworren. Jack, lass es mich bitte sofort wissen, wenn du irgendetwas erfährst."

„Gut", sagte Bill, nachdem Jack ihm seine volle Unterstützung zugesichert hatte. „Dann rufe ich jetzt Doc McCray an und bitte ihn her. Und noch etwas, Jack." Er rieb sich das Kinn. „Erzähle niemandem von Meg und ihrem Problem, ehe wir nicht mehr wissen. Okay?"

Dr. James McCray war nicht besonders glücklich darüber, nachts um halb eins aus dem Bett geholt und zu einem Hausbesuch gerufen zu werden. Er machte keinen Hehl aus seiner Verärgerung, sagte Bill aber zu, in fünf Minuten bei ihm zu sein.

Als der Arzt eintraf, hielt Bill sich noch immer in der Küche auf. Er hatte der Versuchung, wieder zu Meg zu gehen, eisern widerstanden. Allerdings hatte er doch einen Blick ins Schlafzimmer geworfen und gesehen, dass sie sich den Schlafanzug angezogen hatte. Ihre Augen waren geschlossen gewesen, und er vermutete, dass sie schlief.

„So, wo hast du die Patientin gefunden?", fragte James, sobald Bill ihm die Tür geöffnet hatte.

James McCray war ein noch recht junger, oft ungeduldiger Arzt, der sich nicht mit langen Vorreden aufhielt. Aber genau das schätzte Bill an ihm.

„Sie saß schlafend in ihrem Auto vor meinem Haus", erzählte Bill. „Sie war für die Jahreszeit viel zu leicht bekleidet. Auffallend war auch die Jeansjacke, die sie trug. Sie ist völlig verschlissen und scheint in letzter Zeit eher als Putzlappen Verwendung gefunden zu haben." Bill nahm James den Mantel ab und hängte ihn an den Garderobenständer.

„Wie lange hat sie im Auto gesessen?", erkundigte sich der Arzt.

„Woher soll ich das wissen?", erwiderte Bill gereizt. „Als ich kurz nach Mitternacht nach Hause kam, war sie da. Es ergibt keinen Sinn. Wieso kommt sie ausgerechnet zu mir, wenn sie sich doch offensichtlich an nichts erinnert?"

James McCray zuckte mit der Schulter. „Vielleicht hat sie rein instinktiv aus dem Unterbewusstsein heraus gehandelt. Möglicherweise handelt es sich um das Aufflackern ihres Selbsterhaltungstriebs. Komm, ich will sie sehen. Falls sie einen Schlag auf den Kopf bekommen hat, muss sie sofort ins Krankenhaus."

Im Flur blieb James unvermittelt stehen. „Übrigens: Was ist mit ihrem Exmann? Weiß er etwas?"

„Paul? Seit der Scheidung hat man nicht mehr viel von ihm gehört. Irgendwann einmal war er in der Stadt in eine Schlägerei verwickelt, zu der man mich gerufen hatte. Ich glaube nicht, dass Meg und er noch Kontakt haben."

„Ich halte gar nichts mehr von dem Kerl, seit er sie verlassen hat", meinte James und deutete auf die Schlafzimmertür. „Es zeugt schon von einem gehörigen Maß an Charakterlosigkeit, eine Frau im Stich zu lassen, die so viel durchmachen musste wie Meg. Jetzt will ich mich aber um sie kümmern." Mit einem zuversichtlichen Lächeln trat er ans Bett.

Bill folgte dem Arzt ins Zimmer, hielt sich aber diskret im Hintergrund.

„Ich nehme an, Sie sind gekommen, um meinen Geisteszustand zu überprüfen, Doktor", bemerkte Meg trocken.

Bill trat aufgeregt näher und sah sie erwartungsvoll an, aber sie verzog nur bedauernd das Gesicht. „Ich habe an seiner Tasche erkannt, dass er Arzt ist", erklärte sie. „Oder habe ich es mit dem hiesigen Tierarzt zu tun?"

James lachte leise und zog sich einen Stuhl ans Bett. „Man hat mir schon Übleres vorgeworfen", erwiderte er und fühlte ihren Puls. „Aber nun wollen wir erst einmal sehen, was Ihnen fehlt, Mrs Farrow", sagte James, während er die Manschette des Blutdruckmessgeräts an Megs Arm befestigte.

„Farrow? Ist das mein Name?"

„Ich dachte, dass Bill Ihnen wenigstens die wichtigsten Informationen gegeben hätte." Er schüttelte den Kopf. „Sie sind Meg Farrow, und Sie sind eine ausgesprochen nette und hübsche Person."

Er drehte sich halb um und sah Bill an. „Verschwinde aus dem Zimmer, Strand, damit ich meine Patientin untersuchen kann."

Bill trank gerade eine Tasse Kaffee, als der Arzt wieder zu ihm in die Küche kam. „Wie geht es ihr?", fragte er mit angespannter Miene.

„Körperlich ist sie gesund", erwiderte James. „Nichts deutet darauf hin, dass der Gedächtnisverlust durch äußere Gewalteinwirkung verursacht wurde. Ich vermute, dass das Problem psychisch bedingt ist. Es scheint Dinge zu geben, an die sie sich nicht erinnern will und in ihrer Not restlos verdrängt hat. Und wir beide wissen, dass man ihr das nicht verdenken kann. Dennoch möchte ich noch ein paar weitere Untersuchungen bei ihr durchführen. Sie ist zwar nicht in Gefahr, aber ich möchte sie doch lieber im Auge behalten. Falls du auch nur das geringste Anzeichen von Übelkeit bei ihr bemerkst, musst du sie auf schnellstem Weg ins Krankenhaus bringen."

„Dann wird sie ihr Gedächtnis also wiederfinden?"

„Hoffentlich. Ich hatte noch nie mit einem solchen Fall zu tun. Gegebenenfalls müssen wir die Hilfe eines Psychiaters in Anspruch nehmen. Du sagtest am Telefon, dass es heute Nacht bei Meg gebrannt hat. Ich vermute, dass dieses Feuer und alles andere, was sie in letzter Zeit belastet hat, jetzt ihren Tribut fordern. Was denkst du? Fürchtest du, dass sie dir wieder den Laufpass geben wird, wenn die Erinnerung zurückkehrt?"

Bill verzog das Gesicht. „Diesmal wird nichts zwischen uns sein", behauptete er mit fester Stimme. „Ich werde mir nicht noch einmal die Finger verbrennen."

James musterte ihn mit hochgezogenen Brauen. „Interessante Wortwahl", stellte er fest. „Sei dir da nur nicht zu sicher. Hatte sie eigentlich Medikamente bei sich?"

„Ich weiß nicht. Ich könnte in ihrem Wagen nachschauen, ob sie eine Handtasche dabeihatte."

James nickte. „Tu das."

„Was mache ich, wenn sie anfängt, Fragen zu stellen? Soll ich ihr alles erzählen?"

„Ich denke, dass sie nur das fragen wird, was sie wirklich wissen will, und du solltest auch nur darüber Auskunft geben. So, Sheriff!" Unvermittelt schlug James Bill auf die Schulter. „Und dafür schuldest du mir was. Wie wär's mit einem erlassenen Strafmandat wegen Geschwindigkeitsüberschreitung?"

„Abgelehnt!" Bill unterdrückte ein Lächeln. „Da lade ich dich doch lieber auf ein Sandwich in die Gerichtskantine ein."

Der Arzt schüttelte sich angewidert. „Sagen wir ein Steak und ein Bier, und der Handel ist perfekt."

„Einverstanden." Bill schmunzelte.

„Bring Meg morgen Vormittag zum Röntgen ins Krankenhaus", fügte James hinzu, während er sich den Mantel anzog. „Ich werde alles Nötige veranlassen."

Nachdem James gegangen war, durchsuchte Bill Megs Auto und fand ihre Handtasche. In der Küche schüttete er den Inhalt auf den Tisch und unterzog ihn einer näheren Betrachtung. Ein Tablettenröhrchen nahm er als Erstes in die Hand und legte es dann beiseite. Es handelte sich um ein harmloses Schmerzmittel. Dann betrachtete er die Schlüssel, die sie bei sich hatte. Zwei davon waren Autoschlüssel, die anderen schienen Haustürschlüssel zu sein.

Bill hatte gehört, dass sie in einem Apartment in der Stadt gewohnt hatte, während in ihrem Haus am Fluss die Handwerker arbeiteten. Es war gut möglich, dass ein Kurzschluss das Feuer an diesem Abend ausgelöst hatte. Aber Jack war auf Spuren gestoßen, wonach nicht auszuschließen war, dass es sich um Brandstiftung handelte. Er griff nach einem Taschenkalender und blätterte ihn durch. Dabei stieß er auf keinen Eintrag, der irgendwie aufschlussreich gewesen wäre. Meg hatte lediglich die üblichen Notizen über berufliche und private Termine gemacht.

Zum ersten Mal dachte Bill an ihren Beruf und seufzte. Ihm wurde bewusst, dass er noch einen weiteren Anruf tätigen und etwas für sie arrangieren musste. Er klappte den Terminkalender zu und steckte ihn in die Tasche. Meg hatte ein großes Problem. Es war nicht nötig, dass sie sich auch noch mit lauter Kleinigkeiten belastete.

Er schaute die restlichen Sachen durch und konnte auch hier nichts Ungewöhnliches entdecken. Neben den üblichen Utensilien wie Lippenstift und Puder, Führerschein und Kreditkarten fand Bill auch eine Quittung über die für drei Monate im Voraus bezahlte Miete. Dann schaute er in ihre Brieftasche, in der drei Fotos steckten. Eines davon zeigte Megs Mutter vor dem Haus am Fluss, auf den beiden anderen sah er Meg im Kreis von Freunden auf einer Hochzeitsfeier.

Bill überlegte, ob er die Fotos herausnehmen sollte, aber dann entschied er sich dagegen. James hatte gesagt, dass sie nur das fragen würde, was sie wirklich wissen wollte. Sie hatte das Recht, selbst zu entscheiden, und das hieß auch, dass es ihm nicht zustand, eine Art Vorzensur auszuüben.

„Bin ich in irgendwelchen Schwierigkeiten?"

Bill drehte sich um und sah Meg in der Tür stehen.

„Wenn es so ist, möchte ich es wissen", sagte sie und sah ihm fest in die Augen.

Sie hielt seine Lederjacke in der Hand und hängte sie, ohne den Blick von ihm zu wenden, über eine Stuhllehne. Seine Pyjamajacke war ihr viel zu groß, sie reichte ihr fast bis zu den Knien. Meg hatte sich offensichtlich gut aufgewärmt, aber er fand doch, dass sie nicht mit nackten Beinen und Füßen über den kalten Fußboden gehen sollte.

„Setz dich, Meg, und wärm dir die Füße am Ofen", bat er sie.

„Du weichst mir aus", stellte sie fest, während sie seiner Aufforderung nachkam. Interessiert betrachtete sie die Utensilien auf dem Tisch. „Sind das meine Sachen?"

„Ja. Und nein, ich glaube nicht, dass du in irgendwelchen Schwierigkeiten bist." Das stimmte zwar nicht ganz, aber er wollte sie auf keinen Fall noch mehr beunruhigen. Außerdem war er sicher, dass sie nichts Unrechtes getan hatte. Bill kannte Meg gut genug, um dafür die Hand ins Feuer zu legen. Natürlich war sie in Schwierigkeiten. Daran bestand kein Zweifel. Doch es war zu früh, dies anzusprechen, da sie sich an absolut nichts erinnerte.

Meg stand wieder auf. Sie trat nah an den Tisch und nahm einige der Gegenstände, die angeblich ihr gehörten, in die Hand. Bill spürte, dass sie versuchte, sich an etwas zu erinnern. Als sie bekümmert seufzte, wusste er, dass es ihr nicht gelungen war. Die ganze Zeit beobachtete er sie aufmerksam. Erleichtert nahm er zur Kenntnis, dass sie die Brieftasche nicht geöffnet hatte und auch keine Fragen stellte.

Statt sich wieder zu setzen, ging sie unruhig auf und ab. Hin und wieder blieb sie kurz stehen, um dies oder jenes näher zu betrachten.

„Ist das deine Familie?", fragte sie, während sie ein gerahmtes Foto im Regal neben dem Ofen anschaute.

„Ja. Das sind meine Schwester, Cleo, und mein Vater."

„Deine Mutter ist nicht auf dem Bild", stellte sie fest. Er sah, dass sie die Stirn runzelte. Sie versuchte wieder, sich an etwas zu erinnern, und er wartete geduldig. Schließlich sah sie ihn fragend an.

„Meine Mutter war bereits gestorben, als dieses Bild entstand", erklärte er.

„Oh. Das tut mir leid." Sie senkte den Blick und schwieg gedankenverloren. Dann sah sie Bill wieder an. „Habe ich … eine Familie?"

„Ich glaube, dass du noch einen Cousin hast", erwiderte er so gleichmütig wie möglich. Dabei achtete er sehr genau darauf, ihr nur die Auskunft zu geben, die sie wirklich erbat. Sie hatte nicht nach ihren Eltern gefragt, und er wusste nicht, was er ihr antworten sollte, wenn sie es tat. „Ich könnte ihn anrufen, wenn du es möchtest."

Meg schüttelte den Kopf. „Nein, dazu besteht kein Grund, oder?"

„Nein, eigentlich nicht", stimmte er zu. Er war überzeugt, dass ihr Cousin, zu dem sie kaum Kontakt pflegte, nichts dazu beitragen konnte, damit sie ihr Gedächtnis wiederfand. Meg war zu ihm gekommen, nicht zu ihrem Cousin. Und es war an ihm, ihr zu helfen.

„Hast du eine Frau?", fragte Meg unvermittelt.

„Nein", erwiderte Bill etwas zu barsch.

Sie begann wieder umherzugehen und blieb schließlich vor dem Kühlschrank stehen, an dem zwei Fotos mit Magneten befestigt waren. „Sind das deine Söhne?", fragte sie. „Ich meine, vielleicht warst du ja einmal verheiratet. Warst du das?"

Bill antwortete nicht sofort, und Meg drehte sich zu ihm um. „Nein", sagte er. „Ich war nie verheiratet. Die beiden Jungen sind die Söhne meiner Schwester, Tim und David. Es sind recht alte Aufnahmen. Inzwischen gehen die beiden schon aufs College."

Meg spürte sehr deutlich, dass sie mit ihren Fragen einen wunden Punkt bei ihm berührt hatte. Sie war nicht mehr ganz so orientierungslos und fühlte, wenn ihm ein Thema nicht behagte. Über sein Privatleben sprach er offensichtlich nur sehr ungern. Sie sollte das respektieren, aber aus irgendeinem Grund interessierte sie sich gerade dafür ganz besonders.

„Aber du hast doch sicher einmal mit einer Frau zusammengelebt?", forschte sie vorsichtig weiter.

„Bist du immer so neugierig?", fragte er leicht gereizt.

„Ich weiß nicht." Sie lächelte verlegen. „Schließlich bin ich es, die das Gedächtnis verloren hat."

Bill musste schmunzeln. Das war wieder seine Meg. Er hatte ganz vergessen, dass sie niemals aufgab, wenn sie etwas wissen wollte. Dabei spielte es keine Rolle, ob sie sich erinnerte oder nicht. Sie war, wie sie war. Und sie war noch immer unwiderstehlich schön. Es gefiel ihm, dass sie das Haar jetzt wieder länger trug. Sein Blick glitt über ihren Hals, und er erinnerte sich daran, wie sehr er es geliebt hatte, sie gerade hier zu streicheln und zu küssen. Und auch sie hatte es genossen, wenn er mit den Lippen über ihre zarte Haut geglitten war. Nein, er durfte nicht daran denken!

Er atmete tief durch und zwang sich, die Gedanken an die Vergangenheit zu verdrängen. Auf keinen Fall würde er die Situation ausnutzen und versuchen, sich ihr wieder zu nähern.

„Du warst schon immer eine kleine Nervensäge", sagte er neckend.

„Wenn du etwas wolltest, hast du niemals lockergelassen." Und wenn du etwas nicht wolltest, warst du genauso stur, fügte er in Gedanken hinzu.

„Das klingt nicht sehr schmeichelhaft", meinte sie.

„Nun, ich halte Entschlossenheit nicht unbedingt für eine Charakterschwäche." Unwillkürlich dachte er daran, wie sehr ihn die Entschlossenheit in ihren grauen Augen schon einmal verletzt hatte. Die Erinnerung daran schmerzte ihn sogar noch heute.

*B*ill hatte Meg nie wehtun wollen. Sie hatte bereits mehr als genug Leid erfahren, und es wunderte ihn überhaupt, wie sie das alles hatte durchstehen können, ohne noch mehr als ihr Gedächtnis zu verlieren.

Sein Blick ging Meg unter die Haut und ließ sie erschauern. Unwillkürlich fragte sie sich, ob sie schon immer so sensibel auf diesen Mann reagiert hatte. Mehr denn je frustrierte es sie, dass sie sich an absolut nichts aus ihrem bisherigen Leben erinnern konnte. Plötzlich fürchtete sie sich davor, möglicherweise einige Seiten an sich zu entdecken, über die sie nicht sehr erfreut sein würde.

Instinktiv spürte sie jedoch, dass sie keine Frau war, die wie ein Schmetterling leichtfertig von einer Blüte zur anderen flatterte. Aber dieses Gefühl half ihr auch nicht viel weiter. Ihr fiel ein, dass der Arzt sie Mrs Farrow genannt hatte. Das ließ vermuten, dass sie verheiratet war. Die Vorstellung, dass irgendwo ein Ehemann auf sie wartete und sich womöglich große Sorgen um sie machte, irritierte sie zutiefst. Seltsam, dass der Sheriff ihn weder erwähnt noch versucht hatte, Kontakt zu ihm aufzunehmen.

Gedankenverloren trat sie ans Fenster und schaute in den Sternenhimmel. „Es kommt mir fast so vor, als sähe ich das alles zum ersten Mal", meinte sie versonnen.

„Du hast immer gern in die Sterne geschaut", erzählte er ihr.

Sie wandte ihm das Gesicht zu. „Wirklich?"

„Ja. Du warst stets ein Nachtmensch. Wenn du morgens früh aufstehen musstest, warst du unerträglich launisch", fügte er neckend hinzu.

Meg sah ihn mit so klarem Blick an, dass er einen Moment glaubte, sie könne sich wieder an alles erinnern. Doch dann schlug sie sich plötzlich die Hände vors Gesicht.

„Ich hasse das!", stieß sie verzweifelt hervor. „Es ist grausam, nicht zu wissen, wer man ist und wie man sich verhalten soll. Es ist ein Albtraum!"

Bill ging spontan zu ihr und nahm sie zärtlich in die Arme. Er führte sie zum Stuhl vor dem Ofen, setzte sich dort hin und zog sie auf seinen Schoß. „Du bist übermüdet und völlig durchgefroren, Meg. Schon das allein muss dir natürlich fürchterlich zusetzen."

„Wenn du mir jetzt noch sagst, dass ich mich morgen schon viel besser fühlen werde, verpasse ich dir möglicherweise eine Ohrfeige", meinte sie schluchzend.

„Oh, Meg." Lächelnd strich er ihr übers Haar. „Du musst dir wirklich nicht den Kopf darüber zerbrechen, wie du dich verhalten sollst. Du benimmst dich, wie ich es von dir gewohnt bin, und gerade in diesem Augenblick hat wieder die alte Meg aus dir gesprochen."

Irgendetwas im Klang seiner Stimme verriet ihr mehr, als tausend Erklärungen es vermocht hätten. Bill und sie waren mehr gewesen als nur gute Freunde. Sobald ihr das klar geworden war, wurde ihr auch bewusst, dass sie nicht auf seinem Schoß sitzen und sich von ihm umarmen lassen sollte, ehe sie nicht wusste, was in der Vergangenheit zwischen ihnen gewesen war.

Aber die Anziehungskraft zwischen ihnen war zu groß. Und es widerstrebte ihr, sich aus seinen Armen zu lösen. Sie wünschte sich, ihm immer so nah zu sein, und spürte, wie sich eine glühende Hitze in ihr ausbreitete. Meg wandte ihm das Gesicht zu, um ihn anzusehen, weil sie hoffte, dass die Erinnerung vielleicht jetzt, in dieser Ausnahmesituation, zurückkehrte. Doch sie empfand nur Sehnsucht und brennendes Begehren. Und sie sah ihm an, dass er genauso fühlte wie sie.

Sie hatte zwar ihr Gedächtnis verloren, aber sie wusste doch sehr genau, was eine Frau wissen sollte. Sie war sicher, dass Bill Strand sie in diesem Augenblick wollte.

Lange betrachtete er jede Linie ihres Gesichts, ehe er sie plötzlich fest an sich drückte. „Meggie", flüsterte er ergriffen. Er hielt sie so fest, als wollte er sie niemals wieder gehen lassen. Dabei streichelte er unablässig ihren Rücken und ihr Haar. Wieder und wieder raunte er selbstvergessen ihren Namen, und sie spürte den Hauch seines Atems an ihrem Hals und im Gesicht.

Seine Zärtlichkeit wirkte auf Meg wie die einzige helle Lichtquelle in dem beängstigenden Dunkel, das sie umgab. Sie schlang die Arme um seinen Hals, schmiegte sich an ihn und barg das Gesicht an seiner Schulter. Dieser Mann war ihre Hoffnung. Er gab ihr Halt und nahm ihr die Furcht, in diesem grauenvollen schwarzen Loch verloren zu gehen, das ihre Vergangenheit für sie darstellte.

Sie spürte seinen Körper, der ihr sowohl fremd als auch vertraut war.

Meg konnte sich nicht erinnern, aber sie hatte das Gefühl, ihn schon eine Ewigkeit zu kennen.

Bill hatte alles um sich herum vergessen. Meg war wieder da, seine Meg … Er war geradezu überrascht, aber zugleich auch peinlich berührt, als ihm bewusst wurde, dass er sie eng umschlungen hielt. Wie hatte er es nur so weit kommen lassen können? Sein Zorn auf sich selbst war noch stärker als das jähe Verlangen, das Meg in ihm weckte. Er hatte die Kontrolle über sich verloren und sich von seinen Gefühlen überwältigen lassen. Ihm war klar gewesen, dass er sie nicht in die Arme nehmen durfte. Aber er hatte es einfach nicht ertragen, sie so unglücklich und verzweifelt zu sehen, und hatte sie nur trösten wollen.

Abrupt löste er sich von ihr. „Es tut mir leid", sagte er schroffer als beabsichtigt. Schließlich war er auf sich selbst böse und nicht auf sie.

Meg rang angestrengt um Fassung, aber es war offensichtlich, wie aufgewühlt sie war. Plötzlich kam ihr etwas in den Sinn. „Mein Mann", sagte sie leise. „Was ist mit meinem Mann?"

„Du bist nicht mehr verheiratet", erklärte Bill und bemühte sich um einen freundlicheren Tonfall. „Du bist seit über einem Jahr geschieden."

„Oh." Sie wirkte erleichtert. „Sollte ich ihn anrufen oder so?", fragte sie dann nachdenklich. „Ich meine, würde er vielleicht wissen wollen, wo ich bin und wie es mir geht?"

Kaum, dachte Bill bitter. Aber er ließ sich seine Gefühle nicht anmerken. Er schüttelte den Kopf. „Ich denke nicht, dass du ihn informieren solltest."

„Wie ist sein Name?", fragte Meg neugierig.

„Paul. Paul Farrow."

Diese Auskunft schien ihr zu genügen. Bill erkannte, wie schwach und müde sie plötzlich war, und hob sie behutsam von seinem Schoß. „Du solltest jetzt wieder zu Bett gehen", meinte er und vermied es, ihr zu tief in die Augen zu sehen. Sein körperliches Verlangen nach ihr war noch genauso groß wie vor ein paar Minuten, aber er wollte es weder ihr noch sich selbst eingestehen. Es war an ihm, für sie beide die Grenzen zu ziehen, und er musste dafür sorgen, dass sie diese nicht überschritten.

Meg spürte den Umschwung seiner Gefühle, konnte ihn sich aber nicht erklären. Das Feuer, das soeben noch in seinen Augen gelodert hatte, war jetzt erloschen. Sie nahm an, dass ein so attraktiver Mann wie Bill Strand freie Auswahl bei den Frauen hatte und zur Befriedigung seiner sexuellen Wünsche gewiss nicht auf die eine angewiesen war, die ihm plötzlich und unerwartet in einer kalten Winternacht ins Haus geschneit war. Sie hielt ihn für einen Mann, der das flüchtige Abenteuer einer dauerhaften Beziehung vorzog, und vermutete, dass er es für unverantwortlich hielt, sich mit einer Frau einzulassen, die sich in einem derartigen Ausnahmezustand befand.

Mechanisch nickte sie und trat ein paar Schritte zurück. „Danke, dass du dich so sehr um mich gekümmert hast. Ich hoffe, dass es mir morgen gelingen wird, ein wenig mehr Klarheit über mich und mein Leben zu gewinnen. Gute Nacht, Bill."

„Gute Nacht, Meggie."

Sie drehte sich um und ging ins Schlafzimmer. Meggie, dachte sie versonnen. Sie hatte das Gefühl, dass sie sehr lange nicht so genannt worden war.

Als Meg am nächsten Morgen aufwachte, wusste sie zunächst nicht, wo sie war. Doch dann erinnerte sie sich und dachte trocken, dass ihr Problem nicht lautete, wo sie war, sondern wer sie war. Sie rieb sich die Augen, richtete sich auf und sah sich um. Die Vorhänge waren zugezogen, aber das Tageslicht drang trotzdem hindurch. Später Vormittag, dachte sie.

Sie gähnte und stöhnte dann, weil sie ein schmerzhaftes Ziehen im Gesicht fühlte. Vorsichtig berührte sie ihre geschwollene Wange. Ihr fiel ein, dass der Sheriff, Bill, und der Doktor diese Verletzung in der vergangenen Nacht erwähnt hatten. Noch immer hatte sie keine Ahnung, wo und wie sie sich diese üble Schramme zugezogen hatte.

Meg hörte Bill in der Küche sprechen und lauschte. Da ihm niemand antwortete, nahm sie an, dass er telefonierte. Sie war immer noch müde, aber sie stand auf und verließ das Zimmer. In der geöffneten Küchentür blieb sie zögernd stehen.

Bill telefonierte noch. „Ich halte Sie auf dem Laufenden", sagte er. „Ich denke, sie braucht jetzt nur ein bisschen Ruhe." Er hatte Meg bemerkt und nickte ihr zu.

Es war Meg unmöglich, den Blick von ihm zu wenden. Bill trug heute Morgen nicht seine Dienstuniform. In der schwarzen Jeans und dem schwarzen Sweatshirt wirkte er ungeheuer kraftvoll und männlich. Mit dem Telefonhörer in der Hand ging er ungeduldig auf und ab. Vor dem Fenster blieb er nach einer Weile abrupt stehen.

„In Ordnung", sagte er in die Muschel. „Ich werde es ihr ausrichten."

Er legte auf und schaute mit angespannter Miene aus dem Fenster. „Komm doch einmal her, Meg", bat er sie.

Sie begriff, dass irgendetwas seine Aufmerksamkeit erregt hatte, irgendetwas, das ihm nicht gefiel. Meg ging zu ihm und schaute ebenfalls hinaus. Ihr fiel ein dunkelblaues Auto auf. Es handelte sich um ein offensichtlich schon älteres Modell mit zahlreichen Rostflecken und einer Delle in der Tür.

Meg zuckte zusammen, als Bill sie unvermittelt ansprach. „Erkennst du es?"

„Nein", erwiderte sie. „Sollte ich?"

„Ich weiß nicht." Er wirkte nach wie vor beunruhigt. „Es ist zu weit entfernt, um das Nummernschild zu erkennen. Tritt lieber zur Seite, damit man dich nicht sehen kann", riet er ihr.

Meg wich erschrocken zurück. Ihr Herz klopfte heftig. Reglos stand sie da und starrte auf Bills breiten Rücken. Schließlich wandte er sich zu ihr um. „Wer auch immer das war – jetzt ist er wieder fort."

Sie merkte, dass sie die ganze Zeit die Luft angehalten hatte, und atmete heftig aus. Dann verschränkte sie die Arme vor der Brust, so als wollte sie sich selbst ein Gefühl von Sicherheit vermitteln. „Habe ich immer ein so aufregendes Leben geführt?", fragte sie mit schwacher Stimme.

„Ich würde sagen, dass du bestimmt nicht unter Langeweile gelitten hast. Aber du bist nie gern ein Risiko eingegangen und hast alles gehasst, was auch nur im Geringsten gefährlich sein konnte", erwiderte er. „Es war nie dein Hobby, dich auf dünnes Eis zu begeben."

„Wie klug von mir", meinte sie trocken und wich seinem Blick aus. In seiner Stimme hatte ein Hauch von Bitterkeit mitgeschwungen, und wieder einmal fragte Meg sich, was zwischen ihnen wohl vorgefallen sein mochte.

„Deine Kolleginnen und Kollegen lassen dich übrigens herzlich grüßen", teilte er ihr mit.

Es wunderte Meg, dass seine Stimme wieder völlig normal klang. Sie vermutete, dass er sich diese Fähigkeit, in jeder Situation Gleichmut zu demonstrieren, in seinem Beruf wohl zwangsläufig angeeignet haben musste.

„Und um wen handelt es sich bei diesen Kolleginnen und Kollegen?", fragte sie bedrückt. „Habe ich beruflich mit Menschen zu tun, die alte blaue Rostlauben fahren?"

Bill sah sie verständnisvoll an. „Ich weiß, dass es schwer für dich ist", begann er, aber Meg fiel ihm ins Wort.

„Schwer?", fauchte sie empört. „Ich weiß weder, wer ich bin, noch, welches Leben ich bisher geführt habe. Und ich freue mich ganz bestimmt nicht auf eine Zukunft, die genauso finster und unheimlich vor mir liegt. Schwer? Ja, es ist schwer!"

Bill war mit wenigen Schritten bei ihr und legte die Hände fest auf ihre Schultern. In diesem Augenblick war sie wieder die Meggie, die er gekannt hatte: leidenschaftlich, hitzig und ungeduldig. Nie hatte sie es einfach hinnehmen können, dass ihr auch einmal Steine den Weg versperrten. Sie sprang stets mit einem mächtigen Satz hinüber. Dabei war natürlich nicht ausgeblieben, dass sie manchmal auch gestolpert und auf die Nase gefallen war. Bill hatte sie mehr als einmal fallen sehen, und jedes Mal hatte es ihn genauso geschmerzt wie sie. Natürlich hatte er ihr das nie gesagt. Er kannte Meggies Stolz und hatte sich sein Mitleid deshalb nie anmerken lassen.

Noch immer sah sie ihn anklagend an, und er fragte sich, ob sie seine Meinung über ihn in den letzten Jahren wohl geändert hatte. Doch dann fiel ihm ein, dass sie mit der Erinnerung an ihn natürlich auch vergessen hatte, was sie von ihm hielt. Andernfalls würde sie sich auch sicher nicht widerstandslos von ihm berühren lassen. Sofort ließ er sie wieder los.

„Du solltest dich jetzt anziehen", schlug er vor.

„Erzähl mir erst etwas über meinen Beruf", verlangte sie und hielt ihn am Arm fest.

„Du führst auf der Junior Highschool die Bibliothek. Außerdem unterrichtest du zwei Englischklassen."

„Ich arbeite mit Kindern?" Etwas in ihr sagte ihr, dass dies ein Beruf war, der ihr Freude bereitete.

„Ja", antwortete Bill, nachdem er sie eine Weile stumm und fast ein wenig traurig angesehen hatte.

„Dann sollte ich jetzt eigentlich bei der Arbeit sein, nicht wahr?" Sie hasste es, einen anderen Menschen nach den Details ihres Lebens fragen zu müssen.

„Ich habe deinem Vorgesetzten mitgeteilt, dass du etwas Ruhe brauchst. In dem Gespräch habe ich auch deinen Gedächtnisverlust erwähnt, aber natürlich darauf hingewiesen, dass es sich lediglich um eine vorübergehende Störung handelt."

„Nun, das wird ihn sicher sehr beruhigt haben", entgegnete sie. „Ich muss wohl schon sehr großes Glück haben, wenn ich jemals auf diese Arbeitsstelle zurückkehren darf."

„Das wird ganz bestimmt kein Problem sein", meinte er lächelnd. „Du bist sehr gut in deinem Job, und die Kinder lieben dich."

Sie seufzte. „Ich gebe zu, dass ich das gern höre. Aber es wäre mir lieber, wenn ich das selbst beurteilen könnte."

Meg wandte sich zur Tür, um wieder ins Schlafzimmer zu gehen, blieb dann aber noch einmal stehen. „Was soll ich anziehen?", fragte sie. „Ich meine, habe ich vielleicht ein paar Sachen hier …?" Sie wurde rot, als ihr bewusst wurde, was ihre Frage unterstellte.

Bill hielt es für besser, über die Anspielung hinwegzugehen. „Du hast ein Apartment in der Stadt", erklärte er. „Wir können dort im Anschluss an deine Untersuchung im Krankenhaus vorbeifahren und das Nötigste holen. Vorerst gebe ich dir noch ein paar Sachen von mir."

„Wieso holen?", fragte sie lauernd.

„Weil ich denke, dass du zunächst besser eine Weile bei mir wohnen solltest."

„Das halte ich für keine gute Idee. Ich bin durchaus fähig, für mich selbst zu sorgen – mit oder ohne Gedächtnis! Kochen werde ich wohl noch können, und wie du sagst, habe ich eine eigene Wohnung."

Bill antwortete nicht sofort. Meg spürte, dass er in diesem Augenblick einen Kampf mit sich ausfocht. Einerseits wollte er, dass sie bei ihm blieb, andererseits wollte er es aber auch nicht. Zu gern hätte sie gewusst, was diesen Zwiespalt seiner Gefühle auslöste.

„Du bleibst hier. Wir wissen noch nicht, wie es zu der Verletzung in deinem Gesicht gekommen ist und ob die Person in dem blauen Auto nach dir gesucht hat."

„Wenn ich tatsächlich in Gefahr sein sollte, bin ich in einer Wohnung mit einigen Nachbarn sicher besser aufgehoben als in diesem abgelegenen Haus." Sie ahnte, dass er ihr etwas verschwieg, und ärgerte sich maßlos darüber.

„Das kommt nicht infrage", erklärte er mit fester Stimme. „Du bleibst entweder hier, oder ich nehme dich in Schutzhaft."

„Was?" Meg war nicht sicher, ob er es ernst meinte oder nicht.

„Du hast mich verstanden." Er verschränkte die Arme vor der Brust. „Es tut mir leid, Meg, aber es ist meine Pflicht, dich zu beschützen. Und genau das werde ich tun, so oder so."

„Du kannst nicht …"

„Ich kann, Meg", erwiderte er entschlossen. „Ich werde nicht zulassen, dass dir irgendetwas geschieht."

Sie sah ein, dass seine Sorge um sie durchaus berechtigt war. Ohne ihr Erinnerungsvermögen war sie Menschen, die ihr möglicherweise feindlich gesonnen waren, schutzlos ausgeliefert. Außerdem war es wohl aussichtslos, sich gegen diesen Mann aufzulehnen, der sie besser kannte als sie sich selbst. Ob es ihr gefiel oder nicht – sie würde in diesem Fall nachgeben müssen.

„Ich schaue einmal nach, ob ich etwas zum Anziehen für dich finde", meinte Bill, als er erkannte, dass sie sich seinen Argumenten beugte.

Nachdem Meg sich angekleidet hatte, setzte sie sich auf die Bettkante und starrte blicklos auf die geschlossene Tür. Mit dem Daumen rieb sie unablässig den Schlüssel in ihrer Hand, den sie, auf der Suche nach einem Taschentuch, in der schwarzen Hose gefunden hatte. Es handelte sich um einen recht kleinen Schlüssel, an dem ein Stück Schnur befestigt war. Meg wusste nicht, in welches Schloss er passte, aber sie war überzeugt, dass dieser Schlüssel von großer Bedeutung für sie war. Wenn sie sich doch nur erinnern könnte!

Mit aller Kraft konzentrierte sie sich auf das kalte Metall in ihrer Hand. Und tatsächlich! Für den Bruchteil einer Sekunde hob sich der Schleier des Vergessens.

Vor ihrem geistigen Auge sah sie ein Stück Holz, nein, ein Brett … ein zerbrochenes Brett. Die Vision verschwand ebenso schnell, wie sie gekommen war. Aber Meg hatte sich erinnert! Sie schloss die Augen und konzentrierte sich erneut auf den Schlüssel. Wann und wo hatte sie ihn benutzt? Sie wollte sich unbedingt erinnern, aber dann unterbrach Bills Stimme ihre Bemühungen.

„Meg, ist alles in Ordnung?"

Obwohl er das Zimmer nicht betrat, konnte sie förmlich sehen, wie er besorgt die Stirn runzelte. „Ja, ja, natürlich", erwiderte sie. „Ich … ich komme gleich."

Sie steckte den Schlüssel in die Tasche der Jeans, die Bill ihr geliehen hatte, und fuhr sich hastig durchs Haar. Als sie sich das Hemd zuknöpfte, erschauerte sie. Plötzlich hatte sie wieder diese Vision. Für einen flüchtigen Augenblick sah sie noch einmal das zerbrochene Brett. Was hatte das zu bedeuten? Wo befand sich dieses Brett, und in welcher Beziehung stand es zu dem Schlüssel?

Bill rief sie wieder. Meg atmete tief durch, presste die Finger an die pochenden Schläfen und ging dann zu ihm. Er trat einen Schritt zurück und musterte sie skeptisch. Die Jeans war zu lang und viel zu weit, was sich auch durch den Gürtel nicht kaschieren ließ.

„Sehr modisch ist das nicht", meinte er, während er sich auf den Boden kniete und ihr die Hosenbeine aufkrempelte. „Aber du wirst wenigstens nicht frieren."

„Sind das deine Sachen?", fragte Meg. Instinktiv spürte sie, dass sie ein Mensch war, der sich nicht gern von anderen helfen ließ. Aber sie gestand sich auch ein, dass ihr Bills Fürsorglichkeit sehr angenehm war.

„Nur das Hemd", erwiderte er. „Die Hose gehört meinem Neffen David. So, und jetzt komm frühstücken."

„Ich bin nicht hungrig", behauptete sie.

Bill lachte leise. „Ja, ja, das kenn ich schon. Das sagst du morgens immer, und dann verputzt du alles, was dir angeboten wird."

„So, wirklich?" Ihre Augen blitzten. „Wir werden ja sehen. Ich habe keinen Hunger. Basta."

„Schon gut", meinte Bill besänftigend und schenkte ihr eine Tasse Kaffee ein. Dann begann er Rührei zuzubereiten.

Meg schaute ihm mit finsterer Miene zu. Offensichtlich hatten sie in der Vergangenheit schon einmal zusammen gefrühstückt, und wenn sie seine Worte richtig deutete, sogar noch öfter. Aber wenn ein Mann und eine Frau gemeinsam frühstückten, bedeutete das gewöhnlich, dass dieser ersten Mahlzeit des Tages eine gemeinsam verbrachte Nacht vorausgegangen war. Waren sie und Bill ein Liebespaar gewesen?

Diese Vorstellung regte sie so sehr auf, dass sich ihr Puls beschleunigte. Wenn sie sich doch nur erinnern könnte!

Während sie wieder angestrengt versuchte, Licht ins Dunkel zu bringen, bekam sie heftige Kopfschmerzen. Sie schloss die Augen und rieb sich die Schläfen.

„Kopfschmerzen?", fragte Bill.

Sie nickte. Er schaltete die Herdplatte auf die niedrigste Stufe und stellte sich hinter Meg. Dann begann er, behutsam ihre Nackenmuskeln zu massieren.

„Vermutlich kennst du dich auch mit meinen Kopfschmerzen besser aus als ich", murmelte sie verlegen.

„Nein, als ich dich kannte, hattest du niemals Kopfschmerzen."

Auch diese Bemerkung ließ darauf schließen, dass sie früher einmal in sehr enger Beziehung gestanden hatten. Sie hätte so gern mehr darüber erfahren, aber sie brachte es nicht über sich, ihn zu fragen. Dem Klang seiner Stimme nach zu urteilen, mussten die Antworten auf ihre Fragen schmerzvoll für sie beide sein.

„Besser?", fragte Bill.

Sie schüttelte bedauernd den Kopf.

„Dann hole ich dir lieber deine Tabletten", meinte er freundlich. Aus einer Handtasche, die anscheinend ihr gehörte, nahm er ein Tablettenröhrchen und brachte ihr dann ein Glas Wasser. „Es handelt sich um ein leichtes Schmerzmittel", erklärte er, während er zwei Tabletten in ihre Hand schüttete.

Bill hegte keinerlei Bedenken, ihr das Mittel zu geben, da er deswegen bereits mit dem Arzt gesprochen hatte, der Meg vor etwa einem Jahr behandelt hatte. Er hatte Bill versichert, dass das Mittel völlig harmlos war. Außerdem hatte er ihm erklärt, dass nach einer Operation, wie Meg sie durchgestanden hatte, oft als Folgeerscheinung Kopfschmerzen auftraten, die rein psychisch bedingt seien.

Obwohl Meg sich noch immer nicht ganz wohlfühlte, bekam sie sofort Appetit, als Bill ihr die Rühreier servierte. Ohne zu zögern, nahm sie die Gabel und begann zu essen. Als sie ein paar Minuten später wieder aufblickte, sah Bill sie lächelnd an.

„Fühlst du dich jetzt besser?"

Sie hatte alles aufgegessen und fühlte sich tatsächlich besser. „Bedeutend", gab sie zu. Es war doch gut gewesen, dass Bill nicht auf sie gehört hatte. Er kannte sie eben wirklich besser als sie sich selbst.

Er stand daraufhin auf und zog sich die Lederjacke an. „Dann lass uns jetzt am besten zum Krankenhaus fahren."

Meg zögerte kurz. Dann stand sie ebenfalls auf und holte sich die Handtasche. Obwohl sie wusste, dass sie ihr gehörte, hatte sie das bedrückende Gefühl, fremdes Eigentum in Besitz zu nehmen.

„Hast du vielleicht noch einen Pullover für mich?", fragte sie, um ihre Unsicherheit zu überspielen.

„Komm mit", forderte er sie auf. Im Flur nahm er eine dick gefütterte Winterjacke aus der Garderobe. „Das müsste gehen", meinte er und war Meg beim Anziehen behilflich. Er krempelte die Ärmel hoch und schloss dann den Reißverschluss. Als er sie dabei unabsichtlich am Hals berührte, stieg plötzlich eine glühende Hitze in ihr auf.

Bill zuckte zurück, als ob er sich verbrannt hätte. Meg schluckte. Sie wusste jetzt mit absoluter Gewissheit, dass Bill und sie sich einmal sehr nahegestanden hatten. Und ihr war ebenfalls klar, dass irgendetwas zwischen ihnen vorgefallen war, das zu einem tiefen Riss ihrer Beziehung geführt hatte.

„Ich lasse schon einmal den Motor warm laufen", sagte Bill unvermittelt und ließ sie einfach stehen. Seine Stimme klang so kalt, dass Meg erschauerte.

3. KAPITEL

*A*uf der Fahrt zum Krankenhaus sprach Bill kein einziges Wort. Meg akzeptierte sein Schweigen und versuchte, ihn nicht anzusehen. Aber das war unmöglich. Immer wieder fiel ihr Blick auf ihn. Alles an ihm zog sie in den Bann. Ganz besonders faszinierte sie der sinnliche Schwung seiner Lippen. Sie konnte sich gut vorstellen, von diesen Lippen geküsst zu werden, und malte sich aus, wie es wohl sein würde, wenn …

In diesem Augenblick wandte Bill ihr das Gesicht zu und sah sie an. Meg wurde rot. Sie fühlte sich ertappt und schaute rasch aus dem Fenster.

„Der Winter ist in diesem Jahr außergewöhnlich hart", bemerkte Bill beiläufig. „Keine guten Bedingungen für den Winterweizen."

Meg war froh über die Ablenkung und konzentrierte sich auf die vorbeihuschende Landschaft. „Ist das Winterweizen?", fragte sie, als sie an einem Kornfeld vorbeikamen. Da Bill ihr nicht antwortete, warf sie ihm einen Blick zu und stellte fest, dass er die Stirn runzelte. „Ist etwas?"

„Nein, nichts." Er zuckte mit der Schulter. „Ich habe wohl angenommen, dass dir trotz der Amnesie wenigstens ein paar Erinnerungen an deine Kindheit geblieben wären."

„Was meinst du?"

„Du bist auf einer Farm aufgewachsen. Als du noch klein warst, konnte dich niemand davon abhalten, durch die Felder zu streifen. Du wusstest nicht nur alles über den Anbau des Winterweizens, sondern warst auch jederzeit über die aktuellen Marktpreise des Getreides informiert."

„Oh." Sie schaute wieder aus dem Fenster und betrachtete die Weizenfelder jetzt mit ganz anderen Augen. „Meine Eltern …", meinte sie dann zögernd. „Was ist mit ihnen passiert?" Bill hatte ihr erzählt, dass sie keine Familie hatte, und sie fragte sich, warum das so war.

„Sie sind bei einem Autounfall ums Leben gekommen, Meggie." Seine Stimme klang weich, und er nannte sie wieder bei diesem Kosenamen.

Obwohl seine Worte sie traurig machten, fühlte sie sich auf angenehme Weise umsorgt und beschützt. „Und die … die Farm?"

„Sie gehört dir." Bill war sehr ernst geworden. Er sprach nicht weiter, sondern schien darauf zu warten, dass sie sich erinnerte. Aber sie konnte es nicht und war fast ein wenig froh darüber. Sie spürte, dass diese Erinnerung schmerzlich sein würde.

Schließlich fuhr er fort. „Du hast das Land verpachtet. Vor Kurzem hast du eine Renovierung durchführen lassen und bist deswegen in ein Apartment in der Stadt gezogen."

Meg reagierte immer sensibler auf die Zwischentöne in Bills Worten. Sie ahnte, dass er ihr viel mehr hätte sagen können, es aber aus einem ganz bestimmten Grund vermied. Instinktiv wusste sie, dass es besser für sie war, ihn nicht mit Fragen zu bedrängen.

Als sie wenig später vor dem Krankenhaus vorfuhren und Meg das große Gebäude vor ihnen liegen sah, verkrampfte sie sich plötzlich. Sie hatte keine Erinnerung an dieses Haus, und doch löste sein Anblick eine dunkle Ahnung in ihr aus. Irgendetwas Bedrohliches ging von dem mehrstöckigen Bau aus und machte ihr Angst. Sie atmete tief durch und wich Bills Blick aus, als er die Tür für sie öffnete.

Erst als sie die großzügig ausgebaute Eingangshalle betreten hatten, fiel ihm auf, dass etwas nicht stimmte. „Fühlst du dich auch gut?", fragte er. „Du bist so blass."

„Es ist nichts", murmelte sie.

Bill nahm ihre Hände. Sie waren eiskalt. Forschend sah er ihr in die Augen. „Du hast Angst, nicht wahr?"

„Wovor? Ich gehe doch bloß zum Röntgen, oder?" Meg war überzeugt, dass es keinen Grund gab, sich zu fürchten, aber ihr Gefühl ließ sich vom Verstand nicht überzeugen. „Bringen wir es hinter uns", sagte sie und wandte sich entschlossen dem Informationsschalter zu.

Bill beobachtete sie besorgt, ehe er ihr folgte. Ihm war klar, dass sie sich nicht vor der Untersuchung fürchtete. Aber ob sie wohl auch begriff, dass das ihr unerklärliche Gefühl mit der verdrängten Erinnerung zu tun hatte? Die zwei größten Tragödien ihres Lebens hatten sich hier abgespielt. Und wenn sich ihr Verstand auch weigerte, es zu begreifen, so fühlte sie es doch mit dem Herzen.

Nachdem alle Formalitäten erledigt waren, wollte Bill Meg in die Röntgenabteilung begleiten. Aber sie gab ihm unmissverständlich zu verstehen, dass dies allein ihre Angelegenheit war.

„Es ist alles in Ordnung", versicherte sie ihm. „Ich schaffe das auch allein."

Bill wäre lieber mit ihr gegangen, aber er kannte Meg. Es war sinnlos, ihr seinen Beistand aufdrängen zu wollen. Sie legte heute noch genauso wenig Wert auf seine Unterstützung wie vor fünf Jahren. Er hätte diese Erinnerung auch gern verdrängt, aber vielleicht war es nur gut für ihn, dass Meg es durch ihr Verhalten nicht dazu kommen ließ.

Nie hatte er eine andere Frau so sehr geliebt wie Meg. Es hatte sehr lange gedauert, bis er sich damit abgefunden hatte, dass Meg unerreichbar für ihn war. Auf keinen Fall wollte er noch einmal durch diese Hölle gehen. Das änderte jedoch nichts an seiner Entschlossenheit, Meg vor dem zu schützen, was möglicherweise zu ihrem Gedächtnisverlust geführt hatte. Er wollte für sie da sein, wenn sie ihn brauchte, und ihr die Informationen über ihr bisheriges Leben geben, nach denen sie verlangte. Aber ganz bestimmt würde er nicht noch einmal sein Herz an sie verlieren.

Als Meg in Begleitung von Dr. McCray zurückkehrte, hielt sie sofort nach Bill Ausschau. Noch immer wurde sie von einer tiefen inneren Unruhe geplagt.

Bill schien ihre Nähe zu spüren. Er wandte den Kopf in ihre Richtung und ging rasch auf sie zu. „Geht es dir gut?", fragte er aufgeregt.

Sie lächelte ihn beruhigend an und nickte.

„Wie lautet die Diagnose, James?"

„Wir müssen die Röntgenbilder und die Tests noch auswerten, aber ich bin ziemlich sicher, dass alles in Ordnung ist." Nach einem flüchtigen Seitenblick auf Meg fügte er hinzu: „Es hat übrigens jemand nach Meg gefragt."

„Wer?", fragte Bill alarmiert.

James zuckte bedauernd mit der Schulter. „Ich weiß nicht. Die Röntgenschwester erwähnte es, nachdem wir die Aufnahmen gemacht hatten. Es war erst ein paar Minuten her, und sie dachte, dass der Mann gekommen sei, um Meg abzuholen. Er hatte sich zuerst am Informationsschalter erkundigt und ist dann direkt in die Röntgenabteilung gegangen."

„Er war hier?" Augenblicklich stürmte Bill davon.

Meg schaute ihm verstört nach.

„Kommen Sie, Meg", forderte James sie auf. „Setzen wir uns ein Weilchen. Bill kommt sicher gleich zurück, und dann können Sie gehen."

„Es ist seltsam", meinte Meg abwesend. „Ich weiß nicht, warum, aber Krankenhäuser scheinen mir Angst zu machen."

„Das geht wohl den meisten Menschen so", entgegnete James und führte sie zu einem Sessel.

Megs Gedanken wanderten wieder zu Bill. Wenn sie sein Verhalten richtig deutete, schien er ernsthaft anzunehmen, dass sie sich in Gefahr befand. „Dieser Mann …", begann sie und sah James fragend an.

„Wer auch immer er ist, Bill macht das schon", erwiderte der Arzt beruhigend.

„Genau das ist ja mein Problem." Meg beugte sich vor und verschränkte die Hände ineinander. „Bill hat alles im Griff, und ich weiß nicht, was vorgeht." Eindringlich sah sie James an. „Verstehen Sie es? Ist jemand aus einem bestimmten Grund hinter mir her? Bin ich in irgendwelche finsteren Machenschaften verstrickt, von denen ich nichts weiß?"

James seufzte und fuhr sich durchs Haar. „Ich weiß es nicht", gab er aufrichtig zu. „Und ich denke, dass Bill es auch nicht weiß. Sie und er … Ihr hattet in den letzten Jahren keinen Kontakt zueinander." James' zurückhaltende Äußerung veranlasste Meg, die nächste Frage zu stellen.

„Warum? Was ist zwischen Bill und mir vorgefallen?" Sie ahnte, dass James ihre Fragen nicht gern beantwortete, aber er würde es tun.

„Dann hat er es Ihnen also nicht erzählt? Nein, das hat er sicher nicht." Er schüttelte den Kopf und atmete tief durch, ehe er fortfuhr. „Sie und Bill waren einmal verlobt. Die Hochzeit stand bereits kurz bevor, aber dann haben Sie die Beziehung abgebrochen." Sein Blick glitt an ihr vorbei, und seine Miene wurde wieder sachlich.

Meg wusste sofort, dass Bill zurückgekommen war.

Der erschrockene Ausdruck in Megs Augen ging Bill durch und durch. Offensichtlich war sie völlig verstört. Zuerst dachte er, dass es mit dem Mann zu tun hatte, der nach ihr gefragt hatte. Da sie sich aber gar nicht danach erkundigte, sondern bloß seinem Blick geflissentlich auswich, wurde ihm klar, dass es sich um etwas anderes handeln musste. Als er ihr in die Jacke helfen wollte, wies sie ihn kühl ab. Sie zog sich die Jacke allein an und dankte dem Arzt dann höflich lächelnd dafür, dass er sich so viel Zeit für sie genommen hatte.

Bill hätte gern etwas gefragt, aber James' warnender Blick hielt ihn davon ab. Was war nur geschehen? Hatte sie sich an etwas erinnert?

Er kannte diesen höflichen Ausdruck in ihrem Gesicht, den sie oft wie einen Schutzschild einzusetzen pflegte. So hatte sie ihn damals angesehen, als sie ihm mitteilte, dass sie ihn nicht heiraten würde. Sie hatte keinerlei Gefühle gezeigt, sondern war ihm lediglich mit dieser kühlen Höflichkeit begegnet, an der alle Einwendungen und Argumente abprallten.

Bill hatte sie damals gebeten, nichts zu überstürzen, weil sie ihre Liebe zu ihm mit der Zeit vielleicht neu entdecken würde, aber sie hatte nicht auf ihn gehört.

Ähnlich frustrierend war es gewesen, als er sich vor einem Jahr nach langem Zögern entschlossen hatte, sie im Krankenhaus zu besuchen. Sie hatte so verloren und zerbrechlich gewirkt, dass es ihm fast das Herz zerrissen hatte. Aber Meg hatte keinen Wert auf sein Mitgefühl gelegt. Wieder einmal hatte sie ihren ganzen Zorn und Kummer hinter der Maske der Höflichkeit vor ihm verborgen.

„Ist das der Weg zu meiner Wohnung?", fragte Meg, nachdem sie bereits eine Weile gefahren waren.

„Ja. Wir sind bald da, und dann kannst du dir ein paar deiner eigenen Sachen heraussuchen und packen." Innerlich stellte er sich bereits auf eine erneute Auseinandersetzung mit ihr ein.

Und es kam genau so, wie er erwartet hatte. „Du brauchst mich nur abzusetzen", teilte sie ihm gleichmütig mit. „Ich werde nicht umziehen."

Heute Morgen hatten sie die gleiche Diskussion schon einmal geführt, aber Bill spürte, dass Meg jetzt viel entschlossener war, ihren Kopf durchzusetzen. Im Krankenhaus musste irgendetwas vorgefallen sein. Bill hätte darauf wetten mögen, dass sie etwas über ihre Vergangenheit erfahren hatte, vermutlich von James. Er hätte gern gewusst, was es war, aber er hielt es für unklug, sie jetzt danach zu fragen.

Bill ließ den Wagen langsam ausrollen und hielt dann vor dem Haus, in dem sie wohnte. „Das haben wir doch alles schon besprochen", erwiderte er geduldig. „Du bist hier nicht sicher."

Meg schaute aus dem Fenster und betrachtete das zweistöckige Backsteinhaus. „Ist dies das Haus, in dem ich wohne?"

Er nickte.

„Auf mich macht es allerdings einen sehr vertrauenerweckenden Eindruck. Es ist rundum eingezäunt und auf beiden Seiten von Nachbarn umgeben."

„Ein schlichter Holzzaun hält niemanden davon ab, auf ein Grundstück zu gelangen, Meg. Dazu kommt, dass du einen separaten Eingang zu deiner Wohnung hast, der sich auf der Rückseite des Hauses befindet und von niemandem einsehbar ist. Für unseren Freund in dem blauen Auto wäre es ein Kinderspiel, unbemerkt in deine Wohnung zu gelangen."

Meg nahm seine Bedenken anscheinend ernst. Jedenfalls dachte sie darüber nach. Sie richtete ihre Aufmerksamkeit wieder aufs Haus, als ein junger Mann, der von einem Dobermann begleitet wurde und ein Päckchen in der Hand hielt, zielstrebig zur Eingangstür ging. Ihre Miene hellte sich auf. Schwungvoll öffnete sie die Wagentür und stieg aus.

„Ich denke, dass mein Hauswirt und sein Hund mit jedem Eindringling spielend fertigwerden." Entschlossen lief sie zum Haus.

Bill folgte ihr bedächtig. Der junge Mann mit dem Hund kam ihnen plötzlich wieder entgegen. Er grüßte sie freundlich, und der Hund wedelte mit dem Schwanz. Das Päckchen hatte er offensichtlich der Frau übergeben, die jetzt in der geöffneten Tür stand.

Meg hatte sich also geirrt. Der junge Mann war keineswegs ihr Hauswirt, sondern nur ein Bote.

Als die Frau interessiert zwei Schritte vor die Tür trat, folgte ihr ein champagnerfarbener Pudel, der die Ankömmlinge aufmerksam beäugte. „Meg, da sind Sie ja wieder!", rief die Frau aus. „Ich habe mir Sorgen um Sie gemacht, als Sie letzte Nacht nicht nach Hause kamen. Ich dachte, dass Sie vielleicht auf der Farm geblieben seien, aber dann hörte ich …"

Bill wollte unbedingt vermeiden, dass die Frau etwas von dem Feuer erwähnte, und fiel ihr rasch ins Wort. „Meg hat bei mir übernachtet. Wir wollen jetzt nur ein paar ihrer Sachen holen. Ich muss Ihnen mitteilen, dass Meg an einem vorübergehenden Gedächtnisverlust leidet. Deshalb möchte ich, dass sie bei mir wohnt, bis es ihr wieder besser geht."

Die Frau starrte sie fassungslos an. „Meg hat das Gedächtnis verloren?" Ungläubig schüttelte sie den Kopf. „Sind Sie nicht Sheriff Strand?", fragte sie dann.

Bill nickte. „Meg und ich sind alte Freunde." Scheinbar zufällig stellte er sich hinter sie. Aus dieser Deckung heraus gab er der Frau, die zweifellos Megs Hauswirtin war, durch ein Zeichen zu verstehen, dass sie keine weiteren Fragen stellen sollte.

Obwohl die Frau sichtlich geschockt war, begriff sie und nickte kaum merklich. „Nun, dann gehen Sie nur hinauf, Honey", sagte sie zu Meg. Sie atmete tief durch und fügte zögernd hinzu: „Sie erinnern sich nicht an mich, nicht wahr?"

Meg schluckte und senkte verlegen den Blick. „Nein. Es tut mir leid. Ich erinnere mich an niemanden." Hilfe suchend sah sie Bill an.

„Es handelt sich um eine vorübergehende Störung", erklärte Bill ihrer Hauswirtin. „Meg braucht nur etwas Zeit und Ruhe."

Er nahm Megs Hand und führte sie zum Hintereingang. Schweigend stiegen sie die Treppe hinauf, die zu ihrer Wohnung führte. Teilnahmslos ließ Meg es zu, dass er den Schlüssel aus ihrer Handtasche nahm und aufschloss. Danach trat er einen Schritt zur Seite, um ihr den Vortritt zu lassen.

Meg sah sich zunächst etwas beklommen um und ging dann langsam von einem Zimmer ins andere. Als sie zu Bill in die Wohnküche zurückkehrte, erkannte er sofort, dass nicht einmal der Anblick der vertrauten Umgebung die Erinnerung in ihr geweckt hatte. Sie wirkte niedergeschlagen, aber ihre Haltung drückte auch aus, dass sie entschlossen war, den Kampf aufzunehmen.

„Ich denke immer noch, dass ich hier sehr gut aufgehoben bin", erklärte sie herausfordernd.

Bill hätte ihr am liebsten befohlen, sofort die Koffer zu packen, aber er wollte nicht riskieren, es sich ganz mit ihr zu verderben. Sie sollte auf keinen Fall denken, dass er sich anmaßte, über sie bestimmen zu dürfen.

„Also gut." Er seufzte. „Gehen wir es noch einmal ganz sachlich und vernünftig durch. Was wirst du machen, wenn der Bursche plötzlich mitten in der Nacht bei dir auftaucht?"

„Ich rufe die Polizei", erwiderte sie prompt.

„Na gut. Meine Kollegen könnten dann in etwa zehn Minuten bei dir sein. Und was ist in der Zwischenzeit? Wir wissen nicht, wer der Mann ist, der sich nach dir erkundigt hat, und schon gar nicht, was er von dir will. Wenn er nun beabsichtigt, dir etwas anzutun? In zehn Minuten kann allerhand passieren. Dieser Mann könnte sich natürlich auch hinter den Büschen neben der Außentreppe verstecken und dich packen, wenn du nach Hause kommst. Was dann?"

„Ich würde um Hilfe rufen."

„Beim Hinaufgehen habe ich deinen Nachbarn im Nebenhaus kurz sehen können, der zufällig am Fenster stand. Er ist schon sehr alt und macht einen ziemlich gebrechlichen Eindruck. Selbst wenn er dir helfen wollte, dürfte er körperlich kaum dazu in der Lage sein. Von wem hättest du also Hilfe zu erwarten? Von deiner Vermieterin sicher nicht."

„Vielleicht von ihrem Hund?" Sie hatte den Gedanken kaum ausgesprochen, als ihr auch schon bewusst wurde, wie absurd der Vorschlag war.

Bill schnaubte verächtlich. „Ja, es wird sicher jeden Bösewicht in Angst und Schrecken versetzen, wenn dieser Pudel ihn ans Bein … na, du weißt schon. Pack deine Sachen, Meg."

Sie rührte sich nicht von der Stelle und sah ihn nur abweisend an.

„Bitte", fügte er freundlich hinzu. „Ich bin es nicht gewöhnt, lange zu bitten, Meggie. Wenn du dich wieder an alles erinnerst, wird dir auch das wieder einfallen. In meinem Beruf kann ich es mir nicht leisten, Zugeständnisse zu machen. Versuch, mich zu verstehen. Ich will einfach nicht, dass dir etwas zustößt."

Meg sagte noch immer nichts, aber ihre Miene wurde weicher. Dann nickte sie und ging ins Schlafzimmer.

Als er ihr etwa fünf Minuten später folgte, stand sie sichtlich verwirrt vor dem geöffneten Kleiderschrank. Bill stellte sich neben sie und begann schweigend, ein paar Sachen herauszusuchen, die sie brauchen würde.

Meg wirkte erleichtert. Sie setzte sich aufs Bett und schaute ihm zu. Als er die Wäschekommode öffnete, errötete sie, aber Bill nahm keinerlei Notiz davon. Ohne zu zögern, nahm er einen Stapel Slips und einige spitzenbesetzte BHs heraus.

„Ist im Schrank vielleicht ein Koffer?", fragte er.

Meg wusste es nicht, schaute aber sofort nach. „Ja, hier ist einer!" Sie schob die Kleider und Blusen auf der Stange beiseite und bückte sich. Als sie sich wieder aufrichtete, sah sie, dass Bill hinter sie getreten war und gedankenverloren auf ihre Kleider starrte. Sie folgte seinem Blick, konnte aber nichts Ungewöhnliches entdecken.

„Pack das blaue Kleid bitte auch noch ein", sagte er unvermittelt. Er nahm ihr den Koffer aus der Hand und legte ihn aufs Bett.

„Warum?"

Bill sah sie eine Weile unschlüssig an, ehe er antwortete: „Weil du es oft für mich getragen hast."

Meg spürte, dass sie wieder rot wurde. Um ihre Verlegenheit zu verbergen, trat sie näher an den Schrank und nahm umständlich das Kleid vom Bügel. Es handelte sich um ein festliches Cocktailkleid aus blauer Seide mit tiefem rundem Ausschnitt – wie dafür geschaffen, es an einem romantischen Abend bei Kerzenlicht und schmeichelnder Musik zu tragen. Unwillkürlich fragte sie sich, wie oft Bill sie wohl in diesem Kleid gesehen haben mochte. Auf jeden Fall schien er sehr schöne Erinnerungen mit diesem Kleid zu verbinden. Ihr Herz klopfte heftig, und sie wünschte sich, die Erinnerung mit ihm teilen zu können.

Sie breitete das Kleid auf dem Bett aus und legte es sorgfältig zusammen. Dann packte sie alle Sachen, die Bill herausgesucht hatte, in den Koffer. „Ist das alles?", fragte sie schließlich.

„Wirf noch einen Blick ins Badezimmer", empfahl er ihr. „Du möchtest doch sicher auch deine Zahnbürste und ein paar Kosmetikartikel mitnehmen."

Meg war froh, wenigstens ein paar Minuten allein sein zu können. Sie brauchte unbedingt etwas Zeit, um sich wieder zu sammeln. Mechanisch packte sie Schmink- und Pflegeprodukte in ein Kosmetiktäschchen. Nichts von all den Dingen, die sie offensichtlich Tag für Tag benutzt hatte, kam ihr auch nur im Geringsten vertraut vor. Als sie fertig war, atmete sie erleichtert auf und schaute in den Spiegel.

Wer war die Fremde, die ihr mit ernstem Blick entgegenstarrte? Meg wusste nichts von ihr, aber allmählich begann sie zu begreifen, wie tief und innig ihre Beziehung zu Bill in der Vergangenheit gewesen sein musste. Ihr war klar, dass sie von nun an unbedingt vermeiden musste, sich Schutz suchend in seine Arme zu flüchten. Sie gestand sich ein, dass sie sich magisch zu ihm hingezogen fühlte, aber sie wusste nicht, was sie in seinen Armen finden würde. Und sie fürchtete sich vor dem, was sie möglicherweise entdeckte. Irgendwann einmal hatte sie Bill verlassen, und dafür hatte es sicher einen guten Grund gegeben.

Bill betrat das Badezimmer, und Meg zuckte erschrocken zusammen. „Fertig?", fragte er.

„Ja." Ihre Stimme klang sehr viel sicherer, als Meg sich fühlte.

Sie ging an ihm vorbei, wobei sie aus Versehen mit der Schulter seine Brust berührte. Meg hielt den Atem an. In diesem Augenblick wurde ihr überdeutlich bewusst, wie stark Bill als Mann auf sie wirkte. Doch nach außen hin ließ sie sich nichts anmerken und ging scheinbar unbeeindruckt weiter.

Auch in Bill hatte diese flüchtige Berührung Gefühle geweckt, die ihn zutiefst beunruhigten. Er begehrte Meg noch immer, aber das durfte sie nie erfahren.

Im Flur nahm er einen grauen Wintermantel vom Garderobenständer. „Den dürfen wir auf keinen Fall vergessen."

Meg betrachtete das Kleidungsstück ohne ein Zeichen des Erkennens und nickte. Dann ging sie ins Schlafzimmer und legte das Kosmetiktäschchen in den Koffer.

Bill schaute ihr zu. Dabei wurde ihm bewusst, dass sie jeglichen Blickkontakt mit ihm vermieden hatte, seit er sie gebeten hatte, auch das blaue Kleid mitzunehmen. Es war zweifellos ein Fehler gewesen, sich so sehr von seinen Erinnerungen überwältigen zu lassen. Er hatte nicht die Absicht, erneut eine Liebesbeziehung mit ihr einzugehen, aber sie nahm jetzt vermutlich genau das Gegenteil an.

„Lass uns gehen", meinte Meg unvermittelt.

Bill nahm den Koffer und folgte ihr ins Wohnzimmer. Hier verharrte sie plötzlich vor einer Schale mit Krokussen und betrachtete sie nachdenklich. Die Blumen hatten spontan ihre Aufmerksamkeit erregt, aber die Erinnerung blieb aus. Wortlos verließ sie die Wohnung und ging die Treppe hinunter.

Bill vergewisserte sich, dass das Licht ausgeschaltet und alle Fenster geschlossen waren, und erledigte dann noch eine letzte Kleinigkeit, ehe er Meg folgte.

Erst im Auto sprach Meg ihn wieder an. „Nun, wie ist es? Habe ich interessante Post bekommen?"

Bill sah sie verblüfft an. „Wie kommst du darauf, dass ich deine Post an mich genommen haben könnte?"

„Ich habe gehört, dass du die Klappe des Briefkastens bewegt hast."

„Du hast gute Ohren", stellte er trocken fest. Er nahm einige Briefe aus seiner Tasche und reichte sie ihr. „Es ist nichts Interessantes dabei – nur Reklamesendungen und eine Stromrechnung."

Meg schaute die Post flüchtig durch und öffnete dann den Brief, der die Rechnung enthielt. „Bill", begann sie bedächtig, und er fürchtete schon, dass sie ihn nach dem Zettel mit den hastig hingekritzelten Worten fragen würde, den er ebenfalls im Briefkasten gefunden hatte und ihr lieber nicht zeigen wollte.

„Ja, Meg?"

Nach kurzem Zögern schüttelte sie den Kopf. „Ach, nichts." Mit leerem Blick schaute sie aus dem Fenster. Sie war zutiefst deprimiert und fühlte sich so verloren wie ein Blatt im Wind. Sie wusste nicht, wohin sie gehörte, und lebte beziehungslos in einer Welt, die ihr fremd war. Ihr war klar, dass sich Bills Bitte, auch das blaue Kleid mitzunehmen, ganz besonders auf ihre Stimmung ausgewirkt hatte. Er wusste genau, was einmal zwischen ihnen gewesen war, während sie es noch nicht einmal ahnen konnte.

Allerdings spürte sie deutlich, dass Leidenschaft und viel Gefühl im Spiel gewesen waren. Aber sie hatte diese Beziehung beendet, und es verunsicherte sie, dass sie dennoch so stark auf seine männliche Ausstrahlung reagierte. Da sie keinerlei Erinnerungen hatte, war sie ihren Gefühlen hilflos ausgeliefert und unfähig, richtig damit umzugehen. Belastend kam hinzu, dass sie mehr und mehr den Eindruck gewann, in etwas Unheilvolles verwickelt zu sein.

Sie musste etwas Falsches getan haben, etwas, das so schlimm war, dass sie darüber das Gedächtnis verloren hatte. Auf jeden Fall hatte sie nicht das Recht, ihrer wachsenden Sehnsucht nach Bill nachzugeben, ehe sie nicht ganz genau wusste, was geschehen war. Falls diesmal nicht das zwischen ihnen stand, was sie schon einmal getrennt hatte, so würden bestimmt die Ereignisse, die zu ihrem Gedächtnisverlust geführt hatten, einen Keil zwischen sie treiben.

Neben ihr hegte Bill ganz ähnliche Gedanken. Er hätte sie nicht bitten dürfen, das Kleid einzupacken. Es war ein irrwitziger Versuch gewesen, die Vergangenheit zurückzuholen. Meg erinnerte sich nicht an jene Nacht, in der sie in der kleinen Honky-Tonk-Bar getanzt hatten. Anschließend hatte er sie mit zu sich nach Hause genommen. Sie hatte das blaue Kleid getragen und hinreißend schön und verführerisch darin ausgesehen, und doch hatte er nicht abwarten können, es ihr auszuziehen … Sein Herz begann heftig zu klopfen, und er zwang sich, die Erinnerung an die Stunden der Liebe mit Meg abzuschütteln.

4. KAPITEL

*B*ill ging voran und trug Megs Koffer in sein Schlafzimmer. Meg blieb an der Tür stehen.

„Ich möchte dir nicht dein Zimmer wegnehmen", meinte sie schließlich.

„Das ist schon in Ordnung. Ich fühle mich ganz wohl im Gästezimmer."

Sie seufzte leise, und ihm wurde bewusst, dass sie sich längst noch nicht von den Strapazen der vergangenen Nacht erholt hatte. „Möchtest du dich nicht hinlegen und ein wenig ausruhen?", schlug er vor. „Ich habe noch ein paar Anrufe zu erledigen und etwas Arbeit nachzuholen."

Meg nickte. Sie war wirklich müde und hatte dringend etwas Schlaf nötig.

Bill war froh, dass er etwas Zeit für sich hatte. Auf dem Weg vom Schlafzimmer in die Küche nahm er den Zettel, dessen Existenz er Meg verschwiegen hatte, aus der Tasche. Noch einmal überflog er die hastig hingekritzelten Worte.

Du weißt, was ich will. Ich verliere langsam die Geduld.

Dann ging er ans Telefon und wählte die Nummer des Einsatzleiters der Feuerwehrzentrale. „Weißt du inzwischen etwas Genaues über die Brandursache?", erkundigte er sich, nachdem Jack sich gemeldet hatte.

„Noch nicht", erwiderte Jack bedauernd. „Aber ich möchte wetten, dass es sich um Brandstiftung handelt. Hast du schon etwas herausgefunden?"

Bill starrte auf den Zettel in seiner Hand. „Jemand ist hinter ihr her. Er hat im Krankenhaus nach ihr gefragt und ist auch bei ihrer Wohnung gewesen."

„Hast du eine Ahnung, um wen es sich handelt?"

„Ja, eine Ahnung habe ich. Das ist aber auch alles."

Jack schwieg einen Moment. Als er weitersprach, klang seine Stimme besorgt. „Pass auf sie auf, Bill. Meg ist ein wunderbarer Mensch."

„Ich weiß", bestätigte Bill. „Ich werde auf sie achten."

Er legte den Hörer auf und rieb sich die Stirn. Dann studierte er noch einmal den Zettel und legte ihn anschließend oben auf den Kühlschrank, wo Meg ihn nicht sehen würde. Bill konnte nur vermuten, wer diese Zeilen geschrieben hatte, aber er würde ganz bestimmt verhindern, dass irgendjemand Meg noch einmal wehtat.

Bill nahm seine Jacke von der Stuhllehne und verließ entschlossen das Haus. Er brauchte frische Luft, um einen klaren Kopf zu bekommen. Wenn ihn etwas stark beschäftigte und Probleme bereitete, hackte er gewöhnlich Holz für den Kamin. Und er hoffte, dass ihm die körperliche Betätigung auch heute guttun würde.

Die Sonne stand schon sehr tief am Horizont, als Meg wieder erwachte. Sie wandte den Kopf zum Fenster und blinzelte, als sie für einen Augenblick von einem gleißenden Lichtstrahl geblendet wurde, der eine vage Erinnerung in ihr auslöste.

Sie stand auf und ging ans Fenster, um den Strahl noch einmal einzufangen. Schon nach wenigen Sekunden gelang es ihr. Ihr war klar, dass sich das Sonnenlicht auf etwas Glänzendem brach und von dort aus gebündelt reflektiert wurde. Aber sie wusste nicht, welche Bedeutung das für sie hatte. Sie spürte nur, dass die Erinnerung fast greifbar war.

Meg konzentrierte sich mit aller Kraft und versuchte, die Erinnerung zu erzwingen. Schlagartig bekam sie Kopfschmerzen von der Anstrengung und presste die Finger an die Schläfen. Wie auf Knopfdruck war plötzlich alles ausgelöscht. In ihrem Kopf herrschte wieder eine entsetzliche Leere. Verzweifelt bemühte sie sich, diese Andeutung einer Erinnerung zurückzuholen, aber es war vergebens.

Enttäuscht zog sie sich an und stellte sich dann noch einmal ans Fenster. Sie sah das Licht wieder, ließ sich blenden, aber sie spürte keinerlei Wirkung mehr. Meg hoffte, dass es ihr vielleicht weiterhelfen würde, wenn sie die Lichtquelle aus der Nähe betrachtete, und verließ das Haus eilig durch die Hintertür.

Sie hörte, dass jemand auf der anderen Seite des Hauses Holz hackte, aber sie nahm die typischen Geräusche nur unbewusst wahr. Ihr einziges Interesse galt der Stelle im Gebüsch, die sie vom Schlafzimmer aus beobachtet hatte. Ohne zu zögern, lief sie los und erreichte atemlos die Tannen, die Bills Haus an drei Seiten umgaben. Irgendwo hier musste es sein.

Sie ging zwischen den Tannen hindurch und stand unvermittelt auf einer freien Rasenfläche. Ein Gefühl von Vertrautheit durchflutete sie, und sie war ganz sicher, dass sie schon einmal hier gewesen war. Instinktiv fühlte sie, dass es gute Erinnerungen waren, die sie mit diesem Ort in Verbindung brachte.

Ihr Blick fiel auf eine kleine Blockhütte, die zweifellos als Spielhaus für Kinder gedacht war. Aber für wessen Kinder? Bill hatte keine eigene Familie. War es möglich, dass er das Haus für die Kinder gebaut hatte, die sie und er einmal haben würden, wenn sie erst verheiratet waren? Der Gedanke war so ungeheuerlich, dass er eine wahre Flut an Gefühlen in ihr auslöste. Sie war unfähig, den Blick von dem Häuschen abzuwenden, und malte sich in ihrer Fantasie eine Vergangenheit aus, die mit Sicherheit nie stattgefunden hatte. Was war zwischen ihnen nur falsch gelaufen? Was hatte sie als so schlimm empfunden, dass sie die Verlobung mit Bill gelöst hatte?

Sie hatte den Ausdruck von Schmerz in Bills Augen gesehen, und diesen Schmerz musste sie ihm zugefügt haben. Meg fühlte, dass die gleiche Leere in ihm war, die sie jetzt empfand. Vielleicht will ich mich gar nicht erinnern, dachte sie bitter. Vielleicht war sie ohne das Wissen um ihre Vergangenheit viel besser dran.

Meg hatte niemanden kommen hörten, und als plötzlich jemand ihren Arm berührte, schrie sie erschrocken auf.

„Es ist in Ordnung, Meg. Ich bin's nur." Seine Stimme klang beruhigend, doch als sie ihn ansah, erkannte sie, dass er böse auf sie war.

„Ich habe dich nicht gehört", sagte sie verwirrt.

„Was machst du hier?", fragte er streng. „Als ich feststellte, dass du das Haus verlassen hast …" Er sprach den Satz nicht zu Ende, aber seine Augen sprachen Bände.

„Ich … ich habe ein Licht gesehen", begann sie, aber dann sah sie ein, wie sinnlos jeder Erklärungsversuch war. Sie wusste ja nicht einmal selbst, wovon sie sprach.

Bill sah sie eindringlich an. „Ich dachte, du hättest begriffen, dass du das Haus auf keinen Fall ohne mich verlassen darfst", meinte er grimmig. „Aber du hast mir ja nie richtig zugehört."

„Ich lasse mir nicht gern Vorschriften machen", erwiderte sie und schüttelte unwillig seine Hand ab.

„Nein? Nun, vielleicht solltest du anfangen, so etwas wie Gefallen daran zu entwickeln. Denn genau das werde ich nämlich tun: dir

Vorschriften machen." Er fuhr sich mit der Hand durchs Haar. „Ich will dich nicht unglücklich machen, Meg", sagte er beschwörend, „aber ich will auch nicht, dass dir jemand Schaden zufügt oder dich verletzt."

„Hast du mir deshalb verschwiegen, dass wir einmal verlobt waren?", fragte sie anklagend.

„Meggie, das war keine böse Absicht. Ich hielt es bloß nicht für nötig, dass du dich auch noch damit auseinandersetzt."

„So, du entscheidest also, was für mich das Beste ist!", fuhr sie ihn an.

Bill schüttelte den Kopf. „Wer hat es dir eigentlich erzählt? James?" Er streckte den Arm nach ihr aus, vermied es dann aber doch, sie zu berühren. „Ich dachte, dass du dich mit der Zeit schon von selbst daran erinnern würdest. Außerdem wollte ich aber auch unnötige Komplikationen vermeiden. Schließlich spielt es auch keine Rolle mehr. Es ist lange vorbei."

Vielleicht war es vorbei, aber ihre Beziehung hatte Wunden hinterlassen, die noch immer nicht ganz verheilt waren. „So ist es wohl", meinte sie resigniert. „Ich mag bloß keine Geheimnisse. Einerseits möchte ich alles wissen, was ich vergessen habe, aber andererseits fürchte ich mich auch vor der Erinnerung."

„Mach dir keine Sorgen", antwortete er mit weicher Stimme und reichte ihr die Hand. „Komm, es ist viel zu kalt hier draußen."

Meg zögerte nur kurz, ehe sie dem Mann, den sie einmal geliebt hatte, ebenfalls die Hand gab. Lange schauten sie sich in die Augen.

„Du bist in den letzten Jahren sogar noch schöner geworden", stellte er ergriffen fest. Der Wind blies ihr das Haar ins Gesicht, und Bill strich es behutsam wieder zur Seite. Doch dann schien ihm die Kraft zu fehlen, die Hand wieder wegzunehmen. Schließlich zog er Meg näher zu sich heran. Er küsste sie zärtlich und zurückhaltend, doch es schien völlig selbstverständlich für ihn zu sein, sie in den Armen zu halten. Zugleich fühlte Meg aber auch die Sehnsucht eines Manns, der die verlorene Liebe suchte.

Ein heißes Glücksgefühl durchströmte und wärmte sie.

„Oh, Meg." Er stöhnte gequält, als sie den Kuss beendeten. Eine Weile hielt er sie noch in den Armen, doch dann riss er sich abrupt los. „Komm", sagte er, „lass uns wieder ins Haus gehen. Dort wartet jemand, den ich dir vorstellen möchte."

„Wer?"

„Meine Schwester Cleo." Er nahm Meg bei der Hand und zog sie mit sich.

Sie spürte, wie sehr er bereute, seinen Gefühlen nachgegeben und sie geküsst zu haben. Sie hätte ihm gern ein paar Fragen gestellt, aber er schien entschlossen zu sein, ihr nicht mehr zu sagen, als er musste.

Meg hätte die Frau, die in der Küche auf sie wartete, auch ohne Bills Erklärung sofort als seine Schwester erkannt, denn die Ähnlichkeit zwischen den beiden war unübersehbar.

„Da bist du ja! Ich habe Bill gesagt, dass er sich keine Sorgen machen müsste, aber du weißt ja, wie er ist."

Bill sah seine Schwester vorwurfsvoll an, während Megs Miene unverhohlene Neugier ausdrückte.

„Nein, ich vermute, du weißt es nicht. Wie solltest du auch, wenn du dich doch an nichts und niemanden erinnerst? Ich bin Cleo, Bills Schwester, und ich schwatze so viel, weil ich schrecklich aufgeregt bin."

Meg lächelte. „Das bin ich auch. Es freut mich, dich hier zu sehen. Leider hat Bill mir bisher kaum etwas erklärt. Haben wir beide uns schon vorher gekannt?"

„Ja, natürlich! Wir haben oft gemeinsam Garagenverkäufe durchgeführt. Bill war immer sehr verärgert, weil wir seinen ganzen alten Kram verkauft haben. Er hat stets behauptet, dass er alles noch dringend gebraucht hätte."

„Es war kein alter Kram", widersprach Bill. „Durch euren Übereifer habe ich viele gute Möbelstücke verloren, die ich gern behalten hätte."

„Wohl alter Kram", raunte Cleo Meg zu.

„Du brauchst gar nicht zu flüstern", hielt Bill ihr vor. „Ich habe dich sehr gut verstanden. Statt abfällig über meine Sachen zu reden, solltest du dich lieber an die eigene Nase fassen. Wenn ich nur daran denke, mit welchen Schrottautos du durch die Gegend fährst!"

„Ein Auto ist ein Transportmittel", erklärte Cleo ihm. „Es ist egal, wie es aussieht, wenn es nur seinen Zweck erfüllt und seinen Besitzer von Punkt A zu Punkt B bringt."

„Unglücklicherweise gelingt dir das meistens nur unter ohrenbetäubendem Getöse", gab Bill grinsend zurück.

„Ja, ja, nun lass es mal gut sein. Du solltest jetzt gehen, damit ich in Ruhe die Vorbereitungen fürs Abendessen fortsetzen kann."

Bill nickte und wandte sich an Meg. „Sie hat zwar einen kleinen

Spleen, aber du bist bei ihr in guten Händen", versicherte er ihr. „Ich muss jetzt zum Dienst."

„Du gehst?" Meg hoffte, dass die Geschwister nicht merkten, wie enttäuscht sie war.

„Es muss sein."

Meg nickte. „Ja, natürlich." Nachdem Bill sich entfernt hatte, um sich umzuziehen, ging Meg zu seiner Schwester, die sofort mit den Essensvorbereitungen begonnen hatte. „Dann hat er dich also als Babysitter engagiert", stellte sie beiläufig fest.

„Nun, so würde ich es nicht unbedingt ausdrücken." Cleo schmunzelte. „Aber es ist schon richtig, dass er dich nicht gern allein im Haus zurücklassen wollte."

„Ach was, er will mich einfach unter Kontrolle behalten", widersprach Meg. Sie hatte die Worte kaum ausgesprochen, als sie sie auch schon bedauerte. „Ich habe es nicht so gemeint", fügte sie hinzu und seufzte.

„Ich weiß, Honey." Cleo legte den Arm um sie. „Du befindest dich in einer sehr schwierigen Situation, und es ist nur natürlich, dass du sehr empfindlich bist. Aber ich bin sicher, dass du nur etwas Zeit brauchst und sich alles finden wird."

„Ich wünschte, es wäre so einfach."

„Zeit und Geduld." Cleo nickte ihr aufmunternd zu.

„Kann ich dir beim Kochen helfen?", fragte Meg, die einsah, dass Selbstmitleid sie keinen Schritt weiterbrachte.

„Aber ja. Du könntest ein paar Kartoffeln schälen."

„Gern." Meg nahm das Messer, das Cleo ihr reichte. „Ich denke, dass ich oft gekocht habe. Jedenfalls kommt es mir so vor."

„So ist es. Du bist eine ganz hervorragende Köchin", bestätigte Cleo. „Bill bekam immer leuchtende Augen, wenn er von deinen Kochkünsten schwärmte. Aber was sag' ich? Seine Augen leuchteten schon auf, wenn nur dein Name fiel. Und ich denke, dass sich bei meinem Bruder in dieser Hinsicht nichts geändert hat."

„Was hat sich nicht geändert?", fragte Bill, der plötzlich wieder in der Tür stand. Er hatte sich inzwischen umgezogen und trug seine schwarze Dienstuniform.

„Dein Essverhalten", erwiderte Cleo spontan. „Du weigerst dich noch immer, Spinat zu essen."

„Das liegt nur daran, dass ihn niemand so zubereitet wie …" Er hielt mitten im Satz inne und runzelte unwillig die Stirn.

„Wie Meg!", ergänzte Cleo. „Siehst du, Meg? Ich habe es dir gesagt!"

„Worum geht es eigentlich?", fragte Bill.

„Ich könnte es dir erklären, aber du würdest es doch nicht verstehen", meinte seine Schwester schmunzelnd.

Bill schien ihr gar nicht richtig zuzuhören. Er zog sich die Lederjacke über, wobei er Meg unverwandt ernst ansah. „Ich habe vorhin mit James telefoniert. Er meinte, dass es vielleicht angebracht wäre, einen Psychiater aufzusuchen. Es gibt da gewisse Medikamente, die im Fall einer Amnesie …"

Meg ließ ihn gar nicht erst aussprechen. „Nein!", protestierte sie mit fester Stimme. „Darauf lasse ich mich nicht ein."

„Sei doch nicht immer so stur! Eine fachgerechte Behandlung kann uns vielleicht helfen herauszufinden, wer hinter dir her ist."

Bill war offensichtlich verärgert, aber sie war entschlossen, sich davon nicht beeindrucken zu lassen. „Ich mag es nicht, dass man mir Befehle erteilt. Das habe ich dir schon einmal gesagt."

Mit finsterer Miene musterte er sie eine Weile. „Ach, mach doch, was du willst. Ich bin morgen früh zurück", sagte er über die Schulter gewandt, ehe die Tür hinter ihm ins Schloss fiel.

Meg seufzte. „Ich weiß auch nicht, was mit mir los ist. Er meint es sicher gut, aber es regt mich auf, dass er ständig glaubt, über mich bestimmen zu können."

„Du hast dir nichts vorzuwerfen, Meg", bemerkte Cleo mit weicher Stimme. „Bill ist nun einmal so, wenn es um dich geht. Er sorgt sich um dich und will vermeiden, dass dir möglicherweise etwas zustößt."

„Ich bin für ihn doch nur ein Fall von vielen. Er ist Sheriff, und es ist sein Job, sich um Menschen zu kümmern, die in Schwierigkeiten sind."

Cleo schüttelte den Kopf. „Es ist mehr als das. Und wenn du das Gedächtnis nicht verloren hättest, würdest du es nicht bezweifeln."

„Wenn, wenn, wenn!" Meg schlug mit der Hand auf den Tisch. „Wenn ich mich erinnern könnte, wäre alles anders! Ich fühle mich überflüssig und fehl am Platz!" Nach diesem Ausbruch sackte sie in sich zusammen und presste die Hand auf die Stirn.

„Du wirst dich wieder erinnern, Honey", meinte Cleo tröstend.

„Und wie werde ich mich fühlen, wenn das, woran ich mich erinnern werde, noch schlimmer ist als das, was ich jetzt durchmache?"

Cleo wusste keine Antwort auf diese Frage und schwieg beklommen.

Meg sah sie eindringlich an. „Cleo, James hat mir erzählt, dass Bill und ich einmal verlobt waren. Was ist damals geschehen? Warum habe ich die Beziehung abgebrochen?"

Sie bekam wieder keine Antwort. Cleo wich ihrem Blick aus und begann, sich wieder mit dem Kochen zu beschäftigen. „Du wirst dich mit der Zeit von ganz allein daran erinnern, Meg. Lass uns jetzt weitermachen. Ich bin schon schrecklich hungrig."

Zeit … Cleo schien zu denken, dass damit alle Probleme zu lösen waren. Meg war sich dessen nicht so sicher. Als Bill eben gegangen war, hatte sie wieder den Ausdruck einer tiefen seelischen Verletzung in seinen Augen gesehen. Es bedurfte sicher mehr als nur Zeit, damit Bill ihr wieder frei und unbelastet von den Schatten der Vergangenheit ins Gesicht sehen konnte. Hier war vermutlich schon Magie vonnöten. Doch auf die Kunst des Zauberns verstand sie sich leider nicht.

Als Meg am nächsten Morgen in die Küche kam, saß Bill am Tisch, trank Kaffee und las die Zeitung. Er trug noch immer die Uniform und hatte lediglich Halfter und Waffe abgelegt.

Meg begrüßte ihn und schenkte sich ebenfalls eine Tasse Kaffee ein. „Wo ist Cleo?", fragte sie.

„Sie ist vor einer halben Stunde gegangen", erklärte er. Seine Stimme klang kühl und gefasst, doch Meg hatte das Gefühl, dass er den Blick nicht von ihr wenden konnte.

Sie trug jetzt ihre eigene Kleidung, und da ihr nichts davon vertraut gewesen war, hatte sie sich beim Anziehen viel Zeit gelassen. Schließlich hatte sie sich für eine rote Leinenbluse und eine schwarze Cordhose entschieden. Sie hatte sich die Haare gewaschen und dezent geschminkt.

Offensichtlich gefiel sie Bill. Er vertiefte sich erst wieder in die Zeitung, als sie ihm gegenüber Platz genommen hatte.

„Ich hoffe, dass es Cleo keine Umstände bereitet hat, die Nacht hier zu verbringen", meinte sie beiläufig.

„Sie ist es gewöhnt", erwiderte Bill ohne aufzuschauen.

„Gewöhnt, den Babysitter für dich zu spielen?", fragte Meg.

„Nein, mir einen Gefallen zu tun. Ich repariere ihr mindestens einmal in der Woche das Auto und mähe den Rasen für sie, wenn ihre Söhne auf dem College sind. Als Gegenleistung tut sie mir auch hin und wieder einen Gefallen."

„Indem sie beispielsweise auf mich aufpasst", ergänzte Meg spöttisch. Es verunsicherte sie doch sehr, dass Bill sie offensichtlich für hilflos und unselbstständig hielt. „Sie sollte darauf achten, dass ich nicht das Haus verlasse und möglicherweise verschwinde."

Bill schaute auf und sah Meg erstmals wieder an. „Sie sollte aufpassen, dass niemand ins Haus eindringt", erklärte er ruhig. „Cleo weiß, wo ich mein Gewehr aufbewahre, und versteht es, damit umzugehen."

„Ich kann mir nicht vorstellen, dass ich mit einer Schusswaffe umgehen kann", meinte sie nachdenklich.

„Du hast Waffen immer gehasst. Als du noch ein Kind warst, hat einmal jemand neben dir zu Silvester ein Gewehr abgefeuert und dich damit in Angst und Schrecken versetzt."

„Da ich auch dieses Erlebnis vergessen habe, habe ich mich diesbezüglich vielleicht geändert."

„Vielleicht", räumte Bill ein. Ob sie sich auch in anderer Hinsicht geändert hatte? „Ich muss Rusty anrufen und eine Verabredung absagen", erklärte er unvermittelt und wollte aufstehen.

„Bitte nicht." Sie legte die Hand auf seinen Arm und hielt ihn zurück. „Ich möchte nicht, dass du meinetwegen deine Pläne änderst."

Bill musterte sie aufmerksam. „Du müsstest mich begleiten, und ich weiß nicht, ob dir das Spaß machen würde. Rusty und ich trainieren samstags eine Basketballmannschaft."

„Nimm mich einfach mit, und wir werden es herausfinden", schlug sie vor.

Bill wirkte unschlüssig. Seine Basketballmannschaft bestand aus lauter kleinen Jungen, und im Gegensatz zu Meg wusste er, wie sehr sie Kinder liebte. Und er wusste auch, wie sehr sie gerade in diesem Punkt leiden würde, wenn ihre Erinnerung zurückkehrte: Als Folge ihrer Operation im vergangenen Jahr würde sie niemals eigene Kinder bekommen können. Vielleicht war es besser, sie vorerst von Kindern fernzuhalten, aber er mochte sie nicht enttäuschen. Sie sah ihn so erwartungsvoll an, dass er nicht Nein sagen konnte.

Genau das war sein Problem. Er war noch nie fähig gewesen, Nein zu ihr zu sagen – nicht einmal damals, als sie ihn verlassen wollte.

„Na gut", sagte er ruhig. „Zieh dir Turnschuhe an. Das Training findet in der Halle statt."

Auf der Fahrt zum Sportzentrum fühlte Meg sich noch recht wohl. Das änderte sich jedoch, als Bill den Wagen anhielt und sie ausstiegen. Ein unerklärliches Gefühl von Panik stieg in ihr auf. Und wieder einmal wurde ihr bewusst, dass sie in einer ihr fremden Welt lebte, zu der sie jeglichen Bezug verloren hatte.

Bill spürte sofort, was in ihr vorging. „Lass dich nicht unterkriegen, Meg", sagte er sanft.

Als sie auf das große Gebäude zugingen, erregte eine kleine, halb verdeckte Gestalt im Schatten eines Gebüschs ihre Aufmerksamkeit und lenkte Meg ab. Bills Miene verfinsterte sich. Nach einigen weiteren Schritten erkannte Meg, dass es sich um einen kleinen Jungen mit langen dunklen Haaren handelte, die er offensichtlich mit Unmengen von Gel in Form zu bringen versucht hatte. Er lehnte lässig an der Wand und hielt eine Zigarette zwischen den Fingern. Meg schätzte ihn kaum älter als neun oder zehn Jahre.

„Mach die Zigarette aus, Griffin!", verlangte Bill streng. „Du kennst die Regeln. Raucher spielen kein Basketball."

„Ach ja, äh, das hatte ich vergessen", antwortete der Junge. Er ließ die Zigarette zu Boden fallen und trat sie aus.

„Gegen dein schlechtes Gedächtnis sollten wir wirklich einmal etwas unternehmen", meinte Bill trocken. „Ich befürchte, dass wir es bei dir mit einem Fall von vorzeitiger Verkalkung zu tun haben." Er legte den Arm um den Jungen und drängte ihn vorwärts.

„He, wer ist die Puppe?", fragte Griffin und betrachtete Meg geradezu unverschämt wohlgefällig.

„Die Puppe ist Mrs Farrow, eine Freundin von mir."

„Es freut mich, dich kennenzulernen, Griffin", sagte Meg, obwohl sie sich überhaupt nicht sicher war, dass das wirklich eine Freude war.

„Na, komm", forderte Bill den Jungen auf. „Schließlich wollen wir heute noch mal mit dem Training beginnen."

„Kommst du auch mit?", fragte Griffin Meg.

„Und ob! Ich möchte auf keinen Fall versäumen, euch beide in Aktion zu sehen", versicherte Meg ihm.

Sie fühlte sich etwas unwohl, als sie die große Turnhalle betraten und die vielen kleinen Jungen sah, die sie nicht kannte. Aber vielleicht kannte sie ja doch den einen oder anderen und wusste es nur nicht. Ihre Nervosität ließ ein wenig nach, als ein kräftiger, etwas übergewichtiger Mann auf sie zukam. Sein Gesicht war gerötet, und auf der Stirn schimmerten feine Schweißperlen, obwohl das Training noch gar nicht begonnen hatte.

„Ein Glück, dass du endlich da bist, Bill!", rief er aus. „Noch ein paar Minuten mit der Bande allein, und sie hätten mich in den Korb gestopft." Dann wandte er sich mit einem strahlenden Lächeln an Meg. „Du siehst großartig aus. Es ist schön, dich wiederzusehen." Er nahm ihre Hand und schüttelte sie begeistert. „Ich weiß, dass du dich im Moment weder an mich noch an sonst etwas erinnern kannst, aber das wird sich bestimmt wieder geben. Ich bin Rusty Rubinski, Bills Deputy."

„Ich freue mich auch, Sie … dich … wiederzusehen", entgegnete sie.

„Mann, sie sieht wirklich toll aus! Nicht wahr, Bill?"

„Das sagtest du bereits", stellte Bill fest.

„Was bedeutet das, dass sie sich an nichts erinnern kann?", fragte Griffin neugierig. „Hat sie einen Schlag auf den Kopf bekommen oder so?"

„Es ist schon in Ordnung", sagte Meg rasch, als sie sah, dass Bill den Jungen zurechtweisen wollte. „Irgendetwas muss geschehen sein, das dazu geführt hat, dass ich mein Gedächtnis verloren habe", erklärte sie dem Jungen. „Man nennt das Amnesie. Ich wusste nicht einmal mehr, wer ich bin, bis Bill es mir erzählt hat."

„Wow!" Griffin war offensichtlich beeindruckt. „Und was ist geschehen?"

Meg lächelte. „Wenn ich das wüsste, hätte ich jetzt nicht diese Amnesie, nicht wahr?"

„Vermutlich", stimmte Griffin grinsend zu. „Mann, das ist echt toll", sagte er zu Rusty, der ihn am Arm gepackt hatte und jetzt zu den anderen Jungen führte. „Sie ist 'ne tolle Puppe und hat 'ne Amnesie. Das ist ja wie in dem Film, den ich neulich gesehen habe. He!" Unvermittelt blieb er stehen. „Ich wette, dass sie jemanden umgebracht hat, und jetzt ist das FBI hinter ihr her! So gehen solche Sachen immer aus", erklärte er Rusty.

Bill fasste sich an den Kopf und stöhnte übertrieben. „Dieses Kind raubt mir noch den letzten Nerv. Trotzdem hat er in einem Punkt völlig recht."

„Und was wäre das?", fragte sie gespannt.

„Du bist wirklich eine tolle Puppe." Er ahmte den fachmännischen Ton nach, mit dem Griffin sein Urteil abgegeben hatte, und musterte Meg anerkennend.

Sie lachte. „Ist er wirklich so selbstsicher, wie er sich gibt?", fragte sie dann.

Bill schüttelte den Kopf. „Es ist seine Art, sich davor zu schützen, wieder verletzt zu werden. Sein Vater hat sich bereits vor Griffins Geburt abgesetzt, und seine Mutter hat sich auch kaum um ihn gekümmert. Eines Tages, während er in der Schule war, hat sie einfach die Stadt verlassen."

„Sie hat ihn ganz allein zurückgelassen?"

„Ja. Seit einem Jahr lebt er jetzt in einer Pflegefamilie. Demnächst soll er zur Adoption freigegeben werden, aber er hat keine Chance."

„Wie meinst du das?"

„Die meisten Ehepaare möchten ein süßes Baby adoptieren und nicht die zehnjährige Miniausgabe eines Jim Cagney. Was meinst du, wie anstrengend es ist, ihn dazu zu bewegen, zur Schule zu gehen! Ich verfolge die traurige Geschichte, seit ich ihn vor ein paar Monaten vormittags in einer Bar aufgelesen habe. Seine Lehrerin hatte die Schüler aufgefordert, einen persönlichen Gegenstand von zu Hause mitzubringen und vor der Klasse etwas darüber zu erzählen. Da er nichts vorzuweisen hatte, ist er lieber gar nicht erst zur Schule gegangen."

„Der arme Junge!"

„Ich habe ihn dann trotz seines Protestes hierher zum Training geschleift und in die Basketballmannschaft gesteckt. Er wollte einfach keine Beziehung zu irgendjemand aufnehmen. Ich vermute, dass er sich davor fürchtet, wieder im Stich gelassen zu werden. Zugleich sehnt er sich aber nach Anerkennung und Zuneigung."

Ein lauter Pfiff, und eine wilde Balgerei um den Ball begann.

„Ich sollte Rusty jetzt besser unterstützen", meinte Bill schmunzelnd. „Such dir einen Platz auf der Tribüne und schau uns zu."

Zu Megs Überraschung gelang es den beiden Männern tatsächlich, so etwas wie Disziplin in die Mannschaft zu bringen. Während des ausgelassenen, aber doch ernsthaften Trainings kam es immer wieder zu amüsanten Szenen, die Meg zum Lachen brachten. Und ihr fiel auf, dass Griffin sich fast ausschließlich in Bills Nähe aufhielt und offensichtlich den Kontakt zu ihm suchte.

„Der Junge vergöttert Bill", sagte plötzlich jemand neben ihr.

„Griffin?" Meg sah die hübsche Blondine, die sich zu ihr gesellt hatte, fragend an.

Die Frau nickte. „Er würde es nie zugeben, aber er bewundert Bill. Griffin würde für ihn stehlen und lügen." Sie lachte leise. „Ach was, das tut er sowieso. Ich bin übrigens Liz Anderson", stellte sie sich vor und reichte Meg die Hand.

„Angenehm. Meg Farrow." Sie erwiderte den Händedruck und versuchte, taktvoll darüber hinwegzugehen, dass die Hand ihrer neuen Bekannten ziemlich klebrig war.

„Entschuldigen Sie, das war die Flasche mit dem Sirup. Ich zeige den Mädchen heute, wie man Karamellbonbons und andere Süßigkeiten selber herstellen kann."

„Sie geben Kochunterricht?", fragte Meg interessiert.

„Ich würde es eher Lebenskunde nennen", erwiderte Liz. „Meine Mädchen sind ein bisschen älter als Bills und Rustys Jungen, aber vernünftiger sind sie trotzdem nicht. Im Gegenteil: Ihre Probleme werden immer größer, je älter sie werden. Zwei der Mädchen sind schwanger, und drei von ihnen haben bereits Babys. Ich versuche, ihnen Lebenshilfe zu geben und ihnen so etwas wie Verantwortungsbewusstsein beizubringen. Möchten Sie mir nicht helfen?"

„Gern", erwiderte Meg spontan. Sie sah Bill und den Jungen gern beim Training zu, aber irgendetwas zog sie zu Liz und ihren Mädchen.

Sie rief Bills Namen und deutete auf Liz, die bereits auf dem Weg zur Tür war. Er verstand, was sie ihm sagen wollte, und nickte.

*S*ie haben sicher in der Zeitung gelesen, wie tatkräftig mich die ganze Gemeinde dabei unterstützt hat, in diesem Zentrum einen Raum für mein Projekt anzumieten und auszustatten", meinte Liz, als sie Meg stolz in ihr Reich führte.

„Nein, leider nicht", erwiderte Meg verlegen. „Ich hatte in letzter Zeit … ein paar Probleme. Deshalb habe ich mich für Nachrichten und Neuigkeiten kaum interessiert."

„Oh, das tut mir leid", entgegnete Liz mitfühlend.

Damit war der Fall für ihre neue Bekannte erledigt, und Meg atmete erleichtert auf. Entspannt half sie Liz bei den Vorbereitungen und hielt sich dann diskret im Hintergrund, als nach und nach die jungen Mädchen eintrafen.

Liz hatte nicht übertrieben, als sie behauptet hatte, dass die Probleme der Mädchen größer waren als die der Jungen. In ihrem Auftreten und ihrer schrillen Art erinnerten sie Meg an Griffin. Fast alle waren grell geschminkt, ausgeflippt gekleidet und wild frisiert. Doch Meg entging nicht, dass sie unter all dem Putz noch kleine Mädchen waren. Kleine Mädchen, die sich vor den Pflichten und der Verantwortung fürchteten, die ihnen bereits in so jungen Jahren aufgebürdet worden waren.

Ein Mädchen hatte sein Baby mitgebracht, und ein anderes, das erschreckend blass war und sehr ernst wirkte, war offensichtlich schwanger. Meg sah, dass das Mädchen mit dem Baby Probleme hatte, sich aktiv am Geschehen zu beteiligen. Spontan ging sie auf das Mädchen zu und bot ihm an, das Baby eine Weile zu halten. Dankbar und erleichtert nahm die junge Mutter das Angebot an.

Mit dem Baby auf dem Arm setzte Meg sich neben das blasse Mädchen, das sich etwas abseits von den anderen ein stilles Plätzchen gesucht hatte. „Fühlst du dich auch wohl?", fragte Meg besorgt.

Das Mädchen nickte lächelnd. „Ich bin nur immer sehr müde. In vier Monaten ist es zum Glück so weit." Sie strich sich über den Bauch.

„Nun, dann hast du die Hälfte der Zeit ja schon hinter dir", meinte Meg aufmunternd. Leise lachend überließ sie dem Baby ihre Finger zum Spielen.

„Ich wünschte, ich hätte schon alles hinter mir", erzählte das Mädchen unbefangen. Sie zuckte mit der Schulter. „Ich kann das Baby sowieso nicht behalten. Der Junge, von dem ich schwanger bin … Ich weiß nicht einmal, wer er ist. Es war eine Zufallsbekanntschaft und ist einfach so passiert. Meine Eltern sind sehr böse auf mich, aber auch traurig. Mein Dad schämt sich für mich und sucht bereits nach einem neuen Job, damit wir umziehen können, wenn das Baby erst einmal da ist."

„Das tut mir leid", sagte Meg ruhig. „Es muss sehr schwer für dich sein."

„Schwer ist gar kein Ausdruck! Und ich dachte immer, Mathematik sei schwierig."

Meg spürte, wie sie im Laufe der Unterrichtsstunde eine warme Zuneigung zu den Mädchen entwickelte. Und als Liz ihr am Ende der Stunde anbot, doch einmal wiederzukommen, sagte sie gern zu.

Während die Mädchen zum Ausgang strömten, gingen die beiden Frauen wieder in die Turnhalle. Etwas irritiert stellte Meg fest, dass Liz' Augen strahlend aufleuchteten, als Bill auf sie zukam.

„Hallo, Bill", begrüßte Liz ihn, und ihre Stimme drückte ein eindeutiges Interesse an dem Mann aus.

„Liz", erwiderte er höflich, aber sein Blick war fest auf Meg gerichtet.

„Sie sind also diejenige, welche", stellte Liz trocken fest.

„Wie bitte?", fragte Meg verwirrt.

„Nun, diejenige, wegen der Bill sich niemals auf eine Beziehung zu einer anderen Frau einlässt. Er hat es nie zugegeben, aber ich habe immer geahnt, dass es da jemanden gibt."

Meg spürte, dass sie rot wurde. „Das glaube ich nicht", erwiderte sie rasch.

„Aber Honey, es steht Ihnen doch mitten ins Gesicht geschrieben", erklärte Liz. Dann zuckte sie bedauernd mit der Schulter. „Nun, was soll' s? So ist das Leben. Es bleibt natürlich dabei, dass ich Sie nächsten Samstag gern wiedersehen würde." Lächelnd hob sie die Hand zum Gruß und verließ die Halle.

„Lass uns etwas essen gehen", sagte Bill zu Meg. Er legte den Arm um sie und drängte sie zum Ausgang. „Von dieser Schwerstarbeit mit den Jungen bekomme ich immer riesigen Appetit."

Megs Gedanken kreisten noch immer um das, was Liz gesagt hatte. War sie wirklich der Grund dafür, dass Bill keine Beziehung zu anderen Frauen einging? Sie wünschte, dass sie sich wenigstens an irgendetwas erinnern könnte, um aus eigenem Wissen ihre Schlüsse zu ziehen.

„Welchen Eindruck hast du von Liz' Unterricht gewonnen?", erkundigte sich Bill, als sie im Wagen saßen.

„Liz macht das hervorragend. Aber es war schon traurig, Kinder zu sehen, die selbst schon Kinder haben oder Babys erwarten." Meg seufzte. „Ich war verheiratet, aber Kinder habe ich nicht gehabt, oder?"

Bill musterte sie alarmiert. Erinnerte sie sich an etwas? „Nein, das hast du nicht." Er fügte nichts weiter hinzu und hoffte, dass Meg sich mit dieser Auskunft zufriedengeben würde. Bei dem Gedanken, dass sie den ganzen Schmerz noch einmal erleiden musste, zog sich sein Herz schmerzhaft zusammen. Aber sie war ganz ruhig und gelassen. Er atmete erleichtert auf.

„Ich muss tanken", sagte er nach einer Weile und fuhr vor einer Tankstelle vor.

Während Meg allein im Auto saß, dachte sie wieder über Liz' Worte nach. Bill und sie waren einmal verlobt gewesen, aber sie hatten sich getrennt. Anscheinend hatte Bill sich danach keiner anderen Frau zugewandt. Warum?

Meg spürte, dass sie Kopfschmerzen vom vielen Grübeln bekam, und beschloss, sich ein wenig die Füße zu vertreten. Sobald sie ausgestiegen war, atmete sie den Geruch von Benzin ein. Und diese Erfahrung traf sie wie ein Keulenschlag. Ihr wurde übel, die Knie wurden weich, und mit beiden Händen klammerte sie sich Halt suchend an der Wagentür fest. Der Geruch löste eine Erinnerung in ihr aus, aber ihr war zu schlecht, um sich darauf zu konzentrieren. Dennoch nahm sie etwas wahr. Sie hörte den Klang einer Männerstimme. Meg konnte die Worte nicht verstehen, spürte aber deutlich, dass sie bedroht wurde.

„Meg! Was ist los?" Bill stand plötzlich neben ihr und sah sie besorgt an.

Sie schluckte. „Der … der Benzingeruch", stammelte sie. „Er … er macht mir Angst."

Bill legte den Arm um sie und half ihr, sich wieder ins Auto zu setzen. Dann streichelte er ihre kalten Hände und redete beruhigend auf sie ein. „Ich gehe rasch bezahlen", sagte er nach einer Weile. „Ich bin gleich wieder zurück. Denk an etwas anderes und versuch, dich zu entspannen."

Er blieb nur zwei Minuten fort, aber es kam Meg wie eine Ewigkeit vor. Der Benzingeruch war jetzt überall, und sie atmete nur noch durch den Mund, um so wenig wie möglich von diesem fürchterlichen Geruch wahrnehmen zu müssen.

Sobald Bill ebenfalls wieder eingestiegen war, ließ er auch schon den Motor an. Dann legte er die Hand auf Megs Arm. „Es ist alles in Ordnung, Meggie. Du hast es gleich hinter dir."

Auch als sie schon zu Hause waren, litt Meg noch unter den Folgen ihres merkwürdigen Erlebnisses. Ihr war schwindelig, und sie sehnte sich danach, von Bill ganz fest in den Arm genommen zu werden. Trotzdem hielt sie sich bewusst von ihm fern. Er sollte nicht merken, wie sehr sie ihn in diesem Augenblick brauchte.

„Leg dich ein wenig hin", forderte Bill sie auf. „Ich bereite uns in der Zwischenzeit das Essen zu."

„Es geht mir gut", erwiderte sie störrisch.

„Sei nicht so stur, Meg", bat er sie mit weicher Stimme. „Wenn du nicht freiwillig gehst, trage ich dich höchstpersönlich zum Bett. Du bist noch immer blass und zittrig."

Daraufhin zog Meg sich zurück. Aber nicht, weil sie sich vor Bill fürchtete, sondern vor sich selbst. Sie ahnte, dass sie sich an ihn klammern und ihn nicht mehr loslassen würde, wenn er seine Drohung wahr machte.

Bill wartete, bis sie die Schlafzimmertür hinter sich geschlossen hatte, und ging dann ans Telefon.

„Jack? Hier ist Bill. Kannst du mir inzwischen etwas Näheres über das Feuer sagen?"

Während er gespannt zuhörte, verhärteten sich seine Züge. „Ja, ich dachte mir, dass jemand dort mit Benzin nachgeholfen hat. Meg hat heute übermäßig stark auf den Geruch von Benzin reagiert."

Jack erzählte ihm noch etwas, und Bill hielt unwillkürlich den Atem an.

„Wann hat der Mann angerufen?", fragte er dann. „Heute Morgen? Und er hat sich als Megs Versicherungsagent ausgegeben?" Mit der freien Hand fuhr er sich durchs Haar. „Da ist doch etwas faul! Ich finde, das klingt ganz nach unserem anonymen Anrufer, der etwas über Meg herausfinden will."

Nachdem er das Gespräch beendet hatte, sah er, dass Meg in der Tür stand. „Ich dachte, du seist zu Bett gegangen", meinte er vorwurfsvoll.

„Sag mir, in welchen Problemen ich mich befinde", verlangte sie.

„Ich weiß es nicht", erwiderte er bedauernd.

„Aber du hast eine Vermutung", behauptete sie.

Als er nicht antwortete, ging sie auf ihn zu und sah ihn eindringlich an. „Ich muss es wissen, Bill."

Sie war offensichtlich besorgt, aber dennoch entschlossen, sich nicht abweisen zu lassen.

„Falls du befürchtest, dass du etwas angestellt haben könntest, so kann ich dich beruhigen. Aber irgendjemand will anscheinend etwas von dir. Ich denke, dass es die gleiche Person ist, die sich sowohl im Krankenhaus als auch hier hat blicken lassen   ."

„Und du meinst, dass mir dieser Mann etwas antun will?"

Bill nickte. „Das ist nicht auszuschließen."

„Erkläre mir, wie man mit einem Gewehr umgeht", verlangte sie unvermittelt.

„Nein."

Beschwörend packte sie ihn am Arm. „Bitte, Bill. Ich möchte es lernen."

„Du hast dich immer vor Waffen gefürchtet."

„Komisch, dass ich mich nicht daran erinnere", bemerkte sie trocken.

„Du willst wirklich schießen lernen?"

„Ja."

Bill sah sie noch eine Weile unschlüssig an. „Also gut", meinte er schließlich. „Versuchen wir es." Er holte sein Gewehr aus der Abstellkammer und forderte Meg auf, zum Üben mit ihm hinters Haus zu kommen.

Etwa eine Stunde lang wies er Meg intensiv ein und übte mit ihr das Schießen auf Konservendosen. „Du machst das wirklich gut", lobte er sie schließlich. „Ich gebe zu, dass ich dir das nicht zugetraut hätte."

„Nun, so ganz überzeugend finde ich meine Leistung noch nicht", erwiderte sie. „Aber warte nur ab. In ein paar Tagen gehe ich mit dem Gewehr genauso sicher um wie du."

Bill schüttelte verwundert den Kopf. „Du hast dich verändert", stellte er fest.

„Wirklich?"

„Ja", sagte er leise und streckte die Hand aus, um ihr die Waffe abzunehmen. Dabei streifte er ihren Arm, und ehe ihm überhaupt bewusst wurde, was er tat, zog er Meg an sich. Sie wehrte sich nicht, sondern schmiegte sich weich in seine Arme und schaute ihn mit großen Augen an.

Bill neigte sich ihr zu und streichelte mit den Lippen ihren Mund. Er wollte sie nur einmal flüchtig berühren, doch dann schlug seine zärtliche Sehnsucht in leidenschaftliches Verlangen um. Der Druck seiner Lippen verstärkte sich, und dann küsste er Meg hungrig.

Mit der Hand, die auf ihrem Rücken ruhte, presste er sie so fest an sich, dass sie seinen Herzschlag spürte. Meg stöhnte auf und war wie benommen. Während sie seinen Kuss hingebungsvoll erwiderte, stieg eine Erinnerung in ihr auf: Sie lag nackt in Bills Armen, und er streichelte ihre Haut. Und in ihr loderte das gleiche Verlangen, das sie in diesem Augenblick empfand. Was in der Vergangenheit auch geschehen war – sie konnte ihre leidenschaftlichen Gefühle für Bill nicht leugnen.

„Ich brauche dich", flüsterte sie, als sie sich voneinander lösten. In seinen Augen las sie, dass er sie ebenso verzweifelt begehrte wie sie ihn.

„Nein", erwiderte er mit rauer Stimme. Sanft schob er sie von sich. „Wir dürfen uns nicht dazu hinreißen lassen, Meg."

„Aber warum …"

„Weil du dich nicht erinnerst", erwiderte er. Er hob das Gewehr vom Boden auf und ging ins Haus zurück.

Meg brauchte noch etwas Zeit, um sich zu sammeln. Dann folgte sie ihm langsam.

Der Mann bedrohte sie. Meg konnte weder verstehen, was er sagte, noch sein Gesicht erkennen, aber der Klang seiner Stimme war unmissverständlich. Eiskalt lief es ihr den Rücken hinunter. Sie schrie auf und versuchte zu fliehen. Aber sie kam nicht von der Stelle. Der Mann griff nach ihr und hielt sie fest. Wieder schrie sie auf.

„Meg, es ist alles gut." Plötzlich drängte sich Bills Stimme in ihr Bewusstsein. „Du hast nur geträumt. Es ist alles in Ordnung, Honey."

Sie schlug die Augen auf und sah sich benommen um. Allmählich fiel ihr wieder ein, wo sie war. Das matte Licht, das durch den Vorhang schimmerte, verriet ihr, dass der neue Tag gerade angebrochen war.

Bill saß bei ihr auf der Bettkante und lächelte sie beruhigend an. Ihre Schreie mussten ihn geweckt haben.

„Er war hinter mir her", murmelte sie verlegen.

„Wer, Meg? Wer war hinter dir her?"

„Ich weiß nicht", erwiderte sie bekümmert. „Ich konnte sein Gesicht nur schemenhaft erkennen. Ich weiß nicht, wer er war."

Bill merkte, dass sie sich wieder aufregte, und nahm ihre Hand. Als er sich über Meg beugte, um ihr eine Strähne aus dem Gesicht zu streichen, erstarrten sie beide.

Er war ihr so nah. Er war so warm und so verführerisch attraktiv mit dem breiten, nackten Oberkörper. Meg sah ihm in die Augen und konnte alles darin lesen. Er wollte sie und verzehrte sich vor Sehnsucht nach ihr. Aber sie sah ihm auch an, welchen Kampf er mit sich ausfocht.

Sie konnte der Versuchung nicht widerstehen. Sie legte die Hand auf seine Brust und streichelte ihn zärtlich.

Bill stöhnte unterdrückt auf. „Nein, tu das nicht, Meg."

„Ich … ich will dich", flüsterte sie. Sie wollte ihn ganz nah spüren und sehnte sich danach, von ihm geliebt zu werden. Und sie brauchte ihn auch, um sich von ihrem Albtraum zu befreien.

Meg hatte keine Erinnerung an ihre Zeit mit Bill, aber wenn er noch immer so starke Gefühle in ihr weckte, musste er ihr einmal sehr viel bedeutet haben.

„Du darfst mich nicht begehren", erklärte er barsch. „Wir würden einander nur wehtun."

Aber Meg konnte ihre Gefühle nicht einfach abschalten. Sie war zu verletzlich nach diesem schrecklichen Albtraum und zu verloren in einer Welt ohne Erinnerung. Sie brauchte eine Bezugsperson, einen Menschen, der sie hielt und ihr Kraft gab. Und ihr Herz sagte ihr, dass dies nur Bill sein konnte.

Sie glitt mit den Fingerspitzen über seine Brust und berührte dann sein Gesicht. „Bill …", flüsterte sie sehnsüchtig.

„Nein."

Meg sah ihm an, wie schwer es ihm fiel, sie zurückzuweisen. Sie fühlte, dass es ihr gelingen konnte, ihn zu verführen. Meg war so sehr mit sich und ihren Gefühlen beschäftigt, dass sie das Klingeln des Telefons zunächst überhörte. Bill zögerte nur kurz. Dann stand er auf und verließ das Zimmer. Meg konnte jetzt nicht allein sein. Rasch zog sie sich die Jeans und einen Pullover an und folgte Bill in die Küche.

„Cleos Auto springt nicht an", murmelte er, während er mit angespannter Miene aus dem Fenster schaute. Irgendetwas schien ihn zu beunruhigen. Er hatte sich inzwischen ein Hemd aus dem Gästezimmer geholt, und während er es zuknöpfte, wandte er den Blick nicht eine Sekunde vom Fenster ab.

Meg bemerkte, dass sich hinter einem Busch etwas bewegte, und trat instinktiv näher an Bill heran.

„Lass dich nicht sehen", zischte er ihr zu. „Ich kümmere mich schon darum."

Nachdem er gegangen war, stellte sie sich trotz seiner Warnung ans Fenster und schaute vorsichtig hinaus. Sie konnte nichts sehen, spürte aber, dass irgendetwas vorging. Plötzlich hörte sie einen Schrei. Die Hintertür schlug krachend zu, und Meg wirbelte herum. Bill stürmte in die Küche und zerrte einen laut protestierenden Jungen hinter sich her. Es war Griffin.

„Mann, ich hab doch nichts getan", beschwerte sich der Junge.

„Nein?", fragte Bill herausfordernd. „Bist du nur hier, um nichts zu tun? Wie bist du überhaupt hergekommen?"

„Per Anhalter", erklärte Griffin widerwillig und sah sich neugierig um.

„Und warum?", fragte Bill streng.

„Weil ich mich gelangweilt habe", entgegnete Griffin. Er hatte sich bereits von dem Schrecken erholte und versuchte, sich wieder als cooler Macho zu geben.

Bill schaute auf die Armbanduhr. „So, so, du leidest also morgens um halb acht an Langeweile. Das kann ich nicht glauben."

„Hallo, Meg! Wie geht's?" Lausbübisch lachte er sie an.

Sie wollte etwas erwidern, doch dann fing sie Bills mahnenden Blick auf und schwieg.

„Du schwindelst, Griffin", sagte Bill streng.

Griffin seufzte. „Ich hatte heute Morgen sehr früh Hunger und wollte mir etwas zu essen machen", erzählte er kleinlaut, und zum ersten Mal wirkte er auf Meg wie ein ganz normaler kleiner Junge.

„Dabei habe ich die Cornflakes verschüttet, und Mrs Dreissen hat mich ausgeschimpft. Dann ist sie wieder ins Bett gegangen, und ich bin weggelaufen."

Meg nahm an, dass Mrs Dreissen seine Pflegemutter war.

„Sie war vermutlich noch müde", meinte Bill etwas freundlicher.

Griffin zuckte mit der Schulter. „Sie ist immer müde. Ich möchte hier wohnen."

„Warum? Denkst du etwa, dass ich dir mehr durchgehen lassen würde?"

„Nein." Griffin grinste. „Du würdest mir wahrscheinlich den Hintern versohlen, aber du wärst wenigstens da."

Bill seufzte. „Du weißt, dass das Jugendamt das nie zulassen würde. Sie geben Kinder nur in die Obhut von Ehepaaren, und ich bin nun einmal nicht verheiratet." Der traurige Ausdruck in den Kinderaugen traf ihn mitten ins Herz. „Okay, okay", fügte er hinzu. „Ich rufe die Dreissens an und sage ihnen, dass du hier bist. Sicher werden sie dir erlauben, den Tag hier zu verbringen."

Das Gesicht des Jungen hellte sich augenblicklich wieder auf.

Während Bill telefonierte, begann Meg das Frühstück zuzubereiten. Sie sah dem Jungen an der Nasenspitze an, dass er immer noch hungrig war.

„Alles klar", teilte Bill Griffin mit. „Du kannst den Tag hier verbringen, aber heute Abend bringe ich dich wieder nach Hause. Verstanden?"

Griffin nickte zufrieden.

„So, und jetzt muss ich endlich los, um meiner Schwester zu helfen, den Wagen in Gang zu bekommen", meinte Bill lustlos. „Griffin, ich möchte nicht, dass du dich in der Gegend herumtreibst. Bleib bitte bei Meg. Und du schließt sofort hinter mir ab, Meg. Öffne niemandem. Okay?"

Er wartete, bis Meg mit einem Nicken bestätigte, dass sie bereit war, seinen Anweisungen zu folgen. „Ich möchte, dass ihr beide euch benehmt", sagte er, während er die Jacke anzog. „Sonst werdet ihr mich kennenlernen."

Griffin sah Bill vom Fenster aus nach. „Erzähl es ihm nicht, aber er ist ganz in Ordnung", sagte er verschmitzt.

„Das bleibt unser Geheimnis", versprach Meg.

Während sie die Rühreier vom Herd nahm und auf Teller füllte, bemerkte sie aus den Augenwinkeln, dass sich ein Auto dem Haus näherte. Stirnrunzelnd trat sie ans Fenster. Der Wagen kam aus der Richtung, in die Bill gefahren war. Vielleicht waren sie sich unterwegs sogar begegnet.

Das Auto kam langsam näher. Meg erkannte es und hielt unwillkürlich den Atem an. Es handelte sich um den gleichen alten blauen Wagen, den sie schon einmal hier gesehen hatte. Sie nahm den Telefonhörer von der Gabel, um Cleo anzurufen, aber dann hielt sie mitten in der Bewegung inne. Wenn Bill bei seiner Schwester eintraf und ihre Nachricht erhielt, würde es schon zu spät sein. Zu spät … Sie schluckte. Meg wusste nicht, was möglicherweise auf sie zukam, aber ihr war klar, dass sie ganz auf sich allein gestellt war.

„Wer ist das?", fragte Griffin mit vollem Mund.

„Jemand, der nach mir sucht", erwiderte Meg. „Griffin, geh bitte ins Schlafzimmer und bleib da."

„Aber warum? Was hast du vor?"

„Ich hole mir ein Gewehr", sagte sie wie zu sich selbst. Ohne sich zu vergewissern, ob Griffin ihr auch gehorchte, ging sie in den Abstellraum. Das Gewehr lag ganz hoch oben in einem Regal, zu hoch für sie. Sie wollte sich gerade einen Küchenstuhl holen, als Griffin sie plötzlich anstieß.

„Heb mich hoch", forderte er sie auf. „Dann hole ich es dir runter."

Meg wollte das Kind eigentlich aus allem heraushalten, aber sie hatte keine Wahl. Kurz entschlossen nahm sie seinen Vorschlag an.

Nachdem sie Griffin wieder abgesetzt und sich das Gewehr von ihm hatte geben lassen, bückte sie sich zu ihm hinunter. „Griffin, du lässt dich nicht blicken", verlangte sie eindringlich. „Bitte, versprich mir das."

Er sah sie sehr ernst an und nickte. Meg ließ ihn in der Abstellkammer zurück und eilte in die Küche, wo sie das Gewehr hastig lud. Vorsichtig trat sie ans Fenster und sah, dass der Fahrer das Auto verlassen hatte. Sie konnte den Gehsteig von ihrem Standort aus nicht einsehen, aber sie nahm an, dass der Mann auf dem Weg zur Haustür war. Angestrengt lauschte sie.

Schon im nächsten Augenblick wurde sie gerufen. „Meg! Ich weiß, dass du da drin bist!"

Auf Zehenspitzen huschte sie ins Wohnzimmer. Sie schlich ans Fenster und schob die Gardine zur Seite, sodass sie den Mann an der Tür sehen konnte. Er war groß und kräftig und hatte blondes, relativ langes Haar, das ihm vom Wind ins Gesicht geweht wurde. Er kam ihr bekannt vor, aber eine wirkliche Erinnerung stellte sich nicht ein.

Wieder rief er ihren Namen. „Ich habe den Sheriff wegfahren sehen! Ich will nur mit dir reden. Mach schon, Meg!" Ungeduldig trat er gegen die Tür. „Los, mach auf!"

Meg atmete erleichtert auf, als er unvermittelt zum Auto zurücklief. Sie hoffte, dass er sein Vorhaben aufgegeben hatte, aber dann sah sie, dass er ein Brecheisen geholt hatte.

„Du solltest besser öffnen!", rief er drohend. „Ich komme so oder so ins Haus."

Meg glaubte ihm das ohne Weiteres. „Was wollen Sie?", fragte sie laut.

„Das weißt du genau! Mach endlich auf!"

Meg war fest entschlossen, seinem Drängen auf keinen Fall nachzugeben. „Wer sind Sie?"

„Was soll diese dumme Frage, Meg? Ich will den Kasten haben. Und ich habe keine Lust, mich auf taktische Spielchen einzulassen."

Meg legte das Gewehr an und richtete es entschlossen auf die Tür. „Was für einen Kasten?", fragte sie verständnislos.

Der Mann stieß einen Fluch aus. „Halte mich nicht zum Narren! Du weißt sehr gut, worum es geht! Du hast den Kasten vor mir versteckt!"

Meg bemühte sich, aber sie konnte sich weder an den Mann noch an irgendeinen Kasten erinnern.

Offensichtlich hielt der Mann ihr Schweigen für eine Herausforderung. „Na gut, Meg. Du willst es nicht anders. Machen wir also auf meine Art weiter."

Sie hörte, wie er die Tür mit dem Brecheisen bearbeitete, und wusste, dass es ihm gelingen würde, die Tür aufzubrechen. Ohne das Gewehr abzusetzen, trat sie einen Schritt zurück. Gleich darauf sprang die Tür krachend auf.

Der Mann blieb verblüfft stehen, als er von der Tür aus geradewegs in den Lauf des Gewehrs blickte. „Lass doch den Unsinn, Meg." Seine Stimme klang so, als ob er mit einem ungezogenen Kind sprach. „Du wirst das Ding ganz bestimmt nicht benutzen, Sweetheart", stellte er selbstsicher fest. „Du fürchtest dich vor Waffen."

„Menschen können sich ändern", teilte sie ihm kühl mit. „Und jetzt scher dich zum Teufel, ehe ich dir beweise, wie sehr ich mich verändert habe!"

„Komm schon! Was soll das? Ich will doch nur den Kasten. Ist das zu viel verlangt?"

Schweigend starrten sie sich an.

Meg schaute erst an ihm vorbei, als sie hörte, dass sich wieder ein Auto näherte. Ihre Augen leuchteten auf. Bill kam zurück!

Der Fremde rannte zu seinem Wagen, und Meg ließ langsam das Gewehr sinken. Lange hätte sie es bestimmt nicht mehr halten können. Überrascht sprang sie zur Seite, als Griffin plötzlich an ihr vorbeischoss. Ehe sie es sich versah, hatte er den Mann eingeholt und stürzte sich auf ihn. Der Mann blieb stehen. Er schlug blindlings um sich und versuchte, das Kind wegzustoßen, aber Griffin ließ sich nicht abschütteln.

„Er hat Meg überfallen!", schrie Griffin, als Bill angehalten hatte und ausgestiegen war.

Bill packte den Mann am Kragen und hielt ihn eisern fest. „Ich habe ihn. Du kannst ihn jetzt loslassen, mein Sohn", sagte er mit fester Stimme.

Griffin gehorchte zögernd, und Meg hörte, dass er schluchzte. Sofort ging sie zu ihm und nahm ihn tröstend in die Arme.

„Warum sind Sie hinter Meg her, Farrow? Warum bedrohen Sie sie?", fragte Bill den Mann zornig.

Farrow? Meg erstarrte. Mit diesem Mann war sie verheiratet gewesen?

„Das ist eine Privatangelegenheit, Strand", maulte Farrow.

„Das sehe ich anders. Los, reden Sie schon!"

„Ich muss Ihnen überhaupt nichts sagen", erwiderte Farrow aufgeblasen.

„Sie befinden sich unbefugt auf Privateigentum und haben Meg bedroht. Reizen Sie mich nicht noch mehr."

„Nur zu, sperren Sie mich ein", forderte Farrow ihn auf. „In spätestens einer Stunde bin ich wieder frei. Sie haben nichts gegen mich in der Hand."

Bill schwieg und wog offensichtlich das Für und Wider gegeneinander ab. „Ich warne Sie, Farrow. Lassen Sie Meg in Ruhe. Kommen Sie nie wieder in ihre Nähe!"

„Sie haben mir gar nichts zu sagen, Strand. Ohne Ihre Uniform sind Sie ein Mensch wie jeder andere. Wenn ich Meg sehen will …"

Er kam nicht dazu, den Satz zu Ende zu sprechen. Bill holte blitzschnell aus und verpasste ihm einen Kinnhaken.

Farrow strauchelte und fiel krachend gegen sein Auto. Er wirkte benommen, und es dauerte eine Weile, bis er sich wieder aufrappelte und Bill fassungslos anstarrte.

„Sie befinden sich auf meinem Grund und Boden. Verschwinden Sie!"

Offenbar hatte Paul Farrow nicht erwartet, dass Bill handgreiflich werden würde. Er wirkte ängstlich und hielt sich mit weiteren Äußerungen zurück. Erst als er im Auto saß, fühlte er sich wieder sicherer. „Du wirst noch von mir hören!", rief er Meg drohend zu, ehe er hastig den Motor anließ.

Griffin stand noch immer ganz nah bei Meg. Mit einer Hand klammerte er sich an ihrem Pullover fest. Nachdem Farrow außer Sichtweite war, drehte Bill sich zu ihnen um.

„Seid ihr in Ordnung?", erkundigte er sich.

Beide nickten. Griffin wirkte ungewöhnlich klein und kindlich und schien es zu genießen, von Meg schützend gehalten zu werden.

„Warum bist du zurückgekommen?", fragte Meg mit spröder Stimme.

„Das war reiner Zufall", erklärte Bill. „Unterwegs fiel mir plötzlich ein, dass ich mein Werkzeug vergessen hatte." Er beugte sich zu Griffin hinunter. „Wie es aussieht, hast du einiges abbekommen", stellte er fest.

„Ach, das sind nur ein paar blaue Flecken", erklärte Griffin tapfer.

Bill strich ihm übers Haar und wandte sich wieder Meg zu. „Offensichtlich bist du sehr gut in der Lage, auf dich selbst aufzupassen", meinte er anerkennend. „Ihr habt euch beide großartig verhalten. Lasst uns jetzt ins Haus gehen. Ich möchte den Schaden begutachten, den der Kerl angerichtet hat."

„Ich kann mir gar nicht vorstellen, dass ich mit diesem Mann verheiratet gewesen sein soll", meinte Meg, die mit Bill in der Küche saß, nachdem er die Haustür provisorisch repariert hatte.

„In der letzten Zeit eurer Ehe ist er wohl nicht sehr nett zu dir gewesen", meinte Bill abwägend.

„Ob er das überhaupt je gewesen ist? Ich kann es mir nicht vorstellen."

„Doch, das denke ich schon. Anfangs habt ihr euch ganz sicher gut verstanden. Du schienst jedenfalls glücklich gewesen zu sein."

„Ich frage mich, was geschehen ist."

„Ich weiß es nicht. Manchmal verändern Menschen sich."

Meg nickte.

„Was hat Farrow eigentlich gewollt?", fragte Bill.

„Er verlangte einen Kasten von mir. Er behauptete, dass ich ihn vor ihm versteckt hätte."

„Was für ein Kasten?"

„Keine Ahnung. Seine Worte haben für mich keinen Sinn ergeben."

„Was hat er über den Kasten gesagt?", fragte Bill hartnäckig.

„Nichts", erwiderte Meg leicht gereizt. „Er wollte nur wissen, wo er ist."

„Und wie hat er reagiert, als du sagtest, dass du es nicht weißt?"

„Er wurde wütend. Er sagte … oh! Ich weiß es nicht!" Sie fuhr sich durchs Haar. „Es hat keinen Sinn ergeben."

„Hat er dir denn keinen Hinweis gegeben? Über die Größe, Farbe oder das Material, aus dem der Kasten ist?"

„Nein, das hat er nicht!" Abrupt wandte sie ihm den Rücken zu.

„Meg, es tut mir leid, dass ich dich so bedrängen muss, aber es ist wichtig. Hat Farrow nicht irgendetwas gesagt, das darauf schließen lässt, worum es wirklich geht?"

„Ich habe dir alles erzählt." Sie seufzte.

„War Paul der Mann, der dir im Albtraum erschienen ist?"

Meg drehte sich wieder zu ihm um. Begriff er denn nicht, wie quälend diese Ausfragerei für sie war? Sie hatte etwas über ihre Vergangenheit erfahren, das sie bedrückte und verunsicherte. Sie wollte keine

Fragen mehr beantworten. Aber dann sah sie in Bills Augen und tat es doch.

„Nein", sagte sie ruhig. „Im Traum war es jemand anders."

„Beschreib ihn", verlangte Bill.

Meg zuckte hilflos mit der Schulter. Aber sie versuchte, das Unmögliche zu tun, weil Bill es so wollte. Bevor sie ihm erklären konnte, dass es sinnlos war, klingelte das Telefon.

Ungeduldig nahm er den Hörer ab. Es war Cleo, die sich wunderte, wo er so lange blieb.

Nachdem Meg sich am Abend in ihr Zimmer zurückgezogen hatte, dachte sie noch lange über diesen ereignisreichen Tag nach. Sie hatte sich bereits das Nachthemd angezogen, war aber noch viel zu aufgeregt, um schon zu Bett zu gehen.

Während sie ruhelos durch das Zimmer streifte, fragte sie sich, ob Griffin wohl schon schlief. Bill und sie hatten ihn nach dem Abendessen trotz seines heftigen Protestes zu seinen Pflegeeltern zurückgebracht. Aber sein Drängen war doch nicht ganz folgenlos geblieben. Immerhin hatte Bill daraufhin die Dreissens darum gebeten, dass Griffin sie in Zukunft ab und zu besuchen durfte. Und die Pflegeeltern waren damit einverstanden gewesen.

Meg hatte heute einiges über sich erfahren und lernte unentwegt immer mehr dazu. Während sie gemächlich durch das Zimmer schlenderte, wurde ihr wieder bewusst, dass sie ein sehr ordentlicher Mensch war. Sie liebte es, sich mit hübschen Dingen zu umgeben, und hatte es gern, wenn alles ordentlich an seinem Platz stand. Als sie im Vorbeigehen sah, dass auf der Wäschekommode ein Foto umgefallen war, blieb sie sofort stehen und stellte es wieder auf seinen Platz.

Dabei fiel ihr Blick auf ein kleines schwarz lackiertes Kästchen, das versteckt ganz hinten in der Ecke stand. Meg nahm es in die Hand und wischte mit dem Finger über die Staubschicht, die sich darauf abgelagert hatte. Sie erkannte, dass es sich um eine Spieluhr handelte. Mechanisch zog sie sie auf und öffnete den Deckel. Dann stellte sie das Kästchen auf den Nachtschrank und setzte sich aufs Bett.

Mit geschlossenen Augen lauschte sie der Melodie. Schon nach wenigen Takten erkannte sie, dass es sich um die Mondscheinsonate handelte. Die Musik berührte sie so tief, dass ihr die Tränen in die Augen stiegen. Die Musik umhüllte und streichelte sie und entführte sie in eine andere Zeit.

Sie hörte nicht, dass Bill das Zimmer betrat, und zuckte erschrocken zusammen, als er sie plötzlich anherrschte. „Was machst du damit?" Er griff nach der Spieluhr und schlug unbeherrscht den Deckel zu.

Sein Hemd war halb geöffnet, und Meg nahm an, dass er gerade beim Auskleiden gewesen war. Verstört sah sie ihn an. Sie verstand nicht, weshalb er so böse war. „Wo hast du das gefunden?", fragte er grimmig.

Meg deutete auf die Kommode. „Es stand hinter dem Bild."

„Damit ausgerechnet du es dort findest, was?"

„Ich verstehe nicht …"

„Nein, natürlich nicht." Sein Zorn schien sich gelegt zu haben, aber er wirkte noch immer kalt und abweisend. „Diese Spieluhr hat uns beiden einmal sehr viel bedeutet", erklärte er tonlos.

Meg wartete darauf, dass er weitersprach, aber er blieb stumm. Sein Blick verschleierte sich, und er sah sie so traurig an, dass sie am liebsten geweint hätte.

„Gute Nacht, Meg." Er drehte sich auf dem Absatz um und ging. Die Spieluhr nahm er mit.

Meg starrte gedankenverloren auf die geschlossene Tür. Für sie stand fest, dass sie so heute Nacht nicht auseinandergehen durften. Die Ungewissheit war unerträglich. Sie musste unbedingt erfahren, was zwischen ihnen vorgefallen war – und wenn es sie beide auch noch so sehr schmerzte.

Kurz entschlossen ging sie ihm nach. Leise öffnete sie die Tür zum Gästezimmer und blieb dann zögernd stehen. Bill saß tief in Gedanken versunken auf der Bettkante und hielt die Spieluhr in der Hand. Sacht verklangen die letzten Töne der Melodie. Meg betrat das Zimmer und ging auf Zehenspitzen zu ihm. Sie hätte Bill so gern in den Arm genommen, aber sie zwang sich, sich zurückzuhalten. Mit weicher Stimme sprach sie ihn an.

Als er aufblickte, erschütterte sie sein Anblick so sehr, dass sie zu atmen vergaß. Er hatte seinen Erinnerungen nachgehangen, und Meg wusste, dass sie verantwortlich war für das tiefe Leid, das sich jetzt in seinen Augen widerspiegelte.

„Ich muss es wissen, Bill", flüsterte sie. „Ich kann weder mit deinen noch mit meinen Gefühlen umgehen, wenn ich nicht alles verstehe."

„Ich möchte nicht darüber sprechen, Meg", sagte er. „Das haben wir schon vor Jahren zur Genüge getan."

„Bitte." Flehend sah sie ihn an. „Versteh mich doch. Ich habe das Gefühl, über ein Minenfeld zu gehen. Ich weiß nie, welcher Schritt sicher ist und bei welchem alles um mich herum explodiert."

„Du wirst dein Gedächtnis wiederfinden", entgegnete er abweisend. „Dann wirst du verstehen."

„Bitte, Bill! Erzähl mir wenigstens, was diese Spieluhr uns bedeutete."

„Sie war für uns so etwas wie ein Versprechen", erklärte er barsch. „Aber du hast es leichten Herzens vergessen. An dem Tag, an dem wir sie zum ersten Mal gespielt haben, haben wir uns geliebt." Sein Blick drückte brennende Sehnsucht, aber auch seine ganze Verzweiflung aus. Plötzlich stöhnte er auf. Er ließ die Spieluhr aufs Bett fallen und zog Meg in seine Arme.

„Mir hat es sehr viel bedeutet", gestand er ihr, ehe er den Mund auf ihre Lippen presste.

Obwohl sein Kuss sie völlig berauschte, erkannte sie, dass er ihr durch die Betonung seiner Worte unterstellte, dass es ihr nichts bedeutet hatte. Doch das war in diesem Augenblick nicht wichtig. Die Gefühle, die sein Kuss in ihr weckte, waren so überwältigend, dass sie alles andere in den Hintergrund drängten.

Meg schlang die Arme um seinen Hals und zog Bill noch näher an sich. Sie wollte ihn ganz nah spüren und verzehrte sich vor Sehnsucht nach ihm. Ihr Herz klopfte wild, obwohl sie keine Erinnerung daran hatte, weshalb das so war. Sie wusste nur, dass sie ihn begehrte und brauchte, um glücklich zu sein und die schreckliche Leere in sich auszufüllen.

Sie verstand den Sinn der Worte nicht, die er ihr zärtlich zuflüsterte. Aber der Klang seiner Stimme ging ihr unter die Haut. Das Blut pulsierte immer heißer durch ihre Adern, und als Bill ihr Nachthemd hochschob und ihre Brüste streichelte, hatte sie das Gefühl, in Flammen zu stehen. Sie schrie leise auf und drängte sich an ihn.

Mit dem Mund glitt er über ihr Gesicht und ihren Hals und küsste sie so stürmisch, dass ihr schwindelig wurde. Meg spürte, dass er verzweifelt versuchte, die Kontrolle über sich zurückzugewinnen, aber auch er war seinen Gefühlen hilflos ausgeliefert.

Es war die Spieluhr, die ihn schließlich zur Besinnung brachte. Sie fiel vom Bett auf den Boden, und als sie aufschlug, erklangen zwei Töne, die einsam verhallten. Bill erstarrte. Seine Augen, in denen soeben noch das Feuer der Leidenschaft gelodert hatte, verloren ihren Glanz.

Meg klammerte sich an ihn. Es war ihr unmöglich, einfach so zu tun, als sei nichts geschehen. Aber Bill ließ sich nicht halten.

„Du hast mich diesmal fast dazu gebracht, es zu vergessen, Meggie", sagte er weich.

„Was zu vergessen?", fragte sie drängend.

„Ich hätte fast vergessen, dass es zwischen uns nicht mehr so ist, wie es früher einmal war", gab er zu. „Ich leugne nicht, dass ich dich begehre, Meg. Ich habe dich immer gewollt. Aber ich werde mich nicht in die Rolle des Liebhabers drängen lassen, um dann wieder abseits zu stehen, wenn deine Erinnerung zurückkehrt."

„Warum denkst du, dass ich dann gehen werde?" Sie sah ein, dass sie ihn nicht halten konnte, und löste sich von ihm.

Bill lächelte traurig. „Weil ich mich an die Vergangenheit erinnere."

Obwohl Meg inzwischen fast schon meisterhaft mit der Waffe umzugehen verstand, hatte Bill darauf bestanden, dass Cleo jetzt immer bei ihr war, sobald er das Haus verlassen musste. Jetzt war er im Dienst, und Cleo werkelte in der Küche.

Zwei Wochen war es nun her, seit Bill sie buchstäblich aus seinem Bett geworfen hatte. Sie war verletzt gewesen, aber sie konnte ihn auch verstehen. Doch sie konnte die kühle Distanz nicht akzeptieren, mit der er ihr seitdem begegnete. Er achtete sehr bewusst darauf, ihr weder körperlich noch seelisch zu nah zu kommen.

Meg griff mit der Hand unter das Bett, wo sie die Spieluhr versteckt hatte. Durch Zufall hatte sie das schwarze Kästchen in der hintersten Ecke des Küchenschranks gefunden, als sie nach einer Sauciere suchte. Lange hatte sie auf dem Küchenstuhl gestanden und die Spieluhr gedankenverloren angestarrt. Doch dann hatte sie nicht widerstehen können und das Kästchen an sich genommen. Sie hatte es in ihr Zimmer gebracht, wo sie es jederzeit ansehen und in die Hand nehmen konnte.

Manchmal, wenn Bill nicht da war, ließ sie die Melodie erklingen. Auch jetzt zog sie die Spieluhr auf und öffnete den Deckel. Sie lächelte, als der Klang der Mondscheinsonate in ihrer Hand erblühte. Die Melodie klang bittersüß in ihren Ohren, weil sie zugleich schöne und schmerzliche Gefühle in ihr weckte. Und noch immer verstand Meg nicht, weshalb die Spieluhr und ihr Lied sie so sehr anrührten.

Sie legte sich zurück ins Kissen, lauschte der Melodie und begann zu träumen. Ein angenehmes Kribbeln durchströmte ihren Körper und erhitzte ihre Haut. Sie spürte Bills Hände, die sie überall streichelten, und seine Lippen, die zärtlich über ihren Körper glitten. Überwältigt von der wilden Lust, die sie durchflutete, stöhnte sie auf. Ohne dass es ihr bewusst wurde, streckte sie die Beine aus und bot sich ihrem imaginären Geliebten sehnsüchtig dar.

Aber er ließ sich Zeit und fuhr fort, sie zu streicheln und zu küssen. Er kannte ihren Körper und wusste genau, wie er sie glücklich machen konnte. Meg fieberte ihm entgegen und drängte ihn, ihr alles zu geben. Sie spürte die Hitze seines Körpers, als er sich auf sie rollte und endlich, endlich in sie eindrang. Mit allen Sinnen nahm sie ihn wahr. In vollen Zügen atmete sie seinen berauschenden maskulinen Geruch ein, hörte ergriffen seine geflüsterten Liebesworte und schmeckte den leicht salzigen Geschmack auf seiner Haut.

Mit geschlossenen Augen stöhnte sie laut auf, als die Lust plötzlich unerträglich wurde und sie kurz darauf Erfüllung fand.

Erschrocken riss Meg die Augen auf. Sie zitterte am ganzen Körper. Obwohl sie völlig benommen war, wurde ihr bewusst, dass sie nicht geträumt hatte. Sie hatte sich erinnert! Zum ersten Mal hatte sie sich an ein Erlebnis aus ihrer Vergangenheit erinnert. Deswegen war alles so real gewesen!

Noch immer sah sie Bills Gesicht vor sich und spürte seine Berührung. Sie hatten sich in einem Haus mit einem Kamin geliebt. Meg konnte sich nicht an jede Einzelheit des Raums erinnern, aber sie sah das Feuer, spürte die Wärme und fühlte sich geborgen.

Bill war ein äußerst leidenschaftlicher und zugleich gefühlvoller Liebhaber gewesen. Noch immer hörte sie seine zärtlichen Liebesworte, die ihm ihr Herz öffneten, und seine Stimme wirkte genauso erotisch auf sie wie seine Berührung. Sie sah seinen Körper im flackernden Lichtschein des Feuers und erlag von Neuem dem Zauber dieses wundervollen Anblicks.

Dann lächelte Bill sie an und überreichte ihr ein Geschenk. Sie packte es aus und hielt die kleine schwarze Spieluhr in den Händen. Meg zog sie auf, und als die Mondscheinsonate erklang, küssten sie sich wieder.

Kurz darauf stieg eine weitere Erinnerung in ihr auf: Sie erklärte Bill, dass es vorbei war und sie ihn nicht heiraten konnte. Sie waren hier in diesem Haus, aber diesmal brannte kein Feuer im Kamin. Bill legte die Hände auf ihre Schultern und wollte sie an sich ziehen, aber sie stieß ihn fort. Meg konnte sich nicht an die Worte erinnern, die sie ihm gesagt hatte, aber seiner Miene nach zu urteilen schien ein ganzer Wortschwall auf ihn niederzuprasseln.

Meg überlegte fieberhaft. Was hatte sie ihm gesagt? Warum konnte sie ihn nicht heiraten? Was war passiert?

In der Küche klingelte das Telefon. Sie versuchte, es zu ignorieren und wieder in ihre Erinnerung zu tauchen, aber das Telefon schrillte unentwegt weiter und ließ sie nicht mehr zur Ruhe kommen. Schließlich stand sie auf und lief in die Küche. Sie warf rasch einen Blick aus dem Fenster und sah Cleo vor dem Holzschuppen stehen.

Ohne zu zögern, ging sie ans Telefon und nahm den Hörer ab. „Hallo?"

Sie erkannte die Stimme zunächst nicht und verstand noch nicht einmal, was der Anrufer sagte. Mit ihren Gedanken war sie noch zu sehr bei der ersten wirklichen Erinnerung, die etwas Licht in das Dunkel ihrer Vergangenheit gebracht hatte.

„Wie bitte?", fragte sie verstört, als ihr bewusst wurde, dass sie überhaupt nichts mitbekommen hatte.

„Was ist los mit dir, Meg?", fragte der Anrufer gereizt, und jetzt erkannte sie, dass es sich um ihren geschiedenen Mann handelte.

„Was willst du?"

„Du weißt verdammt gut, was ich will! Ich will das Geld, und zwar schnell! Ist dir eigentlich klar, mit wem du es zu tun hast? Das mit dem Haus war nur eine Warnung. Corveno lässt nicht mit sich spaßen, und er wird wiederkommen."

„Was?" Meg begriff überhaupt nicht, wovon er sprach.

„Ich weiß wirklich nicht, warum du dich so dumm stellst! Du kommst damit auf keinen Fall durch!" Pauls Stimme klang ärgerlich, aber Meg hatte den Eindruck, dass auch so etwas wie Angst darin mitschwang. „Willst du nicht verstehen? Wenn Corveno herausfindet, dass ich die Hälfte des Geldes durchgebracht habe, wird er mich umbringen! Ich muss aus der Stadt verschwinden. Aber nachdem ich jetzt so tief in die Sache verstrickt bin, werde ich mich nicht ohne den Rest des Geldes absetzen. Sag's endlich! Wo ist es?"

„Ich habe wirklich keine Ahnung, wovon du sprichst. Was für Geld?"

Cleo kam mit einem Armvoll Brennholz in die Küche zurück. Sie bemerkte, wie verstört Meg war, und ließ das Holz einfach fallen. Entschlossen nahm sie Meg den Hörer aus der Hand. „Wer ist da?", fragte sie ungehalten.

Sofort unterbrach der Anrufer die Verbindung.

„Er war es", erklärte Meg tonlos.

„Paul Farrow? Was wollte er?"

„Was hat er gesagt?"

Beide Frauen wirbelten herum, als Bill sie plötzlich ansprach. Meg fasste sich an die Schläfen. In ihrem Kopf ging alles drunter und drüber.

Bill war sofort bei ihr und führte sie zu einem Stuhl. „Denk nach, Meg! Was hat er gesagt?"

„Er sagte, dass er das Geld will." Sie schloss die Augen und versuchte, sich an jedes einzelne Wort zu erinnern. „Er erwähnte, dass das mit dem Haus nur eine Warnung gewesen sei. Ich weiß nicht, welches Haus er meinte. Das hat er nicht gesagt."

„Eine Warnung?", wiederholte Bill alarmiert. „Welche Art von Warnung?"

„Ich weiß es nicht. Er sagte, dass irgendjemand sein Geld wolle … dass der Mann wiederkommen werde und er, Paul, aus der Stadt verschwinden müsse."

„Warum?"

„Weil …" Sie dachte angestrengt nach, um sich an den genauen Wortlaut zu erinnern. „Weil … weil er die Hälfte des Geldes ausgegeben hätte … Genau, das war es! Er hat gesagt, dass er die Stadt verlassen müsse, weil er die Hälfte des Geldes durchgebracht habe, aber er wollte sich nicht absetzen, ohne auch den Rest mitzunehmen."

„Habe ich richtig verstanden, dass Paul Geld von dir verlangt, das wiederum ein anderer von ihm haben will?"

Sie hatte ihm alles erzählt, aber er ließ ihr einfach keine Ruhe. „Ich weiß es nicht", erwiderte sie abweisend.

„Meg, bitte."

„Hör auf, mich zu bedrängen!", fuhr sie ihn an. Heftig schob sie den Stuhl zurück und stand auf. „Du bist genauso schlimm wie Paul!"

„Reg dich nicht auf, Honey", sagte Cleo beruhigend und legte den Arm um sie. Vorwurfsvoll sah sie ihren Bruder an. „Es ist alles in Ordnung."

„Nichts ist in Ordnung", behauptete Bill grimmig. „Sie muss mir alles sagen, Cleo. Auch die kleinste Nebensächlichkeit kann von großer Bedeutung sein. Das weißt du."

„Lass sie zwischendurch wenigstens einmal Atem holen, Bill", sagte Cleo warnend. „Du überforderst sie."

„Das tut mir leid, aber es geht nicht anders. Meg, du musst dich erinnern." Er umfasste ihr Kinn, sodass sie sie gezwungen war, ihn anzusehen, und nahm sie dann in die Arme. „Versuch noch einmal, dich zu erinnern, Meggie, für mich."

Es war unmöglich, ihm etwas abzuschlagen, wenn er sie so ansah. Die Erinnerung an ihre gemeinsame Nacht beherrschte noch immer ihr Denken und Fühlen. Und sie war bereit, alles für ihn zu tun, wirklich alles.

Obwohl ihr Blick in seinem versank, rief sie sich Pauls Stimme wieder in Erinnerung. „Corveno", sagte sie schließlich. „Der Mann, den er erwähnte, heißt Corveno."

„Bist du sicher?"

Meg nickte. „Er sagte, dass Corveno wiederkommen würde."

„Wer ist Corveno?", fragte Cleo besorgt.

„Ich weiß es nicht", erwiderte Bill, ohne den Blick von Meg zu wenden. „Ich werde versuchen, es herauszufinden." Lächelnd entließ er Meg aus seinen Armen. „Danke, Meggie", sagte er so leise, dass nur sie es hören konnte. Dann wandte er sich zur Tür.

„Bill?"

Er blieb stehen. „Ja?"

„Was hat er gemeint, als er sagte, dass das mit dem Haus nur eine Warnung gewesen sei?"

Bill zuckte mit den Schultern. „Es kann verschiedene Bedeutungen haben", meinte er ausweichend.

„Von welchem Haus hat er denn gesprochen? Und was ist damit passiert?"

Es war offensichtlich, dass Bill etwas wusste, aber nicht bereit war, sie einzuweihen. „Meg, ich glaube nicht, dass …"

Ungeduldig fiel sie ihm ins Wort. „Ich muss es wissen", sagte sie eindringlich. „Vielleicht erinnere ich mich an etwas, wenn ich das Haus sehen könnte."

Bill schüttelte den Kopf. „Ich glaube nicht, dass uns das weiterhelfen würde."

„Warum nicht?"

Er sah sie lange an und antwortete dann mit einer Gegenfrage. „Denkst du wirklich, dass du schon bereit bist, dich den Tatsachen zu stellen?" Sein Blick drückte aus, dass er nicht dieser Meinung war.

Meg atmete tief durch. „Ich muss das Haus sehen, Bill", sagte sie und war selbst überrascht, wie ruhig und fest ihre Stimme klang. „Wenn du mich nicht hinbringen willst, werde ich einen anderen Weg finden, es zu sehen. Vielleicht hat ja in der Zeitung etwas darüber gestanden. Und ganz bestimmt wissen einige Leute in der Stadt, was mit dem Haus geschehen ist. Ich werde einfach herumfragen."

Bill begriff, dass sie es völlig ernst meinte. „Na gut", meinte er, „ich bringe dich morgen hin."

„Heute", verlangte sie.

Er schüttelte den Kopf. „Morgen. Heute würde es zu spät werden. Bist du wirklich sicher, dass du damit umgehen kannst?"

„Ich schätze, dass sich das zeigen wird, nicht wahr?", meinte sie verschmitzt, und Bill musste unwillkürlich lächeln.

Sie hat Mut, dachte Bill, während er Meg einen verstohlenen Seitenblick zuwarf. Ihr war offensichtlich nicht ganz wohl bei der Sache, aber sie hütete sich, ihm ihr Unbehagen zu zeigen. Sie hatte sich verändert. Die Meg, die er früher gekannt hatte, hätte sich niemals gegen ihn aufgelehnt und so eisern ihren Willen durchgesetzt. Durch ihre Beharrlichkeit hatte sie ihm den Wind aus den Segeln genommen.

Insgeheim hatte er erwartet, dass sie einen Rückzieher machen würde, wenn es erst einmal so weit war, aber das war nicht geschehen. Ohne zu zögern, hatte sie sich die Jacke angezogen und war ihm zum Jeep gefolgt.

Bills Dienst begann an diesem Tag erst am späten Nachmittag, aber er hatte sich dennoch bereits vorsorglich die Uniform angezogen und statt des Privatautos den Jeep genommen. Außerdem hoffte er, dass es ihm so leichter fallen würde, die Angelegenheit als offiziellen Fall zu betrachten und nicht als seine Privatsache. Er musste sich nämlich eingestehen, dass es immer schwieriger für ihn wurde, innerlich Abstand zu Meg zu halten. Er konnte sie nicht mehr ansehen, ohne dass sofort der Wunsch in ihm erwachte, sie zu küssen und zu berühren. Er hoffte sehr, dass die Uniform ihn daran erinnerte, die nötige Distanz zueinander zu wahren.

Seit sie nebeneinander im Wagen saßen, hatte Meg noch kein einziges Wort gesprochen. Sie hielt den Blick starr geradeaus auf die Fahrbahn gerichtet, doch Bill spürte, dass sie sich tief in ihrem Innern vor dem fürchtete, was ihr die möglicherweise wiederkehrende Erinnerung offenbaren würde.

Er hätte sie gern in den Arm genommen und ihr Mut zugesprochen. Geradezu verzweifelt sehnte er sich danach, sie ganz nah zu spüren. Aber sie wirkte stärker und in sich gefestigter als je zuvor, und er bewunderte sie dafür. Und auf gar keinen Fall wollte er irgendetwas tun, was sie verunsicherte.

„Das ist es", sagte Bill und deutete auf eine einsam gelegene Farm an der Flussbiegung, die sich schemenhaft in der Ferne abzeichnete.

Ihre Anspannung wuchs, aber sie blieb ruhig. „War das die Farm meiner Eltern?", fragte sie leise.

„Ja. Sie haben hier Rinder gehalten und Getreide angebaut."

Eine blasse Erinnerung stieg in ihr auf, die von Sekunde zu Sekunde an Farbe gewann. Sie sah Weizenfelder, die im Sonnenlicht golden leuchteten, und reife Ähren, die sich sanft im Wind wiegten.

Sie konzentrierte sich ganz auf diese Felder, und die Erinnerung verstärkte sich. Ein Mann auf einem Traktor winkte ihr zu, als sie zum Schulbus ging. Eine Frau bereitete ihr lächelnd das Frühstück.

Ihre Eltern! Meg war sich ganz sicher. Und als sie ihre Gesichter ganz deutlich vor sich sah, hielt sie überwältigt den Atem an. Es war, als seien ihre Eltern nach einer langen Reise endlich zurückgekehrt. Tränen stiegen ihr in die Augen.

Mosaikartig stieg die Erinnerung in ihr auf. Gedankensplitter und Visionen setzten sich von ganz allein zu vollständigen Bildern zusammen. Wie ein Film liefen plötzlich Szenen ihres Lebens mit ihren Eltern vor ihrem geistigen Auge ab.

„Geht es dir auch gut?", fragte Bill. „Wenn du deine Meinung geändert hast …"

Meg schüttelte den Kopf. „Nein, es ist alles in Ordnung", versicherte sie ihm, als er den Jeep am Straßenrand anhielt. „Fahr weiter." Sie steckte die Hand in die Tasche, in der sie den Schlüssel aufbewahrte, den sie in jener Nacht bei sich gehabt hatte, als sie bei Bill Zuflucht suchte. Eine innere Stimme sagte ihr, dass es mit diesem Schlüssel eine besondere Bewandtnis hatte. Sie musste herausfinden, zu welchem Schloss er passte, ehe es zu spät war.

Rechts und links säumten hohe Bäume den Feldweg, der zum Haus ihrer Eltern führte. Auch das Haus selbst war von Bäumen umgeben. Als sie näher kamen, sah Meg, dass einige der Kronen der Bäume, die unmittelbar neben dem Haus standen, verkohlt waren. Ein Feuer? War das die Warnung, von der Paul gesprochen hatte?

Meg stellte sich innerlich darauf ein, dass auch das Haus Schaden genommen hatte. Vielleicht hatte das Feuer das Dach zerstört, und möglicherweise waren Fenster und Wände von Qualm und Ruß hässlich geschwärzt.

Aber als sie dann völlig freien Blick auf ihr Elternhaus hatte, schrie sie dennoch entsetzt auf. Das Haus war fast bis auf die Grundmauern niedergebrannt.

*M*eg schluckte. „Das ist es? Das ist alles, was von dem Haus übrig geblieben ist?"

Bill sah sie voller Mitgefühl an. „Ja. Es tut mir sehr leid."

„Ich glaube, dass ich mich erinnere", sagte sie bedrückt, als sie Hand in Hand auf die Ruine zugingen. „Das war die Küche", sagte sie und deutete auf eine Ecke. „Sie war sehr groß. Mutter hatte gern viel Platz zum Arbeiten."

Bill legte tröstend den Arm um sie. „Ich habe mich bereits mit deiner Versicherung in Verbindung gesetzt und den Fall geschildert. Glücklicherweise ist der Schaden in vollem Umfang abgedeckt."

„Es sei denn, es stellt sich heraus, dass ich etwas mit dem Ausbruch des Feuers zu tun habe", meinte sie besorgt.

„Das hast du sicher nicht. Du bist das Opfer. Paul hat es ja praktisch zugegeben, als er dich anrief."

„Dort war mein Zimmer", erklärte sie unvermittelt. „Von meinem Fenster aus hatte ich einen herrlichen Blick auf den Fluss."

„Du kannst alles wieder aufbauen lassen", schlug er ihr vor.

Meg nickte versonnen. „Vielleicht ist es genau das, was ich brauche. Alles neu aufbauen und ganz neu beginnen. Das Haus neu aufbauen und auch mein Leben noch einmal neu beginnen."

Bill hauchte ihr einen Kuss aufs Haar. „Geh nur und schau dir alles in Ruhe an. Ich bleibe ganz in deiner Nähe."

Während Meg mit wachem Blick durch die zerstörten Räume ihres Elternhauses streifte, stiegen immer mehr Erinnerungen in ihr auf. Hin und wieder nahm sie einen Gegenstand in die Hand, und zu jedem Stück fiel ihr eine kleine Geschichte ein. So war es auch mit der Scherbe einer Porzellantasse, die sie auf dem Boden gefunden hatte.

Doch diesmal blieb die Erinnerung sehr verschwommen. Meg betrachtete die Scherbe so konzentriert, als handelte es sich um eine Kristallkugel, von der sie sich einen Blick in die Zukunft erhoffte. Plötzlich sah sie sich selbst, wie sie sich mit jemandem unterhielt – vermutlich war es Paul – und ihm mitteilte, dass sie schwanger sei.

Ein Baby! Sie hatte ein Baby erwartet! Instinktiv legte sie die Hand auf ihren Bauch. Wo war ihr Kind? Sie versuchte, sich an ein Gesicht zu erinnern, an einen Namen, aber es war vergeblich.

Ihr Blick fiel auf Bill, der sich hinter dem Haus aufhielt. Sie wollte ihn rufen, überlegte es sich dann aber anders. Nein, sie war noch nicht so weit. Sie würde sehr viel Kraft benötigen, um mit dieser speziellen Erinnerung zu leben.

Langsam ging sie weiter. Es war sicher besser, wenn sie sich selbst die Zeit gab, die erforderlich war, um das alles zu verarbeiten. Genau das hatte Bill ihr geraten, aber damals hatte sie es noch nicht einsehen können. Sie hatte sich schneller erinnern wollen, um endlich zu wissen, wer sie war. Da sie jetzt aber schon wieder einiges über sich wusste, war es ihr möglich, die Dinge gelassener anzugehen.

Während sie noch darüber nachdachte, drängte sich eine weitere Erinnerung in ihr Bewusstsein. Doch auch diesmal blieb der Blick in die Vergangenheit weitgehend verschleiert. Meg richtete ihre Aufmerksamkeit auf eine Tür, die fast völlig vom Feuer verschont geblieben war. Die Erinnerung war nicht greifbar, aber sie hatte irgendwie auch mit dieser Tür zu tun.

Meg ging mechanisch darauf zu und öffnete sie. Als Erstes fielen ihr die zahlreichen Regale an den Wänden auf. In der Mitte des kleinen Raums befand sich ein langer Holztisch, auf dem Blumentöpfe, Schalen und eine Gießkanne standen. In einer Ecke entdeckte sie einen Sack Blumenerde und daneben eine Pflanzschale mit den vertrockneten Überresten von Geranien.

Bill hatte nach ihr gesucht und betrat jetzt ebenfalls die Kammer. „Erkennst du etwas wieder?", fragte er.

„Nein." Sie schüttelte den Kopf. „Es sieht so aus, als sei dieser Raum lange nicht benutzt worden."

„Du hast hier deine Gartenutensilien aufbewahrt und einen Teil deiner Topfpflanzen hier überwintern lassen", erklärte er. „Du hast dich hauptsächlich im Frühjahr hier aufgehalten, wenn du deine Blumen umgetopft und neue Pflanzen gezogen hast."

„Weißt du das, weil du auch oft hier gewesen bist?", fragte sie zögernd.

„Das ist lange her. Du hattest damals schon die Wohnung in der Stadt, aber du bist jedes Wochenende aufs Land gefahren, um die Blumenbeete deiner Mutter zu pflegen. Es hat dir immer viel Freude bereitet, mit Pflanzen umzugehen."

„Ich erinnere mich wieder an meine Eltern", erzählte sie Bill. „Auf der Fahrt hierher konnte ich sie plötzlich so deutlich sehen, als ob ..." Ihre Stimme erstarb.

Bill nahm sie ganz fest in die Arme. Meg merkte erst, dass sie weinte, als eine Träne auf ihren Handrücken tropfte.

„An was hast du dich erinnert?", fragte er mit weicher Stimme.

„An ihr Aussehen und ihre Art und daran, dass sie sehr schwer gearbeitet haben", antwortete sie. „Ich weiß wieder, dass sie die Farm geliebt haben und sehr glücklich waren."

Bill schluckte. Er hatte Megs Eltern gut gekannt, und es stimmte, dass sie glücklich waren. Aber Megs Erinnerung ging offensichtlich nicht darüber hinaus. Sie wusste noch nicht alles. Er streichelte ihr übers Haar und wünschte sich, dass er ihr einen Teil ihrer Last abnehmen könnte.

„Deine Eltern waren wundervolle Menschen", sagte er vorsichtig und fragte sich, ob sie sich wohl schon bald an noch mehr Einzelheiten erinnern würde.

„Ja, ich weiß." Sie verharrte noch eine Weile in seinen Armen, ehe sie sich schließlich von ihm löste. „Ich möchte mich noch ein bisschen umsehen", sagte sie und ging zur Tür.

Bill hatte ihr erzählt, dass ihre Eltern bei einem Autounfall ums Leben gekommen waren, doch daran erinnerte sie sich noch nicht. Aber sie spürte, dass sich auch dieser Schleier jeden Augenblick lüften konnte.

Bill sah ihr nach und dachte an jenen Tag, an dem Meg sich von ihm getrennt hatte. Trotz der Entschlossenheit, mit der sie ihm damals entgegengetreten war, hatte er doch gewusst, dass es Angst war, die sie forttrieb. Aber Meg war stärker und selbstbewusster geworden. Es war nicht zu übersehen, dass sie in den letzten fünf Jahren einen Reifeprozess durchgemacht hatte.

Für ihn war es gar nicht so einfach, damit umzugehen. Meg war für immer seine Loreley gewesen, ein bezauberndes Wesen, das ihn betörte und in seinen Bann zog. Er hatte sie damals geliebt, doch das Gefühl, das er ihr heute entgegenbrachte, war fast noch tiefer. Wenn er ihr heute in die schönen, ausdrucksvollen Augen sah, erkannte er, dass zwischen ihnen eine Seelenverwandtschaft bestand und sie sich ebenbürtig waren.

Er sah, dass Meg sich vom Haus entfernte und langsam auf das Steilufer des Flusses zuging. Sie war noch immer seine Meg, aber sie hatte sich sehr verändert. Unwillkürlich fragte er sich, welche Auswirkungen es möglicherweise auf ihre Persönlichkeit haben konnte, wenn sie sich wieder an alles erinnerte.

Meg lehnte sich an einen Felsblock und schaute versonnen auf den Fluss. Plötzlich glaubte sie, Stimmen im Wind zu hören. Sie schloss die Augen und lauschte.

Ihre Mutter rief ihr einen Abschiedsgruß zu, als sie in den Wagen stieg. Meg hörte die Wagentür zuschlagen und dann die sonore Stimme ihres Vaters, der ihr einige letzte Anweisungen erteilte. Ihre Eltern wollten in die Ferien fahren – zum ersten Mal während ihrer fünfundzwanzigjährigen Ehe.

Am späten Nachmittag hatte sie Besuch von einem Beamten der Bundespolizei erhalten. Er teilte ihr mit, dass es auf der Autobahn in der Nähe der Staatsgrenze zu einer Massenkarambolage gekommen war, in die auch ihre Eltern verwickelt gewesen seien.

Ihre Eltern waren tot! Diese Erkenntnis traf sie wie ein Keulenschlag. Megs Knie wurden weich. Ihre Eltern waren gestorben, und sie hatte das Haus geerbt. Und jetzt gab es auch das nicht mehr.

Erfüllt von einer tiefen Traurigkeit, weinte sie. Doch es war ein eher sanfter Schmerz, den sie empfand, denn jetzt blieb ihr doch wenigstens die Erinnerung an ihre Eltern.

„Meg!" Bill kam auf sie zu und sah sie besorgt an. „Woran erinnerst du dich, Meggie?", fragte er mit weicher Stimme, während er sich neben sie hockte.

„An meine Eltern", erwiderte sie leise. „Sie kamen bei einem Verkehrsunfall ums Leben."

Bill senkte den Kopf. „Ich dachte mir, dass du dich daran als Nächstes erinnern würdest. Es war sehr schwer für dich. Du wolltest dir damals von niemandem helfen lassen, darüber hinwegzukommen."

„Nicht einmal von dir?", fragte sie.

„Ganz besonders nicht von mir."

„Warum nicht?"

Bill schüttelte bedächtig den Kopf. „Du erinnerst dich jetzt ganz von selbst an alles. Es ist besser, den Dingen ihren natürlichen Lauf zu lassen und dein Unterbewusstsein über die Reihenfolge der Erinnerungen entscheiden zu lassen."

„Bill, das alles ist sehr schmerzvoll für mich." Wieder traten ihr die Tränen in die Augen.

„Ich weiß, Meggie. Aber mit den schlimmen Erinnerungen kommen auch die guten. Du kannst dich jetzt wieder an deine Eltern erinnern. Das Leben ist oft bittersüß, Honey."

Er hatte recht. Es machte sie sehr traurig, dass ihre Eltern nicht mehr lebten, aber die Erinnerung an ihre lieben Gesichter und Stimmen sowie die gemeinsame Zeit mit ihnen war schön und tröstend.

Sie wollte sich ein Taschentuch nehmen und ertastete dabei den Schlüssel.

„Komm", forderte Bill sie auf. „Es wird kalt. Wir sollten zurückgehen." Meg sah müde und erschöpft aus, und er hielt es für angebracht, dass sie sich ausruhte.

„Da ist noch etwas", sagte sie.

„Du musst dich nicht unnötig quälen, Meg", meinte er. „Versuch nicht, die Erinnerung zu erzwingen."

Sie schüttelte den Kopf. „Das tu ich nicht." Sie nahm die Hand aus der Tasche und zeigte ihm den Schlüssel. „Ich hatte gehofft, dass ich mich hier erinnern würde, wozu er passt."

Bill nahm ihr den Schlüssel aus der Hand und hielt ihn ans Licht. „Woher hast du ihn?"

„Ich hatte ihn in jener Nacht bei mir, als ich zu dir gekommen bin. Irgendwie habe ich das Gefühl, dass es eine besondere Bewandtnis damit hat."

Bill nickte. „Er könnte zu einem Schrank oder einer Schublade passen, aber auch zu einem Koffer oder einer ... Geldkassette." Er sah Meg eindringlich an. „Hast du wirklich keine Ahnung, wozu er gehören könnte?"

„Nein. Als ich ihn zum ersten Mal in meiner Tasche spürte, hatte ich eine Art Geistesblitz, aber ..."

„In welcher Art?", fragte Bill gespannt.

Meg zuckte mit der Schulter. „Ich hatte die Vision eines zerbrochenen Bretts. Es war mir unmöglich, irgendeinen Zusammenhang herzustellen."

„Ein zerbrochenes Brett", wiederholte Bill nachdenklich. „Erinnerst du dich vielleicht an irgendetwas im Haus? An eine hölzerne Wandverkleidung beispielsweise oder etwas auf dem Dachboden?"

Meg schüttelte den Kopf. „Wenn es etwas im Haus war, dann ist es jetzt doch sowieso verbrannt, oder?"

„Nicht unbedingt, und schon gar nicht, wenn es sich um etwas aus Metall handelt", meinte Bill und warf einen Blick auf das niedergebrannte Haus.

„Wie kommst du denn jetzt ausgerechnet auf Metall?"

„Paul sprach doch von einem Kasten und von Geld. Das lässt darauf schließen, dass sich das Geld in dem Kasten befindet, und dann könnte es sich dabei theoretisch auch um eine Geldkassette handeln."

„Ja, eigentlich schon. So klar hat er sich allerdings nicht ausgedrückt. Wollen wir in den Trümmern danach suchen?"

„Nein, die Leute von der Feuerwehr und auch von der Versicherung haben bereits alles sehr genau untersucht. Und ich möchte wetten, dass Paul Farrow das ebenfalls bereits getan hat."

„Aber wenn es niemand gefunden hat …" Meg sah ihn hilflos an.

„Dann ist Paul immer noch hinter dir her", erklärte Bill mit finsterer Miene.

Meg erschauerte. Er legte den Arm um sie und führte sie zum Jeep.

„Was ist mit diesem Mann, von dem Paul gesprochen hat?", erkundigte sie sich ängstlich. „Corveno. Hast du schon etwas über ihn herausgefunden?"

Bills Blick drückte seine Besorgnis aus. „Es handelt sich um einen unangenehmen Zeitgenossen", erzählte er. „Corveno ist in Süd-Illinois als Drogenhändler bekannt. Er soll stets mit einem Messer bewaffnet sein und es auch rücksichtslos einsetzen."

„Oh." Meg blieb erschrocken stehen.

„Mach dir keine Sorgen", sagte Bill beruhigend. „Ich verspreche dir, dass dieser Kerl nicht einmal in deine Nähe kommen wird."

Meg bezweifelte nicht eine Sekunde, dass sie Bill glauben konnte.

Er drehte sich um und warf einen Blick zurück auf das Steilufer. „Sag mal", meinte er beiläufig, „hast du eigentlich jemals versucht, vom Felsufer aus zu eurem Fischerboot zu gelangen?"

„Ich glaube nicht", erwiderte sie. „Jedenfalls kann ich mich nicht daran erinnern. Es ist viel zu steil und gefährlich. Ich bin immer zum Anlegesteg gegangen. Warum fragst du danach?"

„Nur so", schwindelte er und dachte an das, was ihm vorhin aufgefallen war. „Ich dachte nur, dass es doch sehr umständlich gewesen sein muss, immer zum Anlegesteg zu gehen."

„Es ist ziemlich weit", gab sie zu. „Aber mein Vater hat den Anleger an der nächstgelegenen einigermaßen zugänglichen Stelle gebaut. Man müsste schon Bergsteiger oder eine Gämse sein, um das Steilufer problemlos bewältigen zu können."

Bill nickte, doch seine Gedanken beschäftigten sich mit dem, was ihm aufgefallen war. Irgendjemand – und zwar ganz bestimmt keine Gämse – musste das Steilufer kürzlich erklommen haben. Er hatte eindeutige Spuren gesehen, die darauf hinwiesen.

Es war eine perfekte Stelle für jemanden, der zum Haus gelangen und dabei weder vom Fluss noch von der Straße aus gesehen werden wollte. Und ganz besonders für jemanden, der nichts Gutes im Schilde führte.

Auf der Rückfahrt war Meg zunächst ungewöhnlich still. Bill spürte instinktiv, dass sie über seine Fragen nach dem Steilufer und dem Anlegesteg nachdachte. Er hatte sie nicht unnötig beunruhigen wollen, aber jetzt merkte er einmal mehr, dass es nicht möglich war, ihr etwas vorzumachen, denn sie hatte ein sicheres Gespür dafür, was in ihm vorging.

„Bill", begann sie schließlich, „hast du mir vorhin all diese Fragen gestellt, weil du denkst, dass jemand dort hinaufgeklettert ist, um zu unserem Haus zu gelangen?"

„Wie kommst du darauf?", fragte er so gleichmütig wie möglich.

„Du bist nicht der Mann, der sich mit Nebensächlichkeiten abgibt. Du hast etwas gesehen, nicht wahr?"

„Nun ja", räumte er ein. „Gewisse Anzeichen deuten darauf hin, dass sich jemand mehrfach die Mühe gemacht haben muss, über die Steilwand vom Haus zum Fluss und zurück zu gelangen. Ich kann mir allerdings nicht vorstellen, dass das auch in jüngster Zeit der Fall gewesen ist. Seit dem Brand ist ja nun wirklich nichts mehr in deinem Haus zu holen."

„Aber ganz sicher bist du dir dessen nicht, stimmt's? Du hast einen ganz bestimmten Verdacht. Deswegen gibst du mir auch keine klare Antwort, sondern weichst mir aus."

„Ich möchte nicht, dass du dich allein auf der Farm aufhältst, Meg", verlangte er unvermittelt. „Verstanden?" Er merkte, dass sie ihm gar nicht richtig zuhörte. „Verstanden?", wiederholte er ungeduldig.

Meg zuckte mit den Schultern. „In Ordnung."

Bill wusste sofort, dass er sich auf diese Antwort nicht hundertprozentig verlassen konnte. Stirnrunzelnd stellte er per Funksprechgerät eine Verbindung zu seiner Dienststelle her, um mit Velma, seiner Mitarbeiterin, zu sprechen.

Doch dann war es Rusty, der sich meldete. „Velma macht gerade Kaffeepause", erklärte er. „Wo bist du, Bill?"

„Etwa fünf Meilen vor der Stadt in der Nähe des Flusses. Ist irgendetwas los?"

„Nichts Wichtiges. Nur Papierkram."

„Ich bin gleich bei euch", sagte Bill. „Würdest du Velma bitten, in der Zwischenzeit ein paar Akten für mich herauszusuchen?" Er erklärte Rusty genau, was er brauchte.

Meg bekam von der Unterhaltung kaum noch etwas mit. Der verzerrte Klang von Rustys Stimme löste eine heftige Reaktion in ihr aus. Es war so schlimm, dass ihr fast übel wurde. Sie hatte das Gefühl, dass etwas ganz Schreckliches passierte und sie unfähig war, etwas dagegen zu unternehmen. Im nächsten Augenblick kam die Erinnerung.

Sie wartete im Büro des Sheriffs auf Bill, um ihn von der Arbeit abzuholen, als Rusty sich plötzlich über Sprechfunk meldete und dringend darum bat, ihm einen Notarztwagen zu schicken.

„Bill ist angeschossen worden", erklärte er, und seine Stimme klang so, als ob er es selbst nicht glauben konnte.

Die nächsten zwanzig Minuten waren die längsten in Megs Leben gewesen. Velma hatte versucht, sie zu beruhigen, aber es war ihr nicht gelungen. Meg hatte sich erst wieder ein wenig entspannt, als der Notarzt ihnen persönlich mitteilte, dass Bill aufgrund einer Schussverletzung an der Schulter zwar viel Blut verloren habe, sein Zustand aber stabil sei.

Und heute – fünf Jahre später – erlebte sie die gleiche schreckliche Angst sowie die darauffolgende Erleichterung im Zeitraffer noch einmal. Meg atmete tief durch und schluckte.

Bill legte das Mikrofon aus der Hand und sah sie forschend an. „Meggie, was ist los?", fragte er und nahm ihre Hand.

„Ich habe mich an den Tag erinnert, an dem du angeschossen

wurdest", erwiderte sie, den Tränen nahe.

„Beruhige dich", sagte er mit weicher Stimme. „Es ist ja alles wieder gut." Meg war so kreidebleich geworden, dass er sich ernsthaft Sorgen um sie machte.

Zu Hause bestand Bill darauf, dass sie sich sofort hinlegte. Kurz darauf folgte er ihr und brachte ihr ein Glas Wasser, das sie aber ablehnte. Sie richtete sich auf, nahm seine Hand und zog ihn zu sich auf die Bettkante. Lange sahen sie sich schweigend in die Augen.

„Es war schrecklich", erzählte sie ihm. „Ich fürchtete, dass du sterben könntest, und hatte entsetzliche Angst um dich."

„Ich weiß", sagte er mit rauer Stimme. Sie war so schön. Er hätte sie am liebsten in die Arme genommen und vor allen schlimmen Erinnerungen bewahrt, die jetzt mit Macht über sie hereinbrachen.

„Ich habe dich jeden Tag im Krankenhaus besucht", sagte sie, während sie ihm unentwegt in die Augen sah.

Obwohl ihm nicht danach zumute war, schaffte er es, zu lächeln. „Du warst für mich die beste Medizin."

„Aber dann habe ich dich verlassen", stellte sie traurig fest.

„Ja", bestätigte er.

„Die Angst um dich hat mich nie mehr verlassen und innerlich aufgefressen. Meine Eltern waren erst kurz zuvor ums Leben gekommen, und die Vorstellung, noch einmal einen Menschen zu verlieren, den ich liebe, war mir unerträglich. Zu jener Zeit erschien es mir leichter, einfach aufzuhören, dich zu lieben."

Er seufzte. „Ich weiß." Genau das Gleiche hatte er versucht, nachdem sie ihn verlassen hatte. Es war leichter, seine Liebe zu verdrängen, als sich mit dem Schmerz auseinanderzusetzen, den ihm die Trennung bereitet hatte.

„Aber es war keine Lösung, nicht wahr? Ich weiß jetzt wieder, wie sehr du gelitten hast, als ich dir meine Entscheidung mitteilte. Wir waren hier, und ich erinnere mich deutlich an deinen schmerzerfüllten Blick, als du begriffen hast, dass es mir wirklich ernst war."

„Nicht, Meg …"

„Bitte, Bill, sieh mich an. Hast du je aufgehört, mich zu lieben? Denn obwohl ich dich verlassen habe, ist meine Liebe zu dir nie erloschen."

„Es ist sinnlos, darüber zu sprechen, Meg. Du hast schließlich einen anderen geheiratet. Wir beide sind verschiedene Wege gegangen, und du erinnerst dich noch immer nicht an alles."

Er wollte aufstehen, aber sie hielt ihn zurück. „Meine Erinnerung kommt jetzt immer schneller zurück. Es kommt mir vor, als erwachte ich nach einem langen Traum. Ich weiß, wie glücklich wir einmal waren, Bill. Erinnerst du dich an die erste Nacht, die wir im Ferienhaus deiner Familie verbrachten, in dem Haus am See? Erinnerst du dich daran, wie wir gemeinsam das Feuer entfacht haben? Nach einem langen Spaziergang im Schnee waren wir völlig nass und durchgefroren."

„Meg, bitte …"

„Wir hatten eine schöne Zeit miteinander, Bill. Ich erinnere mich jetzt wieder daran." Sie flüsterte seinen Namen und streichelte sein Gesicht. „Ich habe versucht, Paul eine gute Frau zu sein", murmelte sie, „aber ich denke, dass ich immer nur dich wollte, auch wenn ich es mir selbst nicht eingestehen konnte."

„Du weißt nicht, was du tust, Meg." Er stöhnte und versuchte verzweifelt, der Versuchung zu widerstehen, sie zu küssen.

„Doch, das weiß ich genau", erwiderte sie gleichmütig. Sie öffnete die beiden obersten Knöpfe seines Hemdes und glitt mit der Hand unter den Stoff. „Ich beabsichtige, die Mauer zwischen uns niederzureißen, und ich möchte die darauf wuchernde Giftpflanze ausrotten, deren Nährboden das Gefühl ist, betrogen worden zu sein. So ist es doch, oder?"

Bill sah sie verblüfft an, und Meg wusste, dass sie mitten ins Schwarze getroffen hatte. Er hatte sich betrogen gefühlt, als sie ihn verließ, und er hatte sich wieder betrogen gefühlt, als sie Paul Farrow heiratete. Er hatte alles getan, um sie zu vergessen. Aber wie konnte ein Mann seinen Lebenstraum vergessen?

„Einverstanden, Meggie", flüsterte er mit rauer Stimme. „Keine Mauer mehr zwischen uns, nur du und ich. Ist es das, was du willst?"

Er drückte sie in die Kissen und streichelte ihre Schulter und ihre Arme. Mit einem tiefen Seufzer drückte sie ihre Zustimmung aus.

Meg öffnete auch noch die restlichen Knöpfe seines Hemdes und zeigte ihm so deutlich, wonach sie sich sehnte, dass er nicht widerstehen konnte. Bill beugte sich über sie und streichelte mit den Lippen ihr Gesicht. Er küsste erst ihre Stirn, dann ihre Wangen und ihr Kinn, ehe er der Verlockung ihres sehnsüchtig geöffneten Mundes nachgab.

Mit der Zungenspitze zeichnete er die sanft geschwungenen Linien ihrer Lippen nach. Dann presste er den Mund auf ihre Lippen und küsste sie hungrig.

Meg schmiegte sich mit dem ganzen Körper an ihn. Sie wollte ihn umarmen, aber Bill war nicht bereit, sich in seiner Bewegungsfähigkeit einschränken zu lassen.

Nach einem langen Kuss, den Meg leidenschaftlich erwiderte, glitt er mit den Lippen über ihren Hals und ihre Schulter. Meg stöhnte wohlig und erinnerte ihn an ein zufrieden schnurrendes Kätzchen. Durch den dünnen Stoff ihrer Bluse spürte er die Hitze ihrer Haut. Mit einer Hand öffnete er die Knöpfe, wobei er jeden Millimeter Haut, den er entblößte, sofort zärtlich küsste.

Schließlich strich er ihr übers Haar und sah ihr mit brennendem Blick in die Augen. „Oh, Meg, du bist die schönste Frau, die ich je gesehen habe. Weißt du, dass ich mich an jede einzelne Nacht mit dir erinnere? Ich kann mich an jede Reaktion deines Körpers erinnern, an den berauschenden Duft deiner Haut und den ständig wechselnden Ausdruck deiner Augen, die deine Gefühle so deutlich widerspiegelten."

Er stöhnte leise, als sie sich an ihn drängte und mit den Lippen seinen Hals streichelte. „Ich erinnere mich an jede Linie deines Körpers, an jeden Millimeter deiner Haut. Ich weiß, bei welchen Zärtlichkeiten du dich entspannst und welche Berührungen und Küsse deine Leidenschaft wecken und dich verrückt machen. Du bist ein Teil von mir." Wie zum Beweis seiner Worte küsste und streichelte er sie am ganzen Körper.

„Ja", flüsterte sie, „oh ja."

Sie brauchten sehr lange, um sich gegenseitig auszuziehen, weil Drang und Lust zu überwältigend waren, jede neu entblößte Stelle ihrer Haut zu küssen und zu erforschen. Nachdem Bill ihr die Bluse und den BH ausgezogen hatte, richtete er sich auf und betrachtete sie. Er kannte diesen Anblick, der sich tief in sein Herz gebrannt hatte. Er hatte sich die Erinnerung daran bewahrt, sie jederzeit abrufen können, aber sie war stets von dem Schmerz über den Verlust seiner Liebe überschattet worden. Jetzt bereitete es ihm ein tiefes Glücksgefühl, diesen Anblick in der Wirklichkeit genießen zu dürfen und seine Sehnsucht nicht länger unterdrücken zu müssen. Er durfte wieder träumen und wusste, dass seine Träume sich erfüllen würden.

Bill zog ihr die Schuhe und die Jeans aus und glitt dabei zärtlich mit den Fingerspitzen über ihre Beine. Meg erschauerte, schlang die Arme um seinen Hals und zog ihn zu sich herab. Lustvoll stöhnte sie auf, als er die eine Brustspitze fest mit dem Mund umschloss und die andere mit den Fingerkuppen reizte.

Unablässig streichelte sie seinen Rücken und gab sich ganz den erregenden Gefühlen hin, die er in ihr weckte. Es war ihr unverständlich, dass sie sich jemals von ihm hatte trennen können. Und jetzt erst begriff sie das ganze Ausmaß des Schmerzes, den sie ihm zugefügt hatte.

„Es tut mir so leid", flüsterte sie.

Bill wusste sofort, wovon sie sprach. „Es war nicht nur deine Schuld", raunte er ihr zu und streichelte mit der Wange ihr Gesicht. Sie wollte noch etwas sagen, aber er erstickte jedes weitere Wort mit einem Kuss.

„Was geschehen ist, ist geschehen", sagte er schließlich. „Schau nicht zurück."

Er stand auf und zog sich mit raschen Bewegungen Hose, Slip und Socken aus.

Meg hielt den Atem an. Bill hatte einen hinreißend schönen Körper, und sie war unfähig, den Blick von ihm zu wenden. Doch schon bald genügte es ihr nicht mehr, ihn nur anzusehen. Sie wollte ihn küssen und berühren und ganz nah spüren. Sehnsüchtig streckte sie die Hände nach ihm aus.

Bill glitt in ihre Arme und küsste und streichelte sie überall. Mit seinen Zärtlichkeiten versetzte er sie in einen wahren Rausch. Meg wollte, dass er genauso glücklich war wie sie, und versuchte, ihm ebenfalls all das zu geben, was er ihr gab.

Mit der Zunge umspielte sie die Spitzen seiner Brust, sie bedeckte seinen Körper mit zahllosen feurigen Küssen und fuhr mit der Hand zwischen seine Schenkel. Entzückt spürte sie, wie groß sein körperliches Verlangen war. Hingebungsvoll küsste und streichelte sie ihn dort, wo seine Sehnsucht und lustvollen Gefühle ihren deutlichsten Ausdruck fanden.

„Meg." Sein Stöhnen klang wie ein Flehen.

„Ja, jetzt", flüsterte sie und drängte sich fordernd an ihn. „Liebe mich jetzt. Ich will dich. Ich habe dich immer gewollt. Auch als ich mich nicht mehr an das erinnerte, was uns einmal verbunden hat."

Es war die Wahrheit. Sie hatte sich immer zu ihm hingezogen gefühlt und ihn begehrt. Obwohl sie sich an nichts erinnerte, hatte sie sich in ihrer Not zu ihm geflüchtet. Sie hatte ihn gebraucht, nur ihn.

Und sie brauchte ihn auch jetzt. Sie brauchte ihn so sehr, dass sie an nichts anderes mehr denken konnte. Alles andere war ohnehin bedeutungslos. Nur ihre Gefühle zählten, und Meg fieberte dem Augenblick entgegen, in dem sie Bill endlich in sich spüren würde.

Obwohl er sein Verlangen kaum noch zügeln konnte, überstürzte er nichts. Er wollte, dass sie beide die Vereinigung ganz bewusst erlebten. Behutsam glitt er auf sie, und es war, als ob die Hitze ihrer Körper ein Flammenmeer entfachten. Langsam drang er in sie ein und nahm sie mit wachen Sinnen. Sie gehörte ihm – nur ihm. Genauso, wie er in all den Jahren ihr gehört hatte. Dieses Gefühl tiefer Verbundenheit wollte er auch ihr vermitteln.

Obwohl er der sexuellen Erfüllung entgegenfieberte, liebte er sie zunächst nur sehr zurückhaltend, um ihr ein Höchstmaß an Lust zu schenken. Jetzt war sie sein, aber er wollte sie auch halten und mit dem Band der Liebe für immer an sich ketten.

Immer wieder flüsterte Meg seinen Namen. Sie zog ihn fester an sich, drängte sich ihm fordernd entgegen und umschlang mit den Beinen seine Hüfte. Ihr Blick verschleierte sich, und ihre Augen flehten ihn an, ihr alles zu geben. Es war unmöglich, ihrem Drängen noch länger zu widerstehen. Außer sich vor Lust, ließ Bill sich nur noch von seinen leidenschaftlichen Gefühlen leiten.

Meg schrie lustvoll auf. Stürmisch passte sie sich seinem immer schneller werdenden Rhythmus an und lieferte sich vorbehaltlos dem Wirbelsturm der Gefühle aus, der mit Urgewalt über sie hereinbrach.

Atemlos sanken sie schließlich erschöpft, aber glücklich in die Kissen.

„Geht es dir gut?", fragte Bill später und strich ihr zärtlich übers Haar. Meine Meg, dachte er gerührt. Er wusste, dass sie von nun an immer ihm gehören würde.

„Ja." Sie nahm seine Hand und presste sie an ihre Wange. „Ich habe das Gefühl, als hätte ich ein kostbares Stück Vergangenheit wiedergefunden, das ich verloren hatte. Ohne dich bin ich nur ein halber Mensch gewesen." Sie sah ihm tief in die Augen und seufzte. „Ich bereue es so sehr, dass ich dich damals verlassen habe."

„Nein, Meg, du musst dir deswegen keine Vorwürfe machen. Du hast das getan, was du für richtig hieltest. Und vielleicht war es tatsächlich das einzig Richtige."

Ungläubig sah sie ihn an. „Wie kannst ausgerechnet du das sagen?"

Er zuckte mit den Schultern. „Wer weiß, Meggie? Vielleicht musste es damals so kommen. Du warst … anders."

„Anders? Wie?"

„Nun, du hast stets getan, was ich wollte." Er lächelte verlegen. „Ich brauchte dich nur ein wenig zu drängen und …"

„Und darüber beschwerst du dich?", fragte sie verwundert.

„Na ja, bis zu einem gewissen Grad gefällt es wohl jedem Mann. Aber ich denke, dass du dich damals noch nicht selbst gefunden hattest. Du bist heute viel selbstbewusster – und das trotz des Gedächtnisverlustes. Du weißt, was du willst, und da du dein Ziel unbeirrt verfolgst, bekommst du es auch." Er lächelte sie jungenhaft an. „Denk aber nicht, dass du mich jetzt zu deinem Pantoffelhelden machen kannst. Immer wirst du deinen Kopf bei mir nicht durchsetzen können."

„Nein?" Sie erwiderte sein Lächeln, und ihre Augen blitzten vor Vergnügen. „Zufällig weiß ich schon wieder ganz genau, was ich will. Und ich denke, dass ich es auch diesmal bekommen werde."

„So?", fragte er neckend. „Und ich habe kein Wörtchen mitzureden?"

„Oh, ich glaube nicht, dass du irgendwelche Einwände erheben wirst." Sie führte seine Hand an die Lippen und knabberte zärtlich an seinen Fingern. Mit der freien Hand streichelte sie seine Brust und glitt dann immer tiefer und tiefer.

Bill stöhnte auf. Er rollte sich vom Rücken auf den Bauch und küsste Meg mit neu entflammter Leidenschaft. Seine Meg … Niemals würde er genug von ihr bekommen.

„Ist es das, was du willst?", fragte er mit rauer Stimme.

„Wenn du keine Einwände hast", erwiderte sie lächelnd.

„Keine", versicherte er ihr und schloss sie fest in seine Arme.

ls Meg erwachte, war sie allein. Sie hörte, dass Bill in der Küche telefonierte. Sofort stand sie auf, um zu ihm zu gehen. Da sie ihn nicht unterbrechen wollte, blieb sie in der geöffneten Tür stehen. Bill hatte ihr Kommen nicht bemerkt und wandte ihr den Rücken zu. Er hatte sich eine lange Hose angezogen, aber sein Oberkörper war noch nackt. Meg betrachtete ihn fasziniert.

„Hast du eine Ahnung, wo ich ihn finden könnte, Rusty?", erkundigte er sich. „Ich hätte eine Menge Fragen bezüglich des Feuers an ihn." Er sprach offensichtlich über Paul. Dann seufzte er. „Ich bin es leid, dass er ständig um Meg herumschleicht, und will ihn unbedingt noch heute sprechen."

Er legte den Hörer gar nicht erst auf, sondern begann, sofort eine neue Nummer zu wählen. Meg nutzte die kurze Pause, um sich bemerkbar zu machen. Sie betrat die Küche und sprach ihn an.

Bills Augen leuchteten auf. Er hörte auf zu wählen und legte den Hörer auf. „Habe ich dich aufgeweckt, Honey?"

Sie schüttelte den Kopf. „Ich möchte mit dir gehen."

„Wohin?", fragte er überrascht.

„Ich will dabei sein, wenn du Paul befragst."

Entschieden schüttelte er den Kopf. „Ich möchte dich auf keinen Fall unnötig in Gefahr bringen, Meg. Du solltest dich unbedingt von Farrow fernhalten. Ich wollte gerade Cleo anrufen und sie bitten, bei dir zu bleiben." Er griff wieder nach dem Telefonhörer, aber Meg lief rasch zu ihm und hielt seine Hand fest. „Bitte, Bill. Ich glaube, dass es mir helfen könnte, mich zu erinnern."

„Das kann ich mir nicht vorstellen."

Aber sie war entschlossen, ihren Willen durchzusetzen, und versuchte alles, um ihn zu überzeugen. Schließlich seufzte er resigniert. Er deutete mit dem Finger auf sie und sah sie eindringlich an. „Also gut, ich nehme dich mit. Aber du wirst dich nie weiter als zwei Schritte von mir entfernen und genau das tun, was ich dir sage. Verstanden?"

Meg nickte eifrig. „Ich verspreche es." Sie schmiegte sich an ihn und streichelte zärtlich seinen Rücken. „Und was machen wir in der Zwischenzeit?", fragte sie verführerisch.

„Ich wüsste da schon etwas", gab er zu, „aber daraus wird leider nichts. Mein Dienst beginnt heute etwas früher, und du wolltest mich ja begleiten."

Während Bill sich mit seinen Kollegen zu einer kurzen Dienstbesprechung zurückzog, hielt Meg sich bei Velma im Vorzimmer auf. Die beiden Frauen hatten sich kaum ein Weilchen unterhalten, als Bill auch schon wieder zurückkehrte. Rusty folgte ihm auf dem Fuße. Die beiden Männer durchquerten das Vorzimmer und strebten dem Ausgang zu.

Meg konnte Velma nur kurz zuwinken und folgte den beiden hastig.

„So ist es richtig", sagte Bill zufrieden, nachdem sie sich hinter die beiden Männer auf den Rücksitz des Jeeps gezwängt hatte. „Bleib immer schön in meiner Nähe."

Anfangs machte es Meg Spaß, Bill und Rusty auf ihrer Tour zu begleiten. Doch als sie auch nach dem dritten Halt vor einem Lokal ergebnislos zum Jeep zurückkehrten, wurde sie allmählich ungeduldig. Sie wollte Paul sehen, mit ihm sprechen und sich endlich erinnern.

„Wo könnte er sich denn um diese Zeit noch aufhalten, außer in einer Bar?", fragte sie.

Rusty zuckte mit den Schultern. „Farrow steht in dem Ruf, in letzter Zeit ziemlich viel zu trinken. Deshalb konzentrieren wir uns auf die Lokale, in denen er häufiger gesehen worden ist."

Meg wandte sich an Bill. „Was ist mit dem Haus? Könnte er nicht dort sein?"

„Daran habe ich auch gerade gedacht", gab er zu.

„Worauf warten wir dann noch? Lasst es uns herausfinden!", schlug Meg vor.

Bill wendete den Jeep und fuhr stadtauswärts dem Fluss entgegen.

Megs Herz begann heftig zu klopfen, als das Licht der Scheinwerfer das alte blaue Auto unter einem Baum vor ihrem abgebrannten Elternhaus erfasste. „Er ist hier!", flüsterte sie aufgeregt.

Bill reichte ihr die Hand, um ihr beim Aussteigen behilflich zu sein. „Du bleibst unbedingt an meiner Seite, Meg. Klar?"

Sie nickte.

Leise näherten sie sich der Ruine. Da sie auf den Einsatz von Taschenlampen verzichteten und sich ganz auf ihr Gehör verließen, dauerte es eine Weile, bis sie Paul Farrow schließlich ausmachten.

Rusty richtete unvermittelt den Strahl seiner Taschenlampe auf den am Boden kauernden Mann, während Bill ihn laut rief.

Farrow richtete sich langsam auf und drehte sich zu ihnen um. Wenn er überrascht oder gar erschrocken war, so ließ er es sich zumindest nicht anmerken. Bill und Rusty gingen bis auf wenige Schritte an ihn heran, und Meg wich nicht von Bills Seite.

„Was machen Sie hier, Farrow?", fragte Bill barsch.

Paul zuckte mit den Schultern und versuchte zu lächeln. „He, bleiben Sie ganz ruhig, Mann. Ich schaue mich bloß um und versuche, etwas zu finden."

„So, und was ist das bitte?"

Paul wich Bills Blick aus und schaute zu Meg und Rusty. Fast schien es so, als erhoffte er sich Hilfe von den beiden. „Ich hatte noch ein paar Sachen hier im Haus gelassen, nachdem Meg und ich uns getrennt hatten. Genau danach wollte ich jetzt suchen."

„Was für Sachen?", fragte Bill drängend.

Paul fühlte sich jetzt sichtlich unbehaglich. „Nun, hauptsächlich elektrische Geräte."

„Und Sie dachten natürlich, dass Sie diese Geräte nach einem Großbrand in einwandfreiem Zustand vorfinden?"

„Ich weiß nicht. Darüber habe ich eigentlich gar nicht nachgedacht."

„Tja, vermutlich nicht", entgegnete Bill sarkastisch. „Wieso haben Sie die Sachen damals eigentlich zurückgelassen, wenn Sie doch so sehr daran hängen?"

Paul sah wieder zu Meg. „Ich habe sie eben vergessen."

„Das ist ein bisschen merkwürdig, nicht wahr?"

„Wieso?", fragte Paul herausfordernd. „Ich hatte eben eine Menge anderer Dinge im Kopf."

Meg sah Paul an, dass er log. Während sie ihn genau beobachtete, stieg eine Erinnerung in ihr auf, und sie versuchte, sich ganz darauf zu konzentrieren. Nach und nach nahmen die schemenhaften Bilder schärfere Konturen an: Ein Mann kam auf sie zu, und sie erkannte, dass es Paul war. Er streckte unvermittelt die Hände nach ihr aus, und es schien so, als wollte er sie zornig packen.

Zu ihrem Bedauern erfuhr sie nicht, was wirklich geschehen war. Das Bild erlosch und tauchte wieder hinab in eine finstere Nische ihres Unterbewusstseins.

„War es Corveno, der in Ihrem Kopf herumspukte und Sie alles vergessen ließ?“, fragte Bill herausfordernd.

Paul wich einen Schritt zurück. „Corveno?“, wiederholte er nervös.

„Er ist ein Freund von Ihnen, nicht wahr? Sie haben Meg erzählt, dass er sein Geld von Ihnen verlangt. Ist es nicht das, wonach Sie suchen, Farrow? Das Geld?“

Paul schaute wieder Meg an. „Hast du irgendwelches Geld gefunden?“, fragte er sie.

„Lassen Sie Meg aus dem Spiel, Farrow!“, herrschte Bill ihn an. „Sie erinnert sich an nichts.“

„Sie erinnert sich nicht? Was soll das heißen?“

„Es ist leider eine Tatsache, dass Meg in jener Nacht, in der das Haus abgebrannt ist, das Gedächtnis verloren hat.“

„Was soll das? Ist das irgendein Trick?“, fragte Paul gereizt. „Wenn Sie denken, auf diese Weise etwas aus mir herauszubekommen, müssen Sie verrückt sein!“

„Meinen Sie?“ Bill lächelte frostig. „Ich denke, dass Sie derjenige sind, der verrückt ist. Ein Mensch, der sich mit Corveno einlässt, muss den Verstand verloren haben.“ Er tippte sich mit dem Finger an die Schläfe. „Was ist geschehen, Farrow? Haben Sie gehofft, schnell ans große Geld zu kommen? Vielleicht haben Sie beschlossen, Corveno aufs Kreuz zu legen, und er ist Ihnen auf die Schliche gekommen.“

„He! Ich habe keine Ahnung, wovon Sie sprechen.“ Paul hob abwehrend die Hände und wich einen weiteren Schritt zurück. „Ich habe noch nie von diesem Corveno gehört.“

„Warum haben Sie dann ausgerechnet diesen Namen Meg gegenüber erwähnt?“, erkundigte Bill sich unnachgiebig.

„Ich habe nie von jemandem namens Corveno gesprochen. Sie muss das missverstanden haben. Kein Wunder, wenn sie im Kopf nicht mehr ganz richtig ist.“

„Das kaufe ich Ihnen nicht ab, Farrow.“

„Komm schon, Meg“, forderte Paul sie auf. „Sag dem Sheriff, dass es ein Irrtum war. Du hast mich missverstanden. Nicht wahr, Meg?“

Sie schwieg eisern. Paul log. Das stand fest. Trotzdem machte die ganze Diskussion sie traurig. Sie konnte sich jetzt wieder an die erste Zeit ihrer Ehe erinnern. Sie wusste noch nicht, wie sich ihre Beziehung im Lauf der Jahre weiterentwickelt hatte, aber sie wusste, dass dieser nervöse Mann, der sie so stümperhaft belog, nichts mehr mit dem Mann gemein hatte, den sie einmal geheiratet hatte.

„Verschwinden Sie, Farrow", verlangte Bill mit leiser Stimme. „Wenn ich Sie hier noch einmal erwische, werden sie sich wünschen, auf einem anderen Planeten zu sein. Verstanden?"

„Ja, sicher", erwiderte Paul, während er wachsam den Rückzug antrat und langsam auf sein Auto zuging. „Kein Problem, Mann."

Er verschwand in der Dunkelheit. Eine Minute später sprang der Motor seines Wagens an, und sie hörten Farrow davonfahren.

„Alles in Ordnung, Meg?", fragte Bill und legte den Arm um sie.

„Ja, natürlich." Sie runzelte die Stirn, als noch einmal eine Erinnerung an Paul in ihr aufstieg. „Leihst du mir deine Taschenlampe?"

Schweigend reichte er sie ihr. Irgendetwas zog sie zu der Kammer, in der sie ihre Gartenutensilien aufbewahrte. Meg wusste nicht, wieso das so war, und verließ sich ganz auf ihr Gefühl. Sie richtete den Strahl auf den Boden und machte sich vorsichtig auf den Weg.

Vor der Tür blieb sie zögernd stehen. Sie wurde von einer ungeheuren Spannung, einer fast lähmenden Furcht erfasst. Schließlich überwand sie sich und öffnete die Tür. Auf der Schwelle blieb sie stehen und leuchtete mit der Taschenlampe in jede Ecke. Dann bückte sie sich und untersuchte den Holzfußboden. Meg fühlte sich an ihre Vision von dem zerbrochenen Brett erinnert, aber irgendwie passte nichts zusammen.

Dafür war plötzlich wieder die Erinnerung an Paul greifbar: Sie befand sich hier im Haus, in diesem Raum, und mit der Hand berührte sie etwas aus Holz. Einen Augenblick später sah sie sich in der Küche stehen. Sie hatte sich am Spülbecken die Hände gewaschen und trocknete sich gerade ab, als Paul in die Küche kam. Er sagte etwas zu ihr … Der Kasten! Er wollte wissen, wo der Kasten war! Sie sagte es ihm aber nicht, und er wurde wütend. Er packte sie bei den Schultern und schüttelte sie. Sie wollte ihn anschreien, aber dann spürte sie einen brennenden Schmerz auf der Wange. Paul hatte sie geschlagen! Und dann betrat noch jemand die Küche. Sie wusste nicht, wer der Mann war, aber sie kannte seine Stimme. Es war die Stimme, die sie in ihrem Albtraum gehört hatte. Der Mann sagte etwas, aber sie verstand ihn nicht.

Die Erinnerung erlosch genauso schnell und unvermittelt, wie sie gekommen war.

Was war nur geschehen? Wie war es zu dem Ausbruch des Feuers gekommen? Meg ließ die Taschenlampe fallen und presste die Hände an die Schläfen. Verzweifelt versuchte sie, sich zu erinnern. Aber es war zwecklos.

„Meg, was ist mit dir?"

Sie drehte sich zu Bill um und schmiegte sich in seine ausgebreiteten Arme. „Ich war so nah dran", murmelte sie enttäuscht. „Ich erinnere mich daran, dass ich mit Paul hier im Haus gewesen bin. Er verlangte den Kasten von mir und hat mich geschlagen. Und dann ist noch jemand gekommen … Aber ich weiß nicht, wer es war. Das ist alles, woran ich mich erinnere." Sie seufzte.

„Es ist alles gut", sagte Bill beruhigend und streichelte ihren Rücken. „Die restlichen Erinnerungen werden auch bald wiederkommen."

Und was wird dann sein? fragte er sich selbst bedrückt. Würde es einen neuen Anfang für sie geben? Oder stand ihnen nur wieder die Trennung bevor?

„Ich gehe dann!", rief Cleo Meg von der Küche aus zu. „Bis Montag, Meg!"

Es war Freitag, und seit der Begegnung mit Paul im niedergebrannten Haus war eine Woche vergangen. Bill bestand nach wie vor darauf, dass Cleo bei Meg blieb, wenn er nicht zu Hause war. Obwohl er sehr um ihre Sicherheit besorgt war, hatte er sie seit jenem Tag, an dem sie sich geliebt hatten, nicht mehr berührt. Meg wusste genau, was er empfand, weil sie genau das Gleiche durchmachte. Sie sehnte sich nach ihm, aber sie war auch völlig durcheinander und hatte Angst vor dem Ungewissen.

Sie ging vom Wohnzimmer in die Küche, um sich von Bills Schwester zu verabschieden. „Ciao, Cleo. Ich wünsche dir ein schönes Wochenende mit den Jungs."

„Na, ob das so schön wird?", meinte Cleo zweifelnd. „Vermutlich haben sie mir wieder ihre ganze schmutzige Wäsche mitgebracht, sodass ich aus dem Waschen und Bügeln gar nicht herauskommen werde."

„Du hast sie durch deine Gutmütigkeit eben völlig verdorben", bemerkte Bill, der jetzt ebenfalls die Küche betreten und die letzten Worte seiner Schwester gehört hatte.

„Bill, meine Söhne sind nicht verdorben", widersprach Cleo empört. „Sie verstehen sich nur nicht auf Hausarbeit."

Bill winkte ab. „Genau das hast du ihnen anerzogen, indem du ihnen stets alles abgenommen und ständig hinter ihnen hergeputzt hast. Ich könnte dir Sachen von den beiden erzählen, Meg, da würdest du nur noch die Hände über dem Kopf zusammenschlagen."

„Da wir gerade vom Putzen sprechen …", meinte Cleo gedehnt, „ich glaube, dass du an der Reihe bist, unser Haus am Lake Calloway in Ordnung zu bringen."

„Ich?" Bill sah sie ungläubig an. „Bist du sicher?"

„Allerdings, mein lieber Bruder." Sie lächelte ihn zuckersüß an, als er abwehrend die Hände hob. „Du könntest dir mit Meg ein schönes Wochenende am See machen", schlug sie vor. „Es würde euch beiden guttun, einmal herauszukommen und abzuschalten."

„Nein", erwiderte Bill knapp und wandte sich ab.

„Denk doch wenigstens an Meg, Bill", erwiderte Cleo beharrlich. „Für sie ist die ganze Situation noch belastender als für dich. Sie hat ein bisschen Abwechslung wirklich verdient."

Bill zog es vor, Cleos Worte einfach zu ignorieren. „Fahr nach Hause, Cleo, bevor es mit dem Schnee noch schlimmer wird. Ich fahre heute Nacht ganz bestimmt keine dreißig Meilen mehr, um dich aus einer Schneewehe zu befreien."

„Sturer Kerl", murmelte Cleo. Lächelnd wandte sie sich an Meg. „Dir hat es in dem Haus immer sehr gut gefallen. Bearbeite ihn ruhig ein bisschen."

„Gute Nacht, Cleo", sagte Bill betont.

Er atmete zwar erleichtert auf, als Cleo gegangen war, aber Meg spürte auch, dass ihm nicht sehr wohl dabei war, jetzt mit ihr allein zu sein.

„Ich habe vor ein paar Tagen mit James gesprochen", meinte er nach einer Weile beiläufig. „Er hat sich wieder einmal ein Strafmandat wegen Geschwindigkeitsüberschreitung eingefangen."

Meg lächelte. „Er ist stets in Eile, nicht wahr?"

„Das kann man wohl sagen. Er würde sich wegen deiner Amnesie gern noch einmal mit dir unterhalten", erzählte Bill zögernd. „Ich habe ihm gesagt, dass du dich jetzt schon fast an alles erinnerst."

Meg musterte ihn misstrauisch. „So ist es. Wozu, um Himmels

willen, brauche ich also noch einen Doktor?"

Bill fuhr sich durchs Haar. „Du erinnerst dich aber noch nicht an alles, Meg. Und eben wegen dieser Gedächtnislücken mache ich mir Sorgen. Vielleicht kann James dir helfen."

Meg nahm an, dass es die fehlende Erinnerung an Paul und das Geld war, die ihn beunruhigte. Aber sie war zuversichtlich, dass auch diese Erinnerung schon bald von ganz allein zurückkehren würde. „Ich möchte mit niemanden sprechen", erklärte sie.

„Es kann doch nicht schaden", entgegnete er. Es bedrückte ihn, dass ihr die schlimmste Erinnerung noch bevorstand. Bis jetzt wusste sie noch nicht, dass sie ihr Baby verloren und welche Folgen die daraufhin durchgeführte Operation für sie hatte. Er hatte gehofft, dass es ihren Schmerz etwas lindern würde, wenn sie diese Erinnerung gewissermaßen unter ärztlicher Obhut zurückerlangte.

„Nein." Sie blieb stur. „Ich möchte mit niemandem darüber sprechen."

Bill sah ihr tief in die Augen. „Versprich mir wenigstens, dass du mit mir darüber reden wirst, Meg."

„Natürlich, Bill", erwiderte sie verwundert. Er wusste doch, dass sie alles mit ihm besprach.

Er wollte noch etwas sagen, wurde aber vom Klingeln des Telefons gestört. Unwillig stand er auf und nahm den Hörer ab. Schon eine Sekunde später legte er stirnrunzelnd wieder auf.

„Wer war es?", fragte Meg.

„Niemand", antwortete er. „Lass uns jetzt essen. Ich habe Hunger."

„Bill!" Empört schlug sie auf den Tisch. „Wer war das? Denkst du, dass es Paul war?"

„Gut, ja, ich denke, dass es Paul war", gab er widerwillig zu. „Er scheint wieder seine merkwürdigen Spielchen mit uns treiben zu wollen. Vielleicht sollte ich ihn endlich etwas härter anfassen, damit er zur Besinnung kommt."

„Ich verstehe das alles nicht", meinte Meg bekümmert. „Ich erinnere mich jetzt ganz genau an das erste Jahr meiner Ehe mit ihm. Paul war ein aufmerksamer und liebevoller Ehemann. Es muss irgendetwas geschehen sein, das ihn völlig verändert hat. Ich kann mich nicht erinnern, weshalb wir uns getrennt haben, aber ich denke, dass er nicht mehr der Mann war, den ich geheiratet habe."

Bill hätte ihr einiges über die schäbige Art und Weise erzählen können, auf die Paul sie verlassen hatte, aber er schwieg. Sie würde sich von selbst erinnern, und er konnte nur hoffen, dass sie fähig sein würde, mit dem Schmerz umzugehen.

Nach dem Essen hatten sie gemeinsam abgewaschen und wollten gerade ins Wohnzimmer gehen, als wiederum das Telefon klingelte. Bill nahm ab, und gleich darauf schlug er den Hörer zornig wieder auf die Gabel.

„Pack ein paar Sachen fürs Wochenende", sagte er unvermittelt zu Meg.

„Wie bitte?"

„Wir verschwinden von hier. Ich habe keine Lust, das ganze Wochenende am Telefon zu verbringen, bloß weil Paul Farrow weiß, wie man wählt."

„Wohin fahren wir?", fragte sie, als er ihre Hand nahm und sie mit sich ins Schlafzimmer zog.

„Wir werden das Wochenende im Haus am See verbringen."

Vor ihrem Aufbruch hatte Bill sich kurz mit Rusty in Verbindung gesetzt und ihm mitgeteilt, wo Meg und er an diesem Wochenende zu erreichen waren.

Während der ganzen Fahrt, die aufgrund der Witterungsverhältnisse nicht sehr angenehm war, hatte er kaum ein Wort mit Meg gesprochen. Auch nachdem sie angekommen waren, hatte sich seine schlechte Stimmung noch nicht gebessert.

Während Bill die Koffer holte, sah Meg sich eingehend im Haus um. Diesmal kam die Erinnerung sofort. Bill und sie hatten schöne Zeiten in diesem Haus verbracht. Hier hatten sie sich geliebt, und hier hatten sie zum ersten Mal von Heirat gesprochen und Zukunftspläne geschmiedet.

Etwas enttäuscht stellte sie fest, dass Bill ihre Koffer in zwei verschiedene Zimmer brachte. Ihr Verstand sagte ihr, dass Bill sicher gute Gründe dafür hatte, aber das war nur ein geringer Trost.

„Zum Putzen ist es schon zu spät", sagte Bill, als er zu ihr in die Wohnstube kam. „Mach es dir bequem, während ich ein Feuer entfache."

Meg schaute ihm nachdenklich dabei zu und hing ihren Erinnerungen an die gemeinsame Zeit mit ihm nach.

„Hungrig?", fragte er, als das Feuer im Ofen knisterte, aber noch keine Wärme verbreitete. Er ging zu ihr und setzte sich neben sie auf die Couch.

Meg schüttelte den Kopf. „Mir ist nur ein bisschen kalt."

Sofort legte er den Arm um sie und zog sie an sich. Zufrieden legte sie den Kopf an seine Schulter.

Sie musste eingeschlafen sein, denn als sie aufwachte, trug Bill sie gerade die Treppe hinauf. „Bill, was machst du denn?", fragte sie benommen. „Wie spät ist es?"

„Spät genug für kleine Mädchen, um zu Bett zu gehen", erwiderte er lächelnd. „Schlaf gut, Meggie", sagte er mit weicher Stimme, während er sie behutsam absetzte.

Sie hätte ihn gern gebeten, bei ihr zu bleiben, aber sie tat es nicht. Er hatte eine Entscheidung getroffen, und sie wollte ihn nicht bedrängen. Rasch machte sie sich für die Nacht fertig und schlüpfte dann unter die Decke. Bevor sie einschlief, nahm sie sich vor, morgen mit Bill zu sprechen. Sie wollte ihm endlich die Frage stellen, die sie nun schon so lange bewegte: Bestand Hoffnung für sie beide? Konnte es doch noch eine gemeinsame Zukunft für sie geben? Sie liebte ihn. Und ihre Liebe zu ihm wuchs von Tag zu Tag.

Meg erwachte am späten Vormittag des nächsten Tages. Ehe sie sich anzog, trat sie ans Fenster und betrachtete fasziniert die verschneite Winterlandschaft. Es war wunderbar, dass Bill und sie das Wochenende an dem Ort verbrachten, wo sie schon so oft glücklich gewesen waren.

Als sie in die Küche kam, steckte Bill bereits mitten in der Arbeit. Er hatte die Ärmel hochgekrempelt und war tüchtig am Putzen.

„Hast du gut geschlafen?", fragte er.

Sie nickte. „Du bist ja schon so fleißig", sagte sie und schenkte sich eine Tasse Kaffee ein.

„Nun, gemacht werden muss es ja, und ich dachte, ich fange schon einmal an. Aber jetzt mache ich eine Pause und frühstücke mit dir."

Es wurde eine recht stille Mahlzeit, da beide nicht sehr gesprächig waren. Sie empfanden beide die gleiche Sehnsucht, die gleichen Zweifel und die gleiche Hoffnung. Aber sie waren auch beide gehemmt und nicht fähig, darüber zu sprechen.

„Hol deinen Mantel!", forderte Bill Meg plötzlich auf. „Ich brauche frische Luft und möchte einen Spaziergang machen."

Sie hatte nicht den Eindruck, dass er viel Wert auf ihre Gesellschaft legte. Aber sie verzichtete darauf, ihm vorzuschlagen, dass er ruhig allein gehen könne, weil sie gern bei ihm sein wollte. Sie spürte, dass es ihm Schwierigkeiten bereitete, sich mit ihr in diesem Haus aufzuhalten, das so voller Erinnerungen an ihre gemeinsame glückliche Zeit war. Er hatte sie nur hergebracht, um Pauls Telefonterror zu entgehen, und fühlte sich jetzt von der intimen Zweisamkeit überfordert.

Lange stapften sie durch den Schnee, ohne ein einziges Wort zu wechseln. Schließlich war es Meg, die das Schweigen brach.

„Sobald Dr. McCray einen Termin für mich hat, werde ich mit ihm sprechen", sagte sie tonlos.

„Was?" Er blieb stehen und sah sie überrascht an.

„Ich habe über deinen Vorschlag nachgedacht und eingesehen, dass du vielleicht recht hast", erklärte sie. Dabei verschwieg sie ihm wohlweislich, dass sie ihm bloß einen Gefallen tun wollte. Sicher freute er sich über ihre Entscheidung.

„Wieso hast du deine Meinung plötzlich geändert?"

Sie zuckte mit den Schultern. „Nun, ich bin eben einsichtig, und dein Vorschlag scheint mir ganz vernünftig zu sein. Wenn ich mich mit James' Hilfe schneller erinnere, kannst du den Fall mit Paul auch schneller abschließen. Außerdem hast du dann endlich wieder Ruhe vor mir."

„Wie kommst du denn auf diese dumme Idee?"

„Was ist denn daran dumm? Es war doch deine Idee, James hinzuzuziehen, um den Lauf der Dinge zu beschleunigen."

Ungeduldig schüttelte er den Kopf. „Ich meine die dumme Bemerkung, dass ich dann wieder Ruhe vor dir hätte."

„Du kannst es ruhig zugeben, Bill. Ich spüre doch, dass ich dir lästig geworden bin. Du hattest überhaupt keine Lust, mit mir hierher zu fahren. Seit gestern hast du kaum ein Wort mit mir geredet und vermittelst mir unentwegt das Gefühl, dir das Wochenende verdorben zu haben."

„Das hast du auch", stimmte er trocken zu.

„Oh." Sie schluckte und versuchte, sich ihre Enttäuschung nicht anmerken zu lassen.

„Ach, zum Teufel!", stieß er hervor, nahm ihre Hand und zerrte Meg mit sich.

„Was …?" Sie verstand weder seine Verärgerung noch seinen Temperamentsausbruch. „Bill!"

„Ich will zurück", sagte er nur und zerrte sie weiter.

9. KAPITEL

*B*eide waren völlig außer Atem, als sie das Haus endlich erreicht hatten. Sobald sie aus ihren Mänteln und Stiefeln geschlüpft waren, zog Bill Meg so überraschend an sich, dass sie fast das Gleichgewicht verlor.

„Es stimmt", sagte er mit weicher Stimme. „Du verdirbst mir tatsächlich das Wochenende. Ich will dich! Ich bin ganz verrückt nach dir. Aber ich habe mir geschworen, meinem Verlangen nicht wieder nachzugeben, ehe du dich nicht an absolut alles erinnern kannst und diese Sache mit Farrow geklärt ist."

Meg antwortete ihm nicht. Sie brachte kein einziges Wort heraus, da ihr Herz so heftig klopfte, dass es schmerzte. Sie hatte sich geirrt! Er war ihrer gar nicht überdrüssig. Er versuchte lediglich, sein Verlangen nach ihr zu unterdrücken.

Sein Mund war ihrem ganz nah. Es wäre so leicht gewesen, ihn jetzt zu küssen, aber Meg zwang sich, der Versuchung zu widerstehen. Sie wollte ihn auf keinen Fall bedrängen.

Bill stöhnte plötzlich auf und zog ihr hastig den Pullover aus. Selbstvergessen streichelte er ihre bloße Haut, ehe er sich zu ihren Brüsten beugte und sie mit unzähligen Küssen bedeckte.

„Das Fenster", konnte Meg gerade noch murmeln, ehe sie völlig die Kontrolle über sich verlor.

„Keine Sorge", raunte er ihr beruhigend zu. „Hier ist weit und breit kein Mensch in der Nähe." Trotzdem löste er sich widerstrebend von ihr und zog die Gardine zu.

Als er zu ihr zurückkam, nahm er ihre Hand und zog Meg mit sich die Treppe hinauf. Oben hob er sie auf die Arme und trug sie in sein Zimmer. Ungeduldig zogen sie sich gegenseitig aus.

Obwohl Bill es kaum noch erwarten konnte, sich endlich mit ihr zu vereinen, erwies er sich auch diesmal wieder als fantastischer Liebhaber. Meg war wieder bei ihm. Er hielt sie in den Armen, und das machte es ihm möglich, sich zurückzuhalten. Er behandelte ihren Körper wie ein kostbares Musikinstrument, das nur er spielen konnte und dem er die herrlichsten Melodien entlocken wollte.

Bill streichelte sie überall und entfachte mit unzähligen Küssen ein Feuer in ihr, in dem sie zu verbrennen glaubte.

„Ich liebe dich", flüsterte sie, als sie miteinander verschmolzen und er ihr alles gab, was sie ersehnte. In vollkommener Harmonie fanden sie den Rhythmus, der sie zu neuen Gipfeln sinnlicher Freude trug.

Mit ganzem Herzen und ganzer Seele gaben sie sich einander hin. Überwältigt von dem großen Glück, das sie gefunden hatten, und der unendlichen Tiefe ihrer Gefühle füreinander, hielten sie sich noch lange in den Armen. Stumm und ergriffen sahen sie sich in die Augen.

Doch dann wurden sie unvermittelt aus ihrer Versunkenheit gerissen. Bill murmelte etwas und stand hastig auf. Irgendjemand klopfte unten an die Tür.

„Bleib ruhig liegen", sagte Bill, während er sich anzog. „Ich kümmere mich schon darum."

Meg hörte, dass Bill die Haustür öffnete und sich dann eine Weile mit jemandem unterhielt. Kurz darauf schloss er die Tür wieder.

Als er wieder zu ihr ins Schlafzimmer kam, sah sie, dass er mit seinen Gedanken schon ganz woanders war. „Du solltest dich jetzt doch anziehen", sagte er. „Wir müssen sofort zurückfahren."

„Warum? Ist etwas passiert?"

„Ich hatte Rusty vor unserer Abreise die Telefonnummer unseres Nachbarn gegeben. Er war es, der gerade hier war, um mir mitzuteilen, dass Rusty ihn angerufen hat."

„Ja und?", fragte sie drängend. Meg war überzeugt, dass der Anruf etwas mit Paul zu tun haben musste. Daher traf Bills Antwort sie völlig unvorbereitet.

„Griffin ist ausgerissen", informierte er sie.

Bill machte sich ernsthaft Sorgen um den Jungen, und auch Meg beschlich ein ungutes Gefühl, als sie sich vorstellte, dass das Kind bei dieser Eiseskälte hilflos draußen herumirrte. Beide waren überzeugt, dass Griffin sicher wieder bei ihnen Zuflucht gesucht hatte.

„Sieh du bitte rund ums Haus nach", forderte Bill sie auf, nachdem sie zu Hause angekommen waren. „Ich suche zwischen den Tannen."

Meg ging einmal rund ums Haus und überprüfte die Fenster und Türen. Nichts deutete darauf hin, dass jemand versucht hatte, ins Haus einzudringen. Auch im Schnee entdeckte sie keine Spuren. Trotzdem war Meg überzeugt, dass Griffin sich hier ganz in der Nähe aufhielt. Der Junge war nicht dumm und hatte sicher irgendwo Schutz vor Wind und Wetter gefunden. Aber wo? Angestrengt dachte sie nach. Plötzlich fiel ihr das Spielhaus auf der Lichtung ein.

Sofort machte sie sich dorthin auf den Weg. Schon bald entdeckte sie die Fußspuren im Schnee, die direkt zu der Hütte führten. Ihre Ahnung hatte sie nicht getrogen. „In gewisser Weise sind wir beide uns doch sehr ähnlich, Griffin", sagte sie leise zu sich selbst, als sie die Tür zu dem Spielhaus öffnete.

Das Kind kauerte frierend in einer Ecke. Verängstigt und trotzig zugleich sah es sie an. In der Hand hielt es eine angebrochene Packung Kekse.

„Hoffentlich störe ich dich nicht gerade beim Essen", sagte sie trocken.

„Ich gehe nicht zurück", erklärte Griffin ihr sofort. Seine abwehrende Haltung und sein Blick drückten aus, dass es ihm sehr ernst damit war. „Sie können mich nicht zwingen. Ich will hier bei dir und Bill leben."

Meg hockte sich neben ihn und sah ihn freundlich an. „Ich würde auch gern hier leben, Griffin", sagte sie, „aber ich tu es nicht. Ich muss auch dorthin zurückkehren, wo ich hingehöre."

Griffin sah sie ungläubig an. „Was? Du lebst doch hier bei Bill!"

Sie schüttelte den Kopf. „Du weißt doch, dass ich einen Unfall hatte und mein Gedächtnis verloren habe. Bill kümmert sich um mich, bis ich wieder ganz in Ordnung bin."

„Aber dann wirst du hier wohnen. Ich kenne mich da aus. Ihr zieht zusammen, und wenn ihr euch nicht zu sehr streitet, bleibst du für immer hier."

„So einfach ist das nicht, Griffin. Ich habe eine eigene Wohnung. Du erinnerst dich doch an den Mann, der neulich hier einbrechen wollte, nicht wahr?"

Griffin nickte.

„Ich bleibe nur so lange hier, bis ich sicher sein kann, dass er mich nicht mehr belästigt."

„Aber warum willst du nicht bei Bill bleiben? Magst du ihn nicht?"

Das war nun wirklich nicht ihr Problem. „Natürlich mag ich ihn", erwiderte sie. „Aber das bedeutet doch nicht, dass man gleich zusammenzieht." Es war so schwer, dem Jungen etwas zu erklären, das sie selbst nicht verstand. „Griffin", fuhr sie mit weicher Stimme fort, „man bekommt nicht immer das, was man will – jedenfalls nicht sofort."

„Aber ich würde alles dafür tun", behauptete er, und seine Augen schimmerten feucht.

„Ich weiß", sagte sie beruhigend und strich ihm übers Haar. „Vielleicht erfüllt sich dein Wunsch ja sogar einmal, aber bestimmt nicht auf der Stelle und sofort. Im Augenblick sind wir beide nur zu Besuch hier. Lass es uns Bill nicht noch schwerer machen."

Zu ihrer Überraschung schien er sich ihren Rat zu Herzen zu nehmen. Er sah sie traurig an und seufzte. „Na gut, dann bin ich eben zu Besuch hier." Trotzig fügte er hinzu: „Niemand kann mir verbieten, einen Besuch zu machen."

„Stimmt", versicherte sie ihm. „Es ist dein gutes Recht, andere Leute zu besuchen. Na, komm, dann lass uns jetzt gehen", forderte sie ihn auf und legte den Arm um ihn. „Bill sucht dich überall."

Im gleichen Augenblick, in dem sie das Spielhaus verließen, trat auch Bill auf die Lichtung. Seine Miene verfinsterte sich, als er den Jungen sah. Meg warf ihm rasch einen warnenden Blick zu und schüttelte den Kopf.

„Aha, da hast du also gesteckt, Griff", sagte Bill bedeutend freundlicher als beabsichtigt. Er hätte dem Kind zu gern eine saftige Strafpredigt gehalten, aber Meg hatte sicher gute Gründe, wenn sie ihn bat, nicht zu streng mit ihm zu sein.

„Ich dachte, ich komme euch mal besuchen", erklärte Griffin, der sich sichtlich um Haltung bemühte. „Ich konnte ja nicht wissen, dass ihr nicht zu Hause sein würdet."

„Nein, das konntest du nicht", bestätigte Bill. „Dann lasst uns jetzt schnell ins Haus gehen, ehe du noch erfrierst. Wie ich sehe, hast du dir ausreichend Proviant mitgebracht", stellte er fest und deutete auf die Kekse. „Gute Idee von dir. Ich bin nämlich ziemlich ausgehungert. Meg und ich mussten deinetwegen so überstürzt aufbrechen, dass wir nicht einmal dazu gekommen sind, etwas zu essen."

Griffin presste seine Kekse so fest an sich, dass Meg lächeln musste.

Im Haus rief Bill als Erstes Griffins Pflegemutter an, um sie zu informieren. Als er ihr erklärte, dass er Griffin am Abend zurückbringen würde, atmete der Junge erleichtert auf. Er war offensichtlich froh darüber, dass er nicht sofort wieder aus Bills Leben verbannt wurde.

Sie aßen gemeinsam zu Mittag, und hinterher lud Bill Meg und

Griffin ins Kino ein. Den Rest des Tages verbrachten sie zu Hause. Schließlich sah Bill auf die Uhr und erklärte Griffin, dass es nun an der Zeit sei aufzubrechen.

Griffin sah sehr traurig aus, als er vor dem Haus der Dreissens aus dem Wagen stieg. Aber er sträubte sich nicht mehr, was zweifellos auch daran lag, dass der nächste Besuchstermin bereits feststand. Trotz allem hatte er seine Kekse nicht vergessen und hielt sie fest in der Hand.

„Griffin! Warte einen Augenblick!", rief Meg ihm plötzlich nach. Sie stieg ebenfalls aus und beugte sich zu dem Jungen hinunter. Er sah sie so bekümmert an, dass sie ihn am liebsten wieder mitgenommen hätte. „Du hast noch etwas vergessen, weißt du?"

„Was?" Griffin sah sie beunruhigt an.

„Nun, es kostet dich schon eine Kleinigkeit, dass du uns durch dein Verschwinden in Angst und Schrecken versetzt hast."

„Wirklich?" Der Griff um seine Kekse verstärkte sich.

„Allerdings." Sie nahm ihn in die Arme und drückte ihn. Zu guter Letzt gab sie ihm auch noch einen Kuss. „So", sagte sie dann zufrieden. „Und wenn du uns das nächste Mal besuchst, bin ich glatt fähig, es noch einmal zu tun."

„Nun, du bist ein Mädchen", meinte Griffin verlegen. „Du kannst wahrscheinlich nicht anders."

Er konnte es nicht zugeben, aber Meg sah ihm an, dass er sich über die Umarmung und den Kuss gefreut hatte. Als sie wieder in den Wagen gestiegen war, stieß Bill sie sacht in die Seite.

„Ja?"

„Würdest du mich auch in dieser Form bestrafen, wenn ich dich in Angst und Schrecken versetzte?", fragte er schmunzelnd.

„Keine Chance", erwiderte sie lachend.

Am späten Abend klingelte noch einmal das Telefon. Meg kam gerade in die Küche, als Bill den Hörer abnahm. „Hängen Sie bloß nicht gleich wieder auf!", schrie er aufgebracht in die Muschel.

Aber genau das schien der Anrufer zu tun, denn schon im nächsten Augenblick knallte Bill den Hörer wieder auf die Gabel.

Meg zog sich still wieder zurück. Paul musste sehr verzweifelt sein, wenn er es wagte, Bill in diesem Ausmaß zu reizen. Sie hatte es Bill noch nicht erzählt, aber in den letzten vierundzwanzig Stunden waren ihre

Erinnerungen in immer schnellerer Folge zurückgekehrt. Sie erinnerte sich jetzt wieder an ihre Arbeit und die Kollegen und ihre Ehe mit Paul.

Sie erinnerte sich deutlich genug, um klar zu erkennen, dass noch irgendetwas fehlte. Die Erinnerung an einige wesentliche Begebenheiten schlummerte noch in ihrem Unterbewusstsein. Aber Meg spürte, dass es nicht mehr lange dauern würde, bis sie auch in diesen Punkten Klarheit gewann. Instinktiv ahnte sie, dass es sich um eine schmerzliche Erinnerung handelte – vielleicht sogar um die schlimmste von allen. Aber sie war bereit, sich ihr zu stellen.

Und dann passierte es noch schneller, als sie erwartet hatte. Sie lag in dieser Nacht im Bett und konnte nicht schlafen. Im Zimmer nebenan hörte sie Bill rumoren. Als sie sich vorhin eine gute Nacht gewünscht hatten, hatte er sie nur flüchtig auf die Stirn geküsst. Meg wusste, dass ihm viel im Kopf herumging, aber das änderte nichts daran, dass sie sich danach sehnte, in seinen Armen zu liegen.

Seufzend langte sie unter das Bett, um die Spieluhr hervorzuholen. Sie vermutete, dass Bill inzwischen längst wusste, dass sie das schwarze Kästchen an sich genommen hatte, und es stillschweigend akzeptierte.

Als sie die Spieluhr gefunden hatte und hochnehmen wollte, stieß sie mit dem Arm gegen eine spitze Kante des Bettpfostens. Es war kein schlimmer Schmerz, der sie durchfuhr, aber sie erschreckte sich und wimmerte leise. Fast im gleichen Augenblick stieg eine Erinnerung in ihr auf.

Sie lag im Krankenhaus, und ihr Arm schmerzte an der Stelle, wo sie an den Tropf angeschlossen war. Doch es war eine harmlose Kleinigkeit im Vergleich zu den brennenden Schmerzen, die in ihrem Leib wüteten. Eine Schwester trat an ihr Bett und half ihr, ein paar Schritte zu gehen. Der Blick der Schwester drückte aufrichtiges Mitgefühl aus, und Meg spürte instinktiv, dass es nicht nur ihren körperlichen Schmerzen, sondern in erster Linie ihren seelischen galt.

Meg hätte die Erinnerung am liebsten sofort wieder verdrängt, aber dann zwang sie sich, stark zu sein und sich den Tatsachen zu stellen. Sie schloss die Augen und ließ ihren Gedanken freien Lauf.

Das Baby! Sie hatte das Baby verloren!

Nur bruchstückhaft erinnerte sie sich daran, was der Arzt zu ihr gesagt hatte: Bauchhöhlenschwangerschaft, Blutsturz, Operation. Meg hatte es zuerst gar nicht begriffen. Sie war mit starken Schmerzen und

Blutungen in die Klinik eingeliefert worden. Schon deshalb hatte sie unter Schock gestanden und kaum mitbekommen, was dann geschah. Sie wusste nur noch, dass Ärzte und Schwestern sofort die Operation vorbereitet hatten.

Als sie später aus der Narkose erwacht war, hatte sich der Arzt zu ihr ans Bett gesetzt. Sehr einfühlsam hatte er ihr erklärt, weshalb diese Operation unvermeidlich gewesen war und welche Folgen der Eingriff für sie hatte. Außerdem hatte er sie eindringlich darauf hingewiesen, dass sie noch nicht außer Gefahr war und noch immer das Risiko einer Infektion bestand.

Es hatte sie kaum interessiert, ob sie nun lebte oder starb. Sie hatte sich immer gewünscht, Kinder zu haben. Doch die Erfüllung dieses Wunsches würde ihr nun für immer versagt bleiben.

Meg erinnerte sich wieder daran, wie sehnsüchtig sie an diesem Tag auf Paul gewartet hatte. Es war schon Abend, als er endlich kam. Während des äußerst kurzen Besuchs war er ihrem Blick konsequent ausgewichen. Er sagte, dass es ihm leidtäte, aber sein Bedauern war von ganz anderer Art, als sie erwartet hatte. Paul erklärte ihr, dass ihre Ehe eine Farce sei und dass sie das genauso gut wisse wie er.

Sie war viel zu schwach gewesen, um mit ihm zu streiten. Wie ein Keulenschlag hatte sie seine Mitteilung getroffen, dass er sie verlassen würde. Während er sich bereits zur Tür wandte, um seine Ankündigung in die Tat umzusetzen, murmelte er noch einmal, dass ihm alles sehr leidtäte. Und das war dann das Ende ihrer Ehe gewesen.

Meg erinnerte sich jetzt auch wieder daran, dass Bill sie ein paar Tage später besucht hatte und wie peinlich ihr das gewesen war. Sie hatte sich nicht nur geschämt, weil ihr Ehemann sie in dieser schwierigen Lage verlassen hatte, sondern auch, weil sie so dünn und blass war und einfach schrecklich aussah.

Er hatte bei ihr auf der Bettkante gesessen, ihre Hand gehalten und sie unsagbar traurig angelächelt. Sie hatte seinen Blick nicht ertragen und ihm demonstrativ den Rücken zugewandt. Dann hatte sie still geweint. Und sie weinte auch jetzt. Schluchzend ließ sie ihren Tränen freien Lauf.

Bill musste sie gehört haben. Unvermittelt riss er die Tür auf und stürzte in ihr Zimmer. „Meg! Oh, Meg!" Schon im nächsten Augenblick war er bei ihr.

Meg schmiegte sich in seine Arme und barg das Gesicht an seiner Brust. Schluchzend klammerte sie sich an ihn.

„Was ist mit dir, Meg? Was ist passiert?"

„Das ... das Baby", stammelte sie verzweifelt.

„Du hast dich also erinnert", stellte er traurig fest. „Das ist deine schlimmste Erinnerung, Honey."

Meg weinte, bis sie keine Tränen mehr hatte. Bill hielt sie die ganze Zeit tröstend in den Armen und wiegte sie sanft. Er hatte sich geschworen, bei ihr zu sein, wenn die Erinnerung zurückkehrte, aber jetzt fühlte er sich schrecklich nutzlos. Er konnte ihr nicht helfen. Er konnte nur bei ihr sein.

„Es tut mir leid, dass ich dich damit belastet habe", sagte sie stockend, als sie endlich wieder fähig war zu sprechen.

Er schluckte. „Oh, Meg, ich bin froh, dass ich gerade jetzt bei dir sein kann. Versuch, ein wenig zu schlafen", sagte er und schüttelte ihr Kissen auf.

Schweigend rollte sie sich wie ein kleines Kind zusammen. Bill ertrug es kaum, sie so leiden zu sehen, aber er wusste nicht, was er noch für sie hätte tun können.

„Ich liebe dich, Meggie", flüsterte er, aber sie reagierte auch darauf nicht. Bill blieb bei ihr und wandte nicht eine Sekunde den Blick von ihr ab. Sie war schon lange eingeschlafen, als er das Zimmer schließlich auf Zehenspitzen verließ.

Als Meg am nächsten Morgen erwachte, war sie allein. Sie dachte an Bill und spürte einen stechenden Schmerz in der Brust. Bill hatte sich immer Kinder gewünscht. Es wunderte sie, dass er nach ihrer Trennung nicht geheiratet und eine Familie gegründet hatte. Wie oft hatten sie von den Kindern gesprochen, die sie gemeinsam haben würden! Er hatte sogar schon das Spielhaus für sie gebaut, als sie noch verlobt waren. Diesen Traum mussten sie nun für immer begraben. Sie würde Bill niemals Kinder schenken können. Und was immer sie auch füreinander empfanden, wie tief und aufrichtig ihre Liebe auch sein mochte – Meg würde immer das Gefühl haben, ihn um etwas Kostbares zu betrügen, wenn sie es zuließ, dass er sein Leben mit ihr teilte.

Diese Ironie des Schicksals! Er hatte ihr endlich gestanden, dass er sie liebte. Und nun musste sie erkennen, dass diese Liebe hoffnungslos war und keine Zukunft hatte. Wie konnte sie nur zweimal in ihrem Leben in die gleiche aussichtslose Lage geraten? Es war schon schlimm genug, einen Mann zu lieben und zu verlieren. Aber diese Liebe wiederzufinden und sich zum zweiten Mal von ihr trennen zu müssen, war grausam.

Schweren Herzens zog sie sich an und ging dann in die Küche. Bill war nirgends zu sehen, nur Cleo war da. Sie stand am Spülbecken und wusch das Geschirr vom Vortag ab. Cleo lächelte sie an, aber Meg spürte deutlich die Anspannung, unter der Bills Schwester stand.

„Was machst du hier?", fragte Meg verwundert. „Wolltest du das Wochenende nicht mit deinen Söhnen verbringen?"

„Ja, so war es geplant, aber Tim und David haben es vorgezogen, einen Tag früher abzureisen, um heute in Galena Ski zu laufen." Mitfühlend sah sie Meg an. „Wie geht es dir?"

„Danke, gut", schwindelte Meg. Es fiel ihr so schwer, sich damit abzufinden, dass es für Bill und sie keine gemeinsame Zukunft geben würde.

Mehrmals versuchte Cleo, mit Meg über die wiedererlangte Erinnerung und über Bill zu sprechen, aber Meg blockte jede Vertraulichkeit ab. Schließlich gab Cleo frustriert auf. „Ich gehe ein bisschen Holz hacken", sagte sie und verließ die Küche.

Meg ertrug es nicht lange, untätig am Küchentisch zu sitzen. Um sich durch Beschäftigung ein wenig abzulenken, stand sie auf, holte Wasser und goss die Geranien auf der Fensterbank.

Plötzlich wurde ihr schwindelig. Sie hatte das merkwürdige Gefühl, in einer Achterbahn zu sitzen und zum höchsten Punkt der Anlage getragen zu werden. Als sie sich innerlich schon darauf einstellte, dass es gleich in atemberaubender Geschwindigkeit bergab gehen würde, überkam sie die Erinnerung: Ein ungewohntes Geräusch hatte sie gestört, und sie war durch die Räume ihres Elternhauses gegangen, um nach dem Rechten zu sehen. Im Keller hatte sie dann ein offenes Fenster entdeckt. In unregelmäßigen Abständen wurde es vom Wind auf- und zugeschlagen. Meg nahm an, dass sie vergessen hatte, es zu verriegeln.

Nachdem sie es geschlossen hatte, fiel ihr Blick auf einen Kasten, den sie noch nie zuvor gesehen hatte. Sie fand das so ungewöhnlich, dass sie ihn mit nach oben genommen und mit dem Schlüssel, der in seinem Schloss steckte, geöffnet hatte. Der Kasten war randvoll mit Dollarnoten gefüllt. Noch nie hatte sie so viel Geld auf einmal gesehen. Wo kam es her?

Die mögliche Antwort kam ihr sofort in den Sinn, als sie hörte, dass sich ein Auto dem Haus näherte. Paul … Schon vor ihrer Trennung war ihr aufgefallen, dass er sich verändert hatte. Er musste sich in irgendwelchen Schwierigkeiten befinden. Hastig hatte sie den Kasten wieder verschlossen und den Schlüssel in die Hosentasche gesteckt. Dann war sie damit in die Abstellkammer gelaufen, in der sie ihre Gartenutensilien aufbewahrte. Im hinteren Teil des Raums war eines der Dielenbretter durchgebrochen, und einige weitere daneben waren lose. Als ihr das zum ersten Mal aufgefallen war, hatte sie gedacht, dass der Hohlraum darunter ein ausgezeichnetes Versteck abgeben würde.

In diesem Augenblick war ihr das wieder durch den Kopf geschossen. Ohne zu zögern, hatte sie das durchgebrochene Brett herausgelöst, die anderen angehoben und den Kasten darunter versteckt. Anschließend hatte sie den Sack mit Blumenerde auf das kaputte Brett gestellt. Ein bisschen Erde hatte sie dabei verschüttet und sich schmutzig gemacht.

Gleich darauf hörte sie Paul ihren Namen rufen. Rasch war sie in die Küche gelaufen und hatte sich am Spülbecken die Hände gewaschen. Sie war gerade dabei, sich abzutrocknen, als Paul die Küche betrat.

„Wo ist es?", fragte er ohne Vorrede.

„Wo ist was?" Ihr Herz klopfte heftig.

„Wo ist der Kasten mit dem Geld?" Drohend ging er auf sie zu. „Ich will wissen, wo der Kasten ist, den ich im Keller abgestellt hatte!"

Paul war so außer sich, dass er nicht auf seine Worte achtete. Er erzählte ihr, dass er für einen Mann namens Corveno mit Rauschgift gehandelt hatte und dieser Mann nun das Geld von ihm verlangte. Das Problem war, dass Paul bereits die Hälfte davon ausgegeben hatte. Jetzt beabsichtigte er, auch noch den Rest des Geldes zu holen und sich damit abzusetzen, bevor Corveno ihn fand.

Meg hätte nie für möglich gehalten, dass Paul handgreiflich werden könnte. Doch plötzlich stürzte er sich auf sie, packte sie bei der Schulter und schüttelte sie heftig. Als sie weiterhin bestritt, etwas von dem Kasten und dem Geld zu wissen, schlug er ihr mit dem Handrücken ins Gesicht. Sie spürte einen brennenden Schmerz, der nicht allein von dem Schlag herrühren konnte. Paul musste sie mit seinem Ring verletzt haben.

Noch nie hatte sie Paul so wütend erlebt, aber sie spürte auch, dass es die schiere Angst war, die ihn derart die Kontrolle über sich verlieren ließ. „Ich will mein Geld!", schrie er sie immer wieder an.

Meg stand zu diesem Zeitpunkt bereits unter Schock. Doch zu dem Schrecken, dass Paul sie geschlagen hatte, kam noch ein weiterer hinzu. Die Tür sprang krachend auf, und ein kleiner, fast unscheinbarer Mann mit großen dunklen Augen schlenderte aufreizend gemächlich auf sie zu. Ihr war sofort klar, wer der Mann war. Corveno!

Sie erschauerte selbst jetzt noch, als sie sich an den Klang seiner Stimme erinnerte. Dabei war er nicht einmal laut geworden. Es war vielmehr die absolute Gefühlskälte in der Stimme dieses Mannes, die Meg in Panik versetzte. Dieser Mann schreckte vor nichts zurück!

Völlig ruhig verlangte er sein Geld von Paul, und falls er sich weigern sollte, seine Schuld zu begleichen, würde er auf andere Weise dafür bezahlen. Erst jetzt bemerkte Meg, dass Corveno einen Benzinkanister in der Hand hielt.

Vor Schreck über Corvenos unerwartetes Erscheinen hatte Paul sie offensichtlich ganz vergessen. Aufgeregt sprach er auf Corveno ein und flehte ihn an, ihm noch etwas Zeit zu geben. Meg nutzte die Gelegenheit, sich unbemerkt zur Tür zu schleichen und dann aus dem Haus zu stürzen. Sie hatte fast ihr Auto erreicht, als Paul laut ihren Namen rief. Er lief ihr ein paar Schritte nach, blieb dann aber unvermittelt stehen und schaute zurück.

„Nein!", schrie er entsetzt. „Nein, tun Sie das nicht!"

Sie hatte am ganzen Körper gezittert, aber es war ihr auf Anhieb gelungen, den Motor anzulassen. Gehetzt fuhr sie los. Als sie kurz darauf einen Blick in den Rückspiegel warf, sah sie hinter dem Küchenfenster einen orangefarbenen Feuerschein. Und sie bemerkte auch Paul, der zum Steilufer des Flusses flüchtete.

Meg hatte nicht angehalten. Sie wusste, dass es zu spät war, um noch irgendetwas zu retten.

Die Erinnerung war so real gewesen, dass Meg darüber völlig das Zeitgefühl verloren hatte. Obwohl sie den Eindruck hatte, die ganzen Ereignisse noch einmal erlebt zu haben, konnte kaum mehr als eine Minute vergangen sein. Meg schaute aus dem Fenster und sah, dass

Cleo gerade erst mit dem Holzhacken begonnen hatte.

Meg stand noch immer ganz unter dem Eindruck ihrer Erinnerungen, aber sie wusste, was sie zu tun hatte. Ohne zu zögern, holte sie sich das Gewehr aus der Abstellkammer. Sie zog sich den Mantel an und schrieb dann rasch noch eine Nachricht für Cleo.

Entschuldige, dass ich einfach so verschwunden bin. Aber ich weiß jetzt, wo das Geld ist. Sag Bill bitte, dass ich zur Farm gefahren bin.

10. KAPITEL

Ehe Meg vor der Ruine ihres Elternhauses anhielt, vergewisserte sie sich, dass kein anderes Auto hier parkte. Vorsichtshalber blieb sie noch eine Weile im Wagen sitzen und beobachtete aufmerksam das Haus und die Umgebung. Nichts deutete darauf hin, dass sich ein Unbefugter hier aufhielt. Trotzdem vergaß sie nicht, das Gewehr mitzunehmen, ehe sie zielstrebig auf das Haus zuging.

Ohne zu zögern, betrat sie die Kammer, die in ihrer Erinnerung eine so große Rolle spielte. Hastig schob sie den Sack mit Blumenerde beiseite und löste das beschädigte Dielenbrett aus dem Fußbodengefüge. Dann hob sie die umliegenden Bretter etwas an und griff in den Hohlraum darunter. Der Kasten war noch da!

Es war gar nicht so einfach, ihn aus dem Versteck herauszunehmen, aber schließlich hatte sie es geschafft. Doch als sie sich aufrichtete und umdrehte, hätte sie den Kasten vor Schreck fast fallen lassen.

Paul stand in der Tür und versperrte ihr den Weg. „So, da hast du das Geld also versteckt", sagte er und lächelte so böse, dass es ihr kalt den Rücken hinunterlief. Er hatte die Hände lässig in die Seiten gestemmt, aber Meg entging nicht, dass er in der einen Hand ein Messer hielt.

„Los, gib es mir", forderte er sie auf.

Meg sah unauffällig zu dem Gewehr, das an der Wand neben der Tür lehnte. Wie hatte sie nur so leichtsinnig sein können! Ihr war gar nicht richtig bewusst geworden, dass sie es dort abgestellt hatte. Jetzt hatte sie keine Chance, es zu erreichen. Sie saß in der Falle.

„Hier", sagte sie und hielt ihm den Kasten hin. „Nimm es!" Das Geld war es nun wirklich nicht wert, dass sie deswegen ihr Leben riskierte.

Paul schüttelte den Kopf. „Ich traue dir nicht. Komm her."

„Ist Corveno wieder hinter dir her? Oder weshalb sonst bist du so nervös?", fragte sie in der Hoffnung, etwas Zeit zu gewinnen. Wo war Bill?

Paul verzog verächtlich die Mundwinkel. „Natürlich ist er das. Aber da ich jetzt endlich das Geld habe, wird er mich nie finden. Komm jetzt her!"

Ihr Blick fiel wieder auf das Messer in seiner Hand. „Paul", sagte sie mit ruhiger Stimme, „wir haben einander einmal sehr viel bedeutet …"

Sein Gesichtsausdruck wurde etwas weicher, und sie hoffte, dass er einfach nur das Geld nehmen und verschwinden würde. Aber dann verhärteten sich seine Züge wieder.

„Weißt du, es war nicht meine Schuld, dass ich in diese Lage geraten bin", erklärte er ihr. „Es war Corveno, der mich in die Sache hineingezogen hat. Zuerst gab er mir kostenlos Kokain, und nachdem ich abhängig von dem Zeug war, musste ich es mir verdienen. Wir haben das Rauschgift hier gelagert, und bei Nacht habe ich es dann portionsweise mit dem Boot fortgeschafft, um es in Chicago zu verkaufen. Ja, du hast mich ganz richtig verstanden", sagte er und lächelte kalt. „Dein Haus ist die ganze Zeit ein Rauschgiftlager gewesen."

Meg war so entsetzt, dass sie einen Schritt zurückwich.

„Na gut", meinte Paul leise. Er hob die Hand mit dem Messer, richtete die Spitze drohend auf sie und ging langsam auf sie zu. „Wenn du nicht zu mir kommst, komme ich eben zu dir. Ich habe übrigens von Corveno gelernt, dass es recht nützlich sein kann, immer ein Messer bei sich zu haben. Er hat mich außerdem gelehrt, damit umzugehen."

Beide hörten den Jeep im gleichen Augenblick. Paul wirbelte herum, und Meg versuchte, an ihm vorbeizuhuschen. Aber sie war nicht schnell genug. Paul packte sie und hielt sie fest.

„Nicht so hastig, Meg." Er nahm sie in den Würgegriff und drückte ihr das Messer an die Kehle. „Wir werden diesen Raum gemeinsam verlassen, und dann kannst du den Sheriff davon überzeugen, dass es besser ist, wenn er sofort wieder verschwindet."

Bill blieb fast das Herz stehen, als er erkannte, dass Paul Meg in seiner Gewalt hatte und mit dem Messer bedrohte. „Tun Sie ihr nichts an, Farrow", sagte er so ruhig, dass es ihn selbst erstaunte. „Sie wollen sie doch nicht verletzen, oder?"

„Ich tue, was nötig ist", erklärte Paul barsch und zerrte Meg mit sich. „Meg und ich haben noch eine Rechnung zu begleichen." Offensichtlich wollte er Meg benutzen, um unbehelligt zu seinem Auto zu gelangen. „Ich warne Sie, Strand. Halten Sie sich bloß zurück!"

Bill hob die Hände, um zu zeigen, dass er keine Tricks versuchen würde. „So tief sind Sie bis jetzt noch nicht in die Sache verstrickt, Farrow", meinte er mahnend. „Sie sollten besser davon absehen, sich der Entführung und Geiselnahme strafbar zu machen."

„Ich werde Meg gehen lassen." Auf halber Strecke zwischen Bill und seinem Auto blieb er stehen. „Sie bleibt nur so lange bei mir, bis ich in Sicherheit bin."

Meg traute ihm nicht. Sie hatte die Tücke in seinem Blick gesehen. Paul war nicht mehr der Mann, den sie einmal gekannt hatte.

Im Jeep begann das Sprechfunkgerät zu knacken. Kurz darauf hörten alle Rustys Stimme. Der Deputy fordert Bill auf, sich zu melden.

„Aha, dann wird ja bald die Kavallerie anrücken", stellte Paul höhnisch fest. „Aber dann ist es schon zu spät." Er ging weiter und zerrte Meg rücksichtslos hinter sich her.

Wenn es ihm gelingt, sie mitzunehmen, wird er sie umbringen, dachte Bill. Er musste unbedingt verhindern, dass sie in den Wagen stieg. Im Moment war Meg für Paul als Geisel nützlich, doch später würde sie bloß eine Gefahr für ihn darstellen. Außerdem hatte er betont, dass er noch eine Rechnung mit ihr zu begleichen hatte.

„Hören Sie, Farrow", sagte Bill beschwörend, „Meg hat das Geld nicht absichtlich vor Ihnen versteckt. Sie hatte das Gedächtnis verloren und wusste wirklich nicht mehr, wo es war."

Paul zuckte mit den Schultern und presste das Messer dabei noch fester an Megs Hals. Sie erschrak und stöhnte auf.

„Nun, heute hat sie es jedenfalls problemlos gefunden."

Bill musste Zeit gewinnen. Er zweifelte nicht daran, dass Rusty bereits auf dem Weg zu ihm war. Angestrengt suchte er nach einer Taktik, um Paul zu verunsichern und im Gespräch mit ihm zu bleiben. „Dann hat sie ihr Gedächtnis inzwischen eben wiedergefunden", meinte er scheinbar gleichmütig. „Vielleicht ist sie der Versuchung erlegen und wollte sich mit dem Geld aus dem Staub machen."

Paul musterte ihn misstrauisch. „Das glauben Sie doch selbst nicht! Meg hat noch nie etwas Unrechtmäßiges getan. Sie hätte das Geld höchstens bei der Polizei abgeliefert."

Bill spürte, dass Paul keineswegs so überzeugt war, wie er sich gab, und witterte seine Chance. „Menschen verändern sich", entgegnete er gelassen. „Das wissen Sie doch wohl besser als jeder andere. Fest steht, dass sie das Geld an sich genommen hat. Denken Sie wirklich, dass Sie noch irgendjemandem trauen können, Farrow?"

Paul wurde sichtlich unruhig. Noch wirkte er unentschlossen, aber dann wandte er sich Meg zu. „Gib mir den Kasten", verlangte er. „Aber wehe, du rührst dich!"

Meg spürte, dass sich der Klammergriff um ihren Hals etwas lockerte. „Wie kann ich dir den Kasten geben, ohne mich zu bewegen?"

Paul fluchte leise. Dann ließ er Meg ganz los und streckte die Hände nach dem Kasten aus. Im gleichen Augenblick rief Bill laut ihren Namen.

Sie reagierte blitzschnell. Kraftvoll rammte sie Paul den Ellbogen in die Magengrube und lief blindlings davon. Meg stolperte, stürzte zu Boden und ließ vor Schreck den Kasten fallen. Als sie sich benommen wieder aufrichtete, sah sie, dass Bill sich mit einem mächtigen Satz auf Paul stürzte. Sie dachte an das Messer und schrie entsetzt auf.

Doch dann erkannte sie, dass ihre Sorge unbegründet war. Bill war es gewöhnt, mit Männern wie Paul Farrow fertigzuwerden, und er verstand seinen Job.

Bill hielt Paul sicher im Würgegriff und wollte ihm gerade Handschellen anlegen, als Rusty mit einer Wahnsinnsgeschwindigkeit im Streifenwagen angerast kam und fast unmittelbar neben Bill und Paul eine Vollbremsung hinlegte. Er sprang aus dem Auto und eilte dem Sheriff zu Hilfe.

„Übernimm du den Kerl!", rief Bill Rusty zu. „Aber sei vorsichtig. Der Mann ist gefährlich."

Bill lief sofort zu Meg und nahm sie in die Arme. Dann umfasste er ihr Gesicht mit beiden Händen und musterte sie besorgt. „Bist du verletzt, Meg?"

Sie schüttelte nur stumm den Kopf.

„Ist dir auch wirklich nichts geschehen?"

„Es geht mir gut", erwiderte sie tapfer. In Wirklichkeit war sie nervlich völlig am Ende. Ihre Knie waren schrecklich weich, und sie fürchtete, sich nicht mehr lange auf den Beinen halten zu können. Aber sie wollte Bill nicht noch mehr beunruhigen. Er war kreidebleich, und die Angst, die er um sie ausgestanden hatte, hatte deutlich Spuren in seinem Gesicht hinterlassen.

„Oh, Meg!" Er drückte sie fest an sich. „Er hätte dich töten können. Als Velma mir über Sprechfunk mitteilte, dass Cleo sich bei ihr gemeldet hätte, und mir sagte, welche Nachricht du hinterlassen hattest …" Er sprach den Satz nicht zu Ende, aber sein Blick drückte aus, was er durchgemacht hatte. Dann atmete er tief durch. „Komm, lass uns nach Hause fahren. Rusty beginnt bereits, das Schauspiel zu genießen.

Er bringt es fertig und zieht mich einen ganzen Monat damit auf."

Bill drehte sich halb um und rief seinem Deputy laut zu: „Rusty!"

„Ja! Was?"

„Verfrachte den Kerl ins Auto, und vergiss das Geld nicht! Ich bringe Meg nach Hause."

Als sie im Jeep saßen und Rusty mit seinem Gefangenen abgefahren war, beugte Bill sich zu Meg hinüber und küsste sie hungrig. „Weißt du eigentlich, was du mir bedeutest?", fragte er mit belegter Stimme. „Und jetzt lass uns bloß von hier verschwinden!"

Meg wusste, was sie für ihn bedeutete, aber es war nicht das, was Bill meinte. Seine Liebe zu ihr bedeutete für ihn das Ende seiner Träume von einer richtigen Familie.

Cleo konnte es kaum abwarten, alle Einzelheiten über Megs Begegnung mit Paul und dessen Festnahme zu erfahren. Aber Bill enttäuschte sie. Er teilte ihr lediglich in groben Zügen das Wichtigste mit. Dann erklärte er ihr kurz und bündig, dass sie nun nach Hause fahren könne.

„Offensichtlich muss ich mich durch die Zeitung über alles informieren", erklärte sie trocken, aber sie lächelte verständnisvoll, als sie ging.

Sobald die Tür hinter seiner Schwester ins Schloss gefallen war, hob Bill Meg auf seine Arme und trug sie die Treppe hinauf ins Schlafzimmer.

„He! Ich bin vollkommen in Ordnung. Ich fühle mich wieder sehr wohl und muss mich nicht hinlegen!", protestierte sie.

„Doch, du musst", behauptete er und lachte sie jungenhaft an. „Ich brauche dich nämlich – und zwar sofort."

„Ach so!" Fröhlich stimmte sie in sein Lachen ein. „Dafür habe ich natürlich Verständnis."

Mit dem Ellbogen drückte er die Klinke der Schlafzimmertür nieder und legte Meg dann behutsam aufs Bett.

Sie konnte nur noch daran denken, dass sie gleich miteinander schlafen würden. Geradezu verzweifelt sehnte sie sich danach, ihn zu lieben und von ihm geliebt zu werden – auch wenn sie wusste, dass es das letzte Mal sein würde.

Sie war entschlossen, das einzig Richtige für ihn zu tun und aus seinem Leben wieder zu verschwinden.

Bill beugte sich über sie und küsste Meg hungrig. Plötzlich hatten es beide sehr eilig. Hastig zogen sie sich aus und sanken sich dann in die Arme. Erfüllt von einer leidenschaftlichen Lust aufeinander, küssten und streichelten sie sich. Sie reagierten immer sensibler auf ihre Berührungen, bis sie schließlich glaubten, Haut an Haut zu verbrennen.

„Liebe mich", forderte Bill drängend, während er sich auf sie rollte.

„Ja", murmelte sie mit erstickter Stimme. „Ja, ja." Meg gab ihm alles, was sie zu geben vermochte, denn sie wusste, schon bald würde sie ihm wieder alles nehmen.

Atemlos und erschöpft kuschelten sie sich anschließend lange aneinander. „Ich liebe dich, Meggie", sagte Bill mit fester Stimme. „Ich werde dich immer lieben."

Es brach ihr fast das Herz, diese Worte ausgerechnet jetzt zu hören. Meg drehte sich auf die Seite und barg das Gesicht an seiner Schulter. Er wollte noch etwas sagen, aber Meg ließ es nicht dazu kommen. Mit den Lippen streichelte sie seine Stirn und seine Wangen. Mit den Fingerspitzen zeichnete sie jede Linie seines Gesichts nach, so als wollte sie sich seine Züge für immer einprägen. Sie konnte nicht genug von ihm bekommen, und es war ihr unmöglich, zu akzeptieren, dass dies bereits das Ende gewesen sein sollte.

Bill zog sie auf sich, und sie spürte deutlich, dass auch in ihm wieder das Verlangen erwacht war. Obwohl sie sich auch diesmal wieder ganz an ihn verlor, nahm sie jede Regung und jedes Gefühl, das sie durchflutete, mit hellwachen Sinnen wahr. Es war so wichtig, dass sie sich alles einprägte und nichts vergaß. Denn in Zukunft blieb ihr nichts als die Erinnerung.

Meg hatte ein Weilchen geschlafen. Als sie wieder aufwachte, sah sie, dass Bill aufgestanden war und sich anzog.

Er hielt in der Bewegung inne und lächelte sie zärtlich an. „Du bist so schön, Meg. Ich hatte es in all den Jahren fast vergessen. Ich hatte eine ganze Menge vergessen."

„Sehr interessant", murmelte sie sarkastisch. „Erzähl mir davon."

Bill lachte leise. „Du hast ja recht. Spotte ruhig. Ich weiß, dass es sehr schwer für dich gewesen ist, völlig ohne Erinnerung leben zu müssen. Geht es dir denn jetzt wieder gut? Ich meine …"

„Ob ich mich an alles erinnere?" Sie nickte, wich dann aber seinem

Blick aus. „Ja, ich bin wieder ganz in Ordnung." Sie richtete den Blick ins Leere, und Bill spürte sofort, dass sie etwas bedrückte.

„Ist etwas, Meggie?", fragte er, während er den Gürtel zuschnallte.

„Nein, nichts", erwiderte sie ein bisschen zu hastig. Sie war zu selbstsüchtig, um es ihm jetzt schon zu sagen. Es war so wunderbar, seine Liebe zu spüren, dass sie auf die letzten Stunden oder Minuten mit ihm keinen Schatten fallen lassen wollte.

„Tu das nicht", bat er sie.

„Was meinst du?", fragte sie verwirrt.

„Schau mich nicht so an, als erinnertest du dich nicht mehr an mich." Er beugte sich über sie und strich ihr übers Haar. „So wie eben hast du mich in jener Nacht angesehen, als ich dich halb erfroren in deinem Auto gefunden habe."

Meg begriff, dass sie ihm nichts vormachen konnte. Er kannte sie einfach zu gut und spürte, wenn etwas nicht stimmte.

„Bill …", begann sie zögernd.

„Ja?"

Sie konnte ihm nicht in die Augen sehen und senkte den Blick. „Jetzt, da ich mich wieder an alles erinnere … Ich habe eine Entscheidung getroffen."

Meg konnte nicht weitersprechen. Hilflos sah sie ihn an. Er wirkte so verletzlich und schien zu ahnen, was auf ihn zukam. Aber sie erkannte auch, dass er es ihr nicht leichtmachen würde. „Du hattest recht, Bill", sagte sie traurig. „Mit der zurückkehrenden Erinnerung haben sich die Dinge geändert."

„Versuchst du mir vielleicht zu sagen, dass alles, was zwischen uns war, keine Bedeutung für dich hat und du mir nur etwas vorgespielt hast?", fragte er mit finsterer Miene.

Sie schluckte. „Es hat mir natürlich etwas bedeutet."

„Aber du hältst es für nichts Besonderes, nicht wahr?"

„Das habe ich nicht gesagt. Ich meine nur, dass es nicht genug ist, um darauf aufzubauen."

Bill rang sichtlich um Fassung. In seinen Augen spiegelte sich der Schmerz wider, den sie ihm zufügte. „Warum tust du uns das an, Meg? Beim letzten Mal war es Angst, die dich fortgetrieben hat. Was ist es diesmal? Paul ist in Gewahrsam und wird dir nichts mehr antun. Es gibt nichts, wovor du dich jetzt noch fürchten müsstest."

Sie schüttelte den Kopf. „Das ist es nicht." Es zerriss ihr fast das Herz, aber sie wusste, dass sie ihn noch mehr verletzen musste, um ihn zu überzeugen. „Wir lieben uns nicht, Bill. Vielleicht haben wir das nie getan. Ich weiß das jetzt."

„Du weißt es vielleicht", entgegnete er bitter. „Ich sehe das anders, und ich verstehe nicht, weshalb du das alles wegwerfen willst."

Meg wünschte sich so sehr, dass er sie verstand. Es war ihr so wichtig, dass sie sogar bereit war, ihm die Wahrheit zu sagen. „Begreifst du es denn nicht?", fragte sie verzweifelt. „Beim letzten Mal hätten wir vielleicht noch eine Chance gehabt, wenn wir es versucht hätten. Aber diesmal ist es anders. Ich könnte dich nie wirklich glücklich machen. Es gibt etwas, das du dir vom Leben erhoffst, was ich dir aber niemals geben kann."

„Was meinst du?", fragte er verständnislos.

„Ich könnte dir niemals Kinder schenken", erklärte sie. „Wir könnten eine Ehe führen, aber wir würden niemals eine richtige Familie sein."

„Darum geht es dir?" Er fuhr sich mit der Hand durchs Haar. „Du willst mich nicht heiraten, weil du keine Kinder bekommen kannst?"

Meg nickte. „Ja", bestätigte sie mit fester Stimme.

„Du bist verrückt", flüsterte er. „Kinder könnten mir niemals mehr bedeuten als du."

„Das denkst du jetzt vielleicht. Aber mit der Zeit wirst du feststellen, dass dir etwas ganz Wesentliches zum Glück fehlt."

„Versuch gar nicht erst, mir zu erklären, was ich mir von der Zukunft erhoffe, Meggie. Denn das weiß ich besser als du. Es ist genau das, was ich schon wollte, als ich dich zum ersten Mal gesehen habe. Du weißt doch, was ich für dich empfinde. Wie kannst du nur denken, dass sich meine Gefühle für dich jemals ändern könnten?"

„Weil ich mich wieder erinnere, Bill", erwiderte sie mit fester Stimme. „Ich weiß wieder, warum du das Spielhaus gebaut hast und welche Träume du hattest. Mit mir an deiner Seite werden sich deine Träume niemals erfüllen."

Er antwortete ihr nicht, sondern wandte sich zur Tür.

„Wohin gehst du?", fragte sie verwirrt.

„Ich muss jetzt erst Corveno finden und diesen Fall endlich zum Abschluss bringen, ehe wir unsere Probleme klären können. Rusty und ich haben uns für heute viel vorgenommen."

„Ich glaube nicht, dass ich noch hier bin, wenn du wiederkommst", sagte sie ruhig.

Bill blieb stehen und sah sie sehr ernst an. „Ich habe dich ein Mal gehen lassen, weil ich dachte, dass du mich nicht liebst", sagte er. „Das wird nicht noch einmal geschehen."

„Du kannst mich nicht davon abhalten", erwiderte sie trotzig. „Ich treffe meine eigenen Entscheidungen."

„Du willst dich nicht aufhalten lassen, nicht wahr? Nicht einmal von der Liebe."

Nachdem Bill gegangen war, presste sie das Gesicht ins Kissen und weinte. Sie liebte ihn so sehr, aber sie musste ihn freigeben. Er würde sich damit abfinden und früher oder später eine neue Liebe finden, die ihm alles geben konnte, was er brauchte.

Als sie schließlich aufstand, fühlte sie sich leer und ausgebrannt. Mechanisch machte sie das Bett und ging dann in die Küche, um auch hier noch ein bisschen aufzuräumen. Sie hatte gerade den Abwasch beendet, als es an der Tür klopfte.

Meg konnte sich zwar nicht vorstellen, dass sie noch immer in Gefahr war und Corveno vielleicht nach ihr suchte, aber ein bisschen Angst davor hatte sie doch. Unauffällig schaute sie aus dem Fenster, um festzustellen, wer an der Tür war.

Es war Griffin, der frierend von einem Fuß auf den anderen trat. Er wirkte bekümmert und schien sich nicht sicher zu sein, ob er willkommen war. Meg lief rasch zur Tür und ließ ihn herein.

„Griffin! Was machst du hier? Wissen deine Eltern, dass du hier bist?"

„Meine Pflegeeltern", verbesserte er sie. „Ja, sie wissen Bescheid. Ich habe ihnen gesagt, dass ihr mich angerufen und eingeladen habt", gestand er ihr und senkte niedergeschlagen den Blick.

„Und wie bist du hergekommen?" Meg legte den Arm um ihn und führte ihn in die Küche.

„Ich habe ein Taxi genommen."

„Ein Taxi?", fragte sie verblüfft. „Setz dich, Griffin, und erzähl mir das einmal ganz genau."

„Ich habe Geld gespart", erwiderte er trotzig. „Ich habe das Taxi ganz allein bezahlt. Und ich habe deshalb nicht angerufen, weil ich nicht wusste, ob ich dann auch wirklich kommen darf."

„Natürlich hättest du kommen dürfen", versicherte sie ihm. Meg bereitete ihm eine Tasse heiße Schokolade zu und stellte sie auf den Tisch. „Aber wenn nun wieder niemand zu Hause gewesen wäre? Dieses Problem hatten wir schließlich schon einmal."

Griffin zuckte mit den Schultern. „Dann hätte ich eben gewartet. Ich musste kommen."

Meg erkannte, dass der Junge völlig durcheinander war und mit den Tränen kämpfte. „Was ist denn los, Griffin?", fragte sie mit weicher Stimme.

„Ich komme in eine andere Pflegefamilie", erzählte er stockend. „Aber ich will das nicht. Ich möchte hier leben – sonst nirgends."

Sie beugte sich zu ihm hinunter und nahm ihn spontan in die Arme. „Es tut mir so leid für dich, Griffin. Ich wünschte, es wäre anders."

„Aber warum ist das nicht möglich?" Griffin konnte sich nicht mehr beherrschen und fing an zu weinen. „Warum darf ich nicht dort leben, wo ich will?" Er schluchzte heftig. „Warum dürfen andere über mich entscheiden? Wer macht diese Gesetze?"

Meg drückte ihn liebevoll an sich und spürte, dass ihr ebenfalls die Tränen über die Wangen liefen. Er hatte ja recht. Warum orientierten Menschen sich an verstaubten Regeln und Geboten, anstatt ihrem Herzen zu folgen? Wer sagte eigentlich, dass Spielhäuser nur von den leiblichen Kindern benutzt werden durften? Warum sollten sich Kinder wie Griffin ihre Eltern nicht selbst aussuchen dürfen? Sie hatten das gleiche Recht auf Glück wie andere Kinder auch. Kinder konnten genauso zu Eltern gehören, wie auch Mann und Frau zueinander gehörten. Menschen mussten das Recht haben, sich füreinander entscheiden zu können, wenn sie sich liebten.

Je länger Meg darüber nachdachte, umso besser gefiel ihr die Idee, die sich in ihrem Kopf festgesetzt hatte. „Griffin", sagte sie und lächelte ihn unter Tränen an, „wir sollten mit Bill über alles sprechen. Vielleicht können wir ja doch etwas tun."

Griffin sah sie so voller Vertrauen an, dass sie plötzlich selbst ganz fest daran glaubte, dass für sie drei alles gut werden konnte.

Warum soll es nicht möglich sein? fragte sie sich hoffnungsvoll.

„Weißt du was? Ich rufe Bill jetzt an und sage ihm, dass du hier bist."

„Meg!" Velma reagierte ausgesprochen merkwürdig auf Megs

Anruf. Sie schien geradezu erschrocken zu sein.

„Nein, äh … Bill ist nicht da", erklärte Velma schließlich stockend.

Meg spürte sofort, dass etwas nicht stimmte. „Velma", sagte sie eindringlich. „Was ist los? Ist Bill etwas zugestoßen?"

Velma seufzte bekümmert, und ihre Stimme zitterte, als sie fortfuhr. „Rusty hat sich gerade über Sprechfunk gemeldet und einen Krankenwagen angefordert. Er … er sprach von einer Stichverletzung."

Bill! Es konnte nur Bill sein, der verletzt worden war. „Wo sind sie, Velma?", fragte sie drängend. „Sag mir, wo sie sind!"

„Sie sind auf einer Farm am Ende der County Road, 900E."

Jetzt bestand absolut kein Zweifel mehr. Velma hatte ihr die Adresse ihres Elternhauses genannt. Megs schlimmster Albtraum wiederholte sich. Bill war verletzt worden!

„Was ist los?", fragte Griffin ängstlich.

„Bill ist verwundet worden", erzählte sie ihm. „Ich weiß, wo er ist. Komm!" Sie nahm den Jungen bei der Hand. „Wir fahren sofort hin!"

Hinterher konnte Meg sich an die Fahrt kaum noch erinnern. Aber sie musste die Strecke in Rekordgeschwindigkeit bewältigt haben, denn sie trafen noch vor dem Notarztwagen an der Unglücksstelle ein.

„Bleib du im Wagen sitzen", wies sie Griffin an, als sie sah, wie blass das Kind war.

Flüchtig dachte sie daran, dass der Junge bisher noch nie auf sie gehört hatte, und es erstaunte sie nicht, dass er es auch diesmal nicht tat. Sie sprang aus dem Wagen und lief auf Rusty zu, der neben Bill am Boden kniete. Griffin folgte ihr auf dem Fuße.

Als sie am Dienstwagen vorbeikam, bemerkte sie, dass Corveno in Handschellen auf dem Rücksitz saß. Sie empfand keine Furcht mehr vor diesem Mann, sondern spürte nur grenzenlosen Hass, weil er Bill verletzt hatte.

„Bill!", rief sie. „Oh, Bill!" Aufgeregt kniete sie sich neben ihn. Er war kreidebleich und hatte viel Blut verloren. Rusty hatte den Ärmel seiner Uniform abgetrennt und Bill am Oberarm provisorisch verbunden.

„Corveno muss geahnt haben, dass Bill hinter ihm her war", berichtete Rusty. „Sobald Bill aus dem Wagen gestiegen war, sprang er von hinten mit dem Messer auf ihn los. Zum Glück ist es mir schon ein paar Sekunden später gelungen, ihn zu überwältigen."

„Meg, was machst du hier?", fragte Bill vorwurfsvoll.

„Was ich hier mache?", wiederholte sie. „Ich wollte mich davon überzeugen, dass du noch lebst. Und was machst du? Du liegst hier und blutest dich zu Tode!"

„Nun übertreib mal nicht", murmelte Bill und verzog das Gesicht.

Griffin hatte sich hinter Meg gehockt. Jetzt lugte er an ihr vorbei und sah Bill mit versteinerter Miene an. „Mann, bist du in Ordnung?", fragte er mit zitternder Stimme.

„Griffin!"

Meg registrierte erleichtert, dass Bills Stimme außerordentlich kräftig klang.

„Wie kommt der Junge hierher? Ihr beide verschwindet jetzt sofort von hier. Das ist nichts für euch. Ich hätte dich wirklich für vernünftiger gehalten, Meg. Du weißt doch, wie empfindlich du reagierst!"

„Wir bleiben", erklärte sie mit fester Stimme. „Griffin und ich begleiten dich ins Krankenhaus. Sei du jetzt lieber vernünftig und verhalte dich ruhig."

Bill wollte widersprechen, aber sie ließ ihn nicht zu Wort kommen. „Hast du nicht gehört?", fragte sie streng. „Ich habe nicht vor, bis an mein Lebensende darauf zu warten, dass du mich endlich zum Traualtar führst. Mach es also nicht noch schlimmer, als es bereits ist."

„Wovon sprichst du?", fragte Bill. Stirnrunzelnd wandte er sich an Rusty. „Verstehst du, was sie meint?"

Rusty zuckte mit den Schultern und schmunzelte.

„Rusty! Was geht hier eigentlich vor? Habe ich mehr Blut verloren, als ich dachte? Leide ich an Halluzinationen?"

Inzwischen war auch der Krankenwagen eingetroffen. Der Notarzt leistete Erste Hilfe, während die Sanitäter Bill auf eine Trage legten.

Die ganze Zeit sprang Griffin aufgeregt um Bill herum. „Hör ihr doch richtig zu, Bill!", schimpfte der Junge. „Verstehst du denn nicht, dass wir dir gerade einen Antrag gemacht haben?"

„Einen Antrag?", fragte Bill. Er wollte sich aufrichten, aber die Sanitäter hielten ihn fest. „Was für einen Antrag?"

„Oh nein!" Griffin stöhnte so frustriert auf, dass Meg lächeln musste.

„Es handelt sich um einen Heiratsantrag, Bill", erklärte Meg. „Genau genommen tragen wir dir an, mit uns eine Familie zu gründen. Denn Griffin ist natürlich mit von der Partie."

Bill entspannte sich und atmete tief durch. „Willst du mir damit zu verstehen geben, dass du mich heiraten möchtest?"

„Ja! Du hast es erfasst", bestätigte Meg erfreut. „Ich bin eine gute Köchin, Bill, aber ich erwarte natürlich, dass du im Haushalt auch deinen Beitrag leistest. Ich habe einen guten Job, und außerdem haben wir einen lieben kleinen Sohn, der sogar mit uns zum Friseur gehen wird, um sich einen netten Haarschnitt zuzulegen."

„Was?", fragte Griffin empört und fuhr sich durch die stachelige Punkermähne.

Aber als Meg und Bill ihn gleichzeitig streng ansahen, gab er jeglichen Widerspruch auf. „Vom Friseur hast du vorher aber nichts gesagt", murmelte er vorwurfsvoll.

„Wir werden alle Zugeständnisse machen müssen", versicherte Meg ihm freundlich.

„He! Wartet!", rief Bill aufgeregt, als die Sanitäter ihn hochhoben und in den Krankenwagen tragen wollten. „Mir ist soeben ein Antrag gemacht worden."

„Dann sollten Sie schnell antworten, Sheriff, weil wir Sie jetzt nämlich ins Krankenhaus bringen werden", riet ihm der Arzt schmunzelnd.

„Ja!", sagte Bill. „Ja, ich möchte dich heiraten und mit dir und Griffin ein richtiges Familienleben führen."

„Das ist alles, was ich wissen wollte", erwiderte Meg, während ihr die Tränen über die Wangen liefen. Doch als die Sanitäter Bill in den Krankenwagen schoben, gelang es ihr schon wieder, ihm noch einmal aufmunternd zuzulächeln.

„Warum weinst du denn?", fragte Griffin sie leise. Vertrauensvoll legte er seine Hand in ihre. „Er hat doch gesagt, dass er uns heiratet."

Meg schluckte. „Ich weiß. Und ich bin sehr glücklich darüber."

„Nun", meinte Griffin altklug, „ich schätze, dass wohl alle jungen Mütter so sind."

– ENDE –

Nora Roberts u.a.
Frühlingszauber
Band-Nr. 20031
9,99 € (D)
ISBN: 978-3-89941-986-3
480 Seiten

Nora Roberts u.a.
Sommerzauber
Band-Nr. 20023
9,95 € (D)
ISBN: 978-3-89941-873-6
432 Seiten

Nora Roberts
First Class Affären
Band-Nr. 20008
8,95 € (D)
ISBN: 978-3-89941-710-4
512 Seiten

Penny Jordan
Liebesträume aus 1001 Nacht
Band-Nr. 20030
9,99 € (D)
ISBN: 978-3-89941-977-1
384 Seiten

Sandra Brown
Der Himmel kann warten /
Gefangen in der Wildnis
Band-Nr. 20028
8,99 € (D)
ISBN: 978-3-89941-961-0
400 Seiten

Sandra Brown
Tauziehen der Liebe /
Die Zwillingsfrau
Band-Nr. 20021
8,95 € (D)
ISBN: 978-3-89941-856-9
304 Seiten

Sandra Brown
Die Tür zur Liebe /
Gefangene der Liebe
Band-Nr. 20016
8,95 € (D)
ISBN: 978-3-89941-801-9
320 Seiten

Vicki Lewis Thompson
Sexy, süß, frech sucht …
Band-Nr. 20026
9,99 € (D)
ISBN: 978-3-89941-948-1
544 Seiten

Diana Palmer
Unter glutroter Sonne
Band-Nr. 20024
9,95 € (D)
ISBN: 978-3-89941-882-8
480 Seiten

Jennifer Crusie
Ein Mann für alle Fälle
Band-Nr. 20020
9,95 € (D)
ISBN: 978-3-89941-846-0
560 Seiten

Kathie DeNosky
Die Erben von Emerald Larson
Band-Nr. 20019
8,95 € (D)
ISBN: 978-3-89941-825-5
384 Seiten

Lynne Graham
Liebessommer in Frankreich
Band-Nr. 20018
8,95 € (D)
ISBN: 978-3-89941-818-7
384 Seiten